Engel
brandland

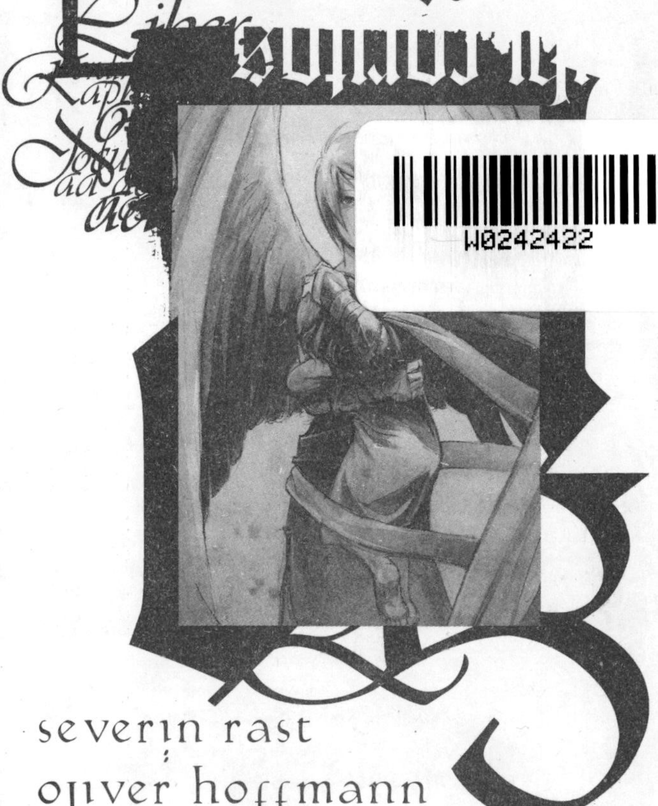

severin rast
oliver hoffmann

entwickelt von
oliver graute, oliver hoffmann
und
kai meyer

1. 2. 3. 4. 5. 6. 7.
a b c d e
orbis terrarum
Lissabon
Montsalvage
Nürnberg
Roma Æterna
Korsika
Afrika
Europa
2642

orbis
a
b
Tunguska-
Archipel
Ural
See
moskau
minsk
Kaukasisches
Meer
Kleinasien
Jerusalem

autor	severin rast
co-autor	oliver hoffmann
lektorat	oliver graute, susanne graute-vieregge, oliver hoffmann
korrektorat	thomas russow
art director, satz und gestaltung	oliver graute
umschlagillustration und innenillustrationen	tobias mannewitz, eva widermann, jean linnhoff
kartenmaterial	tobias mannewitz

3. überarbeitete Neuauflage 2004
ISBN 3-937255-19-2

Engel im Internet: http://www.engel-net.com
Feder&Schwert im Internet: http://www.feder-und-schwert.com

prolog

Geh fort, Liebster. Geh ganz weit fort.

Der Blick von den höchsten Zinnen des Himmels zeigt den Horizont in Flammen. In den sengenden Winden segeln die Engel wie Möwen an einem heißen Sommertag. Doch keine wilden Möwenschreie von Ferne und Freiheit erfüllen die Luft, sondern der Lärm der Schlacht. Vor dem allgegenwärtigen Summen und Brummen der Dämonenflügel erklingt Waffengeklirr. Hin und wieder auch ein Schrei. Wenn ein Engel fällt. Oder ein Kreischen. Wenn eine der mächtigen Kreaturen sterbend in die Tiefe trudelt.

Flammenschwerter spiegeln sich in schwarzen Facettenaugen. Doch sobald die scharfen Kiefer sich öffnen, bricht glühende Lava hervor, die Fleisch und Gefieder zersetzt. Zu Tausenden stürzen die erschlagenen Traumsaatkreaturen in die Tiefe. Die Waffen und Flügel der Engel glänzen schwarz von ihrem stinkenden Blut. Doch vom Horizont kommen immer neue, immer größere Kreaturen.

Aus dem Feuer und dem Rauch werden die Diener des Herrn der Fliegen über die Erde kommen. Und unermeßlich ist ihre Zahl ...

In rasendem Wirbel dreht sich der tödliche Tanz um die Zinnen. Wie blutiger Schnee bedecken Federn die Wehrgänge der Burg. Jenseits der Mauern brodelt ein Meer winziger schwarzer Dämonen. Aus den geborstenen Leibern ihrer mächtigen Verwandten sind sie aufgestiegen. Woge um Woge prallt gegen die Brustwehr. Einzeln nicht lästiger als eine Fliege, ist die Luft nun von dem immer schriller werdenden Schwirren ihrer kaum sichtbaren Flügel erfüllt.

Dann wird seine Stimme erklingen, furchtbar und laut, und er wird eure Seelen fordern, und nur die Reinsten und Standhaftesten werden ihm widerstehen ...

Sei standhaft, Geliebter, halte dich fern von dieser Schlacht.

Und der Himmel fällt, die Traumsaat krallt nach seinen Mauern und Türmen. Begierig, endlich eine Festung des Glaubens zu verschlingen, begierig, endlich ihrem Herrn das Geheimnis zu bringen, daß in seinen Tiefen ruht. Doch hoch droben über der Schlacht steht die Reinste, die Standhafteste, das Mädchen. In ihren Händen der Schlüssel zu großer Macht und Zerstörung, ein Werkzeug des Herrn. Als sein Klang um die höchsten Zinnen des Himmels schallt, läßt er die schwarzen Herzen der Traumsaat erstarren. Doch es gibt kein Entrinnen. Noch in der Luft entzünden sich ihre Leiber und vergehen in Flammen. Auch der Himmel brennt. Aus Pfeilern und Wänden bricht das Feuer hervor und verschlingt

Holz, Stein und Stahl mit göttlichem Zorn. Nicht das schmutzig rote Feuer und der schwarze Qualm des Brandlandes verzehren den Himmel, sondern strahlend weiße Flammen reinigen das Schlachtfeld und erlösen die Gefallenen.

Kehr um, Geliebter, kehr' zu mir zurück. Deine Heimat ist vergangen.

„Es ist Anne, Schwester Oberin, sie hatte wieder einen Traum, eine Vision!" Die junge Novizin sah die ältere verängstigt an. Sie wußte nicht, wovor sie sich mehr fürchten sollte, vor Anne, die neben ihr plötzlich schreiend in ihrem Bett gesessen hatte, oder davor der Oberin mitten in der Nacht diese Kunde zu bringen.

Aber die alte Mutter Oberin war selbst von Annes Schrei geweckt worden. Sie nickte nur stumm, legte sich eine Decke um und folgte dem Mädchen ins Dormitorium der Novizinnen.

„Schwester Camille, was ist geschehen?"

„Anne, Schwester Oberin – sie hat auf einmal kerzengerade in ihrem Bett gesessen und geschrien. Zuerst waren alle nur ganz entsetzt und haben nichts verstanden. Doch dann, als wir mit ihr geredet haben, hat sie gesagt, der Himmel der Ragueliten sei gefallen."

„Das ist doch Unsinn." Die Oberin trat zu Anne, die schweigend auf ihrem Bett saß und die Wand anstarrte.

„Was hast du geträumt, Kind?" fragte sie mit fester Stimme, doch Anne schwieg.

„Antworte mir, Anne. Was hast du gesehen?"

„Alles brennt." Annes Stimme war kaum mehr als ein Flüstern. Ihr Blick war immer noch in unbestimmte Ferne gerichtet. Leise fuhr sie fort: „Die Traumsaat ist gegen den Himmel der Ragueliten gezogen, die Engel wurden in einer furchtbaren Schlacht besiegt, doch bevor der Himmel dem Herrn der Fliegen in die Hände fallen konnte, wurde er durch ein göttliches Feuer vernichtet. So wie der Himmel fiel, wird auch unser Kloster fallen. Die Traumsaat naht."

Die Oberin drehte sich um und starrte in die ängstlichen Gesichter der versammelten Novizinnen und Beginen. „Schwester Anne redet wirr, das nächste Fegefeuer ist weit über hundert Kilometer entfernt. Wir sind hier sicher. An all dem ist nur dieser Engel schuld, seine Aura hat ihren Geist getrübt. Schwester Camille, Schwester Eva, bringt sie in die Büßerzelle, das wird sie wieder zur Vernunft bringen."

Seit jener Nacht sprach Anne kein Wort mehr.

♦ ♦ ♦

Cumulus sah die sechs Engel über den Rand seiner Brille an. Sie hatten ihm jetzt schon über eine Stunde schweigend zugehört, während er ihnen eine Legende nach der anderen erzählt hatte. Irgendwie war er heute zum Geschichten erzählen aufgelegt.

„Und das ist nicht alles", fuhr er fort, „dort steht weiter: Es wird die Schweigende erscheinen und sie wird es sein, die den Gefallenen den Weg ans Licht weisen kann. Wenn der Himmel in Flammen steht und die Herzen der Menschen von Finsternis erfüllt sind, wird sie die Hoffnung der Welt sein."

Er schwieg und wandte sich wieder seinen Karten zu. Während er das Regal mit den unzähligen Pergamentrollen, nach der richtigen absuchte, konnte er die fragenden Blicke der Engelschar in seinem Rücken spüren.

Endlich hatte er die Karte gefunden, wegen der die Schar den weiten Weg von Mont Salvage hierher gekommen war. Vorsichtig zog er die Rolle unter den anderen hervor und drehte sich wieder zu den Engeln um.

„Aber ihr seid nicht wegen der alten Prophezeiungen oder dem Ordensbuch hier, sondern wegen dieser Weltkarte. Ab Gundar hat mich angewiesen sie euch als Geschenk für Ab Guillaume zu übergeben. Möge sie die Archive des Himmels der Urieliten bereichern und dazu betragen, daß Ab Guillaume in seiner Amtszeit Gutes tue und Großes erreiche."

Nachdem die Schar sich verabschiedet hatte, stand Cumulus noch lange am Bogenfenster seines Kartenarchivs und blickte nachdenklich auf die Felder und das Gassengewirr von Trondheim herab. Er hatte die Engel nicht gekannt. Nur den Ragueliten hatte er früher schon einmal gesehen. Trotzdem hatte er ihnen mehr erzählt, als so manchem Besucher aus Trondheim selbst. Es war eine Investition in die Zukunft. Manchmal war es gut, Wissen auszusäen, damit es irgendwann einmal, wenn die Zeit gekommen war, Früchte trug.

Kapitel eins

Über der Mittelmeerküste Südfrankreichs hing eine dichte, bleigraue Wolkendecke. Der Sturm tobte schon den ganzen Tag. Auch schon am Tag davor hatte es heftig gestürmt. Und auch am Tag davor. Die Fischer waren zur Untätigkeit verdammt und starrten jeden Tag mit immer sorgenvolleren Mienen auf die stürmische See hinaus.

Die Wolken waren so dunkel und regenschwer, daß der späte Nachmittag kaum von der Nacht zu unterscheiden war. Kein Vogel war am Himmel zu sehen, nur die weißen Flügel eines einzelnen Engels, der unermüdlich gegen den Sturm ankämpfte, zeichneten sich gegen das dunkle Grau im Südosten ab. Dominic hatte ihn als erster entdeckt. Er war am Mittag ganz aufgeregt zu ihr ins Haus gelaufen gekommen und hatte ihr erzählt, er habe einen Engel gesehen. Irène hatte gelacht und ihrem Sohn geantwortet, er habe sich das nur ausgedacht, um sie aus dem Haus zu locken. Aber es war ihm ernst gewesen damit, und so hatte sie das Butterfaß geschlossen, mit dem sie sich gerade beschäftigte, und war mit hinausgekommen. Und tatsächlich, der Engel war da gewesen. Sehr weit weg noch, aber er schien auf sie zuzukommen.

Der Satan antwortete dem Herrn und sagte: Haut um Haut! Alles, was der Mensch besitzt, gibt er hin für sein Leben. Doch streck deine Hand aus, und rühr an sein Gebein und Fleisch; wahrhaftig, er wird dir ins Angesicht fluchen. Da sprach der Herr zum Satan: Gut, er ist in deiner Hand. Nur schone sein Leben!

\- Hiob, 2, 5-6

Der Sturm war in den vergangenen Stunden nicht schwächer geworden, und Irène hatte den Augenblick, wo sie hinaus zu den Kühen mußte, so lange wie möglich hinausgezögert, aber jetzt konnte sie nicht mehr warten. Mit einem Joch mit zwei großen blechernen Melkkannen daran machte sie sich durch den Regen auf zur Weide. Als sie das Dorf verließ, konnte sie noch einen letzten Blick auf den Engel werfen. Er war jetzt schon sehr nah, und sie glaubte, jeden einzelnen verbissenen Flügelschlag erkennen zu können. Er war schon seit dem Mittag in der Luft, wahrscheinlich länger, und immer noch trotzte er dort oben den wütenden Elementen. Er mußte vollkommen erschöpft sein. Aber er war ein Engel, Gottes Kraft erfüllte ihn, dachte Irène, als sie in den Hohlweg einbog, der die Küste hinauf zu den Weiden führte.

♦ ♦ ♦

Der Sturm machte Calliel schwer zu schaffen. Wenn er sich seine Kräfte etwas besser eingeteilt und häufiger Rast gemacht hätte, wäre alles halb so schlimm gewesen. Er war ein sehr guter Flieger und hatte sogar die Urieliten mit seiner Kraft und Ausdauer beeindruckt. Deshalb hatte der Ab es auch gern gesehen, daß er sich für diese Mission freiwillig gemeldet hatte.

Aber der Sturm hielt Calliel auf. Jede Rast kostete Zeit. Er hatte auf der Strecke bisher schon einen halben Tag verloren, und er brauchte noch mindestens zwei Tage bis Cluny. Er wußte nicht, wann die Traumsaat Cluny erreichen würde. Niemand wußte das.

Bei seiner letzten kurzen Rast in einem Kloster direkt an der Küste hatte er eine junge Engelschar getroffen. Sie war auf dem Weg nach Mont Salvage gewesen, um vom dortigen Himmel aus weitere Einsätze zu fliegen. Er hatte mit der Michaelitin gesprochen. Sie konnte nicht älter als zehn sein und hatte ihre Weihe gerade erst erhalten, nur ein einziges Votivband war um ihren linken Arm gewickelt. Als er in ihre Augen geblickt hatte, waren Calliel seine eigenen ersten Flügelschläge in Erinnerung gekommen. Die Schar kam aus einem Kloster weiter die Küste entlang und wußte nichts über die Position der Traumsaat oder über Cluny.

Calliel hatte in dieser Nacht kaum Ruhe gefunden. Wenn er in Meditation versunken war, hatte er immer wieder in die Augen der jungen Michaelitin geblickt, doch dann waren es plötzlich seine Augen gewesen, aus denen er als kleiner Junge in eine riesige furchterregende Welt starrte. Das Gewicht der riesigen Flügel auf seinem Rücken zwang ihn, sich weit nach vorne zu krümmen. Die Flügel waren schlaff und fühlten sich falsch an, als gehörten sie gar nicht zu seinem Körper. Und dann war da diese Stimme gewesen, die von irgendwoher ganz weit unter ihm nach ihm rief.

„Spring schon, Calvin. Los, spring!“

Aber er konnte nicht springen, wie angewurzelt stand er an der Kante des Stalldaches und blickte auf das glänzende Kopfsteinpflaster ihres Hinterhofes hinab. Am Himmel donnerte es, und wieder hörte er die Stimme nach ihm rufen.

„Komm, Calliel, komm zu mir.“

Dort unten auf dem Hof stand Anne. Sie hatte ihren Schleier abgelegt, trug aber noch die strenge braune Tracht ihres Ordens. Aber wie sollte er zu ihr hinunter kommen? Er konnte seine Flügel nicht bewegen. Ja, er hatte nicht einmal Flügel, und er war so klein, und die Wand des Stalls war so hoch.

Aber er hatte seine Mission nicht vergessen, er mußte sie warnen, die Traumsaat würde Cluny überfallen, die Beginen und die Menschen aus der Stadt mußten fliehen, bevor es zu spät war. Er versuchte zu sprechen, zu schreien, aber er brachte keinen Laut hervor, die Angst schnürte ihm die Kehle zu. Und Anne stand nur da und lächelte ihn an, streckte die Arme nach ihm aus, rief ihn zu sich und ging in Flammen auf, als die Traumsaat von allen Seiten heranstürzte und Feuer und Tod ausspie.

Nur mit größter Willensanstrengung konnte sich Calliel von diesem Schreckensbild losreißen und seine Meditation abbrechen.

Er hatte festgestellt, daß der Sturm weiter über dem Festland etwas weniger Kraft hatte und flog deshalb heute so weit wie möglich im Landesinneren, um Kräfte zu sparen. Gerade so weit, daß er die Küste noch erkennen konnte. Jetzt müßte bald irgendwann der Flußlauf kommen, an dem entlang er landeinwärts zum Kloster fliegen wollte.

Er erinnerte sich, daß irgendwo hier ein kleines Fischerdorf sein mußte, in dem er Rast machen konnte, schob den Gedanken jedoch sofort wieder beiseite. Es mußte noch mindestens zwei Stunden hell sein, wenn man das so nennen konnte, und mindestens so lange würde er auch weiterfliegen. Calliel konnte die Erinnerung an seinen Traum nicht mehr abschütteln. Mit wütenden Flügelschlägen beschleunigte er seinen Flug noch einmal, aber es fiel ihm zunehmend schwerer, die Schmerzen zu ignorieren, die sich von seinen Flügelmuskeln unaufhaltsam und brennend in jede Faser seines Körpers ausbreiteten.

Unter ihm erstreckte sich jetzt ein dunkler Wald, der fast bis an die Steilküste heranreichte. Calliel stieg einige Meter auf, um nach dem Ende des Waldes Ausschau zu halten. Dort mußte der Fluß liegen, dem er landeinwärts folgen wollte. Doch er konnte nur ein paar Rodungen erkennen, und er wagte nicht, noch höher aufzusteigen, da die Windböen immer unberechenbarer wurden, je näher er den Wolken kam.

Als er sich wieder auf seine alte Flughöhe hinabfallen ließ, wurde er auf eine Bewegung im Grün der Laubbäume unter ihm aufmerksam. Angestrengt starrte er auf das vorbeihuschende Blättermeer. Zuerst dachte er, er hätte sich getäuscht, doch da bewegte sich tatsächlich etwas unter ihm im Geäst. Genau in seinem Schatten.

Calliel änderte seine Flugrichtung leicht und hielt jetzt direkt auf die Küste zu. Und tatsächlich, sein Verfolger bemerkte sofort, daß er nicht mehr unter Calliels Schatten auf dem Blätterdach flog und paßte seinen Kurs an. Aber Calliel bemerkte noch etwas anderes, als er den Richtungswechsel seines unsichtbaren Verfolgers beobachtete. Dieser war nicht allein. Zwei weitere Schatten folgten ihm kaum erkennbar unter dem dichten Grün.

Calliel überlegte, aufs offene Meer hinaus zu fliegen, um so die Verfolger zu zwingen, sich zu zeigen, entschied sich aber dagegen. Wer konnte ihn schon durch die Luft verfolgen, außer anderen Engeln oder der Traumsaat? Und andere Engel hatten keinen Grund, sich vor ihm zu verstecken und würden sich kaum die Mühe machen, durch das dichte Laubwerk der Bäume zu fliegen.

Calliel mußte also mit dem Schlimmsten rechnen. Die Legionen des Herrn der Fliegen mußten Späher ausgeschickt haben, um nach Boten Ausschau zu halten. Das hieß aber auch, daß sie Cluny noch nicht vernichtet hatten und ihm möglicherweise noch genug Zeit blieb, das Kloster rechtzeitig zu erreichen. Auch wenn ihn diese Erkenntnis erleichterte, waren die Verfolger ein sehr unmittelbares Problem. Wo auch immer sie hergekommen waren, sie hatten sich unbemerkt an seine Fersen geheftet, und sie würden ihn nicht einfach so wieder davonfliegen lassen.

Calliel überlegte fieberhaft. Es waren drei. Sie konnten nicht allzu groß sein, sonst wäre es ihnen nicht gelungen, so lange unentdeckt durchs Geäst zu fliegen. Also waren sie höchstens menschengroß, wahrscheinlich eher kleiner. Trotzdem, drei waren zuviel für eine direkte Konfrontation. Mit einem Dämon wäre er leicht fertig geworden, auch mit Zweien hätte er es zur Not noch aufgenommen, aber für drei brauchte er einen Plan.

Wie er es auch drehte und wendete, er hatte nur eine Chance – einen von ihnen auszuschalten. Wenn ihm das beim ersten Angriff gelang, würden die anderen beiden Dämonen es bemerken und ihrerseits zum Angriff übergehen. Wenn es ihm nicht gelang, mußte er sich gegen drei Dämonen zugleich zur Wehr setzen.

Nachdenklich wog Calliel seine Lanze in beiden Händen. Sie eignete sich als Wurfspeer fast ebensogut wie für den Nahkampf, aber sie war außer einem kleinen Messer die einzige Waffe, die er hatte. Er konnte nicht riskieren sie zu verlieren.

Solange Calliel in dieser Flughöhe blieb, huschte sein Schatten etwa zehn Meter hinter ihm über das Grün. Und genau dort befand sich auch sein Verfolger. Aber zehn Meter waren entschieden zu weit, sie ließen seinem Verfolger zuviel Zeit zu reagieren. Calliel beschleunigte seinen Flug, so sehr er konnte, und ließ sich gleichzeitig tiefer über das dichte, tosende Grün der Baumwipfel hinuntergleiten. Die Lanze lag jetzt kampfbereit in seinen Händen. Er spürte das beruhigende Vibrieren des gummierten Schaftes und sah, wie die scharfe Klinge im trüben Abendlicht verschwamm. Die Höllenbrut hatte sich den falschen Gegner ausgesucht.

Von einem Moment zum anderen legte er die Flügel an und stürzte fast senkrecht nach unten. Seinem Verfolger blieb keine Zeit, auf das plötzliche Verschwinden des Schattens über ihm zu reagieren. Wie von Calliel geplant flog er weiter geradeaus, und der Engel mußte nur leicht eine Flügelspitze abspreizen, um sich der Bewegung anzupassen.

Schon brach er durchs Blätterdach, die Lanze im Anschlag. Ein länglicher schwarzer Käfer, groß wie ein neugeborenes Kalb, flog im Halbdunkel durch den Wald. Die harten Chitinpanzer auf seinem Rücken hatte er weit geöffnet, um seine schwarzgrün schillernden Flügel zum Flug zu entfalten. Calliel nutzte die Schwachstelle zwischen den sirrenden Flügeln des Käfers und bohrte seine Lanze tief in den Leib der Kreatur. Der Käfer schrie und wand sich und schickte einen wütenden Feuerstrahl in das Astgewirr unter ihm, doch sein starrer, gepanzerter Leib verhinderte, das er den Angreifer auf seinem Rücken erreichen konnte. Calliel ließ sich nicht beirren und trieb die Lanze stoßweise immer tiefer in den Körper des Dämons. Als die beiden blanken Kontakte am Ende der Klinge das schwarze Fleisch des riesigen Käfers berührten, entlud sich die Lanze. Nach einem letzten

Aufbäumen glitt der tote Dämon mit zuckenden, dünnen Beinen von der Lanzenspitze, die sich leise summend wieder aufzuladen begann.

Calliel sah noch, wie der Käfer sich mit seinen großen, durchscheinenden Hautflügeln in den dichteren Ästen weiter unten verfing und hängenblieb, als ihn ein sengender Flammenstrahl von links nur knapp verfehlte und den Wipfel einer toten Ulme hinter ihm in Brand setzte. Er wirbelte herum und kämpfte mit schnellen Flügelschlägen um Höhe.

Die anderen beiden Käfer hatten nicht lange auf sich warten lassen. Unten zwischen den Bäumen hatte er zwar mehr Deckung, um ihren Feuerstrahlen auszuweichen, aber er hatte auch weniger Platz zum Manövrieren. Den Käfern hingegen schien der Wald nichts auszumachen, sie waren seinem Flug präzise gefolgt.

Ein weiterer Flammenstrahl schoß plötzlich unter ihm zwischen den Bäumen hervor, verfehlte ihn aber um mehrere Meter. Calliel verlangsamte seinen Flug und kreuzte in respektvollem Abstand über dem wogenden, grünen Blättermeer. Die Feuerkäfer schienen sich noch nicht so recht aus dem Schutz der Bäume heraus zu trauen. Das Schicksal des ersten Käfers war nicht unbemerkt geblieben, und auch die Kreaturen des Herrn der Fliegen empfanden Furcht oder hatten zumindest einen Selbsterhaltungstrieb.

Da – einer der Käfer kroch den Stamm eines besonders hohen Baums hinauf. Er war gelandet und hatte seinen Panzer geschlossen. Der Dämon sandte einen Feuerstrahl in die Abendluft, aber Calliel hatte ihn zu früh entdeckt, als daß er eine Gefahr für ihn dargestellt hätte. In einer engen Kurve stürzte er herab, um den Käfer von hinten anzugreifen, außerhalb der Reichweite des tödlichen Feuers. Mit genau plazierter Wucht traf seine Lanzenspitze den Rückenschild des Käfers. Doch das dämonische Chitin war zu hart, und die Waffe glitt ab, ohne Schaden anzurichten. Calliel schlug mit den Flügeln, um wieder Abstand zwischen sich und die Kreatur zu bekommen, als direkt vor ihm der zweite Käfer zwischen den Baumwipfeln hervorbrach. Der Dämon versuchte diesmal nicht, Calliel mit seinem sengenden Flammenstrahl zu treffen, sondern flog mit bedrohlichen Mandibeln und wirbelnden Klauen direkt auf ihn zu. Calliel hatte keine Zeit mehr für einen Gegenangriff und konnte seine Waffe gerade noch rechtzeitig hochreißen, um den Aufprall abzuwehren. Wütend stieß der Käfer jetzt einen Flammenstrahl aus, der Calliel ein paar Schwungfedern versengte. Hastig versuchte er, mit ein paar Flügelschlägen den Angreifer abzuschütteln, der sich jetzt hartnäckig an seine Lanze klammerte. Calliel spürte, wie die Erschöpfung der letzten Tage langsam ihren Preis forderte. Er war immer noch schnell und kräftig, spürte aber, daß die Gewandtheit und Präzision seiner Bewegungen allmählich nachzulassen begannen. Sein Herz raste, und die Scriptura auf seinen Schläfen schmerzte. Aber Calliel durfte sich jetzt keinen Fehler leisten. Wutentbrannt riß er seine Lanze los und stieg über dem Käfer steil in den Himmel. Erneut versuchte der Dämon ihn mit seinem Feuer zu treffen, verfehlte ihn aber wieder um Haaresbreite. Mit einer Rolle mitten in der Luft änderte Calliel abrupt die Flugrichtung und griff den Dämon mit vielen kleinen Lanzenstichen von der Seite her an. Calliel wußte, daß er ihn so nicht verletzen konnte, höchstens, wenn er mit etwas Glück einen Flügel traf, aber vielleicht konnte er den Gegner zurücktreiben, bis er eine Lücke in der Panzerung fand, die Gelegenheit zum tödlichen Stoß.

Und tatsächlich, der Dämon wich vor ihm zurück, versuchte, den vielen Stichen auszuweichen oder sie mit seinen Panzerplatten abzuwehren. Die Flammenstöße waren kurz und unregelmäßig und stellten keine wirkliche Gefahr für Calliel dar. Sie näherten sich wieder den Bäumen, und Calliel befürchtete schon, sein Opfer würde sich gleich in die schützende Deckung des Blattwerks flüchten, als ihn ein Feuerstrahl unerwartet von unten in den Rücken traf.

Der erste Käfer hatte fast vergessen in den Bäumen gekauert, während der andere Dämon Calliel abgelenkt und in seine Nähe gelockt hatte. Calliels Rücken stand in sengenden Flammen. Die glühend heiße, klebrig-zähe Substanz, die der Dämon ausgespien hatte, breitete sich über seine Schultern und Flügel aus und fraß sich durch Haut und Federn tief in sein Fleisch. Calliel schrie. Im ersten Moment schien der Schmerz unerträglich zu sein, doch dann legte sich ein dumpfer Schleier über das Gefühl, und er spürte zwar noch, wie sein Körper brannte, konnte sein eigenes verbranntes Fleisch riechen, aber die Qual war fort.

Der zweite Käfer wich nicht mehr zurück, sondern ging zum Frontalangriff über. Doch der chitingepanzerte Dämon hatte den getroffenen Engel unterschätzt. Wie in Trance wich Calliel den Angriffen der scharfen Kiefer aus und erhob sich wie ein gewaltiger Phönix in die Luft über dem Wald. Schade, daß es nicht stärker regnete, dachte er noch, als er mit fast spielerischer Leichtigkeit von oben einen weiten Bogenschlag mit der Lanze gegen den gepanzerten Rücken des Feuerkäfers führte. Schwarzes Blut quoll zwischen den Chitinplatten hervor, als die Kreatur mit abgetrenntem Flügel in die Tiefe stürzte.

Der letzte Dämon hatte sich unterdessen wieder in die Luft erhoben, doch er hielt respektvollen Abstand von dem brennenden Engel und trieb ihn nun mit gezielten Feuerstößen vor sich her.

Calliel merkte, wie seine Kräfte schwanden. Schon konnte er den Flammenstrahlen des Angreifers nicht mehr ausweichen, und auch seine linke Hand und die Seite seines Kopfes wurden versengt. Mit letzter Kraftanstrengung stürzte er noch einmal auf seinen Peiniger zu, um ihm die Lanze zwischen die Augen zu stoßen, aber der Käfer wich ihm mühelos aus, und seine Klauen schlitzten ihm den Rücken auf.

Die Lanze entglitt Calliels kraftlosen Händen und stürzte in das rasend schnell näherkommende Blättermeer. Obwohl er kaum noch bei Bewußtsein war, breitete Calliel seine Flügel oder das, was noch davon übrig war, aus und glitt in die Wipfel der Bäume hinab. Er konnte nur hoffen, daß der Dämon ihm nicht folgte. Er mußte leben, er mußte Cluny warnen, er mußte zu Anne.

Zweige und Laub bremsten seinen Gleitflug, als er zwischen den Bäumen eintauchte, aber er war zu schwach zum Manövrieren. Die größeren Äste trafen ihn wie Keulenschläge, doch davon spürte er bereits nichts mehr, als sein Leib dem Boden entgegenraste.

Kapitel zwei

Die gescheckten Kühe warteten schon ungeduldig am Gatter, als Irène die Rodung im Wald erreichte. Es war ein hartes Stück Arbeit gewesen, die Weide anzulegen. Heute war sie froh, daß Jean darauf beharrt hatte. Bis tief in die Nacht hatte er mit ihr im Wald gearbeitet und war dennoch vor Sonnenaufgang wieder mit dem Boot hinausgefahren. Er hatte immer vorausgedacht und gewollt, daß es ihnen besser ging als den anderen. „Auf das Meer ist kein Verlaß", hatte er immer gesagt. „Deshalb brauchen wir auch Vieh. Erst Recht, wenn wir Kinder haben wollen." Und dann hatte er sie mit diesem Blick angesehen, dessentwegen sie ihn geheiratet hatte. Und er sollte Recht behalten, aber anders und schlimmer, als es Irène je in den Sinn gekommen war. Vor fast zwei Jahren, ihr gemeinsamer Sohn Dominic war gerade vier geworden, war er aufs Meer hinausgefahren und nicht zurückgekehrt. Es war kein stürmischer Morgen gewesen, und Jean war ein guter Seemann, und dennoch war er auf See geblieben. Irène hatte sich im nachhinein oft gefragt, ob er vielleicht geahnt hatte, daß das Meer ihn eines Tages holen würde, und deshalb auf die Viehzucht bestanden hatte.

Heute jedenfalls war Irène froh, ihr Dutzend Kühe zu haben. Keiner sonst in den Fischerdörfern an der Küste hatte Kühe, und sie

Als sie von Fern aufblickten, erkannten sie ihn nicht; sie schrieen auf und weinten. Jeder zerriß sein Gewand; sie streuten Asche über ihr Haupt gegen den Himmel.

\- Hiob 2, 11

machte Butter und Käse, die sie zu einem guten Preis verkaufen konnte. Daneben hielten sie noch Hühner und Ziegen, und es ging ihnen nicht schlecht. Die Leute im Dorf hatten sie akzeptiert, und Dominic wuchs in der Obhut seiner Großmutter Marie auf, die sich nebenbei um den Haushalt kümmerte.

Mit ein paar lauten Rufen scheuchte sie die Kühe vom Gatter weg und betrat die saftige Weide. Nachdem sie die Kannen abgesetzt hatte, schoben sich die Kühe dicht an sie heran, und sie strich ihnen über die langen, breiten Nasen und sprach sie flüsternd mit Namen an.

Es regnete zwar kaum noch, aber der böige Wind fegte durch die Rodung und zerrte an ihrem Mantel. Irène beschloß, die Kühe im Stall zu melken. Drinnen war es warm und roch nach Mist. Sie stellte die Kannen in eine Ecke und holte Eimer und Melkschemel aus dem Spind. Draußen drängten sich die Kühe vor der Stalltür, aber sie holte sie nacheinander herein und schickte sie nach dem Melken wieder hinaus.

Langsam wurde es draußen dunkel, und Irène beeilte sich mit dem Misten, nachdem sie die letzte gemolken hatte. Sie war fast fertig, als sie durch ein lautes Scharren und Trampeln vor der Stalltür unterbrochen wurde. Besorgt blickte sie aus dem Fenster. Statt wieder auf die

Weide hinaus zu laufen, drängten die Kühe sich an die Stallwand und warfen aufgeregt die Köpfe in die Luft. Am dicht bewölkten Abendhimmel konnte sie manchmal einen hellen Widerschein aufblitzen sehen. Donner hörte sie nicht. Seltsam, daß die Tiere sich so aufregten, wenn das Gewitter noch so weit entfernt war. Achselzuckend öffnete sie die Tür und ließ die aufgebrachten Kühe in die Sicherheit des Stalles. Mit einem kurzen Blick überprüfte Irène den Wasserstand im Trog Es hatte genug geregnet, und sie mußte kein Wasser vom Bach holen. Also schulterte sie das Joch mit den gut gefüllten Milchkannen und machte sich durch den Wald auf den Heimweg.

Jetzt verfluchte sie sich, daß sie so lange abgewartet hatte, bis sie zu den Tieren hinaufgegangen war. In dem dichten Wald war es beinahe stockdunkel. Irène ging langsam und achtete genau auf jeden ihrer Schritte. Der Weg war schlecht zu erkennen, uneben und glitschig.

Sie atmete auf, als sie den Bach erreichte. Von hier aus war es nicht mehr allzu weit bis zum Waldrand. Als sie die Brücke über den Bach betrat, blieb ihr Blick an einer großen, weißen Feder hängen, die langsam in der Strömung trieb. Verwundert blieb sie stehen und beobachtete, wie die Feder unter der Brücke hindurch trieb und auf der anderen Seite langsam wieder im Dunkel verschwand. Doch es war nicht nur *eine* Feder: Immer mehr weiße Flecken tanzten auf der Wasseroberfläche. Vorsichtig stellte sie die Milchkannen auf der Brücke ab und fischte eine der prächtigen Federn aus dem Wasser. Die Feuchtigkeit perlte von ihr ab. Jetzt sah sie, daß die Spitze der Feder versengt war. Der Engel, schoß es ihr durch den Kopf. Er mußte vom Blitz getroffen worden sein! Sofort stürzte sie los und rannte bachaufwärts.

Und tatsächlich, hinter der nächsten Biegung des kleinen Bachs entdeckte sie den Engel. Er lag rücklings im Wasser, und seine verkohlten Flügel waren grotesk verdreht unter ihm ausgebreitet.

Wie angewurzelt blieb Irène stehen und starrte ins Dunkel der Nacht. Außer dem Engel, der trotz der schwarzen Flecken auf seinem Körper strahlend weiß vor ihr lag, konnte sie kaum etwas erkennen.

Der Körper des Engels war übel zugerichtet. Seine nackte Brust war zum größten Teil von einer dunklen Kruste überzogen. Auch die linke Hand war verbrannt, der Arm sah gebrochen aus, und über den

Hals und die linke Wange zog sich eine lange, schmale Verbrennung. Am schlimmsten aber sahen seine Flügel aus. Das Feuer hatte riesige schwarze Löcher ins weiße Gefieder gebrannt, aus denen die zierlichen Knochen wie Zweige eines verbrannten Baumes hervorstanden. Der bittere Gestank von verbranntem Fleisch und Federn stieg Irène in die Nase, und der Reiz, sich zu erbrechen, kroch ihr die Kehle hoch. Haltsuchend taumelte sie gegen den nächsten Baum und schüttelte wütend den Kopf. Mit zusammengepreßten Lippen kämpfte sie den Brechreiz und den Wunsch, einfach davonzulaufen, nieder und stolperte durch den Bach auf den Engel zu. Vielleicht war er ja gar nicht tot, schoß es ihr durch den Kopf. Und tatsächlich, als sie nach einem unendlich langen Moment des Zögerns wagte, seine unversehrte Schulter zu berühren, konnte sie deutlich Wärme unter seiner glatten Haut spüren.

Der Engel hatte den Körperbau eines schlanken, sehr muskulösen Jungen von vielleicht sechzehn oder siebzehn Jahren. Aber Irène stellte sich vor, er müßte schwerer sein als zehn Männer. Sie war überrascht, wie leicht er sich anfühlte, als sie ihn unendlich vorsichtig aufsetzte, um ihn besser anfassen und aus dem Wasser ziehen zu können. Ihre größte Angst war, der Engel könnte plötzlich die Augen aufschlagen und sie ansehen. Sie war sich sicher, daß ihr Herz einfach stehen bleiben würde, wenn sein Blick sie traf.

Der Rücken des Engels war schwer verbrannt, aber unter dem Schlamm des Bachbetts konnte Irène auch drei tiefe Furchen spüren, die sich auf der ganzen Länge durch das Fleisch zogen. Der Engel war nicht vom Blitz getroffen worden, er war im Kampf verwundet worden.

Eiskaltes Entsetzen ergriff sie. Ihr war klar, was dem Engel diese Verletzungen zugefügt haben mußte. Die Traumsaat. Und wenn sie den Engel besiegt hatte, konnte sie nur beten, daß sie mittlerweile davongeflogen war.

Entschlossen schob sie Furcht und Respekt beiseite, schlang ihre Arme um die Brust des Engels und zog ihn rückwärts durch das Bachbett zur Brücke.

Sie wußte nicht, wie oft sie im Bach und auf dem Weg ins Dorf gestolpert und wie oft sie, halb unter dem reglosen Körper des Engels begraben, schluchzend zusammengebrochen war. Aber irgendwann erreichte sie endlich Valencas.

Mittlerweile war das Licht des Tages vollständig dem Dunkel der Nacht gewichen, und niemand beobachtete, wie sie den Engel mit letzter Kraft in ihr Haus schleifte, ehe sie vollkommen durchnäßt und mit schmerzendem Rücken zu Füßen ihrer Mutter zusammenbrach.

♦ ♦ ♦

Sie mußte sofort vor Erschöpfung eingeschlafen sein. Marie hatte sie erst einmal schlafen lassen und ein Krankenlager für den Engel vorbereitet. Jetzt rüttelte sie sanft an Irènes Schulter und reichte ihr eine Schale heißer Brühe.

„Ich kann ihn nicht allein bewegen. Aber iß erst einmal, und dann legen wir ihn zusammen aufs Stroh. Ich habe Wasser heiß gemacht und Tücher abgekocht, damit wir seine Wunden versorgen können."

Irène sah ihrer Mutter dankbar nach, die wieder zum Herd hinüberging. So rechthaberisch und spröde sie sonst auch sein mochte, sie hatte einen unbeirrbaren Sinn für das Praktische und Notwendige, und Irène wußte, daß sie sich immer auf sie verlassen konnte.

„Was ist mit Dominic?" erkundigte sie sich, während sie vorsichtig die Brühe schlürfte.

„Er schläft. Er ist eingeschlafen, ehe er gemerkt hat, daß du dich verspätet hast."

Beruhigt setzte Irène die Schale ab und wandte sich dem Engel zu. Zum ersten Mal konnte sie im Schein der Öllampen sein Gesicht richtig betrachten. Trotz der häßlichen Verbrennungen war er ein sehr schöner Junge. Junge? Sie war sich sicher, daß es nicht das richtige Wort war, aber so, wie er jetzt vor ihr lag, besinnungslos und mit geschlossenen Augen, wirkte er fast wie ein krankes Kind. Sein Gesicht war ganz entspannt, und feine dunkle Linien verliefen von der Stirn über die Schläfen bis zu den Wangen. Entlang der Linien konnte sie Symbole erkennen, wie sie auch der Priester, der ihr Dorf regelmäßig besuchte, auf seinem Gewand trug. Der Engel hatte eine sehr helle Haut, fast so weiß wie seine Federn, und sein Haar schien unter dem Dreck und Blut hellblond zu sein.

„Jetzt starr ihn nicht so an, sondern hilf mir, ihn auf das Stroh zu legen", zischte ihre Mutter sie an und kam vom Herd herüber. Gemeinsam hoben sie den Engel vorsichtig auf das Strohlager, über das ihre Mutter saubere Laken gebreitet hatte. Irène stützte den Rücken des Engels, während ihre Mutter vorsichtig seine zerfetzten Flügel ausbreitete.

Marie runzelte die Stirn und betrachtete den Engel, dessen Flügel von einer Außenwand des Hauses zur anderen reichten, obwohl sie längst nicht ganz gespreizt waren.

„Gut, daß wir so eine große Stube haben."

Sie holte einen Blechkessel mit Wasser und die Tücher vom Herd und begann, seine Wunden zu säubern.

„Hoffentlich hat der Herr ihn nicht vergessen, er kann seinen Beistand jetzt gut brauchen. Wir können nur beten, daß dein Gast uns nicht unter den Fingern weg stirbt." Und genau das tat sie jetzt auch – während Irène ihr schweigend half, den schwer verletzten Engel zu versorgen, murmelte Marie unablässig Gebete.

Als Irène endlich ins Bett fiel, nachdem sie noch einmal nach Dominic gesehen hatte, wirbelten die Ereignisse des Tages in ihrem Kopf durcheinander. Ein echter und wahrhaftiger Engel war vom Himmel gestürzt, und sie hatte ihn gefunden und in ihr Haus getragen. Die ganze Sache war so absurd, so unglaublich, daß sie jetzt einfach nicht einschlafen durfte, sonst würde sie morgen aufwachen und feststellen, daß alles nur ein Traum gewesen war.

♦ ♦ ♦

Als der Morgen kam, hatte es aufgehört zu regnen, und die Strahlen einer schwachen, glutroten Sonne brachen hier und da durch die Wolkendecke. Im Wald stieg Bodennebel auf und verflüchtigte sich langsam zwischen den Stämmen. Einzelne Sonnenstrahlen fanden sogar den Weg durch das dichte Geäst, ihr warmer Schein durchschnitt die geisterhaften Nebelschleier.

Als das erste Morgenlicht auf den geborstenen Kadaver des Feuerkäfers traf, der abseits des Baches zwischen Bäumen lag, ein Flügel abgetrennt, der andere in Fetzen um seinen häßlichen Kopf gewickelt, begann sein toter Körper, sich zu bewegen. Zuerst war es ein unmerkliches Vibrieren, dann bebte und zuckte der schwarze Käferleib immer heftiger, bis plötzlich sein Rückenschild aufbrach und eine Wolke winzig kleiner Fliegen daraus hervorquoll.

In Sekundenschnelle war der Dämon vollkommen von den hektisch summenden Fliegen eingehüllt. Es sollte nicht lange dauern, bis sie aufflogen und nur eine leere Hülle zurückließen.

Eben noch eine dichte Wolke, schwärmten die schwarzen Fliegen jetzt zwischen den Bäumen aus. Vorbei an der Stelle, wo der Engel gefallen war, vorbei an dem anderen Feuerkäfer, der ausgebrannt in den Ästen hing, vorbei an den beiden Milchkannen, die verlassen auf der kleinen Brücke über den Bach standen schwirrten sie hinaus in die Morgenluft.

♦ ♦ ♦

Als Irène am Morgen hinauf in den Wald ging, um die Milchkannen zu holen, kam es ihr fast so vor, als hätte der gestrige Abend wirklich nicht stattgefunden. Aber in ihrer Stube lag ein verwundeter Engel mit weit ausgebreiteten, zerfetzten Flügeln. Er hatte die Nacht erstaunlich gut überstanden. War Irène sich gestern kaum sicher gewesen, wieviel Leben noch in dem blassen Körper steckte, so hatte sie heute früh beruhigt festgestellt, daß der Engel in einen tiefen, ruhigen Schlaf gefallen war.

Bei Tageslicht sah der Platz, an dem sie den Engel gefunden hatte, aus, als sei hier ein riesiger Vogel von einem noch größeren Räuber geschlagen und gerupft worden. Überall im Unterholz und auch oben in den Zweigen hingen weiße Federn, und unter einem besonders hohen Baum waren das Gebüsch niedergedrückt und der Boden aufgewühlt. Hier mußte der Engel abgestürzt sein. Wie er es in seinem Zustand noch in den Bach geschafft hatte, war ihr ein Rätsel. Aber eine breite Schleifspur bewies, daß es ihm irgendwie gelungen war. Womöglich hatte er noch gebrannt.

Das ist Gottes Werk, dachte Irène, als sie vorsichtig zu dem Baum hinüberging. Mutter braucht sich keine Sorgen zu machen, der Herr hält seine schützende Hand über seine treuesten Diener.

Sie blickte den ruhig dahinfließenden Bach entlang. Die beiden Milchkannen standen sicher auf der kleinen Brücke und schienen die Nacht gut überstanden zu haben. Es bestand kein Grund zur Eile – sie konnte sie auch gleich noch holen. Sie ließ ihren Blick wieder durch das Gehölz um die Absturzstelle schweifen. Wenn man genau hinsah, konnte man oben in den Zweigen die Schneise erkennen, durch die der Engel in den Wald herabgestürzt war. Eilig drängte sich Irène durch die Büsche. Auch wenn sie langsam wieder die Angst vor dem Angreifer beschlich, war sie doch zu neugierig, um nicht weiterzugehen. Außerdem wollte sie als erste den Wald absuchen, bevor das halbe Dorf sich hier oben versammelte.

Und tatsächlich fiel ihr nach ein paar Metern etwas Glänzendes im Unterholz ins Auge. Ein langer Stab ragte zwischen den Büschen hervor. Eine lange, schlanke Klinge war tief in die Erde eingedrungen. Ein matter Glanz lag auf dem Schaft, der mit einer Art Leder oder Gummi überzogen zu sein schien. Es mußte die Waffe des Engels sein. Ehrfurchtsvoll griff Irène nach dem Schaft, um sie aus dem Boden zu ziehen, doch als sie ihn berührte, durchzuckte ein jäher Schlag ihren Körper. Erschrocken zog sie die Hand zurück. Wie töricht von ihr, die Waffe eines Engels berühren zu wollen!

Sie hatte gerade entschieden, die Milchkannen zu holen und wieder ins Dorf zurückzukehren, als sie den Dämon entdeckte.

Er schwebte nicht weit von ihr reglos zwischen den Ästen und reckte ihr seine bedrohlichen Kiefer entgegen. Hundertfach brach sich die Morgensonne in den grünschillernden Augen des Untiers. Jeden Augenblick würde es abrupt auf sie zu schnellen, würden die Kiefer sie umschließen, ihrem Leben ein Ende setzen ...

Dann sah sie, daß die Kreatur leblos in den Bäumen hing, die Beine schlaff und die großen Facettenaugen gebrochen. Sie erinnerte Irène an eine riesige schwarze Küchenschabe.

Als sie wieder auf der Brücke nach den Milchkannen sah, mußte sie zuerst eine Wolke kleiner schwarzer Fliegen verscheuchen. Woher die Schmarotzer auch gekommen waren, sie hatten die süße Milch in den Kannen gerochen und schwirrten nun aufgeregt um sie herum. Irène beeilte sich, ins Dorf zurückzukommen.

Kapitel drei

Die befehlsgewohnte Stimme des Komturs, den seine Männer nur unter dem Namen Kolya kannten, schallte laut über den Bergpfad, der über die unwegsamen Höhen der Pyrenäen nach Mont Salvage, dem sturmumtosten Himmel der Urieliten, hinaufführte.

„Los, vorwärts, ihr lahmes Pack! Es wird schon schwer genug werden, Vater Wolfram zu erklären, warum wir heute mit leeren Händen zurückkommen, ohne daß ihr vor lauter Gaffen vom Pferd fallt!"

Er und seine Leute waren Beutereiter, die für die Angelitische Kirche die Steuern eintrieben. Kolyas Rotte stellte insofern eine Besonderheit dar, als daß sie nicht einem Kloster zugeordnet, sondern direkt in Mont Salvage stationiert war. Von dort aus brachen sie zu ihren ausgedehnten Beutezügen auf, um in ganz Iberia den Kirchenzehnten einzutreiben. Und da hockten sie nun auf ihren Pferden, fast drei Dutzend hartgesottene Männer und Frauen, eine der größten Beutereiterrotten Europas, und gafften zum Himmel hinauf. Sie gafften ganz genau wie das gemeine Volk auf dem Lande, das Kolya in Gedanken insgeheim immer als ‚abergläubisch' abtat. Und das nur, weil direkt über ihren Köpfen in kaum zehn Metern Höhe eine vollständige Engelschar in allem Prunk vorbeizog. Zugegeben, aus solcher

Nun geschah es eines Tages, da kamen die Engel, um vor den Herrn hinzutreten.

- Hiob: 1,6

Nähe bekamen auch sie Engel nur selten zu sehen, aber war das ein Grund für erwachsene Menschen, mit weit aufgerissenen Mäulern würdelos in die Luft zu starren?

„Los, weiter geht's. Wir haben unsere Zeit dem lieben Gott schließlich nicht gestohlen." Verärgert riß Kolya an den Zügeln seines dampfenden schwarzen Wallachs und trieb ihm die Stiefelabsätze härter in die Flanken, als es nötig gewesen wäre, um das Tier wieder auf dem gewundenen Serpentinenpfad voranzutreiben.

Das Geschrei des Komturs blieb von den fünf geflügelten Gestalten unbemerkt. Dicht an der Flanke des Berges eilten sie in perfekter Rautenformation in raschem Flug der Ordensburg der Urieliten entgegen, um den Bericht über ihre Mission den Chroniken des Himmels hinzuzufügen.

An der Spitze der Raute flog Daniel, der Urielit der Schar. In seinem Haar trug er straff gewickelte smaragdgrüne Seidenbänder, die die gut schulterlange Pracht als steifen Zopf emporragen ließen. Einige ebenfalls smaragdgrün gefiederte Pfeile ragten aus dem flachen

Holzköcher, der mit einem breiten Lederriemen schräg über seinem Steißbein fixiert war.

Sein Gegenstück, die hintere Spitze der Raute, bildete Rahel. Unter den Engeln sagte man der Raphaelitin nach, sie könne jede Krankheit besiegen. Das Grau ihres streng zurückgebundenen Haars stand im krassen Gegensatz zu der Jugend ihres Gesichts. Rahel konnte kaum älter als vierzehn, höchstens fünfzehn Jahre sein.

Genau im Zentrum der Raute flog Ariel, die Michaelitin. Sie war – obschon das Oberhaupt – deutlich die Jüngste der Schar. Die schwere Verantwortung, die auf ihren Schultern lastete, ließ sie innerlich fast zerreißen. Einmal gab sie sich, als seien alle Missionen, die Gefahren und Abenteuer ein großes, herrliches Spiel für sie, dann wieder schienen ihre Augen alle Greuel zu sehen, die der Herr der Fliegen dieser Welt zu geben hatte, und in ihren kindlichen Zügen waren nur Schmerz und Bitterkeit zu lesen.

Zu ihrer Linken glitt Malloriel dahin, der selbst unter den als extravagant geltenden Mitgliedern des Ordens der Ramieliten auffiel. Auf dem Rücken trug er in einem großen Lederbeutel die gravierten Platten aus matt schimmerndem Metall, die er auf dem Weg zum Himmel aus den Trümmern einer alten Fabrik geborgen hatte, in deren ausgebranntem Turm die Schar genächtigt hatte. Für ihn, bei dessen Ausbildung das Fliegen nicht gerade im Mittelpunkt gestanden hatte, mußten die Platten eine enorme zusätzliche Belastung darstellen, doch der Bewahrer des Wissens trug sie klaglos und voll Stolz. Er war mit Abstand der Älteste der Schar, und sein ebenfalls vorzeitig ergrautes, fast silbriges Haar flatterte im Gegensatz zu Rahels lang über seinen Schultern im Wind. Im Stehen reichte es ihm bis weit übers Gesäß.

Nur einer aus der Schar war noch schwerer beladen als Malloriel: Aadoniel, der stämmige Gabrielit. Die zahllosen Waffen, besonders das prächtige Flammenschwert an seiner Hüfte, das Wahrzeichen seines Ordens, waren zweifellos eine große Last. Doch der stämmige junge Engel mit dem schwarzen Haar, das mit einem mit Segensformeln bestickten roten Tuch umwunden war, klagte ebenso wenig wie sein gelehrter silberhaariger Gefährte. Man hatte den Gabrieliten gelehrt, alle Mühen stumm zu erdulden, und Aadoniel war ebenso stur wie stolz. Kein Wort kam über seine Lippen.

♦ ♦ ♦

Ab Guillaume saß in seinem geräumigen Gelaß im Westpfeiler, trank mit seinem Gast Tee und löffelte Gemüsebrei, als Ariels Schar die Burg erreichte. Vorbei am Spitzbogenfenster des Ab schwebten die fünf Engel langsam zum Inneren Paradehof mit den sorgsam gepflegten Rabatten hinunter.

„Die Boten des Herrn, mein Ab – ohne Bruder Welja", bemerkte der Mann, der in der Fensternische lehnte und so ausgezehrt wirkte, als habe ihn eine schwere, allmählich zum Tode führende Krankheit in ihren Fängen. Schwarzer Tee war aus seinem gelähmten linken Mundwinkel gesickert und befleckte das helle Leinenfutter seiner Gugel, eines kapuzenähnlichen Kleidungsstücks. Zu seinen Füßen schlummerte ein winziger dunkelbraun und weiß gescheckter Hund. Als der Mann Anstalten machte, sich zu setzen, sah es eher so aus, als bräche er in der Nische zusammen.

„Die Boten des Herrn sind zurückgekehrt. Geht und hört ihre Botschaft, Ab."

Ab Guillaume, das geistliche Oberhaupt des Himmels der Urieliten und damit einer der höchsten Würdenträger der Angelitischen Kirche, sah den Mann in der Fensternische mit unverhohlenem Abscheu an. Aber er wußte nur zu genau, in welchem Auftrag sein hagerer Besucher unterwegs war, also schluckte der Ab die spitze Bemerkung, die ihm in den Sinn kam, hinunter und erhob sich wortlos, um den Missionsbericht der Schar entgegenzunehmen.

In seinem Arbeitszimmer hatte Ab Guillaume sich auf seinem prächtigen Holzthron vor einem prunkvollen, in Grün- und Goldtönen gehaltenen Gobelin, der eine Engelsweihe in Roma Æterna darstellte, niedergelassen und hörte den Missionsbericht der Schar Ariels. Den Akt der zeremoniellen Segnung der heimkehrenden Schar, nur eines der zahlreichen minderen Sakramente der Angelitischen Kirche, hatte er eher nachlässig hinter sich gebracht, denn in seinem Inneren war der Ab ein Mann der Tat und kein Freund mystischen Gepränges oder geheimnistuerischer Rituale.

Wie auch sonst nach den Missionen dieser Schar, war die Michaelitin nicht wie üblich allein zum Rapport bei Guillaume erschienen, sondern wurde von ihrem Ramieliten Malloriel begleitet. Er war es auch, der das Wort führte, da Ariel es vorzog, telepathisch zu kommunizieren, eine Form der Verständigung, die zumindest für Guillaume eine ziemlich einseitige Angelegenheit geworden wäre.

„Der Vorfall konnte sich nur ereignen, mein Ab, weil der uns anvertraute Legat aus Æterna in keiner Weise bereit war, sich an Ariels Anweisungen zu halten.“ Guillaume verstand sehr wohl was Malloriel nicht laut aussprach, nämlich daß der Geistliche selbst schuld an dem Schicksal war, das er erlitten hatte. Weder er noch Ariel waren bereit, sich und die Schar für das Geschehene zu rechtfertigen. Ab Guillaume erhob sich von seinem Stuhl und sah den silberhaarigen Engel durchdringend an. Dann durchmaß er mit langen Schritten mehrfach seine Kammer.

„Jeder hier im Himmel weiß“, sagte der Ab der Urieliten schließlich mit mühsam unterdrückter Erregung, „daß Prälat Karolus und Bruder Welja als direkte Legaten des Pontifex Maximus aus Æterna hierher gekommen sind, um sich persönlich mit dem Phänomen des Brandlandes und der ekstatischen Priester auseinanderzusetzen, die umgeben von diesen sogenannten Jüngern des Paradieses vor den Fegefeuern herziehen. Bruder Welja bekommt von mir eine meiner besten Scharen als Eskorte, um zu der nächstgelegen Stelle zu reisen, von wo uns die Aktivitäten eines solchen ekstatischen Priesters gemeldet wurden,“ der Ab blieb stehen und sah die Engel wieder scharf an, „und da interessiert es mich nicht im mindesten, ob ihr einen sturen Hund, einen sanften Frömmler oder den Pontifex persönlich zu begleiten hattet – er hätte niemals Gelegenheit bekommen dürfen, sich allein mit diesem Ekstatiker zu treffen!“

„Der Erfolg unserer Mission hing entscheidend von der Kooperation des Legaten Welja mit unserer Schar ab,“ fiel ihm Malloriel unerbittlich ins Wort. Ariel warf ihm einen warnenden Seitenblick zu, etwas blitzte in beider Augen auf, und der Ramielit verstummte augenblicklich.

Ab Guillaumes Blick schien fast triumphierend. „In jedem Fall habt ihr mich schwer enttäuscht, Ariel“, sagte er an die Michaelitin gewandt. „Ihr könnt bis auf Weiteres gehen. Kastellan Bruder Clarence wartet draußen. Er wird euch eure Unterkünfte zuweisen."

Damit war das Gespräch beendet. Die beiden Engel wandten sich sichtlich verärgert um und verließen das Arbeitszimmer des Ab.

♦ ♦ ♦

Aadoniel hätte seiner besonders ausgeprägten Wahrnehmung nicht bedurft, um zu bemerken, daß der gesamte Himmel summte wie ein Bienenstock – eine Assoziation, die der Gabrielit sich angesichts der Ähnlichkeit vieler Traumsaatkreaturen mit diesen Geschöpfen sofort wieder verbot. Dennoch: Es war für den kriegserfahrenen Gabrieliten offensichtlich, daß sich die Stimmung in der Engelsburg während ihrer Abwesenheit vollkommen gewandelt hatte. Wohin er auch blickte waren die Kriegsvorbereitungen in vollem Gange. Auf Ab Guillaumes Geheiß eilten die Engelscharen aus allen Himmelsrichtungen zurück in die Ordensburg. Die Quartiere der Engel in den höheren Regionen des Himmels wirkten jetzt schon überfüllt. Und unten in den Höfen am Fuße der mächtigen Festung standen die Templer bereits in erhöhter Alarmbereitschaft.

Aadoniel hatte auch bemerkt, daß seit vielen Stunden Flüchtlinge in die Ordensburg strömten, die sich offenbar aus dem Umland vor der marodierenden Traumsaat retten wollten, die vom Festland herüber kam. Die herbeiströmende Landbevölkerung erinnerte vom Körperbau her auffallend an den gedrungenen Gabrieliten. Die meisten von ihnen waren kleine, dunkelhäutige, zähe Menschen mit lockigem, schwarzem Haar. Natürlich fehlten ihnen die Schwingen des jungen Todesengels.

Er war zu einer Brustwehr nur wenige Stockwerke über dem Boden herabgeflogen und beobachtete das Treiben an den Toren. Die Templer und die urielitischen Monachen hatten alle Hände voll zu tun, die verzweifelten, durchnäßten Menschen zu empfangen und fürs Erste auf große Behelfsunterkünfte in den unteren Bereichen des Himmels zu verteilen. Fast erschien es dem Gabrieliten, als kämen von Stunde zu Stunde mehr Flüchtlinge – ganz wie auf jener Photographie eines Flüchtlingstrecks, die er einmal gesehen hatte, einer jener geheimnisvollen Abbildungen der Wirklichkeit, die keine Gemälde waren. Das Geheimnis ihrer Herstellung war in den Wirren der Veitstänze und der Zweiten Flut verloren gegangen, hieß es. Doch jenes Bild, das anläßlich eines großen Krieges in einem lang vergangenen Jahrhundert entstanden sein mußte und das die Schar im Gebiet der Champagne auf einem ausgedehnten Ruinenfeld gefunden hatte, hatte sich Aadoniel unauslöschlich ins Gedächtnis eingebrannt. Soviel Elend, soviel Verzweiflung – und so wenig Gottvertrauen war in den ausgezehrten, ausgemergelten Gesichtern der müde voran stolpernden Gestalten zu sehen gewesen.

Während der Gabrielit von der Zinne herab den endlosen Flüchtlingsströmen zusah, spielte er gedankenverloren mit einem weiteren Fundstück aus der Zeit Davor, das er bisher selbst vor den anderen Mitgliedern seiner Schar verborgen gehalten hatte. Es war ebenfalls ein Gerät aus der Ära vor der Zweiten Flut, wahrscheinlich irgendein technisches Zeitmeßinstrument. Aadoniel faszinierte die Idee, daß jeder seine eigene Uhr mit sich herumgetragen hatte. Wäre es nicht ungemein praktisch, wenn jeder immer genau wüßte, wie spät es war? Aber Geräte wie sein heimlicher Fund standen unter dem Technikbann der Angelitischen Kirche. Merkwürdige Zeichen – vorsintflutliche Schrift, nahm der Gabrielit an – waren auf der Unterseite des Metallgehäuses eingraviert. Das Band, mit dem sie die Menschen in früheren Zeiten wohl am Arm befestigt hatten, bestand aus einer Reihe flexibler Metallglieder. Nur zu gerne hätte er seinen Schatz den anderen Mitgliedern seiner Schar gezeigt, hätte Malloriel nach dem Sinn der Gravur befragt, aber zweifellos hätte Ariel ihn sofort der Ketzerei bezichtigt, ja, ihn vielleicht gar den kirchlichen Autoritäten übergeben. Seufzend schob er seinen Schatz wieder in die Falten seines schwarzen Gewandes.

Auf seinem Weg durch den Himmel zurück zu den Unterkünften der Engel begegnete Aadoniel mehr unbekannten als bekannten Gesichtern. Manche der Engel und Templer kamen offensichtlich von sehr weit her. Gerüchte über Belagerungen und Schlachten machten die Runde, und auch wenn er hastig an allen gedämpften Gesprächen vorbei eilte, empfand er tatsächlich für einen kurzen Moment so etwas wie Besorgnis. Wohin mochte das nur alles noch führen?

♦ ♦ ♦

Ab Guillaume saß allein unter dem antiken Gobelin in seinem Arbeitszimmer und spielte geistesabwesend mit dem silbernen Kugelschreiber, den er als Schmuck an einer Kette um den Hals trug und in dessen Clip das allsehende Auge, das Zeichen seines Ordens, eingraviert war. Die grüne Kerze auf dem Tisch neben ihm war heruntergebrannt, und düstere Gedanken lasteten auf ihm. Wenn das so weiterging, würde die Ordensburg heute abend überfüllt sein. Es war ein vollkommen hoffnungsloses Unterfangen, allen Menschen des Umlandes vor der herannahenden Traumsaat Zuflucht gewähren zu wollen – er mußte endlich aktiv werden.

Entschlossen schob Guillaume seinen Stuhl zurück und wuchtete seinen massigen Körper empor. Im Hinausgehen wischte er mit der linken Hand beiläufig über die runde Fläche aus mattem Metall neben der Tür, und das Licht des Herrn erlosch. Seit Menschengedenken erleuchtete es diesen Raum, wann immer ein Ab es wünschte.

♦ ♦ ♦

Am Abend peitschte ein unablässiger, kalter Regen den Himmel der Urieliten. Die Schar war von einem jungen Monachen in das Vorzimmer des Audienzsaales des Ab geführt worden. Das heißt, die Schar mit Ausnahme Aadoniels und Daniels. Der schweigsame Urielit gab einem jungen Engel namens Nahemiel Flugunterricht und nahm die Ausbildung seines Schützlings so ernst, daß er den Novizen schlicht ignoriert hatte, der verzweifelt versucht hatte von der oberen Plattform aus seine Aufmerksamkeit zu erregen. Wo Aadoniel steckte, wußte niemand.

Wir können den Audienzsaal nicht betreten, ehe die beiden anderen nicht da sind, ließ Ariel verärgert die anderen Engel an ihren Gedanken teilhaben. *Der Ab wird zweifellos sehr unzufrieden sein, wenn er die Anwesenheit einer gesamten Schar befiehlt und nur drei der fünf Engel seinem Ruf folgen.*

Mit einer knappen Handbewegung wies sie auf Malloriel. *Wir haben es eilig, deshalb können wir die beiden nicht zusammen suchen gehen. Kümmere du dich um Aadoniel.*

Die Botschaft war kaum in Malloriels Geist verklungen, da stolperte der Gabrielit auch schon durch die großen Flügel der Stahltür, hinter der das zentrale Treppenhaus des Himmels lag. Die geröteten Wangen und die schweißbedeckte Stirn des Engels verrieten deutlich, was er getan hatte. Nur wer die mehr als 200 Stockwerke bis hier herauf zu Fuß zurückgelegt hatte, statt seine Schwingen zu nutzen um außen an der Ordensburg emporzufliegen, konnte so aussehen.

„Davon abgesehen, daß ich von euch Gabrieliten natürlich nichts anderes erwarte, muß ich dir zugestehen, daß deine merkwürdigen Vorstellungen von körperlicher Ertüchtigung selbst mich beeindrukken. Und ich sage nur merkwürdig, um einen guten Kameraden nicht mit einer wirklich beleidigenden Formulierung vor den Kopf zu stoßen“, begrüßte ihn Malloriel spöttisch.

Es dauerte einige Sekunden, bis Aadoniel erfaßte, was der Ramielit da gerade gesagt hatte. Er stieß einen kleinen Wutschrei aus und machte Anstalten, sich auf Malloriel zu stürzen, als der fünfte Engel durch die Flugöffnung des Vorzimmers hereinschoß und mit seiner sehnigen, gebräunten Hand Aadoniels Handgelenk umschloß wie mit einem Schraubstock.

„Die Wege des Herrn sind unergründlich, mein ungestümer Freund, aber sie sehen gewiß nicht vor, daß Engel gegen Engel kämpft“, erklang die sonore Stimme Daniels, des Urieliten, der neben den restlichen Mitgliedern seiner Schar landete. Ariel nutzte die kurze Pause nach der Aadoniel sicher in großes Geschrei ausgebrochen wäre, und wandte sich in Gedanken an ihre Schar: *Gehen wir hinein.* Sie stieß die Tür auf, die weiter ins Innere des Himmels und in den Audienzsaal Ab Guillaumes führte.

Auch die neuen, kostbaren Gewänder konnten nicht verhindern, daß der ausgemergelte Mann zur Rechten des Ab aussah, als seien seine Tage gezählt. Seine gesamte linke Gesichtshälfte war gelähmt, und der Körper von Prälat Karolus war kaum mehr als ein Gerippe. Seine dürre Gestalt war in goldenes Ornat gehüllt, und um den Hals trug er eine schwere Goldkette, in der Form des Strahlenkranzes des Michaelis-Ordens. Er sah der eintretenden Engelschar, vor allem dem gedrungenen Gabrieliten, mit unverhohlenem Grimm entgegen. Ehe Ab Guillaume die eintretenden Engel auch nur willkommen heißen konnte, erhob er sich mit erstaunlicher Energie und schnarrte unvermittelt:

„Ariel, verehrte Schwester vom Orden der Michaeliten, für dich mag ein Einsatz wie jener, der gerade so katastrophal gescheitert ist, ein einziges großes Spiel sein, aber wenn ein Bruder in einer vorsintflutlichen Fabrikruine von einem Ketzer getötet wird, dann ist das in meinen Augen eine Tragödie."

Ariel war es, als halle die dünne, krächzende Stimme des alten Inquisitors ihres Ordens im gesamten Turm wieder. Mühsam erhob die Erste der Schar ihre Stimme, deren Benutzung sie alles andere als gewohnt war:

„Für mich ist eine Mission keineswegs ein Spiel, Vater Karolus, aber wenn sich Erwachsene, noch dazu Brüder vom Orden derer, die sind wie Gott, unvernünftiger benehmen als kleine Kinder, dann ist ihr Tod nicht mein Verschulden."

Es war schon lange her, daß Ariel so lange an einem Stück gesprochen hatte. Ihre Worte kamen ihr hölzern und unbeholfen vor, und sie rechnete fest damit, daß Karolus jetzt erst recht in Gezeter ausbrechen würde, doch er sagte nur ruhig: „Der Ausgang der Mission ist in den Chroniken der Michaeliten unauslöschlich vermerkt worden, Ariel." Dann nahm er so würdevoll es ihm möglich war wieder Platz.

„Es ist nur zu verständlich, daß ihr ungehalten seid, Prälat Karolus", ließ sich Ab Guillaume nun vernehmen. „Nun, neue Situationen erfordern neue Maßnahmen, und das Dahinscheiden Bruder Weljas ... "

„Ihr sagt das so", zischte der Prälat wütend dazwischen, „als sei er sanft entschlummert oder an einer Krankheit gestorben. Fakt ist aber, daß er in einem gottverlassenen Turm in einer gottverlassenen, zerfallenen Fabrik von einem verfluchten Ketzer ermordet wurde, während dieser zu seinem Leibwächter bestimmte Gabrielit", – er wies mit zitterndem, spitzen Finger auf Aadoniel –, „schlief. Und wir haben noch nicht einmal den Hauch einer Vorstellung davon, was genau Legat Welja eigentlich zugestoßen ist."

„Er wurde von einem Ketzer ermordet, mit dem er sich gegen unseren Willen traf. Wir haben gespürt, daß dieser Heide mehr ist als ein normaler Mensch. Schon als wir ihm zum ersten Mal in dem kleinen Hain gegenübertraten, in dem er sein Lager aufgeschlagen hatte, warnten wir Euren Begleiter eindringlich vor ihm, Eminenz", meldete sich Malloriel zu Wort. „Und was tat Welja daraufhin? Er stahl sich nachts davon, um sich heimlich mit dem Ketzer zu treffen!"

Ariel wollte ihrem silberhaarigen Begleiter gerade wie schon bei der ersten Unterredung mit dem Ab den Mund verbieten, doch der Ramielit verstummte von allein, als er die Wirkung seiner Worte auf Prälat Karolus sah. Der alte Mann, von dem es hieß er habe einmal einen Dorfpriester als Ketzer verbrennen lassen, weil er zur Renovierung seiner Kirche Kredite bei einem technikbegeisterten Diadochen in einer nahegelegenen Stadt aufgenommen hatte und der für den Flammentod mindestens zweier Autoren kirchenfeindlicher Schmähschriften verantwortlich war, war auf seinen Stuhl zusammengesackt.

Bevor sich eine unangenehme Stille ausbreiten konnte ergriff Ab Guillaume das Wort: „Ariel, ihr sagt, dieser Heide, der Bruder Welja getötet hat, habe bereits übermenschlich gewirkt, als ihr den Hain betreten habt, in dem er sein Zelt aufgeschlagen hatte ..." Er erhob sich und begann, in gewohnter Art im Zimmer auf und ab zu gehen, wobei er den alten Inquisitor keine Sekunde aus den Augen ließ. Ariel nickte kaum merklich und dachte, wie erstaunlich es doch war, daß Ab Guillaume dem bösartigen Greis aus Æterna so furchtlos die Stirn bot. Immerhin war er noch recht jung und erst seit einem knappen Jahr im Amt – seit dem Tod des langjährigen Abtes Alonso. Guillaume trat ans Fenster, blickte hinaus und zog die bodenlangen Vorhänge zu, dann lehnte er sich an den Sims und sah scheinbar in Gedanken versunken zu Boden.

Schließlich sprach der Ab weiter, sorgsam darauf bedacht, den Tonfall seiner Stimme neutral zu halten.

„Prälat Karolus hegt speziell an deiner Leistung, Ariel, ernste Zweifel. Auf seinen Rat hin werden wir der Schar für die Mission, zu der ihr morgen früh aufbrechen werdet, einen weiteren Michaeliten mitgeben, der ... "

Ariel ignorierte den warnenden Blick, den Ab Guillaume ihr während seiner Worte zugeworfen hatte, und fuhr erregt dazwischen: „Ich weiß zu schätzen, daß Ihr mich unterstützen wollt, Ab. Aber ich kann auf einen Berater durchaus verzichten. Diese Schar ist an mich und meinen Führungsstil gewöhnt. Jeder Wechsel würde uns wertvolle Zeit kosten und unsere Lage besonders in kritischen Situationen zusätzlich erschweren."

Grabesstille erfüllte den Audienzsaal. Ariel konnte sehen, wie Aadoniel seine Hände nervös zwischen den Falten seines Gewandes vergrub, und auch die anderen Mitglieder der Schar blieben von der plötzlichen Spannung im Raum nicht unberührt. Dann durchschnitt erneut die heisere Stimme des Alten das Schweigen.

„Du verstehst es immer noch nicht, Schwester. Am frühen Samstagmorgen wurde durch dein mittelbares Verschulden ein Sonderlegat der Angelitischen Kirche in geheimer Mission von einem Ketzer getötet. Ihr werdet in einer Schar von Sechs wieder an den Ort des Geschehens zurückkehren. Damit diese neu zusammengestellte Schar ihrer Aufgabe, der Ausspähung und Inhaftierung des Ketzers mit Namen Joram, gerecht werden kann, wird sie von Henaiel, einem erfahrenen Michaeliten, geführt werden. Henaiel wird dich nicht beraten, sondern er wird dich und die Deinen befehligen, meine Kleine, und du wirst nichts tun außer ihm zusehen, lernen und gehorchen. Haben wir uns verstanden?"

„Wenn in eurem Haus der Keller brennt, so würdet ihr auch den Dachstuhl anzünden, nicht wahr, Prälat Karolus?" Malloriels Stimme war ganz ruhig, aber Ariel wußte, daß der Ramielit immer dann in Rätseln und Sinnsprüchen zu reden begann, wenn er besonders aufgebracht war. Und anscheinend hatte seine Bemerkung den alten Keifer aus Æterna wieder schwer getroffen. Eine wulstige Ader an seiner kahlen Schläfe hatte zu pulsieren begonnen, und seine Kiefer mahlten. Aus dem Augenwinkel sah Ariel, wie Aadoniels Hand unwillkürlich zum Flammenschwert an seiner Seite wanderte.

Ariel warf ihrer gesamten Schar einen ihrer warnenden Blicke zu, schob den viel größeren Malloriel beiseite und deutete ein Kopfnicken an, das bei viel gutem Willen als Verneigung durchgehen mochte.

„Natürlich haben wir uns verstanden, Eminenz. Wir sind Engel des Herrn. Wir sind Boten des Lichts. Wir hören und gehorchen."

„Wir hören und gehorchen", wiederholte ihre verblüffte Schar automatisch die ritualisierte Grußformel, mit der sie eine neue Mission annahmen. Während sich Ariel, Malloriel und Daniel verneigten, legte Rahel die Handflächen sacht aneinander und nickte kaum merklich mit dem Kopf, wie es bei den Raphaeliten seit Jahrhunderten Brauch war. Aadoniel schlug mit der Faust gegen die feuerfeste, schwarze Metallplatte auf seiner Schulter. Dann begannen die Engel sich zurückzuziehen. Ariels zusammengekniffene Augen waren fest auf den Inquisitor gerichtet, der kalt zurück starrte.

„Der Herr mit euch", waren die letzten Worte von Ab Guillaume, die die Schar noch vernahm, ehe die schwere Tür sich hinter ihr schloß.

♦ ♦ ♦

Wie ein paar Kinder nach der Strafpredigt ihrer Eltern standen die fünf Engel im Vorzimmer des Audienzsaales und ließen gemeinsam die Flügel hängen. Keinem von ihnen war nach Reden zumute.

Diesmal duldet Ab Guillaume keinen Widerspruch. Der Anflug eines Lächelns, halb resigniert, halb aufmunternd, lang auf Ariels Lippen. Die anderen nickten zustimmend, auch wenn auf ihren Gesichtern mehr oder weniger unverhohlener Widerwillen zu lesen war.

Sie erreichten die obere Flugplattform auf der Westseite des Himmels. Ein kühler Abendwind strich über die Zinnen und trieb nur ein paar vereinzelte Regentropfen vor sich her. Quälend präzise wiederholte Malloriel, die Worte des Inquisitors der Michaeliten: „Du wirst nichts tun außer ihm zusehen, lernen und gehorchen, meine Kleine."

Offensichtlich hatten die Worte des alten Mannes den stolzen Bewahrer des Wissens noch viel mehr getroffen, als Ariel selbst. Sie wußte, daß viele ihrer Ordensgeschwister oft der Todsünde des Hochmuts beschuldigt wurden; und das zu Recht, wie sie glaubte. Sie versuchte deshalb stets, sich in Demut zu üben.

„Überlegt euch das doch mal: Karolus hat Menschen verbrennen lassen, nur weil sie im *Verdacht* standen, die Autoren gebannter Schriften zu sein. Und wir stellen uns hin und predigen den Menschen Gnade und Mildtätigkeit! Was für ein Hohn! Und jetzt setzt sich dieser senile Menschenverächter über alle Traditionen hinweg und gefährdet die heilige Einheit unserer Schar!"

Malloriel schäumte vor Wut. Jetzt, nachdem sie dem Ab und seinem unangenehmen Gast aus Æterna den Rücken gekehrt hatten und unter freiem Himmel standen, mußte er sich nicht mehr im Zaum halten, und ließ seinen Worten freien Lauf.

„Wie gern würde ich ihm einmal nachts allein über den Weg fliegen."

Hüte deine Zunge, Malloriel! Ariel blickte ihn kurz warnend an, bevor sie ihren rastlosen, traurigen Blick über die Gesichter der anderen wandern ließ. Auch Aadoniels Kopf war hochrot vor mühsam unterdrücktem Zorn, während Rahel ein geduldiges Lächeln auf den Lippen trug. Daniel lehnte etwas abseits mit vor der Brust verschränkten Armen an der Mauer neben dem Torbogen, durch den sie die Plattform betreten hatten. Sein Gesicht war, wie so oft, zu einer fast ausdruckslosen Maske erstarrt, die nichts über sein Inneres verriet.

„Laßt doch die Flügel nicht so hängen, Kinder", ertönte da unvermittelt eine respektlose Stimme von schräg oben. Aus dem wolkenverhangenen Nachthimmel glitt lautlos ein hochgewachsener, kahlköpfiger Engel herab. Seine grüngesäumten Gewänder kennzeichneten den Neuankömmling unzweifelhaft als Urieliten, und als er jetzt mit einem verschmitztem Lächeln auf den Lippen neben der Schar landete, lehnte er seinen ordenstypischen Langbogen an die steinerne Brüstung.

„Mein Name ist Varcanel, und ich gehöre zu der Schar ... "

„Ich weiß sehr gut, zu wem du gehörst, *Bruder*", schnitt ihm ausgerechnet der sonst so schweigsame Daniel das Wort ab. Ariel war erstaunt, wieviel Abscheu und Verachtung in den Worten des sehnigen Urieliten mitschwangen. Daniel stieß sich von der Mauer ab und trat so dicht vor seinen überraschten Ordensbruder hin, daß dieser unwillkürlich einen Schritt zurückwich und völlig aus dem Konzept geriet. Die beiden Urieliten starrten einander sekundenlang wortlos an. Dann nahm der immer noch verunsicherte Varcanel den Rest seiner Selbstachtung zusammen und brach das eisige Schweigen.

„Ich komme wegen dieser häßlichen Entscheidung von Ab Guillaume ..."

„Häßlich nennst du das?" Unterbrach ihn Daniel erneut. „Deine Wortwahl ist erstaunlich zurückhaltend, Varcanel ..."

„Ich gehöre zusammen mit Paliel vom Orden der Gabrieliten, Baraliel vom Orden der Ramieliten, Machasiel von den Raphaeliten und Calliel von den Ragueliten zur Schar des Henaiel. Wir sind eigentlich im Kloster Benevento in Italien stationiert und warten hier im Himmel derzeit auf unseren sechsten Mann ...", fuhr der kahlgeschorene Junge mit dem Langbogen fort. Aber er hatte keine Chance, seinen Satz zu beenden, denn die Nennung des Namens seines Michaelitenbruders traf die gesamte Schar ins Mark. Alle ließen nun ihrer Empörung freien Lauf und redeten durcheinander. Lediglich Daniel, der bereits gewußt hatte, zu wessen Schar sein Ordensbruder gehörte, stand wortlos da und verzog wieder keine Miene. *Ruhe!* rief Ariel schließlich ihre Schar zur Ordnung. Sofort schwiegen sie alle, doch bevor Varcanel den Rest seiner Botschaft überbringen konnte, erklang Malloriels kühle Stimme:

„Bei deiner Schar scheint so einiges nicht so zu sein wie bei anderen Scharen, mein lieber Varcanel. Du trägst dein Haar nicht den Regularien deines Ordens entsprechend. Ihr seid zu sechst, nicht zu fünft, wie es heute üblich ist. Und ganz offenbar hat euer Michaelit die Zeit und die Kraft, gleich zwei Scharen seiner segensreichen Führung zu unterstellen." Er gab sich nun kaum noch Mühe den Spott in seiner Stimme zu verbergen. „Du möchtest uns das nicht zufällig alles ein wenig näher erklären, Varcanel von den Urieliten?"

Doch langsam verlor Varcanel die Geduld.

„Jetzt ist keine Zeit für Erklärungen. Ihr werdet mir jetzt augenblicklich hinunter in den Schlafsaal meiner Schar folgen ... "

Wieder war es Malloriel, der den kahlköpfigen Engel unterbrach. „Flieg' von mir aus heim in deine Abtei in Italien oder bleib' hier, aber geh' mir aus den Augen, Mann!" fauchte er und machte einen bedrohlichen Schritt auf Varcanel zu.

Bevor Ariel eingreifen konnte, schoß eine kleine, drahtige Gabrielitin aus dem Nachthimmel heran. Sekundenbruchteile später hing sie mit weit gespreizten Flügeln zwischen den beiden Streithähnen in der

Luft. Ihre mächtigen Schwingen hoben und senkten sich träge und wirkten dabei um so größer, weil ihr Körper so zierlich und zerbrechlich war. Sie war kaum größer, als Ariel selbst.

„Laß mich dir deine Fragen beantworten, mein ungestümer Freund", sagte sie ruhig und höflich.

„Wir sind in unserer Schar zu sechst, weil es in Benevento schon seit Anbeginn der Orden ein Kontingent Ragueliten gab, dessen Angehörige den Scharen traditionell als sechstes Mitglied beigeordnet wurden. Sein Haupthaar verlor mein Scharbruder Varcanel in einem Gefecht mit einem Libellendämon der Traumsaat. Und Henaiel hat Zeit, Ariel zu ... unterstützen ..." – ihr Zögern war kaum merklich – „weil Calliel, besagter Raguelit, derzeit vermißt wird, seit er auf einer Botenmission ins Kloster Cluny verschollen ist. Wir anderen werden hier im Himmel auf ihn warten, während Henaiel mit euch unterwegs ist. Hättet ihr jetzt vielleicht endlich die Güte, mitzukommen und euren neuen Anführer kennenzulernen?"

Lächelnd ließ sie ihren Blick langsam über die Gesichter der fünf Engel wandern. Doch Ariel sah, wie ihr Lächeln gefror, als sie erkannte wie sehr die Entscheidung des Abtes sie und ihre Schar verletzt hatte. Doch zweifellos waren auch Henaiels Befehle vollkommen eindeutig gewesen.

Natürlich wollte er so schnell wie möglich sehen, wie seine Chancen standen, aus diesen Engeln, die sich nicht zum ersten Mal in Verruf gebracht hatten, eine schlagkräftige Truppe zu machen. Ariel wußte, daß sie und die Ihren mehr als einmal durch unkonventionelles Vorgehen aufgefallen waren, und im Grunde war es nur Ab Guillaume zu verdanken, daß die Schar überhaupt noch in dieser Form zusammen war. Bisher hatte sie mit verschränkten Armen stumm an der Brüstung gestanden und den Worten der neu eingetroffenen Engel gelauscht. Jetzt sahen die anderen Mitglieder ihrer Schar sie fragend an, und warteten auf eine Anweisung von ihr. Verbissen nahm Ariel den letzten Rest Stolz zusammen, der ihr noch geblieben war, nickte und richtete sich zu voller Größe auf. Zwischen zusammengekniffenen, weißen Lippen preßte sie den einzigen Satz hervor, den es noch zu sagen gab:

„Wir sind Engel des Herrn. Wir sind Boten des Lichts. Wir hören, und wir gehorchen."

Kapitel vier

Es war in Valencas nicht lange unbemerkt geblieben, daß Irène den verletzten Engel gefunden hatte. Schon als sie am ersten Morgen nach jener stürmischen Nacht mit ihren Milchkannen wieder ins Dorf zurückgekommen war, wußten alle Bescheid und waren auf den Beinen, um den Engel zu sehen und Irène auszufragen. Wäre nicht ihre Mutter da gewesen, hätten sie sicher trotz Irènes Protest ihre Stube gestürmt, um den verwundeten himmlischen Boten anzugaffen. Aber Marie hatte sich ihnen mit den Worten „Engel oder nicht – er ist schwer verletzt und braucht jetzt seine Ruhe" in den Weg gestellt. Ihr Blick hatte jede weitere Diskussion verboten.

Also mußte Irène die Neugier ihrer Nachbarn befriedigen und die Ereignisse der letzten Nacht in allen Einzelheiten schildern. Danach wollten alle Dörfler, die nichts Dringenderes zu tun hatten, die Absturzstelle im Wald sehen. Also stapfte Irène mit ihnen wieder den Pfad in den Wald hinauf und zeigte ihnen alles. Sicher, zuerst hatte sie sich von der Neugier der anderen Dorfbewohner geschmeichelt gefühlt, aber schon sehr bald hatte sie genug von den vielen Fragen. Dennoch hatte sie sich ein Lachen nicht verkneifen können, als Renard, der jüngste Sohn des Dorfältesten und ein Großmaul vor dem Herrn, trotz ihrer Warnung theatralisch mit beiden Händen nach der Lanze des Engels gegriffen hatte – und mit einem lauten

Sagte ich: Mein Lager soll mich trösten, mein Bett trage das Leid mit mir!, so quältest du mich mit Träumen, und mit Gesichtern jagtest du mich in Angst.

- Hiob 7, 13 – 14

Aufschrei gegen den nächsten Baum geschleudert worden und benommen liegengeblieben war. Er würde schon wieder auf die Beine kommen und hatte es schließlich nicht besser verdient.

Die Lanze war dann am Abend von ein paar Männern mit Netzhaken vorsichtig aus der sandigen Erde gezogen worden. Sie hatten sie anschließend dick in ein paar alte Jutesäcke eingewickelt und in den Schuppen hinter Irènes Haus gebracht.

Einige Tage später jedoch hatten sich alle an den geheimnisvollen Verletzten in Irènes Haus gewöhnt, und das Leben im Dorf war wieder zur Normalität zurückgekehrt.

Nur für Irène war alles grundlegend anders geworden. Sicher, ihre Mutter war ihr eine große Hilfe, und sogar Dominic verstand, daß sie in einer besonders schwierigen Lage waren, in der seine Mutter ihm nicht so viel Aufmerksamkeit widmen konnte wie sonst. Und dennoch lag eine schwere Last auf ihren Schultern. Wie konnte sie für das Leben eines Wesens verantwortlich sein, das vom Herrn geschaffen worden war, um die Welt vor dem Bösen zu behüten? Das Schlimmste war, daß sie mit niemandem darüber sprechen konnte. Wenn der vermaledeite Engel doch bloß endlich aufwachen würde!

Aber es sollte noch länger dauern, bis der verletzte Engel die Augen wieder aufschlug. Immerhin war Marie sich mittlerweile ziemlich sicher, daß er seine schweren Verletzungen überleben würde. Seine Wunden hatten sich zwar entzündet und eiterten, aber dennoch wirkte er kräftig. Sie konnten ohnehin nicht viel mehr tun, als regelmäßig nach ihm zu sehen und seine Verbände zu wechseln.

Nur seine Flügel machten Irène und Marie wirklich Sorgen. Irgend etwas schien ihre Heilung zu verhindern – vielleicht waren sie einfach zu sehr verbrannt worden. Es war fast so, als wolle der kranke Leib des Engels sich dieser zu schwer beschädigten Gliedmaßen entledigen. Ihre Spitzen wurden langsam grau, und die Federn fielen aus. An den Schulter, wo sie aus dem Rücken wuchsen, bildeten sich rot glänzende Entzündungen. Marie hatte daraufhin angeordnet, den Patienten umzudrehen, damit die Verletzungen auf dem Rücken mehr Luft bekamen. Aber auch das schien nicht zu helfen und behinderte die restliche Pflege zu sehr.

Irène hatte das lange Gewand des Engels gewaschen und auch die Überreste seiner teilweise geschmolzenen Rüstung gereinigt. Alles zusammen lag nun mit den schmalen Bändern, die um seine Arme und seinen Körper gewickelt gewesen waren, in einer Holzkiste neben seinem Krankenlager. Irène hatte die von geschickter Hand gemalten Schriftzeichen auf den Bändern lange angeschaut und sich gefragt, was sie wohl bedeuten mochten. Stand hier vielleicht der Name des unbekannten verletzten Engels?

Eine besondere Plage waren in den ersten Tagen die schwarzen Fliegen gewesen. Irène hatte sie wohl mit den Milchkannen aus dem Wald herunter gelockt, und hier schienen sie es besonders auf die schwärenden Wunden des Engels abgesehen zu haben. Anfangs war es so schlimm gewesen, daß immer jemand bei ihm Wache halten mußte, um die Quälgeister zu vertreiben. Bald hatte sich herausgestellt, daß Dominic sehr geschickt darin war, die kleinen Insekten vom Körper des Engels zu fangen. Irène hatte ihm einen Topf mit Leim hingestellt, in den er sie dann eintunken konnte, damit sie nicht wieder davonflogen.

Nachdem so eine Woche vergangen war, geschah in einer Nacht etwas äußerst Seltsames. Ein Geräusch vom Lager des verletzten Engels ließ Irène ruckartig aus dem Schlaf hochfahren. Ihr Bett befand sich in einer Nische der Stube, und sie mußte nur die Vorhänge auseinanderziehen, um den Engel zu sehen. Ganz vorsichtig schob sie den einen Vorhang um Fingerbreite beiseite und spähte in die halbdunkle Stube.

Im schwachen Schimmer der verlöschenden Herdglut konnte sie den Engel erkennen. Er saß aufrecht auf seinem Lager, und seine weit aufgerissenen Augen glänzten glasig im roten Kohlenschein. Seine Flügel waren von ihm abgefallen. Wie zwei scheußliche Trophäen lagen sie auf dem Stroh seines Lagers.

Irène war sofort hellwach, brauchte aber noch ein paar Augenblikke, um den Mut zu fassen aus dem Bett zu klettern. Gebückt schlich sie zu dem Engel hinüber, die Hände in den groben Stoff ihres Leinennachthemdes verkrampft. Sie zögerte einen Augenblick, bevor sie vor ihm auf die Knie sank.

„Herr?“ fragte sie flüsternd, ohne ihn anzusehen. Aber der Engel reagierte nicht. Reglos saß er aufrecht vor ihr, den Blick in weite Ferne gerichtet.

„Herr?“ fragte sie noch einmal, diesmal mit etwas festerer Stimme.

Doch der Engel antwortete ihr immer noch nicht. Statt dessen fielen ihm plötzlich die Augen zu, und er sank wieder in sich zusammen.

Vorsichtig entfernte Irène die abgestoßenen Flügel von seinem Krankenlager und drehte ihn auf die Seite, um seinen Rücken zu untersuchen. Dort, wo seine Flügel angewachsen gewesen waren, klafften nun zwei eiterverklebte Wunden.

Am nächsten Morgen war der Engel immer noch nicht wieder zu sich gekommen. Irène und Marie begruben die Flügel in der nächsten Nacht heimlich hinter dem Haus. Irène konnte den Gedanken nicht ertragen, daß die anderen Dorfbewohner sich um die Federn des verwundeten Engels stritten. Engelsfedern waren mächtige Talismane, und schon oben im Wald hatten die Leute aus Valencas jede noch so verkohlte Feder aus dem Bach gefischt, um sie über ihre Stalltür oder sonstwohin zu nageln. Marie goß den Tonkrug Weihwasser über den Flügeln aus, den ihr einst ein Wanderprediger für ihre Gastfreundschaft geschenkt hatte. Nachdem sie das Loch wieder zugeschaufelt hatten, sprachen sie ein Gebet. Irène war sich sicher, daß niemand aus dem Dorf sie bemerkt hatte.

♦ ♦ ♦

„Spring schon, Calvin. Hab doch keine Angst!“ Die Stimme der schönen Frau unter ihm klang sanft und ermutigend. Aber wenn er nach unten über den Rand des Daches blickte, begann der Hinterhof sich sofort vor seinen Augen zu drehen. Wie ein Strudel drohte er, ihn hinab in die gefährliche Tiefe zu saugen. Er wimmerte leise und ließ sich vorsichtig auf die Knie nieder. Mit der Linken umfaßte er den Rand der Regenrinne, während er sich mit der Rechten auf den warmen, feuchten Schindeln des Daches abstützte.

„Sie sind doch fort, Calvin. Du brauchst jetzt keine Angst mehr zu haben. Ich bin hier und fange dich auf, wenn du springst.“

Die Frau stand in der Mitte des rasenden Wirbels und streckte ihm die Arme entgegen. Diesmal aber war es nicht Anne, sondern eine andere, ältere Frau. Sie trug ein leuchtend grünes Kleid und darüber eine weiße Schürze. Immer noch umklammerte er die Regenrinne, drehte sich aber langsam in ihre Richtung um. Wenn er doch nur springen könnte! Aber er wußte genau, dann würde etwas Schreckliches passieren. Seinetwegen.

Die Frau mit der Schürze unten im Hof lächelte ihn weiter an und winkte ihn mit ausgestreckten Armen zu sich. Aber er schüttelte heftig den Kopf. *Nein*! wollte er schreien. *Lauf fort! Versteck dich irgendwo!* Aber er konnte es nicht.

Plötzlich stürmten schwarz vermummte Gestalten auf den Hof. Männer in schweren, schwarzen Rüstungen. Verärgert wandte die Frau sich zu ihnen um, und wollte sie fortschicken. Doch die schwarzgekleideten Männer schlugen sie brutal nieder und schleppten sie weg.

Auf einmal hatte er seine Stimme wiedergefunden. Sie klang so fremd, daß er sie zuerst kaum als seine eigene erkannte.

„Mutter!“

Mit einem lauten Aufschrei stürzte er sich vom Dach hinab ins Ungewisse. Da waren keine Flügel, die seinen Fall hätten bremsen können. Der Hinterhof war zu einem engen, tiefen Schacht geworden, und er stürzte immer schneller dem harten Kopfsteinpflaster entgegen.

Doch kurz bevor er aufschlug, fing ihn einer der riesigen schwarzgekleideten Männer auf und grinste ihm mit fauligen Zähnen ins Gesicht.

Es war Nacht, als Calliel erwachte. Zuerst spürte er nur das Stroh durch die Laken unter ihm, dann schlug er die Augen auf und starrte in die Dunkelheit. Langsam gewöhnte er sich an den schwachen, rötlichen Schein, der den Raum erhellte und konnte die Holzdielen erkennen, die die Decke über ihm bildeten.

Er lag lange so da und dachte an den merkwürdigen Traum, der ihm so lebhaft in Erinnerung geblieben war. Es war beileibe nicht das erste Mal, daß er sich an seine Kindheit erinnert hatte, aber bisher waren es immer nur verschwommene, zusammenhanglose Bilder gewesen. Auch Anne hatte ihm einiges über ihre Besuche bei seiner Familie erzählt, als sie noch Kinder waren, aber er hatte immer das Gefühl gehabt, sie hielte sich dabei irgendwie zurück. Jetzt wußte er auch warum. Die Beutereiter – denn nichts anderes waren die schwarz Vermummten gewesen – hatten seine Mutter niedergeschlagen, sie vielleicht sogar getötet. Seinetwegen.

Er dachte an die Frau in dem leuchtend grünen Kleid, an ihren sanften Blick und merkte zuerst gar nicht, daß er weinte.

Ein Lächeln huschte über seine fahlen Lippen. Er konnte sich nicht erinnern, jemals zuvor geweint zu haben. Jetzt konnte er feststellen, daß es sich gut anfühlte.

Lange Zeit später setzte er sich auf, um seinen Blick durch den unbekannten Raum schweifen zu lassen, doch er erstarrte noch in der Bewegung. Die vertraute Last seiner Flügel auf dem Rücken fehlte. Er griff sich über die Schulter und konnte unter den Mullverbänden die großen, feuchten Wunden spüren. Alle Kraft wich aus seinen Gliedern, und er sank auf sein Lager zurück.

Zum ersten Mal schenkte er dem Schmerz Beachtung, der überall in seinem geschundenen Körper wütete. Seine Brust und sein Rücken waren in dicke Bandagen gewickelt, und er konnte spüren, wie sich auf seinem Gesicht frisches, dünnes Narbengewebe spannte. Sein linkes Handgelenk war mit Holzleisten geschient und pochte dumpf. Er konnte sich dunkel erinnern, daß das Feuer der Traumsaat ihn verbrannt hatte. Er mußte mit brennenden Flügeln besinnungslos in den Wald hinabgestürzt sein.

Die Traumsaat!

Seine Mission schoß ihm plötzlich wieder durch den Kopf. Er mußte auf dem schnellsten Wege ins Kloster Cluny, um die Beginen und die Menschen in der umliegenden Stadt zu warnen. Er mußte zu

Anne, ehe es zu spät war. Und wenn er keine Flügel mehr hatte, dann würde er eben laufen.

Doch seine zittrigen Beine trugen ihn nicht. Kaum hatte er die dicke Wolldecke zurückgeworfen und sich von seinem Krankenlager erhoben, knickten ihm die Knie ein, und er taumelte gegen den schweren Holztisch. Der tönerne Wasserkrug kippte und fiel mit lautem Krachen zu Boden. Mit letzter Kraft konnte er sich an der Tischkante festhalten.

Ihm drohte schwarz vor Augen zu werden, aber die erschrockene Stimme einer jungen Frau ließ Calliel seine Sinne wiederfinden.

„Herr, was tut ihr denn da?"

Bevor er antworten konnte, war sie schon bei ihm. Er wehrte sich nicht, als sie vorsichtig ihren Arm um seinen geschundenen Leib legte und ihm zu dem Strohlager zurück half.

Nachdem sie ihn losgelassen hatte, wich sie erschrocken zurück und starrte entsetzt ihre Hände an.

„Verzeiht mir, Herr", flüsterte sie und senkte den Blick.

Sie trug ein knöchellanges Nachthemd aus hellem, einfachem Leinen, und ihr langes, braun gelocktes Haar glänzte rötlich im schwachen Licht.

„Ich habe dir nichts zu verzeihen. Ich habe dir vielmehr zu danken. Wie heißt du? Mein Name ist Calliel." Der Klang seiner eigenen Stimme erschien ihm fern und fremd, aber seine Worte erreichten, was er beabsichtigt hatte. Die junge Frau im Leinennachthemd entspannte sich ein wenig und sah ihn an.

„Mein Name ist Irène."

„Dann danke ich dir, Irène, daß du mir das Leben gerettet hast." Vorsichtig stützte er sich auf dem rechten Arm auf und hob den Kopf. „Und ich muß dich bitten, mir noch ein weiteres Mal zu helfen. Ich bin auf einer wichtigen Botenmission vom Himmel der Urieliten in Mont Salvage zum Kloster Cluny. Die Traumsaat rüstet sich zum Kampf, und ihr Überfall wird die Stadt schutzlos und unvorbereitet treffen, wenn ich mich nicht beeile, meine Warnung zu überbringen. Aber zuerst erzähle mir, was geschehen ist. Wo hast du mich gefunden? Und wo bin ich jetzt?"

Der Schmerz machte ihm zu schaffen, und das Atmen fiel ihm schwer. Er war selbst erstaunt, wie mühelos er trotz seines geschwächten körperlichen Zustandes die richtigen Worte fand.

„Herr ... " begann Irène, stockte dann aber und blickte ihn verängstigt an.

Calliel hob beschwichtigend die Hand.

„Es ist schon gut. Ich weiß selbst, daß ich schwer verletzt bin. Und du mußt dich wirklich nicht vor mir fürchten. Ich bin nicht dein Herr, Irène. Ich bin nur ein Bote des Herrn. Nenn' mich einfach Calliel." Er hatte schon oft erlebt, welche Wirkung er und seinesgleichen auf Menschen hatten, besonders auf die ungebildeten Menschen außerhalb der Angelitischen Kirche. Und obwohl er voller Unruhe war und seine Mission so schnell wie möglich fortsetzen wollte, kämpfte er gegen den Schmerz an und bemühte sich, ruhig zu wirken.

„Darum geht es nicht, Herr." Immer noch sah Irène ihn vollkommen verzweifelt an.

„Cluny ist gefallen, Herr. Der Fischhändler Orlac hat es erzählt, als er vorgestern hier war. Die Stadt ist zerstört, und im Landesinneren führen die himmlischen Heerscharen Krieg gegen die Legionen des Herrn der Fliegen."

Kraftlos sank Calliel auf sein Strohlager zurück und schloß die Augen.

Er hatte versagt. Er hatte den Herrn, den Ab, die Menschen von Cluny und die Beginen verraten. Und er hatte Anne der Traumsaat ausgeliefert. Eine Woge von Schmerz, Selbsthaß und Bitterkeit durchströmte seinen zerschundenen Leib.

„Calliel", hörte er Irènes Stimme ganz ruhig an sein Ohr dringen. „Du wurdest bei deinem Kampf mit den Dämonen fast getötet. Weit über zwei Wochen hast du hier besinnungslos gelegen. Der Fischhändler hat auch erzählt, daß es viele Flüchtlinge aus Cluny gäbe. Die meisten Menschen hätten sich vor dem Ansturm der Traumsaat in Sicherheit bringen können."

Er konnte ihr nicht antworten, konnte sie nicht ansehen. Aber Irène sprach weiter. Sie kauerte bis zum Morgengrauen neben ihm und erzählte ihm, wie sie ihn gefunden und nach Valencas gebracht und ihn mit ihrer Mutter zusammen gepflegt hatte und wie die anderen Dorfbewohner sich seinetwegen aufgeführt hatten. Und sie erzählte ihm vom Verlust seiner Flügel.

Kapitel fünf

Calliel. Irène war sich nicht recht sicher, was sie davon halten sollte, daß sie einen Engel beim Namen nannte. Noch lange hatte sie am Morgen bei ihm gesessen und ihm erzählt, was geschehen war. Auch nachdem er längst eingeschlafen war, hatte sie weitergeredet. Sie hatte ihm von ihrem Leben erzählt, von Jean und von jenem Tag, an dem er von See nicht zurückgekehrt war. Sie hatte ihm erzählt, wie es war, als Witwe allein mit ihrem Sohn und ihrer Mutter zu leben. Sie hatte ihm vom unausgesprochenen Mißtrauen der anderen Leute aus Valencas erzählt. Eine junge Witwe wie Irène bedrohte den Dorffrieden. Die anderen Frauen hielten sie für mannstoll und liederlich, und die meisten Männer hätten es wohl gern so gehabt. Aber sie hatte gekämpft, und sie behauptete sich. Jeden Tag. Ganz allein.

Irgendwann war ihre Mutter gekommen und hatte sie von dem schlafenden Engel weggezogen. Erst da hatte sie bemerkt, daß sie weinte.

Jetzt war sie draußen auf dem Hof und hackte Feuerholz. Eigentlich hatte sie sich draußen Arbeit gesucht, um sich etwas zu beruhigen. Aber während sie mit energischer Wut ein Scheit nach dem anderen spaltete, rannen ihr schon wieder Tränen über die Wangen. Sie konnte noch nicht einmal genau sagen, warum sie weinte.

Nun stand Hiob auf, zerriß sein Gewand, schor sich das Haupt, fiel auf die Erde und betete an.

- Hiob 1, 20

„Wie geht es deinem himmlischen Patienten?“

Die Stimme ihrer Schwägerin ließ Irène aufschrecken und herumfahren. Pauline stand mit einem Weidenkorb am Zaun und sah zu ihr herüber. Schnell legte sie das Beil auf den Hackklotz und wischte sich mit ihrer Schürze übers Gesicht.

„Was willst du hier, Pauline?“ fragte sie viel unwirscher, als sie beabsichtigt hatte.

„Ach, ich wollte mich nur nach ihm erkundigen. Außerdem brauchen wir Eier und Milch.“ Pauline war Jeans ältere Schwester. Sie war eine große, rundliche Frau, und eigentlich verstand Irène sich ganz gut mit ihr.

„Du sollst alles bekommen, Pauline. Dem Engel geht es schon besser. Er hat heute Nacht endlich das Bewußtsein wiedererlangt.“

„Kann ich ihn einmal sehen? Wie ist er denn so?“ Irène konnte deutlich die ungezügelte Neugier in den Augen ihrer Schwägerin aufflackern sehen.

„Er schläft schon wieder. Er war als Bote nach Cluny unterwegs, um die Stadt vor dem bevorstehenden Überfall durch die Traumsaat zu warnen. Und sein Name ist Calliel.“

„Der Ärmste. Es war sicher ein Schock für ihn, daß er zu spät kam. Und du hast ja erzählt, daß er außerdem auch noch seine Flügel verloren hat! Aber du kümmerst dich ja gut um ihn, nicht wahr?“ Pauline lächelte verschmitzt.

„Pauline, bitte. Er ist ein Engel!“

„Aber so ein Engel ohne Flügel und doch sicher ein hübscher Bursche.“

„Ich werde dir jetzt die Eier holen.“ Mit diesen Worten ließ Irène ihre Schwägerin am Zaun stehen und stapfte wütend auf das Haus zu.

„Und die Milch!“ rief Pauline ihr nach.

Natürlich war Calliel ein Engel. Aber Irène hatte auch festgestellt, daß er ein, nun ja, ein männlicher Engel war. Sie hatte lange überlegt, ob das bedeutete, daß alle Engel männlich waren, war aber zu keiner schlüssigen Antwort gekommen.

In den nächsten Tagen mied Irène Calliel, so gut sie konnte. Das war nicht allzu schwer, da er immer noch fast die ganze Zeit schlief. In die Bewußtlosigkeit fiel er jedoch nicht wieder zurück. Selbst wenn er schlief, war er jetzt aktiver. Wenn er einen Fieberschub hatte, wälzte er sich immer wieder im Schlaf herum, stöhnte und schrie manchmal. Eines Nachmittags kam Dominic aufgeregt zu ihr gelaufen und zog sie an ihrer Schürze zu dem schlafenden Engel, der offensichtlich einen besonders schlimmen Alptraum hatte. Er schien von einem Feuer bedroht zu werden.

„Was geschieht mit ihm, Mutter?“

„Er träumt von seinem Kampf mit der Traumsaat, Dominic. Du weißt doch, dabei wurden seine Flügel verbrannt. Und von einem so schlimmen Erlebnis bekommt sogar ein Engel Alpträume.“

Dominic schien mit dieser Erklärung zufrieden zu sein, aber sie war sich sicher, daß es in den Träumen des Engels noch um etwas anderes gegangen war.

Die Dörfler von Valencas kamen jetzt häufiger zu Irène, um etwas zu kaufen. Das war gut so, aber Irène wußte auch, daß sie vor allem kamen, um Neuigkeiten über den Engel zu erfahren und ihn vielleicht sogar zu sehen. Auch wenn sie bei manchen Fragen nur den Kopf schütteln konnte, sagte sie ihnen, was sie wußte. Sie hoffte, daß Ehrlichkeit der Bildung allzu haarsträubender Gerüchte am besten vorbeugen würde.

♦ ♦ ♦

Calliel spürte, daß er noch immer fieberte. Wenn er zwischendurch bei klarem Verstand war, konnte er sich schwach an die langen Phasen erinnern, in denen das Fieber ihn fest in seinen Krallen hatte.

Er aß die heiße Suppe, die Irènes Mutter ihm einflößte und versuchte, den Frauen seine Pflege so sehr zu erleichtern, wie er konnte, aber im Grunde war es ihm egal, ob sie ihn pflegten. Sie hätten ihn auch ebensogut allein draußen im Wald liegen lassen können. Ein solches Schicksal hätte er mit derselben Gleichgültigkeit ertragen.

Manchmal, wenn er wachlag und die anderen Bewohner des Hauses schliefen, sprach er stumm mit Gott. Aber er hatte dem Herrn nur Bitterkeit entgegenzubringen. Und der Herr antwortete ihm nicht.

Wenn es eine Prüfung war, dann wollte er wenigstens wissen, warum der Herr sie ihm auferlegen wollte. Hatte er ihm denn nicht immer gut gedient? War nicht seine ganze Existenz als Engel ein Dienst am Herrn und seiner Schöpfung, ein Opfer, das er brachte? Oder war schon dieser Gedanke lästerlich genug, um eine solche Strafe zu rechtfertigen? Denn was außer einer göttlichen Strafe konnte es sein, das er hier erlebte? Warum, wenn nicht um ihn zu strafen, hatte der Herr ihn im Moment seiner größten Not im Stich gelassen und ihn dennoch nicht sterben lassen? Er wäre lieber gestorben oder besser nie geboren worden. Er spürte den Schmerz in seinem Körper wüten und dachte an seine verbrannten Flügel. Calliel fühlte sich so allein wie noch nie zuvor. Wenn da doch bloß jemand gewesen wäre, der ihm zuhörte.

Er hatte sehr wohl bemerkt, daß die junge Frau, die ihn gerettet hatte und die offensichtlich die Herrin dieses Hauses war ihm seit der Nacht, in der er erwacht war, aus dem Weg ging. Marie, ihre Mutter, kümmerte sich zwar rührend um seine Wunden und versorgte ihn mit Essen, sprach aber nicht mit ihm. Und den Jungen – Dominic? – schienen die Frauen absichtlich von ihm fernzuhalten.

Als es sich nach ein paar Tagen ergab, daß Irène ihm sein Essen ans Lager brachte, war Calliel dankbarer, als er sich selbst eingestehen wollte, und fragte sie nach ihrem Hof und andere belanglose Dinge, damit sie ihn nicht gleich wieder allein ließ.

Erst beantwortete sie all seine Fragen einsilbig, nahm sich dann aber doch einen Schemel und setzte sich an sein Lager.

„Wenn du Fieber hast, sprichst du im Traum“, stellte sie fest.

Er nickte und sah sie durchdringend an.

„Und was hast du gehört, Irène?“

„Du sagst immer wieder denselben Namen. Anne.“

Der Engel schwieg.

„Wer ist sie? Ist sie auch ein Engel?“

Ohne daß er sich dagegen wehren konnte, stahl sich ein leises Lächeln auf seine Lippen.

„Nein“, sagte er und schüttelte den Kopf.

„Ich kenne Anne von früher, aus meiner Kindheit. Wir lebten damals in derselben Stadt. Ihre Familie und die meine waren eng befreundet, und deshalb haben wir uns als Kinder regelmäßig gesehen. Zumindest hat Anne mir das erzählt. Ich kann mich nicht mehr daran erinnern.“

Er sah, wie sich Irènes Augen mit Fragen füllten und überlegte, ob es nicht zu leichtsinnig gewesen war, ihr diese Dinge zu erzählen. Der Kanon der Angelitischen Kirche besagte, daß die Geheimnisse der Himmel den Seelen der Laien verschlossen waren und daß es zu Ketzerei führen würden, wenn sie allzu leichtfertig verbreitet würden.

„Ich kann es dir nicht erklären – ich weiß es ja selbst nicht so genau –, aber ich glaube, ich war nicht immer ein Engel. Anne ist – war Begine. Sie lebte im Kloster von Cluny.“

Irène nickte nur stumm. Er sah, daß sie verstand, was Anne ihm bedeutete, ohne daß er mehr dazu sagen mußte, und er war ihr dankbar dafür.

„Weißt du, wie die Leute hier im Dorf dich nennen?“

Er schüttelte den Kopf.

„Sie reden über mich?“ fragte er erstaunt.

Irène lachte auf.

„Aber natürlich tun sie das. Die Leute hier reden über alles Außergewöhnliche. Und wenn gerade nichts Außergewöhnliches passiert, reden Sie über das Gewöhnliche, als sei es außergewöhnlich."

„Ich verstehe", sage Calliel. „Und ich nehme an, ein Engel ohne Flügel ist etwas ziemlich Außergewöhnliches?"

„Allerdings, du bist der erste, den wir in Valencas haben. Aber da sie dich nie zu Gesicht bekommen, ist das meiste, was sie reden, dummes Zeug."

„Wie nennen mich denn nun die Leute, Irène?"

„Hiob."

Erstaunt sah Calliel sie an.

„Pascal hat erzählt, man habe ihn gelehrt, in der Heiligen Schrift stünde etwas über einen Engel, der einer Stadt von ihrer Vernichtung berichten sollte und dem schreckliche Dinge widerfahren sind."

Calliel schüttelte lächelnd den Kopf.

„Nein, nein. Das war ein Prophet namens Jona. Ein Mann, der von Gott auserwählt wurde, sein Bote zu sein, in einer Zeit lange vor der zweiten Sintflut und dem Veitstanz, einer Zeit, in der die Engel nur selten vom Himmel herabkamen. Er wollte dem Herrn nicht dienen und versuchte, vor seiner Berufung in eine Stadt namens Ninive zu fliehen. Aber als er mit einem Schiff in See stach, schickte der Herr einen Sturm, und das Schiff wurde zerstört. Jona wurde von einem Wal verschlungen und lebend wieder ans Ufer gespien, damit er geläutert die Aufgabe des Herrn vollbringen konnte."

Irène hörte ihm aufmerksam zu.

„Erzählt euch euer Priester diese Geschichten nicht?"

„Oh, das meiste, was er erzählt ist auf Latein. Und ich dachte immer, es wären Zauberformeln und Segen gegen Krankheiten. Erzähl' weiter, was ist mit diesem Jona dann geschehen?"

„Er hat sich natürlich dem Willen des Herrn gebeugt und seine Botschaft überbracht. Aber die Stadt, für die die Botschaft bestimmt war, war längst dem Untergang geweiht, weil sie sündhaft und böse war."

„Nicht wie Cluny."

„Nein, nicht wie Cluny. Und ein Wal hat mich auch nicht bei euch an Land gespien."

„Und einen Engel, der Hiob heißt, gibt es demnach auch nicht?"

„Nein, Hiob war auch ein Mensch. Der Herr lieferte ihn dem Widersacher aus, um diesem zu zeigen, daß er seine Gottesfürchtigkeit nicht, wie der Satan behauptet hatte, durch Reichtum und Kindersegen gekauft hatte. Der Widersacher tötete sein Vieh und seine Kinder und ließ ihn krank werden, doch Hiob blieb bei seinem Glauben und wurde am Ende vom Herrn belohnt."

Irène wollte noch mehr über die Propheten aus der Heiligen Schrift erfahren, und so erzählte Calliel ihr alle Geschichten, die er kannte. Als sie ihn fragte, ob die Geschichten denn wahr seien, schwieg er lange und dachte intensiv nach.

„Sie sind heilig", antwortete er ihr schließlich.

Hiob.

Als Irène und ihre kleine Familie zu Bett gegangen waren, lag Calliel noch sehr lange wach und dachte über das nach, was er ihr erzählt hatte. Er dachte an die Engel und die Propheten aus den alten Geschichten und fragte sich selbst, ob sie wahr waren.

Calliel. Das war ein Engelsname. Sein Engelsname. Aber war er ein Engel? Er hatte seine Flügel verloren. Aber er war nicht tot, und wenn die alten Geschichten wahr waren, dann hieß das, daß der Herr noch etwas mit ihm vor hatte. Er wußte nicht, ob er sich darüber freuen sollte.

♦ ♦ ♦

Calliels Genesung schritt jetzt schneller voran. Es dauerte nicht lange, bis er von seinem Lager aufstehen und vorsichtig, gestützt auf eine hölzerne Krücke, die ihm Irène geschnitzt hatte, ein paar erste Schritte herumlaufen konnte. Er war offensichtlich froh, nicht mehr einfach daliegen zu müssen und versuchte, sich nützlich zu machen, was weder Irène noch Marie ihm abschlagen konnten. Später, wenn er nicht dabei war, sprachen sie darüber, wie er einen ganzen Nachmittag mit einem kleinen Tuch und etwas Wasser und Öl eine Holzschale gereinigt und poliert hatte, so daß sie danach wieder glänzte wie neu. Besonders amüsiert hatte Irène, wie er Pauline einmal ein Dutzend

Eier verkauft hatte und ihr die Tür vor der Nase zumachte, nachdem er ihr Zehn-Cent-Stück entgegengenommen hatte. Sogar Marie hatte verstohlen geschmunzelt und Dominic mit dem Wechselgeld an die Tür geschickt.

Je kräftiger er wurde, desto unruhiger wurde Calliel auch. Wie ein gefangenes Tier im Käfig lief er in der Stube auf und ab und fragte Irène immer wieder, ob er ihr nicht auch auf der Weide mit den Kühen helfen könne.

Sie mußte zugeben, sie fürchtete sich ein wenig davor, mit Calliel aus dem Haus zu gehen. Sie wußte, wie die Leute ihn anstarren würden, und es war ihr unangenehm. Aber vielleicht war es am besten, erst einmal am Abend mit ihm hinauf auf die Weide zu gehen. Mit etwas Glück würden sie niemandem begegnen, und sie würde sich schon daran gewöhnen, mit ihm hinauszugehen.

Natürlich wußte sie auch, daß die Weide ihm nicht lange reichen würde. Wenn er gesund genug war, würde er wieder fortgehen. Aber irgendwie schien ihr dieser Moment noch so fern zu sein, und sie schob den Gedanken daran energisch beiseite.

Sie hatte Calliels Kleidung zwar gewaschen und aufbewahrt, aber abgesehen davon, daß sie immer noch voller Risse und Brandlöcher war, eignete der lange Leinenrock sich auch absolut nicht zur Feldarbeit. Also hatte sie ihm ein paar alte Sachen von Jean herausgesucht und ihn neu eingekleidet.

Es war ein ungewohnter Anblick, wie er so vor ihr stand. Die Wollbeinlinge waren ihm zu weit, und der graue Fischerkittel reichte ihm bis über die Knie. Jean war fast einen Kopf größer gewesen als der Engel. Das Ungewöhnlichste aber war, sein helles Gesicht mit den feinen Linien der Scriptura, der Tätowierungen, die die Haut des Engels zierten, aus den Falten der Kapuze leuchten zu sehen. Auch wenn die eine Seite mit dünnem rosigem Narbengewebe überzogen war, das die seltsamen blauschwarzen Zeichen auf seiner Haut überdeckte, wirkte er immer noch fremd und dabei doch unendlich schön. Seine grünen Augen strahlten sie unter der schwarzen Wolle der Kapuze an, und sie mußte lachen, als sie seinen Blick erwiderte. Unbewußt streckte sie die Hand aus, um Calliels blondes Haar unter der Kapuze hervorzuholen, hielt aber mitten in der Bewegung verwirrt inne.

Auf dem Weg in den Wald bestand Calliel darauf, an der Absturzstelle vorbeizugehen. Bis auf die hohlen Panzer der beiden Dämonen waren kaum noch Spuren des Kampfes zu erkennen, aber er stand lange an der Stelle, an der Irène ihn gefunden hatte, und starrte durch eine Lücke im dichten Geäst in den Abendhimmel.

Irènes Kühe mochten ihn. Zuerst waren sie scheu, wie bei jedem Fremden. Aber als Calliel langsam auf sie zuging, liefen sie nicht weg, sondern reckten ihm neugierig ihre großen dunklen Schnauzen entgegen.

Irène ließ Calliel die Kühe eine nach der anderen zum Melken in den Stall führen und verrichtete dann die anderen notwendigen Arbeiten, während sie Calliel den Zaun abgehen ließ, um nachzusehen, ob er auch überall intakt war. Auch wenn sie nicht viel redeten, gefiel es ihr gut, hier oben nicht allein zu sein.

Auf dem Weg zurück ins Dorf war Calliel mit einem Mal sehr nachdenklich. Nach einiger Zeit blieb er abrupt stehen und schlug die schwarze Wollkapuze zurück.

„Schau mich an, Irène. Was siehst du?"

Vorsichtig setzte sie die blechernen Milchkannen auf dem unebenen Waldboden ab und sah ihn lange an.

„Ich sehe dich, Calliel."

„Als ich zum letzten Mal an diesen Ort kam, war ich ein Engel. Mit mächtigen Schwingen trotzte ich über den Bäumen dem Sturm und kämpfte mit übermenschlicher Kraft gegen die Höllenbrut des Herrn der Fliegen. Jetzt sind meine Schwingen verbrannt. Ich trage die Kleider deines Mannes, als wären es meine. Calliel ist ein Engelsname. Ich aber bin kein Engel mehr, Irène."

Sie sah ihn erschrocken an.

„Von jetzt an werde ich heißen, wie die Leute aus deinem Dorf mich nennen. Hiob."

Kapitel sechs

Irène hatte nach Calliels traurigen Worten im Wald befürchtet, der Engel würde nun jedes Interesse am Leben und an der Welt rings um ihn herum verlieren und sich ganz und gar in sich zurückziehen. Aber genau das Gegenteil sollte geschehen.

Es war ihm Ernst mit seinem neuen Namen. Jedesmal, wenn ihn jemand mit Calliel anredete, antwortete er mit den immer gleichen Worten: „Ich heiße Hiob“. Er wollte auch nicht mehr als Engel bezeichnet werden und bestand darauf, wie ein einfacher Gast behandelt zu werden. Andererseits nahm er jetzt regeren Anteil am Leben der Familie. Immer wenn es ihm wieder ein wenig besser ging, war er begierig darauf, einen neuen Handgriff zu lernen, eine neue Aufgabe zu übernehmen. Und auch wenn er viele Dinge etwas umständlich anfing, war er doch geschickt und lernte sehr schnell. Er half, die Stube sauber zu halten und lernte nähen, als sie ihm endlich den Verband von seiner linken Hand abnehmen konnten. Er bestand auch darauf, daß Marie ihm das Kochen beibrachte. Abends erzählte er Dominic Geschichten aus der Zeit, bevor die Engel vom Himmel herabgekommen waren, und meist nahmen sich Marie und Irène irgendeine Handarbeit und setzten sich dazu.

Nein, was der Mensch tut, das vergilt er ihm, nach eines jeden Verhalten läßt er es ihn treffen. Nein, wahrhaftig, nie tut Gott unrecht, und der Allmächtige beugt nicht das Recht.

- Hiob 34, 11 – 12

Die Dorfbewohner wollten sich jedoch nicht so recht an die neue Situation gewöhnen. Irène merkte sehr wohl, daß das Mißtrauen in Valencas wuchs. Die Leute bekamen Calliel – Hiob – nicht oft zu Gesicht und sprachen noch viel seltener mit ihm. Einerseits wußte Irène, daß sie sich immer noch scheute, mit ihm unter Leute zu gehen, andererseits hatte Hiob anscheinend auch kein besonderes Interesse, die anderen Bewohner von Valencas kennenzulernen.

„Sie nennen ihn jetzt den gefallenen Engel", berichtete ihr ihre stets gut informierte Schwägerin Pauline.

„Oder einfach nur den Gefallenen. Und Renard erzählt, da wären noch mehr Dämonen gewesen als die beiden, die wir tot im Wald gefunden haben. Und jetzt fragen sich manche Leute, warum die Höllenbrut ihn verschont hat."

„Renard ist ein Schwachkopf", antwortete Irène ihr böse.

„Ich weiß, ich weiß", beschwichtigte Pauline. „Ich erzähle dir ja nur, was er gesagt hat. Weißt du, ich glaube ja auch nicht, daß dein Engel böse ist, Irène. Im Gegenteil, ich denke, er ist ein Geschenk

Gottes an unser Dorf, und du solltest ihn nicht immer nur ganz allein in Beschlag nehmen."

„Ach Pauline, er ist doch immer noch nicht gesund. Und außerdem scheint er sich bei uns wohl zu fühlen. Ich glaube, er will einfach nur in Ruhe gelassen werden."

„Das kann ich mir überhaupt nicht vorstellen. Es muß doch einen Sinn haben, daß der Herr ihn zu uns nach Valencas geschickt hat."

„Der Herr hat ihn nicht hierher geschickt. Es war einfach Zufall, daß ausgerechnet ich ihn im Wald gefunden habe. Er hätte nach seiner Verwundung auch ganz woanders abstürzen können." Damit beendete Irène abrupt das Gespräch. Sie hoffte, daß Pauline nicht gemerkt hatte, wie wenig sie selbst an das glaubte, was sie sagte. Auch sie konnte das Gefühl nicht unterdrücken, daß es einen Sinn haben mußte, daß der Engel in Valencas war.

♦ ♦ ♦

Hiob stellte fest, daß es ihm bei diesen einfachen Leuten gefiel. Wirklich gut gefiel. Im Himmel hatte er immer seinen Platz gehabt, eine Nische, in die nur er hineingepaßt und die er genau ausgefüllt hatte. Seine Aufgaben als Engel hatten ihn voll und ganz in Anspruch genommen. Hier aber war das anders. Er war vom Himmel zwischen diese Menschen gefallen, in eine Gemeinschaft, in der eigentlich überhaupt kein Platz für ihn war. Und dennoch hatten sie ihn aufgenommen. Sie veränderten sich und machten Platz für ihn, und er veränderte sich auch.

Es gefiel ihm, sich zu verändern. Er mochte es, die rauhe leinene Fischerkleidung zu tragen und kleine, nützliche, alltägliche Fertigkeiten zu erlernen. Und auch wenn er tief in seinem Inneren spürte, daß das Schicksal nicht nur Gutes für ihn bereit hielt, war er neugierig auf alles, was noch passieren mochte.

Er mußte eine ganze Weile so versonnen dagesessen haben, denn er hatte die Kinder, die ihn von jenseits des Gartenzauns anstarrten, vorher nicht bemerkt. Es waren ein Junge und ein Mädchen. Er hatte sie schon ein- oder zweimal mit Dominic spielen sehen, aber er kannte ihre Namen nicht. Er hatte im Garten vor dem Haus Unkraut gejätet und war dabei in Gedanken versunken.

Jetzt stand er auf und ging zum Zaun herüber, an dem die beiden Kinder standen. Sie ließen den Maschendraht los, als er näher kam, und wichen ängstlich ein paar Schritte zurück.

Hiob lächelte sie an.

„Ihr müßt doch keine Angst vor mir haben."

„Hast du an den Himmel gedacht?" fragte das Mädchen und sah ihn aus großen Augen an.

Hiob lächelte wieder und schüttelte traurig den Kopf.

Er wollte die beiden Kinder gerade fragen, was ihnen durch den Kopf ging, wenn sie im Garten arbeiteten, da packte der Junge seine Schwester plötzlich an der Hand, und sie wandten sich auf der Stelle um und liefen zwischen den Häusern davon.

Später, als Hiob mit der Gartenarbeit fertig war und in den Wellblechschuppen ging, um die Hacke zurückzustellen, entdeckte er dort Irène. Sie kauerte in einer Ecke über ein langes Bündel gebeugt, aus dem er den matten Schaft seiner Lanze hervorschimmern sah. Als er aus seiner Bewußtlosigkeit erwacht war, hatte sie ihm davon erzählt, wie die Leute von Valencas seine Waffe vorsichtig hierher gebracht hatten, doch hatte er nie nach der Lanze gesehen. Eigentlich hatte er sie in den letzten Wochen fast vergessen.

Irène hatte ihn nicht bemerkt, und er blieb regungslos in der Tür des Schuppens stehen und beobachtete sie. Sie trug heute ein rostrotes Kleid, das gut zu ihrem etwas dunkleren, rotbraunen Haar paßte. Er konnte ihre rechte Hand sehen, die leicht auf dem gummiumwickelten Schaft der Lanze lag. Trotz der vielen Arbeit hatte Irène schmale, feingliedrige Hände mit langen Fingern. Als er zum ersten Mal ihre zarte Hand in die seine genommen hatte, war er überrascht gewesen, wie fest und schwielig ihre Handflächen waren. Er war mit den Finger über jede einzelne Schwiele gefahren, bis Irène gelacht und verschämt ihre Hand weggezogen hatte.

Leise trat Hiob in den Schuppen und stellte die Hacke an die Wand. Irène fuhr zusammen und drehte sich um.

„Hiob."

„Was tust du denn da?"

„Ich wollte dich eigentlich suchen, und dann habe ich deine Lanze hier liegen sehen und dachte, es wäre gut, mal nach ihr zu schauen. Es ist feucht hier draußen im Schuppen, weißt du."

Unwillkürlich wich Irène an die Wand hinter ihr zurück, als Hiob auf sie zu trat.

„Diese Lanze rostet nicht. Weder Regen noch Meerwasser noch das schwarze Blut der Traumsaat können ihr etwas anhaben. Du brauchst dir keine Sorgen zu machen."

Er bückte sich und griff nach dem mattschwarz schimmernden Schaft. Die Klinge glänzte so sehr, daß er sich darin spiegelte. Er drehte die Waffe so, daß die Spitze Irènes Gesicht reflektierte.

„Siehst du", sprach er und blickte in die Augen ihres Spiegelbildes, „man sieht ihr das Alter nicht an."

Einen Moment schwiegen sie beide, dann wickelte Hiob die Waffe wieder in die Jutesäcke und warf sie auf den Stapel mit den Zaunpfählen zurück.

„Viele Engel haben schon mit ihr gekämpft, und viele Dämonen des Herrn der Fliegen sind schon durch sie vernichtet worden."

Er schüttelte verärgert den Kopf.

„Pack' sie besser nicht noch einmal aus."

Er drehte sich um und stapfte ohne ein weiteres Wort aus dem Schuppen.

♦ ♦ ♦

Irène funkelte Marie wütend an. Es war nicht das erste Mal, daß ihre Mutter davon anfing.

„Ich bin doch nicht blind, Kind. Und ich will dir auch bestimmt nichts vorschreiben, dazu bin ich viel zu alt und du viel zu dickköpfig. Aber ich sehe, was ich sehe, und ich sage nur, du sollst vorsichtig sein."

„Mutter! Hiob ist ein Engel. Das ist doch vollkommen absurd. Außerdem ist er viel zu jung."

Ihre Mutter hob skeptisch eine Augenbraue.

„Zu jung? Woher weißt du, wie alt Hiob ist? Wir wissen nur, wie alt er aussieht, aber er könnte genauso gut hundert Jahre alt sein."

„Nein, das kann er nicht. Er hat mir von einer Freundin aus seinen Kindertagen erzählt. Sie war bis zum Angriff der Traumsaat Begine in Cluny."

„Ach, im Kloster wird man uralt, Kind. Hiob gehört nicht hierher. Du weißt das, und er weiß es auch."

„Er kann in Valencas bleiben, so lange er möchte!"

„Oh ja, das soll er. Ich werde es ihm ganz sicher nicht verbieten. Es ist ja dein Haus."

„Jawohl, es ist mein Haus", zischte Irène und ließ ihre Mutter allein am Herd stehen.

Draußen regnete es heftig, und so blieb sie in der offenen Tür stehen und starrte in den wolkenverhangenen Himmel. Marie gab sich keine Mühe, die Diskussion fortzusetzen und klapperte statt dessen mit den Töpfen.

Irène wollte sich nicht vor ihrer Mutter rechtfertigen müssen. Sie hatte sich nichts vorzuwerfen. Sie kümmerte sich gut um Haus und Hof, und Dominic ging es gut. Ja, Calliel war ein Engel gewesen, ein Wesen aus einer anderen Welt, mit anderen Aufgaben und anderen Bindungen. Sie hatte ihn von Anfang an gemocht, aber es hatte immer den Anschein gehabt, als sei er nicht ganz da. Seit er Hiob war, war das anders. Ihm fühlte Irène sich nah. Er stand mit beiden Füßen auf dem Boden der Tatsachen und wirkte wie ein Wesen aus Fleisch und Blut.

Schließlich wurde es Sommer. Die Abende waren wieder heller und wärmer geworden, und es regnete nicht mehr so oft. Hiob ging jetzt jeden Abend mit Irène hinauf auf die Weide zu den Kühen. Tagsüber hatten sie oft unterschiedliche Arbeiten zu erledigen und sahen einander nicht viel, aber am Abend gingen sie nach dem Essen immer gemeinsam durch den Wald zur Weide, um nach dem Vieh zu sehen. Irène hatte versucht, Hiob das Melken beizubringen, aber er schien ein hoffnungsloser Fall zu sein. So geschickt er sonst auch war und so gut er sich auch auf die Kühe einstellen konnte, das Geheimnis des Melkens schien ihm verwehrt zu bleiben. Also molk Irène die Tiere, und Hiob kümmerte sich um die anderen Arbeiten. Er mistete den Stall aus, füllte die Tränke nach und kümmerte sich um kleinere Reparaturen an den Zäunen.

Oft blieben die beiden jetzt nach getaner Arbeit noch eine Zeit lang auf der kleinen Bank vor dem Stall sitzen und sahen zu, wie die Sonne als großer roter Feuerball aus den Wolken sank und hinter den dunklen Bäumen verschwand.

Heute hatten sie den ganzen Abend kein einziges Wort miteinander gesprochen. Und dennoch fühlte Irène sich Hiob an diesem Abend besonders verbunden. Sie schienen sich gänzlich ohne Worte verständigen zu können. Er schien genau zu merken, wann sie mit einer Kuh fertig war oder wann sie Hilfe mit den Melkkannen gebrauchen konnte.

Ein heftiger Sturm zwei Tage zuvor hatte das Gatter beschädigt und ein Scharnier losgerissen. Hiob hatte Werkzeug mit heraufgebracht und den Schaden behoben. Als sie wieder im Dorf ankamen, ging er noch kurz in den Schuppen, um die Werkzeugkiste zurückzustellen. Irène folgte ihm.

Er hatte die Petroleumlaterne über der Werkbank angezündet und legte Zangen, Hammer und Schraubenzieher sorgfältig wieder an ihre Plätze zurück. Die gebräunte Haut seiner Hände leuchtete warm im Lampenschein. Irène konnte nur die verbrannte Seite seines Gesichts sehen. Die Narben glänzten kaum noch und hatten schon fast wieder seine normale, gesunde Gesichtsfarbe angenommen. Die Unregelmäßigkeit der Narben ließ ihn älter aussehen, als er war. Irène erinnerte sich an den letzten Streit mit ihrer Mutter und fragte sich, wie alt Hiob wohl wirklich war.

Sein blondes Haar fiel ihm mittlerweile fast bis auf die Schultern. Er hatte sich daran gewöhnt, es mit einem kleinen Ruck seines Kopfes aus dem Gesicht zu werfen, aber es fiel immer wieder zurück, besonders, wenn er arbeitete. Immer wenn sie ihn dabei sah verspürte Irène den Impuls, zu ihm hinüberzugehen und ihm das Haar aus dem Gesicht zu streichen. Auch jetzt wäre sie am liebsten von hinten an ihn herangetreten, hätte sich an seinen Rücken gelehnt und den Kopf auf seine Schulter gelegt. Es war seltsam, wieviel Ruhe und Kraft er ausstrahlte, obwohl er eher schmal und nicht besonders groß gewachsen war.

Er stellte den Werkzeugkasten jetzt auf ein Regal und wandte sich ihr zu, um sie anzusehen.

„Ich sollte dir die Haare schneiden", sagte sie unvermittelt und lächelte ihn an.

„Meinst du, das würde besser aussehen?"

„Oh, die langen Haare stehen dir auch sehr gut, aber kurzes Haar ist viel praktischer."

„Du trägst dein Haar aber doch auch lang."

Irène lachte auf.

„Ja, das stimmt. Aber meines ist so lang, daß ich es mit einem Band zusammennehmen oder hochstecken kann. Und außerdem bin ich eine Frau."

„Ich habe auch schon sehr viele Männer mit langem Haar gesehen."

„Aber doch nicht hier in Valencas, oder? Die meisten Männer hier sind Fischer, und die viele Zeit auf See ist gar nicht gut für langes Haar. Aber du würdest auch mit kurzem Haar und im Fischerkittel immer zwischen ihnen auffallen."

„Ja, ich weiß." Hiob blickte zu Boden.

Irène trat auf ihn zu und nahm seine Hand.

„Aber das ist doch nichts Schlimmes. Mir gefällst du sehr gut, so wie du bist."

Er drückte ihre Hand und sah sie an.

Sie konnte fühlen, wie sein Blick über ihr Gesicht glitt, langsam jede Unebenheit, jede Sommersprosse aufsog und schließlich an ihren Augen hängenblieb.

„Ja", wiederholte sie mit fester Stimme, „du gefällst mir gut."

„Du gefällst mir auch gut." Er hatte seine Arme leicht um ihre Taille gelegt. Ihre Gesichter berührten sich fast.

„Ich habe das Gefühl, noch nie jemanden so gut gekannt zu haben wie dich, Irène."

Laute Rufe und Hufschlag rissen sie jäh in die Realität zurück. Mit einem Mal erscholl von überall her Lärm. Menschen schrieen, und über allem erhob sich eine rauhe, laute Stimme:

„Im Namen der Angelitischen Kirche fordert Komtur Eliphas hiermit den Kirchenzehnten ein. Kommt aus euren Häusern, Leute, und leistet keinen Widerstand gegen die Gewalt des Herrn!"

Irène und Hiob hatten noch keine Zeit gehabt, sich zu rühren, da wurde auch schon die Schuppentür aufgerissen, und ein großer Mann in einer schwarzen, ölig glänzenden Rüstung grinste sie an.

„Na, ihr Turteltauben? Raus mit euch. Und holt eure Kinder, der Komtur wünscht sie zu sehen."

Der Krieger trug eine Fackel in der Rechten und ein gewaltiges Breitschwert an der Seite. Mit der freien Hand winkte er sie aus dem Schuppen.

Draußen zwischen den Häusern drängten sich weitere Krieger auf ihren Pferden, alle trugen Fackeln und waren bis an die Zähne bewaffnet. Andere waren abgestiegen und holten die Leute von Valencas aus ihren Häusern.

Die meisten Dorfbewohner hatten sich schon auf dem Dorfplatz versammelt, die Familien standen ängstlich zusammengedrängt. Auch Marie und Dominic waren schon da, als Hiob und Irène eintrafen.

Als Irène festgestellt hatte, daß niemand mehr im Haus war, wäre sie vor lauter Angst um ihren kleinen Sohn und ihre Mutter fast zusammengebrochen. Aber Hiob hatte sie in den Arm genommen und ihr Mut gemacht. Dann waren sie beide zum Dorfplatz geeilt.

Irène schloß Dominic, der sich ängstlich an Maries Schürze geklammert hatte, schluchzend in die Arme.

Komtur Eliphas war ein hagerer Mann mit buschigen Augenbrauen. Er hatte seinen prächtigen Rappen in die Mitte des Dorfplatzes gelenkt und beobachtete schweigend, wie die Beutereiter die Bewohner von Valencas zusammentrieben.

„Sie sind alle versammelt, Komtur", meldete einer der Söldner.

„Sehr gut." Eliphas' Stimme war ruhig und nicht besonders laut. Er war es gewöhnt, daß man ihm zuhörte. „Wer ist der Älteste in eurem Dorf?"

Der alte Nicolas löste sich zögernd von seiner Familie und trat vor.

„Ich, Herr. Nicolas Hergette."

„Gut, Nicolas Hergette. Du weißt ja sicher, warum wir hier sind. Und du weißt gewiß auch, daß es eure heilige Pflicht ist, der Kirche den zehnten Teil eurer Kinder zu übergeben. Aber die Angelitische

Kirche ist voller Gnade, und sie nimmt weniger, als ihr zusteht. Also sag deinen Leuten, sie sollen ihre Kinder vorzeigen. Der Herr wird mich wissen lassen, welche unter ihnen seine Auserwählten sind. Es wird ihnen nicht schlecht ergehen, der Herr sorgt für die Seinen."

Mit diesen Worten stieg Eliphas ab und warf die Zügel einem seiner Männer zu. Er zog die schwarzen Lederhandschuhe aus und steckte sie hinter den breiten Gürtel. Mit hinter dem Rücken verschränkten Armen baute er sich vor den Dorfbewohnern auf, die verzweifelt ihre ängstlich dreinblickenden Kinder umklammerten.

„Ihr habt den ehrwürdigen Herrn Komtur gehört, Leute", rief Nicolas und trat zu seiner eigenen Familie zurück. Irène konnte sehen, daß er weinte, als er seine Enkel nach vorne in den Fackelschein schob.

„Ich will dich nicht verlieren", schluchzte sie und schlang die Arme um ihren Sohn. Hiob legte ihr die Hand auf die Schulter.

„Das wirst du auch nicht – nicht, wenn ich es verhindern kann. Aber jetzt ist es besser, wenn du gehorchst. Komm, Irène, laß mich mit Dominic nach vorn gehen."

„Nein, ich komme mit", antwortete sie und sah ihn entschlossen an.

Er lächelte, und gemeinsam traten sie mit Dominic aus dem Schatten.

Kapitel sieben

In kleinen Gruppen hatten die Kinder von Valencas auf dem erleuchteten Dorfplatz einen Halbkreis gebildet. Bei jeder Gruppe befanden sich ein oder zwei Erwachsene, die Säuglinge auf dem Arm hielten oder sich verzweifelt an ihren Söhnen und Töchtern festklammerten. Die übrigen Dorfbewohner standen außerhalb des Fackelscheins und beobachteten ängstlich das Schauspiel.

Hiob hatte seine Kapuze tief ins Gesicht gezogen. Er wollte nicht, daß die Beutereiter die Scriptura auf seinem Gesicht bemerkten, die feinen tätowierten Linien auf seiner Haut, die ihn als erfahrenen Engel kennzeichneten. Er hoffte, es würde nicht nötig sein, sich zu erkennen zu geben.

Der Komtur begann nun, gemessenen Schrittes von einer Gruppe von Kindern zur nächsten zu gehen. Er blieb oft stehen, um ein Kind länger zu mustern oder um die Eltern nach Namen und Alter ihrer Tochter oder ihres Sohnes zu fragen. Die meisten Kinder schickte er dann sofort zu ihren erleichterten Familien zurück, bei anderen überlegte er etwas länger, ehe er verkündete, daß sie zu den Auserwählten gehörten oder sie ebenfalls für ungeeignet befand.

Hiob drückte Dominics Schulter.

Ist wohl ein Mensch vor Gott gerecht, ein Mann vor seinem Schöpfer rein? Selbst seinen Dienern traut er nicht, zeiht seine Engel noch des Irrtums.

- Hiob 4, 17-18

„Du brauchst keine Angst zu haben“, flüsterte er.

Aber der Junge wirkte nicht besonders ängstlich. Mit unverhohlener Neugier beobachtete er die Szene, die sich auf dem Marktplatz abspielte, als sei ihm überhaupt nicht bewußt, welche Rolle er in ihr spielte.

„Wie heißt dein Junge, Mann?“ fragte der Komtur und trat mit lässigem Schritt vor sie hin.

„Dominic“, antwortete Irène. Hiob schwieg.

„Dominic, der dem Herrn Geweihte?“ Komtur Eliphas zog eine buschige Augenbraue hoch. „Wer hat ihm diesen Namen gegeben?“

„Mein Mann und ich, Herr“, antwortete Irène und sah den Anführer der Beutereiter mit festem Blick an.

Eliphas blickte erstaunt zu Hiob hinüber, der sein Gesicht immer noch unter der Kapuze verbarg.

„Der da ist nicht dein Mann?“ fragte er Irène und ließ seinen Blick immer noch auf Hiob ruhen.

„Nein, Herr. Er ist mein Bruder. Mein Mann ist vor zwei Jahren nicht von See zurückgekehrt.“

„Ersoffen“, stellte Eliphas trocken fest und ging vor Dominic in die Hocke, um ihm in die Augen zu sehen.

Hiob bemerkte, wie Irènes Sohn zusammenzuckte, als der Komtur ihn mit stechendem Blick musterte. Aber Dominic gab keinen Laut von sich und wich nicht zurück. Der Engel konnte ein Lächeln nicht unterdrücken – es gefiel ihm, daß der Junge sich nicht von den Beutereitern einschüchtern ließ.

„Er hat Mut“, stellte auch Eliphas fest. „Er wird dem Herrn sicher gute Dienste leisten.“

„Ihr könnt ihn nicht mitnehmen“, platzte Irène heraus und sprang auf den Komtur zu. Ihre Hände packten den breiten Waffengurt über seiner Brust, und ihr Gesicht drängte sich dicht an das des Beutereiters.

„Er ist mein einziges Kind. Alles, was mir von Jean noch geblieben ist. Ich brauche ihn“, schrie sie ihn an.

Von Irènes Ansturm überrascht taumelte Eliphas ein paar Schritte zurück. Noch während Hiob Dominic am Kragen packte, der versuchte, seiner Mutter nachzusetzen, konnte er aus dem Augenwinkel beobachten, wie zwei Beutereiter aus der Dunkelheit auf Irène und Eliphas zugestürmt kamen. Blitzschnell drückte er den zappelnden Jungen Marie in die Arme und sprang zu Irène hinüber, die immer noch schrie und sich an den verdutzten Komtur klammerte. Doch auch die beiden Beutereiter erreichten in diesem Moment mit gezogenen Klingen ihren Anführer. Kurz entschlossen warf Hiob seine Kapuze zurück und rief: „Halt!“

Die erhoffte Wirkung blieb nicht aus. Deutlich war im Fackelschein die Scriptura auf seiner hellen Haut zu erkennen, und sein blondes Haar leuchtete golden über den Dorfplatz.

Die Beutereiter hatten ihre Waffen sinken lassen und starrten ihn entsetzt an, und auch Eliphas, der mittlerweile Irène abgeschüttelt und zu Boden gestoßen hatte, stand einen Moment mit offenem Mund da.

Doch der Komtur fing sich schnell. Seine Augen verengten sich zu Schlitzen.

„Dein Bruder?“ fragte er spöttisch und blickte auf Irène herab. „Wohl kaum, Weib.“ Ohne den Spott aus seiner Stimme zu nehmen, wandte er sich an Hiob: „Was führt dich hierher, Raguelit? Ihr gehört doch dem Orden der Ragueliten an, nicht wahr?"

Hiob nickte. „Trondheim ist meine Heimat."

„Trondheim ist weit", stellte Eliphas fest und musterte den Engel mißtrauisch. „Was ist geschehen, daß du dich ohne Flügel fern von deinem Himmel in einem Fischerdorf verstecken mußt?"

„Dinge, über die ich dir keine Rechenschaft schuldig bin, Komtur." Der Klang von Hiobs Stimme hatte sich verändert. In den letzten Wochen hatte er sich daran gewöhnt, mit Menschen wie mit seinesgleichen zu reden. Er hatte sich als einer der Ihren gefühlt, und seine Stimme war die eines Menschen gewesen. Doch jetzt sprach er wieder in jenem Tonfall, in dem manche Engel zu den Sterblichen sprechen konnten und der keinen Widerspruch duldete. Er war selbst überrascht, seine eigene Stimme so zu vernehmen.

„Dieses Dorf steht unter meinem Schutz, Komtur. Du wirst den Menschen hier ihre Kinder lassen und mit deinen Männern abziehen."

Mehr um den Bann von Hiobs Stimme abzuschütteln denn als Verneinung schüttelte Eliphas den Kopf.

„Das kann ich nicht, Engel. Es ist meine heilige Pflicht, den Kirchenzehnten einzutreiben, und es ist die heilige Pflicht dieser Leute, ihre Kinder dem Herrn anzuvertrauen, wenn er sie auserwählt hat."

„Ich bin ein Bote des Herrn, und ich verkünde hiermit, daß es sein Wille ist, dieses Dorf vom Kirchenzehnten zu verschonen. Keines dieser Kinder wurde von ihm auserwählt." Hiob war sich ganz und gar nicht sicher, ob er das richtige tat. Es war nicht das erste Mal, daß er den Willen des Herrn verkündete, doch es war das erste Mal, daß er sich die Botschaft selbst ausdachte. Sonst war sie ihm vom Ab seines Himmels oder einem anderen Vorgesetzten vorgegeben worden. Doch mit einem Mal war er sich fast sicher, daß keine dieser Botschaften jemals von Gott selbst gekommen war. Irgend jemand hatte sie sich immer ausgedacht. Jetzt war er an der Reihe.

„Valencas ist ein heiliger Ort. Er soll wachsen und in großem Glanz erstrahlen zu Ehren des Herrn."

Dorfbewohner und Beutereiter gleichermaßen waren vor dem Engel zurückgewichen. Obwohl er keine Schwingen hatte und die einfache Kleidung eines Fischers trug, lag eine solche Macht in seiner Stimme, daß selbst Irène, die ihn gepflegt und die letzten Monate mit ihm unter einem Dach gewohnt hatte, voller Scheu und Ehrfurcht zu ihm herüber blickte. Nur Eliphas hielt Hiobs Worten stand. Er allein war vor dem Engel stehen geblieben und starrte ihn jetzt mit unverhohlenem Zorn an. Hiob wußte, daß der Komtur nicht klein beigeben konnte. Wenn er jetzt vor seinen Leuten und den Dorfbewohnern das Gesicht verlor, wäre seine Laufbahn beendet.

„Ich weiß nicht, welches Geschäft euch hierher trieb, Raguelit, und ich werde mich auch nicht darin einmischen", schrie Eliphas ihn an, als müßte er einen tosenden Sturm übertönen. „Aber mein Geschäft ist es, den Kirchenzehnten einzutreiben, und wenn Ihr mich daran hindern wollt, so ist das Ketzerei. Der Pontifex Maximus selbst hat meine Befehle unterzeichnet, und sein Wort ist Gottes Wort."

„Laßt die Kinder hier."

„Ich warne dich noch einmal, Engel, das ist Ketzerei. Ich könnte dich dafür verbrennen lassen. Ich habe von solchen wie dir gehört. Gefallene Engel, die ihre Flügel verloren und von Gott verlassen wurden." Er wandte sich um und winkte den Beutereitern zu. „Schickt die Leute in ihre Häuser. Die Auserwählten nehmen wir mit."

Zögernd begannen die Söldner, seinen Befehlen Folge zu leisten. Hiob konnte sehen, wie sie verstohlen zu ihm herüber sahen, aber bevor er etwas sagen konnte, herrschte Eliphas sie noch einmal an: „Das war ein Befehl! Und Befehlsverweigerung ist Ketzerei!" Damit war der Bann gebrochen. Hiob verstand, daß sie die unmittelbare Macht ihres Komturs und die Feuer der Inquisition mehr fürchteten als einen einzelnen Engel ohne Flügel. Er konnte sehen, wie ein Beutereiter Marie und die schluchzende Irène zurück in ihr Haus trieb. Dominic stand immer noch bei den anderen auserwählten Kindern, zwei Jungen und zwei Mädchen, die von einem der Söldner bewacht wurden. Vielleicht hätte er Eliphas und die Beutereiter überraschen, Dominic im Vorbeilaufen ergreifen und in den Wald fliehen können, aber er war noch nie zuvor um sein Leben *gelaufen*. Außerdem fürchtete er, daß der Komtur Irène etwas antun oder sogar das ganze Dorf niederbrennen würde, wenn er mit Dominic verschwand.

„Es ist falsch“, wandte er sich an Eliphas. Alle Kraft war aus seiner Stimme gewichen, er flüsterte fast.

„Es ist der Wille des Herrn“, antwortete Eliphas.

Hiob schüttelte den Kopf. „Woher weißt du das? Wie kann es der Wille des Herrn sein, daß diese Kinder und ihre Eltern leiden müssen?“

Eliphas lachte heiser.

„Ich kann es nicht wissen. Ich muß es glauben. Und du mußt es auch glauben, Engel. Gott hat dich verstoßen. Er hat dir deine Flügel abgerissen und dein Gesicht verbrannt. Es gibt keine Gewißheit mehr für dich außer dem Tod. Und wann du stirbst, ob früher oder später, liegt ganz bei dir.“

Mit diesen Worten drehte Eliphas sich um und ließ den Engel allein auf dem Dorfplatz stehen.

Die Beutereiter hatten sich mittlerweile bei ihren Pferden versammelt. Eliphas ließ sie aufsitzen, schwang sich selbst auf seinen Rappen und zog Dominic vor sich aufs Pferd. Die anderen Kinder waren von vier der anderen Söldner auf ihre Pferde gehoben worden.

Hiob stand noch lange starr im Regen auf dem Dorfplatz, nachdem die Beutereiter an ihm vorbei und aus dem Dorf geritten waren.

Es war Marie, die den durchnäßten Hiob später ins Haus zog. Er wußte nicht, wie lange er dort draußen gestanden hatte. Sie führte ihn direkt vor das lodernde Herdfeuer, drückte ihm einen Becher heißen Tee in die Hand. Irène stand am Fenster und starrte in den nächtlichen Regen. Sie hatte sich nicht gerührt, als Hiob mit Marie die Stube betreten hatte. Nachdem sie alle drei eine Zeit lang schweigend dagestanden hatten, wandte Marie sich an Hiob:

„Also“, fragte sie, „was werden sie mit ihm machen?“

Hiob wußte nicht, was er sagen sollte, und sah sie schweigend an. Erst als Irène sich umdrehte und ihn aus geröteten Augen ansah, flüsterte er:

„Sie werden ihn in einen Himmel bringen, und dann werden sie einen Engel aus ihm machen.“

„So, wie es mit dir geschehen ist?“

Hiob nickte stumm.

„Aber wie", fragte Irène weiter und starrte Hiob an, „was werden sie ihm antun?"

„Ich weiß es nicht! Ich kann mich nicht mehr erinnern! Sie werden ihn ... verändern, ihm Flügel in den Rücken pflanzen und die Male des Herrn in seine Haut tätowieren, und am Ende werden sie seine Erinnerungen tief in seinem Geist vor ihm verschließen." Hiob wandte sich von Irène ab und vergrub das Gesicht in den Händen.

„Aber dann, dann sollte ich stolz auf ihn sein, nicht wahr", stammelte Irène leise.

„Nein!" Hiobs Antwort war kaum mehr als ein erstickter Schrei. „Es ist nicht richtig! Er wird leiden! Sie werden ihm Schmerzen zufügen, und er wird irgendwann als Engel erwachen, ohne zu wissen, wer er ist und wo er herkommt. Und seine alten Erinnerungen werden als mächtige, unverständliche Bilder aus den verborgenen Tiefen seiner Seele aufsteigen und ihn quälen, bis ihm eines Tages ein Dämon mit glühend heißen Klauen den Leib aufschlitzt! Was ist das für ein Schicksal? Welchen Grund gibt es, darauf stolz zu sein? Nein! Sein Platz ist hier." Die bittere Schonungslosigkeit seiner Worte traf Irène wie ein Schlag ins Gesicht, und er bereute sofort, was er gesagt hatte. Irène tastete taumelnd nach einem Stuhl und ließ sich mit letzter Kraft am Tisch nieder. Als Hiob zu ihr hinüber ging und ihr schweigend die Hand auf den Arm legte, ließ sie es geschehen, sah ihn aber nicht an.

Am nächsten Morgen stand Hiob vor der Dämmerung auf. Nachdem sie sich nach den schrecklichen Ereignissen des letzten Abends endlich zur Ruhe begeben hatten, hatte er die wenigen verbleibenden Stunden wach auf seinem Lager verbracht. Erst als er aufstand und sich ankleidete, kam ihm in den Sinn, daß er auch hätte meditieren können. Doch auch, wenn er sich erschöpft und elend fühlte, brannte ein zorniges Feuer in ihm, daß ihn vorwärts trieb. Leise schnürte er ein Bündel aus ein paar Lebensmitteln und einer Decke und stahl sich aus dem Haus.

Im Schuppen fand er schnell die Truhe mit seiner alten Ausrüstung. Seine geschmolzene Schulterplatte würde ihm wenig nützen, aber sein Messer konnte er gut gebrauchen. Er überlegte noch kurz, ob er seine

Votivbänder anlegen sollte, entschied sich dann aber dagegen. Irgendwie erschien es ihm verlogen und kindisch, sie unter dem dunkelgrauen Fischerkittel zu tragen. Gerade als er seine Lanze aus der Decke wickelte, um sich zu vergewissern, daß sie noch auf seine Berührung ansprach, trat Irène in den Schuppen. Sie trug noch ihr Nachthemd und hatte sich eine Decke eng um die Schultern geschlungen. Auch sie sah aus, als hätte sie die ganze Nacht kein Auge zugetan.

„Ich muß mich beeilen, bevor der Regen ihre Spuren ganz davon geschwemmt hat." Hiob schlug die Lanze wieder in die Decke ein.

„Du mußt nicht gehen."

Hiob schwieg und befestigte sein Bündel an dem eingeschlagenen Schaft.

„Nicht meinetwegen, meine ich." Sie stand immer noch in der Tür und sah ihn an. Er nickte. Als er aufstand und sein Bündel schulterte, trat sie beiseite, um ihn vorbeizulassen. Unter der Tür streiften sich ihre Körper. Hiob blieb einen Moment stehen und sah Irène in die Augen.

„Danke. Für alles. Du wirst ihn bald zurück haben. Das verspreche ich."

„Gib auf dich acht, Hiob."

Er nickte noch einmal, wandte sich dann um und verließ den Schuppen in Richtung des Weges, der aus dem Dorf führte.

Kapitel acht

Die Beutereiter hatten sich keine Mühe gegeben, ihre Spuren zu verwischen. Sicher wußten sie, daß sie kaum eine Chance hatten, sich vor Verfolgern zu verbergen – ein knappes Dutzend Berittener fiel in dieser Gegend auf. Aber sie hatten auch gar keinen Grund zur Heimlichkeit. Niemand hier würde es wagen, sie anzugreifen oder hatte auch nur die Mittel dazu.

Hiob ging davon aus, daß die Rotte irgendwo ganz in der Nähe ihr Lager aufgeschlagen hatte. Er hatte bei den Söldnern weder Verpflegung noch sonstige Ausrüstung gesehen. Außer ihren Waffen und Rüstungen hatten sie nichts bei sich getragen. Zudem mußte es einen Wagen geben, in dem sie die Kinder zum Himmel bringen würden. Er hoffte, daß er Recht hatte. Wenn die Beutereiter nicht in der Gegend lagerten und die ganze Nacht durchgeritten waren, hatte er wenig Chancen, sie zu Fuß einzuholen. Außerdem hoffte er, daß noch weitere Dörfer auf ihrer Route lagen und er die Kinder aus dem nur leicht bewachten Lager befreien konnte, während Eliphas mit dem größten Teil seiner Truppe den nächsten Weiler heimsuchte. Damit ihm das gelang, durften sie ihn jedoch nicht bemerken. Hiob wußte, wenn er in ihre Nähe kam, mußte er auf der Hut sein.

Denn einmal redet Gott und zweimal, man achtet nicht darauf. Im Traum, im Nachtgesicht, wenn tiefer Schlaf auf die Menschen fällt, im Schlummer auf dem Lager, da öffnet er der Menschen Ohr und schreckt sie auf durch Warnung

- Hiob 33, 14 – 16

Im Moment waren die verwaschenen Hufspuren auf dem schmalen Weg, der die Küste hinaufführte, jedoch das einzige, was auf die Konfrontation des Vortages hinwies. Hiob dachte an die Lehrstunden im Fährtenlesen, die er in Mont Salvage besucht hatte. Was er damals gelernt hatte, konnte er jetzt gut brauchen, und er ärgerte sich, daß er sich so früh hatte entmutigen lassen. Aber die Urieliten waren einfach zu gut gewesen. Sie hätten aus einer Spur wie dieser schon längst Anzahl der Pferde und Reiter und womöglich ihr Alter oder ihren Namen ablesen können. Er hingegen war kaum in der Lage, auch nur eines davon mit Sicherheit zu sagen. Zumindest die Richtung war im Moment klar, und das sollte ihm im Moment genügen.

Am späten Vormittag erreichte Hiob eine Weggabelung, an der der Pfad aus Valencas auf eine größere Straße mündete. An vielen Stellen geborstener Asphalt bedeckte dieses Stück der Straße, und die schlammigen Hufe der schweren Pferde hatten eine deutliche Spur nach Norden hinterlassen, aber Hiob fürchtete, die Spur bald zu verlieren, sollte die Straßendecke auch weiterhin so gut erhalten sein.

Seine Sorge erwies sich als durchaus begründet: Die Straßendecke blieb gut, und schon nach einer halben Stunde war kaum noch eine

Hufspur auf dem nass glänzenden Asphalt auszumachen. Hiob konzentrierte sich jetzt mehr auf die tiefer gelegenen, verwitterten Ränder der Straße. Bislang hatte es keine nennenswerten Abzweigungen gegeben, und er hoffte, die Hufspuren wieder zu entdecken, sobald die Beutereiter die Straße verließen. Daran, daß die Söldner mit ihren Reittieren auf der Straße viel schneller vorangekommen sein würden, mochte er gar nicht denken. Wenn er doch nur noch seine Flügel gehabt hätte! Die durchnäßten Lederstiefel scheuerten an seinen Füßen, und er merkte, daß er Blasen bekam. Das lange Laufen war ungewohnt für ihn, und er fragte sich immer wieder, was der Herr wohl mit dieser Probe bezwecken wollte, wenn es denn eine war.

Kurz nach Mittag kam er an einem von einer hohen, abweisenden Mauer umgebenen Gehöft vorbei. Er konnte niemanden sehen, aber das Geschrei von Geflügel war von jenseits der Mauer zu hören, und Rauch kam aus einem eisernen Rohr, das hoch in den Himmel ragte. Hiob überlegte, ob er dort einkehren sollte, um sich auszuruhen und nach den schwarzen Reitern zu fragen, aber der Gedanke an fremde Menschen jagte ihm plötzlich Angst ein. Er war seit dem Verlust seiner Flügel noch nie auf Fremde zugegangen. Mit Irène und ihrer Familie war es etwas anderes gewesen. Er hatte lange bewußtlos in ihrem Haus gelegen und war von ihnen gepflegt worden. Als er endlich erwacht war, war es fast so gewesen, als sei er dort zuhause. Und auch mit den anderen Leuten in Valencas war es etwas Besonderes. Auch wenn sie ihm mißtrauten, ihn vielleicht sogar fürchteten, war er für sie irgendwie schon lange Teil des Dorfalltags gewesen, bevor er sie tatsächlich getroffen hatte. Sie waren auf ihn vorbereitet gewesen, und Irène oder Marie hatten ihn auf sie vorbereitet. Hier war das anders. Die Menschen, die hinter dieser Mauer ihre Hühner fütterten und ihr Essen kochten, die vielleicht auch wie Irène an jenen seltenen Sonnentagen Waschtag machten und ihre frisch gewaschenen Kleider auf den Leinen trockneten, die zwischen den rostigen, aus dem Beton ragenden Eisenstangen gespannt waren, diese Menschen waren nicht auf ihn vorbereitet. Und er war nicht darauf vorbereitet, sie zu erschrecken. Was sollten sie von ihm denken – ein Engel ohne Flügel, der nach einer Rotte Beutereiter fragte? Er glaubte nicht, daß er vor ihnen verbergen könnte, was er war.

Die Gegend schien jetzt immer dichter besiedelt zu sein. Die triste Sumpflandschaft, die den Weg nach Valencas gesäumt hatte, war weiten Feldern und saftigen Weiden gewichen, auf denen Kühe und Schafe grasten, und immer häufiger war die Rauchfahne eine Gehöfts zu erkennen. An einer Stelle überspannte eine Brücke aus schweren, vernieteten Stahlträgern einen kleinen Fluß. Sein Bett hatte sich tief ins helle Gestein gegraben, daß sich sonst überall unter dem feuchten Boden verbarg. Es gab jetzt häufiger Abzweigungen von der Straße, aber keine sah so aus, als sei dort ein größerer Trupp Berittener abgebogen.

Als die asphaltierte Straße am Nachmittag einem breiten unbefestigten Weg wich, auf dem nichts außer einer einsamen Wagenspur zu erkennen war, packte Hiob die Verzweiflung. Wütend auf sich selbst warf er sein Bündel in den Schlamm und ließ sich ermattet auf einen Findling am Wegesrand fallen. Er war vollkommen nutzlos. Er hatte die Beutereiter nicht aufhalten können, als sie Dominic und die anderen Kinder aus Valencas geraubt hatten, und er war unfähig, sie jetzt aufzuspüren. All das, was er im Himmel gelernt hatte, war nur nutzloser Ballast, der ihn niederdrückte und ihm den Atem raubte. Ja, er war sogar zu feige gewesen, bei ein paar Bauern nach den Reitern zu fragen. Wie hatte er nur glauben können, Dominic je allein wiederzufinden? Er hatte nie gelernt, ein Mensch zu sein – wie sollte er sich so jemals gegen eine Rotte ausgebildeter Söldner behaupten können?

Nachdem er einige Zeit brütend dagesessen hatte, stellte er fest, daß er hungrig war. Den ganzen Tag hatte er seinen Proviant nicht angerührt, war viel zu sehr in Gedanken versunken gewesen, um zu bemerken, wie ausgehungert er war. Noch nicht einmal dazu bin ich im Stande, dachte er, als er sein Bündel aufschnürte und Brot und Fisch hervorholte.

Nachdem er gegessen hatte, fühlte er sich besser. Der Regen hatte fast aufgehört, der Wind trieb nur noch ein paar vereinzelte Tropfen vor sich her. Wie er es auch drehte und wendete, er mußte umkehren. Er würde an dem Gehöft halt machen und nach Eliphas' Rotte fragen, und vielleicht konnte er dort sogar übernachten. Auf dem Weg dorthin würde er jede Abzweigung noch einmal genau untersuchen, vielleicht hatte er ja etwas übersehen.

Hiob nahm sich so viel Zeit bei der Untersuchung der einzelnen Wege, die von der Straße wegführten, daß es schon dämmerte, als er wieder die rostigbraune Brücke erreichte. Er hatte sich an vieles erinnert – wie man Spuren fand, die nicht am Boden waren, nach welchem Muster man am besten suchte, damit die Augen nicht zu schnell ermüdeten und daß auch Tiere Zeugen eines vorübereilenden Feindes sein konnten, nur konnte man sie nicht fragen, sondern mußte aus ihrem Verhalten Schlüsse ziehen. Aber all das hatte immer wieder zum selben Ergebnis geführt: Die Beutereiter hatten dieses Stück der Straße wahrscheinlich nie betreten.

Als er über die Brücke ging, stieg ihm plötzlich der schwache, stechende Geruch von Rauch in die Nase. Er blieb abrupt stehen und schaute sich um. Im Halbdunkel konnte er ein ganzes Stück flußaufwärts ein schwaches Leuchten ausmachen, so als würde der Schein eines Feuers von den hellen Felsen des Flußbettes reflektiert. Aufmerksam suchte er die Enden der Brücke ab, und tatsächlich: Da war ein schmaler, steiniger Pfad, der sich von der Brücke zum rechten Ufer des Flusses hinabwand. Hiob erinnerte sich, daß sie in einer Lehrstunde gehört hatten, daß steinige Bäche oft benutzt wurden, um Fährtenleser abzuschütteln. Leider war es mittlerweile zu dunkel, um auf dem Pfad noch etwas zu erkennen. Warum hatte er nur nicht daran gedacht, eine Laterne mitzunehmen? Doch da fiel ihm seine Lanze wieder ein. Schnell wickelte er die Decke vom oberen Ende der Waffe und aktivierte mit einer leichten Berührung eine der silbernen Schaltflächen am Schaft. Die kleine Lampe neben der Klinge flammte auf. Langsam ließ er ihren weißen Strahl über den Pfad gleiten, doch das schroffe Gestein war zu verwittert und schmutzig, um irgendwelche Spuren erkennen zu lassen.

In die Risse im Fels, in denen der Wind etwas Erde zurückgelassen hatte, klammerten sich Kräuter und kleine, blaue Blumen. Hiob begann, diese Stellen mit der Lampe zu inspizieren. Überall an der Felswand waren die Pflanzen zerdrückt und abgerissen. Die Pferde hatten sich auf dem schmalen Pfad so dicht an die Felswand drängen müssen, daß sie die Pflanzen abgeknickt hatten. Weiter unten bestätigte sich Hiobs Vermutung. Das spärliche Unterholz, das auf dem schmalen Streifen zwischen Flußufer und Felswand wuchs, war gegen die Strömung am Ufer entlang niedergetrampelt.

Er konnte hier unten zwar weder den Rauch riechen noch den Feuerschein sehen, aber er war sich sicher, das Versteck der Beutereiter aufgestöbert zu haben. Vorsichtig begann er, dicht an der Felswand flußaufwärts zu gehen. Das Licht hatte er wieder gelöscht. Wenn die Beutereiter sich soviel Mühe mit ihrem Versteck gemacht hatten, würden sie sicher auch Wachen aufstellen.

Es dauerte ziemlich lange, bis er in die Nähe des Lagers gelangte. Er überlegte schon, ob er wieder eine Abzweigung übersehen hatte, als er plötzlich hinter einer Felsnase an einer Flußbiegung knirschende Schritte näherkommen hörte. Sofort drückte er sich in den rettenden Schatten einer Felsnische.

Einer der Beutereiter kam schweren Schrittes um die Biegung und ging zum Ufer hinüber. Der Mann gähnte, und ohne sich umzusehen begann er, sich in den Fluß zu erleichtern. Hiob war sich ziemlich sicher, daß der Söldner ihn von dort, wo er stand, nicht sehen konnte, selbst wenn er sich umgedreht und die Felswand abgesucht hätte. Trotzdem preßte er sich noch tiefer in die Nische. Aber der Söldner schien sich vollkommen sicher zu fühlen. Als er fertig war, spuckte er noch einmal geräuschvoll in den Fluß und kehrte dahin zurück, wo er hergekommen war, ohne auch nur einen Blick für seine Umgebung übrig zu haben.

Hiob verweilte noch einen Moment in seinem Versteck. Er überlegte, ob es falsch gewesen war, den Kerl entkommen zu lassen. Es wäre ein Leichtes gewesen, ihn zu überwältigen, und dann hätte er es mit einem Gegner weniger zu tun gehabt. Aber er verwarf den Gedanken wieder. Nein, er hatte ohnehin wenig Hoffnung, die ganze Rotte zu besiegen, und spätestens am Morgen würde Eliphas das Verschwinden seines Mannes bemerken und seine Schlüsse daraus ziehen. Es war besser, wenn der Komtur nicht wußte, daß Hiob ihm auf den Fersen war.

Behutsam darauf bedacht, bloß kein Geräusch zu verursachen, schob sich Hiob an die Ecke der Felswand heran und lauschte. Er konnte keine Schritte mehr hören, aber dafür ein leises Rauschen, das beinahe die gedämpften Stimmen einer größeren Personengruppe übertönte.

Hiob ging in die Hocke und spähte vorsichtig um die Felswand. Der Fluß schien sich auf den ersten Blick genauso durch die Dunkelheit zu winden wie vor der Biegung, aber dann entdeckte er erneut den Widerschein des Feuers. An einer Felswand etwas weiter flußaufwärts gab es scheinbar einen kleinen Talkessel, in den der Fluß sich als Wasserfall hinabstürzte. Hiob konnte oben an der Felskante deutlich das Wasser im Widerschein des Feuers glitzern sehen. Die Rotte hatte sich einen guten Lagerplatz ausgesucht. Geschützt, versteckt, nur von einer Seite zu erreichen und deshalb leicht zu bewachen. Hiob war sich sicher, daß Eliphas an einer schmalen Stelle am Eingang des Talkessels Wachen aufgestellt hatte. Er hätte es genauso gemacht. Der einzige andere Weg ins Lager führte durch die Luft. Wenn er noch seine Flügel gehabt hätte, wäre es ihm jetzt leichtgefallen, aus der Schlucht aufzufliegen und von oben auf die Beutereiter herabzustoßen, um die Kinder zu befreien. Aber er hatte keine Flügel mehr, also mußte er wohl oder übel klettern.

Er ging noch ein gutes Stück hinter die letzte Flußbiegung zurück, falls wieder einer der Beutereiter aus dem Lager kam, um sich zu erleichtern. Hier gab es eine Stelle, die nicht ganz so steil wirkte wie der Rest der Felswand und die weit genug vom Lager entfernt sein sollte, daß er nicht allzu sehr auf Heimlichkeit bedacht sein mußte. Wie sich herausstellen sollte, konnte er auf Heimlichkeit überhaupt keinen Gedanken verschwenden. Mehr als einmal war er mit Varcanel außen über das Maßwerk des Himmels von Mont Salvage geklettert. Aber auch wenn sie sich in schwindelerregender Höhe bewegt hatten, so war es doch bei Tageslicht gewesen. Er hatte die Gewißheit gehabt, sich jederzeit einfach in die Tiefe fallen lassen zu können und sich mit ein paar kräftigen Flügelschlägen wieder zu fangen. Hier war das anders. Er konnte sich bei der Suche nach Griffen und Tritten nur auf seinen Tastsinn verlassen; das schwache Mondlicht, daß durch die dünne Wolkendecke sickerte, reichte gerade, ihn den Grund der Schlucht unter und den Rand der Felswand über ihm erkennen zu lassen. Er hatte zuerst überlegt, seine Lanze auf den Rücken zu binden, mußte dann aber feststellen, daß die über zwei Meter lange Waffe einfach zu sperrig war und ihn beim Klettern zu sehr behinderte. Also knotete er das eine Ende der Schnur, mit der die Lanze in ihrem Futteral umwickelt gewesen war, an den Schaft direkt unter der Klinge, während er das andere Ende an seinem Gürtel befestigte.

Hoffentlich ist die Schnur lang genug, dachte er, als er in der Mitte der Felswand hing und verzweifelt nach dem nächsten Halt suchte.

Endlich zog er sich schweißgebadet über den Rand, und es kam ihm vor, als hätte er die ganze Nacht in dieser Wand gehangen. Die Schlucht mußte etwa zehn Meter tief sein, aber ihm erschien es, als sei er eben den Abgründen der Hölle selbst entronnen. Vorsichtig begann er, seine Lanze an der Schur heraufzuziehen. Auch wenn die sperrige Waffe sich zweimal verhakte, so daß er sie erst wieder ein Stück hinablassen mußte, dauerte es nicht lange, bis er den Schaft unversehrt in Händen hielt.

Auf dem steinigen Untergrund wuchs duftendes Heidekraut, und er konnte den dunklen Streifen eines Waldes am Horizont erkennen. Es fiel ihm schwer, sich hier am Boden zu orientieren, besonders bei Nacht. In der Luft war das viel einfach – immer gab es irgendwelche Orientierungspunkte, die schon von weitem zu erkennen waren. Zum Glück brauchte er jetzt nur noch dem Flußlauf zu folgen, bis er an den Wasserfall kam.

Als er an der Felskante über dem Lager der Beutereiter stand, konnte Hiob im dunklen Tal nur noch das schwache Glühen dreier Feuerstellen erkennen. Es war spät geworden. Die Söldner hatten ihre Feuer bis auf die Glut niederbrennen lassen und sich schlafen gelegt. Es war sicher keine gute Idee, jetzt zu versuchen, in das dunkle Lager hinabzuklettern. Hiob war müde, und nach dem Aufstieg aus der Schlucht hatte er wenig Lust auf eine weitere nächtliche Kletterpartie. Wie sollte er mit Dominic entkommen? Sollte er die anderen Kinder zurücklassen? Er schob die Fragen beiseite und suchte sich einen sicheren Platz an der Felskante, von dem aus er zumindest eine der Feuerstätten im Blick hatte. Zuerst einmal mußte er morgen herausfinden, wie das Lager aussah und mit wie vielen Beutereitern er es überhaupt zu tun hatte.

Auch wenn er schon letzte Nacht nicht geschlafen hatte, legte er sich nicht hin, sondern hockte sich in der Ruhestellung der Engel in eine flache Mulde und versuchte zu meditieren. Aber immer wieder fielen ihm die Augen zu oder er sackte zur Seite. Anscheinend hatte er schon zu lange wie ein Mensch gelebt und geschlafen, vielleicht war er aber auch einfach nur zu müde.

In rasender Jagd flog er über das Pflaster der Straßen dahin. Immer wieder tauchten ängstliche oder zornige Gesichter vor seinen Augen auf, aber bevor er erkennen konnte, wer sie waren oder warum sie Angst oder Zorn empfanden, waren sie wieder aus seinem Blickfeld entschwunden. Er konnte sich nicht rühren. Seine Handgelenke waren mit einem rauhen Strick gefesselt. Seine Ellbogen preßten sich schmerzhaft in seine Rippen. Das Pferd, auf dem er bäuchlings lag, jagte in gestrecktem Galopp durch die engen Straßen der Stadt. Er konnte den salzigen Schweiß auf dem dunkelbraunen Fell der Flanken glänzen sehen. Der Geruch alten, ranzigen Fetts, das von dem Reiter ausging, hing ihm bitter in Nase und Mund.

Er hatte gekämpft, hatte den schwarzen Krieger getreten und gebissen, hatte geschrien, bis er heiser gewesen war, aber es hatte nichts genutzt. Die schwarzen Männer hatten seine Mutter ins Haus geschleppt und ihn gefesselt. Einer der Krieger hatte ihn auf sein Pferd geworfen und war mit ihm durch das Tor vom Hof geritten. Wenn er den Kopf drehte, konnte er den hohen schwarzen Stiefel des Reiters erkennen, der dem Pferd die Sporen gab.

Immer schneller wurde der Ritt. Das glänzende Pflaster der Stadt wich Schotter, Schlamm und Gras, bis sie schließlich über eine fette grüne Wiese jagten. Die Wiese war von kleinen Gräben durchzogen, und immer wieder, wenn das Pferd mit einem Satz einen der Gräben übersprang, drückte der Sattelknauf sich schmerzhaft in seinen Bauch.

Endlich erreichten sie in der Dunkelheit einen tiefergelegenen Platz an einem Waldrand. Überall brannten Feuer, und in der Mitte des Platzes stand ein großer Wagen, dessen ganze Fläche von einem Käfig aus rauhen Eisenstangen eingenommen wurde.

Viele kleine, bleiche Gesichter starrten zu ihm herauf, als der schwarze Krieger sein Pferd neben dem Wagen zum Stehen brachte und ihn am ausgestreckten Arm über die offene Klappe im Dach des

Käfigs hielt. Als die Hand des Beutereiters ihn losließ, begann Hiob zu schreien.

Erschrocken setzte er sich auf und hielt sich den Mund zu. Hoffentlich hatte keiner im Lager seinen Schrei gehört. Es war frühe Morgendämmerung. Seine Decke war von Tau und Nieselregen vollkommen durchnäßt, und seine Glieder waren steif und kalt. Vorsichtig kroch er zum Rand des Talkessels. Im Lager der Rotte war alles ruhig. Die Feuerstellen waren verloschen, und zwischen den vier Zelten war niemand zu sehen. Die Wachen am Ausgang des Tals, falls es denn welche gab, konnte Hiob im Dämmerlicht nicht erkennen.

Er kroch wieder zurück und ließ sich nachdenklich auf die nasse Decke fallen. Der Traum war diesmal so greifbar gewesen. Die Verfolgung der Beutereiter schien Erinnerungen wachzurufen, die er zuvor noch nicht einmal andeutungsweise berührt hatte, und das in einer Intensität, wie er es bisher nicht kannte. Vielleicht war es Dominics Schicksal, das so sehr sein eigenes widerspiegelte und die Erinnerungen zurückbrachte, vielleicht war er aber auch schon so lange kein Engel mehr, daß sein Geist einfach nach etwas suchte, um die Lücken zu füllen. Oder war es etwa Gott, der ihm die Träume schickte, um ihn auf das, was er zu tun hatte, besser vorzubereiten? Hiob verwarf den Gedanken verärgert. Eliphas hatte es ihm selbst gesagt: Gott hatte ihn verlassen. Er war ein gefallener Engel, und sein Tun und seine Träume als Gottes Werk zu bezeichnen war Ketzerei. Aber wie konnte er ein Ketzer sein, wo Gott doch *ihn* verlassen hatte? Wenn der Allmächtige nichts mehr mit ihm zu tun haben wollte, war es dann nicht nur richtig, wenn er sein Schicksal akzeptierte und tat, was er für richtig hielt, ohne an den Herrn zu denken? Aber er hatte Wichtigeres zu tun, als sich mit solchen Zweifeln zu plagen. Schnell wickelte er seine Decke zusammen und band sie wieder an seine Lanze. Im nassen Zustand war das Bündel sehr viel schwerer, und Hiob überlegte, wann er wohl die Möglichkeit haben würde, seine Sachen zu trocknen und ob er die Decke nicht einfach zurück lassen sollte, entschied sich dann aber dagegen.

Als er sich bäuchlings an die Felskante legte, um ins Tal hinabzuspähen, war Leben in das Lager gekommen. Einige Beutereiter versuchten zwischen den Zelten verschlafen, Leben in ihre Glieder zu bringen, andere waren damit beschäftigt die Feuer wieder anzufachen. Hiob konnte jetzt erkennen, daß drei größere und ein kleineres Zelt im Lager aufgeschlagen waren. Die Pferde mußten im Schutze eines Felsvorsprungs angepflockt sein, denn er konnte sie nicht sehen, wohl aber hören.

Im kleineren der Zelte schien Eliphas untergebracht zu sein, von seiner Spitze flatterte ein schwarzer Wimpel träge in der Morgenbrise. Aus zwei der größeren kamen seine Männer hervor, während das dritte große Zelt, das etwas abseits stand, verschlissener und ausgeblichener wirkte als die beiden anderen. Dort mußten die auserwählten Kinder gefangen sein. Wenigstens hatten sie ein Dach über dem Kopf. Abseits der Zelte, am Ufer des Flusses, der unterhalb des Wasserfalls einen kleinen See bildete, konnte Hiob ein roh zusammengezimmertes Floß erkennen. Es bestand aus zwei Reihen großer, blauer Plastikfässer mit einer Holzplattform dazwischen. Er hatte sich schon gefragt, wie die Rotte ihre ganze Ausrüstung hierher gebracht hatte, und vor allem, wie sie die Kinder von hier fortschaffen wollten.

Er hatte erst einmal genug gesehen und zog sich zurück. Es sah nicht aus, als würde die Rotte heute noch ihr Lager abbrechen, also würde Eliphas seine Männer sicher noch einmal von hier aus in eines der umliegenden Dörfer führen, um den Kirchenzehnten einzutreiben. Und dann war die Zeit für Hiobs Eingreifen gekommen.

Kapitel neun

Es sollte nicht lange dauern, bis Hiob die Gelegenheit zum Handeln erhielt. Bis dahin hatte er sich jedoch mit genügend anderen Problemen auseinanderzusetzen. Sein Proviant war aufgebraucht, und er hatte sich bei seinem abrupten Aufbruch aus Valencas keinerlei Gedanken über seine weitere Verpflegung gemacht. Trinkwasser stellte kein Problem dar, denn oberhalb des Wasserfalls war der Fluß gut zugänglich, so daß er zum Trinken nicht in die Schlucht hinabsteigen mußte. Auch wenn er körperlich in der Lage war, länger als normale Sterbliche ohne Nahrung und Wasser auszukommen, hatte er doch nie gelernt, allein in der Wildnis zu überleben.

Zum ersten Mal seit seinem schicksalhaften Zusammenprall mit der Traumsaat vermißte er seine Schar. Wie gut hätte er ihre Hilfe jetzt brauchen können. Varcanel hätte ihnen Nahrung beschaffen können, und Henaiel hätte immer gewußt, was zu tun war. Und wie gerne hätte er Paliel bei der Konfrontation mit den Beutereitern an seiner Seite gehabt. Mehr als einmal hatte er eine Schlacht nur Dank des beherzten Eingreifens der fröhlichen Gabrielitin unversehrt überstanden. Ob sie ihn auch vermißten? Hiob fragte sich, wie wohl ihre Reaktion ausfiele, wenn er ihnen jetzt so gegenübertreten würde.

Weit weg vom Heil sind seine Kinder, werden zertreten im Tor, sind ohne Helfer.

- Hiob 5,4

Wäre er für sie auch der gefallene Engel, der von Gott verstoßen worden war?

Während er bei Irène gelebt hatte, war alles für ihn so neu und aufregend gewesen, daß er nicht viel an seine Zeit im Himmel zurückgedacht hatte. Es war, als hätte er mit seinen Flügeln auch seine Vergangenheit abgestoßen. Und auf dem Krankenlager hatte er fast nur an Anne denken können. Anne. Fast bekam er ein schlechtes Gewissen, als er ihren Namen im Geiste wiederholte. Auch sie hatte er in den letzten Wochen beinahe vergessen. Dabei wußte er immer noch nicht, ob sie den Angriff der Traumsaat auf das Kloster Cluny überlebt hatte. Sein ohnehin vor Hunger schmerzender Magen verkrampfte sich noch mehr. Vielleicht verschwendete er hier nur seine Zeit bei einem nutzlosen, ketzerischen Unterfangen, das ihn nichts anging, während Anne irgendwo auf ihn wartete und ihn brauchte.

Er wußte, er konnte sich diese Gedanken nicht leisten. Er hatte sich für einen Weg entschieden und mußte sich jetzt voll darauf konzentrieren. Danach blieb noch genug Zeit, sich um seine Vergangenheit zu kümmern.

Zuerst brauchte er etwas zu essen. Mit einem letzten Blick auf das ruhige Lager der Beutereiter wandte er sich um und machte sich in Richtung des Gehöfts auf, das er gestern an der Straße gesehen hatte.

♦ ♦ ♦

Eliphas saß schweißgebadet auf einer metallenen Proviantkiste in seinem offenen Zelt. Es war der erste wirklich heiße Tag in diesem Jahr, und es ging kaum ein Lüftchen. Unten im Tal stand die heiße, schwüle Luft. Er stellte sich vor, wie oben über dem Rand ein angenehm kühler Wind ging und die schwere Feuchtigkeit wie Dampf von einem siedenden Kessel davon wehte. Aber sie waren Soldaten, die eine Mission zu erfüllen hatten. Und diese Mission erforderte ein gutes Versteck. Er lächelte grimmig und wandte sich wieder der Karte zu, die er vor sich ausgebreitet hatte. Candas, Luzençor und Valencas hatte sie schon besucht und gute Beute gemacht. Die Monachen in Rodez würden ihn sicher nicht wieder fortschicken, wenn er jetzt dorthin zurückkehrte, aber es gab noch ein paar Dörfer in der näheren Umgebung, die schon lange keinen Kirchenzehnten mehr gezahlt hatten. Das Problem war, daß es immer schwieriger wurde, den Zehnten reibungslos einzutreiben, je mehr Dörfer in einer Region sie schon besucht hatten. Es war ihm am liebsten, wenn er die Leute vollkommen überraschen, ungestört sein kleines Ritual abhalten und diejenigen Kinder auswählen konnte, die in ihrem Aussehen am ehesten dem Angelitischen Ideal entsprachen. Dann war er mit diesen Auserwählten schon längst wieder verschwunden, bevor die Eltern richtig begriffen hatten, was geschehen war. Wenn die Bewohner eines Dorfes schon aus dem Nachbardorf wußten, daß die Beutereiter kamen, stellten sie oft Wachen auf, die ihn und seine Leute schon von weitem ausmachten und Alarm schlugen. Entweder kam ihnen dann eine jämmerliche Gesandtschaft aus alten Männern und schreienden Großmüttern aus dem Ort entgegen, die versuchten, sie noch auf der Straße zum Umkehren zu bewegen, oder die Leute verließen ihr Dorf, um sich irgendwo zu verstecken. Eliphas wußte nicht, was er mehr verabscheute.

Aber nein, diesmal waren sie bisher schnell und effektiv gewesen, bis auf diese unnötige Verzögerung mit dem Engel am Vortag in Valencas war alles glatt gelaufen. Eliphas überlegte, ob er wegen des Engels einen Boten nach Rodez schicken sollte, entschied sich dann aber dagegen. Es mußte reichen, wenn er bei seiner Rückkehr dem bereits auf die Kinder wartenden Armatura Meldung machte. Außerdem brauchte er auf dieser Mission jeden Mann. Er hatte alles genau geplant: Wenn er ein Dorf besuchte, nahm er zehn seiner Leute mit; somit blieben noch sechs, die in zwei Dreimannschichten das Lager bewachen konnten – das war das absolute Minimum. Heute Nacht würden sie sich Marzials vornehmen. Wenn sie früh genug aufbrachen, konnten sie sogar noch nach Roquetaillade weiter reiten, wenn die Ausbeute in Marzials zu schlecht sein würde. Noch zwei oder drei erfolgreiche Nächte, und er würde diesem verdammten, heißen Loch den Rücken kehren und nach Rodez zurückreiten können.

Zufrieden faltete Eliphas die Karte wieder zusammen. Er hatte sich sicher nicht darum gerissen, zum Komtur ernannt zu werden. Aber sein ehrwürdiger Magister Abelard hatte ihn für fähig und würdig befunden, und er wollte ihn nicht enttäuschen. Außerdem konnte es sicher seiner weiteren Laufbahn als Armatura nicht schaden, sich eine Zeitlang als Komtur verdient zu machen. Eliphas erhob sich entschlossen und trat aus dem Eingang des Zelts.

„Antonio", rief er seinen Rottmeister zu sich herüber. „Sag deinen Leuten, sie sollen sich ausruhen, wir brechen am Abend wieder auf."

„Die gleichen Wachen wie beim letzten Mal, Komtur?" fragte Antonio seinen Anführer.

Eliphas nickte, und Antonio verschwand mit angedeutetem Salutieren in einem der Mannschaftszelte.

♦ ♦ ♦

Es wurde schon dunkel, als Hiob zum Rand des Talkessels zurückkehrte. Er hatte tatsächlich den Weg zu dem Gehöft wiedergefunden, an dem er am Vortag vorbeigekommen war. Die Leute dort hatten zuerst sehr mißtrauisch reagiert. Nachdem er an das rostige Tor geklopft hatte, war ein kahlköpfiger Greis auf der Mauer erschienen und hatte ihn mit einer Armbrust bedroht. Aber als er die Kapuze zurückgeworfen und der Mann seine Narben und die Scriptura gesehen hatte, war er wieder hinter der Mauer verschwunden, und Hiob hatte leises Getuschel von jenseits des Tores gehört. Schließlich hatte der Mann ihm das Tor geöffnet, die Armbrust immer noch mißtrauisch im Anschlag. Außer ihm hatte Hiob nur noch eine dunkelhäutige Frau in dem Hof angetroffen, die mindestens so alt war wie der Mann.

Nachdem Hiob Luc und Mara in kurzen Worten seine Situation geschildert hatte, waren sie etwas freundlicher geworden. Sie hatten ihm etwas zu essen gegeben und ihn ein paar Stunden in ihrem Stall schlafen lassen, nachdem er seine Kleidung zum Trocknen auf der Tenne ausgebreitet hatte. Anschließend hatte Luc ihm stolz seine Armbrust und noch ein paar andere Geräte gezeigt, die er geschickt aus vorsintflutlichen Metallteilen zusammengeschustert hatte.

Hiob bedauerte, daß er nicht mehr Zeit bei diesen seltsamen alten Leuten hatte verbringen können, aber er hatte gefürchtet, am Lager der Beutereiter etwas zu verpassen. Obwohl Mara ihn mindestens zehnmal darauf hingewiesen hatte, daß seine Sachen doch noch nicht ganz trocken seien, hatte er sich bald nach dem Aufwachen wieder auf den Rückweg gemacht.

Jetzt war er besser ausgestattet. Luc hatte ihm einen Sack aus Öltuch gegeben, und Mara hatte ihn mit Lebensmitteln gefüllt und noch eine Decke obenauf gelegt. Als er aus dem Tor trat, hatte er sich so sehr in der Schuld dieser Leute gefühlt, daß er sich noch einmal umgewandt und mit erhobenen Händen einen Segensspruch gemurmelt hatte. Er wußte nicht, ob es etwas half, aber vielleicht konnte er den alten Leuten so wenigstens ein gutes Gefühl vermitteln.

Als er, nachdem er seine neue Ausrüstung in seiner Schlafmulde abgeladen hatte, erneut zum Rand des Talkessels kroch, konnte er gerade noch beobachten, wie ein langer Zug berittener Söldner das Tal auf der anderen Seite verließ. Nachdem die Reiter abgezogen waren, konnte er noch vier Männer im Lager erkennen. Zwei standen an der schmalen Stelle zwischen Flußufer und Felswand Wache, die den Eingang des Tals bildete, ein anderer begann, an einer Feuerstelle mit einem Topf zu hantieren, während der letzte in einem der großen Mannschaftszelte verschwand.

Hiob beschloß abzuwarten und das Lager zu beobachten, bis es vollkommen dunkel war. So konnte er vielleicht noch ein paar nützliche Informationen über die Gewohnheiten der Beutereiter sammeln, ehe er im Schutze der Dunkelheit ins Tal hinunterstieg. Außerdem mußte er dringend eine gute Stelle für den Abstieg finden, ehe die Sonne unterging.

Er wurde schnell fündig. Wenn alles nach Plan lief, würde er direkt hinter dem Zelt, in dem er die Kinder vermutete, den Boden erreichen. Im Lager war alles ruhig. Der Söldner am Feuer schien Essen für die Kinder zubereitet zu haben und brachte den großen Topf in das verschlissene Zelt. Es dauerte lange, bis er mit dem Topf wieder herauskam. Nachdem er den Suppentopf abgestellt hatte, begann er, rastlos im Lager umherzulaufen.

Mittlerweile war es schon lange dunkel, und Hiob schlich zu seiner Abstiegsstelle hinüber. Die Lanze hatte er bei seinem anderen Gepäck zurückgelassen. Er wollte es nicht zu einer direkten Konfrontation kommen lassen, und wenn er an seinen Aufstieg zurückdachte, würde die sperrige Waffe ihn bei einem heimlichen Eindringen nur behindern.

Ehe er sich über den Felsrand schwang, dachte er noch einmal kurz daran, wie viel einfacher alles wäre, wenn er jetzt seine Flügel noch hätte.

♦ ♦ ♦

Philippo summte vor sich hin, während er den Topf zur Feuerstelle zurückbrachte. Er war froh, wieder zur Wache eingeteilt worden zu sein. Nach Sonnenuntergang war es kühler geworden, und man konnte im Talkessel wieder atmen. Am Tage war die Schwüle unerträglich gewesen.

Es machte ihm auch nichts aus, für die Kinder zu kochen. Im Gegenteil, er mochte Kinder. Eigentlich fand er es nicht richtig, die Auserwählten der Welt zu entreißen. Schließlich hatten sie bisher kaum ein Leben gehabt. Warum mußte die Kirche sie jetzt zu Nonnen, Mönchen oder was auch immer machen? In diesem Alter ... aber was verstand er schon davon? Es war zum Wohle der Angelitischen Kirche und damit zum Wohle der Welt. Außerdem bewunderte Philippo seinen Komtur. Der Templer war der beste Befehlshaber, dem er je unterstellt gewesen war, und Philippo zweifelte keine seiner Entscheidungen an.

Er spülte die Suppenreste mit etwas Wasser aus dem Topf und stellte ihn zum Trocknen neben die Glut. Das Feuer hatte er herunterbrennen lassen, während er den Kindern beim Essen zugesehen hatte. Das tat er gern. Schließlich waren sie etwas Besonderes – sie waren die Auserwählten, göttliche Wesen. Und das sah man ihnen auch an. Er hätte es vielleicht nicht bemerkt, wenn er einem von ihnen auf der Straße begegnet wäre. Eine solche Gabe besaß nur der Komtur. Aber jetzt, wenn er sie hier alle zusammen sah, spürte er die besondere Reinheit und Kraft, die von ihnen allen ausging. Besonders die kleine Maria hatte es ihm angetan. Sie hatten sie in Candas gefunden. Eliphas hatte sofort gesehen, daß Maria zu den Auserwählten gehörte, und bei ihr war sich auch Philippo gleich sicher gewesen. Es war etwas in ihren Augen ...

Wenn er den Kindern das Essen brachte, ließ er sie die Suppe und das Brot unter den anderen Kindern verteilen. Obwohl sie kaum älter als zehn sein mochte, erinnerte sie ihn an seine Mutter, wie sie so dastand und mit der großen Kelle die Suppe aus dem Topf in die kleinen Holznäpfe schöpfte. Wenn sie fertig und der Topf leer war, trat sie beiseite und sah ihn mit diesem seltsam erwachsenen Blick an. Sie kannte ihr Schicksal ganz genau und nahm es mit unbeschreiblicher Würde an, aber sie wußte auch, was sie dafür aufgeben mußte. Heute abend hatte das Verlangen besonders aus den Augen der Kleinen geleuchtet.

Er lief nervös im dunklen Lager auf und ab. Seine Kameraden von der anderen Schicht waren schon eingeschlafen, und die Wachen rechneten noch lange nicht mit ihrer Ablösung. Plötzlich machte er auf der Stelle kehrt und stürmte in das Zelt, in dem die Kinder untergebracht waren. Mit zitternden Fingern tastete er nach dem Schloß an der Gittertür des großen Metallkäfigs, der im Inneren des Zeltes stand. Kaum daß er das Schloß geöffnet hatte, war er auch schon im drinnen und suchte zwischen den Kindern, die sich an der hinteren Wand zum Schlafen zusammengedrängt hatten, nach Maria. Zuerst riß er in der Dunkelheit das falsche Mädchen aus dem Schlaf, doch dann erwischte er Marias Arm und zerrte sie hastig hinter sich aus dem Käfig. Er preßte das schlaftrunkene Mädchen mit einem Arm so fest an seinen schwitzenden Körper, daß sie nur einen erstickten Laut von sich geben konnte, während er mit der freien Hand die Gittertür wieder zuzog.

„Scht", ermahnte er sie sanft und hielt ihr den Mund zu, als er sie hinter das Zelt zerrte. Dort, nahe der Felswand würden sie in Sicherheit sein. Jedes Geräusch mußte im Lager klingen, als käme es aus dem Zelt der Kinder, und die jammerten manchmal im Schlaf. Daran waren alle gewöhnt.

Maria. Er ließ sich ins feuchte Gras fallen und zog sie zu sich herunter, als sich plötzlich eine Gestalt von der Felswand löste. Ein Schatten lag über ihrem Gesicht, so daß Philippo nicht erkennen konnte, wer es war.

„Manuel?" fragte er unsicher.

Die Gestalt machte eine Bewegung auf ihn und Maria zu, und Philippo konnte die einfache Kleidung eines Bauern oder Fischers aus der Gegend erkennen. Er lachte hämisch und stützte sich auf einen Ellbogen. Mit dem anderen Arm preßte er immer noch das Mädchen an sich Seite, während er ihm mit der Hand den Mund zuhielt.

„Na, wen haben wir denn da? Vielleicht wäre es besser gewesen, du wärst zuhause geblieben, Fischerbursche."

Hiob beugte sich vor, und seine helle Haut leuchtete im schwachen Licht des Mondes, der trübe durch die Wolkendecke schien, auf.

Erschrocken zuckte Philippo zurück. Natürlich hatte er die Geschichten der anderen über den seltsamen Engel ohne Flügel gehört, der sich in Valencas mit dem Komtur angelegt hatte, und natürlich hatte er sich mit den anderen darüber ausgelassen, wie sie es dem ketzerischen Bastard einmal so richtig zeigen würden, wenn er ihnen noch einmal über den Weg lief.

„Laß sie los!" Die Stimme des Engels war nur ein Flüstern. Dennoch drang sie Philippo bis ins Mark und ließ alle Kraft aus seinem Körper weichen. Maria glitt aus seinem Arm und rollte sich im Gras zusammen.

„Steh auf!"

Wieder schien Philippos Körper ohne sein Zutun zu reagieren. Aber jetzt reichte es. Was ließ er sich von diesem dahergelaufenen Kerl so einfach herumkommandieren? Fischer oder Engel, er hatte ihm nichts zu sagen.

„Ich weiß, wer du bist. Du bist der gefallene Engel aus Valencas", sagte er zuerst noch etwas unsicher. Dann, herausfordernder:

„Der Komtur wird dich sicher verbrennen lassen, wenn er zurückkehrt. Vielleicht hast du auch Glück, und er läßt dich am Leben, bis wir wieder im Kloster sind."

Als sich auf seinem Gesicht wieder ein Grinsen auszubreiten begann, schlug Hiob zu.

Der erste Schlag traf Philippo hart und unvermittelt und ließ ihn rückwärts gegen die Felswand stolpern. Warmes Blut spritzte aus seiner gebrochenen Nase. Er hatte seinem schmächtigen Gegner weder die Kraft noch die Schnelligkeit für einen solchen Schlag zugetraut, doch jetzt hatte der Schmerz seine Kampfinstinkte geweckt. Blitzschnell ließ er sich zur Seite fallen, so daß Hiobs zweiter Schlag ins Leere ging, und zog seinen Dolch aus dem Gürtel. Mit einem wütenden Schnauben und einer Folge schneller Stiche und Schnitte trieb er seinen Gegner zurück. Dieser hatte dem Dolch des Beutereiters wenig entgegenzusetzen. Es blieb ihm nichts anderes übrig, als Philippos geschickten Angriffen auszuweichen und auf eine Gelegenheit zum Gegenangriff zu warten.

„Ich glaube, du hast gerade versucht, eine Auserwählte zu befreien, Ketzer!" keuchte der Beutereiter. Wieder breitete sich ein selbstgefälliges Grinsen auf seinem verschwitzen, blutverschmierten Gesicht aus.

„Und ich habe dich gestellt und werde sicher ein stattliches Kopfgeld dafür bekommen!"

Kaum hatte er den Satz vollendet, traf ihn unvermutet ein Stein am Hinterkopf. Das Mädchen war aufgestanden und hatte begonnen, mit Kieselsteinen nach ihm zu werfen. Wütend wirbelte er herum.

„Du kleine Verräterin!"

Der kurze Augenblick reichte Hiob. Sein Fuß traf den Söldner genau zwischen den Schulterblättern und schleuderte ihn vornüber auf einen Geröllhaufen. Sofort setzte Hiob nach. Ein Knie auf dem

Rücken des Beutereiters, packte er Philippos Waffenarm, brach ihm mit einem Ruck das Handgelenk und entwand ihm den Dolch. Den markerschütternden Schmerzensschrei des Söldners beachtete er nicht. Voller Zorn drehte er den wimmernden Mann auf den Rücken und starrte ihm ins Gesicht.

„Was hattest du mit ihr vor?" schrie er ihn an.

Philippo konnte ihn kaum erkennen. Er hatte sich an den Felsen die Stirn aufgeschlagen, und das Blut lief ihm nun in die Augen. Der stechende Schmerz seines gebrochenen Handgelenks war kaum zu ertragen.

„Sie ist noch ein Kind, weißt du das? Nur ein Kind!"

„Sie ist eine Auserwählte, Engel", hallte die Stimme Eliphas' durch das Tal. Hiob sah auf und konnte erkennen, wie die Beutereiter unter Eliphas' Führung in das Tal einritten. Der Komtur brachte sein Pferd direkt vor ihm zum Stehen.

„Und du hattest nicht das Recht dich an ihr zu vergreifen, Philippo. Sie gehört dem Herrn."

„Sie gehört niemandem", antwortete Hiob mit bebender Stimme und ließ seine Faust mit übermenschlicher Kraft auf die Brust seines Gegners niedersausen. Ein scharfer Schmerz durchzuckte seinen ganzen Arm, als der Hieb die Rippen des Beutereiters zerschmetterte und sein Herz und seine Lunge zerquetschte.

♦ ♦ ♦

Hiob wehrte sich nicht, als zwei Beutereiter ihn von dem leise röchelnden Söldner wegzerrten. Sie schleppten ihn auf Eliphas' Befehl in das Zelt, in dem auch die Kinder gefangen gehalten wurden und ketteten ihn von außen an den Käfig.

Auch das Mädchen wurde eingefangen und wieder in den Käfig zurückgebracht. Nachdem die Beutereiter das Zelt verlassen hatten, kroch sie zu der Ecke, an der Hiob festgekettet war. Wortlos setzte sie sich zu ihm.

„Wie heißt du?" fragte er sie nach einiger Zeit leise.

„Claire", antwortete sie.

Kapitel zehn

Irène zog ihren wollenen Umhang enger um sich und bog zögernd um die nächste Straßenecke. Als sie aus Valencas aufgebrochen war, war ihr dieses Unterfangen wie eine gute Idee vorgekommen; inzwischen war sie sich dessen nicht mehr so sicher.

Orlac, der Fischhändler, der alle paar Wochen einmal mit seinem rumpelnden Wagen Station in Valencas machte, hatte sie auf die Idee gebracht. Während sie durch die überfüllten Straßen von Millau schritt und über ihr Gespräch mit dem grauhaarigen Kaufmann nachsann, strich sie geistesabwesend über die Feder von Hiobs verlorenen Schwingen, die sie an einer Schnur um den Hals trug. Sie hatte sie in der Nacht an sich gebracht, in der sie und ihre Mutter die Flügel verscharrt hatten, hatte dies aber Hiob gegenüber nie erwähnt.

Ihr Ziel lag in der Hafengegend von Millau, und sie wünschte sich, sie hätte wie viele der Männer, denen sie begegnete, ein Schwert gehabt oder doch zumindest das Fischermesser ihres Mannes mitgenommen, das sie daheim in der Kommodenschublade aufbewahrte. Viele der rauhen Seeleute erinnerten sie an die Söldner, wegen deren Überfalls sie jetzt hier war. Der Gedanke daran jagte ihr einen Schauer über den Rücken.

Meine Brüder hat er von mir entfernt, meine Bekannte sind mir entfremdet.

- Hiob 19, 13

Nach längerem Suchen entdeckte sie jenseits einer breiten Straße das Gasthaus „Le Loup“, das ihr Orlac genannt hatte. Sie blieb eine Weile auf dieser Seite der Straße stehen und beobachtete den Eingang. Einst mußte es ein gehobenes Hotel gewesen sein. Heute jedoch blätterte die Farbe von dem früher sicher prächtigen Blechschild mit dem Bild eines Wolfes. Es war zur Hälfte von einem großen Plakat überklebt, das schon von Weitem kundtat, daß das Gasthaus von den örtlichen Verwaltungsbeamten der Angelitischen Kirche eine uneingeschränkte Lizenz zum Ausschank von Alkohol erteilt bekommen hatte. Offenbar schien der Wirt von dieser Lizenz auch regen Gebrauch zu machen – zumindest nach der Zahl der betrunkenen Gestalten zu urteilen, die schon zu dieser frühen Stunde immer wieder aus der Tür in der Mitte der breiten Fassade des alten Gebäudes getorkelt kamen und im regen Straßenverkehr aus Fahrrädern, Ochsenkarren, Rikschas, einzelnen Reitern und zahlreichen Fußgängern untertauchten.

Weißer Rauch stieg aus dem Kamin des Gasthauses mit dem Wolf in die sommerliche Abendluft. Merkwürdig – Kaminfeuer an einem so warmen Abend? Nun, Orlac hatte ihr gesagt, daß der Wirt etwas verschroben war, ihr aber wohl würde weiterhelfen können. Er höre zwar, hatte der Kaufmann gesagt, auf den schönen deutschen Namen Karl, sehe aber ansonsten nicht nur aus wie ein waschechter Südfranzose, sondern sei auch genauso schlitzohrig. Irène war sich nicht sicher, ob das Gutes verhieß. Nicht zum ersten Mal an diesem Tag schüttelte sie entschlossen den Kopf und machte sich daran, die vom gerade versiegten Nachmittagsregen aufgeweichte, breite Straße zu überqueren, auf deren anderer Seite „Le Loup" lag.

♦ ♦ ♦

Eine schmale Treppe führte zur überdachten Veranda des Gasthauses hinauf. Kora, Bedienung, Barfrau und gelegentliche Lebensgefährtin des Wirts, wischte gerade die runden Plastiktische ab. Sie sah die fremde Frau über die Straße kommen und hielt über einen Tisch gebeugt inne. Neugierig sah sie der etwa Gleichaltrigen entgegen. Ein Wollumhang, wie ihn hier in Millau schon ewig niemand mehr trug, verbarg den Großteil ihrer Gestalt.

„Ich suche Karl", sprach die Fremde sie jetzt unvermittelt an und trat auf die Veranda. Doch Koras Blick blieb an ihrem Halsschmuck hängen.

„Ich träume wohl – ist das die Feder von einem echten Engel?" fragte sie zurück.

Hastig schob die Fremde die lange weiße Feder unter den Wollumhang und wiederholte ihren ersten Satz: „Ich suche Karl."

Auch Schuhe wie jene, die unter ihrem langen Rock hervorlugten, trug in Millau niemand mehr, und der Rock selbst war ein wenig zu züchtig, aber dennoch mußte Kora bei ihrer kritischen Musterung feststellen, daß sie eine schöne Frau vor sich hatte. Sie deutete auf die Tür.

„Er ist drinnen, wie immer. Was willst du von meinem Mann? Wenn der Hurenbock dir ein Kind angehängt hat, ist er abends die längste Zeit in mein Bett gekrochen."

„Ich brauche seine Hilfe in einer Angelegenheit, über die ich ungern mit Fremden spreche", erwiderte die Andere kühl. Sie schien wild entschlossen, sich von Koras Art nicht einschüchtern zu lassen und erwiderte ihren Blick. Kora entspannte sich und lächelte amüsiert.

„Du bist wohl zum ersten Mal in Millau, Herzchen – oder warst du nur schon ewig nicht mehr in der Stadt?“ fragte sie.

„Ich war erst zwei Mal hier, zu meiner Hochzeit und zu der Taufe meines Sohnes“, gab Irène zu. „Und beides ist lang her.“

„Du kommst von der Küste, nicht? Der älteste Sohn meiner Schwester ist Fischer, und mein Vater war auch einer. Ich heiße Kora“, sagte die Barfrau und blies sich die roten Locken aus dem Gesicht. Sie wischte sich die Hand an der Schürze ab und hielt sie der anderen zum Gruß hin.

„Ich bin Irène, und ich bin von Valencas hierher gekommen, um deinen Mann zu treffen.“

„Na dann mal los“, grinste Kora und öffnete mit großer Geste die Tür.

♦ ♦ ♦

Der Schankraum des „Loup“ war niedrig und verwinkelt wie die meisten Gaststuben in Millau. Obgleich draußen die Dämmerung noch nicht richtig eingesetzt hatte, herrschte schon recht viel Betrieb. Vielleicht eine Folge der zahlreichen Schiffen, die Irène im Hafen gesehen hatte.

„Erst bei Einbruch der Dunkelheit wird es so richtig voll“, erklärte ihr Kora und wies auf einen der Hocker am Tresen. „Setz dich einstweilen da hin, ich sage Karl Bescheid.“ Damit verschwand sie. Ihr eng geschnürtes Mieder trug sie wie eine Rüstung. Überhaupt sah sie so aus, als sei sie für die Arbeit hier geboren.

Irène mußte eine Viertelstunde an der Theke warten, bis ein kleiner Mann mit wettergegerbtem Gesicht aus der Küche kam, der sehr gut zu der Beschreibung paßte, die Orlac ihr in Valencas gegeben hatte. Mit einer stummen Geste bedeutete er ihr, ihm zu einer Nische im hinteren Bereich des sich allmählich füllenden Schankraums des „Loup“ zu folgen. Der drahtige Mann mit dem ausladenden, grauen Schnurrbart ließ sich am Tisch in der Nische nieder und wies immer noch schweigend auf den Platz ihm gegenüber. Dann wischte er sich die Hände an der fleckigen Lederschürze ab und sah sie wortlos, aber neugierig und erwartungsvoll an.

Irène war klar, daß sie nun am Zug war, aber sie wußte nicht recht, wie sie das Gespräch anfangen sollte. Schließlich brach sie zögernd das Schweigen:

„Ich suche einen Mann namens Wittgenstein, ein gemeinsamer Bekannter, denke ich. Orlac, der Fischhändler, sagte, du könntest mir vielleicht weiterhelfen. Er sagte mir, du wüßtest vielleicht, wo ich diesen Wittgenstein finden könnte."

Der kleine Mann betrachtete sie jetzt mit unverhohlener Neugier. Eine Spur von Spott blitzte aus seinen Augen.

„Wittgenstein? Hm, ja, ich denke ich habe den Namen schon mal gehört. Und wenn ich dir helfen könnte, ihn zu finden – nur mal angenommen –, was will eine junge Frau wie du von einem Kerl wie ihm? Ich weiß nicht, ob er der richtige ist, um unliebsamen Verehrern eine Lektion zu erteilen ... "

„He, Carlos, mein alter Freund, gib uns was zu trinken!"

Lärmend quoll eine Traube bereits stark angetrunkener iberischer Seeleute in den „Loup" und verlangte lautstark nach mehr Reisschnaps, und es geschah das, was Irène am meisten gefürchtet hatte: Der Wirt unterbrach das Gespräch und erhob sich.

„Vorerst nur noch eins, junge Frau", er beugte sich im Aufstehen noch einmal kurz zu ihr herunter, „mein Freund Wittgenstein führt ein sehr gefährliches Leben, und es ist nicht meine Art, Freunde unnötig in Gefahr zu bringen. Wir reden später weiter, und dann wirst du mich überzeugen müssen, dir weiterzuhelfen."

Damit verschwand Karl in der Betriebsamkeit seines Wirtshauses, die in der letzten halben Stunde rapide zugenommen hatte. Danach nahm niemand mehr von Irène Notiz. Niemand außer Kora, die ihr bald darauf mit den Worten „Geht aufs Haus" eine dampfende Blechkanne Tee und eine kleine Trinkschale sowie etwas Kandiszucker hingestellt hatte.

Gedankenversunken rührte Irène in ihrem Tee und dachte an Dominic. Immer, wenn sie nicht wirklich etwas zu tun hatte, mußte sie an ihn denken und sich ausmalen, wie es ihm wohl gerade erging. Ob Hiob ihn schon gefunden hatte?

Sie wurde unsanft aus ihren Gedanken gerissen, als sich jemand an ihren Tisch setzte. Er gehörte zu der Gruppe von Seeleuten, die ihr

Gespräch mit dem Wirt zuvor so rüde unterbrochen hatten, und warf zur Begrüßung erst einmal ihre Teeschale um, als er sich neben sie auf die Bank fallen ließ. Alles Blut wich aus Irènes Gesicht, als er sie mit den lallenden Worten „Na, mein Täubchen?" ansprach und eine seiner ungewaschenen Pranken durch den vergossenen, lauwarmen Tee auf der Tischplatte zog, während die andere unter dem Tisch auf ihrem Oberschenkel zu liegen kam. Der Störenfried war kein Mann, eher ein Junge von vielleicht sechzehn Jahren, offensichtlich stark angetrunken und mit einem Dolch am Gürtel.

„He, Nardo, gut so, immer nur weiter so!" Acht iberische Matrosen waren es gewesen, die vorhin betrunken in den „Loup" gestolpert waren, und die anderen sieben standen, wie Irène erschrocken feststellte, jetzt in einem Halbkreis um die Nische mit ihrem Tisch und johlten. Drei davon waren nicht viel älter als der pickelige Junge, der sie begrapschte und ihr seine Schnapsfahne ins Gesicht blies, aber die anderen vier waren wettergegerbte, narbige Veteranen der Seefahrt. Ihr Anführer, der von den anderen Tonka genannt wurde, grinste widerlich und feuerte den betrunkenen Jungen lauthals an. Er mochte um die dreißig Jahre alt sein und machte im Gegensatz zu Nardo einen wirklich gefährlichen Eindruck. Sie kannte solche Kerle: Nachdem sie ein halbes Leben lang immer einstecken mußten, hatte sie irgendwann gelernt auszuteilen, und das so richtig. Mit Nardo allein wäre sie schon fertig geworden, aber vor Tonka hatte sie Angst.

„Ich bin ein persönlicher Gast der Wirtsleute," sagte sie beherzt und schob Nardos Hand von ihrem Bein.

„Und ich möchte in Ruhe gelassen werden."

Tonka lachte unbeeindruckt.

„Benito, los, halt ihr das Messer an die Kehle, damit sie für den Kleinen stillhält – und du, Carlos, bring' noch Reisschnaps, wir haben Durst!" Seine Stimme war laut und schwer vom Alkohol. Herausfordernd sah er sich in der Schankstube um, aber der Wirt war nirgends zu sehen, und sowohl das Personal als auch die anderen Gäste senkten den Blick, mieden die Konfrontation mit den berüchtigten Iberern. Verzweiflung ergriff Irène, als sie ihren Blick hilfesuchend durch den Schankraum gleiten ließ.

Nur ein Gast saß völlig aufrecht da, hielt seine Porzellanschale mit Reiswein in beiden Händen und hatte den Blick fest auf die dreisten

Matrosen geheftet. Er studierte den betrunkenen Tonka, wie ein Medikus, eine besonders widerlich entzündete Wunde untersucht.

Der Mann hatte lange, ungekämmte Locken von unbestimmbarem Braunblond und trug eine dunkle Drillichhose, die wohl einmal schwarz gewesen sein mußte, jetzt aber völlig abgewetzt war, und ein ebensolches Hemd. Der lange Ledermantel in derselben Farbe, der neben ihm über einer Stuhllehne hing, war frisch gefettet und teilte sich den Stuhl mit einem Wachstuchrucksack. Irène konnte erkennen, daß der Mann mit einem dicken Kaufmann zusammensaß, der ihm in die plötzliche Stille hinein hastig für das Gespräch dankte, aufsprang und zur Tür drängte. Tonka hatte den furchtlosen Fremden ebenfalls bemerkt und ging jetzt funkelnden Auges auf ihn zu. Der Bootsmann, der für die enormen Mengen Reisschnaps, die heute schon durch seine Kehle geflossen waren, noch erstaunlich gerade ging, baute sich vor dem Tisch des nun allein da Sitzenden auf und schaute verächtlich auf ihn herunter. Die Zeit schien still zu stehen, niemand verließ seinen Platz, niemand redete, selbst Nardo bemerkte nicht, daß Irène seine erstarrte Hand von ihrer Brust wegschob. Alle Augen im „Loup“ waren nun auf Tonka und den schwarzgekleideten Fremden gerichtet.

Der nickte Tonka jetzt zu und sagte spöttisch: „Reife Leistung – acht Männer gegen eine Frau.“

Tonka ließ unvermittelt beide Hände auf die Tischplatte krachen, und warf wutschnaubend die Reisweinkaraffe des Fremden um. Gleichzeitig konnte Irène aus dem Augenwinkel beobachten, wie der Schlaksige mit dem fettigen langen Haar, den der Bootsmann zuvor Benito genannt hatte, sein Messer zog, aber zunächst nur verunsichert in die Runde blickte.

Der Schwarzgekleidete sagte ruhig: „Du hast meinen Reiswein umgeworfen. Besorg’ mir schleunigst bei Karl einen neuen und danke deinem Schöpfer, daß du mich in gelöster Stimmung erwischt hast.“

Das war zuviel. Mit einem Wutschrei warf Tonka sich nach vorn, um den Fremden am Kragen zu packen. Jetzt ging alles sehr schnell. Wie der Blitz sprang der Mann vom Stuhl auf, der dabei krachend nach hinten fiel. Noch bevor der Betrunkene ihn erreichte, hatte er ihm mit beiden Händen die Tischkante mit aller Wucht in den mageren Leib gestoßen. Tonkas Rippen knirschten. Keuchend klappte der Anführer der Seeleute vorwärts auf den Tisch, und sein Gegner fing mit einer geschickten Bewegung die langzinkige Gabel auf, mit der sein Gesprächspartner noch vor wenigen Minuten Langustenpanzer geöffnet hatte und die jetzt durch die Luft wirbelte. Er rammte sie durchs Tonkas linke Hand und nagelte ihn an die hölzerne Tischplatte. Tonka brüllte vor Schmerz auf. Einer der vier Jungen aus der Gruppe versuchte seinem Bootsmann zu Hilfe zu eilen, bereute seine unvorsichtige Idee aber noch im selben Moment. Der Schwarzgekleidete brauchte bloß einen halben Schritt beiseite zu machen, um seinen gestiefelten Fuß aus der Drehung präzise zwischen die Beine des Heranstürmenden zu rammen.

Als der junge Mann daraufhin aufheulend zu Boden ging, wandte der Fremde, von dem Irène jetzt erkennen konnte, daß er hochgewachsen und eher sehnig als muskulös war, sich gelassen der verbleibenden Sechsergruppe zu. Nardo hatte mittlerweile ganz von Irène abgelassen und drängte sich stolpernd an seine Kumpane. Irène beobachtete den Fremden jetzt genau. In seinen blauen Augen zeigte sich keine Gefühlsregung.

Die Matrosen schienen langsam zu begreifen, daß sie in ihrem angetrunkenen Zustand keine Gegner für diesen Mann darstellten, und blickten nervös vom Ausgang zu ihren am Boden liegenden Kameraden. Langsam, fast beiläufig schlenderte der Fremde auf sie zu.

„Dieses Messer da ist gefährlich – steck es weg. Jetzt. Ich sage es nur das eine Mal.“

Die Botschaft schien Benito nicht so recht zu erreichen, denn er stieß nur einen Wutschrei aus und stürzte sich auf den Schwarzgekleideten. Sein Rausch ließ ihn mit unkontrollierter Kraft zustoßen, doch der Andere nahm Maß, schlug mit der flachen Hand zu und brach ihm die Nase, ehe das gezackte Messer seinen Körper auch nur berühren konnte. Blut spritzte, und auch Benito ging schreiend zu Boden. Die restlichen Matrosen hatten es jetzt eilig ihre Verwundeten einzusammeln und sich unter gemurmelten Verwünschungen, Flüchen und halbherzigen Racheandrohungen aus dem „Loup“ zurückzuziehen.

Irène erhob sich langsam aus der Nische. Alle Blicke ruhten immer noch auf dem Mann, der jetzt direkt vor ihrem Tisch stand, und im ganzen Schankraum begannen die Leute jetzt zu tuscheln.

„Wie ich sehe, ist Ihnen nichts passiert.“ In seiner Stimme lag fast so etwas wie Belustigung. Seine gerade, aufrechte Haltung, als er ihr zur Begrüßung die Hand hinstreckte, mochte so gar nicht zu seinem restlichen Erscheinungsbild passen. Überhaupt erinnerten seine präzisen Bewegungen Irène an die Angelitischen Templer, die sie einmal auf dem Markt in Naucelle gesehen hatte.

„Irène“, murmelte sie etwas irritiert und nahm die ihr dargebotene Hand.

„Ich bin Wittgenstein“, sagte er und hielt ihre Hand eine Spur länger fest, als es ihr angenehm war. „Ich glaube, Sie wollten mich sprechen.“

Kapitel elf

„Wir hatten in den letzten Nächten keine schlechte Ausbeute", stellte Eliphas mehr zu sich selbst als an Antonio gewandt fest. Sein Rottmeister nickte schweigend. Der Tod des Beutereiters durch die Hand des gefallenen Engels hatte die Söldner schwer getroffen. Eliphas war eher froh darüber; ihm blieb so erspart, Philippo selbst zu bestrafen. Nicht daß es ihm persönlich etwas ausgemacht hätte, aber eine angemessene Bestrafung hätte bei der Rotte sicher Unwillen hervorgerufen, und das konnte er jetzt nicht gebrauchen.

„Ich denke, es ist genug, um vorerst nach Rodez zurückzukehren", erklärte er. „Besonders in Anbetracht unseres neuen Gefangenen. Wir werden noch heute aufbrechen. Je früher wir ihn den Templern übergeben können, desto besser. Und ich möchte nicht, daß es auf der Reise zu irgendwelchen Übergriffen deiner Leute kommt, haben wir uns verstanden, Antonio?"

Der dunkelhaarige Söldner nickte wieder.

„Selbst in Ketten ist der gefallene Engel gefährlich, und ich möchte nicht noch einen Mann verlieren. Wegtreten!" Eliphas wandte sich um und ging in sein Zelt zurück, um seine Sachen für die Abreise zu packen. Ja, es war die richtige Entscheidung, erst einmal den Engel

Versteckt am Boden liegt sein Fangstrick, die Falle für ihn auf dem Pfad. Ringsum ängstigen ihn Schrecken und scheuchen ihn auf Schritt und Tritt.

- Hiob 18, 10-11

loszuwerden. Seit dem Zwischenfall bei ihrer Rückkehr letzte Nacht lag eine deutliche Spannung über dem ganzen Lager, die sicher nicht verschwinden würde, solange sie den Engel bei sich hatten.

Nachdem der Engel in Ketten gelegt worden war, hatte Eliphas dafür gesorgt, daß Philippo aufgebahrt wurde, und eine Totenwache eingeteilt. Heute früh war der ermordete Söldner dann unter einem Steinhaufen am Ufer des kleinen Sees, den der Fluß hier im Tal bildete, begraben worden.

Danach hatte Eliphas ein paar Männer die Felsen hinaufklettern lassen, um nach dem Lager des Engels zu suchen. Und tatsächlich hatten sie oben einen Sack mit Ausrüstung und seine Lanze gefunden.

Wenn sie sich beeilten und den kürzesten Weg nahmen, sollten sie in vier oder fünf Tagen Rodez erreichen. Eliphas hoffte, daß ihnen auf dem Weg dorthin nicht noch mehr unangenehme Überraschungen bevorstanden.

♦ ♦ ♦

Schweigend und gefügig ließ sich Hiob vom Käfig der Kinder losketten, als die Beutereiter das Zelt abbauten. Einer der Söldner wurde zu seiner ständigen Bewachung eingeteilt, während die anderen mit ledernen Tragschlaufen den schweren Käfig auf das Floß am Ufer schleppten. Anschließend konnte Hiob beobachten, wie Eliphas' Leute zügig das restliche Lager abbauten und ihre Ausrüstung auf die Pferde luden. Für die Zelte hatten sie zwei Packpferde dabei.

Es war Mittag, als sie das Tal verließen. Die Wolkendecke war an einigen Stellen aufgerissen, und die Sonne brannte fast senkrecht ins Tal herunter. Menschen und Tiere litten sichtbar unter der Hitze.

Zwei Beutereiter hatte die Treidelleinen vom Floß mit ihren Pferden verbunden, aber sie hatten wenig zu tun, da sie sich stromabwärts bewegten und das Floß von der Strömung getragen wurde. Die schwierige Arbeit hatte der Söldner zu erledigen, der mit einer langen Stange auf dem Floß herumlaufen mußte, um dafür zu sorgen, daß es nirgendwo auf Grund lief.

Hiobs Hände waren jetzt mit schweren Eisenhandschellen gefesselt. Eliphas selbst hatte kurz vor ihrem Aufbruch ein Seil durch die Verbindungskette gezogen und sie mit dem Sattelknauf eines Pferdes verbunden. Zuerst hatte Hiob gedacht, der Komtur würde ihn höchstpersönlich hinter sich herziehen, aber es war das Pferd seines Rottmeisters gewesen, an dessen Sattel Eliphas ihn festgebunden hatte. Jetzt ritt der Komtur mal dicht hinter, mal dicht neben ihm durch das Tal, je nachdem, wie breit das Ufer gerade war.

„Ich hatte dich gewarnt, Engel", sprach Eliphas ihn vom Pferd herab an. „Jetzt bleibt mir nichts anderes, als dich im Kloster in Rodez den Templern zu übergeben, und die werden dir dann wohl den Prozeß wegen Ketzerei machen."

Hiob schritt schweigend und ohne aufzusehen hinter dem Pferd des Rottmeisters her. Der Komtur ließ aber nicht locker.

„Vielleicht werden sie dich auch zuerst in deinen Himmel zurückschicken, damit dein Ab über dich richtet. Aber das wird dein Schicksal auch nicht leichter machen. Du hast sicher auch gelernt, daß es keine abtrünnigen Engel gibt."

„Ich bin kein Abtrünniger. Gott hat mir nur einen anderen Weg bestimmt", antwortete Hiob jetzt, den Blick immer noch fest auf den Boden vor sich gerichtet.

„Oh, die Kirche wird sicher gar nicht gerne hören, daß du glaubst, mit deinen Taten Gottes Willen zu tun. Ein Grund mehr, dich als Ketzer zu verbrennen."

„Der Herr hat mir keine Anweisungen erteilt, er hat mir nur Träume geschickt, Visionen. Vielleicht hat er mir die Flügel genommen, aber er hat mich auch erweckt. Erst jetzt, seit ich genesen bin, habe ich das Gefühl, wirklich mit offenen Augen durch die Welt zu gehen."

Eliphas lachte trocken.

„Ja, das könnte funktionieren: Vielleicht kannst du das Tribunal wirklich davon überzeugen, daß es an deiner Verletzung liegt. Vielleicht werden die Ärzte im Himmel auch feststellen, daß bei dem Kampf mehr als nur deine Flügel zerstört wurden und daß es sich gar nicht um Ketzerei, sondern um Wahnsinn handelt. Dann würden sie dich vielleicht am Leben lassen. Aber was für eine Leben wäre das? Eingesperrt in einer Irrenanstalt!"

„Ich bin nicht verrückt!" Hiob runzelte die Stirn und dachte kurz über die Worte nach, die er da gerade ausgesprochen hatte. Konnte er sich denn sicher sein, daß er nicht verrückt war? Aber was änderte das schon – er konnte nur so handeln, wie er handelte, und er war bereit die Konsequenzen dafür zu tragen, wenn es sein mußte. Er schüttelte den Kopf und blickte zum ersten Mal zu Eliphas auf.

„Bist du dir so sicher, daß du das richtige tust, Komtur? Glaubst du wirklich, der Welt etwas Gutes zu tun, indem du Kinder verschleppst?"

„Die Kirche braucht junges Blut. Ohne ständigen Nachwuchs für die Klöster wären wir hilflose Beute des Herrn der Fliegen, denn nichts braucht die Welt in diesen Zeiten so sehr wie geistigen Beistand."

„Mir mußt Du nichts vormachen, Komtur. Ich weiß sehr gut wozu diese Kinder auserwählt sind. Aber ginge das nicht auch anders? Könnten nicht von vornherein in den Himmeln Kinder aufwachsen, die dazu bestimmt sind, der Kirche zu dienen?"

„Und das fändest du gerecht? Du hast wirklich nicht viel Weitsicht, Engel. Was du vorschlägst, würde diesen Kindern doch alles rauben, selbst die wenigen Jahre der Freiheit, die die Auserwählten bis jetzt genossen haben. Nein, ich denke, so wie es ist, ist es gerechter. Die

Beutereiter machen keine Unterschiede. Egal ob arm oder reich, ob blühende Stadt oder abgelegenes Küstendorf, wir kommen überall hin und holen die Kinder. Und immer nur ein paar, so daß es dem Fortbestand der Menschen nicht schadet."

Hiob schüttelte wieder den Kopf, schwieg aber. Er war der Diskussionen müde geworden, und es wollte ihm einfach nicht in den Kopf, daß der Komtur so gar nicht verstand, worum es ihm ging. Je länger er schweigend zwischen den Pferden der Beutereiter dahin trottete, desto weniger war er sich sicher, daß er selbst verstand, worum es ihm ging.

Sie folgten dem Flußlauf unter der Brücke hindurch, bei der Hiob vor zwei Tagen die Spur der Beutereiter wiederentdeckt hatte, und es wurde bereits Abend, als sich die enge Schlucht schließlich zu einem weiten, flachen Tal öffnete. Hier zogen die Beutereiter das Floß an Land und begannen, ein provisorisches Lager zu errichten. Hiob wurde vom Pferd des Rottmeisters losgebunden und konnte beobachten, wie Eliphas Antonio mit ein paar Männern in die Dämmerung hinausschickte.

Er hatte eigentlich gehofft, wieder mit den Kindern in einem Zelt untergebracht zu werden, so daß er mit Dominic wenigstens ein paar tröstende Worte wechseln könnte. Aber die Söldner machten sich nicht die Mühe, die Zelte aufzuschlagen, sondern rollten sich unter ein paar Bäumen in ihre Decken ein. Hiob banden sie an einen Felsen in der Nähe des Lagerfeuers, während sie den Käfig mit den Kindern auf dem Floß am Ufer stehen ließen.

Kurz nachdem er in einen unruhigen Schlaf gefallen war, wurde Hiob schon wieder geweckt. Die Beutereiter, die Eliphas nach ihrer Ankunft ausgeschickt hatte, kehrten zurück. Bei ihnen war ein verängstigter Bauer, der einen großen zweispännigen Wagen mit schweren Stollenreifen aus Gummi lenkte. Auf dem Wagen des Bauern konnte Hiob aus verschlafenen Augen ein paar große Fässer erkennen.

„Meinen Dank, ehrenwerter Landmann", hörte er Eliphas' Stimme spöttisch herüberklingen. „Du erweist der Angelitischen Kirche einen großen Dienst, indem du uns für unsere wichtige Mission dein Fuhrwerk zur Verfügung stellst. Was hast du geladen?"

Die leise Erwiderung des eingeschüchterten Bauern konnte Hiob nicht verstehen, aber offenbar gefiel den Beutereitern, was er sagte, denn sie reagierten mit lautem, zufriedenen Gelächter auf seine Worte.

„Nicht so hastig!“ erklang darauf die Stimme des Komturs. „Wir sind keine Diebe. Ladet die Fässer ab. Eines werde ich dir abkaufen, Bauer, die anderen werden wir hier stehen lassen. Du kannst sie mit einem anderen Wagen abholen. Dein Fuhrwerk werden wir in einigen Tagen im Kloster von Rodez unbeschadet abstellen. Du kannst jetzt gehen.“

Der arme Bauer verbeugte sich zögernd ein paar Mal und stolperte durch die Dunkelheit davon.

„Schenk‘ das Bier unter deinen Leuten aus, Antonio. Sie haben es sich verdient. Aber achte darauf, daß niemand vergißt, daß wir morgen in aller Frühe aufbrechen.“

Erneut hallte das Lager vom Jubel der Männer wider. Es sollte noch eine Weile dauern, bis die Beutereiter das Faß geleert hatten und Hiob wieder Ruhe fand.

♦ ♦ ♦

Besorgt beobachtet Eliphas, wie die Söldner den Käfig mit den Auserwählten vom Floß auf den Wagen hoben. Kurz vor Morgengrauen hatte es angefangen, wieder heftig zu regnen. Bei ihrem Aufbruch in Rodez hatten sie ein paar schwere Regengüsse ertragen müssen, aber danach hatten sie mit dem Wetter ziemliches Glück gehabt. Jetzt goß es wie aus Eimern, und die Männer bewegten sich mit dem schweren Käfig vorsichtig und fluchend über das aufgeweichte Flußufer. Wenn es auf dem ganzen Weg zum Kloster so weiter regnete – was leicht passieren konnte zu dieser Jahreszeit –, würde das Faß Bier von gestern abend die Beutereiter nicht lange bei Laune halten.

„Antonio!“ Eliphas winkte den schweigsamen Rottmeister herüber.

„Ich denke darüber nach, wegen des Wetters den Weg durch den Wald zu nehmen. Was denkst du?“

„Der Weg durch den Wald von Lévezou ist sicher der kürzeste und angenehmste bei diesem Wetter, Komtur, aber Ihr habt gewiß nicht vergessen, daß während der letzten Schlachten in den Tälern des Zentralmassivs die Traumsaat durch die Wälder nach Süden versprengt wurde."

„Nein, das habe ich nicht vergessen. Aber was meinst du, was bei deinen Leuten überwiegt, die Angst vor versprengten Traumsaatkreaturen, von denen wir gar nicht wissen, ob sie überhaupt da sind, oder die Abneigung gegen ein paar Tagesmärsche bei Dauerregen?"

Der Rottmeister grinste. „Ich würde den Wald vorziehen, Komtur."

Eliphas nickte und wandte sich zu seinem Rappen.

„Dann sind wir uns ja einig."

Bei Gelegenheiten wie diesen wußte er nicht so recht, was er von seinem Rottmeister zu halten hatte. Bisher war er immer sehr zufrieden mit ihm gewesen. Die meisten Mitglieder seiner Rotte folgten dem stillen Italiener schon viel länger durchs Land, als Eliphas Komtur war, aber Antonio hatte von Anfang an dafür gesorgt, daß sie Eliphas den Respekt entgegenbrachten, der ihm zustand. Von anderen Komturen hatte er gehört, daß es besonders am Anfang schwer war, die Beutereiter zu kontrollieren. Gerade wenn es sich um erfahrene Söldner handelte, ließen sie sich nicht gern von einem jungen Templer Befehle geben, der noch keine Erfahrung mit dem Eintreiben des Kirchenzehnten hatte. Antonio war nicht so gewesen. Von Anfang an hatte er sich dem jüngeren Eliphas ohne Murren untergeordnet, und die Männer und Frauen in der Rotte waren seinem Beispiel gefolgt. Dabei sprach Antonio nur, wenn es unbedingt nötig war. Das machte ihn schwer durchschaubar. Aber dennoch, er verhielt sich immer korrekt. *Korrekt* war genau das richtige Wort. Er machte seine Arbeit gewissenhaft und achtete darauf, daß die Leute in seiner Rotte es auch taten. Nur zu ganz wenigen, nicht vorhersagbaren Anlässen konnte Eliphas eine Gefühlsregung im Gesicht des Italieners erkennen, so wie in dem Gespräch gerade eben. Und dann war ihm der Mann einfach etwas unheimlich.

Sie erreichten den Wald von Lévezou am späten Vormittag. Das Wetter hatte sich seit ihrem Aufbruch nicht verändert, und so ließ

Eliphas die Rotte in den breiten Weg einbiegen, der durch den dichten Wald führte.

Im Wald herrschte ein schattig-grünes Halbdunkel, und auch wenn es ständig überall tropfte, bot das dichte Blätterdach einen guten Schutz vor dem andauernden Wolkenbruch. Antonio hatte zwei seiner Leute ein Stück vorausreiten lassen. Auch wenn er genauso wenig wie Eliphas glaubte, daß sie hier wirklich der Traumsaat begegnen würden, war er vorsichtig. Der Komtur lächelte. Nichts anderes hatte er von seinem Rottmeister erwartet.

Bis Sonnenuntergang verlief die Reise ereignislos. Ohne Schwierigkeiten fanden sie einen guten Platz zum Lagern, und auch während der Nacht ereignete sich nichts. Am Morgen hatte sich das Wetter zwar noch immer nicht verändert, aber die Stimmung unter den Leuten hatte sich etwas gebessert. Auch die Zweifler unter ihnen schienen mittlerweile davon überzeugt zu sein, daß es eine gute Entscheidung gewesen war, den Weg durch den Wald zu nehmen.

Kurz nach Mittag kamen der Rotte dann plötzlich die beiden Späher entgegen, die Antonio auch an diesem Morgen wieder ausgeschickt hatte.

„Komtur“, rief der eine der Beutereiter atemlos, als die beiden auf ihren Pferden heranpreschten, „da vorne ist was. In einer alten Ruine.“

„Drück’ dich klar aus, Mann! Was habt ihr gefunden?“ Eliphas lenkte sein Pferd dicht an die Tiere der Späher heran.

„Traumsaat, Komtur“, sprudelte es aus dem anderen hervor. „Also, glauben wir zumindest. Es sah so aus, aber es hat sich nicht bewegt, Komtur.“

Eliphas zog die Augenbrauen zusammen.

„Was soll das heißen? Muß ich es mir erst selbst ansehen?“

„Das wäre sicher das beste, Komtur.“ Erleichtert senkte der eine Späher den Blick, während sein Begleiter unsicher in die Richtung zurückblickte, aus der sie gekommen waren.

„Nun gut“, wandte sich Eliphas an seine Rotte. „Wir werden alle zusammen weiterreiten. Haltet eure Waffen bereit und seid wachsam. Wir wissen nicht, was uns da vorne erwartet.“ Bei den letzten Worten konnte er den Spott in seiner Stimme nicht verbergen und sah die Späher noch einmal verächtlich an.

Als er mit gezogenem Schwert langsam vorausritt, konnte er hinter sich hören, wie Antonio die Späher noch einmal leise ausfragte.

Hinter der nächsten Biegung lag tatsächlich eine Ruine. Es mußte sich um einen Gasthof oder eine Wegstation gehandelt haben. Anscheinend war das Gebäude noch vor nicht allzu langer Zeit bewohnt gewesen. Überall konnte Eliphas die verkohlten Überreste hölzerner Dachschindeln erkennen. Der hohe Dachstuhl war geborsten, und in den kleinen Fenstern in den flachen Steinwänden steckten noch die letzten Scherben der Glasscheiben. Erst auf den zweiten Blick entdeckte Eliphas, was die Beutereiter so verstört hatte: An einem großen, freistehenden Torbogen aus rostigen Stahlträgern hingen mehrere große eiförmige Objekte. Das Halbdunkel des Waldes verlieh ihnen einen matten, schwarzgrünen Glanz. Das wuchtige Tor mußte einst zu einer Koppel oder einem Hof hinter der Wegstation geführt haben, die hölzerne Palisade war den Flammen zum Opfer gefallen, die auch das Haupthaus vernichtet hatten. Vorsichtig lenkte Eliphas seinen nervös schnaubenden Rappen in einem weiten Bogen um das ausgebrannte Gebäude herum, das lange Rottschwert fest in der Hand.

„Die Schützen zu mir!"

Ohne sich umzusehen ritt Eliphas im Schritt auf den Torbogen zu. Von den Torflügeln war keine Spur mehr zu sehen, wahrscheinlich waren auch sie aus Holz gewesen. Insgesamt hingen fünf der merkwürdigen Objekte an dem Stahlträger. Zwei waren kaum größer als Melonen, und ihre Farbe war verblaßt, ein merkwürdiger grauer Schleier wie von Spinnweben überzog sie. Die anderen drei hatten die Größe von Kindersärgen und waren mit einem trüben Schleim überzogen, der langsam an ihnen herunter tropfte. Die Kapseln unter dem Schleim erinnerten Eliphas an riesige, dicke Erbsenschoten, die mit dem Stiel am Eisen des Torbogens angewachsen schienen. Mit einem kurzen Blick über die Schulter versicherte sich der Komtur, daß die Schützen seinem Befehl gefolgt waren. Drei Beutereiter hatten ihre nervösen Pferde hinter ihm zum Stehen und ihre schweren Armbrüste in Anschlag gebracht. Der vierte Schütze war etwas abseits abgestiegen, um sich einen sicheren Stand zu suchen. Er war der Artillerist der Rotte und mit einer langen Muskete bewaffnet. Eliphas hatte sich sehr gewundert, diese Waffe im Arsenal der Beutereiter vorzufinden, aber der Söldner hatte ihm stolz ein Dokument der Angelitischen Kirche präsentierte, der ihm den Besitz dieses Wunderwerks der Waffentechnik erlaubte. Später hatte Eliphas erfahren, daß die Kirche bei den Beutereitern nicht nur was ihre Ausrüstung anging häufiger ein Auge zudrückte. Im Moment war es ihm jedenfalls ganz recht, diesen Spezialisten und seine Waffe dabeizuhaben.

„Antonio, ich brauche hier einen Freiwilligen. Laß jemanden absitzen und die Dinger aus der Nähe untersuchen."

„Ich werde selbst gehen, Komtur."

Eliphas nickte. Als Antonio vom Pferd stieg und an ihm vorbeigehen wollte, hielt er den Rottmeister zurück.

„Bring' mir den Engel her."

„Komtur, ihr wollt doch nicht etwa den Gefangenen voraus schikken?"

„Nein, aber ich will seine Meinung hierzu hören. Er sollte sich ja wohl mit der Traumsaat auskennen."

Antonio winkte seinen Leuten zu, und einer der Beutereiter brachte den Engel zu ihnen herüber. Geschickt fing Eliphas mit der freien Hand das Seil auf, das an Hiobs Handschellen befestigt war, und wickelte es um seinen eigenen Sattelknauf. Er ließ Antonio zu dem Torbogen hinübergehen und wandte sich an den Engel, der die Szene aufmerksam beobachtete.

„Hast du so etwas schon einmal gesehen, Raguelit?"

Ohne die Augen von dem Torbogen zu nehmen, antwortete der Engel:

„Kokons. Sie enthalten die Brut der Traumsaat. Ich habe gehört, daß sie sie manchmal zurücklassen – wie Pestbeulen, die erst später aufbrechen. Die Höllenbrut in ihrem Inneren kann angeblich jahrelang überleben, ehe sie schlüpft und Tod und Vernichtung verbreitet. Bei der Schlacht von Liberec vor fast einhundert Jahren haben Legionen des Herrn der Fliegen angeblich ein ganzes Dorf mit solchen Kokons verseucht und mehrere Engelsscharen vernichtet, als diese in dem Dorf landeten."

Antonio war bei den Kokons angekommen und hatte den Torbogen einmal umrundet. Abwartend sah er zu seinem Komtur und dem Engel hinüber. Mit einem kurzen Handzeichen bedeute Eliphas seinem Rottmeister, vorerst nichts zu unternehmen, und beugte sich dann wieder zu dem Engel hinunter:

„Welche Dämonen stecken in den Kokons?“

Der Raguelit zuckte die Achseln. „Die beiden kleineren sind tot, vermute ich. In den anderen dreien kann alles mögliche stecken. Millionen winziger Fliegen, die uns in Mund und Nase dringen und von innen auffressen oder einzelne große Dämonen von beliebiger Gestalt, die uns mit ihren Klauen aufschlitzen oder ihrem höllischen Feuer verbrennen können.“

„Wissen sie denn, daß wir da sind? Können sie uns hören?“ fragte Eliphas.

Wieder zuckte der Engel die Achseln. „Ich weiß nicht. Niemand weiß, über welche Sinne die Dämonen der Traumsaat verfügen. Und wer weiß, vielleicht ruht ja in diesem Moment eines der wachsamen Augen des Herrn der Fliegen auf uns.“

„Und was schlägst du vor?“

Zum ersten Mal sah Hiob ihn an. „Du bindest mich los, Komtur, und gibst mit meine Waffe, damit ich tun kann, wozu ich erschaffen wurde.“

Eliphas sah den Engel nachdenklich an. Er konnte sich gut vorstellen, daß der gefallene Raguelit die Höllenbrut töten, ihm danach wieder seine Waffe übergeben und sich erneut widerstandslos in Ketten legen lassen würde. Genauso gut konnte er sie aber auch alle töten – oder zumindest die meisten von ihnen – und in den Wald entfliehen. Außerdem waren diese Kokons sicherlich sehr wertvoll für die Gelehrten der Angelitischen Kirche. Eliphas wußte, daß die Beutereiter nicht bereit wären, einen der großen Kokons mitzunehmen, aber die beiden kleinen könnten sie sicher problemlos bergen und nach Rodez schaffen. Die eingetriebene Steuer, ein gefangener ketzerischer Engel und zwei Kokons der Traumsaat – mit etwas Glück würde er nicht mehr lange als Komtur durch den strömenden Regen reiten müssen.

„Antonio, sei vorsichtig, daß du nicht an die großen Kokons kommst, aber schau dir die beiden kleinen einmal genauer an!"

♦ ♦ ♦

Hiob beobachtete mit zusammengekniffenen Augen, wie der Rottmeister sich an einer der beiden kleineren Kapseln zu schaffen machte. Es schien, als wollten die Beutereiter es tatsächlich riskieren, die Traumsaat aus ihren Brutkapseln zu lassen. Der Schlüssel zu seinen Handschellen mußte sich in Antonios Satteltasche befinden, vielleicht trug der Söldner ihn sogar bei sich. Den Schaft seiner Lanze sah er aus einem großen Bündel an einem der Packpferde herausragen. Natürlich hatten auch die Beutereiter seine Waffe nicht berühren können und sie deshalb in ein Stück alte Zeltplane gewickelt.

Antonio war inzwischen zurückgekehrt und besprach sich leise mit dem Komtur. Schon bald ließ der Rottmeister zwei Beutereiter Feuerholz und Öl zum Torbogen tragen. Nachdem sie ihre Last abgeladen hatten, schickte Antonio die beiden erleichterten Söldner wieder zurück zu ihren Pferden und näherte sich mit seiner langen Schwertlanze den Brutkapseln.

„Wir werden die beiden verdorrten Kokons mitnehmen und den Monachen zur Untersuchung übergeben. Die anderen werden wir verbrennen", verkündete Eliphas für alle deutlich hörbar.

„Du weißt, daß das riskant ist, Komtur!" Drängend sah Hiob zu Eliphas auf. „Laß mich die großen Kokons vernichten, dann kannst du deine Leute danach ohne Risiko die beiden anderen bergen lassen."

Eliphas schüttelte den Kopf und sah zu ihm hinab.

„Wir machen es auf meine Art."

„Dann laß dir wenigstens die Schlüssel zu meinen Handschellen geben, falls etwas schief geht!" drängte Hiob ihn noch einmal, aber der Komtur antwortete ihm nicht. Statt dessen hatte er seine Aufmerksamkeit wieder ganz auf Antonio gerichtet.

Resigniert wanderte auch Hiobs Blick wieder zu dem Beutereiter hinüber. Antonio hatte begonnen, mit dem scharfen Haken an der Klinge seiner Lanze den ersten der beiden kleinen Kokons loszuschneiden. Schon fiel die Kapsel mit einem dumpfen, schmatzenden Geräusch auf den dampfenden Waldboden. Antonio blickte herüber und grinste, dann schob er den Kokon vorsichtig mit dem Schaft der Waffe vom Torbogen weg und machte sich daran, den zweiten abzuschneiden. Eliphas wies auf die Kapsel am Boden und blickte zu den Beutereitern hinüber.

„Einsammeln!"

Widerwillig machten sich zwei der Söldner daran, die Kokons zu bergen – Antonio hatte mittlerweile auch den zweiten heruntergeschnitten. Während sie die schwarzen Kapseln in Öltücher einschlugen, begann er, das Feuerholz unter den restlichen Kokons aufzuschichten und mit Öl zu übergießen. Zum Schluß verspritzte er den Rest des Öls über die schwarzglänzenden, ledrigen Hüllen und entzündete den Scheiterhaufen mit seinen Streichhölzern. Sofort schlugen die Flammen bis über den Torbogen.

Als Antonio sich umdrehte, um zu ihnen zurückzukehren, passierte es: Die ledrige Membran eines der brennenden Kokons wölbte und spannte sich kurz, und dann brach ein dünnes, viel zu langes, schwarzglänzendes Insektenbein daraus hervor. Deutlich war das Knacken der vielen Gelenke zu hören, als das Bein sich mit rasender Geschwindigkeit entfaltete. Fetzen des brennenden Kokons flogen durch die Luft, dann bohrte sich die kleine hakenförmige Klaue am Ende des Beins in Antonios Schulterplatte. Alles war so schnell gegangen, daß der Rottmeister noch immer unverdrossen auf sie zu marschierte, als er getroffen wurde. Erst als das Bein sich spannte und ihn hinten überwarf, konnte Hiob für einen kurzen Augenblick sein überraschtes Gesicht erkennen. Dann zog das Bein den zappelnden Körper des Söldners rücklings zu den Kokons zurück, und noch bevor jemand reagieren konnte, brachen unzählige weitere Beine aus dem noch immer brennenden Hautsack hervor und schlugen sich in Antonios Brust. Erst als der Rottmeister in Todesqual aufschrie, eröffneten die Schützen das Feuer.

Der ohrenbetäubende Schuß aus der Muskete zerfetzte gleich alle drei Hüllen der Kokons und ließ sie ihren Inhalt preisgeben. Von dem Dämon, der bereits hervorgebrochen war, konnte Hiob wieder nur seine unzähligen langen Beine durch die Luft wirbeln sehen. Mit schrillem Kreischen löste sich die Kreatur aus ihrer zerfetzten Kapsel und huschte hinter ein paar Sträuchern in Deckung. Die beiden anderen Kokons enthielten zwei dicke, wurmähnliche Kreaturen, die in einem Schwall klebrigen Schleims aus ihren Hüllen fielen und die Flammen fast vollkommen erstickten.

„Feuer einstellen", brüllte Eliphas wütend und versuchte, sein scheuendes Pferd unter Kontrolle zu bringen.

Soweit Hiob es während des kurzen Infernos hatte beobachten können, hatten weder das Feuer noch der Kugelhagel der Traumsaat größeren Schaden zugefügt. *Kreaturen des Feuers mit Feuer bekämpfen?* schoß es ihm durch den Kopf. *Wie anmaßend!* Im Augenblick war alles wieder gespenstisch ruhig. Nur das unruhige Schnauben der Pferde und ein leises Wimmern aus dem Käfig mit den Kindern war zu hören.

Antonio lag reglos in einer langsam größer werdenden Blutlache vor der qualmenden Glut des verloschenen Scheiterhaufens, von dem die beiden dämonischen Maden langsam herunter krochen.

„Darf ich jetzt endlich meine Arbeit machen?" fragte Hiob Eliphas eindringlich und reckte dem Komtur seine Handschellen entgegen. Als Eliphas ihm diesmal in die Augen sah, konnte Hiob verzweifelte Wut in seinem Blick lodern sehen. Mit einem gemurmelten Fluch ließ der Anführer der Beutereiter seine Klinge in hohem Bogen auf die straff gespannte Kette zwischen Hiobs Handgelenken niedersausen. Hiob mußte seine ganze Kraft zusammennehmen, um nicht zu Boden geworfen zu werden. Aber er blieb stehen, und die Kette zersprang mit einem hellen Klang. Sofort war Hiob bei den Packpferden und seiner Lanze. Mit einem Ruck hatte er die Waffe in der Hand und zerrte sie aus ihrer Umwicklung.

Langsam näherte er sich dem Torbogen und den glimmenden Überresten des Scheiterhaufens. Die Lanze hatte in seinen Händen auf gewohnte Art zu summen begonnen, und ihre Klinge vibrierte bereits so schnell, daß sie vor seinen Augen verschwamm. Die erste Made war zur Leiche des Rottmeisters herüber gekrochen und begann, ihre plumpen Bewegungen zu beschleunigen, als sie die Blutlache erreichte, die immer noch von der zerfetzten Wunde in seiner Brust gespeist wurde. Hiob konnte erkennen, daß die Made unter dem Schleim eine halbdurchsichtige, ledrige Haut hatte, unter der sich schemenhaft eng gefaltete, lange Gliederbeine befanden. Hiob ließ seinen Blick noch einmal kurz über das Unterholz in der näheren Umgebung schweifen – von dem ersten Dämon war nichts zu sehen –, dann stieß er seine Lanze tief in den Kopf der Made und zog sie mit einer schnellen Bewegung wieder zurück. Die Traumsaatkreatur bäumte sich auf, und schwarzer Schleim quoll aus dem größer werdenden Riß in ihrer Lederhülle. Dann platzte die Made der Länge nach auf, und ihre spindeldürren, über drei Meter langen Beine spreizten sich explosionsartig. Geschickt wich Hiob einem der Beine aus und brachte seine Lanze zum erneuten Stoß in Anschlag. Doch sein erster Stich war gut plaziert gewesen und hatte den winzigen Kopf der schleimigen Kreatur direkt zwischen den trüben Facettenaugen getroffen. Kraftlos sanken ihre gefährlichen Beine zu Boden. Hiob blieb keine Zeit, den Körper des erschlagenen Dämons genauer zu mustern. Die erste Kreatur hatte sich mit einem gewaltigen, federnden Sprung aus ihrem Versteck gelöst und stürzte nun fast senkrecht von oben auf ihn zu. Mit einem Hechtsprung brachte Hiob sich hinter einer Ecke des verfallenen Gasthauses in Sicherheit. Von dort konnte er beobachten, wie das Wesen seinen winzigen, wespenähnlichen Leib zu dem toten Dämon hinuntersenkte und seinen scharfen Saugrüssel in die Überreste seines Artgenossen bohrte. Verzweifelt überlegte Hiob, wie er an den gefährlichen, langen Beinen vorbeikommen sollte, als ihm die Schützen zu Hilfe kamen. Ein erneuter peitschender Schuß zerriß die Stille, und als der Dämon sich wütend nach den Schützen umwandte, flogen ihm mehrere Armbrustbolzen entgegen. Das war seine Chance. Mit ein paar schnellen Schritten hatte sich Hiob von hinten dem Dämon genähert und trennte mit kreisender Lanze mehrere Beine von dem schwarzen Insektenkörper ab. Er konnte jetzt erkennen, daß die Kreatur auch Flügel hatte, aber anscheinend waren sie noch zu klein, um sie einzusetzen. Wieder kreischte der Dämon schrill und knickte nach hinten weg. Aber schon im nächsten Moment erhob er sich wieder über den Boden, er hatte immer noch genug Beine, um den Verlust der anderen Glieder auszugleichen. Doch der kurze Moment, in dem die Traumsaatkreatur um ihr Gleichgewicht gekämpft hatte, hatte Hiob genügt, um sich zwischen ihren Beinen hindurch unter den zuckenden Wespenkörper zu rollen. In einer kraftvollen Bewegung spannte er seinen Körper und rammte seine Lanze tief in die ungepanzerte, weiche Unterseite des Dämons. Die krachende elektrische Entladung der Lanze ließ die Beine der Kreatur noch einmal wild zucken, dann hingen sie schlaff von ihrem aufgespießten Körper herunter. Als Hiob zu der letzten Traumsaatmade hinüberging und sie durchbohrte, hörte er, wie hinter ihm die Beutereiter in Jubel ausbrachen.

Als er schwer atmend zu Eliphas zurückkehrte und ihm grinsend die Lanze hinhielt, sah der Komtur ihn überrascht an und lächelte gequält.

„Danke, Engel."

Der Rest der Reise verlief ohne Schwierigkeiten. Der Kampf mit der Traumsaat und Antonios Begräbnis hatten sie irgendwie zusammengeschweißt. Hiob hatte mit Eliphas in stillem Einvernehmen einen Waffenstillstand geschlossen. Er ließ sich von den Beutereitern ohne Widerspruch nach Rodez bringen, und der Komtur ließ ihm dafür nicht wieder Handschellen anlegen. Die Lanze hatte Eliphas zwar wieder einwickeln und auf das Packpferd schnüren lassen, und Hiob war sich sicher, daß die Beutereiter immer ein scharfes Auge auf ihn hatten, aber das machte ihm nichts aus, denn er merkte auch, daß sie ihn jetzt mit Respekt behandelten, einem Respekt, wie er ihn bisher selten erlebt hatte. Er stammte nicht daher, daß er ein Engel war, ein Bote Gottes, sondern er hatte ihn sich verdient.

Während der nächsten Tage nutzte Hiob die Zeit, um viel mit Dominic und den anderen Kindern zu reden. Er erzählte ihnen Geschichten aus seinem Engelsleben und was er über die Geschichte der Welt wußte. Er war sich nicht sicher, ob er Dominic und die anderen vor ihrem Schicksal würde bewahren können, auch wenn er es versuchen würde, sobald sie im Kloster angelangt waren. Aber falls es ihm nicht gelang, wollte er sie so gut vorbereiten, wie er konnte.

Kapitel zwölf

Wittgenstein blickte der jungen Frau nach, die sich durch die Menge im Schankraum den Weg zur Tür des „Loup“ bahnte. Als sie nach draußen in den Regen verschwunden war, wandte er seine Aufmerksamkeit wieder dem Beutel mit Münzen zu, der vor ihm auf dem Tisch lag. Er hatte nicht lange verhandelt. Es war sehr schnell klar gewesen, daß die junge Frau aus Valencas ihm so viel angeboten hatte, wie sie konnte. Vielleicht sogar mehr. Nachdenklich wog er den Beutel mit den Münzen in der Hand. Sie hatte nicht so ausgesehen, als würde sie ihm die gleiche Summe noch einmal bezahlen können, wenn er ihr ihren Sohn und den Engel zurückbrachte. Wittgenstein fragte sich, ob es ein Fehler gewesen war, den Auftrag anzunehmen. Aber er hatte noch nie einen Engel aufgespürt.

Er ließ den Beutel in seinen Rucksack fallen und erhob sich. Mit einem kurzen Nicken zu Karl hinüber, der hinter der Theke gerade ein neues Faß Bier anstach, hob er Rucksack und Mantel auf und stieg die schmale Treppe zu den Gästezimmern hinauf. Karl hatte ihm sein übliches Zimmer am Ende des Ganges bereitmachen und die Satteltaschen mit seinen Habseligkeiten hinaufbringen lassen. Mit einem kurzen Blick vergewisserte sich Wittgenstein, daß noch alles an seinem Platz war. Nicht daß er Karl nicht traute, aber es war ihm in

Sie sperren ihr Maul gegen mich auf, schlagen voll Hohn mich auf die Wangen, scharen sich gegen mich zusammen.

- Hiob, 16, 10

den letzten Jahren einfach in Fleisch und Blut übergegangen, immer auf der Hut zu sein.

Er warf Rucksack und Mantel auf das frisch bezogene Bett und setzte sich daneben. Wahrscheinlich war es am Besten, wenn er gleich am nächsten Morgen aufbrach. Er war sich ziemlich sicher, daß die Beutereiter den Jungen ins Kloster Rodez bringen würden. Und wo der Junge war, würde er auch den Engel finden. Die Frage war nur, wann die Rotte das Kloster erreichen und wie lange sie dort bleiben würde. Wenn er zu spät kam, könnte der Junge schon auf dem Weg in den nächsten Himmel sein, und das bedeutete weitere Reisen und höhere Ausgaben.

Wittgenstein warf einen Blick aus dem kleinen Fernster. Mittlerweile war es draußen stockfinster geworden und hatte wieder zu regnen begonnen. Wenn er im Morgengrauen aufbrechen wollte, sollte er noch einmal nach dem Pferd sehen. Er holte den Beutel hervor, den Irène ihm gegeben hatte und zählte hundert Euro daraus ab, die er in seinen Geldbeutel steckte. Nachdem er die Tür zu seinem Zimmer mit einem großen Vorhängeschloß aus seinem Rucksack verschlossen hatte, machte er sich mit dem restlichen Vorschuß auf den Weg nach unten.

Karl stand immer noch hinter der Theke und war in ein Gespräch mit ein paar Gästen aus der Nachbarschaft vertieft, aber Wittgenstein brauchte nur einmal kurz auf den Tresen zu klopfen, und der Wirt kam zu ihm herüber.

„Wittgenstein! Doch noch einmal auf ein Gläschen heruntergekommen? Alles in Ordnung mit dem Zimmer?"

„Alles bestens, mein Freund. Ich werde noch einmal nach dem Pferd sehen. Laß mir einen Krug Wein hinstellen, ich nehme ihn dann gleich mit 'rauf."

Der Wirt nickte, und Wittgenstein beugte sich vor und sagte jetzt leiser: „Außerdem müßte ich an meine Truhe."

Karl nickte erneut und hielt ihm den Vorhang zur Küche auf.

„Kora, ich habe hier was zu bereden. Geh' du raus und kümmere dich um die Gäste!"

„*Ab in die Küche, Kora – kümmere dich um die Gäste, Kora* – du weißt auch nicht, was du willst, Karl."

„Halt den Schnabel und raus mit dir!" Unwirsch schob Karl die Frau durch den Vorhang. Wittgenstein setzte sich an den Küchentisch, auf dem eine große Schüsseln mit dampfendem Reis und ein Brett mit mehreren großen Fischen standen, die Kora gerade ausgenommen hatte.

Nachdem er sich vergewissert hatte, daß Kora im Schankraum beschäftigt war, stieg Karl die steile Treppe hinunter, die von der Küche des Gasthauses direkt in den Vorratskeller führte. Einige Augenblicke später kam er mit einer kleinen, eisenbeschlagenen Truhe wieder herauf, die er vor Wittgenstein auf den Tisch stellte.

„Gute Geschäfte in letzter Zeit?" fragte der Wirt.

„Ich kann nicht klagen", antwortete Wittgenstein und holte die Schnur mit den Schlüsseln hervor, die er um den Hals trug. Er reiste nicht gern mit viel Gepäck, schon gar nicht mit viel Geld in der Tasche. Deshalb hatte er sich in den Städten, in denen er häufiger abstieg, vertrauenswürdige Wirte oder Kaufleute gesucht, die ein paar Kleinigkeiten für ihn verwahrten. Er öffnete die Truhe und nahm ein in Stoff eingeschlagenes Bündel heraus. Dann legte er Irènes Beutel hinein und gab dem Wirt noch ein paar von den Münzen, die lose in der Truhe lagen.

„Reicht das für alles?" fragte er und sah Karl mit seinen blauen Augen scharf an.

Der nickte und steckte die Münzen in die Tasche seiner Lederschürze. Wittgenstein nickte ebenfalls und verschloß die Truhe wieder. Während Karl sie zurück in den Keller brachte, betastete Wittgenstein die Waffe in dem Bündel, daß er aus der Truhe geholt hatte. Wenn er sich mit Beutereitern anlegen wollte, konnte ein wenig vorsintflutliche Feuerkraft nicht schaden. Normalerweise ging er das Risiko nicht ein, daß die Templer bei einer Technikrazzia eine Feuerwaffe bei ihm finden könnten, aber diesmal hatte er die Pistole lieber dabei.

Als Karl wieder die Treppe heraufkam, erhob er sich und wandte sich zur Hintertür.

„Ich breche bei Morgengrauen auf, Karl. Danke für alles."

„Viel Glück, Wittgenstein", sagte der Wirt und schloß die Tür zum Hof hinter ihm.

Mit ein paar schnellen Schritten überquerte Wittgenstein den schlammigen Innenhof und ging zum Stall hinüber. Als er die Stalltür aufstieß, schlug ihm der warme Geruch nach Pferd entgegen. Aber da war noch etwas anderes.

Sein Körper spannte sich, und er sog noch einmal prüfend die Luft ein. In der feuchten Wärme des Stalls hing der saure Geruch von Erbrochenem. Wittgenstein warf einen Blick auf das Hoftor. Es war fest verschlossen. Außerdem kannte Wittgenstein Karl gut genug, um zu wissen, daß er schon dafür sorgte, daß sich kein betrunkener Gast zum Kotzen hierher verirrte. Jetzt konnte Wittgenstein die Tiere unruhig scharren hören, aber das mochte auch daran liegen, daß sie seine Anwesenheit spürten. Vorsichtig schob er das Bündel mit der Pistole zwischen die Holzscheite, die vor der Tür aufgeschichtet waren. Er wollte nicht riskieren, mit der Waffe hier in der Stadt in einen Kampf verwickelt zu werden. Statt dessen ergriff er einen handlichen Ast, der oben auf dem Holzstapel lag, und trat in die Mitte des Stalls.

Drinnen war es fast dunkel, nur eine einzige heruntergedrehte Petroleumlampe hing an einer Kette von der Decke. Er nahm die Lampe von ihrem Haken und drehte die Flamme hoch. Im selben Moment sah er, wie sich rechts über ihm eine Gestalt aus dem Gebälk löste und auf ihn heruntersprang. Mit einem hastigen Satz brachte Wittgenstein sich gerade noch in Sicherheit, und sein Angreifer landete direkt vor ihm auf den Füßen. Es war einer der iberischen Matrosen; er hatte ein Messer gezogen, und in seinen Augen glänzte kalte Wut. Wittgenstein verlor keine Zeit: Kaum daß der andere zu stehen gekommen war, schmetterte er ihm die Laterne in einer weit ausholenden Drehung ins Gesicht und warf sie dann in der selben Bewegung durch die halboffene Stalltür nach draußen. Jetzt war es fast dunkel im Stall. Rasch schlug Wittgenstein noch einmal mit seinem Knüppel dorthin, wo er den Matrosen wimmern hörte, und rollte sich dann nach hinten ab, so daß er dicht an die Stallwand gedrängt wieder zu stehen kam. Ein erstickter Aufschrei hatte bestätigt, daß der Knüppel sein Ziel getroffen hatte.

Vollkommen ruhig stand Wittgenstein an der Stallwand und lauschte in die Dunkelheit hinein. Der Matrose, dem er so übel zugesetzt hatte, schien sich nicht gerührt zu haben und stöhnte leise. Aber jetzt konnte Wittgenstein auch Flüstern vom anderen Ende des Stalls hören. Jemand fluchte.

Langsam begann er, sich in Richtung der Pferde an der Wand entlang zu schieben. Einer der unverletzten Matrosen stolperte vor ihm durch die Dunkelheit zu seinem niedergeschlagenen Kameraden hinüber, aber er bemerkte Wittgenstein nicht.

Die Pferde waren an einer Längsseite des Stalles an einem Balken festgebunden, Boxen oder etwas ähnliches gab es nicht. Das Pferd an dem Ende, an dem Wittgenstein jetzt ankam, war ein ruhiger, brauner Wallach. Er gehörte einem Bauern; Wittgenstein hatte das Tier schon gesehen, als er am Vortag angekommen war. Vorsichtig bemüht das Tier nicht zu erschrecken, schob er sich weiter an der rauhen Steinwand entlang und tauchte unter dem Balken hindurch. Die Matrosen schienen jetzt mutiger geworden zu sein und bewegten sich fluchend durch den dunklen Stall.

Behutsam löste Wittgenstein nacheinander die Zügel aller Pferde. Die Tiere schnaubten aufgeregt; sie waren nicht dumm und merkten, daß da vor und hinter ihnen jemand durch den Stall schlich. Gerade, als er das letzte Pferd losgebunden hatte, rief einer der Kanalschiffer:

„Wir wissen, daß du hier bist, Mercenario! Und ich schwöre dir, wir werden dich nicht lebend entkommen lassen!"

Wittgenstein grinste. Leere Drohungen hatten ihn noch nie beeindruckt. Schnell schlich er zu seinem Hengst zurück, der etwa in der Mitte des Balkens angebunden war, und schwang sich auf den ungesattelten Rücken des Apfelschimmels. Dann stieß er einen schrillen Pfiff aus und schlug den beiden Nachbartieren mit der flachen Hand aufs Hinterteil. Sein Plan ging auf: Die ohnehin schon nervösen Pferde brachen in Panik aus und versuchten, ins Freie zu gelangen. Daß die Matrosen ihnen dabei im Weg standen, interessierte sie nicht. Wittgenstein selbst hatte alle Mühe, seinen Hengst zurückzuhalten, aber er zwang das ungeduldige Tier zu warten, bis die anderen Pferde sich ihren Weg in den Hof gebahnt hatten. Dann ritt er langsam selbst aus dem Stall hinaus. Im geräumigen Innenhof hatten die Pferde sich verteilt und beruhigten sich langsam wieder. Er konnte nur zwei Matrosen erkennen, die sich ängstlich an die Stallwand drückten, und ritt langsam zu ihnen hinüber.

„Ihr Wasserratten solltet euch nicht mit Pferden einlassen – und mit mir schon gar nicht! Laßt euch das eine Lehre sein." Er nickte zur Stalltür hinüber. „Die Luft ist jetzt rein. Holt eure Kameraden da raus und macht, daß ihr auf euer Schiff kommt! Und danach tut ihr besser daran, euch nicht mehr an Land blicken zu lassen, solange ihr in Millau vor Anker liegt."

Ohne einen weiteren Blick auf die Matrosen zu verschwenden wendete er sein Pferd und ritt zum Hoftor hinüber. Mit der Stiefelspitze öffnete er den Riegel des Mannlochs und wartete neben der kleinen Tür, bis die Iberer vom Hof verschwunden waren. Insgesamt waren sie diesmal zu siebt, auch Tonka war wieder dabei gewesen. Jetzt waren zwei bewußtlos und mußten von den beiden, die aus dem Stall entkommen waren, getragen werden. Die anderen drei schleppten sich mehr tot als lebendig an Wittgenstein vorbei. Gelassen stieg er ab und verriegelte die Tür hinter ihnen.

Als er auf dem Rückweg das Tablett mit dem Wein abholte, steckte er noch einmal kurz den Kopf in die Küche und ließ Karl mit einem kurzen Pfiff vom Tisch auffahren, an dem er eingenickt war.

„Schick doch noch mal den Knecht in den Stall, ich glaube, die Pferde haben sich losgerissen."

Während er die Treppe zu seinem Zimmer hinaufstieg, ging ihm noch die Frage durch den Kopf, woher die Raufbolde gewußt hatte, daß er noch einmal in den Stall gehen würde, oder daß er überhaupt ein Pferd hatte.

♦ ♦ ♦

Das Kloster St. Germain in Rodez war schon von weitem zu sehen. Seine mächtigen, trutzigen Wehrmauern überragten jedes andere Gebäude im Dorf, und vier gigantische, steinerne Engelsstatuen hielten in alle Himmelsrichtungen nach der gefährlichen Traumsaat Ausschau. Nicht alle Klöster waren solche Festungen, aber wenn ihre Lage es erforderte – und dem Ab die nötigen Mittel zur Verfügung standen –, wurden sie gern zu regelrechten Burgen oder repräsentativen Palästen ausgebaut.

Seit sie den Wald vor drei Stunden verlassen hatten, waren sie der Straße auf einem befestigten Damm durch weite, schlammige Reisfelder gefolgt. Der Ort und das Kloster selbst lagen auf einem Hügel.

Hiob vermutete, daß im Kloster mehr Menschen lebten als im Dorf selbst. Nur eine Handvoll großer Bauernhöfe und ein Dutzend kleinerer Gehöfte schmiegten sich an die trutzigen Wehrmauern des Klosters. Kein Marktplatz, kein Gasthaus und keine Werkstatt waren zu sehen; das ganze gesellschaftliche Leben mußte sich innerhalb der Wälle abspielen.

Als sie in den geräumigen Hof des Klosters einzogen, schnürte sich Hiobs Kehle zusammen. Noch nie hatte er ein Gebäude der Angelitischen Kirche zu Fuß betreten. Er blickte an den Mauern hinauf zu den eisenbeschlagenen Wehrgängen, zu den mächtigen Schwingenpaaren der Statuen und schließlich zu der Flugplattform, die hoch oben aus dem höchsten Turm des Klosters hervorragte. Dort wäre er noch vor ein paar Monaten angekommen.

Eliphas war durch den hohen Spitzbogen des prächtigen Eingangstores im Inneren des Klosters verschwunden, um dem Ab seinen Bericht über die Ereignisse zu erstatten. Hiob wartete mit den Beutereitern und den Kindern unter dem breiten Vordach. Eliphas hatte ihm auch jetzt keine Handschellen anlegen lassen, und Hiob war froh darüber. Aufgeregt schritt er zwischen den Söldnern auf und ab. Er konnte es kaum erwarten, mit dem Ab zu sprechen, auch wenn es wenig gab, wovor er in den letzte Tagen mehr Angst gehabt hatte. Er hoffte, mehr über die großen Ereignisse der letzten Monate zu erfahren, aber andererseits fürchtete er, der Ab würde ihn genauso wenig verstehen wie Eliphas – vielleicht noch weniger. Und dann würde er womöglich tatsächlich zum Feuertod verurteilt werden. Und selbst wenn nicht – wie sollte er Dominic aus diesen mächtigen Mauern herausbringen?

Zum Glück kehrte Eliphas zurück, bevor Hiob vollkommen verzweifelte.

„Wir bleiben erst einmal ein paar Tage hier", verkündete der Komtur von den Stufen vor dem Eingangstor aus. „Die Monachen werden sich um die Auserwählten kümmern, und ihr bezieht eure gewohnten Quartiere. Morgen wird es eine Andacht zu Ehren der Gefallenen geben. Außerdem will der Ab eine erste Befragung des gefallenen Engels durchführen."

Bei den letzten Worten fiel Eliphas' Blick auf Hiob, der am Fuß der Treppe stehen geblieben war.

„Zwei meiner Leute werden dich in eine Zelle bringen", fuhr er zu Hiob gewandt fort. „Anweisung des Ab. Schließlich bist du immer noch unser Gefangener."

Morgen würde es also eine Befragung geben. Dann wußte er wenigstens, woran er war. Während zwei Söldner ihn zum Fuß eines der Türme führten, konnte er noch beobachten, wie eine Gruppe von Monachen die Kinder von den Beutereitern übernahmen und in eine flache Baracke abseits des Hauptgebäudes brachten.

Seine Zelle war winzig, das Stroh auf dem Boden faulig und feucht. Außer einer schmalen Holzpritsche befand sich nichts in dem kleinen Raum.

Hiob hatte sich auf der Pritsche zusammengekauert und betrachtete den schmalen Streifen Himmel, den er durch das schießschartenartige Fenster hoch oben in der Wand sehen konnte und der langsam von einem hellen Blaugrau zu Schwarz wechselte.

Seine Gedanken rasten und suchten verzweifelt etwas, woran sie sich festhalten konnten, aber er wußte, daß er jetzt nichts tun konnte. Er würde morgen all seine Kräfte brauchen und sollte die Nacht deswegen wenigstens zum Ausruhen nutzen. Hiob streckte sich aus und versuchte, auf dem harten Holz eine bequeme Lage zu finden. Es dauerte noch lange, bis er endlich die Augen schloß und zu träumen begann.

Die ovale Tür schloß sich mit einem leisen Zischen. Er war allein in einer schmalen, hohen Kammer, deren glatte Wände ganz aus schimmerndem Metall bestanden. Von der Decke blendete ihn kaltes, bläuliches Licht. Als er an sich herabsah, stellte er fest, daß er nackt war. Aber er trug nicht nur keine Kleidung, es war auch kein Haar und keine Spur der Scriptura auf seinem kleinen, schmächtigen Körper zu erkennen. Erschrocken faßte er sich mit der Hand an den Kopf. Auch dort fühlte er nur glatte Haut. Er ließ die Hand sinken und berührte die Wand seines Gefängnisses. Das Metall war spiegelglatt und eiskalt.

Verzweifelt begann er, die Wände abzutasten, die dünne Fuge der Tür mit den Fingernägeln nachzufahren. Heiße Tränen liefen über seine Wangen, und die kalte Luft schmerzte in seiner Kehle. Wenn er nur nicht so frieren würde.

Ewigkeiten schien er in seinem Gefängnis zu hocken, bis sich die Tür wieder beiseite schob. Zwei weißgekleidete Gestalten, die ihre Gesichter hinter ebenso weißen Masken verborgen hatten, ergriffen ihn und zogen ihn aus der hellen, kalten Zelle hinaus in die Dunkelheit.

Auf einmal durchfuhr ihn ein furchtbarer Schmerz, der sich zuerst in seinem Schädel ausbreitete und dann sein Rückgrat hinunter raste.

Hiob erwachte mit einem gellenden Schrei. Selbst nachdem er taumelnd aufgestanden war, konnte er den Schmerz noch spüren, auch wenn er langsam pochend schwächer wurde. Es war mitten in der Nacht, er konnte nicht lange geschlafen haben. Vorsichtig ließ er sich wieder auf die Pritsche nieder. Wann war das geschehen? Es fiel ihm schwer die Erinnerung einzuordnen, die der Traum ihm zurückgebracht hatte. Wenn es überhaupt eine Erinnerung gewesen war.

Hiobsbotschaft

Kapitel dreizehn

Der Wind war im Verlaufe des Tages immer heftiger geworden und peitschte den Regen in dichten Schleiern über das Land. Wittgenstein jagte auf seinem Apfelschimmel über die Straße. Er wollte Rodez vor Anbruch der Dämmerung erreichen, um das Urielitenkloster noch bei Tageslicht in Augenschein nehmen zu können. Außerdem brauchte er auch einen sicheren Platz, an dem er sein Pferd unterstellen konnte. Jetzt öffnete sich vor ihm das Tal zu einer breiten Senke, in der sich zu beiden Seiten der Straße weite Reisfelder erstreckten.

Keine Menschenseele war auf den Feldern zu sehen. Anscheinend hatten die Reisbauern vor dem tosenden Sturm, dem sie auf den Feldern schutzlos ausgeliefert gewesen wären, Zuflucht gesucht.

Nach einer weiteren Stunde erreichte er das Kloster. Die Straße führte direkt auf das südliche Tor zu, über dem eine der vier gewaltigen Engelsstatuen ihr steinernes Schwert gen Himmel reckte. Obwohl das Tor des Klosters weit geöffnet war, ritt Wittgenstein nicht direkt in den Hof hinein. Stattdessen lenkte er sein Pferd zu einem der kleineren Bauernhäuser am Rande des Ortes. Er ließ es auf dem umzäunten Hof des bescheidenen Hauses anhalten und verjagte den kläffenden Köter, der ihn am Absteigen hindern wollte, mit ein paar Fußtritten. Dann klopfte er an die hölzerne Eingangstür. Eine Frau

Meine Brüder sind trügerisch wie ein Bach,
wie Wasserläufe, die verrinnen:

- Hiob 6, 15

mittleren Alters öffnete den oberen Laden der geteilten Tür und sah Wittgenstein mißtrauisch an.

„Einen guten Abend, der Herr sei mit dir", begrüßte Wittgenstein sie betont höflich und deutete eine Verbeugung an. „Ich suche für mich und mein Pferd eine Unterkunft für die Nacht."

„Dann geh ins Kloster, die Monachen haben ein Gästehaus", antwortete die Frau unwirsch und wollte die Tür wieder zuwerfen. Doch Wittgenstein hielt den Laden mit der Rechten fest, während er mit der Linken seinen Geldbeutel hervorzog und die Münzen darin klingeln ließ.

„Ich übernachte aber nicht gerne in Klöstern, und ich kann dich bezahlen, gute Frau." Er erkannte die Gier sehr wohl, die in den Augen der Bäuerin aufblitzte, und grinste gewinnend.

„Wenn du dich mit der Gesindekammer im Stall zufrieden gibst", antwortete sie jetzt zögernd, ohne den Blick von seinem Geldbeutel zu nehmen. „Bezahlung im voraus."

Wittgenstein nickte und fischte ein paar Cent aus dem Beutel.

„Gut. Ich denke, das sollte für zwei Nächte und eine anständige Mahlzeit reichen. Sei doch so gut und bring' mir etwas hinüber. Ich werde jetzt mein Pferd in den Stall bringen."

Die Frau nahm die Münzen und erwiderte jetzt etwas freundlicher: „Ich werde dir Huhn mit Reis bringen und etwas Bier, wenn du willst."

„Hab Dank."

Er nickte noch einmal und ging zu seinem Pferd, um es in den Stall zu führen.

Die Mahlzeit war einfach, aber recht gut, und Wittgenstein bedauerte, daß er sich nicht mehr Zeit zum Essen nehmen konnte. Aber er mußte sich beeilen und zum Kloster hinübergehen. Schnell prüfte er noch einmal, ob Waffen und Ausrüstung sicher an ihrem Platz waren und schloß seinen Mantel. Mit einem letzten Blick zu seinem Pferd trat er aus dem Stall in den Sturm hinaus und marschierte mit hochgeschlagenem Kragen zum Kloster hinüber.

♦ ♦ ♦

Als ein Wärter ihm am Morgen einen Krug Wasser und eine kleine Schale mit Grütze brachte, fühlte sich Hiob zerschlagener als am Abend zuvor. Auch wenn er seit dem vorigen Tag nichts mehr gegessen hatte, konnte er nur ein paar Löffel von dem schleimigen Brei hinunterwürgen. Zu sehr litt er unter den Alpträumen der letzten Nacht. Jedesmal, wenn er endlich wieder in unruhigen Schlaf gefallen war, hatte er denselben Traum gehabt und war von demselben Schmerz wieder hochgeschreckt. Wenn seine Träume wirklich in seiner Seele verborgene Erinnerungen zu Tage förderten, hatte der Herr diesmal besonders tief gegraben. Hiob vermutete, daß er die Szene ganz kurz vor seiner Taufe erlebt haben mußte – wenn er sie denn tatsächlich erlebt hatte. Aber was blieb ihm schon übrig, als das zu glauben? Er mußte die Visionen als Wahrheit annehmen, sonst war in all dem Schmerz nichts, woran er sich festhalten konnte. Der Herr hatte ihm erneut ein Zeichen gesandt, und es war an ihm, dieses Zeichen zu verstehen und danach zu handeln.

Es dauerte bis zum Nachmittag, bis der Wärter endlich mit zwei Templern zu seiner Zelle zurückkehrte. Die Soldaten brachten ihn über den Hof ins Hauptgebäude des Klosters. Als sie draußen waren, versuchte Hiob, durch die kleinen Fenster der Baracke einen Blick auf die Kinder zu werfen, aber seine beiden Bewacher zogen ihn weiter, ehe er irgend etwas erkennen konnte.

Für einen kurzen Moment keimte in ihm der Gedanke an Flucht auf. Es wäre ein Leichtes gewesen, die Templer niederzuschlagen und aus dem offenen Tor zu fliehen. Aber selbst wenn er den Engeln, die sicher zu seiner Verfolgung entsandt würden, entkommen könnte, wohin sollte er fliehen? Zurück zu Irène, um ihr zu sagen, daß er ihren Sohn nicht vor seinem erschreckenden Schicksal hatte bewahren können? Nein, er fühlte, daß das nicht der richtige Weg war, auch wenn er wußte, daß er die Gefangenschaft im Kloster nicht lange ertragen würde.

Der Audienzsaal des Klosters war hoch und dunkel. Nur wenige der großen weißen Kerzen, die rings um die mächtigen Säulen in schmiedeeisernen Leuchtern steckten, waren entzündet worden. Auch draußen war es durch den gerade aufgezogenen Sturm so düster, daß nur wenig Licht durch die hohen Fenster aus Buntglas hereinfiel.

Die Templer führten ihn zu einem Podest an einer Stirnwand des Saales. Darauf standen drei hochlehnige Stühle, auf denen drei alte, bärtige Monachen saßen und ihm mit ernstem Blick entgegensahen. Die Wand hinter ihnen war ganz mit schimmernden Metallplatten beschlagen, in die in winzigen Schriftzeichen die Chronik des Klosters eingraviert war. An dieser Wand, genau über dem mittleren Stuhl, hing ein altes, hölzernes Kreuz, an dem Hiob die Figur eines Mannes mit schmerzverzerrtem Gesicht erkennen konnte. Das Kreuz wurde von zwei geschnitzten Engeln mit wallenden Gewändern und absurd kleinen Flügeln getragen. Etwas abseits, mit verschränkten Armen an eine Säule gelehnt, stand Eliphas.

Auf den letzten paar Schritten blieben die Templer zurück und ließen Hiob allein vor die Stufen des Podests treten. Als er stehenblieb, erhob sich der alte Monach aus dem mittleren Stuhl und sprach mit heiserer Stimme:

„Im Angesicht des Herrn, des allmächtigen himmlischen Vaters, und mit dem Segen und im hochheiligen Auftrage des Pontifex Maximus Petrus Secundus ist dieses Tribunal zusammengetreten, um die Sache des gefallenen Ragueliten von Valencas zu untersuchen. Zu meiner Linken sitzt Bruder Glaucus, Kaplan und Beichtvater des

Klosters von St. Germain in Rodez, Monach vom Orden der Urieliten und Gezeichneter der Jesuitischen Loge zu Mont Salvage."

Der Angesprochene erhob sich ebenfalls kurz und deutete mit gefalteten Händen eine Verbeugung an. Nachdem er wieder Platz genommen hatte, fuhr der Sprecher fort:

„Zu meiner Rechten sitzt Bruder Julio, Himmlischer Legat des Erzengels Uriel, Monach vom Orden der Urieliten und Eingeweihter des ersten Grades der Jesuitischen Loge." Auch dieser Monach, ein kleiner, weißhaariger Mann mit viel zu großen, abstehenden Ohren, der wie die anderen beiden eine einfache, schwarze Kutte trug, erhob sich kurz.

„Und ich bin Bildad", schloß der Sprecher seine Rede, „Ab des Klosters St. Germain in Rodez, Monach vom Orden der Urieliten und Großmeister der Jesuitischen Loge. Für das Protokoll: Außer dem gesegneten Tribunal und dem beklagten Ragueliten sind anwesend: Komtur Eliphas vom Himmel in Mont Salvage sowie Michel und Oswin, Templer vom Orden der Gabrieliten. Der Protokollant mag seinen eigenen Namen selbst anfügen."

Jetzt erst bemerkte Hiob, daß tatsächlich noch ein weiterer Monach im Saal war. Weit ab vom Tribunal saß er mit einer einzigen Kerze und schrieb ohne aufzusehen auf einen Notizblock.

Nachdem der Ab die Untersuchung nach allen Vorschriften der Angelitischen Kirche eröffnet hatte, setzte er sich wieder und sah den Engel scharf an. Hiob war sich nicht sicher, ob es Wahnsinn, Fanatismus oder einfach nur Abscheu war, der in seinen Augen loderte.

„Und nun zu dir, Raguelit", sprach der Ab ihn an. „Wie ist dein Name und was hat dich nach Valencas geführt?"

„Ich bin Hiob, und ich – „

„Das ist nicht der Name eines Engels, Raguelit!" unterbrach ihn Ab Bildad kalt. „Wie lautet dein wahrer Name, wie du ihn in deinem Himmel empfangen hast und wie ihn der Pontifex Maximus in Æterna bei deiner Weihe ausgesprochen hat?"

„Bevor der Herr mich in ein neues Leben führte, nannte man mich Calliel", antwortete Hiob ruhig.

„Nun gut, Calliel", sagte der Ab und beugte sich interessiert zu Hiob herab. „Dann erzähl uns deine Geschichte. Ich denke, dieses

Tribunal ist sehr neugierig darauf, wie *der Herr dich in ein neues Leben geführt hat.*"

Hiob begann zu berichten. Ohne ihn zu unterbrechen ließ der Ab ihn die ganze lange Geschichte von seinem Kampf mit den höllischen Feuerkäfern bis zu seiner Gefangennahme durch Eliphas und die Beutereiter erzählen. Hiob ließ sich Zeit und schilderte alle Ereignisse so genau und ausführlich, wie sie ihm im Gedächtnis geblieben waren. Nur Anne erwähnte er mit keinem Wort, und auch die für ihn selbst verwirrenden Einzelheiten seiner Beziehung zu Irène ließ er aus. Als er geendet hatte, sah ihn der alte Ab noch lange nachdenklich an, bevor er sich wieder erhob und verkündete:

„Das gesegnete Tribunal wird sich jetzt über die Angelegenheit beraten. Der beklagte, Calliel vom Orden der Ragueliten, werde aus dem Saal geführt, bis wir zu einem Urteil gekommen sind."

„Ihr wollt mich verurteilen?" fragte Hiob ihn erschrocken. „Es geht doch gar nicht um mich! Seht Ihr denn nicht, verehrter Ab, daß es darum geht, das Vorgehen der Kirche neu zu bewerten und dem Treiben der Beutereiter ein Ende zu setzen?"

Der Ab sah höhnisch von oben auf ihn herab. „Das", sagte er, „sind die Worte eines Ketzers, Calliel von den Ragueliten! Und ich werde nicht dulden, daß du diese geheiligte Stätte mit ihnen beschmutzt. Also hüte deine Zunge! Es geht hier einzig und allein darum, *dein* Verhalten zu bewerten. Und schließlich bin ich nicht der Pontifex Maximus, es steht mir ebensowenig wie dir an, über das Vorgehen der Heiligen Angelitischen Kirche zu urteilen."

Nach diesen Worten traten die beiden Templer wieder an Hiob heran und brachten ihn durch eine kleine Seitentür in eine fensterlose Kammer. Als seine Bewacher die Tür geschlossen und verriegelt hatten, sackte Hiob im Dunkeln auf der schmalen Bank zusammen, die die einzige Einrichtung der Kammer darstellte. Wie hatte er nur glauben können, daß der Ab ihn verstehen würde? Aber was hätte er tun sollen?

♦ ♦ ♦

Als Wittgenstein durch das offene Tor des Klosters trat, wurde er nur von einem Novizen angesprochen, der in einer Nische im Tor saß und gerade damit beschäftigt war, Salat zu waschen. Aber Wittgenstein ließ sich durch den offenen, gastfreundlichen Eindruck nicht täuschen. Er hatte die Wachposten auf allen vier Ecktürmen und unter einem Vordach in der Nähe des Tors schon entdeckt.

„Der Herr sei mit dir, Reisender. In welcher Angelegenheit besuchst du das Kloster St. Germain?"

Der Novize trug eine einfache, dunkelgrüne Kutte, die nur von einem Strick zusammengehalten wurde, und konnte nicht älter als sechzehn Jahre sein.

„Der Herr sei auch mit dir, mein urielitischer Bruder. Ich suche eine Unterkunft für die heutige Nacht und würde gern mit einem Komtur sprechen, sofern hier Beutereiter stationiert sind."

„Du hast Glück, Komtur Eliphas ist erst gestern mit seiner Rotte zurückgekehrt." Er läutete eine kleine Glocke, die innen neben dem Tor hing, und ein weiterer Novize kam zwischen den Gebäuden des Klosters hervor und eilte zu ihnen herüber.

„Bruder Martin, weise doch unserem Gast eine Unterkunft zu und melde Komtur Eliphas, daß ein Reisender ihn zu sprechen wünscht."

Bruder Martin nickte und führte Wittgenstein zu einem alten Steingebäude neben dem Klostergarten hinüber.

„Die Gästezimmer liegen über den Ställen, Herr. Was willst du denn vom Komtur?"

„Ich würde gern in die Dienste der Angelitischen Kirche treten. Ich bin ein erfahrener Söldner auf der Suche nach Arbeit."

„Nun, vielleicht hast du Glück, der Komtur hatte Verluste auf seiner letzten Mission. Hast du schon einmal als Beutereiter für die Angelitische Kirche gearbeitet?"

„Ja, aber das ist lange her. Was ist der Rotte des Komturs denn zugestoßen, Bruder Martin?

„Sie sind auf Traumsaat gestoßen und haben einen Ketzer festgenommen, aber Genaues weiß ich auch nicht. Wenn du Wasser brauchst, der Brunnen ist hinter dem Haus. Am besten wartest du hier auf Nachricht vom Komtur."

Damit ließ der Novize Wittgenstein in einer karg eingerichteten, aber sauberen Zelle stehen und stieg die Treppe wieder hinunter, die sie eben heraufgekommen waren. Ohne den Mantel abzulegen setzte sich Wittgenstein aufs Bett und wartete. Es sollte nicht lange dauern, bis der junge Monach wiederkam.

„Komtur Eliphas wohnt dem gesegneten Tribunal bei, das über den Ketzer zu Gericht sitzt, du wirst ihn nach der Vesper sprechen können."

„Dann würde ich in der Zwischenzeit gern die Kapelle besuchen, kannst du mir sagen, wo ich sie finde?"

„Sie ist im Westflügel des Klosters, ich zeige sie dir." Bruder Martin führte Wittgenstein wieder auf den Hof hinaus und wies auf einen langgestreckten Trakt des Hauptgebäudes, der mit prächtigem Maßwerk verziert war.

„Ich danke dir, Bruder Martin. Glaubst du, man wird den Ketzer verurteilen?"

„Das kann ich dir leider nicht sagen", antwortete der Novize scheu und wandte sich zum Gehen. „Der Herr sei mit dir."

„Der Herr sei mit dir, Bruder Martin."

Das Innere der Kapelle wurde nur schwach von wenigen Altarkerzen erleuchtet. Wittgenstein schritt langsam zwischen den leeren Bänken zum Altar hinüber und vergewisserte sich, daß er allein im Raum war. Über dem Altar war ein Triptychon angebracht, von dessen geschlossenen Flügeln der Erzengel Uriel mit ernstem Blick herabsah. Daneben entdeckte Wittgenstein eine kleine Holztür, die wohl in die Sakristei führte. Vorsichtig drückte er die Klinke herunter und schlüpfte hindurch.

Das Innere des Klosters war weitläufiger, als Wittgenstein erwartet hatte. Glücklicherweise schien dieser Teil der Anlage nicht allzu belebt zu sein. Ein paarmal konnte er seiner Entdeckung zwar nur knapp entgehen, aber insgesamt kam er gut voran, auch wenn er bisher noch keinen Hinweis auf den Verbleib Dominics oder des Engels gefunden hatte.

Als er in einem breiten Flur im ersten Stock um eine Ecke bog, stand er unvermittelt hinter einer Gruppe von Templern, die ihm jedoch alle den Rücken zuwandten. Lautlos glitt er hinter einen Gobelin, der nicht wie die anderen, die er gesehen hatte, eine flache Nische, sondern einen schmalen Gang verbarg. Vom anderen Ende des Gangs waren entfernte Stimmen zu vernehmen. Vorsichtig schlich Wittgenstein weiter. Der Gang mündete auf eine schmale Galerie, von der aus er durch das Maßwerk des Gewölbes in einen großen, schwach erleuchteten Saal hinunter blicken konnte. Offenbar kamen die Stimmen von dort unten.

Geduckt spähte er in den Saal hinab und erkannte sofort, daß dort unten das Tribunal für den Ketzer stattfand.

„Calliel von den Ragueliten", konnte Wittgenstein die energische Stimme eines alten Monachen vernehmen, „du behauptest von dir selbst, auf einer göttlichen Mission zu sein, verbreitest dabei aber ketzerisches Gedankengut. Dieser Widerspruch kann nur zwei mögliche Ursachen haben: Entweder du bist ein Ketzer und deine Visionen sind nicht das Werk Gottes, sondern des Herrn der Fliegen, möge er verdammt sein; oder du hast tatsächlich gottgegebene Visionen erlebt, sie aber aus einer Verwirrung des Geistes heraus falsch gedeutet."

Wittgenstein wußte nicht, wie es dazu gekommen war, aber offensichtlich war der Engel so dumm gewesen, sich von den Beutereitern überwältigen zu lassen.

„Ich glaube an dich, Engel", fuhr der Sprecher nun fort, bei dem es sich nur um den Ab des Klosters handeln konnte, „ich denke nicht, daß du dem Herrn der Fliegen anheimgefallen bist. Aber ich denke, du brauchst Hilfe, um dich auf deinem neuen Weg zurechtzufinden. Also höre, was dieses gesegnete Tribunal mit Gottes Hilfe einstimmig beschlossen hat: Wenn du deinen ketzerischen Gedanken abschwörst und dich von allem, was nicht dem Kanon der Angelitischen Kirche entspricht, lossagst, so sollst du frei sein, dich den Weihen der Bruderschaft der Jesuitischen Loge zu unterwerfen. Die Logenbrüder werden dich unterweisen und dir helfen, deine Visionen zu verstehen, und wenn du soweit bist, so wirst du die Stigmata empfangen und zu den Gezeichneten gehören." Bei den letzten Worten erhob der Ab seine Hände, und auch die anderen Mitglieder des Tribunals standen von ihren Stühlen auf und streckten die Handflächen in die Höhe. Wittgenstein preßte sein Gesicht an einen Durchbruch im Maßwerk und konnte erkennen, wie dunkles Blut aus ihren Handflächen quoll und ihre bleichen Arme herab lief.

„Und wer weiß", sprach der Ab weiter, „vielleicht wirst du ja sogar selbst der leibhaftige Zweite, die lebende Inkarnation des Gottessohnes sein! Wer hätte bessere Voraussetzungen dazu als ein ehemaliger Engel?"

Jetzt erhob der Engel die Stimme, und Wittgenstein war gespannt auf seine Erwiderung.

„Aber das kann ich nicht! Ich kann mich nicht eurer Bruderschaft anschließen und mich in diesem Kloster vor einer Welt verstecken, in der die Beutereiter Kinder verschleppen. Auch wenn ich nicht weiß, ob mein Schicksal wirklich Gottes Wille ist und was er noch mit mir vorhat, so bin ich mir doch sicher, daß mein Platz nicht an eurer Seite ist."

„Natürlich. Sturheit ist eines der untrüglichen Zeichen der Ketzerei, weißt du das?" Die Stimme des Ab war jetzt eiskalt. „Der himmlische Legat Julio hat mich zurecht darauf hingewiesen, daß es uns nicht zusteht, dich zu bestrafen. Das ist immer noch Sache deines Ordens. Du wirst wieder in deine Zelle gebracht, bis eine Eskorte dich nach Trondheim bringt. Dieses Tribunal hat gesprochen, Amen!"

Wittgenstein hatte genug gehört. Der Engel war nicht in unmittelbarer Gefahr, auch wenn er ein ausgemachter Trottel zu sein schien. Es wurde Zeit, von hier zu verschwinden, um rechtzeitig zur Vesper im Speisesaal des Gästehauses zu sein und die anschließende Verabredung mit dem Komtur nicht zu verpassen.

Das Abendessen war gut und reichlich gewesen, aber Wittgenstein war noch satt von der Mahlzeit gewesen, die er auf dem Bauernhof verzehrt hatte. Trotzdem überstand er die unzähligen Gebete und Segnungen der Vesper mit stoischer Ruhe. Es hatte schon seine Gründe, warum er nur in Klöstern wohnte, wenn es gar nicht anders ging.

Der Komtur wartete mit Bruder Martin nach der Vesper am Ausgang des Speisesaals auf ihn und gab Wittgenstein zu verstehen, er solle ihm in sein Arbeitszimmer folgen.

„Du willst also zu den Beutereitern?" fragte er und musterte Wittgenstein von Kopf bis Fuß. „Welche Erfahrung hast du als Söldner?"

Wittgenstein tischte ihm eine Lügengeschichte von seiner ersten Zeit bei den Beutereitern auf, bei der er einen Komtur erfand und sich allerlei Anekdoten einfallen ließ. Offenbar hatte er den Komtur beeindrucken können, denn nach einem kurzen Wortwechsel sagte dieser:

„Du hast Glück, wir hatten ein paar Verluste in letzter Zeit und können einen guten Mann gebrauchen. Ob du ein solcher bist, wirst du aber erst unter Beweis stellen müssen. Mein Name ist Eliphas, und wie ist deiner?"

„Karl", antwortete Wittgenstein.

„Gut, Karl, die Rotte ist in der Baracke an der Ostmauer untergebracht. Die anderen werden dir deinen Platz zuweisen. Aber halte dich von den Auserwählten fern."

„Zu Befehl, Komtur."

Seine Ankunft wurde bei seinen neuen Kameraden mit durchaus gemischten Gefühlen aufgenommen. Einerseits waren sie nach ihren Verlusten offenbar froh, so schnell wieder Verstärkung zu bekommen, andererseits waren sie Fremden gegenüber von jeher mißtrauisch. Aber viele freundliche Worte und ein paar Krüge Bier später entspannten die Söldner sich ein wenig. Wittgenstein mußte dreimal zur Klosterküche hinüberlaufen, um Bier zu besorgen, und bei jedem Mal wurde der Monach in der Küche unwilliger. Nachdem er Wittgenstein beim dritten Mal unmißverständlich klar gemacht hatte, daß er jetzt die Küche schließen und in seine Zelle gehen würde und daß es Sünde sei, so spät soviel zu trinken, wußte Wittgenstein, daß jetzt die Zeit zum Handeln gekommen war. In einer dunklen Ecke auf dem Weg zurück zur Unterkunft der Beutereiter versetzte er die Bierkrüge mit etwas Schlafgift, das er einige Wochen zuvor von einem türkischen Händler gekauft hatte. Er hatte das Gift bereits einmal bei anderer Gelegenheit ausprobiert und wußte, daß es die Opfer nicht nur einschlafen ließ, sondern ihnen auch einen sehr unangenehmen Kater mit reichlich Kopfschmerz und Erbrechen bescherte, aber das konnte ihm in dieser Situation nur von Nutzen sein.

Die Beutereiter waren schon angetrunken genug, um ihm die Krüge ohne langes Zögern aus der Hand zu reißen, und bereits eine halbe Stunde später lagen sie alle schnarchend auf ihren Betten.

Vorsichtig verließ Wittgenstein den Schlafsaal durch die Hintertür und schlich zwischen der Außenmauer des Klosters und der Rückwand der Beutereiterbaracke zu deren anderem Ende. Hier war kein Fenster mehr erleuchtet, und es gab auch keine weitere Hintertür. Es blieb ihm nichts anderes übrig, als die Baracke durch den Eingang auf der Hofseite zu betreten. Schnell huschte er hinein und war froh, daß die Tür nicht verschlossen war. In dem kleinen Raum hinter der

Tür saß ein Monach, der überrascht von seinem Stuhl aufsprang, als er Wittgenstein eintreten sah.

„Was zum ...“ Aber bevor der Mann seinen Satz beenden konnte, hatte Wittgenstein ihn niedergeschlagen. Schnell rollte er den schlaffen Körper des Monachen unter den Tisch, an dem dieser gesessen hatte, und öffnete die andere Tür des Raumes vorsichtig einen Spalt breit. Dahinter lag ein langer Gang. In der Dunkelheit konnte Wittgenstein an seinem Anfang mehrere Türen zu beiden Seiten erkennen. Das hintere Ende war in Dunkelheit gehüllt. Er schloß die Tür wieder und fluchte leise vor sich hin. Als der Monach unter dem Tisch sich daraufhin zu regen begann, zog Wittgenstein ihn noch einmal hervor, um ihm einen weiteren Hieb zu versetzen und ihn zu durchsuchen. Dies förderte einen umfangreichen Schlüsselbund zutage.

Trotzdem, selbst wenn er jetzt alle Räume betreten konnte, konnten hier unzählige Kinder untergebracht sein. Wie sollte er unter ihnen schnell und unauffällig Dominic finden? Er seufzte und zuckte die Achseln. Dann nahm er die brennende Kerze, die auf dem Tisch stand, und betrat leise den Flur. Zuerst öffnete er eine Zelle nach der anderen und leuchtete vorsichtig hinein. Die ersten paar waren leer, auch wenn Wittgenstein anhand der kleinen Betten und der vergitterten Fenster erkennen konnte, daß sie für die Kinder gedacht waren. Dann kam er an einen Raum, in dem sich drei Mädchen befanden. Zum Glück schliefen sie tief und fest. Am Ende seiner Runde bleiben zwei Zellen übrig, bei denen er sich nicht sicher war, ob einer der Jungen in den Zimmern Dominic war. Die Tür am Ende des Flurs hatte er noch nicht geöffnet. Schwaches Licht sickerte durch die Ritzen. Als er ein Ohr an das alte Holz legte, konnte er leisen Gesang hören, aber die Stimme klang nicht nach einem Kind. Wittgenstein zögerte nur eine Moment, bevor er die Tür aufriß und lallend in das helle, fensterlose Zimmer torkelte. Der seltsame Raum hatte komplett weiße Wände und war mit seltsam schimmernden Möbeln und Geräten angefüllt. An einem kleinen Tischchen saß ein älterer Monach. Er hatte mitten in seinem Gesang innegehalten und starrte Wittgenstein ungläubig an. Ehe er etwas sagen konnte, hatte Wittgenstein ihn am Kragen gepackt und schmetterte ihn mit dem Rücken an die Wand.

„Ich suche Dominic aus Valencas, die Beutereiter haben ihn von ihrem letzten Beutezug mitgebracht“, knurrte er und drängte sein

Gesicht dicht an das des verängstigten Monachen. Als dieser kein Wort hervorbrachte, ließ Wittgenstein ihn erneut gegen die Wand krachen.

„Ich weiß, daß er hier ist!"

„Die zweite Zelle links", preßte der Monach mit zitternder Stimme hervor.

Ohne ein weiteres Wort schleuderte Wittgenstein den Alten auf seine Apparaturen, wo er reglos liegen blieb.

Die besagte Zelle war eine der beiden, in denen er Dominic bereits vermutet hatte, und nachdem er sich jetzt sicher war, fiel es ihm nicht schwer, den richtigen Jungen zu finden. Die Kinder waren nach dem Krach aus dem Nebenzimmer natürlich aufgewacht, hatten aber zuviel Angst vor Wittgenstein, der für sie wie ein Beutereiter aussehen mußte, um laut zu schreien.

„Dominic?" fragte Wittgenstein hastig.

Der Junge nickte stumm.

„Du kommst mit mir." Blitzschnell hatte Wittgenstein den Jungen auf den Gang gezogen und die Tür der Zelle wieder verschlossen. Als er sich umsah, stand plötzlich der alte Monach aus dem weißen Zimmer hinter ihm, in einer Hand ein seltsames Gerät, in der anderen ein kleines Skalpell. Bevor Wittgenstein reagieren konnte, wurde er von einem grellen Lichtblitz geblendet. Ehe er wußte, wie ihm geschah, durchzuckte ihn auch noch ein stechender Schmerz. Der Monach hatte ihn am Kopf getroffen. Mit seiner Sicht stimmte etwas nicht, und seine linke Gesichtshälfte schmerzte. Etwas Warmes rann ihm über die Wange.

Eine Sekunde lang stand Wittgenstein da wie gelähmt, dann schüttelte er trotz des anhaltenden dumpfen Schmerzes und des aufkommenden Schwindelgefühls den Kopf und streckte den Monachen mit einem Fausthieb nieder, während er Dominic mit der freien Hand festhielt.

Fluchend beeilte er sich, zum Vorraum zurückzukehren. Hier war noch alles ruhig, soweit Wittgenstein das erkennen konnte – irgend etwas stimmte seit dem Angriff des alten Monachen mit seinem Blickfeld ganz und gar nicht. Jedenfalls war der Kampf außerhalb der Baracke offenbar nicht bemerkt worden. Er hockte sich hin und sah Dominic fest an. Der starrte ihm mit namenlosem Entsetzen ins Gesicht.

Wittgenstein ignorierte die Angst in den Augen des Kleinen und zischte: „Paß auf, mein Junge. Deine Mutter hat mich geschickt. Ich werde dich befreien und zu ihr zurückbringen. Hast du das verstanden?"

Der Junge nickte wieder ohne ein Wort.

„Gut. Du mußt ganz leise sein und alles tun, was ich dir sage!"

„Ist gut," flüsterte Dominic jetzt. „Aber ..."

„Ja?" knurrte Wittgenstein gehetzt.

„Dein Auge ..."

Wittgensteins Finger fuhren zum ersten Mal zu seinem Gesicht. Blut. Jede Menge davon. Das Blut und der dumpfe Schmerz kam von seiner leeren Augenhöhle. Dieser verdammte Monach hatte ihm sein linkes Auge ausgestochen. Fast hätte er vor Wut und Entsetzen aufgeschrien, aber nur ein animalisches Knurren kam aus seiner Kehle. Später. Er würde sich später darum kümmern. Jetzt zählte nur sein Auftrag, und sein Überleben. Und dazu mußten sie zuerst aus dem Kloster entkommen.

♦ ♦ ♦

So schnell sie konnten verließen Wittgenstein und Dominic die Baracke, umrundeten das Gebäude und retteten sich wieder in den Schatten der Klostermauern. Sie waren jetzt fast an der Mitte der Ostmauer, möglichst weit von den Ecktürmen und den Wachen entfernt. Hier öffnete Wittgenstein seinen Mantel und wickelte das lange, geflochtene Lederseil ab, daß er um die Hüften trug. Aus einer Tasche seines Mantels fischte er einen eisernen Haken und befestigte ihn an dem Seil.

„Wir müssen über die Mauer", zischte er Dominic zu. „Schaffst du das?"

„Klar", antwortete der Junge.

Der Haken faßte schon beim zweiten Versuch, hatte aber ein deutliches klirrendes Geräusch verursacht. Nervös suchte Wittgenstein den Wehrgang über ihnen ab, konnte dort aber keine Wachen erkennen. Sie mußten es einfach versuchen. Nachdem er sich vergewissert hatte, daß der Haken einen sicheren Halt gefunden hatte, band er Dominic das andere Ende des Seils um die schmale Taille.

„Ich werde zuerst hinaufklettern und dich dann hinterherziehen. Aber du mußt mithelfen und dich an der Mauer hinaufhangeln, verstanden?"

Der Junge nickte eifrig und sah Wittgenstein mit großen Augen hinterher, als dieser sich daran machte, die Mauer zu erklettern. Wittgenstein grinste in sich hinein. Die Sache schien Dominic regelrecht Spaß zu machen. Immerhin machte er ihm keine Schwierigkeiten.

Oben angelangt sah Wittgenstein sich noch einmal um, konnte aber immer noch keine Wachen in ihrer Nähe erkennen. Aber seit seiner Verletzung fühlte er sich unsicher und hatte ständig Angst etwas zu übersehen. Sofort begann er, Dominic heraufzuziehen.

Als der Junge die Mauer zu fast zwei Dritteln hinter sich gelassen hatte, passierte es: Die Tür der Baracke unter ihnen flog auf, und einer der Monachen, die Wittgenstein niedergeschlagen hatte, taumelte laut um Hilfe schreiend auf den Hof hinaus. Sofort verdoppelte Wittgenstein seine Anstrengungen, um den Jungen so schnell wie möglich auf den Wehrgang zu zerren. Doch die Wachen im Kloster waren gut eingespielt. Von überall her konnte er jetzt die Rufe der Templer vernehmen, und es dauerte nicht lange, bis am Hauptturm des Klosters ein gleißendes Licht aufflammte, dessen scharf begrenzter Strahl langsam begann, den Hof und die Klostermauern abzutasten. Wittgenstein hatte schon einmal einen solchen vorsintflutlichen Scheinwerfer gesehen und wußte, wie leicht die Templer sie damit entdecken konnten. Kaum daß Dominic sicher auf dem Wehrgang lag, zog er seine Pistole, entsicherte sie und zielte auf die Quelle des mächtigen Lichtstrahls. Drei Schüsse hallten laut über den Hof, bis der Scheinwerfer mit einem berstenden Knall verlosch. Unten im Hof erhob sich daraufhin lautes Geschrei, und Wittgenstein wußte, daß es nur noch wenige Augenblicke dauern konnte, bis die Templer die Zinnen stürmten. Schnell verankerte er den Haken so an den Zinnen, daß sie das Seil auf der Außenseite der Mauer herablassen konnten und begann, Dominic abzuseilen. Just in dem Moment, wo er sich selbst über die Zinnen schwingen wollte, sah er den ersten Templer auf den Wehrgang stürmen. Ihm blieb keine andere Wahl als zu schießen. Der Mann taumelte zurück, brach zusammen und blieb bewegungslos liegen. Es würde den Templern gar nicht gefallen, daß er einen der Ihren mit einer Waffe aus der Technikära niedergestreckt hatte, aber darauf konnte er jetzt keine Rücksicht nehmen. Er ließ sich so schnell am Seil in die Tiefe gleiten, daß seine Handschuhe rauchten und der pochende Schmerz in seinem Kopf wieder zunahm.

Unten angekommen, schnitt er Dominic los und hetzte mit ihm in den rettenden Schatten des nächsten Bauernhauses.

Sie jagten bereits im Schutze des Waldrandes auf Wittgensteins Hengst dahin, als am Himmel die hellen Silhouetten einer Engelschar sichtbar wurden. Aber offensichtlich hatte man ihnen nicht zugetraut, daß sie schon soweit gekommen waren. Wittgensteins Hand fuhr unwillkürlich zu seinem Gesicht. An diese Mission würde er wahrlich eine bleibende Erinnerung zurückbehalten.

♦ ♦ ♦

Ab Bildad war außer sich vor Wut. Erst hatte der störrische, unverschämte Engel sein großzügiges Angebot abgelehnt, ihn in die Loge aufzunehmen, und dann hatte dieser Barbar es gewagt, in sein Kloster einzudringen, seine Monachen niederzuschlagen, einen Templer zu töten und einen der Auserwählten zu entführen. Schnaubend stapfte der Ab im verwüsteten Untersuchungsraum auf und ab. Er hatte seinen Zorn bereits an den Monachen ausgelassen, die heute nacht Wache gehalten hatten, aber er fühlte sich immer noch nicht besser. Wenn sich die Kunde von diesem Vorfall in der Kirche verbreitete, würde man ihm unangenehme Fragen stellen, und schlimmer noch, man würde ihn auslachen!

„Ehrwürdiger Ab!" Ein weiterer Monach betrat den hell erleuchteten Raum. „Seht her!" Aufgeregt wedelte der Neuankömmling ein Stück feuchtes Papier vor der Nase des Ab hin und her.

„Was ist das?" zischte Bildad unwirsch und riß das Papier an sich.

Auf dem kleinen, rechteckigen Blatt war ein seltsam farbloses Bild zu sehen. Deutlich zeigte es einen Mann in schwarzer Kleidung, der ihn erschrocken anblickte. Mit einer Hand hielt er den entführten Jungen am Hemd gepackt, und es war eindeutig zu erkennen, daß er im Flur der Baracke stand.

Ab Bildad hielt einen Moment inne, dann verzog sich sein Mund zu einem häßlichen Grinsen.

Kapitel vierzehn

Ab Guillaume beugte seinen schweren Körper über den Tisch und ließ seinen Blick über die prächtige Weltkarte gleiten. Die große Landkarte war ein Geschenk Ab Gundars vom Himmel der Ragueliten; dieser hatte sie Guillaume als Geschenk zu seinem Amtsantritt übersandt. Von geschickter Hand war die Lage von Himmeln und Klöstern eingetragen. Die langen schwarzen Spuren, die das von den Fegefeuern hinterlassene Brandland kennzeichneten, waren mit winzigen Datumsangaben versehen, so daß sich das Fortschreiten der Flammensäulen genau zurückverfolgen ließ. Prälat Karolus saß in seinem Rollstuhl und reckte den dürren Hals, um die Karte besser erkennen zu können. Guillaume wußte, daß er dem alten Inquisitor den Blick versperrte, es kümmerte ihn aber nicht. Seit es dem Gast aus Æterna schlechter ging, war dieser noch unausstehlicher geworden.

„Wo sind sie jetzt?" krächzte der Alte. „Du stehst mir im Weg."

„Sie müßten jetzt wieder dort sein", antwortete Guillaume ohne aufzusehen und wies mit dem Finger auf die Stelle der Karte, wo der Ebro ins Mittelmeer mündete.

„Ich verstehe nicht, warum das so lange dauert", meldete sich Karolus wieder zu Wort. „Schließlich hat sich die Schar doch Bruder

Er wohnt in zerstörten Städten, in Häusern, darin niemand wohnt, die man zu Trümmerstädten bestimmt.

- Hiob 15, 28

Weljas schon lange entledigt und kann sich jetzt ungehindert durch die Luft bewegen."

Guillaume versuchte, den bitteren Spott in der heiseren Stimme zu ignorieren und antwortete betont ruhig: „Wie schon der unglückliche Zwischenfall gezeigt hat, bei dem Bruder Welja ums Leben gekommen ist, haben wir es mit einem außergewöhnlichen Gegner zu tun. Und wenn Ihr nicht auf die regelmäßigen Berichte der Schar bestanden hättet, hätte sie womöglich auch nicht immer wieder die Spur des Ekstatikers verloren."

Prälat Karolus wollte zu einer wütenden Erwiderung ansetzen, wurde aber von einem schweren Hustenanfall gepackt, der ihn für einige Augenblicke beutelte. Sofort trat der Monach an seine Seite, der ihn wie ein Schatten begleitete, seit er im Rollstuhl saß. Er preßte Karolus einen transparenten Kunststofftrichter auf das ausgemergelte Gesicht, der über einen langen Schlauch mit einer stählernen Sauerstofflasche unter dem Rollstuhl verbunden war. Mit unverhohlenem Abscheu beobachtete Ab Guillaume den alten Inquisitor der Michaeliten. Die Zeit dieses Mannes war schon lange abgelaufen, aber statt in Frieden zu gehen, klammerte er sich mit allen Mitteln an diese Existenz und scheute auch nicht vor der Verwendung medizinischer Technologie zurück. Es mußte eine sehr schwere Bürde auf seinem Gewissen lasten, wenn er solche Angst vor dem Jenseits hatte. Unter der Atemmaske beruhigte sich Karolus' Husten langsam zu einem feuchten Röcheln. Mit einer fahrigen Bewegung seiner knochigen Hand scheuchte er den Monachen fort und starrte Guillaume an.

„Ich stelle immer wieder fest, daß Ihr mehr auf der Seite dieser dummen Kinder zu stehen scheint als auf der Seite Æternas. Diese Ariel und ihre Schar haben einen wichtigen Abgesandten zu Tode kommen lassen. Damit gefährden sie die Sicherheit und Autorität der Heiligen Angelitischen Kirche." Erschöpft rang der Alte um Atem, fügte dann aber mit erhobenem Zeigefinder hinzu: „Und wenn die Kirche fällt, geht die Menschheit mit ihr zugrunde."

Ab Guillaume sah aus dem Fenster auf die Berge der Pyrenäen hinab.

„Wir reden später weiter, Prälat. Ihr seid erschöpft, und ich habe einen Krieg zu führen." Ohne den Greis noch eines Blickes zu würdigen rollte er die Landkarte ein und verließ den Raum. Draußen auf der Galerie hielt er einen Augenblick inne, um tief durchzuatmen. Die Luft in den Gemächern, die er dem Inquisitor überlassen hatte, war einfach unerträglich.

♦ ♦ ♦

Henaiel saß oben auf einer der mächtigen Mauern des geborstenen Bunkers und beobachtete Ariel und ihre Schar, die es sich unten zwischen den Trümmern bequem gemacht hatten. Natürlich hatten sie die Spur des Ekstatikers wieder verloren. Zum sechsten Mal seit Beginn ihrer Mission waren sie vorgestern zum Himmel zurückgeflogen, um dem Ab und diesem halbtoten Inquisitor Bericht zu erstatten. Und natürlich hatte der gesuchte Joram sich längst wieder aus dem Staub gemacht und seine Spuren wie üblich gut verwischt, als sie heute hierher zurückgekehrt waren. Neben den Schwierigkeiten mit dem Inquisitor behinderte auch die schlechte Stimmung innerhalb der Schar ihre Mission. Immer noch leisteten die anderen Engel seinen Befehlen nur äußerst widerwillig Folge. Tatsächlich schien seine Ordensschwester Ariel die einzige zu sein, die begriffen hatte, daß seine vorübergehende Führungsrolle innerhalb der Schar auch für ihn kein Vergnügen war. Die ganze Sache war eine Schikane, mit der Prälat Karolus seine Macht beweisen und Ariels Schar bestrafen wollte, und natürlich machte es Henaiel keinen Spaß, Teil dieses durchschaubaren Spiels zu sein. Aber er hatte seine Befehle, und er würde sie ausführen.

Neben dem unmittelbaren Problem ihrer von Rückschlägen gebeutelten Mission hatte er noch eine andere Sorge: Auch bei ihrer letzten Rückkehr nach Mont Salvage hatte er nichts Neues über den Verbleib seines Scharbruders Calliel erfahren können. Es war jetzt schon über zwei Monate her, daß er den Ragueliten für eine Sondermission freigestellt hatte. Aber das Kloster Cluny, dem Calliel seine Botschaft hatte überbringen sollen, war längst gefallen, und es gab keine Hinweise darauf, daß er es jemals erreicht hatte. Varcanel und die anderen Mitglieder seiner eigenen Schar waren sich schon fast sicher, daß Calliel der Traumsaat zum Opfer gefallen war und längst aus dem Kreise der Geläuterten auf sie herabsah, aber Henaiel mochte die Hoffnung noch nicht aufgeben. Doch statt sich mit seiner Schar auf die Suche nach dem verschollenen Bruder machen zu können, mußte er hier mit diesem unwilligen Haufen junger Engel durch eine Ruine nach der anderen kriechen. Henaiel seufzte und ließ sich mit weit gespreizten Flügeln von der grauen Betonmauer herabgleiten.

♦ ♦ ♦

„Ich weiß wirklich nicht, was dieses ewige Hin und Her soll", ließ Aadoniel sich lautstark vernehmen. Der ungeduldige Gabrielit machte seinem Unmut in den letzten Tagen immer unverhohlener Luft. Ariel konnte ihn nur allzu gut verstehen, wußte aber auch, daß sie nichts anderes tun konnten, als möglichst schnell diesen Joram aufzuspüren und gefangenzunehmen. Und damit das gelang, mußten sie so gut sie konnten mit Henaiel zusammenarbeiten. Sie wußte, daß ihr Ordensbruder auch nur die unsinnigen Befehle des gehässigen Greises aus Æterna befolgte, wenn er sie alle paar Tage einmal zum Himmel zurückhetzte. Im Grunde hatten sie immer nur etwa eine

Woche Zeit, um den Ekstatiker zu stellen, und mußten ihre Suche nach jeder Berichterstattung von Neuem beginnen. Mittlerweile hatten sie alle mehr als genug.

Beruhige dich, Aadoniel. Keiner von uns ist gerne hier. Und das gilt auch für Henaiel, ob wir das wahrhaben wollen oder nicht.

Die Schar sah sie an und wartete auf weitere Worte von ihr. Ariel lächelte. Es tat gut zu merken, daß die anderen sie immer noch als ihre Erste ansahen.

Schwester, Brüder. Ich danke euch für eure Treue, aber wir müssen versuchen, alle zusammenzuarbeiten und unser Bestes zu geben, damit dieser Ekstatiker zur Strecke gebracht wird, wir endlich nach Hause zurückkehren können und Henaiel sich wieder seiner eigenen Schar widmen kann.

Sie sah sich prüfend um. Zumindest auf Malloriels und Aadoniels Gesicht war noch immer deutlicher Widerwille zu erkennen.

„Und wenn wir Henaiel einfach hier sitzen lassen und allein Jagd auf den Ketzer machen?" fragte Aadoniel und schob kampflustig sein Kinn vor. „Ohne diesen Klotz am Bein hätten wir diesen Joram schon längst erledigt!"

Ariel schüttelte den Kopf. *Nein. Darauf wartet der Inquisitor nur. Wenn wir diesmal die Befehle des Ab mißachten, wird Karolus einen Zerschlagungsantrag beim Pontifex Maximus einreichen, und weder Ab Guillaume noch sonst irgendjemand wird sich dem Inquisitor der Michaeliten entgegenstellen können.*

„Wir könnten unseren Fall selbst vor den Pontifex Maximus bringen", schlug Malloriel vor. Wieder schüttelte Ariel energisch den Kopf. *Wenn wir den Ab in dieser Sache übergehen, stehen wir genauso schlecht da! Jetzt reißt euch zusammen und laßt uns diese Mission erfüllen!*

Mit leisem Flügelrauschen kündigte sich Henaiel an, der von seinem Aussichtsplatz auf der Bunkermauer zu ihnen herabgeschwebt kam.

Danke, Schwester, es ist gut, hörte Ariel seine sanfte Stimme in ihrem Kopf, und ein Blick in seine lächelnden Augen zeigte ihr, daß er nur zu ihr gesprochen hatte. Der Michaelit war hochgewachsen, und seine Schwingen hatten einen leichten Silberglanz. Er mußte noch älter als Malloriel sein.

„Laßt uns versuchen, alles zusammenzutragen, was wir bisher über den Ketzer und sein Vorgehen in Erfahrung bringen konnten. Ich denke, wenn wir noch einmal versuchen zusammenzuarbeiten, sollte es uns gelingen, ihn diese Woche zu stellen. Mit allem, was wir über ihn wissen, sollten wir eigentlich in der Lage sein, seine nächsten Schritte vorauszusehen."

Es fällt ihm leicht, die Menschen auf seine Seite zu ziehen, meldete Ariel sich gleich zu Wort. *Einige haben ihn fast wie einen Engel beschrieben.*

„Und er hat eine Vorliebe für vorsintflutliche Ruinen", fügte Daniel mürrisch hinzu.

„Das heißt, wir müssen nach solchen Ruinen möglichst in der Nähe kleinerer und mittlerer Siedlungen Ausschau halten", faßte Henaiel zusammen. Im Gegensatz zu Ariel war er es gewohnt, in normalen Situationen auch tatsächlich zu sprechen. Nur im Kampf oder in anderen Krisensituationen verließ er sich auf die telepathischen Fähigkeiten seines Ordens. Im Stillen bewunderte Ariel ihn ein wenig dafür, wie leicht ihm das Sprechen fiel.

„Er hinterläßt kaum Spuren, nicht wahr, Daniel?" Henaiel sah den Urieliten fragend an.

„Stimmt. Ich konnte fast nie Fußspuren auf den Wegen entdecken, die er genommen haben muß, und an seinen Lagerplätzen hinterläßt er kaum Essensreste oder ähnliches." Daniel runzelte die Stirn. Wenn er daran dachte überraschte es ihn immer noch, wie wenig er bisher über den Gesuchten hatte herausfinden können.

„Womit wir wieder bei der Engel-Hypothese wären", sagte Henaiel nachdenklich.

„Aber das ist doch Unsinn", rief Malloriel aus, der der Diskussion bisher schweigend mit immer düsterer werdender Miene gefolgt war. „Wieso sollte ein Engel durchs Land ziehen und ketzerische Predigten halten?"

„*Angeblich* ketzerische Predigten", ermahnte ihn Rahel. „Erinnere Dich an die anderen *Ketzer*, die Karolus hat verbrennen lassen. Nur nach seinen Aussagen handelt es sich um einen Ketzer."

Ariel schüttelte den Kopf. *Denkt nur an das, was die Leute in San Mateo über ihn erzählt haben. Die Sache mit dem Licht, das er über ihren Köpfen hat erscheinen lassen und das dann übers Meer nach Osten geflogen ist. Wir wissen doch alle, daß dort ein Fegefeuer wütet.*

„Nur weil er vielleicht fliegen kann, muß er ja noch lange kein Engel sein", ließ sich Daniel wieder vernehmen, der offensichtlich ein wenig über diesem Problem gebrütet hatte. „Vielleicht ist er ja auch ein Versuchter oder Besessener, der vom Herrn der Fliegen zum Dank für seine Dienste mit Flügeln oder mächtigen Fähigkeiten ausgestattet wurde."

Daraufhin brach eine lautstarke Diskussion zwischen Daniel und Aadoniel über die möglichen Fähigkeiten von Versuchten und Besessenen aus, der sich schließlich auch noch Malloriel anschloß. Rahel hatte sich wieder zurückgelehnt und lächelte still vor sich hin, als Ariel sie ansah.

Ich glaube, das brauchen sie jetzt. Ariel warf Henaiel einen Blick zu und zuckte lächelnd die Achseln.

Nachdem die Engel sich wieder beruhigt hatten, rief Henaiel sie noch einmal alle zusammen, und sie diskutierten bis tief in die Nacht hinein darüber, wie sie den Ketzer am Besten stellen könnten.

♦ ♦ ♦

Sie hatten beschlossen, am frühen Morgen in Richtung Morella aufzubrechen, um dort ihre Suche fortzusetzen. Für den Rest der Nacht hatte Henaiel Meditation angeordnet, damit sie sich am Morgen ausgeruht ihrer Mission widmen konnten. Jetzt hockte die Schar in der typischen Meditationspose der Engel auf ein paar Trümmerstücken in der alten Ruine. Malloriel hatte sich etwas abseits von den anderen niedergelassen. Abgesehen davon, daß er es nicht ausstehen konnte, von diesem aufgeblasenen Michaeliten Befehle zu empfangen und er nicht verstehen konnte, warum Ariel ihn auch noch unterstützte, wollte er nicht, daß die anderen bemerkten, wie schwer ihm die Meditation in letzter Zeit fiel. Er brauchte viel länger als früher, um sich auf sein Mantra zu konzentrieren, und wenn ihm die Meditation dann endlich gelang, war er trotzdem sehr unruhig und wurde von merkwürdigen Halluzinationen heimgesucht.

Für heute Nacht hatte er die Meditation bereits aufgegeben. In den ersten paar Stunden hatte er noch versucht sich zu konzentrieren, aber nachdem er diesen furchtbaren Alptraum gehabt hatte, war er einfach zu verstört, um wieder Ruhe zu finden. In seinem Traum hatte ihn eine Schar schreiender und lachender Kinder immer und immer wieder von der höchsten Zinne seines Heimathimmels in Prag gestürzt, und ohne seine Flügel öffnen zu können, war er wie ein Stein in die Tiefe gestürzt. Während dieses rasenden Sturzes hatte er eine Stimme vernommen, die merkwürdige, unverständliche Anweisungen in sein Ohr gesprochen hatte: „Bereit für die erste Dorsalinjektion ... drei ... zwei ... eins ... los! ... Deltainhibitoren zugeben und Cytopumpen auf Maximum ... Implantate bereit mache ... Plasmainjektion, jetzt! ... sofort stabilisieren ...“ Irgendwann war ihm in seinem immer schneller werdenden Sturz das Bild des Traumes vor den Augen verschwommen, und er war in einen dumpfen Dämmerzustand verfallen. Als er sich endlich daraus befreien konnte, mußte er feststellen, daß er während der Meditation zusammengebrochen war und auf der Seite im nassen Gras lag.

Malloriel hoffte auf einen abwechslungsreichen morgigen Tag. Er brauchte dringend wieder etwas, dem er seine ganze Aufmerksamkeit widmen konnte, um diese verwirrenden Alpträume aus seinen Gedanken zu vertreiben.

♦ ♦ ♦

Diesmal hatte Ab Guillaume seine Karte vor den Augen der Armatura ausgebreitet. Direkt nach seiner Besprechung mit dem Inquisitor war er in seinen geheimen Aufzug in einem der Hauptpfeiler des Himmels gestiegen und zu den Templern hinuntergefahren.

„Die Hauptmacht der Traumsaat in Frankreich steht jetzt bei Lyon. Im Norden und Osten hindern Truppenverbände Äbtissin Susats aus dem Himmel der Gabrieliten in Nürnberg die Legionen des Herrn der Fliegen an der weiteren Ausbreitung. Es hat sich eine über dreihundert Kilometer lange Front gebildet. Nachdem ein Teil unserer Truppen den Dämonen den Zugang zu den Alpen versperrt hat, ist es nun unsere Aufgabe, der Traumsaat und ihrer immer größer werdenden Anhängerschaft in den Rücken zu fallen. Den Templern kommt dabei die wichtige Aufgabe zu, die Städte Vichy und Roanne aus der Gewalt der Versuchten zu befreien. Damit werden die ketzerischen Truppen, die sich der Traumsaat angeschlossen haben, von ihrem Nachschub abgeschnitten und können aufgerieben werden. In der gleichen Zeit wird der größte Teil der himmlischen Heerscharen von Mont Salvage die Traumsaat bei Lyon direkt von Süden attackieren. Der entstehende Zweifrontenkrieg wird die Kreaturen des Herrn der Fliegen so beschäftigen, daß sie ihren sterblichen Verbündeten nicht zu Hilfe kommen können."

Guillaume sah von der Karte auf. „Soweit der Plan, verehrte Armatura."

Schwester Mechthild, eine Templerin des Urielitenordens, blickte ihn an. „Die Kanalboote liegen im Hafen von Quillan zum Auslaufen bereit. Wir sollten alle Templer und Hilfstruppen in zwei oder drei Tagen über den Pyrenäen-Kanal schaffen können."

„Gut, dann macht alle verfügbaren Truppen bereit, wir haben nicht viel Zeit."

Die sechs Führer der Templerkontingente der Orden in Mont Salvage nickten grimmig.

♦ ♦ ♦

Als die Schar in den ersten Morgenstunden nach Morella hinüberflog, konnte sie schon von weitem eine mächtige Rauchfahne über dem Ort stehen sehen. Ariel bemühte sich noch zu erkennen, was den Rauch verursachte, da rief Daniel schon: „Ein Scheiterhaufen!" Der Urielit mit den scharfen Augen flog wie fast immer an der Spitze ihrer Formation. „Da brennt ein riesiger Scheiterhaufen auf dem Marktplatz!"

Es dauerte nicht lange, bis unter ihnen die ersten Häuser Morellas auftauchten. Tatsächlich konnten sie jetzt erkennen, daß auf dem Marktplatz ein riesiger Holzhaufen in Brand gesteckt worden war. Ariel konnte auch einige Gestalten erkennen, die immer mehr Möbel aus einem Gebäude schleppten und in die Flammen warfen. Das war ja ein Kloster!

Sie verbrennen die Einrichtung des Klosters!

Henaiel nickte grimmig und setzte zum Sturzflug an. *Na dann los!*

Als sie zwischen den Leuten auf dem Markplatz landeten, ließen diese sofort alles fallen, was sie gerade dem Feuer übergeben wollten, und wichen entsetzt zurück. Der stechende Geruch von verbranntem Plastik lag in der Luft, und Ariel konnte neben den verkohlten Holzmöbeln des Klosters auch mehrere verbogene Metallgegenstände in den Flammen erkennen. Von den Monachen des Klosters war weit und breit keine Spur zu sehen.

Noch während sie sich umsahen, fanden die Leute von Morella einen Teil ihres Mutes wieder und versammelten sich in der Nähe des Scheiterhaufens. Ein junger Mann warf ein paar Aktenordner in die Flammen und starrte herausfordernd zu den Engeln herüber.

„Was geht hier vor?" fragte Henaiel mit lauter Stimme und baute sich mit weit gespreizten Flügeln vor den Dorfbewohnern auf.

Kapitel fünfzehn

Eliphas stand fassungslos in der Tür der Baracke, in der seine Rotte untergebracht war: Alle vierzehn Männer und Frauen, die nach den Verlusten ihres letzten Beutezuges noch übrig geblieben waren, wanden sich in Krämpfen auf den Betten. Was auch immer dieser Fremde – Eliphas glaubte nicht, daß er wirklich Karl hieß – ihnen ins Bier geschüttet hatte, war ihnen ganz und gar nicht gut bekommen. Mit einem gurgelnden Röcheln erbrach sich eine Söldnerin in den Eimer neben ihrem Bett. und Eliphas trat einen Schritt aus der Tür zurück, um dem Gestank auszuweichen. Zwei Novizen hatten die Eimer in die Baracke gebracht, und kümmerten sich jetzt um die Erkrankten. Bereits in der Nacht hatte er feststellen müssen, daß seine Leute nicht einfach nur betrunken waren. Es war unmöglich gewesen, sie aus ihren warmen Betten zu bekommen. Der eine, den er nach langen Anstrengungen endlich aufgeweckt hatte, konnte kaum sprechen, und seine Augen rollten immer wieder in unterschiedlichen Richtungen in die Höhlen zurück, als er versuchte sich auf Eliphas zu konzentrieren. Jetzt waren die Beutereiter zwar bei klarem Verstand und konnten ihm von dem kleinen Gelage berichten, zu dem der Neue sie gestern Abend eingeladen hatte, aber sie litten so sehr unter Kopfschmerzen

Wenn Unrecht klebt an deiner Hand, entfern es, und laß nicht Schlechtigkeit in deinem Zelte wohnen! – dann kannst du makellos deine Augen erheben, fest stehst du da und brauchst dich nicht zu fürchten.

- Hiob 11, 14 – 15

und Magenkrämpfen, daß sie sich kaum auf den Beinen halten konnten. Kopfschüttelnd wandte Eliphas sich zum Gehen und stieß fast mit einem alten Monachen zusammen, der über den Klosterhof zur Baracke herübergelaufen kam. Er trug einen großen Plastikkoffer bei sich und war sichtlich außer Atem.

„Ich dachte, alle Beutereiter seien schwer erkrankt und könnten sich nicht rühren! Aber du siehst mir doch recht gesund aus, Bursche?!" Er sah Eliphas mißtrauisch an. „Ich mag es nicht gern, wenn man mich umsonst ruft."

„Ich bin der Komtur!" herrschte Eliphas ihn gereizt an. „Meine Leute sind vergiftet worden, sie sind in der Baracke."

„Vergiftet?" Der alte Monach zog eine Augenbraue hoch. „Woher weißt du das so genau, Komtur? Bist du auch Arzt? Falls ja, hätte ich ja nicht zu kommen brauchen, falls nein, gehe ich lieber meiner Arbeit nach." Ohne ein weiteres Wort betrat der Monach den Schlafsaal der Rotte.

Eliphas sah ihm kurz nach und stapfte dann mit düsterem Blick zum Südflügel hinüber, in dem seine Gemächer lagen. Was für eine Nacht! Doch es sollte noch besser kommen. Nach nur wenigen

Schritten wurde er von einem Novizen angesprochen, der ihm entgegengelaufen kam.

„Komtur Eliphas! Der ehrwürdige Ab Bildad wünscht dich zu sprechen. Er erwartet dich in seinem Amtszimmer."

„Ich weiß, wo es liegt", knurrte Eliphas den erschrockenen Jungen an und bog sofort in Richtung des Ostflügels ab, in dem die Räumlichkeiten des Ab untergebracht waren.

Während Eliphas die Stufen zum Amtszimmer des Ab hinaufstieg, konnte er durch die schmalen Fenster des Treppenhauses erkennen, daß die Wolkendecke wieder dichter wurde. Welche Aufgabe Bildad auch immer für ihn hatte, wenn seine Leute wieder einsatzbereit waren, würde es jedenfalls sicher wieder wie aus Eimern schütten.

Als Eliphas das Zimmer betrat, stand Ab Bildad hinter seinem Schreibtisch an einem Fenster und betrachtete etwas, das Eliphas nicht erkennen konnte. Er drehte sich nicht um, als der Komtur den Raum betrat und ihn begrüßte.

„Ihr wolltet mich sprechen, ehrwürdiger Ab?"

„Setz dich, Eliphas." Der Ab hielt inne, bis er sicher war, daß sein Besucher Platz genommen hatte.

„Der Mann, der gestern als harmloser Reisender dieses Kloster betreten und sich bei dir als Beutereiter gemeldet hat, trug einen dunklen Ledermantel. Er hat längeres, strähniges, dunkles Haar und ist von sehniger Gestalt. Er hat ein schmales, kantiges Gesicht und helle Augen. Stimmt diese Beschreibung, Komtur?"

Eliphas nickte erstaunt und besann sich dann, daß der Ab seine Geste ja nicht sehen konnte.

„Das ist richtig."

Mit einem triumphierenden Blick drehte Bildad sich um und warf einen Stapel kleiner Papierkärtchen vor sich auf den Schreibtisch. Eliphas beugte sich vor und konnte auf den Kärtchen das Bild des Fremden erkennen. Jede Einzelheit, die der Ab beschrieben hatte, war haargenau abgebildet, und alle Bilder sahen exakt gleich aus. Interessiert nahm der Komtur eines der Bilder in die Hand und strich über die glatte Oberfläche. Kein Pinselstrich war zu spüren, und das farblose Bild glänzte wie ein Spiegel.

„Was ist das?“ fragte er neugierig.

„*Photographien*“, antwortete der Ab nicht ohne Stolz. „Ein vorsintflutliches Verfahren, um Bilder herzustellen. Einer der Hüter der Auserwählten hat das Bild bei dem Überfall gestern Nacht gemacht.“

„Gut, wir wissen also, daß es tatsächlich der Mann war, auf den alle Indizien hingewiesen haben, aber was nützt das? Der Kerl ist über alle Berge.“

„Steckbriefe“, antwortete der Ab und stützte sich mit beiden Händen über den Bildern auf seinen Schreibtisch. „Im Scriptorium sitzt zur Zeit ein Dutzend Monachen an den Schreibpulten und fertigt Steckbriefe an, die dann mit diesem Bild des Verbrechers versehen in alle Himmelsrichtungen verschickt werden.“

„Ich verstehe. Das Bild zeigt nicht nur deutlicher als jede Zeichnung, wie der Entführer aussieht, es erregt auch mehr Aufsehen. Aber meint ihr nicht, Ab Bildad, daß man euch wegen des Einsatzes einer Technik aus der Zeit vor der Zweiten Flut kritisieren wird?“

Der Ab wischte Eliphas' Bedenken mit einer Handbewegung beiseite. „Natürlich wird es ein paar Zweifler geben, aber der Herr läßt uns nicht ohne Grund in den Klöstern das Wissen vergangener Zeitalter bewahren. Wir dürfen uns nicht scheuen, es auch einzusetzen, wenn die Situation es erfordert.“

Eliphas nickte langsam. Der Ab sollte eigentlich nur zu gut wissen, welch gefährliches Spiel er da spielte, aber das mußte nicht seine Sorge sein.

„Nun, ich bin froh, wenn der Entführer gefaßt wird, denn er hat auch meiner Rotte übel mitgespielt. Meine Leute liegen alle vergiftet in ihrer Unterkunft, und ich weiß nicht, wann sie wieder einsatzbereit sind.“

Der Ab schüttelte unwillig den Kopf.

„Auf ein paar Tage kommt es bei der Aufgabe nicht an, die ich für dich habe, Komtur. Wenn deine Leute genesen sind, möchte ich, daß du mit dem gefangenen Engel gen Norden ziehst und ihn in Trondheim seinem Orden übergibst. Dabei wirst du die Steckbriefe in allen Städten und Klöstern auf dem Weg verteilen.“

Eliphas runzelte die Stirn.

„Mit Verlaub, Ab Bildad, wir sind Beutereiter, keine Häftlingseskorte. Wäre es nicht Aufgabe der regulären Templer unter der Führung eines Armatura, den Engel nach Trondheim zu bringen?"

Bildad schüttelte den Kopf. „Die derzeitigen Umstände erfordern es, daß ich alle zur Verfügung stehenden regulären Truppen hier zusammenhalte. Die Traumsaat ist im Moment eine unmittelbarere Sorge als der Nachschub an Auserwählten. Ihr brecht auf, sobald deine Rotte wieder einsatzbereit ist. Der Herr sei mit dir."

Eliphas wußte, daß das Gespräch damit beendet war. Er nickte knapp und ging zur Tür. Als sein Blick auf das kleine Kreuz darüber fiel, mußte er an den Moment während des Tribunals zurückdenken, an dem Bildad und seinen Beisitzern das Blut aus den durchstochenen Handflächen geströmt war. Der Gedanke jagte ihm einen Schauer über den Rücken. Kurz bevor er die Tür hinter sich zuzog, erklang hinter ihm noch einmal die Stimme des Ab:

„Ach, Komtur, aus welchem Dorf hattet ihr den Jungen, der entführt worden ist?"

„Das kann ich euch nicht sagen, Ab Bildad, ich sehe auf jedem Beutezug so viele Kinder ... Der Bericht, der auch unsere Route enthält, liegt euch vor", antwortete Eliphas, ohne sich umzuwenden.

„Na dann", sagte der Ab, und Eliphas schloß erleichtert die Tür.

♦ ♦ ♦

Wittgenstein war bis zum Morgengrauen durchgeritten. Dann hatte er sein Pferd in eine verlassene Wellblechscheune am Rand einer Weide geführt, die der umgebende Wald langsam wieder zurückeroberte. Er hatte dieses Versteck bereits auf dem Hinweg nach Rodez ausfindig gemacht, weil er schon geahnt hatte, daß er das Kloster nicht unbehelligt würde verlassen können. Im Dunkel der Scheune ließ er sich vom Pferd gleiten und hob Dominic dann mit letzter Kraft aus dem Sattel.

„Ruh' dich aus, Junge", preßte er mühsam hervor und versuchte, den Schmerz im linken Teil seines Schädels noch einmal zurückzudrängen. Doch Dominic war vollkommen erschöpft und hätte Wittgensteins Aufforderung nicht bedurft. Ohne ein weiteres Wort ließ er sich auf den kleinen Heuhaufen in einer Ecke der Scheune fallen und schlief trotz des Regens, der laut auf das Blechdach trommelte, sofort ein. Wittgenstein ließ sich ebenfalls nieder und betastete im Dunkeln vorsichtig seine linke Gesichtshälfte. Seine ganze Wange war mit geronnenem Blut überzogen und fühlte sich heiß und geschwollen an. Als er zaghaft sein Lid berührte, merkte er, daß es schlaff über der Augenhöhle hing. Der Monach mußte ihm mindestens ein Stück seines Auges mit seinem Skalpell ausgeschlagen haben. Jedenfalls mußte er die Wunde dringend reinigen und behandeln, die feuchtwarme Witterung des Sommers in dieser Gegend ließ jede Wunde schnell eitern und konnte leicht zu Wundbrand führen. Wittgenstein wußte, daß er sich etwas vormachte, wenn er glaubte, die Verletzung allein kurieren zu können. Er brauchte Hilfe. Aber wer würde ihm helfen, verletzt wie er war, mit einem entführten Auserwählten auf der Flucht vor den Häschern der Kirche?

Erst einmal brauchte er Ruhe. Bevor er sich hinlegte und versuchte, trotz der Schmerzen etwas Schlaf zu finden, holte er noch einmal seine Pistole hervor und lud sie mit ein paar Patronen aus seiner Tasche nach. Er hatte vier Schuß abgegeben, in der Waffe waren jetzt noch vier weitere, und er hatte noch zwanzig in der Tasche gehabt, das hieß, ihm blieben noch vierundzwanzig Schuß. Danach war die Waffe nutzlos, da Wittgenstein niemanden kannte, der für solche Waffen noch Munition herstellen konnte. Er seufzte leise und drehte sich auf die Seite.

♦ ♦ ♦

Ab Bildad entließ den Boten des Armatura mit einem Nicken. Weder die Engel noch die Templer hatten den flüchtigen Entführer bisher aufgespürt. Aber das kümmerte ihn nicht, im Gegenteil, es würde ihm nützen. Sein Plan erforderte es geradezu, daß alle herkömmlichen Maßnahmen versagten. Schon lange hatte er sich um eine Liberalisierung der Technikgesetze der Angelitischen Kirche bemüht. In den letzten Jahren hatte er in zähen Verhandlungen mit verschiedenen Komitees in Æterna versucht, für die Klöster mehr Freiheiten beim Einsatz der von ihnen bewahrten Technologie zu erringen – bislang mit wenig Erfolg. Sein kühner Vorstoß mit den Photographien auf den Steckbriefen mochte helfen, die blinden Starrköpfe aus Æterna zu überzeugen. Sollte ihm dies gelingen, so wäre das ein großer Sieg für ihn und für die Loge, und sein Ansehen bei seinen Logenbrüdern würde noch weiter wachsen. Wenn alles nach Plan verlief, brauchte er keinen Gedanken mehr an den störrischen Engel zu verschwenden. Mochte er auf der weiten Reise nach Trondheim ruhig der Traumsaat zum Opfer fallen. Wenn die Kirche sich endlich aller technischen Mittel bediente, die ihr zur Verfügung standen, würden die Legionen des Herrn der Fliegen nicht mehr lange bestehen können.

♦ ♦ ♦

Als Wittgenstein aus seinem unruhigen Schlaf erwachte, stellte er fest, daß Dominic bereits wach war und ihn anstarrte. Als er sich aufsetzte, sah der Junge schnell weg. Seine Verletzung blutete jetzt nicht mehr, aber sein geschwollenes Lid war vollkommen mit Schorf verkrustet. Durch den dumpfen Schmerz konnte er spüren, daß sich dahinter ein Hohlraum befand.

„Ich brauche einen Arzt", sagte er mehr zu sich selbst als an Dominic gewandt und richtete sich langsam auf. „Wir dürfen keine Zeit verlieren. Ich muß jemanden finden, der mir helfen kann, bevor die Templer uns erwischen. Hast du Hunger?"

Dominic nickte, und Wittgenstein warf ihm einen Reisfladen aus seiner Satteltasche zu.

Die erste Ortschaft erreichten sie nach etwa einer Stunde. Es regnete stark, und so fiel es nicht auf, daß sowohl Wittgenstein als auch Dominic die Kapuzen tief ins Gesicht gezogen hatten. Wittgenstein hatte dem Jungen seinen Reitmantel umgelegt, damit er dem Regen nicht vollkommen schutzlos ausgeliefert war, außerdem war es zu auffällig, wenn Dominics weißes Nachthemd schon von weitem zu sehen war.

Der Söldner stellte schnell fest, daß ihm in diesem Weiler niemand helfen konnte, man wies ihm aber den Weg zu einem Apotheker in

Bozouls. Und so verließen sie das Dörfchen schon bald wieder in Richtung Nordosten.

Der Apotheker war ein stiller junger Mann. Er war erst vor kurzem von seinem Laienjahr im Kloster Rodez zurückgekehrt und hatte die Apotheke von seinem Vater übernommen. Als Wittgenstein die Kapuze zurückschlug, wich alle Farbe aus dem Gesicht des jungen Apothekers, aber er setzte ohne zu zögern einen Kessel Wasser auf und holte ein altes Operationsbesteck aus einer Schublade hervor. Der Anblick der Sonden und Skalpelle wiederum ließ Wittgenstein erbleichen, doch er war schon froh, daß der Mann bereit war, ihm ohne viele Fragen zu helfen. Der Apotheker führte Wittgenstein in ein Hinterzimmer und wies auf eine gepolsterte Kunststoffliege.

„Leg' dich da hin, ich werde den Schmutz und das tote Gewebe aus deiner Augenhöhle entfernen, dann alles desinfizieren und dich verbinden. Das Ganze wird sicher schmerzhaft, aber ich kann dir etwas geben, was dich einschlafen läßt."

„Ich habe nicht viel Zeit."

„Dann werde ich versuchen, dein Gesicht etwas zu betäuben, aber ich weiß nicht, wie gut es wirkt."

Wittgenstein nickte mit zusammengepreßten Lippen. Der junge Apotheker sprühte eine brennende Substanz auf Wittgensteins Gesicht und holte dann eine große, glänzende Spritze hervor.

Schon anderthalb Stunden später waren sie wieder unterwegs. Wittgenstein trug jetzt eine dicke Kompresse über der linken Augenhöhle, die von einem breiten Verband um den Kopf gehalten wurde. Der Apotheker aus Bozouls hatte gute Arbeit geleistet, und er hatte ihn entsprechend bezahlt. Wittgenstein hatte sich jedoch nicht überreden lassen, sich nach der Operation länger als eine Stunde auszuruhen. Obwohl er sich noch etwas wackelig auf den Beinen gefühlt hatte, war er mit Dominic, der immer noch nur seinen Mantel über dem Nachthemd trug, schon nach kurzer Rast wieder aufgebrochen. Auch wenn der Abstecher nach Bozouls sie einen Tag gekostet hatte, konnte er ihnen vielleicht helfen, ihre Verfolger auf eine falsche Fährte zu locken. Als sie den Ort verließen, hatte Wittgenstein die Richtung beibehalten, in der sie schon zuvor unterwegs gewesen waren, und erst eine Stunde später nutzte er eine Wegkreuzung, um wieder in Richtung Valencas abzubiegen.

Sie erreichten Dominics Heimatdorf nach einer Woche. Wittgenstein hatte gut darauf geachtet, ihre Spuren zu verwischen und möglichst wenig aufzufallen. Zweimal war er nachts in einen Bauernhof eingebrochen, um etwas zu essen zu stehlen. Er hatte zwar noch mehr als genug Geld bei sich, hatte aber nicht riskieren wollen, daß ein Einkauf die Verfolger wieder auf ihre Fährte führte. Deshalb zögerte er auch, als er in einem der Bauernhöfe ein paar Kleidungsstücke entdeckt hatte, die Dominic passen könnten. Schließlich hatte er die Sachen dann doch zusammen mit einem Haufen anderer Klamotten in seinen Sack gestopft; so würde es schon nicht auffallen, daß es ihm speziell um die Kindersachen gegangen war.

Eigentlich hoffte Wittgenstein, daß sie trotz der Dreistigkeit seiner Tat nicht allzu lange gesucht werden würden. Der Krieg mit der Traumsaat im französischen Zentralmassiv sollte die ganze Aufmerksamkeit der kirchlichen Truppen in dieser Gegend erfordern, so daß ihre Flucht gelingen könnte.

Als er mit Dominic den schmalen Pfad nach Valencas hinunterritt, war seine größte Sorge, daß die Beutereiter vor ihm im Dorf eingetroffen sein könnten und ihn dort erwarteten. Er wußte nicht, ob über die genaue Herkunft der Kinder Buch geführt wurde und hatte schon mehrfach die Tatsache verflucht, daß er einem der Monachen gegenüber den Namen Valencas erwähnt hatte.

Aber bei seiner vorsichtigen Annäherung an das Dorf konnte er keine Anzeichen von Beutereitern ausmachen. Trotzdem wartete er bis zum Einbruch der Dunkelheit am Waldrand, bis er Dominic zu seinem Elternhaus zurücklaufen ließ. Mißtrauisch folgte er dem Jungen in einigem Abstand. Doch auch, als dieser an die Tür des einfachen Hauses klopfte, kamen keine Söldner daraus hervor, sondern nur eine ungläubige, überglückliche Irène, die ihren Sohn jubelnd in die Arme schloß. Nachdem Wittgenstein sich die Wiedersehensfreude einen Moment von seinem Versteck im Schatten eines anderen Hauses angesehen hatte, führte er sein Pferd am Zügel zu Irènes Eingangstür. Jetzt trat auch eine ältere Frau aus der Tür, um den Jungen zu begrüßen. Als sie ihn bemerkte, faßte sie Irène an der Schulter und zeigte auf ihn. Die junge Frau richtete sich auf und kam zu ihm herüber. Er konnte sehen, daß sie Tränen in den Augen hatte. Sie wollte ihm schon überschwenglich die Hand schütteln, als sie den Verband um seinen Kopf bemerkte und erschrocken innehielt.

„Das Pferd muß in den Stall", sagte Wittgenstein knapp. „Und dann würde ich gern hineingehen."

Sie nickte und wies auf die Tür. Dann ergriff sie die Zügel seines Apfelschimmels. „Danke", war alles, was sie herausbrachte, als ihre Blicke sich trafen.

Wittgenstein ließ sich von der Alten, die sich als Irènes Mutter vorstellte, hineinbitten und setzte sich schweigend an den Tisch in der Stube. Einige Augenblicke später betrat Irène wieder das Haus und setzte sich zu ihm.

„Ich danke dir von ganzem Herzen!" sagte sie mit zitternder Stimme. Mit einem Blick auf Dominic fuhr sie fort: „Du hast mir meinen Sohn zurückgebracht. Ich stehe tief in deiner Schuld ... dein Auge, hast du das bei seiner Befreiung ... verloren?"

Wittgenstein nickte und griff nach dem Tonbecher mit Reiswein, den Irènes Mutter ihm hingestellt hatte.

„Ein Monach, der deinen Sohn bewachte, hat es mir ausgestochen. Dein Auftrag ist mich teuer zu stehen gekommen. Ich hoffe, du kannst mich bezahlen."

Irène nickte. „Das Geld ist hier. Außerdem ist meine Mutter eine gute Heilkundige, sie kann deinen Verband wechseln und nach deiner Wunde sehen, nicht wahr, Mutter?"

Die Alte trat wieder an den Tisch und setzte Wittgenstein eine große Schale dampfend heißer Fischsuppe vor. Sie maß ihn mit einem kurzen Blick und nickte dann knapp.

„Ich möchte lieber nicht allzu lange hier bleiben", antwortete Wittgenstein, ohne das Essen anzurühren. „Ihr solltet euch auch überlegen fortzugehen. Die Kirche hat es gar nicht gern, wenn man sich ihr widersetzt, und es kann gut sein, daß schon morgen die Beutereiter erneut in Valencas einfallen, um den Jungen zu holen, und sie werden sicher nicht zimperlich sein. Also gibst du mir am Besten mein Geld, und wir alle verschwinden hier so schnell es geht."

Irène sah ihn betroffen an.

„Wir sollen Valencas verlassen?“

Wittgenstein zuckte die Achseln und nahm noch einen Schluck aus dem Tonbecher. „Bezahl mich, und mir ist egal, was ihr tut.“

Irène lehnte sich zurück und sah ihn fest an.

„Wo ist Hiob?“ fragte sie herausfordernd.

„Wahrscheinlich auf dem Weg nach Trondheim, wo der Himmel der Ragueliten steht. Dort wird man ihm endgültig den Prozeß machen.“

„Sie haben ihn gefangengenommen?“ fragte Irène bestürzt.

„Offensichtlich war er dumm genug, in die Hände der Beutereiter zu geraten.“

„Er wollte mich befreien“, meldete sich jetzt Dominic zu Wort. „Dabei hat er einem Mädchen das Leben gerettet. Dann hat er einen Söldner getötet, und dann hat er sich von den Beutereitern zum Himmel bringen lassen. Und am Schluß hat er uns alle vor der bösen Traumsaat gerettet“, sprudelte es aus dem Mund des Jungen hervor. Er hatte die Fischsuppe beiseite geschoben, die seine Großmutter ihm aufgefüllt hatte, und war zu Irène hinübergelaufen. Sie strich ihm über das Haar und lächelte. „Das mußt du mir alles noch einmal genauer erzählen.“

Der Engel hat einen Beutereiter getötet, dachte Wittgenstein, immerhin. Vielleicht war er dumm, aber zumindest nicht unsympathisch. Trotzdem – Geschäft war Geschäft.

„Es war nie die Rede davon, daß ich zwei Gefangene befreien muß. Ich habe herausgefunden, wo der Engel steckt, ich habe dir deinen Sohn zurückgebracht, und ich habe mein linkes Auge dabei verloren, und jetzt bist du an der Reihe, mich zu bezahlen.“

„Ich werde dir alles bezahlen, aber nur, wenn du mir versprichst, daß du auch Hiob befreist. Ich werde dir das ganze Geld jetzt geben und nicht verlangen, daß du ihn persönlich zurückbringst, nur sorge dafür, daß er freikommt.“ Irène sah ihn flehentlich an.

Wittgenstein erwiderte ihren Blick einen Moment lang schweigend. Dann antwortete er: „Nur, wenn du den Preis verdoppelst.“

Verzweifelt schüttelte sie den Kopf. „So viel Geld habe ich nicht. Besonders, wenn wir von hier weg müssen, weiß ich kaum, wovon wir leben sollen, wenn ich dir auch nur den vereinbarten Preis bezahle.“

Nachdenklich aß Wittgenstein einen Löffel der Fischsuppe. Sie war sehr gut. Als er seine Schale geleert hatte, schob er sie von sich und brach das angespannte Schweigen.

„Nun gut. Ihr gebt mir Vorräte, und ich werde heute hier übernachten. Deine Mutter kann sich um meine Wunde kümmern. Sollte der Engel tot sein, werde ich versuchen, euch eine Nachricht zukommen zu lassen. Und gebt mir noch etwas Suppe."

Als Wittgenstein nach dem Essen mit einem frischen Verband in dem großen Bett lag, das Irène für ihn geräumt hatte, war er recht zufrieden. Er hatte das ganze Geld bekommen und würde sich morgen in aller Frühe aus dem Staub machen. Diese Fischerin hatte keine Möglichkeit, ihn zu verfolgen oder irgendwie zu kontrollieren, was er unternahm. Andererseits hatte dieser Hiob einen Beutereiter getötet – mit bloßer Hand, wie Dominic erzählt hatte –, und Wittgenstein war begierig darauf, ihn kennenzulernen. Aber das konnte er sich noch überlegen, wenn er erst einmal wieder unterwegs war.

Kapitel sechzehn

Es war schon fast Mittagszeit, als Wittgenstein auf der Küstenstraße nach Westen ritt. Er hatte die ganze vergangene Woche in Alarmbereitschaft in irgendwelchen Verstecken abseits der Zivilisation übernachtet und morgens einfach verschlafen. Aber auch am Morgen waren keine Beutereiter in Valencas zu sehen gewesen, und Wittgenstein begann sich zu fragen, ob er sich nicht viel zu viele Sorgen wegen seiner Verfolgung gemacht hatte. Jetzt jedenfalls war er froh, sich endlich einmal wieder richtig ausgeschlafen zu haben. Der ruhige Schlaf der vergangenen Nacht war auch seiner Verletzung zugute gekommen. Der andauernde stechende Schmerz der letzten Tage war einem dumpfen Druck gewichen, und auch die Schwellung in seinem Gesicht schien etwas zurückgegangen zu sein.

Während sein Pferd durch den Regen trabte, den der Wind in dichten Vorhängen vom Meer herüberwehte, ließ er sich die Sache mit dem Engel immer wieder durch den Kopf gehen. Eigentlich hatte er ja alles, was er wollte. Er hatte das Geld, das ihm zustand, in der Tasche und war frei zu gehen, wohin er wollte. Sicher, er hatte Irène zugesagt, den Engel zu befreien, aber zuerst einmal mußte er sich um

Wenn du mit Eifer Gott suchst, an den Allmächtigen dich flehentlich wendest, wenn du rein bist und recht, dann wird er über dich wachen, dein Heim herstellen, wie es dir zusteht.

\- Hiob 8, 5 – 6

sich selbst kümmern, oder? Schließlich war Dominics Befreiung kein Spaziergang gewesen.

Doch der Gedanke, den verhaßten Beutereitern und der Kirche eins ausgewischt zu haben ließ, zauberte ein zufriedenes Grinsen auf sein geschundenes Gesicht. Er wußte, er würde es wieder tun, wenn sich die Gelegenheit dazu bot – und er angemessen bezahlt wurde.

Obwohl er Naucelle noch am selben Abend hätte erreichen können, bog er nicht von der Küstenstraße ab, um sich in dem Marktflecken eine Unterkunft zu suchen. Obschon er bisher nichts von eventuellen Verfolgern bemerkt hatte, war er hier noch zu sehr in der Nähe des Klosters von Rodez und wollte größere Siedlungen vorerst meiden. Sein nächstes Ziel war der kleine Hafen Cahors. Dort hatte er Freunde und hoffte, vielleicht ein Schiff zu finden, das ihn schnell aus dieser Gegend wegbringen konnte.

♦ ♦ ♦

Die letzten Tage in der Zelle waren Hiob lang geworden. Seine Gedanken drehten sich auf der Suche nach einem Ausweg im Kreis, und er hoffte inständig auf einen weiteren Traum. Doch wenn er träumte, war es immer derselbe Traum, in dem er in der kleinen, kalten Metallzelle gefangen war. Langsam fragte sich Hiob, ob der Traum überhaupt etwas bedeutete oder ob er nur sein eigenes momentanes Schicksal widerspiegelte und verspottete. Seine Lage im Zellentrakt des Klosters erschien ihm genauso aussichtslos wie die Gefangenschaft in seinem Traum.

Am Tag nach dem Urteil des Tribunals hatte er immer wieder nach einem weiteren Gespräch mit Ab Bildad verlangt. Er hatte alles versucht, um seine Wächter zu überzeugen, diesem oder Eliphas eine Botschaft zu überbringen, aber sie hatten sich nicht erweichen lassen. Für seine Wächter schien er nur ein weiterer lästiger Gefangener zu sein, der sich mit seinem Schicksal nicht abfinden konnte.

Aber dann stand Eliphas plötzlich doch vor seiner Zellentür. Zwei seiner Männer begleiteten ihn.

„Wir brechen nach Trondheim auf, Hiob“, sagte Eliphas ohne Begrüßung. „Ich habe ein Pferd für dich satteln lassen. Kannst du überhaupt reiten?“

Hiob schüttelte stumm den Kopf.

„Dann wirst du es lernen müssen“, stellte Eliphas fest. Die beiden Beutereiter grinsten.

„Kann ich noch einmal mit Ab Bildad sprechen, bevor wir abreisen?“ fragte Hiob. Eliphas schüttelte mit düsterer Miene das Haupt. „Du wirst es nicht wissen, aber am Tage deines Tribunals hat ein fremder Söldner deinen teuren Dominic entführt. Der Ab ist sehr aufgebracht deswegen und will von nichts als der Suche nach dem flüchtigen Entführer etwas hören. Auch mich hat er heute morgen nicht empfangen wollen.“

Hiob sah Eliphas überrascht an. „Jemand hat Dominic aus dem Kloster befreit?!“

„Ja, aber mehr kann ich dir dazu auch nicht sagen. Meine Leute werden dich jetzt zum Stall bringen, und dich mit deinem neuen Reittier vertraut machen. Ich möchte nicht durch deinen Mangel an Erfahrung im Sattel aufgehalten werden. Unsere Reise wird durch gefährliches Gebiet führen und dauert ohnehin schon länger, als mir lieb ist.“

Das Pferd, das Eliphas für Hiob bestimmt hatte, war ein alter Fuchs, der gelassen auf seinem Heu kaute, während Hiob unter den belustigten Blicken der beiden Beutereiter das Aufsteigen übte.

Eine gute Stunde später verließ die Rotte bei strömendem Regen das Kloster St. Germain in Richtung Norden. Hiobs Wallach, der den Namen Rocco trug, war am Sattelknauf eines Beutereiters angebunden und trabte munter zwischen den anderen Tieren daher. Hiob selbst trug wieder Handschellen und war von einem Söldner auf Roccos Rücken festgebunden worden. Der feste Strick scheuerte unangenehm an seinen Oberschenkeln. Nach ihrer Abreise hatte er nach seiner Lanze Ausschau gehalten und sie auch wieder auf dem Rücken eines Packpferdes entdeckt. Er hoffte, Eliphas würde endlich in seine Nähe kommen, damit er ihn noch einmal über Dominics Befreiung befragen konnte, aber der Komtur schien sich absichtlich von ihm fernzuhalten.

Erst als sie am Abend in einem verlassenen Bauernhof Rast machten, kam der Anführer der Beutereiter zu ihm herüber und setzte sich neben ihn auf einen verstaubten Schemel.

„Kennst du diesen Mann?“ fragte Eliphas unvermittelt und hielt Hiob einen Bogen Papier hin, auf dem das seltsame Bild eines Mannes zu erkennen war, der Dominic am Kragen gepackt hatte. Hiob sah sich den Mann lange an und schüttelte dann langsam den Kopf.

„Ist das Dominics Entführer?“ fragte er den Komtur, als er ihm den Zettel zurück gab. Dieser nickte. „Ab Bildad hat diesen Steckbrief angefertigt und will, daß wir ihn an alle Klöster und Amtsstuben der Kirche auf unserem Weg verteilen.“

Er schien von dieser Aufgabe nicht gerade begeistert zu sein und starrte mürrisch zu Boden.

„Was bereitet dir Sorge, Komtur?“ fragte Hiob ihn ruhig. „Gefällt dir nicht, zu welchen Missionen die Kirche dich neuerdings auserkoren hat?“

„Darum geht es nicht. Befehle sind Befehle, und im Grunde ist es mir einerlei, ob wir den Kirchenzehnten eintreiben oder Steckbriefe verteilen. Ich frage mich nur langsam, ob ich damals in Valencas nicht hätte auf dich hören sollen. Das hätte mir und der Kirche eine ganze Menge Ärger erspart.“

Hiob schüttelte mit einem leisen Lächeln den Kopf. „Ich denke, das hättest du nicht gekonnt, Komtur. Wir sind beide nur den Weg gegangen, den der Herr für uns auserkoren hat."

Der Komtur lachte trocken auf. „Woher weißt du das, Hiob?"

„Ich weiß es nicht, aber ich habe mich entschieden, es zu glauben. Wir alle müssen immer wieder entscheiden, woran wir glauben wollen, auch du, Eliphas."

Der Komtur erhob sich, ohne Hiob anzusehen. „Es wäre keine gute Idee gewesen, nach dem Vorfall mit der Entführung noch einmal mit dem Ab zu sprechen. Womöglich hättest du etwas gesagt, das ihn doch noch auf deine Verbindung zu dem Jungen aus Valencas gestoßen hätte. Das wäre für alle Beteiligten sicher ausgesprochen unangenehm geworden." Mit diesen Worten ließ Eliphas ihn allein und kehrte zum Lagerfeuer zurück.

Die Sache mit Dominics Entführung stimmte Hiob nachdenklich. Woher war dieser Fremde gekommen, der Dominic gerettet hatte? Und hatte er den Jungen überhaupt gerettet? Aber irgendwie hatte Hiob das sichere Gefühl, daß Dominic wieder auf dem Weg zu seiner Mutter nach Valencas war. Allerdings stellte sich ihm eine ganz andere Frage: Wieso hatte Eliphas ihn nicht schon im Kloster verhört oder den Ab selbst auf seine Verbindung zu dem Fall hingewiesen? Hiob konnte sich nicht vorstellen, welche unangenehmen Folgen dies für den Komtur hätte haben sollen. Im Gegenteil, so wie er Eliphas bisher kennengelernt hatte, hätte der ehrgeizige Templer diese Gelegenheit doch sicher zu seinem Vorteil nutzen können. Vielleicht hatte er immer noch das Gefühl, in Hiobs Schuld zu stehen, und sein Schweigen war seine Art, diese Schuld zu bezahlen.

♦ ♦ ♦

Als Wittgenstein Cahors erreichte, mußte er feststellen, daß das kleine Städtchen vor Templern wimmelte. Der Hafen lag voller großer, flacher Fährkähne, auf denen die Truppen aus Mont Salvage den Pyrenäenkanal überquert hatten, und rund um die Stadt waren große Zeltlager errichtet worden, in denen sich die Templer und ihre Hilfstruppen sammelten.

Fluchend zog Wittgenstein sich vom Rand des kleinen Felsvorsprungs zurück, von dem aus er die Stadt beobachtet hatte. Wie sollte er so unbemerkt zum Kontor seines Freundes Garloui gelangen, geschweige denn auf ein Schiff? Selbst nachts dürften die Straßen von Cahors zur Zeit belebter sein, als es in dem verschlafenen Nest sonst selbst an Markttagen üblich war. Vorsichtig rieb er den Verband über seinem Auge. Seit gestern juckte die Verletzung fürchterlich. Es wurde Zeit, daß er sich noch einmal von jemandem behandeln ließ, der etwas davon verstand.

Wittgenstein ergriff sein Pferd am Zügel und begann vorsichtig, etwas abseits des Weges, ins Tal hinabzusteigen.

♦ ♦ ♦

Garloui stand am Fenster seines Arbeitszimmers und sah auf den Hof seines Kontors hinab. Eine halbe Stunde waren die Söldner jetzt schon damit beschäftigt, den Reis aus seinem Lager auf ihre Wagen zu laden. Sie hatten eine Kette vom großen Rolltor des Lagerhauses bis auf die Hafenstraße hinaus gebildet und warfen einander unter Gejohle die Säcke zu. In einer Ecke des Hofes standen drei Templer, einer davon der Uniform nach wohl ein Armatura, die die Aktion überwachten. Als der letzte Sack Reis auf den Wagen verladen war, blickte der Offizier zu Garloui hinauf und salutierte kurz. „Die Heilige Angelitische Kirche dankt dir für die Spende. Die Engel mit dir, guter Mann."

Der erzürnte Kaufmann nickte nur kurz und schloß dann das Fenster. Spende, pah! Die Templer hatten ihm die Ware für zwei komplette Schiffsladungen beschlagnahmt. Oben in Skandinavien hätte er dafür gewiß einen guten Preis erzielen können.

„Laß die Tore schließen, Ben", wandte Garloui sich seufzend an seinen ältlichen Sekretär. „Für heute habe ich genug von der Welt da draußen. Morgen überlegen wir uns, wie wir die Verluste wieder wettmachen können. Es muß doch auch etwas zu verdienen sein an diesem leidigen Krieg."

Ben, der Sekretär, war ein hagerer Mann mit zerzaustem grauem Haar. Eigentlich sah Garloui ihn schon mehr als Freund denn als

Angestellten an. Zusammen hatten sie bisher noch für jedes Problem eine Lösung gefunden.

Garloui ging hinüber in seine Wohnstube. Seine Familie lebte in einem großen Haus etwas außerhalb des Ortes, aber er hatte sich im Kontor nicht nur ein Arbeitszimmer, sondern auch dieses kleine Wohnzimmer eingerichtet. Er liebte sein Geschäft und mochte es besonders in Krisenzeiten nur ungern aus den Augen lassen. Die Magd hatte ihm sein einfaches Abendessen, Reisfladen mit Räucherfisch, und eine Karaffe Rotwein heraufgebracht. Der Wein war der einzige Luxus, den Garloui sich leistete. Er wuchs nur noch in wenigen Gegenden und war sündhaft teuer, aber er hatte einen sehr lukrativen Handel mit einigen Klöstern und dem Himmel der Urieliten in Mont Salvage aufgebaut. Einige der Monachen schienen ganz versessen auf roten Wein zu sein, offenbar hielten sie ihn für ein göttliches Getränk. Nun, Garloui konnte es ihnen nicht verdenken.

Gerade als er den ersten Schluck genüßlich durch seine Kehle laufen ließ, klopfte es an der Tür.

„Was gibt es denn?“ fragte der Kaufmann ungehalten.

Ben steckte den grauen Kopf herein. „Ich weiß, daß du zum Abendessen ungern gestört wirst, da steht ein Templer unten vorm Tor und besteht darauf, dich zu sprechen. Ich konnte ihn einfach nicht abwimmeln.“

Garloui schnaubte zornig und stellte das wertvolle Kristallglas ab.

„Dieses habgierige Templerpack! Hält man ihnen den kleinen Finger hin ... aber jetzt ist genug! Laß nur, Ben, ich werde mit ihm reden und ihm erklären, daß auch des Gläubigen Reislager einmal erschöpft sind!“

Wütend stapfte er die Stufen zur überdachten Hofeinfahrt hinab. Unten angekommen riß er den kleinen Holzladen des Guckloches auf.

„Was willst du hier, Templer?“

„Der Herr sei mit dir, Kaufmann. Wir sind auf der Suche nach einem gefährlichen Verbrecher. Kennst du diesen Mann?“ Bei den letzten Worten hielt der schwergerüstete Krieger im schwarzen Waffenrock des Ordens des Gabriel einen Steckbrief an das Guckloch, auf dem ein ungepflegter Mann zu erkennen war, der ein Kind gepackt hielt. Garloui erkannte den Mann sehr wohl, betrachtete das seltsame Bild jedoch lange und neugierig, ehe er den Kopf schüttelte. „Nein“, antwortete er ohne eine Miene zu verziehen. „Ich habe diesen Mann noch nie gesehen.“

Der Templer rollte den Steckbrief zusammen und steckte ihn in seinen Gürtel. Erst jetzt erkannte Garloui, daß er einen prächtigen Apfelschimmel am Zügel führte.

„Lügner,“ grinste ihn Wittgenstein unter der Kapuze hervor an.

♦ ♦ ♦

Als sie nach fast drei Wochen endlich die Hafenstadt Leipzig vor sich liegen sahen, war Hiob erleichterter, als er sich selbst eingestehen mochte. Zugegeben, die plagenden Alpträume hatten aufgehört, sobald er die Gefängniszelle des Klosters in Rodez verlassen hatte, und Eliphas hatte ihm nach ein paar Tagen auch wieder die Handschellen abgenommen, aber an das Reiten würde er sich niemals gewöhnen. Von allen Prüfungen, die der Herr bisher für ihn bereit gehalten hatte, waren die letzten Wochen die härteste gewesen. Es war unter den Beutereitern nicht lange unbemerkt geblieben, wie sehr er sich mit dem Reiten quälte, und auch Eliphas hatte es nicht versäumt, ihn mindestens einmal am Tag darauf hinzuweisen, daß sie einen sehr viel kürzeren Weg hätten nehmen können, wenn seine Brüder schneller mit der Traumsaat in Frankreich fertig geworden wären. Doch trotz des freundlichen Spottes in den Worten des Komturs war die Sache durchaus ernst. Nach allen Informationen, die sie von Templern und anderen Reisenden, die sie unterwegs trafen, erhielten, schien die Hauptmacht der Traumsaat sich in der Gegend von Cluny festgesetzt zu haben. Die Kirche hingegen entsandte Welle um Welle der himmlischen Heerscharen, die von großen Templerkontingenten unterstützt wurden, gegen den Feind, ohne jedoch einen entscheidenden Sieg erringen zu können. Eliphas hatte daraufhin beschlossen, lieber kein Risiko einzugehen und die Rotte den langen und beschwerlichen Weg durch die Ausläufer der Alpen nehmen zu lassen. Und es war die richtige Entscheidung gewesen: Sie waren unterwegs keiner einzigen Traumsaatkreatur begegnet.

Auf einem Hügel über dem Hafen von Leipzig erhob sich das Kloster St. Georg gleich einer trutzigen Festung. Der riesige Komplex war von drei Ringwällen umgeben, und die vielen Türme waren schon von weitem zu sehen gewesen. Das Innere des Klosters war vollkommen überfüllt. Überall wimmelte es von Menschen jeden Alters, Flüchtlingen, wie Hiob nach ihrem abgerissenen Äußeren vermutete. Eliphas hatte die Rotte in einen der äußeren Höfe geführt und dem Wächter am Tor nur gesagt, seine Rotte hätte den Befehl, den flügellosen Engel zu eskortieren und nicht aus den Augen zu lassen. So kam es, daß Hiob in der Unterkunft der Beutereiter untergebracht wurde. Er war Eliphas dankbar, daß er nicht wieder in eine Arrestzelle gesteckt wurde, und es machte ihm auch nichts aus, daß der Komtur trotzdem Wachen einteilte, die rund um die Uhr ein Auge auf ihn hatten.

Die gabrielitischen Novizen, die ihnen Essen brachten und ihre Pferde versorgten, waren allesamt vollkommen kahl geschoren und trugen nichts am Leib außer einer ärmellosen schwarzen Tunika. Hiob fühlte sich den jungen Klosterschülern verbunden – auch für sie hatte vor kurzem ein neues Leben mit großen, ungewohnten Entbehrungen begonnen. Aber als er versuchte, mit einem der Jungen zu sprechen schüttelte dieser nur den Kopf und ging ihm aus dem Weg.

„Sie dürfen nicht sprechen“, erklärte ihm Eliphas. „Es ist Teil ihrer Ausbildung. Von allen Monachen haben die vom Orden des Gabriel die strengsten Regularien.“

Als Komtur Eliphas am Abend von seinem ausführlichen Rapport beim Ab des Klosters zurückkehrte, machte er ein sehr besorgtes Gesicht. Ohne weitere Umschweife ließ er Hiob in das kleine Arbeitszimmer bringen, das man ihm zugewiesen hatte. Den Beutereiter, der Hiob zur Zeit bewachte, entließ er mit einem knappen Nicken, bevor er die Tür des schmalen Raums schloß, der kaum mehr als eine Mönchszelle war.

„Ich habe ernste Nachrichten für dich, Hiob, und ich weiß nicht, ob es für dich gute oder schlechte Kunde ist. Für die Kirche und unsere Welt jedoch sind es sicher schlechte Nachrichten. Der Himmel der Ragueliten in Trondheim ist gefallen.“

Hiob brachte zuerst kein Wort heraus. Er konnte nur unbeweglich dastehen und Eliphas mit offenem Mund anstarren.

„Trondheim ist gefallen", sagte der Komtur noch einmal betont, wie um die Worte langsam in Hiobs erschrockenen Geist sickern zu lassen. „Die Traumsaat aus dem Brandland des Fegefeuers, das in der Nähe des Himmels vorbei gezogen ist, hat euren Himmel angegriffen. Die himmlischen Heerscharen des Erzengels Raguel und ihre Verbündeten haben sich der höllischen Brut in einem verzweifelten Kampf entgegengeworfen, aber sie hatten keine Chance. Doch bevor der Himmel zu Trondheim den Legionen des Herrn der Fliegen in die verfluchten Klauen fallen konnte, hat ihn ein göttliches Feuer verzehrt."

„Das kann nicht sein", flüsterte Hiob entsetzt und ließ sich kraftlos auf das schmale Bett des Komturs sinken.

„Doch, es ist wahr. All die Menschen hier im Kloster sind Flüchtlinge aus Trondheim und dem Rest Skandinaviens, und jeden Tag kommen weitere Schiffe unten im Hafen an."

Erschüttert blickte Hiob zu Boden. Er wußte nicht, was er dazu sagen sollte. Hatte er den Herrn in allem mißverstanden. War alles, was er in den letzten Monaten getan hatte, ein Fehler gewesen? War all das nur eine furchtbare Rache des Schöpfers an ihm und seinem Orden?

„Damit ist unser Auftrag hinfällig geworden", sprach Eliphas leise weiter. „Vielleicht bist du der Letzte deines Ordens, Hiob. Ich weiß nicht, was ich jetzt noch mit dir machen soll. Vielleicht kannst du es mir sagen, Raguelit."

Kapitel siebzehn

Es war längst dunkel geworden, und Garloui hatte die beiden Petroleumlampen entzündet, die über dem Tisch hingen. Wittgenstein hatte sich in einem der bequemen Lehnstühle niedergelassen und versuchte gegen den Impuls anzukämpfen, an seiner Wunde zu scheuern. Er hatte sich von dem erschrockenen Kaufmann den Verband abnehmen lassen, weil Marie, Irènes Mutter, ihm geraten hatte, möglichst viel Luft an die Wunde zu lassen, sobald sie sich geschlossen hatte. Frische Luft werde die Heilung beschleunigen, hatte sie gesagt. Während sein Freund ihm den Verband abgenommen hatte und auch danach, beim Abendessen hatte er Garloui erzählt, wie er zu der Verletzung und seinem neuen, zweifelhaften Ruhm als steckbrieflich gesuchter Verbrecher gekommen war. Der Kaufmann war sichtlich beeindruckt gewesen und hatte den Steckbrief mittlerweile mindestens zum vierten Mal zur Hand genommen.

„Du mußt diesen Ab Bildad wirklich sehr aufgebracht haben", griff er das Thema wieder auf, ohne von dem Papier aufzublicken. „Solche Steckbriefe in großer Zahl irgendwo anfertigen zu lassen hat sicher ein Vermögen gekostet. Und selbst wenn er sie in seinem Klo-

Sie tappen umher im Dunkel ohne Licht, er läßt sie irren wie Trunkene.

- Hiob 12, 25

ster hat machen lassen, so ist sicher eine Menge andere Arbeit dafür liegengeblieben."

„Du kannst den Steckbrief ja als Andenken behalten", erwiderte Wittgenstein schläfrig. „Aber ich würde gerne noch etwas mit dir besprechen, ehe mir die Lider – pardon, das Lid – zufällt."

Der Kaufmann legte den Steckbrief vor sich auf den Tisch und sah Wittgenstein aufmerksam an.

„Ich muß von hier verschwinden", sagte dieser mit Blick auf sein Bild. „Hast du ein Schiff, das den Hafen bald verlassen kann? Möglichst in Richtung Skandinavien?"

Garloui legte den Kopf schief. „Die Templer haben meine gesamten Reisbestände beschlagnahmt, deswegen habe ich zur Zeit keine Ware, mit der ich die beiden Schiffe beladen könnte, die im Hafen darauf warten, nach Trondheim oder Oslo auszulaufen."

„Gibt es vielleicht Ware, die du von dort abholen könntest oder kennst du jemanden, der fährt oder für den du eine Ladung verschiffen könntest? Und falls dein Schiff nicht voll genug wird: Ich bin auch bereit, für die Passage zu bezahlen."

Der Kaufmann winkte ab. „Was du bezahlen würdest, macht den Kohl nicht fett. Aber wenn ich es mir recht überlege, könntest du etwas für mich erledigen: Eines meiner Schiffe, die *Jeanne*, ist nach Trondheim gesegelt und schon seit einiger Zeit überfällig. Eigentlich ist ihr Kapitän ein sehr zuverlässiger Mann, der schon lange bei mir in Heuer steht, deswegen befürchte ich, daß dem Schiff etwas passiert ist. Wenn ich dich nach Trondheim bringen lasse, dann nur, wenn du ein paar Nachforschungen anstellst und herausfindest, was mit der *Jeanne* geschehen ist."

„Gut, warum eigentlich nicht." Wittgenstein zuckte die Achseln. „Wenn ich nach einem gefallenen Engel suche, kann ich auch nach einem verschollenen Schiff suchen."

Der Kaufmann nickte zufrieden. „Gleich morgen früh werde ich Ben anweisen, den anderen Kaufleuten aus der Stadt günstigen Laderaum anzubieten. Wenigstens ein Schiff sollten wir doch beladen nach Trondheim schicken können."

Garloui erhob sich und ging zur Tür. „Ich bin froh, daß du hergekommen bist, Wittgenstein. Ein Unternehmen wie dieses kommt mir jetzt gerade recht. Angenehme Nacht." Er nickte seinem alten Freund noch einmal zu und verschwand durch die Tür.

„Gute Nacht, mein Freund", rief Wittgenstein ihm noch nach, als er schon draußen die knarrende Holztreppe hinabstieg.

♦ ♦ ♦

Eliphas hatte sein kleines Zimmer verlassen, nachdem er Hiob vom Fall seines Heimathimmels berichtet hatte. Der Engel brauchte das Alleinsein jetzt dringender als er selbst. Der Regen hatte zum Abend hin aufgehört, und so war er auf den äußeren Ringwall hinaufgestiegen und blickte nun von den Zinnen auf das Flußdelta hinab. Von hier oben erinnerten ihn die mächtigen Segelschiffe, die durch das Delta in den Hafen von Leipzig segelten, an die kleinen Boote, die sein Vater immer für ihn gebaut hatte, als er noch ein kleiner Junge gewesen war.

Was sollte er jetzt tun? Der Ort, an den er den Engel bringen sollte, existierte nicht mehr, und wer wußte schon, ob sich im Moment überhaupt noch jemand in Skandinavien dafür interessierte, dem Engel den Prozess zu machen. Trotzdem, vielleicht sollte er einfach versuchen, seinen Befehl so genau wie möglich auszuführen. Er könnte Hiob einfach bei einem Kloster abgeben, das den Ansturm der Traumsaat überstanden hatte und möglichst nah am zerstörten Himmel der Ragueliten stand. Dann mußte er nur noch dafür sorgen, daß er bereits wieder über alle Berge war, bevor die Monachen sich entschieden, ihn den Gefangenen wieder auf das Festland zurückschaffen zu lassen. Der Komtur schüttelte den Kopf. Er würde es sich noch einmal durch den Kopf gehen lassen und am nächsten Morgen mit Hiob sprechen.

Als Eliphas am Morgen in seine Kammer zurückkehrte, lag der Engel mit offenen Augen auf der schmalen Pritsche. Der Komtur war die ganze Nacht ziellos über die Wehrgänge und durch die Innenhöfe des Klosters gewandert. Er war sich nicht ganz sicher, warum er dem Engel sein kleines Zimmer überlassen hatte, fühlte aber, daß es richtig gewesen war, Hiob erst einmal in Ruhe zu lassen. Im Schlafsaal der Beutereiter hatte er sich jedoch auch nicht hinlegen können, das stand außer Frage. Also war er die ganze Nacht auf den Beinen geblieben und fühlte sich jetzt dementsprechend müde und zerschlagen.

Nachdem der Komtur sich auf dem Klappstuhl an dem kleinen Schreibtisch niedergelassen hatte, setzte der Engel sich auf und blickte ihn fragend an.

„Weißt du, was du nun tun willst?" fragte er Eliphas.

Der Anführer der Beutereiter schüttelte den Kopf.

„Das einfachste wäre sicher, die Sache dem hiesigen Ab vorzutragen", antwortete er. „Damit würde ich das Protokoll befolgen und müßte selbst keine unangenehme Entscheidung fällen."

„Und was hält dich davon ab?"

Eliphas zuckte die Achseln. „Welche Grundlage hat Ab Frieder denn schon, diese Sache zu entscheiden?" Müde griff er nach dem Krug Wasser neben der emaillierten Waschschüssel und füllte den kleinen Tonbecher vor sich auf dem Tisch. „Was meinst du denn, Engel? Wie soll ich jetzt handeln? Hat Gott dir eine von deinen Visionen geschickt, die uns den Weg weist?"

Hiob blickte nachdenklich aus dem schmalen Fenster auf den Hof hinaus. „Ich muß so schnell wie möglich nach Trondheim! Ich muß unseren zerstörten Himmel mit eigenen Augen sehen, und ich muß dort nach etwas suchen."

„Etwas suchen?" Eliphas runzelte skeptisch die Stirn. „Ein göttliches Feuer hat den ganzen Himmel zerstört, nach den Berichten von Augenzeugen ist nichts als ein riesiger Trümmerhaufen von ihm übriggeblieben."

Hiob lächelte traurig. „Du weißt selbst, wie gewaltig die Himmel sind, und der Himmel von Trondheim hat fast so tief in den Fels hinabgereicht, wie er sich in die Lüfte erhob. Dort unten, tief unter der Erdoberfläche, waren die wichtigsten Geheimnisse des Ordens verborgen. Die Ragueliten waren Bewahrer des alten Wissens, weißt du. Und das wertvollste, was dort gelegen hat, ist das Ordensbuch, das der Monach Cumulus geschrieben hat. In diesem Buch sind die tiefsten Geheimnisse der Angelitischen Kirche verzeichnet, und wenn ich es nicht finden kann, dann muß ich wenigstens vollkommen sicher sein, daß es beim Fall des Himmels vernichtet wurde."

Eliphas sah den Engel erstaunt an. „Was kümmert es dich denn noch, was mit den Geheimnissen der Kirche geschieht?"

„Sollte dieses Buch in die Hände der Traumsaat und ihrer Verbündeten fallen, wäre die ganze Welt in großer Gefahr", antwortete Hiob mit ernstem Blick. „Und außerdem war Cumulus mein Freund."

„Und wie willst du nach Trondheim gelangen?"

„Du wirst mich hinbringen! Das ist doch deine Aufgabe, nicht wahr, Komtur?"

Eliphas nickte bedächtig.

♦ ♦ ♦

Schon drei Tage später stachen sie in See. Ein guter Teil der kirchlichen Nordmeerflotte pendelte seit dem Fall des Himmels der Ragueliten zwischen den Häfen in Skandinavien und Norddeutschland hin und her. Die *Deus vult* war ein mittelgroßes Langschiff mit einem Mast und dreißig Paar Riemen. Sie war wendig, schnell und durch ihre Bauweise gut geeignet, auch in den flachsten Buchten Nordeuropas das Ufer zu erreichen. Als sie an Bord gingen, konnte Hiob die Beutereiter murren hören, und er erfuhr auch schnell warum: Auf dieser Art von Kriegsschiffen war es üblich, daß die Söldner sich mit an die Riemen setzen mußten, und das Rudern war eine Arbeit, die keiner von ihnen gerne übernahm. Aber Zophar, der weißhaarige Kapitän des Schiffes, duldete keinen Widerspruch, und so liefen sie planmäßig mit der Morgenflut aus.

Der Platz auf dem Schiff war sehr beengt, und Hiob mußte sich mit Eliphas ein kleines Zelt neben dem Mast teilen, aber das machte ihm nichts. In den ersten Tagen der Reise verbrachte er ohnehin die meiste Zeit speiend an der Reling. Er hatte bereits den langen Ritt nach Leipzig als Prüfung empfunden, aber die Seereise nach Trondheim sollte sich als noch wesentlich härter herausstellen. Auch wenn die Seeleute immer wieder betonten, welches Glück sie doch bisher mit dem Wetter hätten, waren die ungewohnten, schlingernden Bewegungen des Schiffs und das ununterbrochene Auf und Ab einfach zuviel für Hiobs Magen. Er konnte sich nicht erinnern, sich jemals zuvor erbrochen zu haben, und sein schlechter körperlicher Zustand beunruhigte ihn mehr, als er sich selbst eingestehen mochte.

Erst als Hiob sich nach einigen Tagen an den Aufenthalt auf See gewöhnt hatte und es ihm wieder besser ging, bemerkte er das Mißtrauen, daß ihm Kapitän Zophar entgegenbrachte. Hiob wußte nicht genau, was Eliphas dem Kapitän des Schiffes erzählt hatte, aber es war offensichtlich, daß er Hiob nicht leiden konnte.

Mittlerweile waren sie vollkommen allein auf hoher See. Schon seit zwei Tagen hatten sie keine Küste und kein einziges anderes Schiff mehr zu sehen bekommen. Am Abend des siebten Tages begann sich die Wolkendecke über ihnen rasch zu verdichten. Schwarze Wolkenberge türmten sich bedrohlich am Horizont auf. Bisher hatten sie bei mäßigem Westwind ohne den Einsatz der Riemen nordwärts segeln können, aber jetzt drehte der Wind und frischte zunehmend auf. Plötzliche Böen rissen am Segel, so daß Kapitän Zophar es noch vor Einbruch der Dunkelheit einholen ließ. Aus dem feinen Nieseln, das ihre Reise bisher begleitet hatte, wurde ein heftiger Gewitterregen, und der Sturm wurde immer stärker. Niemand fand in dieser Nacht

Ruhe. Die Beutereiter und die restlichen Söldner auf dem Schiff saßen auf den Ruderbänken und legten ihr ganzes Gewicht in die Riemen, während Kapitän Zophar und seine Seeleute alle Hände voll zu tun hatten, um das Schiff einigermaßen auf Kurs zu halten. Eliphas und Hiob waren die einzigen an Bord, die keine Aufgabe hatten. Sie konnten nur versuchen, nicht von Bord gerissen zu werden und den Seeleuten möglichst aus dem Weg zu gehen.

Kurz vor Mitternacht geschah dann das Unglück. Alle an Bord waren am Ende ihrer Kräfte, als sich plötzlich an Steuerbord ein gewaltiger Brecher auftürmte und über das Deck fegte. Taue rissen, Plastik und Holz splitterten. Hiob hatte sich mit einem Stück Tau an die Reling gebunden und rang keuchend nach Atem, nachdem sie aus der Welle wieder aufgetaucht waren. Er war vollkommen durchnäßt, außerdem hatte ihm etwas im Wasser die linke Schulter aufgeschlitzt. Sein Hemd hing ihm in Fetzen vom Leib, und das Salz des Meerwassers brannte in der frischen Wunde.

Als er wieder einigermaßen zu Atem gekommen war und sich das Wasser aus den Augen gewischt hatte, konnte er erkennen, daß der Brecher am Bug drei Ruderbänke leergefegt hatte. Entweder hatten die Ruderer sich nicht richtig festgebunden, oder die Welle hatte einfach zuviel Wucht gehabt. Jetzt sah er auch, wie Eliphas sich mühsam nach vorn kämpfte und einen der unbeschädigten Riemen ergriff. Mit zitternden Händen löste Hiob den Knoten des Taues um seinen Bauch und hangelte sich an der schwankenden Reling nach vorn.

„Was muß ich tun?“ schrie er Eliphas über das Tosen des Sturms hinweg zu. Wortlos zeigte der Komtur ihm, wie er den Riemen halten mußte, dann wies er zum Heck des Schiffs.

„Der Bootsmann gibt Zeichen, wann sich welche Seite in die Riemen legen muß“, brüllte Eliphas. „Falls du ihn zwischendurch nicht erkennen kannst, tu einfach, was die anderen auf deiner Seite machen.“

Hiob nickte und konzentrierte sich auf den Bootsmann.

Kurze Zeit später, der Sturm hatte noch nichts von seiner Kraft verloren, erschien Zophar am Bug des Schiffes. Wütend deutete der Kapitän auf Hiob.

„Der Gefallene soll keinen Riemenschlag mehr tun! Gott hätte ihn mitsamt seinen frevelhaften Brüder vernichten sollen!“

„Die Raguеliten haben sich keines Frevels schuldig gemacht", rief Hiob zornig zurück.

„Wenn Trondheim nicht eine Brutstätte des Frevels gewesen wäre, hätte der Herr euren Himmel nicht untergehen lassen!" erwiderte der Kapitän. „Oder ist der Zorn des Herrn je ungerecht? Dann trifft er wohl wahllos jeden, der sich zur falschen Zeit am falschen Ort aufhält!"

„Tu deine Arbeit, Kapitän, und laß den Engel rudern! Wir können jetzt jede Hilfe gut gebrauchen", herrschte Eliphas den Kapitän aufgebracht an.

Kapitän Zophar schüttelte zornig den Kopf. „Siehst du nicht die blasphemischen Narben auf dem Rücken des Gefallenen? Er ist eine Ausgeburt der Dämonen, und der Herr wird uns mit ihm vernichten, wenn wir ihm helfen!"

Der Haß in Zophars Stimme war trotz des Sturmes deutlich zu vernehmen und ließ Hiob erschauern.

„Maße dir nicht an, Gottes Willen zu kennen, Kapitän", schrie Hiob zurück. Er hatte seine ganze Kraft zusammengenommen und versuchte, seiner Stimme trotz des Sturmes besonderen Nachdruck zu verleihen. „Vielleicht ist dieser Sturm auch seine Rache an dir und deiner maßlosen Überheblichkeit! Nur der Herr allein kennt unsere Sünden! Also schweig und bete, daß der Herr uns sicher in den Hafen geleitet!"

Kapitän Zophar starrte wütend auf ihn herab und schüttelte die Faust. Aber er schien einzusehen, daß er sich besser darum kümmerte, sein Schiff heil durch den Sturm zu bringen, als sich weiter mit Hiob anzulegen.

Der Wind wurde erst zum Morgen hin wieder schwächer, und am Mittag des nächsten Tages glitt die *Deus vult* bei strömendem Regen über eine fast glatte See. Alle an Bord waren vollkommen erschöpft.

Insgesamt hatte der Sturm der vergangenen Nacht sieben Opfer gefordert. Sechs Söldner waren von dem Brecher von ihren Ruderbänken gespült worden, die anderen Ruderer im Bug des Schiffes hatten sich gerade noch festhalten können und waren mit ein paar Prellungen und dem einen oder anderen Knochenbruch davongekommen. Später hatte es dann noch einen Matrosen erwischt, der versucht hatte, einige Proviantkisten, die der Sturm losgerissen hatte, wieder festzuzurren. Eine plötzliche Welle hatte das Schiff auf die Seite gelegt, und eine der losen Kisten hatte ihn erschlagen.

Kapitän Zophar sprach kein Wort mehr mit Hiob und hatte Eliphas gegenüber darauf bestanden, daß der Engel für den Rest der Reise in Eisen gelegt würde. Der Komtur hatte sich geweigert, doch er mußte dem Kapitän erst mit einem Verfahren wegen Befehlsverweigerung und Ketzerei drohen, ehe dieser klein beigab.

Angeblich wegen der Sturmschäden lief Kapitän Zophar einige Tage später den Hafen von Oslo an, statt Skandinavien zu umsegeln und wie geplant direkt bis nach Trondheim zu fahren.

Als sie von Bord gingen, bedauerten weder Hiob noch Eliphas, den Rest der Reise über Land fortsetzen zu müssen, und Hiob fragte sich, ob nicht die Unberechenbarkeit der Menschen eine viel schwerere Prüfung war, als die Seekrankheit oder seine schmerzhaften Erfahrungen mit dem Reiten.

Hiobsbotschaft

Kapitel achtzehn

„Weiter kann ich dich nicht bringen", sprach der Engel dicht neben ihrem Ohr und setzte zum Landeanflug auf einen grünen Bergrücken an. Sie nickte lächelnd. Noch einmal genoß sie das Gefühl des Windes in ihrem Gesicht, die starken Arme des Engels um ihre Taille und das mächtige Spiel seiner Flugmuskeln in ihrem Rücken. Voller Freude sogen ihre Augen den vorbeihuschenden grünen Flickenteppich der wilden Berglandschaft unter ihnen auf.

„Das letzte Stück mußt du allein zurücklegen, ich kann dich auf diesem Weg nicht begleiten", erklang die melodische Stimme des Engels erneut an ihrem Ohr, und wieder nickte sie.

Dann war es auch schon soweit, weich bremste der Engel ihren Sinkflug ab, die Bergluft rauschte laut in seinem weißen Gefieder, und er setzte sie sanft auf dem moosbewachsenen Felsboden ab. Mit einem tiefen Atemzug breitete sie die Arme aus und sah über die Schulter, um dem Engel zu danken. Doch dieser hatte sich bereits wieder hoch in die Luft erhoben, und sie konnte ihm nur noch einmal zuwinken, ehe er in einem weiten Bogen zum Rückflug ansetzte. Sie sah ihm noch nach, bis er am Horizont zwischen ein paar Berggipfeln ver-

Hör dir dies an, Hiob! Steh still, um die Wunder Gottes zu betrachten. Weißt du, wie Gott ihnen Auftrag gibt, wie das Licht seiner Wolke aufstrahlt?

- Hiob 37, 14 – 15

schwunden war, dann wandte sie sich um und begann dem steinigen Pfad zu folgen, der sich über den Bergrücken dahinschlängelte.

♦ ♦ ♦

In Oslo gab es Reittiere im Übermaß. Unzählige Flüchtlinge waren zu Pferd in der großen Hafenstadt angekommen und hatten ihre Tiere zurückgelassen, sobald sie auf einem der Schiffe nach Süden einen Platz gefunden hatten. So konnte Eliphas für sie in den Ställen des örtlichen Klosters eine Reihe hervorragender Rösser auswählen, was den Rest seiner Rotte nach der gefährlichen Seereise wieder etwas versöhnlicher stimmte. Keiner von ihnen hätte es gewagt, sich gegen den Komtur aufzulehnen, aber seit dem Tod des Rottmeisters war die Stimmung in der Rotte immer etwas gespannt. Eliphas hatte noch keinen neuen Rottmeister benannt, weil keiner der Beutereiter geeignet schien oder von sich aus Anstalten machte, die Vermittlerposition zwischen Komtur und Rotte zu übernehmen.

Das einzige, was Hiob von seinem Pferd verlangte, war, daß er ihm keine Anweisungen zu geben brauchte und es einfach immer brav den anderen Tieren hinterherlief. Eliphas hatte ihm bei der Auswahl der neuen Pferde das eine oder andere Tier angeboten, mit dem er seine Reitkünste weiter hätte verbessern können, aber Hiob hatte dankend, aber bestimmt abgelehnt. Jetzt saß er auf dem Rücken eines sandfarbenen Ponys, das unbekümmert zwischen den anderen Tieren einhertrabte und sich von nichts aus der Ruhe bringen ließ.

An den ersten beiden Tagen waren sie auf der langsam ansteigenden, breiten Straße gut vorangekommen. Doch dann wand sich die Straße immer steiler die Berghänge hinauf und verengte sich zu einem schmalen Bergpfad. Immer öfter schmiegte dieser Pfad sich eng an die Flanke eines Berges, so daß auf einer Seite die Felswand steil in den Himmel ragte, während sie auf der anderen jäh in die Tiefe abfiel. Aber auch wenn Hiob nun schon seit mehreren Monaten ohne seine Flügel auskommen mußte, machte ihm die Höhe keine Angst. Er hatte sich entschieden, seinem Reittier zu vertrauen, und so waren seine Gedanken viel zu sehr anderen Dingen zugewandt, als daß er den Abgründen, die sie immer wieder passierten, allzuviel Beachtung schenken konnte. Meist dachte er an Zophar zurück, den zornigen, hochmütigen Kapitän des Schiffes, das sie nach Oslo gebracht hatte. Immer noch fragte er sich, woher der unbändige Haß stammte, den der Kapitän des Langschiffes ihm entgegengebracht hatte. Dieser Haß schien nicht nur auf Hiob selbst beschränkt gewesen zu sein, sondern vielmehr seinem ganzen Orden zu gelten. Offenbar schien Zophar in Hiobs Schicksal und dem seines Heimathimmels in Trondheim die Rache Gottes für begangene Süden der Ragueliten zu sehen, und diese angebliche Bestrafung durch den Schöpfer war gleichzeitig der Beweis der Schuld. Aber das war natürlich vollkommen absurd. Hiob konnte sich an keine Sünde erinnern, die er je begangen hatte – im Gegenteil, war er nicht stets ein besonders eifriger und lernfreudiger Raguelit gewesen? Und sein Orden? Seine Brüder und Schwestern konnten wohl kaum alle Sünder sein. Wenn sie gefehlt hatten, dann hatten alle Orden und die gesamte Kirche gefehlt. Und auch wenn Hiob in den letzten Monaten festgestellt hatte, daß er mit vielen Methoden und Traditionen der Angelitischen Kirche nicht einverstanden war, konnte er sich doch nicht vorstellen, daß das, wofür die Kirche kämpfte, in den Augen des Herrn eine Sünde war. Schließlich ging es darum, Gottes Schöpfung vor der Verdammnis zu bewahren.

Dennoch, während er so auf seinem Pony dahintrabte, schossen ihm die merkwürdigsten Theorien durch den Kopf. Was, wenn es doch nicht Menschen und Engel waren, die einen rechtmäßigen Anspruch auf diese Welt hatten, sondern die Traumsaat? Erschrocken schob er diesen Gedanken von sich. Bei all seinen Zweifeln – so zu denken war ganz sicher Blasphemie! Aber auch seine nächste Überlegung mündete in einem nicht weniger erschreckenden Ergebnis: Was, wenn es gar keinen Gott gab? Immer wieder quälten ihn diese Fragen auf ihrem Ritt über die Hedmark nördlich von Oslo.

Auch Eliphas war seine gedrückte Stimmung nicht entgangen, und als er Hiob darauf ansprach, ließ dieser ihn an seinen trüben Gedanken teilhaben. So eifrig der Komtur bei ihren ersten Begegnungen darauf bedacht gewesen war, Hiob sein ketzerisches Handeln vorzuwerfen, so unbeeindruckt zeigte er sich jetzt von seinen Überlegungen.

„Es ist ein Krieg", erklärte Eliphas und blickte gedankenverloren in den wolkenverhangenen Himmel hinauf. Ein einzelner Engel flog knapp unter der Wolkendecke in entgegengesetzter Richtung über sie hinweg. „Es ist eine Sache der Loyalität, weißt du, Hiob? Denk doch nur an das, was du mir in Leipzig über Glauben und Entscheidungen gesagt hast."

Hiob schämte sich, Eliphas erst mit seinen eindringlichen Worten im Gabrielis-Kloster von Leipzig zu dieser Reise überredet zu haben und ihm jetzt seine Zweifel vorzutragen. Also beschloß er, seine Gedanken auf der weiteren Reise für sich zu behalten.

Nach anderthalb Wochen schlängelte der Pfad sich in ein Tal hinab, in dem ein lichtes Wäldchen aus Fichten und Kiefern stand. Etwa eine halbe Stunde, nachdem die ersten Bäume zu beiden Seiten des Weges aufgetaucht waren, drang ihnen zum ersten Mal der Brandgeruch in die Nase. Eliphas ließ sie sofort anhalten und rief sie zusammen.

„Es kann sich natürlich auch nur um einen Waldbrand handeln, aber ich will kein Risiko eingehen. Wir kommen Trondheim immer näher, und dort hat eine gewaltige Schlacht stattgefunden. Auch wenn das schon eine Weile her ist, besteht die Gefahr, daß wir hier noch auf Dämonen treffen."

Eliphas ließ Hiob seine Lanze aushändigen, und auch die Beutereiter zogen ihre Waffen und nickten grimmig. Hiob hatte schon einmal für sie gekämpft, und die Aussicht, bei einem eventuell bevorstehenden Zusammenstoß mit der Traumsaat den ehemaligen Engel an ihrer Seite zu haben, ließ sie der möglichen Gefahr etwas gelassener ins Auge blicken.

Gerade wollte Eliphas zu weiteren Anweisungen ansetzen, als von Norden auch schon ein leises Summen erklang, das innerhalb weniger Sekunden zu einem lauten Dröhnen anschwoll. Auch die Pferde der Beutereiter hatten es bemerkt und begannen ängstlich zu schnauben und zu tänzeln.

„Verteilt euch in kleinen Gruppen im Wald", rief Hiob, und Eliphas nickte.

Während die Beutereiter zwischen den Bäumen verschwanden, zog Hiob die Zügel seines Ponys an, das als einziges Tier von der herannahenden Gefahr noch nichts bemerkt zu haben schien und eifrig an einem Büschel kurzen, harten Grases knabberte. Die Lanze unter einem Arm im Anschlag lenkte er das Tier auf den schmalen Pfad zurück. Das brummende Geräusch war nicht mehr lauter geworden, und Hiob ließ sein Pony langsam zwischen den Bäumen auf seinen Ausgangspunkt zutrotten. Als er nach einigen Metern eine Wegbiegung erreichte, schien das Tier zu bemerken, daß etwas nicht stimmte. Nervös legte es die Ohren an und warf den Hals zurück. Als dann plötzlich der glänzende Leib einer riesigen, schwarzen Libelle vor ihnen auftauchte, stieg das Pony mit einem erschrockenen Wiehern in die Höhe und warf den überraschten Hiob rücklings aus dem Sattel, bevor es in vollem Galopp im Wald verschwand.

Keuchend sprang Hiob wieder auf und starrte die bestimmt vier Meter lange Traumsaatkreatur an. Bisher hatte der geflügelte Dämon über einer reglos auf dem Weg kauernden Gestalt geschwebt, doch nach der panischen Flucht des Ponys hatte das Geschöpf des Herrn der Fliegen die glitzernden Facettenaugen auf Hiob gerichtet, der jetzt allein auf dem Weg stand.

In dem kurzen Augenblick, in dem die Kreatur offenbar nicht wußte, ob sie sich wieder ihrem ersten Opfer zuwenden sollte oder ob Hiob die ernstere Gefahr darstellte, konnte er erkennen, daß der Boden um die bewegungslose Gestalt verbrannt war und noch immer schwach rauchte. Doch der braune Stoff ihrer Kleidung schien vollkommen unversehrt zu sein.

Aber Hiob hatte keine Zeit, die Szene länger zu mustern, denn mit einem Mal wurde das Schwirren der gewaltigen Flügel lauter und höher, und die höllische Libelle setzte sich in Bewegung und schoß direkt auf ihn zu. Hiob wich einem Flammenstrahl mit einer Rolle zur Seite aus und schlug mit seiner Lanze nach dem vorbeirauschenden Libellenkörper. Doch das Monster war zu schnell und setzte hoch über ihm schon wieder zum Sturzflug an. Erneut gelang es ihm, dem tödlichen Flammenstrahl mit einem Sprung auszuweichen, doch diesmal verfehlte ihn das Feuer nur knapp und schlug in einer Kiefer ein, deren harziges Holz sofort lodernd Feuer fing. Immer wieder spie die Kreatur Hiob ihren flammenden Odem entgegen, doch jedesmal gelang es ihm, dem sicheren Tod auszuweichen. Mittlerweile stand der ganze Wald um ihn herum in Flammen. Mehrere große Nadelbäume waren getroffen worden und hatten sich trotz der feuchten Luft in riesige Fackeln verwandelt, von denen das Feuer jetzt bereits auf die umstehenden Bäume übergriff.

Verzweifelt überlegte Hiob, wie es ihm gelingen könnte, den Dämon zu verwunden, aber er war hier am Boden, und das riesige Wesen war in der Luft, und wie es aussah, hatte er genug damit zu tun, den gefährlichen Attacken auszuweichen. Doch wie lange würde ihm das gelingen? Mehrmals hätte ihn das Feuer fast erwischt, seine Kleidung war bereits angesengt, und je länger der Kampf dauerte, desto mehr Gefahr ging von dem brennenden Wald um ihn herum aus. Die einzige Chance war, die braungekleidete Gestalt, die immer noch reglos am Boden kauerte, zu packen und zu versuchen, zwischen den lodernden Bäumen zu entkommen, dachte er, während er einem brennenden Ast auswich, der funkensprühend neben ihm zu Boden krachte.

In einem günstigen Moment sprang er zu der Gestalt hin und legte ihr einen tätowierten Arm um die Schultern. Er hatte befürchtet, sie sei schon tot oder zumindest so schwer verletzt, daß sie sich nicht mehr bewegen konnte. Aber als er jetzt neben ihr kniete, stellte er fest, daß die Gestalt betete. Als sie den Blick hob und ihn ansah, traf Hiob fast der Schlag. Es war Anne.

Die Überraschung hatte Hiob so sehr in ihren Bann geschlagen, daß er kein Wort hervorbrachte und sie nur anstarren konnte. Auch den Libellendämon in seinem Rücken hatte er vollkommen vergessen. Gerade wollte er Anne stotternd fragen, wie um alles in der Welt sie hierher gekommen sei, da traf sie von hinten ein lodernder Feuerstrahl.

Doch statt des heißglühenden Schmerzes, den Hiob erwartete, verspürte er nur, wie ihn ein warmer Luftzug umspülte. Überrascht sah er Anne an, aber sie lächelte nur entrückt und drückte seine Hand. Dann erhob sie sich und zog ihn mit sich. Während sie mit einer Hand immer noch die seine festhielt, deutete sie mit der anderen erst auf seine Lanze und dann auf die Riesenlibelle, die erneut zum Angriff ansetzte. Hiob nickte wie in Trance und ergriff die Lanze mit beiden Händen, Annes Hand lag jetzt leicht auf seiner Schulter. Als der Dämon diesmal tief über dem Boden auf sie zuraste, sah Hiob ihm direkt in die kalten, funkelnden Insektenaugen. Als die Kiefer des schwarzen Schädels sich öffneten und der tödliche Flammenstrahl hervorbrach, schloß er für einen Moment die Augen, sah dann aber wieder hin und stieß der Kreatur seine Lanze tief in den weit geöffneten Rachen.

Die Wucht des Anflugs ließ die Libelle bis fast zu Hiobs Händen den Lanzenschaft heraufrutschen, bevor die Waffe sich mit einem lauten Knall entlud und kleine, bläuliche Blitze aus dem schwarzen Libellenleib schlugen. Hiob und Anne wurden rücklings zu Boden geschleudert und starrten die aufgespießte Traumsaatkreatur mißtrauisch an. Doch die Lanze hatte ihre volle Wirkung entfaltet, und der mächtige Körper der schwarzen Libelle lag reglos vor ihnen auf dem Pfad.

Langsam half Hiob Anne hoch und sah sie an. Sie trug die einfache, braune Tracht ihres Ordens und hatte nur eine Pilgertasche bei sich.

„Wie hast du das gemacht?“ brachte er endlich hervor und wußte selbst nicht so genau, was er meinte, ihre Flucht aus Cluny, ihre Anwesenheit in dieser Gegend oder die Sache mit dem Feuer.

Sie schüttelte den Kopf und faltete kurz die Hände vor der Brust, bevor sie gen Himmel wies.

„Du hast gebetet, und Gott hat es getan?“ fragte Hiob ungläubig. Sie nickte eifrig.

„Wieso kannst du nicht sprechen? Was ist geschehen?"

Sie zuckte nur die Achseln, trat dann aber mit einem erschrockenen Blick in den Augen an ihn heran und strich über seinen Rücken.

„Die Traumsaat", seufzte Hiob, „meine Flügel wurden in einem Kampf gegen sie verbrannt, als ich auf dem Weg war, dich in Cluny vor diesen Dämonen zu warnen."

Sie sah ihn jetzt lange an, ehe sie ihn zum ersten Mal seit ihrem überraschenden Wiedersehen umarmte. Sie hielten sich lange schweigend umschlungen, und Hiob rasten unendlich viele Fragen durch den Kopf. Als Anne ihn plötzlich losließ und erschrocken auf den toten Libellendämon wies, war ihm ganz schwindelig.

Doch ein Blick auf das schwarze Ungetüm ließ die Verwirrung sofort von Hiob abfallen. Der lange Hinterleib der Libelle hatte zu zucken begonnen, und Hiob wußte, das es nicht mehr lange dauern konnte, bis die Brut aus ihrem Inneren hervorbrach. Mit einer schnellen Bewegung zog er seine Lanze zwischen den starren Kiefern hervor und nahm Anne wieder bei der Hand.

„Schnell, wir müssen weg", sagte er und zog sie in die Richtung, aus der er gekommen war, auf den Weg. „Meine Leute haben sich im Wald versteckt."

Die Beutereiter hatten sich an den Rand des Tals zurückgezogen und sich wieder an der Stelle gesammelt, an der der Pfad über den letzten Bergkamm führte. Sie jubelten, als sie Hiob und die Begine sahen, und er erklärte ihnen in kurzen Worten, was geschehen war.

Eliphas beschloß, unter einem Felsvorsprung abseits des Weges ein Nachtlager aufzuschlagen. Er stellte Wachen auf, die das sich langsam ausbreitende Feuer im Tal beobachten und nach der aufsteigenden Brut des Libellendämons Ausschau halten sollten.

Am nächsten Morgen hatte der Regen, der in der Nacht von Süden her herangeweht worden war, das Feuer weitgehend gelöscht. Die Brut hatten die Wachen nicht entdecken können, aber Eliphas und Hiob waren sich einig, daß der Insektenschwarm sich irgendwann in der Nacht unbemerkt zwischen Rauchschwaden erhoben haben mußte und sie jetzt sicher das Tal passieren konnten.

Hiobs geflohenes Pony war nicht wieder bei ihnen aufgetaucht, und so verteilten sie ihre Vorräte von den beiden Packpferden auf die Tiere der Beutereiter, damit Hiob und Anne nicht zu Fuß gehen mußten.

Die Brut der Traumsaat war tatsächlich aufgeflogen und hatte nur den leeren Chitinpanzer ihrer Brutmutter zurückgelassen. Wie erwartet waren die kleinen Insekten verschwunden, als sie durch den verbrannten Wald ritten, aber nicht, ohne noch eine grausige Spur zu hinterlassen. Hiobs durchgegangenes Pony mußte auf seiner Flucht vor dem Dämon und dem Feuer die Flugbahn des Brutschwarms gekreuzt haben, denn sie fanden seinen Kadaver unweit des Pfades. Die Nüstern und Augenhöhlen des Tieres waren nur noch zerfressene Löcher. Sein Bauch war aufgeplatzt, und in der gähnenden Höhle unter der schlaffen Haut waren ein paar bleiche Rippen zu erkennen.

Die Pferde waren wegen des allgegenwärtigen Brandgeruchs ohnehin schon nervös und wichen erschrocken vor dem entsetzlichen Kadaver zurück. Aber auch Hiob und die Beutereiter hatten nicht das Bedürfnis, das tote Pony näher zu untersuchen, und so beeilten sie sich voranzukommen, damit sie das Tal bald hinter sich lassen konnten.

♦ ♦ ♦

Als Garlouis Schiff sich dem Hafen von Trondheim näherte, wunderte Wittgenstein sich nicht, daß der Kaufmann keine Nachricht von seinem letzten Segler hatte. Am nordöstlichen Horizont erhob sich die schwarze Rauchwand des Brandlandes, und auf einem Berg über der Stadt loderte eine gleißend weiße Flammensäule in den Abendhimmel. Ein Fegefeuer mußte unweit der Stadt vorübergezogen sein, und die Traumsaat hatte den Himmel der Ragueliten angegriffen und in Schutt und Asche gelegt.

Als sie in den Hafen einliefen, stellte Wittgenstein überrascht fest, daß in der Stadt schon wieder ein erstaunlich normaler Betrieb herrschte. Diejenigen, die fatalistisch oder fromm genug gewesen und trotz der Bedrohung geblieben waren, gingen wieder ihren Geschäften nach, und Garlouis Schiff war nicht das erste, das wieder Waren nach Trondheim brachte. Aber nicht nur die Kauffahrer kehrten in die

Stadt zurück, auch die ersten Glücksritter waren aufgetaucht, um das eine oder andere verlassene Geschäft zu übernehmen.

Es fiel Wittgenstein nicht schwer herauszufinden, daß die *Jeanne* tatsächlich im Hafen gelegen hatte, kurz bevor die Katastrophe passiert war. Offenbar hatte ihr Kapitän dann jedoch nicht wie geplant seine Ware an Bord genommen, um nach Frankreich zurückzusegeln, sondern war voll beladen mit Flüchtlingen aus dem Hafen ausgelaufen, vermutlich mit Kurs auf den nächsten norddeutschen Hafen.

Was den Engel anging, hatte er weniger Glück. Bisher war hier noch keine Gefangeneneskorte mit einem flügellosen Engel aufgetaucht, und Wittgenstein fragte sich, ob sie wohl noch kommen würden, wenn sie unterwegs erfuhren, daß der Himmel der Ragueliten vernichtet worden war.

Nachdenklich stand er an der Reling des bauchigen Segelschiffs und blickte zur lodernden Ruine des Himmels hinauf. Sollte er die Sache einfach auf sich beruhen lassen und sich von dem Kapitän einfach an irgendeinem Festlandshafen absetzen lassen, ehe er ihn mit den Ergebnissen seiner Nachforschungen zu Garloui zurückschickte? Oder sollte er lieber hier am Ende der Welt bleiben und weiter nach dem gefallenen Engel suchen? Wittgenstein wußte es nicht.

Hiobsbotschaft

Kapitel neunzehn

„Wir brauchen keine falschen Engel!“ rief einer der Männer beim Feuer aus und schüttelte zornig die Faust. Die anderen Leute auf dem Dorfplatz von Morella johlten zustimmend und reckten ebenfalls die Fäuste in die Luft.

„Eure habgierigen Monachen sind fort, und euch wollen wir hier auch nicht haben!“ rief jetzt ein anderer, der eine stark rußende Fackel trug, die sich bei näherem Hinsehen als reich beschnitztes Stuhlbein entpuppte. Auch bei anderen Dorfbewohnern konnte Henaiel Überreste von Möbelstücken entdecken, die ihnen als improvisierte Fackeln dienten. Er stand immer noch mit weit gespreizten Flügeln zwischen dem Kloster und dem Mob.

„Schluß jetzt“, donnerte seine Stimme über den Platz, „wir sind die Boten des Lichts, die wahren Engel des Herrn! Jeder, der etwas anderes behauptet, ist ein Lügner, und jeder, der ihm glaubt, ist ein törichter Narr.“ Ein mächtiger Widerhall begleitete seine Worte, als hätte er sie nicht auf dem Dorfplatz, sondern in einem großen Saal oder Gewölbe gesprochen. Er konnte sehen, wie die Leute zusammenzuckten und einige sich erschrocken umsahen, als könnten sie nicht glauben, daß die Worte allein aus seinem Munde erklungen waren.

Unfruchtbar ist der Ruchlosen Rotte, und Feuer verzehrt die Zelte der Bestechung.

- Hiob 15, 34

„Unser Wort ist Gottes Wort, und unsere Hand ist die Hand Gottes“, hob er wieder an, „also widersetzt euch nicht der Allmacht des Herrn. Du da, beim Feuer, tritt vor.“ Mit diesen Worten deutete Henaiel auf einen der Männer, die noch bis zum Schluß Teile der Einrichtung des kleinen Klosters in die Flammen geworfen hatten. „Wie ist dein Name?“

„Miguelas“, antwortete der Mann stockend und trat unwillkürlich einen Schritt vor.

„Was genau ist hier geschehen?“ fragte Henaiel ihn streng.

„Es ist nur wegen der Ernte, Herr“, antwortete der Mann eingeschüchtert. „Es gab zu viele Stürme dieses Jahr, und der Regen hat alles fortgewaschen. Auch die Herden hat es getroffen – die Tiere sind fast alle tot, vom Erdrutsch erschlagen oder von Seuchen dahingerafft. Doch die Pfaffen und Monachen – sie haben nichts getan. Sie haben nur gesagt, wir sollen härter arbeiten und zum Herrn beten. Aber davon wurde es auch nicht besser. Und dann kam Joram, der Goldene. Er hat uns einen neuen Weg gezeigt.“

Henaiel hob die Hand und unterbrach die Worte des Bauern, dessen Augen zu leuchten begonnen hatten, als er den Namen Joram erwähnte.

„Der Goldene?“ fragte er. „Was bedeutet das? Und welchen Weg hat er euch gezeigt?“

„Er ist in goldenem Feuer zu uns herabgekommen“, sagte der Mann scheu und blickte kurz zu den Bergen im Nordosten. „Und er hat uns einen Ort gezeigt, an dem ein heiliger Staub verborgen ist, der unsere Felder schneller wieder fruchtbar machen wird. Er hat uns auch gesagt, die Monachen wüßten noch von vielen solchen Orten und hielten viele nützliche Dinge in ihren Mauern vor uns verborgen.“

„Und da habt ihr sie umgebracht und ihre Sachen verbrannt?“ mischte Aadoniel sich ein. Der Gabrielit hatte bei den Worten des Bauern sein Flammenschwert gezogen, dessen breite Klinge sofort zu lodern begann.

Miguelas schüttelte den Kopf und wich ängstlich ein paar Schritte zurück, und auch die anderen Dorfbewohner blickten unruhig zu dem entschlossenen jungen Todesengel hinüber. „Nein, nein“, rief eine Frau aus der Menge jetzt, „wir haben sie nur fortgejagt und angefangen, im Kloster nach Dingen zu suchen, die uns helfen könnten.“

Henaiel blickte zum Kloster hinüber. Es war kaum mehr als ein großer Bauernhof, der von einer hölzernen Palisade umgeben war, über der sich ein Windrad und ein Glockenturm erhoben. Er wußte, daß es sich um ein Kloster der Ramieliten handelte, konnte sich aber kaum denken, daß seine Monachen viele Geheimnisse bewahrt hatten. Beschwichtigend hob er beide Hände. *Aadoniel!* Zu den Dorfbewohnern gewandt sagte er: „Ihr habt einen Fehler gemacht, Leute von Morella. Aber der Herr wird euch verzeihen, wenn ihr die Monachen wieder zurückholt und uns helft, den Ketzer Joram zu finden.“

Die Leute begannen, aufgebracht zu tuscheln, und dann rief einer aus:

„Wir wollen nicht wieder in die Sklaverei der Kirche zurück!“

„Genau“, rief ein anderer. „Ihr seid falsche Engel! Joram hat uns die wahre Botschaft gebracht!“

„Wir wollen eure Predigten nicht“, ließ sich nun auch eine Frauenstimme vernehmen. „Wir brauchen etwas zu essen!“

Henaiel warf einen kurzen Blick über die Schulter. *Daniel, besorg' diesen Menschen soviel Essen, wie du in ein paar Stunden beschaffen kannst! Rahel, ich bin mir nicht sicher, ob diese Leute einfach den Versuchungen des Herrn der Fliegen erlegen sind oder ob noch etwas anderes mit im Spiel ist. Kannst du einen untersuchen und das herausfinden?*

Die Raphaelitin nickte und trat an seine Seite, während Daniel sich mit einem letzten mißtrauischen Blick über den Platz in die Luft erhob und in Richtung des nahen Waldes flog.

„Miguelas, komm her, damit dich Rahel untersuchen kann. Was immer dieser Ketzer mit euch angestellt hat, wir werden es herausfinden."

Miguelas machte einen unsicheren Schritt auf die Engel zu, wurde aber sofort von den anderen Dorfbewohnern zurückgehalten, die eindringlich auf ihn einredeten. Dann richtete er seinen Blick wieder auf Henaiel und sagte fest:

„Nein, ich will nicht untersucht werden. Geht jetzt endlich!"

Henaiel seufzte unmerklich. Und bist du nicht willig ... Blitzschnell streckte er die Arme nach vorn, als würde er einen unsichtbaren Gegenstand auf Miguelas schleudern. Eine gleißende Entladung traf den Bauern am Kopf, und er stürzte rücklings zu Boden und blieb bewußtlos liegen. Erschrocken stob die Menge um ihn herum auseinander und ging hinter dem lodernden Feuer und dem Dorfbrunnen in Deckung. Erst jetzt ließ Henaiel die Flügel sinken und faltete sie auf seinen Rücken. Langsam trat er mit Rahel an den bewußtlos liegengebliebenen Miguelas heran. Henaiel beobachtete, wie sie neben dem Mann niederkniete und begann, mit geschlossenen Augen ihre schmalen Hände über seinen Kopf und seine Brust gleiten zu lassen. Dann sah er auf und ließ einen Blick über den Dorfplatz schweifen. Die Leute hatten sich in kleinen Grüppchen zu den umliegenden Häusern zurückgezogen und beobachteten die Engel mit einer Mischung aus Angst und Mißtrauen. Ihm fiel auf, daß die kleinen Nischen in den weiß getünchten Häuserwänden leer waren. Dort pflegten die Menschen in dieser Gegend sonst hölzerne Engelsstatuen aufzustellen. Wahrscheinlich hatten sie die Figuren gleich als erstes auf den Scheiterhaufen geworfen.

Henaiel fragte sich, was dieser Ketzer wohl an sich hatte. Jedenfalls hatte er einmal mehr bewiesen, daß er große Macht über Menschen hatte. Ob es ihnen diesmal wirklich gelingen würde, ihn zu stellen? Henaiel selbst war sich seiner Sache gar nicht so sicher, wie er die Schar glauben machen wollte.

Mach dir keine Sorgen, hörte er Ariels Stimme in seinem Kopf. *Wir werden ihn gemeinsam zur Strecke bringen, und Rahel wird zweifellos einen Weg finden, diese Menschen aus seinem Bann zu befreien.*

Danke, lächelte er, ohne sich umzuwenden. Er wußte, daß Ariels Gedanken nur für ihn bestimmt gewesen waren. Doch als hätte auch sie die Worte vernommen, erhob sich Rahel.

„Steh auf", sagte sie sanft, und der Mann erwachte stöhnend.

Als er schwankend auf die Beine gekommen und zu den anderen Leuten am Rande des Dorfplatzes zurückgewankt war, sagte Rahel zu Henaiel: „Da ist etwas in seinem Inneren. Ich kann nicht genau sagen, was es ist, aber dieser Joram hat sich nicht allein auf die Wirkungsmacht seiner Worte verlassen. Er hat ihnen irgendetwas gegeben."

„Konntest du ihn heilen, Rahel?"

Sie schüttelte den Kopf. „Ich weiß zuwenig über das Gift, oder was es auch ist."

Henaiel nickte und spreizte wieder die Schwingen.

„Hört mich an, Leute. Der Ketzer Joram steht im Dienste des Herrn der Fliegen. Er hat eurem Nachbarn Miguelas Gift gegeben, und dem Rest von euch wahrscheinlich auch. Könnt ihr mir sagen, was er euch zu essen oder zu trinken gegeben hat?"

„Er hat uns nichts gegeben", rief ein Mann wütend zurück. „Er hat uns nur die Augen geöffnet! Und jetzt haut endlich ab!"

„Wir bleiben", antwortete Henaiel fest. *Kommt,* wandte er sich an die Schar und ging zum Eingang des Klosters hinüber.

♦ ♦ ♦

Als Daniel nach Morella zurückkehrte, stellte er fest, daß der Scheiterhaufen auf dem Dorfplatz gelöscht worden war und seine Schar und Henaiel sich in das verlassene Kloster zurückgezogen hatten. Ariel winkte ihm vom Dach des Gebäudes zu, als er mit seiner schweren

Last vorsichtig in der Mitte des Dorfplatzes landete. Er hatte im Wald eine Rotte Wildschweine aufgestöbert und erlegt. Zwei fetten Bachen hatte er die Läufe zusammengebunden und sie mit Tragschlaufen versehen, so daß er sie ins Dorf zurückschleppen konnte. Nachdem er die schweren Tiere auf dem Platz abgesetzt hatte, reckte er sich schnaufend und sah sich um. Daniel war es gewohnt, schwere Lasten zu tragen, aber das Gewicht von zwei ausgewachsenen Wildschweinen brachte auch den sehnigen Urieliten an seine Grenzen.

Der Dorfplatz war jetzt menschenleer, die Dorfbewohner mußten sich in der Zwischenzeit alle in ihre Häuser zurückgezogen haben.

„Hallo“, rief Daniel laut und wartete einen Augenblick.

„Hallo, wo steckt ihr denn alle? Ich habe Essen für euch!“ Langsam sah er sich um. Ariel, die die Szene immer noch beobachtete, grinste ihn an.

Oh, ich glaube schon, daß sie dich gehört haben. Aber so lange du Latein mit ihnen sprichst, werden sie dich nicht verstehen.

Daniel sprach nicht oft mit Menschen und als er sich gerade auf seine spärlichen Kenntnisse in Common besann, trat eine alte Frau mit einem schwarzen Kopftuch aus einem der Häuser. Mißtrauisch starrte sie zu Daniel und den beiden Wildschweinen zu seinen Füßen herüber.

„Das soll alles sein?“ fragte die Alte mit schriller Stimme. „Wie soll den davon das ganze Dorf satt werden?“

„Draußen im Wald liegt noch mehr Wild, aber wenn sie es nicht bald abholen, schnappt es sich sicher ein anderer,“ knurrte Daniel ungeduldig auf Latein. Ariel trat herzu und übersetzte für die Greisin in die geläufigere Gemeinsprache.

Anscheinend schien die Aussicht auf eine größere Menge Wildschwein die Dorfbevölkerung ihr Mißtrauen vergessen zu lassen. Jetzt öffneten sich weitere Türen, und der Platz füllte sich langsam. Mit ein paar Flügelschlägen erhob Daniel sich wieder in die Lüfte.

„Folgt ihm, Leute. Er wird euch zeigen, wo der Rest liegt“, rief Ariel und wies auf den Urieliten, der sich in Richtung Norden entfernte.

Als Daniel zum zweiten Mal nach Morella zurückkehrte, wurde es bereits dunkel. Die Menschen kamen am Boden viel langsamer voran als er in der Luft, und so hatte es über zwei Stunden gedauert, bis sie die Stelle erreichten, an der er die erlegten Wildschweine zurückgelassen hatte. Auf dem Rückweg war er froh gewesen, allein zum Kloster zurückfliegen zu können.

Jetzt saßen die Engel im Hof des Klosters unter einem breiten Vordach beisammen und berieten sich. Alle bis auf Malloriel hatten sich um das kleine Feuer versammelt, das Aadoniel in Daniels Abwesenheit entzündet hatte. Henaiel hatte den Ramieliten ausgeschickt, um im Dorf Erkundigungen einzuziehen.

„So weit ist er bisher noch nie gegangen", sagte Henaiel verärgert. „Die einfachen Leute von Morella gegen die Monachen aufzuhetzen ist ein starkes Stück."

Ich habe das Gefühl, Joram gewinnt stetig an Macht, warf Ariel besorgt ein. *Es wird Zeit, daß wir dem ein Ende bereiten.*

„Wo bleibt denn nur Malloriel?" fragte Henaiel nachdenklich. „Hoffentlich kann er aus diesen sturen Iberern herausbekommen, was der Ekstatiker ihnen eingeflößt hat. Wenn sie wirklich so ausgehungert und verzweifelt waren, kann es ihm nicht schwer gefallen sein, sie zu vergiften."

„Vielleicht sagen sie aber auch die Wahrheit." Nachdenklich sah Rahel an den anderen vorbei in den Nachthimmel. „Er muß ihnen nichts zu essen oder trinken gegeben haben, vielleicht haben sie auch etwas *eingeatmet*, ohne daß sie es bemerkt haben."

„Aber was sollte das gewesen sein?" fragte Henaiel und sah sie aufmerksam an.

„Rauch", antwortete sie. „Der Rauch des Brandlandes."

„Das ist doch Quatsch!" rief Aadoniel aus. „Die nächsten Fegefeuer sind viele hundert Kilometer entfernt, und wieso glaubt ihr, die Leute müßten unbedingt vergiftet worden sein, um Böses zu tun?"

Henaiel hob die Hand. „Langsam, Aadoniel. Wir wissen, daß dem Feind jedes Mittel recht ist, und wir wissen auch, daß niemand sich leichtfertig mit dem Herrn der Fliegen einläßt. Wir sind hier, um die Wahrheit herauszufinden, und ich will mir Rahels Theorie anhören."

Aadoniel schürzte die Lippen und warf Henaiel einen bösen Blick zu. Manchmal konnte der Gabrielit ziemlich anstrengend sein, dachte

Daniel mit einem stillen Lächeln. Aber Henaiel schien das nicht allzu schwer zu nehmen.

Rahel hatte wieder das Wort ergriffen. „Nun, ich habe gehört, daß mit den Menschen furchtbare Dinge geschehen können, wenn sie den Rauch des Brandlandes einatmen", erzählte sie. „Wenn jemand zuviel einatmet, stirbt er einen grausigen Tod, aber wenn er nur ein wenig einatmet, dann steigt der Rauch ihm zu Kopf. Mein Ordensbruder Padamiel war lange in der Nähe des Brandlandes bei Moskau im Einsatz, er hat mir davon berichtet."

„Was passiert mit den Menschen, denen der Rauch zu Kopf steigt?"

„Ich weiß nicht genau. Padamiel sagte, die Auswirkungen des Rauches seien vollkommen unberechenbar, manchmal waren seine Opfer einfach verrückt geworden und hatten versucht, ihre eigenen Familien umzubringen, andere wurden blind oder verloren ihre Stimme."

„Das ist mir bei den Bewohnern von Morella nicht aufgefallen", bemerkte Daniel. „Ich habe ja gerade eine ganze Truppe quer durch den Wald geführt, und die wirkten alle ganz normal – von ihrem Haß auf die Kirche einmal abgesehen."

„Vielleicht war die Dosis so gering, daß keine sichtbaren Schäden aufgetreten sind, aber trotzdem eine erhöhte Bereitschaft zum Bösen entstand", überlegte Rahel laut. „Nur ein wenig schwarze Erde des Bandlandes, so daß der Rauch, der von ihr ausgeht, kaum sichtbar ist."

„Der heilige Staub", rief Daniel plötzlich aus. Wie Schuppen fiel es dem Urieliten von den Augen. Er hatte schon auf seinem ersten Flug in den Wald die seltsam schwarzen Felder am Dorfrand bemerkt. Als er später die Dorfbewohner dort vorbeigeführt hatte, hatte er nach den Feldern gefragt, ohne jedoch eine befriedigende Antwort zu erhalten – womöglich, weil sie sein unbeholfenes Common nicht verstanden hatten. Die anderen sahen ihn überrascht an, und er erläuterte ihnen seine Theorie.

„Und wenn wir in Erfahrung bringen können, woher die Leute hier ihren *Heiligen Staub* bekommen, können wir dort vielleicht eine Spur finden, die uns zum Versteck des Ketzers führt", schloß er.

Henaiel nickte. „Gut, dann wollen wir keine Zeit verlieren. Aadoniel, du suchst Malloriel und bringst ihn sofort hierher, vielleicht konnte er noch etwas herausfinden, das uns nützen kann. Rahel, Daniel, ihr beide knöpft euch noch ein paar Dorfbewohner vor und versucht, alles über diesen Heiligen Staub herauszufinden, besonders, wo er zu finden ist. Ariel bleibt bei mir, damit wir ein paar Schlachtpläne schmieden können."

Aadoniel war mit mißmutig verzogenem Gesicht aufgestanden und flog ohne weiteres Wort davon. Daniel nickte Rahel kurz zu, und dann breiteten auch sie die Schwingen aus und erhoben sich in die Nacht.

♦ ♦ ♦

Malloriel hockte auf einer kleinen Steinmauer hinter einem der Häuser am Rand des Dorfes. Er hatte die Arme um die Knie geschlungen und starrte mit düsterer Miene in den verregneten Nachthimmel. Warum hatte dieser Idiot Henaiel ausgerechnet ihn losgeschickt, um die widerspenstigen Dorfbewohner zu befragen? Es war natürlich nicht viel dabei herausgekommen. Was er auch versucht hatte, sie waren bei ihrer ersten Version geblieben. Angeblich hatte Joram ihnen weder Speise noch Trank gegeben. Das einzige, was sie von ihm bekommen hatten, war dieser dämliche Staub gewesen.

Ach, er konnte sich schon denken, warum Henaiel ihn loswerden wollte. Aber so ungern er vorhin die anderen verlassen hatte, so wenig mochte er jetzt auch wieder zu ihnen zurück. Er konnte dieses Getue zwischen Ariel und Henaiel einfach nicht mit ansehen. Natürlich glaubten die beiden Michaeliten, niemand würde ihr telepathisches Getuschel bemerken, aber Malloriel konnte genau an Ariels Blick ablesen, wann sie Gedankenkontakt zu ihrem Ordensbruder hatte.

Er wußte nicht, wie lange er so vor sich hingebrütet hatte, als Aadoniel herangeschwebt kam und sich neben ihm niederließ.

„Ich soll dich zurückholen", sagte er nach einer Weile und warf einen Kiesel gegen die Wand des Bauernhauses. „Der Spinner glaubt, er hätte eine Spur."

„Na und?" knurrte Malloriel. „Dann sollte er ihr nachgehen. Manchmal findet eben auch ein blindes Huhn ein Korn."

„Ach, er ist ganz aufgeregt und kommandiert alle herum. Rahel und Daniel hat er ins Dorf geschickt und mich zu dir. Und jetzt sitzt er allein mit Ariel im Kloster, um irgendwelche Pläne zu schmieden."

Mit einem Satz stand Malloriel auf der Mauer. „Er ist mit Ariel allein?!" fragte er wütend. *„Pläne schmieden*?! Na, das kann ich mir vorstellen! Los, komm, wir müssen zurück."

Ohne noch einmal auf den Gabrieliten zurückzublicken, schwang sich Malloriel in die Luft und verschwand in Richtung Kloster.

♦ ♦ ♦

Jetzt flogen sie gemeinsam auf den Wald zu. Daniel und Rahel hatten tatsächlich herausgefunden, woher die Bewohner von Morella den Heiligen Staub hatten, und jetzt flog Daniel mit schnellem Flügelschlag voran, so daß Ariel Mühe hatte ihm zu folgen. Sie war froh, daß wenigstens einige ihrer Schar mittlerweile doch wieder ganz bei der Sache waren. Je besser sie ihn kennenlernte, desto mehr mochte sie Henaiel, und sie wollte nicht, daß ihre Schar es ihm allzu schwer machte. Außerdem konnten sie alle ein Erfolgserlebnis gut gebrauchen.

Ihr Ziel war eine Höhle, die irgendwo in einer Felswand im Norden des Waldes verborgen sein mußte. Joram hatte die Bauern an diesen Ort geführt und sie angewiesen, den schwarzen Staub aus den Tiefen der Höhle auf ihre Felder zu verteilen. Rahel und Daniel hatten auch herausgefunden, daß bereits zwei Drittel der Felder um das Dorf mit der verbrannten Erde verseucht waren. Keiner der Engel hatte eine Idee, wie man die Felder wieder reinigen konnte, aber Malloriel hatte mürrisch gemeint, die Monachen würden gewiß einen Weg finden, den Staub wieder abzutragen und zu vernichten. Wenn sie an Malloriel dachte, huschte ein Anflug von Ärger über Ariels schmales, kindliches Gesicht. Gerade hatte sie seit Tagen zum ersten Mal die Gelegenheit gehabt, mit Henaiel allein ein paar Worte zu wechseln, da war er wie ein Irrer aus dem Himmel herabgestürzt und hatte sie mit sinnlosen Fragen und Vorschlägen zu ihrem weiteren Vorgehen bombardiert.

Aber jetzt war nicht die Zeit, sich über das komische Benehmen des Ramieliten Gedanken zu machen. Der Waldrand war in Sicht. Kurz nachdem sie aufgebrochen waren, hatte es zu regnen aufgehört, und jetzt schien ein fast voller Monde durch ein Loch in der dünnen Wolkendecke. Im fahlen Mondlicht konnte sie in der Ferne jenseits des Waldrands bereits die Felswand schimmern sehen, in der die Höhle liegen mußte.

Daniel winkte sie zwischen die Felsen herunter. Er hatte den Boden vor der Steilwand abgesucht, und kurze darauf hatte er die Stelle gefunden, an der die Bauern aus Morella ihre Karren abgestellt hatten. Von dort führte ein schmaler Steig die Felsen hinauf, der schließlich in den dunklen Schlund einer Höhle mündete.

„Hier ist es", rief Daniel und machte vorsichtig ein paar Schritte ins Dunkel. Dann ließ er das kalte Licht der stabförmigen Lampe aufflammen, die er an seinem Handgelenk befestigt hatte.

„Ich glaube, es geht ziemlich tief in den Berg hinein," klang seine Stimme jetzt dumpf zu Ariel und den anderen herüber. Sie waren alle gelandet und starrten neugierig in die Höhle.

„Aadoniel, du hältst hier Wache. Ihr anderen kommt mit, aber vorsichtig", sagte Henaiel leise, und Ariel nickte. Jetzt schalteten auch die anderen ihre Lampen ein und betraten die Höhle.

„Immer muß ich draußen Wache schieben", zischte Aadoniel Ariel zu, als sie an ihm vorbeihuschte.

Du bist unser Krieger, sagte sie beschwichtigend. *Henaiel weiß, daß wir in sicheren Händen sind, wenn du über uns wachst.* Dann folgte sie Rahel in die Tiefe.

Hatte die Höhle sich hinter dem kleinen Eingang zunächst geweitet, wurde sie danach zu einem langen Schlauch, der immer enger wurde, je tiefer er in den Berg hineinführte. Aber schon nach ein paar Schritten war klar, daß sie auf dem richtigen Weg waren: Der ganze Boden der Höhle war mit feinem, tiefschwarzem Staub bedeckt, der das Licht ihrer Lampen vollkommen zu schlucken schien.

Plötzlich blieb Daniel abrupt stehen. „Ich komme nicht mehr weiter", rief er nach hinten. „Aber ich kann die Branderde sehen. Ein enges Loch führt in eine andere Höhle hinab, in der ich einen großen, schwarzen Haufen erkennen kann, aber der Einstieg ist zu klein für unsere Schwingen."

„Kannst du erkennen, ob die Höhle noch einen zweiten Ausgang hat?" fragte Henaiel.

„Nein, das kann ich nicht. Das könnte riesig sein dort unten. Aber dem fehlenden Luftzug nach zu urteilen muß es eine Sackgasse sein."

„Na gut", sagte Henaiel. „Wir kehren um. Achtet auf dem Weg nach draußen noch einmal besonders auf Spuren."

Ariel war froh, wieder aus der Höhle herauszukommen, in der sie ihre Flügel eng an den Körper pressen mußte, um sich überhaupt bewegen zu können. Sie merkte, daß es den anderen genauso ging.

Spuren entdeckte niemand, aber kurz bevor die Höhle sich wieder weitete, kam ihnen Aadoniel entgegen.

„Wieso hast du deinen Posten verlassen?" fragte Henaiel verärgert, der jetzt ganz vorne ging.

„Da steht ein Monach vor dem Eingang", antwortete der Gabrielit verwirrt. „Er ist plötzlich wie aus dem Nichts aufgetaucht, und er sieht nicht besonders gut aus."

„Was heißt, er sieht nicht gut aus?" fragte Henaiel jetzt mehr besorgt als verärgert.

Aadoniel zuckte verunsichert die Achseln. „Ich weiß nicht. Besser, ihr kommt mal mit raus."

Draußen stand tatsächlich ein einzelner Monach vor dem Höhleneingang. Er wartete in einigem Abstand vor der Felswand und sah ihnen mit leerem Blick entgegen. Im Schein des Mondes schien seine Haut fast dieselbe Farbe zu haben, wie seine zerfetzte graublaue Kutte. Das mußte einer der ramielitischen Monachen aus Morella sein, schoß es Ariel durch den Kopf.

Als sie sich ihm näherten, wurde klar, was Aadoniel gemeint hatte: Die krankhaft graue Gesichtsfarbe war kein Effekt des Mondlichtes. Leicht schwankend stand der Monach im Geröllfeld vor der Felswand. Seine Arme hingen schlaff an seinem Körper herab, und seine Lider waren halb geschlossen.

Als Henaiel auf den Monachen zutrat und ihn an der Schulter packte, begann der Leib des Mannes unter der grauen Kutte zu zucken und mit unmenschlichem, gequältem Stöhnen öffnete der Monach seinen Mund, und ein dichter Strahl kleiner schwarzer Käfer schoß daraus hervor. Die kleinen Insekten trafen Henaiel prasselnd an der Brust und stoben dann in alle Richtungen davon. Erschrocken taumelte der Michaelit zurück und ließ die Schulter des Monachen los, der sofort leblos zusammenbrach.

Die Käfer hatten sich mittlerweile in einem dichten Schwarm gesammelt und flogen hektisch zwischen den fassungslosen Engeln umher. Dann, bevor auch nur einer von ihnen so recht wußte, was geschah, erhob sich die ganze Wolke schwarzglänzender Käferleiber auf einmal in den Nachthimmel und war verschwunden.

„Verdammt", entfuhr es Henaiel, der den toten Monachen erschrocken anstarrte. „Jetzt ist Joram zweifellos gewarnt!"

Meinst du, der Monach war so eine Art Wächter? Ariel sah Henaiel fragend an.

Dieser nickte grimmig. „Und jetzt sind die Käfer sicher auf dem Weg zu seinem Versteck!"

„Wenn das so ist", sagte Daniel triumphierend, „dann kann uns dieses Exemplar hier sicher dorthin führen!" Breit grinsend reckte er eine Faust.

Vorsichtig steckte Daniel den Käfer in einen Probenbehälter aus klarem Kunststoff, den Malloriel ihm gab. Der Bewahrer des Wissens hatte eine ganze Auswahl dieser Plastikdosen in seinem Gepäck und trat nun noch einmal in die Höhle, um etwas von der Branderde in eine andere zu füllen.

„Sehr gut", nickte Henaiel anerkennend, aber Malloriel beachtete ihn nicht. Ariel versuchte, den Blick des Ramieliten aufzufangen, aber der sah stur zu Boden und ignorierte auch sie. Sie seufzte leise. Immerhin hatte er bei aller Eifersucht wenigstens ihre Mission nicht vergessen.

Während Daniel und Henaiel gespannt den dämonischen Käfer in dem Behälter in Daniels Hand beobachteten, kniete Rahel neben dem Monachen nieder, um ihn zu untersuchen. Dann kam sie zu Ariel herüber.

„Er ist tot. Aber ich glaube, er war schon tot, bevor die Traumsaat in ihn fuhr." Ariel konnte sehen, wie die junge Raphaelitin versuchte, ihr Schaudern zu verbergen.

Du meinst, fragte Ariel, *die Käfer in seinem Leib haben ihn bewegt wie eine Marionette?*

„Ich glaube schon", antwortete Rahel zögernd.

Und was hat ihn umgebracht?

Rahel zuckte die Achseln. „Das kann ich nicht sagen, Wunden habe ich keine entdeckt."

„Wir brechen auf", erklang jetzt Henaiels Stimme. „Daniel meint, der Käfer habe einen so starken Drang, zu seinem Meister zurückzukehren, daß seine Orientierung im Probenbehälter uns die Richtung dorthin weist."

Wir sollten nicht vergessen, daß Joram durch die anderen Käfer gewarnt ist, erinnerte Ariel ihre Gefährten.

„Er weiß zwar, daß wir die Branderde gefunden haben, aber er wird uns trotzdem kaum so schnell erwarten", erwiderte Henaiel entschlossen und schwang sich hinter Daniel in die Luft.

„Außer, es ist eine Falle", preßte Malloriel neben Ariel zwischen den Zähnen hervor.

Nach etwa einer halben Stunde langsamen Fluges, der die Schar tiefer in die schroffen Berge nördlich von Morella hineingeführt hatte, hielt Daniel plötzlich in der Luft an.

„Es kann nicht mehr weit sein", flüsterte er. „Ich rieche Rauch!"

Und tatsächlich führte der Käfer sie direkt zu einem Felsplateau, auf dem sich hoch über einer Schlucht die Überreste eines Turmes oder eines ähnlichen Bauwerkes erhoben. Beim Näherkommen erkannten sie, daß hier einst eine gewagte Brückenkonstruktion eine tiefe Schlucht überspannt hatte, von der jetzt aber nur noch die Pfeiler emporragten. Diese hatten auf den ersten Blick wie verwitterte Türme gewirkt.

„Dort ist es", sagte Daniel leise, der abermals in seinem Flug innehielt. „Wer auch immer dieses Feuer entzündet hat, wollte nicht, daß es entdeckt wird. Aber hin und wieder kann ich dort zwischen den Brückenpfeilern ein paar Funken erkennen."

Ariel hatte weder den Rauch gerochen noch die Funken gesehen, aber sie wußte auch, daß sich ihre Sinne nicht mit denen des Urieliten messen konnten.

Sie schwebten jetzt dicht gedrängt etwas tiefer über ein paar Nadelbäumen, die sich an die zerklüfteten Felswände klammerten. Nur noch die Spitzen der verfallenen Brückenpfeiler waren hinter der Biegung der Schlucht im matten Mondschein zu erkennen.

„Du bist dir sicher, daß dort das Ziel des Käfers liegt?" fragte Henaiel leise und wies auf die Brücke. Daniel nickte.

Gut. Der Michaelit zog entschlossen sein Schwert. *Dann ist es jetzt an der Zeit, den Ketzer Joram seinem wohlverdienten Schicksal zuzuführen.*

Auch die anderen griffen zu den Waffen. Daniel gab Malloriel die Dose mit dem Käfer zurück und spannte eine Sehne auf seinen langen Bogen. Malloriel zog seinen Dolch, und auch Aadoniel machte sein breites Flammenschwert kampfbereit, ohne jedoch die Klinge bereits zu entzünden. Ariel begnügte sich mit einem kurzen Schwert mit leicht gekrümmter Klinge, während Rahel überhaupt keine Waffe zog, sondern nur grimmig in sich hineinlächelte.

Henaiel nickte noch einmal in die Runde, dann stieg er mit ein paar Flügelschlägen noch etwas höher hinauf und setzte sich in Richtung Brücke in Bewegung.

Daniel, du kommst mit. Ariel, du führst die anderen um das Lager herum, dann nähert ihr euch auf mein Zeichen hin dicht über dem Boden.

Alles Gefühl war aus der Gedankenstimme des Michaeliten gewichen. Sie fühlte sich kalt und glatt in Ariels Kopf an, und sie war sicher, daß die anderen es auch spürten. Henaiels Gedanken besaßen solche hypnotische Kraft, daß sie ihre Schwingen kaum selbst in Bewegung setzen mußte.

Fliegt durch die Schlucht, hallte es in ihrem Kopf wider.

Folgt mir, wies sie jetzt ihrerseits ihre kleine Gruppe an und stürzte sich in schnellem Flug steil in die Tiefe. Sie spürte, daß die anderen ihr dichtauf folgten. Knapp über dem reißenden Fluß am Grunde der Schlucht bremste sie mit ausgebreiteten Flügeln ihren Sturzflug ab und glitt über dem Wasser auf die Überreste der Brücke zu, die jetzt hoch über ihren Köpfen aus der Felswand ragte.

Wir können sie sehen, meldete Henaiel sich wieder. *Es sind mindestens zehn – Daniel sagt zwölf –. Sie haben einen Kreis gebildet, und der in der Mitte muß Joram sein.* Ein schemenhaftes Bild schoß Ariel durch den Kopf. Auf der breiten Brücke bildeten elf Gestalten in dunklen Kapuzen einen Kreis um eine zwölfte Person, die in einer Art Aura aus goldenem Licht zu schweben schien.

Sie strengte sich an, ihren Flug zu beschleunigen, und die anderen folgten ihr in einer langgezogenen Kette unter der Brücke hindurch. Im Schutze eines Felsvorsprungs begannen sie, wieder zu steigen, und knapp unterhalb der Höhe der Brücke verharrte Ariel in der Luft und versammelte die anderen um sich.

Wir sind bereit.

Sie konnte fast spüren, wie Henaiel irgendwo dort oben nickte.

Rahel, zu mir. Aadoniel und Malloriel an die Flanken.

Sofort formierten sich die Engel nach Ariels Befehl, und alle vier erhoben sich über den Felsvorsprung.

Für einen Moment konnte sie mit eigenen Augen das Bild sehen, daß Henaiel ihr zuvor auf telepathischem Wege übermittelt hatte. Dann überstürzten sich plötzlich die Ereignisse. Daniel war auf dem ihnen abgewandten Brückenpfeiler gelandet und ließ einen Pfeil nach dem anderen auf den Ekstatiker und die besessenen Monachen – ihre graublauen Roben waren jetzt unzweifelhaft zu erkennen – heruntersausen. Dann flackerte die Aura um Joram plötzlich auf, und er flog auf den Urieliten zu. Regungslos saß er mit gekreuzten Beinen in seiner goldenen Flammenkugel, die auf Daniel zuraste. Doch im letzten Moment kreuzte Henaiel seinen Flug und reckte ihm sein schimmerndes Schwert entgegen.

Jetzt! Auf Henaiels Zeichen schoß Ariel mit den drei anderen Engeln auf die Brücke zu.

Auf den Ekstatiker, um die Besessenen am Boden können wir uns später kümmern, befahl sie.

Sofort stürzten sich Aadoniel und Malloriel von beiden Seiten auf Joram, der Henaiels Schwerthiebe mit dem bloßen Arm zu parieren schien. Als er sich jetzt umwandte, um sich auch gegen die neuen Angreifer zur Wehr zu setzen, konnte Ariel erkennen, daß seine Unterarme kaum noch menschlich waren, sondern ganz aus schwarzem Chitin bestanden. Viel erschreckender jedoch war, daß Jorams Augen fest geschlossen waren, während er die Angriffe der Engel mit traumwandlerischer Sicherheit abwehrte.

Ariel, Rahel, ließ sich Henaiel, der sich immer wieder auf den Ekstatiker stürzte, jetzt wieder vernehmen. *Achtet auf die Monachen!*

Im nächsten Moment flog eine lodernde Feuerkugel knapp an ihnen vorbei. Ariel sah sich um. Daniel hatte drei der Monachen niedergestreckt, aber die anderen scharten sich jetzt um zwei seltsame Maschinen, von denen die eine erneut eine Flammenkugel in Richtung des Luftkampfs schleuderte. Neben den Maschinen brannte je ein kleines Feuer.

Daniel, hilf uns! wies sie den Urieliten an und flog dann dicht gefolgt von Rahel auf die Brücke hinab. Der Asphalt der breiten Straße, die einst über die Brücke geführt hatte, war an vielen Stellen geborsten, und es gab ein paar große Löcher, durch die Ariel den schwarzen Abgrund der Schlucht erkennen konnte. In rasendem Flug fegte sie dicht über die Köpfe der einen Gruppe besessener Monachen hinweg. Ihr kurzes Krummschwert versprühte knisternde Funken, als sie nach allen Seiten auf die Gestalten in den grauen Kutten einhieb. Am Ende ließ sie einen letzten, kraftvollen Hieb auf die Maschine herabsausen, die mit einem fürchterlichen Krachen zerbarst und eine zähe, ölige Flüssigkeit auf die Brücke ergoß, die sofort in Flammen aufging.

Mit einem kurzen Blick stellte Ariel fest, daß Rahel über der anderen Maschine schwebte und alle Monachen, die sie bedient hatten, am Boden lagen. Aus einigen der Körper ragten Daniels grüne Pfeile.

Ariel, Hilfe! Das war Henaiel, und es klang, als wäre er in ernster Gefahr! Erschrocken blickte sie zum Himmel auf und sah den Michaeliten in der Luft hoch über der Schlucht mit Joram ringen. Aadoniel und Malloriel umkreisten die beiden Kontrahenten in geringem Abstand, schienen aber keine Gelegenheit für einen sicheren Hieb zu finden. Mit ein paar Flügelschlägen schoß Ariel zu ihnen hinauf. *Malloriel, Aadoniel, zurück! Daniel, ich brauche dich jetzt!* Mit einem Mal spürte sie, wie die Schar geschmeidig ihren Gedanken folgte. Daniel war wieder auf einem der Brückenpfeiler gelandet und hatte sich hingekniet. Der lange obere Wurfarm des kunstvoll aus Kevlar, Holz und grüner Glasfaser gefertigten Bogens spannte sich. Ariel spürte, wie Daniel seinen Geist leerte und sich vollkommen auf sein Ziel konzentrierte. Sie flog jetzt dicht über den beiden Ringenden. Joram hatte eindeutig die Überhand gewonnen, seine golden flackernde Aura war größer geworden und hatte Henaiel jetzt vollkommen umschlossen, und seine dämonischen Arme spannten sich um den Hals des Michaeliten. Plötzlich wandte der Ekstatiker Ariel sein Gesicht zu, und seine Lider hoben sich. Das kalte Glitzern der runden Facettenaugen darunter ließ Ariel erschauern.

Schieß doch, Daniel!

Aber es war zu spät. Mit einem fürchterlichen Krachen brach Henaiels Halswirbelsäule unter dem eisernen Griff des Ekstatikers. Ariel spürte den Schmerz ihres Ordensbruders auch durch ihr eigenes Rückgrat rasen und konnte sich nur mit äußerster Willensanstrengung in der Luft halten. Durch die Zornestränen, die ihr in die Augen schossen, konnte sie sehen, daß Daniels Pfeil Joram an der Schulter getroffen hatte. Der Ketzer stieß ein furchtbares Heulen aus und ließ Henaiels leblosen Körper in die Schlucht fallen.

„Henaiel!“ rief Ariel aus und stürzte dem fallenden Engel hinterher. Sie bemerkte kaum, daß der Rest der Schar ihr folgte.

Ariel! Wie ein Flüstern erklang die Stimme ihres sterbenden Ordensbruders in ihrem Kopf. *Du kannst mir nicht mehr helfen ... du mußt Joram aufhalten ... Æterna ist sein Ziel ... mach dir keine Sorgen um mich ... ich werde die Läuterung erfahren ... und jetzt ist es an dir, dich um die Schar zu kümmern ... leb wohl, Ariel.*

Nein! schrie sie wütend in ihrem Geist. Aber es war zu spät. Unter ihr durchschlug der tote Michaelit die Oberfläche des Flusses. Als sie den Boden der Schlucht erreichte, konnte sie nichts außer ein paar silbernen Federn erkennen, die auf dem schäumenden Wasser trieben.

Kapitel zwanzig

In den ersten Tagen nach ihrem Zusammentreffen versuchte Hiob immer wieder, Anne über ihre Erlebnisse und die Umstände ihrer Reise nach Skandinavien auszufragen. Aber selbst wenn sie hätte sprechen können, hätte sie ihm wohl nicht geantwortet. Also gab er seine Bemühungen irgendwann auf und begann statt dessen, von seinen Erlebnissen seit seinem Aufbruch aus Mont Salvage zu berichten.

Als er ihr von Irène und Dominic erzählte, beschlich ihn ein seltsames Gefühl. Schon lange hatte er nicht mehr an die junge Frau aus Valencas und ihren Sohn gedacht, aber jetzt erschien es ihm manchmal, als sei sie es und nicht Anne, die an seiner Seite ritt. Er mußte auch daran denken, daß er Anne eine Zeitlang vollkommen vergessen hatte, während er bei Irène lernte, als Mensch zu leben. Zuerst hatte er den Impuls, Anne auch diese Gedanken mitzuteilen, aber die Vorstellung, daß sie ihm nichts darauf würde erwidern können, machte ihm Angst. Also behielt er sie für sich und erzählte Anne statt dessen von seinen Träumen. Darüber war sie sehr aufgeregt und gab ihm zu verstehen, daß sie ebenfalls Träume gehabt hatte und daß diese sie hierher geführt hatten. Abends, wenn sie rasteten, blieb Hiob oft noch lange wach, nachdem Anne eingeschlafen war, und dachte über

So dachte ich: Mit meinem Nest werde ich verscheiden und gleich dem Phönix meine Tage mehren.

– Hiob 29, 18

ihre Gespräche nach, wenn man es denn so nennen konnte. Es mußte doch einen Grund für ihr seltsames Zusammentreffen geben ...

Eines Nachts, sie konnten nicht mehr weit von Trondheim entfernt sein, lag er wieder wach und grübelte vor sich hin, als ihn plötzlich die Erkenntnis traf.

„Es wird die Schweigende erscheinen, und sie wird es sein, die den Gefallenen den Weg ans Licht weisen kann“, hatte Cumulus ihm und seiner Schar einst aus einem alten Buch vorgelesen, als sie die Weltkarte bei ihm abgeholt hatten, die Ab Gundar seinem Amtskollegen im Himmel der Urieliten zum Geschenk machen wollte. Weiter hatte die Prophezeiung gelautet: *„Wenn der Himmel in Flammen steht und die Herzen der Menschen von Finsternis erfüllt sind, wird sie die Hoffnung der Welt sein.“*

War Anne die Schweigende? Der Himmel der Bewahrer des Vergangenen loderte in göttlichem Feuer, und die Ragueliten selbst mochten die Gefallenen sein.

Als er Anne seine Gedanken am nächsten Morgen mitteilte, sah sie ihn skeptisch an und schüttelte energisch den Kopf. Doch er war sich sicher, daß es nur ihre Bescheidenheit war, die sie seine Theorie rundweg ablehnen ließ. Für den Rest des Tages war sie nachdenklich und interessierte sich kaum für seine Erzählungen. Erst als er beiläufig erwähnte, daß er auf der Suche nach dem Ordensbuch der Ragueliten war, horchte sie auf.

Sie sah ihn fest an und deutete kopfschüttelnd in die Richtung, in die sie ritten. Dann wies sie nach Süden.

„Das Buch ist nicht mehr in Trondheim, sondern im Süden?"

Anne nickte.

„Aber wie ist es dort hingekommen?"

Sie deutete einen Flügelschlag an.

„Ein Engel? Ein Engel hat es fortgebracht? Ein anderer Raguelit?"

Sie nickte wieder.

„Weißt du, wo es jetzt ist?"

Anne schüttelte den Kopf und wies wieder nach Süden.

„Aber es ist im Süden? Auf dem Festland?"

Sie nickte wieder energisch.

Hiob blickte nachdenklich in die Richtung, wo er die Ordensburg vermutete. Wenn das Buch sich nicht mehr dort befand, hatte seine Reise erneut ihren Sinn verloren. Er wußte natürlich, daß das nicht ganz stimmte. Er mußte einfach nach Trondheim reisen, um den zerstörten Himmel mit eigenen Augen zu sehen.

Als er Eliphas mitteilte, was er von Anne über das Ordensbuch erfahren hatte, sah dieser ihn nur mit hochgezogenen Brauen an, sagte aber nichts.

„Mein Zusammentreffen mit Anne hier ist kein Zufall", sagte Hiob. „Ich glaube, es hängt mit einer alten Prophezeiung zusammen. Der Herr hat mich sicher hierhergeführt, um sie zu treffen."

Der Komtur sagte immer noch nichts und sah ihn neugierig an.

„Anne ist aber nicht hierher gekommen, um nach dem Ordensbuch der Ragueliten zu suchen, schließlich ist es nicht hier."

„Das behauptet sie zumindest", antwortete Eliphas.

Hiob schüttelte den Kopf. „Du hast nicht gesehen, wie sie der Traumsaat begegnet ist. Sie muß auserwählt sein! Ich habe keinen Grund, ihr nicht zu glauben."

„Gut." Eliphas nickte. „Aber auch sie konnte dir nicht sagen, wo das Ordensbuch ist, wir können also nicht davon ausgehen, daß es tatsächlich in Sicherheit ist."

„Das stimmt", antwortete Hiob. „Und deshalb wirst du es suchen und dafür sorgen, daß es sicher in einem anderem Himmel aufbewahrt wird."

„Wie bitte?" Der Komtur starrte ihn ungläubig an.

„Bitte, Eliphas, das Schicksal unserer Welt könnte davon abhängen", sagte Hiob nun eindringlich. „Ich weiß, daß ich bei Anne bleiben muß, und der Herr hat andere Pläne für sie, als nach dem Buch zu suchen. Und außerdem hat ein Engel es von hier fortgebracht, also wäre es am sinnvollsten, in einem der Himmel mit den Nachforschungen zu beginnen. Und du weißt ja, wie die Angehörigen der Kirche auf mich reagieren."

Der Komtur nickte zögernd. Hiob konnte sehen, wie es hinter seiner Stirn arbeitete. Einerseits wollte Eliphas sicher endlich wieder zu seinem normalen Dienst zurückkehren, um seine Laufbahn so schnell wie möglich abzuschließen und Armatura zu werden. Andererseits wußte Hiob auch, daß Eliphas das Ordensbuch und die Ereignisse, die nach seiner Gefangennahme ins Rollen gekommen waren, nicht kalt ließen.

„So soll es sein", sagte der Komtur schließlich langsam. „Ich werde mit meinen Leuten in den Hafen von Trondheim reiten, um so schnell wie möglich ein Schiff nach Süden zu nehmen. Ich werde meine Suche im Himmel von Nürnberg beginnen."

„Danke, Eliphas!" Hiob sah ihn erleichtert an.

In den nächsten Tagen begann der schmale Pfad, sich langsam von den Bergrücken der Hedmark in die immer tiefer werdenden Täler der nördlichen Fjorde Norwegens herabzuwinden. Die Gegend wurde langsam wieder bewohnter. Hin und wieder kamen sie in der Nähe kleiner Ansiedlungen vorbei, von denen jedoch fast die Hälfte verlassen dalag.

Der Bergpfad folgte jetzt einem Bach. An der Stelle, wo er sich mehrere Meter tief als Wasserfall in den Fjord ergoß, führte der Pfad auf eine Straße, die am Ufer entlang weiter nach Norden führte.

„Dort unten geht es nach Trondheim", sagte Eliphas, als sie oben auf der Klippe standen. „Wenn ihr direkt zum Himmel wollt, müßt ihr dem Pfad dort folgen, der wieder in die Berge führt. Es kann nicht mehr weit sein, höchstens noch ein oder zwei Tage." Er reichte Hiob seine Landkarte. „Wir brauchen sie jetzt nicht mehr."

„Danke."

Der Komtur maß ihn mit einem letzten, langen Blick, dann streckte er ihm die Hand hin. Hiob ergriff sie umständlich.

„Viel Glück, Raguelit. Ich hoffe, wir sehen uns bald wieder."

„Das hoffe ich auch."

Nachdem sich auch die Beutereiter von Hiob und Anne verabschiedet hatten, führte Eliphas seine Rotte auf die Küstenstraße. Hiob sah ihnen noch eine Weile nach. Einen Großteil der Zeit, seit er aus dem Koma erwacht war, hatte er mit Eliphas und den Beutereitern verbracht, und gestern noch hätte er es sich nicht vorstellen können, ohne sie weiterzuziehen.

Als die Rotte um eine Biegung des Fjords verschwunden war, zupfte Anne an seinem Ärmel und wies auf den Pfad, den der Komtur ihnen gezeigt hatte. Hiob faltete die Karte zusammen und steckte sie in seine Satteltasche, dann lenkten sie ihre Pferde vorsichtig auf der Klippe entlang weiter Richtung Norden.

Am Abend hatten sie das Gefühl, dem Himmel schon sehr nahe zu sein. Die wenigen Pflanzen, die in der kargen Berglandschaft wuchsen, waren allesamt braun und verdorrt, und immer wieder wehte ihnen ein heißer, böiger Wind entgegen.

Sie überquerten noch einen Hügelkamm, bevor es dunkel wurde, und fanden schließlich eine geschützte Mulde hinter ein paar Felsbrocken, in der sie die Nacht verbrachten.

In den letzten Tagen hatte es zum Glück kaum geregnet, und auch am nächsten Morgen blieb es außergewöhnlich trocken. Als sie sich verschlafen von ihrem Lager erhoben, war es immer noch ziemlich dunkel, obwohl die Sonne bereits am trüben Himmel stand. Am nordöstlichen Horizont jedoch hing zwischen Himmel und Erde ein gewaltiger schwarzer Streif, der wie ein dunkler Riß in der Welt alles Licht verschluckte. Hiob nahm Anne bei der Hand, und gemeinsam starrten sie zu der Rauchwand hinüber. Das Brandland konnte nicht mehr weit sein, wenn die schwarze Mauer über dem Korridor aus verbrannter Erde, den das Fegefeuer hinterlassen hatte, schon so groß erschien. Das Fegefeuer selbst konnten sie von hier aus nicht sehen. Schnell packten sie und stiegen wieder auf.

Sie mußten nur noch einen Hügel überwinden, bevor sie ihr Ziel sehen konnten. Inmitten des Rauchs ragte auf der Klippe unter ihnen eine strahlend weiße Feuersäule in die Höhe.

„Der Himmel der Ragueliten", sagte Hiob leise. „Es stimmt also tatsächlich."

Anne nickte und lenkte ihr Pferd neben das seine.

Natürlich hatte er gewußt, daß es stimmte, aber ein Teil von ihm hatte es einfach nie glauben wollen. Doch jetzt, als er die Flammen sah, wo einst das prächtige Maßwerk in die Höhe geragt hatte, auf dessen Zinnen und Simsen er das Fliegen erlernt hatte, konnte er sich gegen die Gewißheit nicht mehr wehren. Aber da war auch ein anderes Gefühl. Der Himmel war nicht nur die Heimat des Engels Calliel gewesen. Er war auch der Ort gewesen, an dem der Junge Calvin gefangen gehalten und unter furchtbaren Qualen zu diesem Engel gemacht worden war.

Nachdem sie eine Weile schweigend zu dem zerstörten Himmel hinübergeblickt hatten, banden sie ihre Pferde an ein paar Felsen fest und stiegen den mit Trümmern übersäten Abhang zu der Klippe hinab, auf der sich einst die mächtige Ordensburg über dem Nordmeer erhoben hatte.

Engel

traumsaat

severin rast

entwickelt von

oliver graute, oliver hoffmann

und

kai meyer

autor	severin rast
lektorat	oliver graute, susanne graute-vieregge, oliver hoffmann
korrektorat	thomas russow
art director, satz und gestaltung	oliver graute
umschlagillustration und innenillustrationen	tobias mannewitz jean linnhoff eva widermann
kartenmaterial	tobias mannewitz

Engel im Internet: http://www.engel-net.com
Feder & Schwert im Internet: http://www.feder-und-schwert.com

für sanni.

hiobs botschaft

prolog

Pavel musterte den Himmel mit zusammengekniffenen Augen und streckte seinen vom gebückten Arbeiten schmerzenden Rücken. Noch vor einer halben Stunde hatte die Sonne durch die dünne Wolkendecke geschienen und die Reisfelder dampfen lassen. Jetzt war der Himmel beinahe schwarz. Schon wieder ein Sommergewitter? Er ließ seinen Blick noch einmal über das grüne Meer der Halme schweifen und watete dann zum Rand des Feldes hinüber. Bis nach Hause würde er es sicher nicht mehr schaffen, bevor das Unwetter losbrach, aber der Wald würde ihm wenigstens etwas Schutz bieten. Er zog sein Bündel unter den Ginsterbüschen hervor und suchte mit den Augen ein weiteres Mal besorgt das Feld ab. Seine Söhne konnte er nirgends entdecken. Pavel verfluchte seine schlechten Augen. Aber die drei waren alt genug, um sich selbst in Sicherheit zu bringen, und sicher nicht so dumm, sich bei Gewitter auf den Hügel zu wagen.

Sorgfältig suchte Pavel seine sehnigen Beine nach Blutegeln ab, nachdem er einen trockenen Fleck erreicht hatte. Diesmal hingen nur fünf der kleinen, schwarzen Parasiten an seiner Haut. Vorsichtig löste er jeden einzelnen ab und strich sie am Rand des rosafarbenen Plastikbehälters ab, den Wojciech ihm gegeben hatte. Das Sammeln von

Blutegeln war ein lukrativer Nebenverdienst – und für Reisbauern zudem mit keinerlei Mehraufwand verbunden. Unter seinem grauen Stoppelbart verzog Pavel den Mund zu einem Grinsen. Die reichen Städter ließen sich von Wojciech und seinen Kollegen für viel Manna schröpfen, während er hier täglich eine kostenlose Behandlung bekam und sogar noch ein paar Euro dazuverdienen konnte. Nachdem er seine Beine abgetrocknet hatte, stapfte er in seinen Holzschuhen zum Waldrand hinüber und ließ sich unter einer niedrigen Robinie mit dichtem Blattwerk nieder.

Das Grün der Bäume jenseits des schmalen Bewässerungsgrabens, der sich unweit von seinem Sitzplatz in das Reisfeld ergoß, war mit kleinen dunklen Flecken durchsetzt. Er konnte sich dunkel erinnern, daß hier Pflaumen wuchsen. Angestrengt spähte Pavel zu den Bäumen hinüber. Reife Pflaumen so früh im Sommer? Aber auch die Obstbäume in seinem Garten waren früh dran in diesem Jahr. Nach einem kurzen prüfenden Blick in Richtung des immer dunkler werdenden Himmels richtete er sich an seinem Stock auf und ging zum Kanal hinüber. Wenn die Pflaumen tatsächlich schon reif waren, konnte er vielleicht genug sammeln, um einen Teil zu verkaufen und den Rest einzukochen. Er überquerte mit einem großen Schritt den Bewässerungsgraben und trat unter die Pflaumenbäume. Er hatte nicht gewußt, daß hier so viele der schmackhaften Früchte wuchsen. Neugierig zog er einen der schwer beladenen Zweige zu sich herab – und ließ ihn mit einem erschreckten Aufschrei wieder fahren, als er erkannte, was die Pflaumen wirklich waren. Unzählige kleine, schwarze Kapseln waren mit einem schleimigen, zähen Sekret an die Zweige der Bäume geklebt. Aus der Nähe hatten sie selbst für Pavels alte Augen nichts mehr mit Pflaumen gemein. Er konnte viele verschiedene Formen erkennen, einige erinnerten entfernt an Insektenpuppen, andere an Walnüsse oder Schneckenhäuser.

Ein tiefes Brummen ließ Pavel herumfahren. Starr vor Entsetzen beobachtete er, wie sich ein Schwarm schwarzer Punkte aus den Sturmwolken auf ihn herabsenkte. Als die Kreaturen näherkamen, konnte er erkennen, daß jede von ihnen etwa so groß war wie ein Huhn. Sie erinnerten ihn an viel zu groß geratene Hummeln. Direkt vor seinen Augen schwirrten die Dämonen durch die Zweige und sammelten die Kapseln ein, die er noch vor wenigen Augenblicken für Pflaumen gehalten hatte. Geschickt benutzten sie ihre Beine, um die klebrigen Kapseln in den dichten schwarzen Pelz an ihren Hinterleibern zu streifen. Wenn sie genug der unheiligen Früchte geerntet hatten, stiegen sie wieder zum Himmel auf und verschwanden in den dräuenden Wolken.

Für einen kurzen Moment hatte Pavel den Eindruck, eine riesige, massive Gestalt in den Wolken zu erkennen, dann traf ihn etwas Kleines mit großer Wucht am Hinterkopf, und die Welt versank in Schmerz und Dunkelheit, noch ehe er sich darüber wundern konnte, daß die unheimlichen Biester offenbar keinerlei Notiz von ihm nahmen.

♦ ♦ ♦

Ebenezer stand im Hof seines Kontors in Strasnice, jenem Stadtteil Prags, in dem die meisten Kaufleute ansässig waren, und beobachtete, wie der Lastkahn beladen wurde. Jiri, der Bootsführer, stand breitbeinig im Heck des Kahns, der kaum schmaler war als der kleine Kanal, der das feucht glänzende Pflaster des Innenhofes in zwei Hälften teilte. Mit knappen Anweisungen sorgte er dafür, daß die Lagerarbeiter die Salzfässer und Baumwollballen so im Bauch des Kahns verstauten, daß der Laderaum optimal genutzt und das Gewicht gleichmäßig verteilt wurde.

Es war schon über fünfundzwanzig Jahre her, daß Ebenezer sich als Kaufmann in Prag niedergelassen hatte. Am Anfang hatte er immer daran denken müssen, daß die Straßen, Plätze und Häuser der Stadt nicht auf Erde und Fels errichtet waren, sondern daß sich irgendwo zu seinen Füßen der See befand. Der Gedanke hatte in ihm das unangenehme Gefühl aufkeimen lassen, auf einem kaum merklich schwankenden Schiffsdeck zu stehen. Aber irgendwann hatte er das Wasser unter seinen Füßen vergessen, und heute erinnerte ihn nur der Anblick der Kanäle noch manchmal an das feuchte Fundament der Stadt.

Der Lastkahn war jetzt fast vollständig beladen und lag so tief im Wasser, daß die Reling unter den Begrenzungssteinen des Kanals verschwand. Nun fehlten nur noch ein paar Kisten mit Gewürzen und anderen Luxusgütern.

Ebenezer winkte Jiri zu sich herüber, um ihm letzte Anweisungen für die Reise zu geben, und der drahtige Mann sprang zu ihm ans Ufer. Im selben Augenblick veränderte sich das Licht im Hof des Handelskontors. Eben noch hatte die Sonne golden durch ein paar dünne Wolkenschleier auf sie herabgeschienen, jetzt krochen von Süden schwarze Wolkenmassen heran und verdunkelten den Himmel. Von einem Moment zum anderen wurde es kälter. Bevor einer der Männer im Hof begriffen hatte, was geschah, brach ein furchtbarer Hagelschauer los. Mitten im Spätsommer prasselten taubeneigroße Hagelkörner mit ohrenbetäubendem Lärm zur Erde und ließen den Kaufmann und seinen Bootsführer im letzten Moment unter das schützende Vordach eines nahegelegenen Lagerhauses springen. Mit ungläubigem Schrecken sahen die Männer, daß zwischen den Eiskörnern unzählige schwarze Kapseln waren, die mit solcher Wucht vom Himmel stürzten, daß sie die obersten Baumwollballen auf dem Kahn zerfetzten und sogar die Regentonne in einer Ecke des Hofes zerschlugen. Jiri rief Ebenezer etwas zu, doch das donnernde Prasseln auf dem

Dach über ihnen übertönte seine Stimme. Dann zeigte er Grimassen schneidend über den Hof. Auf der anderen Seite war, ebenfalls unter einem hölzernen Vordach, Ebenezers Pferd angebunden. Der junge Fuchshengst warf aufgeregt den Kopf hin und her und drängte sich mit panischem Blick an die Wand des Kontors. Ebenezer schüttelte mit einem Blick zum schwarzen Himmel den Kopf und zuckte die Achseln. Aber der Kaufmann ließ das verängstigte Tier nicht mehr aus den Augen.

Der unwirkliche Hagelschauer hörte ebenso schnell auf, wie er angefangen hatte. Die anschließende Grabesstille war fast noch unheimlicher als der vorangegangene Lärm. Auf der anderen Seite des Hofes reckte der Hengst mißtrauisch den Hals unter dem Vordach hervor und rollte schnaubend mit den Augen. Tänzelnd warf er sich in die Zügel, mit denen er an einem Pfosten festgebunden war. Ebenso vorsichtig wie sein Pferd sah auch Ebenezer zum Himmel hinauf und ließ seinen Blick dann über den verwüsteten Hof schweifen. Dieser war mit einer dichten, schwarzweiß gefleckten Decke überzogen. Bei genauerem Hinsehen entpuppten sich die schwarzen Hagelkörner als bizarre Muscheln oder Käfer. Ihre Panzer waren so hart, daß die meisten von ihnen unversehrt geblieben waren.

Doch die höllische Plage war noch nicht vorüber. Eine frostige Windböe trieb einen zweiten Hagelschauer heran. Von einem Augenblick auf den anderen brach im Kontor wieder Chaos aus. Diesmal war es nicht ganz so schlimm wie beim ersten Schauer, mehr, als würden die seltsamen Gebilde eimerweise vom Himmel geschüttet. Niemand konnte sagen, wo der nächste Schwall niedergehen würde. Für Ebenezers verängstigtes Pferd war der erneute Schauer zuviel. Mit einem lauten Wiehern bäumte das Tier sich auf und warf sich mit seinem ganzen Gewicht gegen die Zügel, die sich noch einmal kurz spannten und dann rissen.

Als der Fuchs daraufhin aufgeregt auf den Hof hinausgaloppierte, sprang Ebenezer unter dem Vordach hervor, um das Tier zu beruhigen und wieder in Sicherheit zu bringen. Doch kaum hatte er zwei Schritte getan, prasselte eine weitere Welle des unheiligen Hagels auf den Hof herab, und im nächsten Moment lag der Kaufmann reglos am Boden. Seinem Hengst war nichts geschehen.

In der nächsten Hagelpause eilten Jiri und zwei Lagerarbeiter herbei und brachten den reglosen Körper ihres Herrn und das nervöse Pferd in die Sicherheit der Lagerhalle.

♦ ♦ ♦

Im gesamten Prager Süden hatten die Hagelschauer an jenem Nachmittag Holz, Tuch und Fleisch durchschlagen. Fuhrwerke und Marktstände waren zerstört worden, viele Kähne in den Kanälen gesunken. Vieh war auf den Weiden erschlagen worden, und zahlreiche Menschen hatte die Katastrophe das Leben gekostet. Die Engel, die sofort nach den ersten Schauern in Scharen vom Himmel der Ramieliten aufgestiegen waren, hatten in den dichten Wolken unzählige Dämonen erschlagen, hieß es.

Doch bald verbreitete sich auch das Gerücht, daß sich im Herzen des Sturms ein Dämon, groß wie der Himmel selbst, befunden haben sollte, gegen den selbst die himmlischen Heerscharen machtlos gewesen waren.

Kapitel eins

Die Gewitterwolken, die sich an die Gipfel der Pyrenäen schmiegten, erstrahlten ebenso im Rot der Morgensonne wie das Gefieder des kleinen Engels, der zwischen den Zinnen der Flugplattform saß. Ariel war schon vor Anbruch der Dämmerung hier heraufgekommen, um allein von Henaiel Abschied zu nehmen. Bald würden sie sich alle in der Ostkapelle versammeln: Henaiels alte Schar, ihre eigene, die für kurze Zeit auch die seine gewesen war, ein paar andere Engel, die Henaiel gekannt hatten, Ab Guillaume und wahrscheinlich auch der, dem Ariel insgeheim die Schuld am Tod des Michaeliten anlastete, der Inquisitor Karolus. Zorn stieg in ihr auf, als sie an ihn dachte. Hätte dieser verbitterte, herrschsüchtige Greis aus Roma Æterna sie nicht mit Henaiel auf diese Strafmission geschickt, würde ihr Ordensbruder jetzt noch leben. Wie es seine eigentliche Bestimmung gewesen war, würde er mit seiner eigenen Schar fliegen, so wie Ariel mit der ihren. Und sie hätte ihn nie kennengelernt ... wütend über den Gedanken und die Tränen, die ihr in die Augen schossen, schüttelte Ariel den Kopf. Sie hatte beschlossen, Karolus zu hassen, und wollte sich durch nichts von diesem Entschluß abbringen lassen.

Zum Ekel ist mein Leben mir geworden, ich lasse meiner Klage freien Lauf, reden will ich in meiner Seele Bitternis.

- Hiob 10, 1

Sie hob erneut ihren Blick und sah zu dem wolkenverhangenen Bergmassiv hinüber. Das Rot war Gold und Kupfer gewichen, und zwischen den Gipfeln war bereits der Rand der gleißenden Sonnenscheibe zu sehen. Es war einfach ungerecht. Sie war sich noch niemals so verraten vorgekommen. Als sei ihr das wertvollste Geschenk ihres Lebens gemacht worden, nur um ihr sofort im Anschluß wieder genommen zu werden. Sie wußte nur zu genau, daß die anderen dachten, sie hätte sich einfach ein bißchen in Henaiel verliebt. Sie wußte, daß sie alle mit ihr fühlten und hofften, sie werde ihren Schmerz bald überwinden. Aber es war mehr als Schwärmerei gewesen, es war etwas ganz anderes. Sie hatte sich Henaiel so verbunden gefühlt wie keinem anderen Wesen, das sie kannte. Als sei er nicht nur ihr Ordensbruder gewesen, sondern irgendwie mehr. Natürlich war das vollkommen unsinnig, genauso unsinnig wie die Idee, sie könnte in Henaiel verliebt gewesen sein.

„Ariel?" Es war Malloriels sanfte Stimme, die die blonde Michaelitin aus ihren düsteren Gedanken riß. „Die Andacht für Henaiel beginnt gleich. Es sind schon alle versammelt."

Oh, sie waren ja seit Henaiels Tod alle so nett zu ihr, und so mitfühlend. Besonders Malloriel. Seine vorsichtige, verständnisvolle Art machte sie rasend. Warum konnten die anderen sie denn nicht einfach nur in Ruhe lassen?

Wortlos und ohne den hochgewachsenen Ramieliten anzusehen, sprang Ariel auf und ging raschen Schritts zur Kapelle hinüber. Tatsächlich waren sie alle gekommen. Alle bis auf einen. Der hochehrwürdige Michaelis-Inquisitor Karolus war nicht erschienen. Im ersten Moment war sie froh, den Greis nicht zu sehen. Dann siegte wieder ihr Haß, und sie wandte sich empört an Malloriel, der ihr mit sorgenvollem Gesicht in die Kapelle gefolgt war. *Wie kann er es wagen, nicht hier zu erscheinen!* sandte sie als geistige Botschaft. *Selbst wenn es nicht seine Schuld gewesen wäre, hat er als Leiter der Operation die Pflicht –*

„Ariel", flüsterte der Ramielit ihr beruhigend ins Ohr. „Er ist ein Inquisitor der Michaeliten, es ist nicht an uns, über sein Handeln zu urteilen. Abgesehen davon ist er zu krank, um herzukommen."

Pah, das ist doch nur eine billige Ausrede! Er war ja auch nicht zu krank, um uns erst auf diese unsinnige Mission zu schicken und sich dann unentwegt einzumischen. Sie schnaubte verächtlich und wandte sich wieder von dem lang aufgeschossenen, blassen Engel ab.

Malloriel seufzte leise, aber bevor er zu einer Erwiderung ansetzen konnte, stimmten die Sarieliten ihren klaren Gesang an, und Ab Guillaume erklomm die Kanzel, um die Anwesenden zu segnen.

Die Trauerliturgie schien ewig zu dauern. Nach dem Segen des Ab sang der kleine Chor der Sarieliten mit glockenhellen Stimmen die erste Strophe des Gloria Angelorum, dann fielen die anderen versammelten Engel für die zweite Strophe ein und verstummten zur dritten wieder. Dieser Wechselgesang zog sich über ein gutes Dutzend Strophen hin. Als die letzte Note verklungen war, begann der Ab, von der Kanzel aus den verstorbenen Engel zu würdigen, aber Ariel beachtete ihn kaum. Ihr Blick war auf einen stämmigen Engel in grünen Gewändern auf der anderen Seite der Kapelle gefallen, dessen ungewöhnlich kurzes, borstiges Haar in alle Richtungen von seinem Kopf abstand. Varcanel hieß er und war ein Mitglied von Henaiels Schar gewesen. Sie konnte sich noch gut erinnern, wie Daniel mit dem anderen Urieliten aneinandergeraten war, nachdem Karolus

Henaiel das Kommando ihrer Schar übertragen hatte. Damals hatte alles seinen Anfang genommen, und keiner von ihnen hätte wohl gedacht, daß es so enden würde.

Jetzt blickte der Urielit zu ihr herüber, und seine Miene verdunkelte sich, als ihre Blicke sich trafen. Ariel spürte, daß er ihr die Schuld am Tod seines Scharbruders gab. Dennoch war nicht Haß das vorherrschende Gefühl, das sie auffing, sondern Schmerz. Schmerz über den zweiten Verlust, den die Schar in kurzer Zeit erlitten hatte – jetzt Henaiel und kurz davor Calliel. Calliel, der Engel, der jenem sechsten Orden, dem der Ragueliten, angehört hatte. Sie hatte gehört, der Himmel der Ragueliten sei im vergangenen Winter zerstört worden, aber sie wußte noch immer nichts über die Aufgabe dieses geheimnisvollen Ordens.

Ariel spürte genau, daß Varcanel ihren forschenden Gedanken auszuweichen versuchte. Noch immer starrten sie einander zwischen den filigran kannelierten Steinsäulen hindurch an. Es wäre dem stämmigen Urieliten leicht gefallen, seinen Geist ganz vor ihr zu verschließen, da sie nicht seine Scharführerin war, doch er tat es nicht. Nein, es schien vielmehr fast, als wolle er ihr eine Botschaft übermitteln.

Karolus ... wollte ... Joram ... Geheimnis. Was wollte er damit sagen? Prälat Karolus wollte geheimhalten, daß es den Ketzer Joram gab?

Welja ... suchte ... Joram ... Geheimnis. Der greise Inquisitor wollte an Jorams Geheimnis kommen, und Bruder Welja hatte es für ihn suchen sollen! Das mußte es sein, was ihr Varcanel sagen wollte.

Das hieß, Welja hatte sich damals nachts auf Karolus' Geheiß heimlich mit dem Ketzer getroffen, als ihre Schar ihn beschützen sollte. Und das wiederum hieß, daß Karolus auch den Tod Bruder Weljas verschuldet hatte!

Offensichtlich hatte Ariels Gesicht ihr empörtes Erstaunen nur allzu deutlich verraten, denn Varcanel senkte auf einmal seinen Blick und verschloß seinen Geist vor ihr, ehe sie weiter in ihn dringen konnte.

Den Rest der Trauerandacht verbrachte Ariel voller Ungeduld. Sie konnte es kaum erwarten, sich mit Varcanel zu treffen und ihn zu fragen, ob sie seine Andeutungen richtig verstanden hatte und was er noch darüber wußte. Aber als die Andacht schließlich mit dem

Totensegen beendet worden war, drängten der Urielit und die anderen Mitglieder von Henaiels Schar aus der Kapelle, bevor sie einen von ihnen erreichen konnte, und als sie endlich am Ausgang stand und auf die Plattform hinausblickte, war weit und breit keiner mehr von ihnen zu sehen.

♦ ♦ ♦

Malloriel stand einsam und allein auf der sturmumtosten Flugplattform des Himmels von Mont Salvage und ließ seinen Blick über den zerklüfteten Horizont schweifen. Die Andacht war vorüber, und die anderen Engel hatten sich wieder ihren täglichen Aufgaben zugewandt oder waren verletzt und abweisend vor jeder Gesellschaft geflohen – zumindest, wenn sie Ariel hießen. Der silberhaarige Ramielit wandte sich um und schlenderte langsam auf die Kapelle zu. Durch die offenstehenden Holzflügel des Portals konnte er beobachten, wie zwei junge Monachen die Kerzen löschten und den Boden fegten. Malloriel mußte sich eingestehen, daß er Angst hatte. Zum ersten Mal, seit er sich erinnern konnte. Nein, das stimmte nicht ganz. In seinen Träumen besuchte ihn die Wollust und streifte ihn mit dem Fieberhauch ihrer halb bewußten Phantasien. Und diese Träume waren es, vor denen er Angst hatte. An manchen Tagen wagte er kaum, sich zur Meditation zurückzuziehen. Er war sich immer noch nicht sicher, was die Träume bedeuteten, aber er spürte, daß ihm nicht mehr viel Zeit blieb. Henaiels gewaltsamer Tod hatte ihm das nur noch deutlicher vor Augen geführt. Auch wenn sie Engel des Herrn waren, sie waren nicht unbesiegbar. Sie starben im Kampf und wurden älter oder vielleicht sogar verrückt. Und dann rückte unaufhaltsam die Zeit der Läuterung näher. Niemand wußte vorher genau, wann ein Engel geläutert wurde, und es gab kein persönliches Ritual, nur die offiziellen, aber anonymen Feiern zu Ehren der Geläuterten an Lichtmeß. Aber Malloriel konnte sich des Gefühls nicht erwehren, daß seine Läuterung kurz bevor stand, sollte Ab Guillaume von seinen düsteren Träumen erfahren. Es war jedoch nicht die Läuterung selbst, die ihm Angst machte, sondern die Aussicht, nicht mehr genug Zeit zu haben. Als Ariel sich von ihm abgewandt hatte und Henaiel nähergekommen war, war ihm schmerzlich bewußt geworden, daß sie mehr für ihn war als nur seine Michaelitin – und auch, wenn es unter den Engeln keine Liebe geben durfte, auch wenn sie alle geschlechtslos waren, konnte er seine Gefühle nicht ignorieren. Was aber, wenn ihm nicht mehr genug Zeit blieb, um sie mit Ariel zu teilen –

„Malloriel!“ Der Ramielit hatte Ab Guillaume nicht bemerkt, der leisen Schrittes von hinten an ihn heran getreten war. „Es ist gut, daß ich dich hier treffe. Es gibt da etwas, das ich dir unbedingt zeigen möchte.“

„Vater Ab“, antwortete Malloriel überrascht. „Ich hatte gedacht, Ihr hättet euch schon zurückgezogen.“

„Das hatte ich auch, aber ich bin zurückgekommen, weil ich dich gesucht habe, Malloriel. Ich denke, es ist an der Zeit, daß du etwas erfährst. Begleite mich doch bitte hinauf in meine Privatgemächer.“ Der Ab sprach mit freundlicher Stimme, aber dem Ramieliten erschien es, als vernähme er einen Unterton der Besorgnis. War seine Zeit etwa jetzt schon gekommen?

„Ich habe mich schon verspätet, ehrwürdiger Ab, ich muß dringend hinunter ...“

„Das hat Zeit, Malloriel.“ Der Ab legte ihm beruhigend eine Hand auf die Schulter. „Und ich bin sicher, daß du nicht versäumen möchtest, was ich dir zu zeigen habe.“

Malloriel gab sich geschlagen – wie konnte er dem Ab schon widersprechen? Mit hängenden Flügeln folgte er Guillaume die breite Wendeltreppe hinauf, die zu den privaten Gemächern des Oberhirten der Urieliten in der Spitze des Himmels führte.

Im oberen Kreuzgang angelangt, führte der Ab Malloriel jedoch nicht in sein Audienzzimmer, sondern hinüber in den Gästeflügel.

„Du hast sicher schon gehört, daß der ehrwürdige Vater Karolus schwer erkrankt ist.“

Malloriel, der mit dieser Wendung des Gesprächs nicht gerechnet hatte, nickte überrascht.

„Nun, ich denke, daß es mit ihm bald zu Ende geht, und ich möchte versuchen, noch ein letztes Mal mit dem alten Sünder zu sprechen. Dazu brauche ich einen verschwiegenen Zeugen, dem ich vertrauen kann.“ Ab Guillaume machte eine Pause und sah Malloriel lange an.

„Außerdem denke ich, der Inquisitor schuldet dir und deiner Schar ein paar Antworten."

„Aber warum habt ihr nur mich hergeführt, Vater Ab?" Immer noch mußte ihm der Unglaube ins Gesicht geschrieben stehen, denn ein Ausdruck der Belustigung huschte über Guillaumes Züge.

„Weil du das Gedächtnis der Schar bist, Malloriel. Abgesehen davon ist Ariel zu sehr von Zorn und Haß erfüllt, als daß ich sie mit Karolus konfrontieren möchte." Mit ernstem Blick fuhr er fort: „Ich möchte nicht, daß Karolus dich sieht. Geh dort hinüber auf den Balkon und fliege von außen zum zweiten Fenster auf der linken Seite. Ich werde die Monachen anweisen, das Fenster zu öffnen, wenn ich in Karolus' Gemächer trete."

Malloriel nickte schweigend und trat ohne ein weiteres Wort auf die Balustrade hinaus. Das besagte Fenster befand sich in einiger Höhe darüber, es mußte hoch oben in der Wand des Gästezimmers eingelassen sein. Unterhalb des Fensters verlief ein schmaler Steinsims. Dort konnte er sich niederlassen und unauffällig in das Zimmer spähen.

Das Fenster war noch geschlossen, als er auf dem vom Unbill der Elemente zerfressenen Steingrat landete. Die dichten, schnell vorbeiziehenden Wolken spiegelten sich in der Scheibe des Fensters, und dahinter konnte er schemenhaft ein Himmelbett ausmachen. Er zog den Kopf zurück, um nicht gesehen zu werden, und kauerte sich auf dem Sims zusammen. Etwa hundert Meter unter ihm erstreckte sich die Flugplattform des Himmels, und er konnte mehrere kleine, weißgeflügelte Gestalten erkennen, die über der Plattform Kampf- und Formationsübungen ausführten. Die meisten von ihnen mußten ganz junge Engel sein, denen die erste Schlacht gegen die Traumsaat noch bevorstand, und er fragte sich, ob er mit ihnen hätte tauschen wollen und ob er etwas anders gemacht hätte, wenn er jetzt anstelle eines jungen Ramieliten dort unten auf seine erste Mission warten würde.

Malloriel hatte nicht bemerkt, wie das Fenster geöffnet wurde, aber der warme, stickige Luftzug, der plötzlich über ihm aus der Öffnung strömte, sagte ihm, daß es jetzt Zeit war, sich wieder dem Krankenzimmer zuzuwenden. Vorsichtig wandte er sich der Fensteröffnung zu und begann, angestrengt zu lauschen.

„Nun, wie geht es Euch heute, Prälat?" Guillaume sprach langsam und betont, wie zu einem kleinen Kind. „Ich hoffe, Ihr hattet eine erholsame Nachtruhe?"

Als nächstes konnte Malloriel das leise Rascheln von Linnen vernehmen, dem ein heiseres, krächzendes Stöhnen folgte.

„Aber nein, Prälat, so bleibt doch liegen! Ihr müßt Euch doch nicht meinetwegen aufrichten." Die volltönende Stimme des Ab klang aufrichtig besorgt.

Nach einem heftigen Hustenanfall erklang zum ersten Mal die Stimme des Michaelis-Inquisitors. Hätte er nicht gewußt, wer da sprach, der Ramielit hätte die Stimme nicht wiedererkannt.

„Ich kann nur im Sitzen sprechen, Ab", keuchte Karolus. „Die Monachen sollen endlich verschwinden!"

„Ihr habt den ehrwürdigen Inquisitor gehört", erklang darauf wieder Guillaumes Stimme, die den schweren Atem des Kranken mühelos übertönte.

Malloriel hörte auf seinem Lauschposten, wie die Tür des Zimmers sich öffnete und wieder ins Schloß fiel und schob sich noch näher an den Fensterrahmen. Jetzt würde es interessant werden.

„Sind sie zurück?" krächzte der Alte.

„Nein, Prälat, ich habe noch immer keine Neuigkeiten von der Schar. Im Gegenteil, ich habe immer mehr Gründe zu der Annahme, ihre Mission könnte endgültig gescheitert sein."

„Nein!" japste Karolus. „Das darf nicht sein! Das ist unmöglich! Sie müssen mir Jorams Geheimnis bringen!" Die Stimme des schwerkranken Mannes überschlug sich beinahe, und er wurde von einem erneuten Hustenanfall geschüttelt. Dann fuhr er in kraftlosem Flüstern fort: „Es darf nicht sein. Die Prophezeiung sagte, Jorams Geheimnis würde mich retten ..." Es schien also, daß Karolus mehr über Joram wußte, als er ihnen gegenüber zugegeben hatte, überlegte Malloriel aufgewühlt.

„Verzeiht, ehrwürdiger Inquisitor, aber vielleicht ist Euch eine falsche Information zugespielt worden. Womöglich gibt es gar kein Geheimnis, das dieser Ketzer bewahrt."

„Ha! Und was ist dann mit meiner Krankheit? Nein, es ist alles, wie sie es mir gesagt haben ..."

„Nun, in Eurem stolzen Alter ist es nicht ungewöhnlich, einer schweren Krankheit zu erliegen. Habt Ihr schon einmal daran gedacht, daß es vielleicht der Ruf des Herrn ist, dem Ihr Euch widersetzt?"

„Unsinn", krächzte der Greis. „Sie haben mir gesagt, daß es meine Bestimmung ist, noch viele Jahrzehnte zu leben, und ich werde mir holen, was mir zusteht. Schicke unverzüglich eine zweite Schar aus, sie soll nach der ersten suchen. Und wähle diesmal bloß einen fähigeren Michaeliten!" Einen fähigeren Michaeliten! Malloriel unterdrückte auf seinem Sims ein verächtliches Schnauben. Ohne einen zweiten Michaeliten, ohne diesen anmaßenden Henaiel wären sie vielleicht erfolgreich gewesen.

Wieder überkam den Alten ein schwerer Hustenanfall, von dem er sich nur langsam und mit langen, rasselnden Atemzügen erholte.

„Ich denke nicht, daß ich in dieser schweren Zeit eine meiner Scharen für noch ein Selbstmordkommando entbehren kann", erwiderte Ab Guillaume jetzt kalt. „Jeder sieht, daß Eure Zeit gekommen ist. Nur Ihr weigert Euch, Eurem Schöpfer in Würde entgegenzutreten."

„Du widersetzt dich meinen Befehlen, Ab?" Unter größter Kraftanstrengung spie Karolus die Worte aus. „Ich werde einen Boten nach Æterna schicken und mich über deine ungeheuerliche Impertinenz beschweren!"

„Das wird nicht nötig sein, Prälat. Ich selbst habe bereits einen Boten entsandt, der den Heiligen Stuhl von Eurer Krankheit und Eurer geistigen Umnachtung in Kenntnis setzt."

Karolus brach in ein hektisches Lachen aus, das bald in lautes Husten überging. „Du selbst mußt geistig umnachtet sein, Guillaume!" röchelte er. „Weißt du nicht, wer ich bin? Niemand wird dir glauben."

„Nun, auch daran habe ich gedacht, Prälat. Deshalb habe ich zu unserer Unterhaltung diesmal einen Zeugen eingeladen – und ich denke, niemand würde es wagen, das Wort eines Ramieliten anzuzweifeln."

Bei den letzten Worten war Ab Guillaume unter das offene Fenster getreten und sah nun zu Malloriel hinauf.

Malloriel nickte, trat behende in den hohen Rahmen und sprang leichtfüßig in das Zimmer des kranken Michaelis-Inquisitors.

Karolus reckte ihm in ungläubigem Entsetzen einen mageren, klauenartigen Finger mit geborstenem Nagel entgegen.

„Wieso ... ist er hier ...?“ Seine Haut war von grauer Farbe und spannte sich so straff über seinem ausgemergelten Körper, daß er mehr einem Skelett als einem Menschen glich. Nur seine geröteten Augen quollen beim Anblick des Ramieliten bedrohlich aus den Höhlen.

„Ich hielt es für besser, Euch nicht mit den Neuigkeiten über die Rückkehr der Schar zu belasten, in der Hoffnung, Euer Zustand würde sich bessern oder Ihr würdet zumindest zur Einsicht gelangen. Aber Eure Sturheit läßt mir keine andere Wahl.“

Offensichtlich hatte es Vater Karolus die Sprache verschlagen. Am ganzen Leibe zitternd lag er zusammengesunken auf seinem Siechenbett.

„Ja, die Schar ist zurückgekehrt“, fuhr der Ab fort, „doch Joram, der angebliche Ketzer, der nichts weiter als ein Versuchter der gefährlichsten Sorte ist, ist entkommen. Es gibt kein Geheimnis, das man ihm entreißen könnte. Ihr wurdet in die Irre geleitet, vielleicht gar vom Herrn der Fliegen selbst versucht, und Ihr werdet sterben – und ich werde nicht zulassen, daß Ihr noch andere mit in den Tod reißt.“

Mit letzter Kraft richtete sich Vater Karolus noch einmal auf und warf dem Ab einen haßerfüllten Blick zu, dann verkrampfte sich sein Körper, und er brach gurgelnd auf seinem Lager zusammen.

„Geh jetzt, Malloriel, du hast alles gehört. Ich werde die Monachen hereinrufen, damit sie sehen, was sie noch für ihn tun können.“

Malloriel nickte schweigend und schwang sich aus dem Fenster in den stürmischen Morgenhimmel hinauf. Er konnte noch nicht so recht fassen, was er da soeben gehört hatte. Warum hatte Ab Guillaume gewollt, daß er Zeuge dieses Gesprächs wurde? Eines jedoch war klar, er mußte Ariel und den anderen davon erzählen. Mit ein paar gewandten Flügelschlägen ließ er das Fenster hinter sich zurück und begann, im weiten Bogen zu den Cellæ der Engel hinabzugleiten.

Kapitel zwei

Es wurde schon wieder Herbst, als Hiob und Anne nach fast drei Wochen auf hoher See wieder das Festland betraten. Hiob hatte sich für den kleinen norwegischen Kauffahrer entschieden, weil er nicht wie die meisten größeren Schiffe Urbs Lipsia anlief, sondern in Brunswick landen sollte. Der kleine Hafen an der deutschen Küste erschien ihm sicherer als die große Stadt, in der zumindest ein paar Templer und Monachen von einem flügellosen Engel wußten, der von einer Rotte Beutereiter nach Trondheim gebracht werden sollte. Er glaubte zwar nicht, daß man ihm und Anne viel Aufmerksamkeit schenken würde, konnte aber auf unnötige Konfrontationen mit den Repräsentanten der Angelitischen Kirche gut verzichten.

Sie hatten die Seereise ohne Zwischenfälle hinter sich gebracht, und wenn er jetzt aus dem Fenster der bescheidenen Herberge über den Brunswicker Hafen hinaus aufs Meer blickte, kamen ihm seine Erlebnisse jenseits des Meeres wie die verschwommenen Erinnerungen eines Fremden vor.

Auch wenn er von der Zerstörung seiner Heimat gewußt hatte, als er nach Skandinavien in See gestochen war, hatte ihn der Anblick des rauchenden Trümmerfeldes, das vom Himmel der Ragueliten

Ich habe erkannt, daß du alles vermagst;
kein Vorhaben ist dir verwehrt.
- Hiob 42, 2

übriggeblieben war, tief erschüttert. Noch nachhaltiger beeindruckt hatte ihn jedoch das geheimnisvolle Zusammentreffen mit Anne. Er hatte nicht damit gerechnet, sie je wiederzusehen, und dann tauchte sie plötzlich dort am Ende der Welt vor ihm auf und rettete ihn vor einem Dämonen der Traumsaat.

Oft hatte er in den Wochen, die sie jetzt schon miteinander verbracht hatten, darüber nachgedacht, wie sehr sie beide sich seit ihrem letzten Zusammentreffen verändert hatten. Manchmal kam es ihm vor, als habe er im letzten halben Jahr jenes Maß an Menschlichkeit hinzugewonnen, das Anne verloren gegangen war. Jetzt war sie das übermenschliche Wesen, das rätselhafte, göttliche Medium, und er stand mit beiden Beinen fest auf der Erde. Natürlich wußte Hiob, daß das nicht stimmte. Eigentlich waren sie beide Ausgestoßene, unfähig, in die Welt der Menschen oder der Engel zurückzukehren, unfähig auch, einander in dem unendlichen Niemandsland zwischen den Welten wiederzufinden.

Er trat vom Fenster zurück und blickte zu Anne hinüber, die auf dem Bett in einen unruhigen Schlaf gefallen war. Beim Erreichen des brennenden Himmels war jede Energie aus ihr gewichen. Es war, als sei damit ihre Mission erfüllt gewesen und als habe sie jedes weitere Ziel aus den Augen verloren. Er allein war es gewesen, der entschieden hatte, daß sie aufs Festland zurückkehren und nach Eliphas und dem Ordensbuch suchen mußten. Er hatte sie zurück nach Oslo geführt und ein Schiff gefunden, um nach Deutschland zurückzugelangen. Alle Entscheidungen lasteten allein auf seinen Schultern, und mehr als einmal hatte er sich dabei ertappt, wie er sich danach sehnte, endlich wieder einem Befehl oder einer Vision folgen zu dürfen.

Als sie Brunswick am nächsten Morgen verließen, hatte Hiob seine Entschlossenheit wiedergefunden. Das sagenumwobene Liber Ragulitorum durfte nicht in die Hände des Feindes fallen. Welche Zweifel er auch mittlerweile an der Mission der Engel hegte, er war es seinem Orden und der Welt schuldig, daß der Herr der Fliegen nicht hinter die uralten Geheimnisse der Angelitischen Kirche und der Ragueliten im Besonderen kam.

Er hatte ihre wenigen Habseligkeiten zu einem Bündel verschnürt, das er jetzt an seiner Lanze über der Schulter trug. Diese wiederum hatte er zum Schutz vor den neugierigen Blicken anderer Reisender mit Stoffetzen umwickelt. Sie folgten einer Straße, die nach Südwesten ins Landesinnere führte. Zu beiden Seiten der Straße erstreckte sich brackige, unfruchtbare Marschlandschaft, die außer ein paar kreischenden Möwen keine Bewohner zu haben schien. Immerhin regnete es nicht, und Anne schien es zu gefallen, nach der langen Seereise wieder an Land auf Wanderschaft zu sein. Fröhlich wie schon lange nicht mehr schritt sie neben ihm aus. Manchmal, wenn er hinter ihr zurückblieb, kam sie zu ihm zurückgelaufen, um ihn in den Rücken zu stupsen und spielerisch anzutreiben. Doch auch wenn er auf ihr Spiel einging und mit ihr lachte, merkte Hiob, daß sie weiter von ihm entfernt war als je zuvor.

Etwa zwei Stunden, nachdem sie Brunswick verlassen hatten, begegneten sie einem Fischhändler, der ihnen von sich aus anbot, sie auf seinem Wagen mitzunehmen, und obwohl er eigentlich genug vom Fischgestank hatte, nahm Hiob das Angebot an und hob Anne neben die Aalfässer hinten auf den Karren. Er selbst reichte ihr nur sein Gepäck und lief noch ein Weilchen neben dem Wagen her, um sich mit dem Händler zu unterhalten und Neues über die Ereignisse der letzten Wochen in dieser Gegend zu erfahren.

„In Frankreich ist noch immer Krieg, junger Herr, aber hier ist alles ruhig“, erzählte ihm der gesetzte, kahlköpfige Mann. Hiob war froh, daß dem Händler nach Plaudern zu Mute war und er selbst nicht viel reden mußte. Er hatte die Kapuze über den Kopf gezogen und einen Wollschal um sein Gesicht geschlungen, was nicht allzu auffällig war, da von der Küste ein starker Wind wehte. Aber er fürchtete, sich dennoch zu verraten, wenn er zuviel sprach.

„Es ist ja gut und schön, daß die Kirche uns große Mengen an Fisch für ihre Truppen abnimmt, aber bei den niedrigen Preisen – da könnten sie auch gleich einfach alles beschlagnahmen! Aber ich will mich ja gar nicht beschweren. Schließlich kämpfen die Engel und Templer ja, um uns zu beschützen, nicht wahr? Da muß man wohl im Namen des Herrn und für die gute Sache auch einmal ein paar Einbußen hinnehmen. Immer noch besser, als selbst auf dem Schlachtfeld zu stehen ...“

„Sind auch viele Beutereiter auf den Straßen?“ unterbrach Hiob abrupt den Redefluß des Fischhändlers.

„Beutereiter“, erwiderte der mit gesenkter Stimme, „nun, junger Herr, über die spricht man hier nicht so gern. Aber ja, ich denke, ich bin in diesem Jahr wieder mehr Rotten begegnet, es scheint, als hätte die Kirche nicht nur an Fisch einen erhöhten Bedarf.“

Es war schon früher Abend, als sie das kleine Dorf Vienenburg erreichten. In den letzten Stunden hatte die Straße sie durch immer höhere Hügel geführt, und jetzt konnten sie den letzten Schimmer der untergehenden Sonne auf den Wolken zwischen den dunklen Gipfeln des Harz erkennen. Der Fischhändler steuerte seinen Karren in den Hof des einzigen Gasthauses am Ort und lud sie ein, noch mit ihm zu Abend zu essen. Aber Hiob lehnte ab, da er fürchtete, in der belebten Gaststube zuviel Aufsehen zu erregen. Statt dessen suchte er sofort den Wirt auf, um für sich und Anne ein kleines Zimmer zu mieten. Er bat den Wirt auch, das Abendessen direkt auf die Kammer bringen zu lassen. Anne hatte eine nicht unbeträchtliche Summe Mannas bei sich gehabt, als er sie in Norwegen getroffen hatte, und so hatten sie bisher gut leben können. Zwar hatten sie den größten

Teil ihres Reichtums für die Überfahrt ausgegeben, aber Hiob hoffte, mit dem ungewohnten Zahlungsmittel zumindest noch bis Nürnberg zu kommen. Es war ihm sehr schwer gefallen, den Umgang mit dem Manna zu lernen. Das Konzept des Kaufens und Bezahlens bereitete ihm Schwierigkeiten, und er war sich sicher, daß er häufig mehr als den angemessenen Preis bezahlt hatte.

Als er mit Anne später bei der einfachen Mahlzeit aus dicken Bohnen und Reis saß, dachte er wieder über das Ordensbuch nach. Unzählige Male hatte er Anne schon gefragt, ob ihr ihre Visionen Hinweise auf seinen Inhalt gegeben hätten, aber immer hatte sie nur energisch mit dem Kopf geschüttelt.

Bei seinem einzigen Besuch in den tiefsten Archiven des Himmels in Trondheim hatte er das Liber Raguelitorum selbst einmal gesehen. Das heißt, eigentlich hatte er nur die prächtige Holzkassette gesehen, in der es aufbewahrt wurde. Seine Schar und er waren zu Cumulus ins Archiv herabgestiegen, um die Karte abzuholen, die Ab Gundar seinem Kollegen in Mont Salvage zum Amtsantritt übersenden wollte. Als sie den düsteren Saal mit seinen riesigen, vom Boden bis zur Dekke reichenden Regalen betraten, hatten einige Monachen das Buch gerade wieder dorthin zurückgebracht. Er konnte gerade noch einen Blick auf das prächtige Maßwerk aus feinem Gold werfen, das die Kassette überzog, bevor das Buch wieder in den schweren, eisernen Schrein eingeschlossen wurde. Cumulus erzählte ihnen, bei näherem Hinsehen könnte man erkennen, daß in den filigranen Bögen und Rosetten ein komplizierter Schloßmechanismus verborgen war. Der Kartograph erzählte ihnen auch, in dem Buch seien alle Geheimnisse des Ordens der Ragueliten festgehalten. Das war alles, was er über das Liber Raguelitorum wußte. Aber es war der wertvollste Schatz seines Ordens, und er mußte sichergehen, daß dieser Schatz nicht dem Feind in die schwarzen Klauen fiel.

Insgeheim war er jedoch genauso sehr auf der Suche nach dem Ragueliten, der nach Annes Aussage das Buch aus Norwegen fortgebracht hatte. Er hoffte, von seinem Bruder mehr über den Untergang des Himmels und das Schicksal seines Ordens zu erfahren.

Nachdem sie gegessen hatte, stand Anne auf und kam zu ihm herüber. Sie trat hinter seinen Stuhl und begann, seinen Nacken zu massieren. Er lächelte und faßte nach ihrer Hand.

„Ich bin froh, daß du bei mir bist."

Sie erwiderte den Druck seiner Hand, und er konnte ohne aufzusehen spüren, daß auch sie lächelte. Er war wirklich froh, daß sie da war, auch wenn er genau wußte, daß sie einander nicht mehr als diese kleinen Bekundungen der Verbundenheit geben konnten – und Anne wußte es auch. Er vermißte Irène und Eliphas. Er hätte sich sogar gefreut, die anderen Beutereiter aus Eliphas' Rotte wieder zu treffen.

„Laß uns schlafen gehen, wir haben morgen einen anstrengenden Fußmarsch vor uns." Er drückte ihre Hand noch einmal sanft und schob sie dann von seiner Schulter.

♦ ♦ ♦

Als Hiob endlich eingeschlafen war, setzte Anne sich vorsichtig neben ihm auf, zog die Decke um sich, um der kalten Nachluft zu trotzen, und sah ihn nachdenklich an. Er atmete ganz ruhig, und die feinen Linien der Scriptura auf seiner Brust pulsierten im Rhythmus seiner Atemzüge, als hätten sie ein Eigenleben. Vielleicht hatten sie das ja wirklich, dachte sie und lächelte. Auch wenn Hiob seine Flügel im Kampf gegen die Traumsaat verloren hatte, war er noch immer ein Engel, vielleicht jetzt noch mehr als je zuvor. Als geflügelter Streiter der Angelitischen Kirche war Calliel ein mächtiges, übermenschliches Geschöpf gewesen. Hiob mochte einen Teil von Calliels mystischen Fähigkeiten verloren haben, doch war er über den Engel hinaus gewachsen, der nur einer unter vielen gewesen war und seinen festen, angestammten Platz in der Hierarchie der Angelitischen Kirche eingenommen hatte. Er hatte seine Individualität wiedergefunden und hinterfragte auf seiner tastenden Suche nach dem Schöpfer selbst das Dogma der Kirche. Während ihr diese beinahe schon ketzerischen Gedanken beim Anblick des schlafenden Engels neben ihr durch den Kopf gingen, bemerkte sie auf einmal, wie stolz sie auf Hiob war. Sie war stolz darauf, wie er sein Schicksal annahm, wie er allen Schwierigkeiten und Rückschlägen trotzte und einfach das tat, was er für richtig hielt. Aber ihr war auch schmerzlich bewußt, daß sein Weg ein anderer als der ihre war. Schon bald, nachdem sie die ersten Visionen gehabt hatte, war ihr klar geworden, daß ihr nur die Wahl blieb, an dieser Gabe Gottes zu zerbrechen oder sich selbst aufzugeben und sich ganz in den Dienst des Herrn zu stellen. Die Entscheidung war ihr nicht leicht gefallen, und sie fragte sich, wie lange Calliel ... wie lange Hiob wohl mit sich gerungen hatte, bis er sich der Aufgabe stellen konnte, die Gott ihm zugedacht hatte.

♦ ♦ ♦

Hiob war froh, als sie nach fast drei Wochen auf der Straße endlich den Himmel von Nürnberg am Horizont sehen konnten. Die Krone und die Flugplattform des mächtigen Turms waren in der tief hängenden Wolkendecke verborgen, und auch sein schlanker Rumpf war zwischen den Regenschleiern nur zu erahnen. Dennoch war der Himmel das erste Zeichen dafür, daß diese anstrengende Etappe ihrer Reise bald ein Ende finden sollte. Noch waren sie zu weit entfernt, um bei dem schlechten Wetter irgendwelche Gebäude außer dem Himmel der Gabrieliten zu erkennen, aber es konnte nicht mehr lange dauern, bis sie sich den Außenbezirken Nürnbergs nähern würden. Er hatte sich bemüht, unterwegs soviel wie möglich über die Stadt und den Himmel in Erfahrung zu bringen, und es schien vor allem die schiere Größe der Metropole zu sein, die bei den meisten seiner Gesprächspartner einen bleibenden Eindruck hinterlassen hatte. Größer als Roma Æterna selbst sollte die Stadt sein, auch wenn Hiob sich nicht vorstellen konnte, daß Nürnberg an die Pracht und den Glanz der Ewigen Stadt heranreichen konnte. Natürlich hatte er schon früher etwas über die Heimat der Engel mit dem Flammenschwert gehört. Paliel, die junge Gabrielitin aus seiner alten Schar, hatte immer ein bißchen Heimweh gehabt, auch wenn sie das nie zugegeben hätte. Aber sie hatte jede Gelegenheit genutzt, um mit träumerischem Blick von „ihrem Nürnberg" zu erzählen. Die Schwärmereien der Gabrielitin und die Berichte der Reisenden unterschieden sich jedoch wie

Tag und Nacht, und er war gespannt darauf, die riesige Stadt selbst zu erkunden.

Nach langem Zweifel hatte er sich schließlich entschlossen, sich in Nürnberg als Engel zu erkennen zu geben und so Zugang zum Himmel zu bekommen. Wie sonst sollte es ihm gelingen, Eliphas zu finden, falls dieser sich überhaupt noch in der Stadt aufhielt?

Kapitel drei

Es war schon Nachmittag, als Ariel Varcanel endlich fand und ihn zur Rede stellen konnte. Ihre Fragen prasselten wie Hagelkörner auf seinen Geist ein, kaum daß sie ihn entdeckt hatte:

Was weißt du über Jorams Geheimnis, das dieser Welja suchen sollte? Was bezweckte Karolus mit dieser Suche? Wieso hat er uns nicht offiziell den Auftrag gegeben, den Ketzer einzufangen und zum Verhör zurückzubringen?

Sie hielt inne, als sie sah, wie Varcanel unter ihren bohrenden Fragen zusammenzuckte.

„Es tut mir leid", sagte sie und bemühte sich, ihrer Stimme einen ruhigen, gelassenen Klang zu geben.

„Henaiel ... diese ganze Sache tut mir so leid." Sie mochte dem fremden Engel gegenüber nicht zugeben, was sie für seinen Scharführer empfunden hatte. Varcanel mußte eine soviel engere, intensivere Bindung zu seinem Michaeliten gehabt haben, als sie sie in ihrer kurzen gemeinsamen Zeit hatten entwickeln können. Sie fühlte sich dem Urieliten gegenüber irgendwie im Unrecht.

„Das ist noch lange kein Grund, andere Leute ungefragt mit deinen Gedanken zu bombardieren", herrschte dieser sie patzig an. Seine

> *Schmeckt süß das Böse in seinem Mund, birgt er es unter seiner Zunge, spart er es auf und will nicht von ihm lassen, hält er es auch tief in seinem Gaumen fest, in seinem Innern verwandelt sich die Speise, sie wird in seinem Leib ihm zu Natterngift.*
>
> \- Hiob 20, 12-14

Flügel spreizten sich leicht, und er machte Anstalten, von der kleinen Galerie zu springen, auf der Ariel ihn getroffen hatte.

„Nein, geh' nicht – warte bitte. Ich möchte wirklich mit dir reden. Henaiel war auch unser Freund, weißt du. Ich fühle mich auch ein bißchen verantwortlich für seinen Tod."

„Na, das ist ja anscheinend das erste Mal. Wenn du schon früher etwas mehr Verantwortung übernommen hättest, wäre Henaiel bei uns geblieben und jetzt sicher nicht tot."

„Das ist doch überhaupt nicht wahr! Du kennst mich gar nicht, Urielit, und hast keine Ahnung, wie ich meine Schar führe." Sie spürte, wie ihre mühsam unterdrückte Wut wieder hochkam und funkelte den stämmigen Varcanel von unten herauf wütend an.

Varcanel ließ die Flügel wieder sinken und wischte ihren Zorn mit einer wegwerfenden Handbewegung beiseite.

„Ja, ich weiß", antwortete er resigniert. „Es war nicht eure Schuld. Aber es ist soviel einfacher, wütend zu sein als zu trauern."

Ariel nickte, und gemeinsam blickten sie eine Weile schweigend von der Galerie auf die Wolken hinab. Dann begann Varcanel plötzlich, leise zu erzählen.

„Es war, noch während ihr auf der Jagd nach dem Ketzer wart. Ab Guillaume rief den Rest unserer Schar zu sich, um uns einem anderen Michaeliten vorzustellen, der unsere Schar in Henaiels Abwesenheit führen sollte. Wir alle hatten genug von der Tatenlosigkeit und nahmen es deshalb ohne Murren hin. Schließlich sollte es ja auch nur eine vorübergehende Maßnahme sein. Der Inquisitor war auch dabei. Zuerst saß er nur still in seinem Rollstuhl, es war fast, als sei er schon tot. Doch dann, als der Ab uns gerade entlassen wollte, damit wir uns beim Prior eine neue Mission übertragen lassen konnten, schlug er plötzlich die Augen auf und krächzte: 'Nein, Ab Guillaume, diese hier werden die Aufgabe übernehmen, an der die anderen Versager so jämmerlich gescheitert sind!' Ehe wir jedoch erfahren konnten, worum es ging, schickte der Ab uns hinaus, um allein mit dem Inquisitor zu reden."

Ariel nickte und sah den anderen Engel gespannt an. Die Wut und Verzweiflung in ihrem Blick waren grimmiger Entschlossenheit gewichen, und Varcanel konnte ein schwaches Lächeln nicht unterdrücken, als er sie ansah. Ariel erwiderte sein Lächeln. Es war gut zu spüren, daß sie im Grunde doch alle Geschwister waren.

„Während wir draußen warteten, wurde es drinnen ziemlich laut. Ab Guillaume hat sich regelrecht mit dem Inquisitor gestritten. Wir haben nur gehört, wie der Ab sagte, Karolus' törichte Jagd nach Jorams Geheimnis habe schon ein Leben gekostet, nämlich das von Bruder Welja, und es sei unverantwortlich gewesen, dem Monachen geheime Befehle zu geben, von denen die Schar – also ihr – nichts wußte. Den alten Inquisitor konnten wir von draußen nicht verstehen. Und ehe Ab Guillaume wieder zu sprechen begann, riß er die Tür zum Vorraum auf und schickte uns zum Prior hinab. Die Zornesröte stand ihm im Gesicht, doch ich kann nicht sagen, ob der Grund dafür der Streit an sich war oder die Tatsache, daß wir alle ihn mit angehört hatten."

Ariel blickte den muskulösen Urieliten immer noch aufmerksam an, aber er schüttelte nur resigniert den Kopf.

„Das ist alles?" fragte sie enttäuscht. „Mehr habt ihr nicht herausgefunden?" *Warum habt ihr keine Nachforschungen über Prälat Karolus, Joram und dieses Geheimnis angestellt?*

Varcanels Augenbrauen zuckten, und er schüttelte wieder den Kopf.

„Der Prior hat uns gleich auf eine Erkundungsmission jenseits des Kanals geschickt. Thomasiel, unser neuer Michaelit, hat dafür gesorgt, daß wir dieser Mission unsere volle Aufmerksamkeit widmeten."

„Dann werde ich eben jetzt mehr herausfinden!"

Varcanel zuckte die Achseln.

„Wenn du meinst. Ich glaube, weder der Inquisitor noch der Ab werden davon begeistert sein. Ich wünsche dir viel Glück." Er wandte sich um und stieg behende auf die Brüstung der Galerie.

„Warte noch einen Augenblick, Varcanel! Du hast mir das alles doch nicht erzählt, nur um jetzt einfach so zu verschwinden. Ich weiß genau, wieviel euch allen an Henaiel lag."

Der Urielit zuckte wieder die Achseln, sagte aber nichts mehr und breitete die Flügel aus.

„Wenn ich noch etwas herausfinde, werde ich es dich wissen lassen", rief Ariel ihm nach, als er in weitem Bogen in die Tiefe glitt.

Danke, mein Bruder.

♦ ♦ ♦

Guillaume saß an seinem Schreibtisch über den letzten Berichten von der Front in Frankreich. Die Hauptstreitmacht der Ketzer war vor fast zwei Wochen von den himmlischen Heerscharen in der Stadt Tours eingeschlossen worden. Doch seitdem hatte sich an der Lage nichts mehr verändert. Die alte Stadt war sehr gut befestigt. Die besten Baumeister der Kirche hatten ihre Verteidigungsanlagen vor über hundert Jahren selbst errichtet. Doch hatten die Mauern und Wehrtürme keinen Schutz gegen die Versuchungen des Herrn der Fliegen geboten, die die Bürger von Tours zu Ketzern gemacht hatten. Schlimmer noch war, daß viele Traumsaatkreaturen unter den Ketzern waren – und es wurden immer mehr. Jede Nacht versuchten weitere überlebende Dämonen von den restlichen Schlachtfeldern des Zentralmassivs die belagerte Stadt zu erreichen, und es waren zu viele, als daß die Engel sie in der Dunkelheit alle aufhalten konnten. Die Zeit wurde knapp. Je länger die Truppen der Angelitischen Kirche mit dem

Sturm auf Tours warteten, desto zahlreicher wurden ihre Gegner und desto ungewisser der Ausgang der Schlacht. Guillaume hoffte nur, daß es ihnen tatsächlich gelingen würde, die Stadt im Handstreich zu nehmen. Sollten sie versagen, würden die wiedererstarkten Ketzer die Gelegenheit nutzen, um andere französische Städte erneut in ihre Gewalt zu bringen, und dann konnte niemand mehr vorhersagen, wie lange der Krieg noch andauern würde.

Ab Guillaume blickte auf, als ein Novize sein Arbeitszimmer betrat.

„Die Ärzte sagen, es stehe schlecht um den ehrwürdigen Inquisitor Karolus, und sie wünschen Euch zu sprechen."

Der Ab nickte und entließ den schüchternen jungen Mann mit einer Handbewegung.

Dann scheint sich zumindest dieses Problem von alleine zu lösen, dachte er zynisch. Er wußte, daß er so nicht von einem Inquisitor des Ordens derer, die wie Gott sind, hätte denken sollen, aber er hatte Karolus gegenüber jeden Respekt verloren. Als er zu Malloriel von Versuchung gesprochen hatte, war es ihm sehr ernst gewesen. Der senile, habgierige Michaelis-Inquisitor stellte eine Gefahr für die Angelitische Kirche dar und war eine Schande für seinen Orden.

Mit einem letzten sorgenvollen Blick wuchtete Ab Guillaume seinen schweren Körper aus dem großen Lehnstuhl.

Als er das Krankenzimmer des greisen Inquisitors betrat, begrüßten die drei Ärzte ihn mit sorgenvollem Blick. Trotz des Monachen, der das Zimmer ständig reinigte und des offenen Fensters ließ sich der alles durchdringende Geruch von Siechtum und Inkontinenz nicht ignorieren, und vom Bett her waren die langsamen, rasselnden Atemzüge des sterbenden Greises zu hören.

„Ehrwürdiger Ab", sprach der älteste und kleinste der Ärzte ihn an. „Prälat Karolus ist alt, und die Lähmung seines Körpers ist seit dem letzten Anfall noch weiter fortgeschritten. Er kann kaum noch aus eigener Kraft atmen."

„Ich fürchte, wir können nichts mehr für ihn tun", fügte sein hagerer, spitzbärtiger Kollege mit gedämpfter Stimme hinzu.

Ab Guillaume nickte grimmig.

„Habt ihr ihn über seine Lage aufgeklärt?"

„Ja“, antwortete der kleine Arzt und blickte unbehaglich zu Boden. „Wir haben ihm auch angeboten, einen Raphaeliten zu rufen, damit er dem Schöpfer ohne Schmerzen und bei klarem Geist entgegentreten kann, aber er wollte nichts davon wissen.“

„Statt dessen hat er immer wieder nach seiner Maschine verlangt“, sagte jetzt der dritte Arzt, während er geflissentlich seinen Zwicker mit einem Zipfel seiner Kutte putzte.

Der Ab zog eine Augenbraue hoch und warf einen flüchtigen Blick zu Prälat Karolus hinüber, der kraftlos, aber mit funkelnden Augen auf seinem Krankenbett lag.

„Aber wie ich sehe, habt ihr die Maschine nicht hergebracht.“

„Nein, ehrwürdiger Ab, wir wollten zuerst mit Euch sprechen.“ Bei diesen Worten sog Karolus scharf die Luft ein und wurde daraufhin von einem schweren Hustenanfall geschüttelt.

„Natürlich können wir sie sofort herbeibringen lassen ...“

Der Arzt hatte sich schon zur Tür gewandt, doch Guillaume legte ihm die Hand auf die Schulter und hielt ihn zurück. Seine beiden Kollegen rührten sich nicht. Dann sah der Oberhirte der Urieliten die drei Ärzte fest an.

„Ihr seid Monachen des Ordens des Raphael und die besten Ärzte in meinem Himmel. Wie könnt ihr auch nur daran denken, den Inquisitor mit einer *Maschine* am Leben zu halten? Das grenzt an Gotteslästerung.“ Er konnte hören, wie hinter seinem Rücken die Atemzüge des Inquisitors erneut stockten, fuhr aber fort, ohne seine Stimme zu senken.

„Wir können es nur seiner angeschlagenen Gesundheit zuschreiben, daß Prälat Karolus solche Maßnahmen fordert. Würden die Herren Ärzte mir nicht zustimmen, daß die Anfälle nicht nur Karolus' Körper, sondern auch seinen Geist in Mitleidenschaft gezogen haben?“ Er ignorierte das gequälte Stöhnen hinter seinem Rücken weiterhin und sah die Ärzte streng an.

„Nun ja, das ist mit Sicherheit nicht auszuschließen“, antwortete der Arzt mit der Brille zögernd.

„Ich würde sogar sagen, es ist recht wahrscheinlich“, fügte der Kleine hinzu, während der Dritte nur zustimmend nickte.

„Ich denke, dann sind wir uns alle einig, daß der Inquisitor keinesfalls der dunklen Versuchung der Technologie erliegen darf, sondern wir ihm bei seiner geistigen Verwirrung im Angesicht des Todes beistehen müssen, so gut wir es eben vermögen", schloß Guillaume die Unterhaltung und schob die drei Ärzte zur Tür.

„Ich werde noch einmal allein mit ihm sprechen, ihm die Beichte abnehmen und ihm vorsorglich die letzte Ölung erteilen."

Der Ab schickte auch die Monachen, die den kranken Inquisitor betreuten, aus dem Raum und stellte sich dann unter das geöffnete Fenster, vor dem noch wenige Stunden zuvor Malloriel gekauert hatte.

„Ihr habt die Ärzte gehört, Karolus. Der letzte Anfall war einfach zuviel für Euch. Sie können nichts mehr für Euch tun." Ungerührt erwiderte Ab Guillaume den lodernden Blick des todkranken Mannes. „Ihr werdet bald sterben, Prälat Karolus. Das einzige, was Euch noch bleibt, ist zu beichten und dann unter den tröstenden Schwingen eines Raphaeliten dem Ruf des Schöpfers zu folgen."

„Ich befehle dir", preßte Karolus zwischen zwei rasselnden Atemzügen hervor, „mich wieder an meine Maschine anzuschließen!"

Ab Guillaume schüttelte den früh ergrauten Kopf. „Ich werde bei Eurer Blasphemie nicht noch mehr zum Mittäter werden, Prälat. Ich gebe Euch noch eine letzte Gelegenheit, die Beichte abzulegen."

„Die Maschine", keuchte Karolus. „In Æterna wird man von deinem Ungehorsam erfahren ..."

Ohne ein weiteres Wort drehte Ab Guillaume sich um und verließ das Zimmer. Vor der Tür wandte er sich an die drei Ärzte, die ängstlich auf ihn gewartet hatten.

„Der ehrwürdige Prälat Karolus braucht Abgeschiedenheit, um sich auf seinen Tod vorzubereiten. Ihr könnt nichts mehr für ihn tun und dürft nun gehen."

♦ ♦ ♦

Malloriel hockte mit den übrigen Mitgliedern der Schar auf einer kleinen Plattform in der Nähe ihrer Cellæ. Er hatte den anderen gerade von seinem seltsamen Erlebnis mit dem Ab und dem Inquisitor erzählt, und sie überlegten gemeinsam, welche Konsequenzen sie aus dem neu gewonnenen Wissen ziehen sollten, als Ariel atemlos zu ihnen stieß.

Welja hatte den Auftrag, sich heimlich mit Joram zu treffen! Deshalb hat er meine Anweisungen mißachtet!

„Woher weißt du das?" Daniel blickte sie überrascht an, und auch die anderen sahen verwundert aus.

Varcanel hat es mir erzählt, er hat mit seiner Schar einen Streit zwischen Ab Guillaume und Prälat Karolus belauscht.

„Genau wie Malloriel", erwiderte Rahel. „Der Ab hatte ihn als heimlichen Zeugen zu einem Gespräch mit dem sterbenden Inquisitor eingeladen."

Verwundert und verärgert sah Ariel zu Malloriel hinüber, der sein Gesicht hinter dem Vorhang seiner Silbermähne verbarg.

Warum hast du mich nicht informiert? fragte sie vorwurfsvoll.

„Ab Guillaume hat mich allein in meiner Funktion als Bewahrer des Wissens zu dieser Unterredung hinzugezogen, Ariel. Aber er hat mir nicht verboten, euch danach davon zu erzählen."

Ariel schluckte ihren Ärger hinunter und lauschte gespannt dem Bericht des hageren Ramieliten, den auch die anderen schweigend noch einmal mit anhörten. Kaum hatte Malloriel geendet, da sprang sie auf.

Wir gehen zu Karolus und werden ihn zur Rede stellen!

Ehe ihre Schar etwas darauf sagen konnte, betrat ein Mann im grünen Waffenrock der Urielis-Templer die Plattform und salutierte.

„Ariel vom Orden der Michaeliten, du wirst mit deiner Schar vom Prior unverzüglich in der Halle der Entsendung erwartet."

Die anderen konnten sehen, daß der aufgebrachten Michaelitin eine scharfe Erwiderung auf der Zunge lag, aber ihre warnenden Blicke ließen Ariel sie herunterschlucken. Dem Ruf des Priors der Urieliten konnte sie sich nicht widersetzen.

„Wir sind Boten des Herrn. Wir hören und gehorchen", antwortete sie verbissen und schwang sich mit ihrer Schar in die Lüfte.

Als sie in der Halle der Entsendung ankamen, sah sie, daß sich noch zahlreiche weitere Engelsscharen dort versammelt hatten, insgesamt konnte sie vierundzwanzig weitere Fünfergruppen erkennen. Es war eine stattliche Armee der Krieger des Herrn, die sich in der gewaltigen Halle versammelt hatte und nun in erwartungsvollem Schweigen den Mann ansah, der sie hatte rufen lassen.

Prior Scipio war ein kräftig gebauter Mann mittleren Alters, dem man ansah, daß er die Rüstung eines Templers getragen hatte, bevor er den Talar angelegt hatte. Ariel hatte gehört, daß er lange verdienstvoll als Magister bei den Templern des Uriel gedient hatte, bevor er zum Prior des Himmels von Mont Salvage berufen worden war. Er war kein Mann vieler Worte, und die meisten Engel schätzten ihn sehr.

„Himmlische Heerscharen", eröffnete er von der Kanzel die Liturgie der Entsendung, nachdem auch Ariels Schar unter seinem gestrengen Blick ihren Platz eingenommen hatte.

„So wie Gott, der Herr selbst dereinst die Erzengel entsandte, um auf Erden gegen die Legionen des Bösen zu ziehen, entsende ich euch heute in seinem Namen nach Tours. Es ist der Wille des Herrn, daß diese Stadt von den Ketzern befreit und vom unreinen Geziefer der Traumsaat gereinigt werde. Ihr seid die Auserwählten, die Helden des Herrn, die seinen Willen ausführen werden, um den Menschen im Tal der Finsternis wieder Hoffnung zu geben. Ihr seid die Engel des Herrn. Ihr seid die Boten des Lichts."

„Wir sind Engel des Herrn. Wir sind Boten des Lichts. Wir hören und gehorchen", antworteten einhundertfünfundzwanzig Stimmen im Chor.

Nach der einleitenden Zeremonie gab der Prior den versammelten Scharen weitere Anweisungen für ihren Einsatz. Sie würden sofort abfliegen und sich in Chinon der Hauptstreitmacht der Angelitischen Kirche anschließen. Von dort aus würden sie in Kürze die Ketzerfestung Tours angreifen.

Auch wenn Ariel immer noch den Drang hatte, in Karolus Kammer zu stürmen und von dem verlogenen Inquisitor Rechenschaft zu fordern, war sie froh, daß sie mit ihrer Schar ins Feld geschickt wurde. So hatte sie wenigstens wieder eine Mission und war von dem wachsenden Aufruhr in ihrem Inneren abgelenkt.

Als sie ihre wenige Ausrüstung zusammengesucht hatten und sich nach einer halben Stunde wieder mit den übrigen Scharen auf der Flugplattform versammelten, war Ariel äußerlich vollkommen ruhig.

Sie hatte beschlossen, ihre Gedanken an Henaiel und den Inquisitor in Mont Salvage zurückzulassen und sich erst wieder mit der Sache zu befassen, wenn ihre Mission in Frankreich erfüllt war.

Eine Schar nach der anderen hob in perfekter Diamantformation von der Flugplattform ab und flog in Richtung Norden davon. Als Ariels Schar, die als letzte den Flug antreten sollte, an der Reihe war, trat plötzlich Ab Guillaume auf die Flugplattform. Er nickte Prior Scipio kurz zu und kam dann zu Ariel herüber.

„Ariel vom Orden der Michaeliten, ich muß dir leider mitteilen, daß dein ehrwürdiger Inquisitor Karolus soeben verstorben ist."

Sein Blick jedoch ruhte auf Malloriel, obgleich er mit der Michaelitin sprach.

Kapitel vier

Am frühen Morgen des dritten Tages ihrer Reise erreichten die Entsatzscharen Chinon. Der Prior hatte sie bei ihrer Entsendung zur Eile gemahnt, und die fünfundzwanzig Scharen hatten die Strecke, die vom Himmel fast direkt nordwärts führte, nahezu ohne Pause zurückgelegt. Alle hatten die Strapazen des Fluges ohne ein Wort der Klage auf sich genommen, aber Aadoniel sah den meisten anderen Engeln deutlich an, wie erschöpft sie waren. Auch seine eigenen Flügel schmerzten von dem Gewaltflug, aber sein Stolz verbot ihm, die Erschöpfung zu zeigen. Seit Mitternacht regnete es ununterbrochen, und ohne die Urieliten hätten sie sich sicher verflogen. Dennoch war Aadoniel nach über zwei Tagen in der Luft dankbar für die Erfrischung gewesen.

Das Feldlager bei Chinon war das größte, das er je gesehen hatte. Die Fläche des Lagers war bestimmt zehnmal größer als das Dorf Chinon selbst, und aus seiner Mitte ragte ein knapp zwanzig Meter hohes Gerüst aus roh zusammengezimmerten Baumstämmen in den Himmel, das eine ausladende Flug- und Aussichtsplattform trug. Landeinwärts waren rund um das Lager Palisaden und weitere Wachtürme errichtet worden, und am Strand lagen unzählige Flöße, Boote

Ich schreie zu dir, und du erwiderst mir nicht; ich stehe da, doch du achtest nicht auf mich. Du wandelst dich zum grausamen Feind gegen mich, mit deiner starken Hand befehdest du mich.

- Hiob 30, 20-21

und Schiffe. Die Templer mußten jeden Baum im weiteren Umkreis abgeholzt haben, um dieses Heerlager zu errichten.

Als ihre Schar an der Reihe war, auf den regennassen Planken der Plattform zu landen, überkam Aadoniel jener Schauder der Furcht, den er auf dem ganzen Flug zu unterdrücken versucht hatte. Jetzt war es also wieder soweit. Vor mittlerweile fast zwei Jahren war er direkt nach seiner Weihe in Æterna mit seiner ersten Schar nach Lyon entsandt worden, als dort ein Ketzeraufstand ausbrach. Mittlerweile waren die vereinzelten Aufstände zu einem Krieg geworden, der in halb Frankreich tobte und in dem unzählige Menschen und Engel den Tod gefunden hatten.

Die Bilder des kleinen Lagers hoch oben in einem Flußtal in den Lyoner Bergen drängten sich in sein Bewußtsein. Er und die anderen waren erst seit zwei Wochen offiziell eine Schar gewesen. Neferiel, ihr Michaelit, war der Älteste und zugleich der einzige von ihnen gewesen, der bereits Erfahrungen auf dem Schlachtfeld hatte. Für die anderen war es wie für Aadoniel das allererste Mal, daß sie einen richtigen Kampfeinsatz flogen. Das Tal, in dem sich ihr Lager an eine Steilwand schmiegte, war lang und schmal gewesen. Nur die

Engel und ein paar Monachen und Templer hatten hier gelagert, das Biwak der Hauptstreitmacht hatte sich am Fuße der Berge befunden. Damals waren sie insgesamt vier Scharen gewesen. Ihr Auftrag hatte gelautet, die fünfhundert Templer und ihre Hilfstruppen gegen eventuelle Angriffe aus der Luft zu schützen. Die Spione der Kirche hatten in der Ketzerstadt zwar keine Anzeichen für die Anwesenheit von Dämonen feststellen können, aber Ab Guillaume hatte sich darauf in weiser Voraussicht nicht verlassen wollen.

Eine ihrer vier Scharen hatte dem Templerheer als Wachen und Kundschafter gedient, während die anderen drei Scharen sich in den Bergen versteckt hielten. Als Aadoniels Schar mit den anderen beiden am Morgen des Sturms auf die Stadt von den Bergen herabflog, bot sich ihnen ein Bild des Schreckens. Das Heerlager war vollkommen verwüstet worden. Zwischen den schwelenden Überresten der Wagen und Kriegsmaschinen hatten sich die verstümmelten und verkohlten Leichen von Templern und Söldnern getürmt, und der beißende Gestank von verbranntem Fleisch und menschlichen Exkrementen hing in der Luft. In der Mitte des Lagers hatten die Angreifer fünf Pfähle errichtet, auf denen die schlaffen, blutüberströmten Körper von fünf erschlagenen Engeln hingen.

Aadoniel konnte sich noch gut an jenen schrecklichen Moment erinnern, in dem sich sein erster, dumpfer Schock langsam erst in Unglauben und dann in nacktes Entsetzen verwandelte. Immer noch konnte er Neferiels Stimme in seinem Kopf hören. *Oliven. Sie haben sie aufgespießt wie Oliven.* Bei ihrer ersten Ankunft in Mont Salvage hatte man ihnen ein üppiges Mahl vorgesetzt. Die Olivenspieße hatten den Michaeliten damals besonders beeindruckt ...

„Aadoniel?“ Es war Rahels besorgte Stimme, die ihn aus seinen düsteren Gedanken riß.

„Ist alles in Ordnung?“ Die Raphaelitin legte ihre kleine Hand sanft auf seinen Oberarm.

Aadoniel nickte geistesabwesend und biß sich auf die Unterlippe.

„Du hast Ab Guillaume immer wieder selbst gesagt, du seiest soweit“, sagte sie in immer noch besorgtem Tonfall. „Und jetzt ist die Zeit gekommen, wo er sich auf dich verläßt. Und wir uns auch.“

Aadoniel nickte wieder und sah die Heilerin herausfordernd an.

„Ich habe keine Angst“, zischte er.

„Ich weiß“, antwortete die Raphaelitin sanft. „Aber ich sehe auch, daß die Schrecken der Vergangenheit dich noch immer heimsuchen.“

Sie sah den tapferen Gabrieliten einen Moment schweigend an. „Willst du mir nicht erzählen, was damals passiert ist, damit du ohne diese Last in die Schlacht ziehen kannst?“

„Da gibt es nichts zu erzählen.“ Er sprang von der Holzplattform und ließ sich in sanftem Bogen zur Erde gleiten.

Unten angekommen bedauerte er bereits, Rahel abgewiesen zu haben. Er wußte, daß die pflichtbewußte Raphaelitin ihm nicht nur als Heilerin der Schar helfen wollte, sondern weil sie ihn mochte. Und eigentlich mochte er die Kleine ja auch. Am liebsten hätte Aadoniel sich umgedreht und sich bei ihr entschuldigt, aber er tat es nicht.

♦ ♦ ♦

Kaum hatte einer der Templer ihnen ihr Zelt gezeigt, wandte Ariel sich auch schon wieder zum Gehen. *Gleich findet die erste Einsatzbesprechung statt. Ihr ruht euch einstweilen aus. Ich werde euch nachher alles detailliert berichten.*

„Soll ich dich nicht begleiten, Ariel?“ Malloriel stand sofort an ihrer Seite.

Nein, das ist nicht nötig. Ich gehe allein.

Malloriel sah der davonstürmenden Michaelitin nach und wußte nicht, ob er über ihr Verhalten verärgert oder traurig sein sollte. Warum war Ariel nur so ablehnend? Schließlich hatte er sie früher auch immer zu allen Einsatzbesprechungen begleitet. Sie waren eine Einheit gewesen. Er hatte ihr noch soviel zu geben, und sie wollte es partout nicht annehmen.

„Laß ihr noch etwas Zeit, Malloriel.“ Wie schon so oft in den letzten Tagen war es Rahel, die ihn zu beruhigen versuchte. Immer war sie allen gegenüber so verdammt verständnisvoll, dachte der Ramielit.

„Wie lange soll ich denn noch warten?“ fragte er sie und konnte die Verärgerung nicht aus seiner Stimme verbannen. „Wer weiß, wieviel Zeit uns noch verbleibt! Und sie macht jede Gelegenheit zur Versöhnung mit ihrem dummen Stolz zunichte!“

„Sie ist eine Michaelitin“, erwiderte die Heilerin ernst. „Ohne ihren Stolz ist sie nichts.“ Dann fuhr sie mit beruhigender Stimme fort: „Und hör auf, dir Sorgen zu machen. Ihr werdet noch viel Zeit haben, um ..."

„Da bin ich mir nicht so sicher", brummte der Ramielit und sah dann alarmiert zu Rahel hinüber. Er wollte nicht, daß die anderen von seinem Zustand erfuhren.

Doch Rahel hatte offenbar an etwas anderes gedacht als er und wiederholte beschwichtigend: „Ihr werdet genug Zeit haben. Wir alle werden genug Zeit haben", sagte sie jetzt auch an die anderen gerichtet. „Denn niemand wird hier auf dem Schlachtfeld sterben, und wir werden noch lange gemeinsam dem Herrn und den Menschen dienen."

„Wahrscheinlich hast du Recht", seufzte Malloriel erleichtert darüber, daß offenbar niemand bemerkt hatte, was ihm wirklich Sorgen bereitete.

„Kommt, wir sollten die kleine Pause nutzen und uns wirklich etwas ausruhen. Wer weiß, wann wir in den nächsten Tagen wieder Zeit zur Meditation finden werden."

Mit diesen abschließenden Worten zog sich der große Ramielit in eine Ecke des Segeltuchzeltes zurück und ließ sich mit gekreuzten Flügeln in die Hocke sinken. Seine Handgelenke ruhten locker auf den leicht gespreizten Knien, und mit geschlossenen Augen versuchte er, die schweren Gedanken aus seinem Geist zu vertreiben – und mit ihnen die Erschöpfung, die von seinem Körper Besitz ergriffen hatte.

♦ ♦ ♦

Als Malloriel schweißgebadet aufschreckte, hatte die hinter der Wolkendecke verborgene Sonne die Zelte bereits in schwüle Mittagshitze getaucht. Wie so oft nach der Meditation fühlte er sich müde und zerschlagen und wußte, daß er wieder geträumt hatte. Er hatte sich auf der Flucht durch dichtes Dornengestrüpp gekämpft. Seine Kleidung war zerrissen gewesen, und sein Körper schmerzte noch jetzt in Erinnerung an die Dornen. Er wußte nicht mehr, wovor er im Traum geflohen war, nur daß eine namenlose Furcht von ihm Besitz ergriffen hatte – und an noch etwas konnte er sich deutlich erinnern: Er war nicht allein gewesen. Seine Geschwister waren mit ihm geflohen.

Hastig sprang Malloriel auf und sah sich im Zelt um. Ariel war noch nicht zurückgekehrt, und die anderen waren immer noch in tiefe Meditation versunken. Leise trat er an den Zelteingang und schob vorsichtig das schwere Segeltuch beiseite. Es hatte gerade aufgehört zu regnen, und jetzt dampfte das ganze Lager in der Mittagssonne, die trotz der Wolken eine erstaunliche Kraft hatte. Kein Lüftchen regte sich, und die drückende Schwüle schien jede Aktivität zum Erliegen gebracht zu haben. Langsam, fast als träume er wieder, schritt Malloriel zwischen den Zelten hindurch. Auf einmal konnte er sich erinnern, daß er Tage wie diese immer besonders geliebt hatte. Es ist, als sei man ein Engel und wandle durch die Wolken, hatte er seinem Vater erzählt, und dieser hatte gelacht.

Zuerst wanderte er ziellos durch die riesige Zeltstadt, doch irgendwann schlugen seine Füße wie von allein den Weg in Richtung des Zentrums ein, wo unweit der Landeplattform der Führungsstab des gewaltigen Templerheeres untergebracht war.

Die Zelte der leitenden Armatura bildeten ein eigenes kleines Lager, an dessen Eingang zwei Krieger in den schwarzen Waffenröcken der Gabrielis-Templer Wache standen. Als Malloriel sich ihnen näherte, traten sie ohne ein Wort beiseite und ließen ihn anstandslos passieren. Er hatte zwischen den Zelten schon die Flügelspitzen zahlreicher Engel hervorblitzen sehen und wußte daher, daß die Einsatzbesprechung noch im Gange war.

Die Versammlung fand auf einem kleinen quadratischen Platz statt, in dessen Mitte ein massives Holzpodest errichtet worden war, auf dem Armatura standen. So konnte er über die Köpfe der anderen Engel hinweg die leitenden Offiziere sehen, während sie die einzelnen Kampfeinsätze erläuterten.

Malloriel blieb am Rande des Platzes stehen und ließ seinen Blick über die versammelten Engel schweifen. Soweit er sehen konnte, waren fast ausschließlich Michaeliten hier, aber Ariel konnte er nirgends ausmachen. Die Armatura hatten gerade die Erläuterung der anstehenden Aufklärungsmissionen beendet und gaben nun noch einen kurzen Überblick über das weitere Vorgehen gegen die Ketzer in Tours. Nachdem die Scharen in den nächsten sechsunddreißig Stunden so viele Informationen gesammelt hatten wie möglich, sollte die Stadt nach einer kurzen Ruhepause im Morgengrauen angegriffen werden. Die genauen Einzelheiten für diesen Angriff würden im Verlauf des morgigen Abends noch bekannt gegeben.

Nachdem die älteste Armatura die Versammlung mit einer kurzen Grußformel beendet hatte, wartete Malloriel zwischen den Zelten, während die Engel sich langsam an ihm vorbeischoben. Deutlich konnte er die mißbilligenden Blicke vieler der Scharführer spüren. *Was hat der silberhaarige Bücherwurm hier verloren?* Eine der Eigenschaften, die er an Ariel immer geschätzt hatte, war, daß sie die Mitglieder ihrer Schar stets nach ihren Fähigkeiten und nicht nach der traditionellen Rolle beurteilt hatte, die die Orden ihnen vorgaben. Die kalte Arroganz ihrer Ordensbrüder und -schwestern ließ Malloriel erschauern.

Malloriel! Was tust du hier? Unvermittelt stand Ariel vor ihm. Sie hatte die feinen Lippen zu einem fast blutleeren Strich zusammengepreßt, und ihre kleine Stirn lag in tiefen Falten.

Ist irgend etwas passiert?

„Nein, es ist nichts passiert, Ariel." Malloriel lächelte freundlich auf sie hinab. „Die anderen sind noch in unserem Zelt. Aber da ich meine Meditation vor ihnen beendet hatte, dachte ich, ich sehe mal nach dir."

Du hattest deine Befehle, und ich brauche keinen Aufpasser, erwiderte sie schroff und wandte sich um.

Auf dem ganzen Weg zum Zelt der Schar zurück sprachen sie kein weiteres Wort. Als sie die anderen erreichten, sah Malloriel an Rahels Blick sofort, daß ihm die Bitterkeit und die Enttäuschung ins Gesicht geschrieben standen. Schweigend und mit verschränkten Armen stand er da, während Ariel ihnen ihre erste Mission erläuterte. Sie würdigte Malloriel keines weiteren Blickes.

♦ ♦ ♦

Ab Guillaume blickte besorgt auf die versammelte Menge hinab. Die Flugplattform war trotz des offiziellen Anlasses nur äußerst spärlich besucht. Mittlerweile waren so viele Engel und Templer in Frankreich im Einsatz, daß ihre Abwesenheit in Mont Salvage deutlich zu spüren war. Er hoffte sehr, daß sich das bald wieder änderte. Sie hatten alles Erdenkliche getan, um in der nächsten Schlacht siegreich zu sein und den Ketzerkrieg nach zwei Jahren endlich zu beenden.

Der Ab wußte natürlich, daß dieser Krieg eigentlich nicht mehr als nur eine Schlacht von vielen war und daß an anderen Fronten weiter gekämpft werden würde. Dennoch würde der Sieg in Tours bedeuten, daß zum ersten Mal in seiner Amtszeit im gesamten Gebiet unter dem unmittelbaren Schutz des Himmels der Urieliten kein Krieg herrschte – ein Zustand, der sicher nicht lange andauern würde.

Wieder sah er auf die Plattform hinunter. Soeben war der schlichte Katafalk von Inquisitor Karolus verschlossen worden, nachdem ihm die notwendigen Ehren erwiesen worden waren. Er war erleichtert, daß der Inquisitor ihn endlich verließ und nach Roma Æterna zurückkehrte. Daß er tot war, schmälerte diese Erleichterung nur wenig.

Guillaume hatte dem Templertrupp, der den Leichnam in die Ewige Stadt überführen sollte, aufgetragen, dort die letzte zweifelhafte Mission des Inquisitors und die Umstände seines Todes zu schildern. Er hoffte inständig, der Bericht würde die zuständigen Stellen in Æterna zufriedenstellen und es würde nicht *noch* ein Inquisitor auftauchen, um den Tod des ersten zu untersuchen.

Nachdem die Templer mit ihrer traurigen Last die Plattform verlassen hatten, trat Ab Guillaume vom Balkon wieder in sein Arbeitszimmer und ließ sich in seinem Lieblingssessel nieder. Morgen um diese Zeit würden die vereinigten Truppen der Angelitischen Kirche das ketzerinfizierte Tours stürmen. Er hatte die Stadt selbst einmal besucht und wußte, wie gut sie befestigt war. Auf einer felsigen Insel im Loiredelta gelegen, konnte die Stadt nur über zwei breite Steinbrücken betreten werden. Über jede der Brücken wachte ein mächtiges Bollwerk mit mehreren Toren, Fallgittern und Zugbrücken. Gegen Angreifer aus der Luft wurde die Stadt durch sieben Wehrtürme geschützt. Die besten Chancen hatten sie, wenn die Hauptstreitmacht der Templer von See aus angriff. Der vom Land abgewandte Hafen war der einzige Schwachpunkt der befestigten Stadt. Aber allein die schiere Masse der Gegner und nicht zuletzt ihre geflügelten dämonischen Verbündeten würden dafür sorgen, daß es kein leichter Sieg wurde.

♦ ♦ ♦

Die schwarzen Silhouetten der wehrhaften Türme von Tours ragten vor ihnen in das trübe Rot des Morgenhimmels. Sie hatten das Heerlager noch vor Sonnenaufgang verlassen und konnten jetzt beobachten, wie die Sonne sich langsam hinter der Stadt durch die grauen Wolken bewegte. Daniel hatte sie zu einem sicheren Versteck auf einer der Schären vor der zerklüfteten Steilküste geführt. Von dort aus konnten sie die Seeseite der Stadt gut beobachten. Jetzt hatte Ariel den jungen Urieliten allein losgeschickt, um sich einen Überblick über den weiteren Küstenverlauf zu verschaffen. Die Aufgabe ihrer Schar war es, die felsige Küste südwestlich der Stadt auszukundschaften und mit den vorhandenen Karten zu vergleichen. Außerdem sollten sie dabei gleich feststellen, ob die Küste tatsächlich sicher war oder ob es dort nicht doch geheime Höhlenverstecke der Ketzer gab.

Während Ariel mit Rahel und Aadoniel den Himmel über der Stadt beobachtete, hatte sich Malloriel hinter ihnen auf einem Felsen niedergelassen und studierte die Karte, die ihm vom Feldkartographen der Ramielis-Templer übergeben worden war. Ariel konnte seine vorwurfsvollen Blicke deutlich in ihrem Rücken spüren.

„Wenn ich feststellen soll, ob diese Karte was taugt, muß ich näher an die Küste heran", sagte er mürrisch.

Wir haben unsere eindeutigen Befehle. Die Sicherheit der Schar hat bei dieser Erkundungsmission oberste Priorität. Wir werden in der Schlacht morgen genug Verluste erleiden.

Die Michaelitin wandte sich nicht um, hörte aber, wie Malloriel aufstand, die Karte zusammenrollte und verächtlich schnaubte.

„Wenn das so ist, dann sind wir vollkommen umsonst hier. Von diesem Felsen mitten im Meer aus kann ich gar nichts überprüfen."

Ariel schwieg. Ein Teil von ihr wußte, daß der Ramielit Recht hatte, aber sie wollte sich diesmal an ihre Befehle halten. Nicht wie früher.

„Laß mich mit Daniel zusammen die Küste abfliegen, wenn er wieder zurückkommt", bat Malloriel jetzt eindringlich. „Es wird schon nichts passieren, und vielleicht können wir so dafür sorgen, daß wir morgen nicht ganz so viele Verluste erleiden."

Auf keinen Fall! Ich will das diesmal richtig machen.

„Ach so", antwortete Malloriel verärgert und griff nach ihrem Arm. „Dann haben wir wohl früher alles falsch gemacht?!"

Mit einer blitzschnellen Drehung entwand sich Ariel seinem eisenharten Griff und funkelte ihn aus wütenden Augen an.

Das habe ich nicht gesagt!

„Oh nein, hast du nicht. Aber gedacht hast du es, und das ist bei dir ja ohnehin fast das Gleiche."

Sie wollte gerade zu einer zornigen Erwiderung ansetzen, als ihr Blick auf Rahels und Aadoniels besorgte Gesichter fiel.

„Ich will mich nicht mit dir streiten, Malloriel", sagte sie ruhig.

„Wie schade! Vielleicht wird es mal Zeit. Ich weiß einfach nicht, was in dich gefahren ist, seit dieser vermaledeite Michaelit bei uns aufgekreuzt ist. Erst hast du ihn vergöttert wie ein kleines Mädchen, und jetzt, nach seinem Tod, bist so hochnäsig geworden wie die anderen aus deinem Orden und hast uns kaum noch eines Blickes gewürdigt." Hilfesuchend blickte Malloriel zu den anderen beiden hinüber, aber er sah, daß weder Rahel noch Aadoniel seinen Blick erwiderten.

Ach, das ist es also, was du denkst? Ich will dir mal was sagen: Ja, wir haben so einiges falsch gemacht! Und daß jeder seine Aufgabe kennt und seine Pflicht tut ist der erste Schritt in die richtige Richtung. Wir haben unsere Befehle, und es ist meine Aufgabe, dafür zu sorgen, daß wir sie auch ausführen – und du kannst dich darauf verlassen, daß ich das auch tun werde, und zwar ohne mir von dir reinreden zu lassen!

„Ich versteh dich einfach nicht, Ariel." Malloriel hatte seine Stimme wieder gesenkt und sah sie traurig an. „Wir haben vielleicht manchmal unsere Befehle auf ungewöhnliche Weise ausgeführt, aber wir haben dabei immer aus gutem Grund gehandelt und wollten immer nur das Richtige tun. Wir waren eine gute Schar! Wir waren Freunde!"

Du bist Ramielit und ich Michaelitin, wir können keine Freunde sein. Es ist Krieg, Malloriel, und den überstehen wir am besten, wenn wir alle unseren Platz kennen.

Sie merkte sofort, daß sie diesmal zu weit gegangen war. Malloriel zuckte unter ihren Gedanken zusammen, als hätte sie ihn geschlagen, und die anderen beiden sahen betroffen zu Boden.

„Malloriel", flüsterte sie und machte einen Schritt auf ihn zu. Aber der Ramielit wandte sich in einer abrupten Bewegung um und erhob sich in die Lüfte.

„Soll ich ihn aufhalten?" fragte Aadoniel entschlossen und trat neben sie.

Sie schüttelte traurig den Kopf.

Er wird schon wiederkommen.

Kapitel fünf

Aadoniel war immer noch starr vor Entsetzen, als die Traumsaat angriff. Wie ein undurchdringlicher schwarzer Vorhang erhob sie sich aus den umliegenden Wäldern und Felsspalten. Es mußte eine fast zehnfache Übermacht sein, die sie umzingelt hatte – und das nur, wenn er die unzähligen winzigen Wesen nicht mitzählte, die die größeren Dämonen umschwirrten.

Er hatte bisher zweimal einem Traumsaatdämon gegenübergestanden. Beim ersten Mal hatten sie während der Ausbildung in Nürnberg die sterblichen Überreste einer erschlagenen Verderberlibelle untersucht. Bei der zweiten Begegnung hatte er sogar allein gegen das Geschöpf des Herrn der Fliegen antreten müssen. Es war eine etwa mannsgroße Kreatur gewesen – halb Schmeißfliege, halb Skorpion –, und er wäre mehrmals fast von ihrem langen, gifttriefenden Stachel durchbohrt worden, bevor er sein Flammenschwert in eines ihrer tellergroßen Facettenaugen stoßen konnte. Aber auch dieser Kampf war Teil seiner Ausbildung gewesen, und allein diese Tatsache hatte dem Dämon viel seines Schreckens genommen. Das hier war etwas vollkommen anderes, und längst vergessen gehoffte Erinnerungen stürmten auf ihn ein wie die Brandung des Meeres auf eine zerklüftete Küste.

Vereint rückten seine Scharen an, bahnten gegen mich den Weg, lagerten sich rings um mein Zelt.

- Hiob 19, 12

Aufsteigen! hatte Neferiel sie angewiesen. *Bleibt dicht zusammen!*

Die energische Stimme des erfahrenen Michaeliten in seinem Kopf hatte auch Aadoniel seine Fassung wiederfinden lassen. In einer fließenden Bewegung hatte er sein Flammenschwert gezogen, es auflodern lassen und war mit emporgereckter Waffe in den Himmel aufgestiegen. Die anderen Michaeliten hatten nicht so schnell reagiert, und er hatte aus dem Augenwinkel erkennen können, wie die Welle der Angreifer unter seinen Füßen gegen die anderen beiden Scharen, die sich noch am Boden befanden, anbrandete.

Wir müssen ihnen helfen, hatte er wieder Neferiels Stimme in seinem Kopf vernommen. *Fliegt kurze Entlastungsangriffe, aber laßt euch auf keine längeren Gefechte ein.*

Damit war der Michaelit schon wieder auf die Kämpfenden hinabgestoßen, und Aadoniel war ihm gefolgt, ohne einen weiteren Gedanken darauf zu verschwenden –

Aber hier und heute wurde eine andere Schlacht geschlagen, rief sich Aadoniel in die Gegenwart zurück. Er schüttelte energisch den Kopf. Diesmal würden sie nicht in einen Hinterhalt geraten. Die Späher der Angelitischen Kirche hatten keine versteckte Traumsaat entdecken können, die ihnen beim Sturm auf Tours in den Rücken fallen konnte, und irgendwo unter den langsam dahingleitenden himmlischen Heerscharen fuhr ein gewaltiges Heer von Templern und Söldnern in unzähligen Booten über das schwarze Wasser auf Tours zu. Es konnte nicht mehr lange dauern, bis es die Stadt erreichte, und dann würde der Tanz beginnen.

♦ ♦ ♦

Es war Ariel diesmal nicht gelungen, vor der Schlacht alle anderen Gedanken aus ihrem Geist zu verbannen. Trotz tiefer Meditation und eines langen Gesprächs mit Rahel war sie noch immer in Sorge um Malloriel. Er war bis jetzt nicht zu ihnen zurückgekehrt, und ihre Befürchtung, ihm könnte etwas zugestoßen sein, wurde immer konkreter. Aber nicht nur die Sorge machte ihr zu schaffen. Da war auch noch der Ärger über das Verhalten des Ramieliten: Wie konnte er es wagen, die Schar einfach zu verlassen? Das Schlimmste jedoch war, daß Ariel inzwischen ernsthaft an ihren Fähigkeiten als Michaelitin zweifelte. Hatte sie es etwa zugelassen, daß ihre Schar an inneren Auseinandersetzungen zerbrach? Oder hatte sie dies gar verschuldet? Ariel wußte, daß sie an all das jetzt keinen Gedanken verschwenden durfte, aber es fiel ihr zunehmend schwerer, sich auf die kommenden Aufgaben zu konzentrieren.

Sie waren etwa zwei Stunden vor Morgengrauen aus dem Heerlager bei Chinon aufgebrochen. Die Engel hätten die Strecke nach Tours sicher in weniger als einer halben Stunde zurücklegen können, aber die Boote der Bodentruppen brauchten mehr Zeit, und um kein unnötiges Risiko einzugehen blieben sie alle beisammen. Bereits bei ihrem Aufbruch hatte ein feiner Sprühregen das dunkle Land verschleiert. Es war fast, als schwämmen sie durch den Himmel. In einer Welt, die nur aus Grautönen bestand, waren die andern Engelsscharen nur ein paar helle Flecken um sie herum.

Ariel hatte jegliches Zeitgefühl verloren, als schließlich vor ihnen die ersten Lichter der Stadt zu erkennen waren. Obwohl kaum mehr als ein schwacher Schimmer durch den Regen drang, waren die Lichter schon sehr nah. Der Großteil der Scharen hatte Befehl, sich auf den letzten paar hundert Metern von den Booten abzusetzen und als erste die Hafenbefestigungen anzugreifen. Das sollte den Galeeren der Templer die Landung erleichtern. Wenn die Hauptstreitmacht gelandet war, hatten die Engel alle Traumsaat in kleinere Einzelgefechte zu verwickeln, damit die Bodentruppen ohne die zusätzliche Gefahr aus der Luft den Rest der Stadt erobern konnten. Mehrere Scharen, darunter auch die Ariels, sollten sich in dieser Phase des Kampfes möglichst bald in Richtung der beiden Stadttore bewegen, und die Torbastionen erobern, um damit der Kavallerie, die jenseits der massiven Steinbrücken an den Flußufern wartete, den Weg in die Stadt frei zu machen.

Es geht los. Das kam von Pyriel, der ersten Michaelitin in diesem Einsatz. Ariel wußte, daß Pyriel mit ihrer Schar irgendwo hoch oben über ihnen allen schwebte und den gesamten Angriff aus der Luft koordinierte. Ariel beneidete sie nicht um diese Aufgabe.

Es geht los, gab sie an ihre Schar weiter. *Aufsteigen.*

Ihre Gedanken richteten sich diesmal nicht nur an die anderen Mitgliedern ihrer Schar, sondern waren immer auch für Pyriel bestimmt. Bei den schlechten Sichtverhältnissen war die geistige Stimme der Michaeliten die einzige Möglichkeit für die Erste, über die Bewegungen der unzähligen Scharen informiert zu bleiben.

Sie beschleunigten ihren Flug und stiegen in die tiefhängende graue Wolkendecke auf. Der feine Nieselregen wurde immer mehr zu einem noch feineren Nebel, je höher sie aufstiegen, und endlich durchstießen sie zum ersten Mal in dieser Nacht die Wolken. Das pulsierende Rauschen des Regens in ihrem Gefieder verstummte, und auch die Sicht war hier oben fast unwirklich klar. Es war immer noch dunkel, aber vor ihnen am östlichen Horizont war ein schmaler, rotglühender Streifen zu erkennen. Ariel warf einen kurzen Blick nach oben und konnte etwa fünfzig Meter über ihnen fünf Engel ruhig in der Luft stehen sehen – Pyriels Schar. Ein paar hundert Meter vor ihnen kreisten mehrere Urieliten dicht über der Wolkendecke und tauchten immer wieder kurz in die grauen Schwaden ein. Dort unten mußte Tours liegen. Sie führte ihre Schar zu den anderen wartenden Engeln, die sich unweit von dieser Stelle in der Luft hielten. Von hier sah es fast aus, als stünden sie auf den Wolken.

Daniel, flieg in die Wolkendecke hinab und versuch, dir einen groben Überblick über die Lage in Tours zu verschaffen. Achte dabei besonders auf den Hafen. Ich möchte mir ein eigenes Bild machen, ehe wir uns in die Schlacht stürzen.

Der Urielit nickte wortlos und stieß in die Wolken hinab. Ariel schloß die Augen und konzentrierte sich ganz auf den Geist ihres schweigsamen Scharbruders. *Was siehst du?*

Die Stadt ist nur ganz schwach beleuchtet, als lägen sie noch alle nichtsahnend in ihren Betten. Am Hafen ist etwas mehr Licht. Ich glaube, an den Molen beleuchten Feuer die Hafeneinfahrt.

Und unsere Boote? fragte Ariel.

Sie sind noch ein ganzes Stück entfernt, kommen momentan aber recht schnell näher. Ich denke, die Galeeren der Templer sind in Kürze in Sichtweite der Stadt.

Kannst du sonst noch etwas erkennen?

Nein. Ariel spürte fast, wie Daniel energisch den Kopf schüttelte. *Nicht ohne näher heranzufliegen.*

Tu das nicht. Das muß reichen. Komm zurück.

Der Hafen ist bewacht, dachte Ariel so, daß auch Pyriel es empfangen mußte. *Wir werden dort angreifen.*

Einverstanden, vernahm sie die Stimme der anderen Michaelitin in ihrem Kopf. *Ihr übernehmt den ersten Ansturm auf das südliche Feuer.*

Ariel nickte und teilte den anderen Scharmitgliedern ihren Auftrag mit, nachdem Daniel zurückgekehrt war. Sie konnte beobachten, wie die anderen Scharen sich nach Pyriels Befehlen zu mehreren Schlachtreihen gruppierten, dann wandte sie ihren Blick der Stelle der Wolkendecke zu, unter der ihrer Einschätzung nach der Feind liegen mußte.

Sie mußten nicht lange warten, bis der Befehl zum Angriff kam. Mit einem einfachen *Jetzt!* begann der Sturm auf die Ketzerstadt Tours.

♦ ♦ ♦

Schon wenige Augenblicke, nachdem Aadoniel sich in das Kampfgetümmel gestürzt hatte, waren alle Finten und Manöver vergessen, die er während des langen und harten Trainings in Nürnberg gelernt hatte. Schreiend wirbelte er das große Flammenschwert herum und mußte dabei seine ganze Aufmerksamkeit darauf verwenden, sich nicht die eigenen Flügel zu versengen. Die schwarzen Traumsaatdämonen umschwirrten ihn zu allen Seiten. Unter ihm glänzte ein riesiger, schuppiger Leib, bei dem er weder Kopf noch Schwanz erkennen konnte, nur gewaltige Panzerplatten. Von ringsum schnappten mehrere Libellendämonen mit ihren scharfen Kiefern nach ihm, und über ihm kochte ein Meer winziger schwarzer Insekten. Aber die feurigen Streiche seines Flammenschwertes hielten seine Gegner auf Distanz, und nachdem er die anfängliche Panik abgeschüttelt hatte, konnte er sogar ein, zwei gezielte Treffer landen. Wieviel Schaden seine Angriffe verursachten, vermochte er nicht zu sagen, aber er warf sich mit verzweifelter Kraft in den Kampf und hatte das Gefühl, unzählige Dämonen zu erschlagen. Doch für jeden Gegner, den er trudelnd in die Tiefe schickte, schienen sofort zwei neue auf ihn einzudringen.

Aadoniel! erklang da Neferiels Stimme in seinem Kopf. Er spürte die Dringlichkeit des Rufes sofort und sah sich um, konnte jedoch keinen anderen Engel im Gewirr der schwarz glänzenden Dämonenleiber erkennen.

„Wo seid ihr?" schrie er in den Höllenlärm der Schlacht hinein.

„Aadoniel, hierher!" antwortete ihm jetzt eine richtige Stimme irgendwo links hinter ihm.

Mit wütenden Flügelschlägen wandte er sich um und ließ sein Schwert funkenschlagend auf den Schädel einer Libelle herabsausen, die sich ihm in den Weg schob. Der Traumsaatdämon erstarrte in seiner Bewegung und schien einen Moment reglos in der Luft zu hängen, bevor er mit schlaffen Flügeln in die Tiefe stürzte.

Als hätte der Tod der Verderberlibelle die anderen Dämonen eingeschüchtert, wichen diese vor Aadoniel zurück und gaben den Weg zu der Stelle frei, von der er Neferiel jetzt wieder rufen hörte.

„Aadoniel, schnell, hierher!"

Er flog auf eine Gruppe fast mannsgroßer gelbschwarzer Wespen zu. Sie standen fast regungslos in der Luft, die einzige Bewegung war das verschwommene Flirren ihrer dünnen, transparenten Hautflügel. Zwischen den dämonischen Riesenwespen konnte Aadoniel die weißen Körper mehrerer Engel erkennen. Ihre Schwingen hingen schlaff herab.

„Aadoniel", erklang da wieder die Stimme, und eine der Wespen wandte ihm ihren Kopf zu. Anstelle der Facettenaugen konnte er das verzerrte Abbild von Neferiels Gesicht erkennen. Der glühende Blick der Augen, die nicht mehr die Neferiels waren, traf den seinen, und er hatte das Gefühl, sein Herz höre auf zu schlagen. Die messerscharfen Fänge der Bestie lösten sich aus dem blutüberströmten Leib des Michaeliten, und der leblose Engel trudelte in die Tiefe. Mit bedrohlich gespreizten Klauen glitt der Dämon auf den jungen Gabrieliten zu.

Aadoniel.

Ariels Stimme erreichte ihn wie aus weiter Ferne. *Siehst du die Wachposten dort unten neben dem Feuer? Ich möchte, daß du sie unschädlich machst.*

Er nickte und schüttelte den letzten Rest der Erinnerung ab, die sich immer wieder vor sein inneres Auge schob. Dann stürzte er sich kopfüber in die Tiefe und ging knapp über der Wasseroberfläche in einen schnellen Gleitflug über. Die Sonne mußte mittlerweile über dem Horizont stehen, ihre ersten Strahlen drangen durch die Wolken und hüllten den Hafen in ein graues, unwirkliches Halbdunkel. Er beschleunigte seinen Sturmflug noch weiter. Er hörte, wie der Nieselregen zischend in der Glut der Klinge verdampfte.

Die Hafenmole erhob sich etwa zwei Meter über dem Wasserspiegel. Kurz bevor er die ersten Wellenbrecher erreichte, änderte er mit ein paar schnellen Flügelschlägen seine Richtung und schoß über den Rand der steinernen Hafenbefestigung hinweg. Zwei der fünf Wachen streckte er im ersten Anflug nieder. Als er hinter der Mole seinen Flug in einer scharfen Kurve wendete, sah er, wie ein dritter Ketzer von einem grün gefiederten Pfeil getroffen zusammenbrach. Dann war er auch schon wieder über den Wachen und ließ einen von ihnen mit einem fast beiläufigen Fußtritt rücklings ins Hafenbecken stürzen, während er dem letzten seine lodernde Klinge durch die Brust stieß, noch ehe dieser so recht wußte, wie ihm geschah.

Im nächsten Moment waren die anderen auch schon wieder an seiner Seite.

Gut gemacht, lobte Ariel. *Aber das wird leider nicht alles sein.*

Und noch während dic Worte in seinem Kopf verklangen, hörte Aadoniel, hinter seinem Rücken ein Geräusch, als erhebe sich etwas Gigantisches aus dem Hafenbecken.

♦ ♦ ♦

Nachdem er festgestellt hatte, daß ihm tatsächlich niemand folgte, hatte Malloriel sich hinter ein paar Weiden an der Steilküste südlich der Stadt niedergelassen.

Er würde ihr schon zeigen, daß er mehr leisten konnte, als im Handbuch für Scharführer stand, oder was auch immer jetzt die Grundlage für Ariels Entscheidungen war. Er entrollte die Karte, die er von den Templern erhalten hatte, und spähte durchs Geäst zur Stadt hinüber. Die schroffen Steilküsten, die das Loiredelta zu beiden Seiten begrenzten, boten ideale Verstecke, besonders für Wesen, die fliegen konnten. Wenn die Ketzer oder die mit ihnen verbündeten Taumsaatdämonen also einen Hinterhalt planten, würden sie sich irgendwo dort verstecken. Er schob die Karte wieder in den Lederköcher an seiner Hüfte und trat zwischen den Weiden an die Felskante. Wenn er jetzt an der Küste entlang flog, wäre er selbst sehr gut zu sehen – nicht nur von den Türmen von Tours aus, sondern auch von seiner Schar oder von anderen Engeln, die in dieser Gegend auf Erkundungsmission waren. Er beschloß, erst einmal oben auf der Steilküste in Richtung der Stadt zu laufen und dabei nach möglichen Verstecken Ausschau zu halten.

Schon nach einer knappen Stunde wurde Malloriel klar, daß es in den Felsen unzählige Plätze gab, die sich als Versteck anboten und daß er von hier oben keine Chance hatte, sie auch nur einigermaßen zu überprüfen. Warum war Ariel bloß so stur gewesen! Sie hätte ihn einfach mit Daniel zusammen die Steilküste absuchen lassen sollen. Aber er mußte das jetzt allein erledigen. Mit einem gewaltigen Satz war der Ramielit vor der Steilküste in der Luft. Er flog weiter gen Osten und hielt sich dabei so dicht an den schroffen Felsen, daß sie ihm möglichst viel Deckung vor neugierigen Blicken boten. Immer wieder landete er auf einem der Felsvorsprünge, um einen Abschnitt der Felsküste in Ruhe zu mustern und kurze Anmerkungen in die Karte einzutragen.

Es war kurz nach Mittag, als der Ramielit auf diese Weise in Sichtweite der Südbrücke von Tours kam. Bisher hatte er keinerlei Anzeichen auf versteckte Traumsaatkreaturen gefunden. Auf der Südbrücke jedoch konnte er mehrere Gestalten erkennen, einige davon ohne Zweifel nicht menschlich. Vorsichtig wich er zurück und stieg wieder zur Felskante auf. Ein kurzes Stück zurück hatte er eine Gruppe von Tannen über dem Rand aufragen sehen. Dort konnte er sich verstekken und überlegen, was als nächstes zu tun war, ehe er ...

Das Netz, das aus den Bäumen auf ihn herabfiel, war überraschend schwer. Seine feinen, schwarzen Fäden glänzten von einem dickflüssigen, gelblichweißen Sekret, das sich mit glühendem Schmerz in seine Haut brannte. Malloriel wollte nach seinem Dolch greifen, um sich loszuschneiden, doch seine Bewegungen waren unbeholfen und langsam. Er verlor das Bewußtsein, noch ehe er auf dem Boden aufschlug.

In der undurchdringlichen Schwärze um ihn herum regte sich etwas. Zelina, seine jüngere Schwester, war aufgewacht und drängte sich im Dunkel der Höhle dicht an ihn.

„Hab' keine Angst“, flüsterte er ihr zu. „Hier sind wir in Sicherheit.“

Er legte ihr beruhigend einen Arm um die Schultern und deckte sie mit der freien Hand mit seinem Regenmantel zu. Seine anderen Geschwister schliefen tief und fest. Er konnte sie in der Dunkelheit nicht sehen, aber er hörte ihre ruhigen, gleichmäßigen Atemzüge. Es war verdammt kalt geworden, seit draußen die Sonne untergegangen war.

So kalt.

♦ ♦ ♦

Zuerst hatte Ariel gedacht, ein Schwarm riesiger Tausendfüßler krieche ihnen aus dem Wasser des Hafens entgegen, doch dann hatte sie erkannt, daß es sich nur um eine einzige Kreatur handelte. Nur ihre vordere Hälfte erinnerte an ein Bündel Tausendfüßler, ihr Hinterleib schien mehr einer gewaltigen Nacktschnecke zu gleichen.

Mehr konnte sie nicht erkennen, bevor das Traumsaatwesen mit seinen unzähligen Köpfen nach ihnen schnappte.

Die gefährlichen Mandibeln der zahllosen Mäuler schienen um sie herum zu explodieren. Sie wirbelte herum, und ihr Langschwert trennte mehrere der dünnen Beine von einem der sich windenden Chitinleiber. Mit ein paar kräftigen Flügelschlägen gewann sie an Höhe und gelangte aus der Reichweite des Traumsaatdämons.

Verteilt euch und haltet Abstand.

Von hier oben konnte sie sehen, daß die Kreatur die gesamte Hafeneinfahrt von Tours blockierte. Sie hörte jetzt auch von ringsherum Kampfeslärm und konnte aus dem Augenwinkel die lodernden Flammenschwerter mehrerer Gabrieliten erkennen, die über der anderen Mole mit fliegendem Traumsaatgezücht kämpften. Die Flotte der Templer mußte den Hafen jeden Moment erreichen, und wenn sie bis dahin das Tausendfüßlermonster nicht unschädlich gemacht hatten, würde es die Boote zerschmettern und den gesamten Angriff zum Stocken bringen.

Daniel hing nur wenige Meter von der Kreatur entfernt mit ruhigem Flügelschlag in der Luft. Ein Pfeil nach dem anderen verließ die Sehne seines großen Bogens und schlug in das Gewirr aus gepanzerten Leiber ein, aber Ariel konnte beobachten, daß die meisten Pfeile von dem schwarzen Chitin abprallten, ohne Schaden anzurichten.

Daniel, sendete sie. *Flieg der Templerflotte entgegen und warne sie. Ich versuche Verstärkung zu rufen, um dieses Ding zu vernichten.*

Daniel nickte und schob den Pfeil zurück, den er eben aus dem Köcher hatte ziehen wollen. Er wandte sich um und verschwand mit ein paar energischen Flügelschlägen im trüben Halbdunkel des Morgens.

Ariel konzentrierte sich auf das Bild des grauenhaften Traumsaatdämons in der Hafeneinfahrt. *Pyriel, ein großer Traumsaatdämon blockiert den Hafen. Er scheint sehr gut gepanzert zu sein.*

Sie spürte, wie die erste Michaelitin hoch oben über den Wolken das Bild empfing.

Das ist Sache der Gabrieliten.

Im nächsten Moment waren die fünf schwarzgewandeten Gabrieliten, die Ariel eben noch über der anderen Mole gesehen hatte, heran. Wie geflügelte Feuerbälle stürzten sie sich von allen Seiten auf den Traumsaatdämon im Hafen. Ariel hatte schon davon gehört, daß bei größeren Schlachten manchmal Scharen zum Einsatz kamen, die nur aus den Todesengeln bestanden, aber sie hatte noch nie gesehen, wie fünf Gabrieliten gemeinsam kämpften. Ihre geschmeidigen, kraftvollen Bewegungen waren so schnell, daß Ariel sie kaum erkennen konnte, dennoch waren sie so präzise aufeinander abgestimmt, daß sie wie ein einziges Wesen handelten. Sie waren der verkörperte Zorn Gottes.

Ariel! Achte auf ihre Verfolger.

Pyriels Warnung ließ Ariel herumwirbeln und gerade noch rechtzeitig einer großen glühend heißen, riesigen Schere ausweichen, die nach ihren Flügeln schnappte. Die fünf Todesengel hatten sich auf Pyriels Befehl von ihren Gegnern auf der anderen Seite des Hafens gelöst und waren zur Hafeneinfahrt herübergeflogen. Aber die schwerfälligen Traumsaatdämonen waren ihnen gefolgt und kamen jetzt ebenfalls heran. Die vier Wesen glichen geflügelten Krabben von der Größe ausgewachsener Schafe. Sie waren pechschwarz, nur ihre gewaltigen Scheren glühten in dunklem Rot. Der Regen verdampfte in der Glut – eine heiße Wolke wehte Ariel ins Gesicht.

Die übernehmen wir, Pyriel. Rahel, Aadoniel, zu mir.

Im selben Augenblick stürzte Aadoniel auch schon mit hoch erhobenem Flammenschwert an ihr vorbei. Sie konnte erkennen, daß seine Haut einen unnatürlichen Marmorschimmer angenommen hatte. Mit bloßem Arm schlug er die glühenden Scheren eines der Krabbendämonen beiseite und ließ seine lodernde Klinge auf dessen Panzer niederkrachen. Funken stoben, und die Hitze der Klinge ließ beißenden, schwarzen Rauch aus der Wunde aufsteigen.

Ariel nickte grimmig. Dicht gefolgt von Rahel flog sie den anderen Dämonen entgegen.

Rahel, du nimmst den letzten.

Gewand wich sie den Scheren der ersten Dämonenkrabbe aus und stieg steil empor. Im Vorbeiflug gelang es ihr, eines der langen Stielaugen der Kreatur mit einem schnellen, heftigen Schwerthieb abzutrennen. Im selben Moment hatte Rahel sich plötzlich ein Stück in die Tiefe sacken lassen und schoß unter den überraschten Kreaturen hindurch. In ihrer Hand blitzte ein kleiner Dolch. Als sie hinter den Gegnern wieder zu Ariel aufschloß, klaffte ein langer Schnitt in einer der verwundbaren Schwingen des letzten Dämons. Ariel konnte sehen, wie er immer angestrengter mit den Flügeln schlug, aber dennoch in einer langsamen Kurve nach unten zu sinken begann.

Jetzt bleiben wir zusammen.

Der Dämon, dem Ariel das Auge abgeschlagen hatte, drehte seinen plumpen Körper in der Luft, um sich mit weit geöffneten Scheren auf die Michaelitin zu stürzen. Doch schon war Aadoniel wieder zu Stelle und bohrte sein Flammenschwert in den verwundbaren Unterleib des Monsters. Mit hektisch klickenden Scheren stürzte die Krabbe in die Tiefe und riß dabei fast die Waffe des Gabrieliten mit sich. Der letzte Dämon nutzte den kurzen Augenblick der Ablenkung, um Aadoniel mitten im Flug zu rammen.

Vorsicht Aadoniel, von links.

Aber Ariels Warnung kam zu spät. Der schwarze Panzer der Kreatur prallte mit voller Wucht in den unvorbereiteten Gabrieliten, und eine der glühenden Scheren schnitt zischend in seinen Flügel. Kein Laut des Schmerzes kam über Aadoniels Lippen, statt dessen zog er mit der Linken einen gezackten Dolch und schnitt der dämonischen Krabbe einen der schillernden Flügel vom Rücken. Mit einem Ruck löste er sich von dem stürzenden Gegner und verwundete ihn noch im Fallen mit einem Hieb des wieder freien Flammenschwertes. Das dunkle Wasser zischte laut, als es über den glühenden Scheren der Dämonenkrabbe zusammenschlug.

Sofort waren Ariel und Rahel bei dem verwundeten Gabrieliten. Der Gestank von verkohltem Gefieder lag in der Luft, und ein häßlicher, schwarzer Schnitt zog sich über Aadoniels linken Unterarm.

„Wir müssen landen, damit ich mir die Wunde an seinem Flügel ansehen kann", sagte Rahel zu Ariel gewandt. Sie nickte und sah auf den Hafen hinab. Die fünf Gabrieliten hatten den großen Dämon weiter ins Hafenbecken hineingedrängt, und über den meisten Stegen und Befestigungsanlagen wurde gekämpft. An der Mole, an der sie zuerst angegriffen hatten, waren jedoch keine Feinde zu sehen, und Ariel beschloß, daß sie es kurz riskieren konnten, dort zu landen.

Folgt mir!

Während Rahel nach Aadoniels Verwundungen sah, beobachtete Ariel durch den Regen, wie die fünf Gabrieliten dem riesigen Tausendfüßlerdämon im Hafenbecken systematisch den Garaus machten. Die Todesengel waren dazu übergegangen, immer zu zweit einen der Köpfe der Kreatur anzugreifen, während die anderen drei die zunehmend panischen Angriffe der übrigen Köpfe abwehrten. So gelang es ihnen, einen der gefährlichen Tausendfüßler nach dem anderen auszuschalten, bis sie schließlich alle schlaff im Wasser hingen und die fünf Engel ihre Flammenschwerter in den mächtigen, feucht glänzenden Hinterleib des Wesens stoßen konnten.

Der Weg ist frei, Daniel!

♦ ♦ ♦

Pyriel war mit ihrer Schar bis unter die Wolkendecke hinabgeflogen und beobachtete, wie sich die Flotte der Templer im grauen Morgenlicht in das Hafenbecken von Tours ergoß. Bislang war alles genau nach Plan verlaufen. Aber Pyriel wußte auch, daß ihnen das Schwerste noch bevorstand. Beim Kampf in den engen Gassen der Stadt oder im Inneren der Gebäude waren die Engel den Templern und Söldnern der Kirche keine große Hilfe. Auch wenn viele der Gegner, die sie dort antreffen würden, menschlich waren, gab es genug Spezies der Traumsaat, die klein genug waren, um sich an Orten zu verstecken, die ein Engel mit seinen großen Flügeln niemals erreichen konnte. Alles, was sie tun konnten, war, den Luftraum über der Stadt zu sichern und über Plätzen und größeren Straßen Stellung zu beziehen, um die Fußtruppen von dort aus so gut wie möglich zu unterstützen.

„Pyriel, die Ketzer verbarrikadieren die Straßen zum Hafen, um den Vormarsch der Landungstruppen zu stoppen." Das war Manuel, ihr allzeit wachsamer Urielit. Sie nickte kurz.

Labiel, Simael und Kuriel! Nehmt eure Scharen und haltet die Zugangsstraßen zum Hafen frei.

Vierzehn aus dieser Distanz etwa stecknadelkopfgroße weiße Punkte, die bis eben noch über dem relativ ruhigen Nordwesten der Stadt gekreist hatten, sammelten sich und flogen zum Hafen hinüber. Simael hatte bei Kämpfen über der nördlichen Stadtmauer seinen Ramieliten an die Traumsaat verloren. Bislang hatten sie allerdings insgesamt nur wenige Verluste erlitten, und Pyriel hoffte, daß es auch so blieb.

Jetzt hallte eine Reihe von gewaltigen Explosionen zu ihnen herauf, und von dem großen Platz im Südwesten der Stadt stiegen dichte, weiße Rauchwolken auf. Die Ketzer mußten dort inzwischen größere vorsintflutliche Waffen in Stellung gebracht haben. Als der Rauch sich etwas verzogen hatte, waren in der Nähe des Platzes mehrere lodernde Feuer zu erkennen. Sie fragte sich, ob der Regen die Flammen löschen würde oder ob die Templer bald durch brennende Stadtviertel gegen die Ketzer von Tours anrennen mußten.

Zumindest schien es aber, als wären sie erfolgreich gelandet und hätten den Hafen gesichert. Es war nicht Pyriels Aufgabe, den Angriff der Hauptstreitmacht am Boden zu lenken. Sie hatte lediglich die himmlischen Heerscharen zu koordinieren und die Armatura am Boden mit den wichtigsten strategischen Informationen zu versorgen.

Manuel, flieg hinunter und gib Vater Ancien einen Lagebericht, melde ihm auch, daß wir jetzt mit dem Sturm auf die Torbastionen beginnen.

Der Urielit nickte kurz und schoß dann in Richtung des Hafens davon.

Der Hafen ist unser, dachte Pyriel für alle vernehmbar. *Das nächste Ziel ist, die Torbastionen zu erobern und unserer Kavallerie Zugang zur Stadt zu verschaffen. Sammeln!*

Langsam fanden sich alle Engel wieder ein, die nicht aktiv in ein Scharmützel verwickelt waren und die nicht die Aufgabe hatten, dem Templerheer als Luftunterstützung zu dienen, zu zwei weiß schimmernden Flecken über der Stadt. Noch immer drangen von unten leiser Kampfeslärm und gelegentlich das Donnern einer Explosion zu ihnen herauf, ansonsten war nur das leise Rauschen des schwachen, aber steten Regens zu hören. Die Sonne stand mittlerweile schon deutlich über dem Horizont, und die steinernen Türme der Stadt hoben sich jetzt kaum mehr gegen den grauen Himmel ab.

Jetzt.

kapitel sechs

Bis auf ihr Flammenschwert war die Cellæ vollkommen leer. Ihre Waffe lehnte an dem breiten Steinsockel, der sich in der Mitte des Raumes aus dem Boden erhob, direkt vor dem schmalen, schießschartenartigen Fenster. Raziel kauerte auf dem Sockel und starrte in das fahle Grau hinaus. Es mußte schon Nachmittag sein, doch sie hatte heute noch keinen Grund gehabt, ihre Unterkunft zu verlassen. Seit über einer Woche war sie nun schon im Himmel zur Tatenlosigkeit verdammt. Bereits an den ersten beiden Tagen hatte sie beim Üben mit den anderen Engeln festgestellt, daß es niemanden gab, der sich mit ihr messen konnte. Danach war sie nicht mehr zu den täglichen Waffenübungen erschienen. Sie hatte die Kinderspiele satt. Ihr Platz war in Frankreich an der vordersten Front, und nicht hier im großen, sicheren und trägen Himmel zu Nürnberg. Doch Äbtissin Susats Anweisungen waren eindeutig gewesen. Sie hatte hier im Himmel Wachdienst zu leisten, bis sie einer neuen Engelsschar zugewiesen wurde.

Aber warum wurde sie bestraft, nur weil Phanuel kläglich versagt hatte? Ihr ehemaliger Michaelit war einfach unfähig gewesen, die Schar in der Hitze des Gefechtes zusammenzuhalten. Wäre sie nicht

Ohne meine Haut, die so zerfetzte, und ohne mein Fleisch werde ich Gott schauen.

- Hiob 19, 26

gewesen, wären jetzt alle Scharmitglieder tot. So hatte sie wenigstens Isfariel und die Ikone gerettet, um deretwillen sie all die Gefahren überhaupt auf sich genommen hatten. Eigentlich war es ihr Verdienst, daß sie ihre Mission letztlich doch noch erfüllt hatten. Und was war der Dank dafür?

Es klopfte an der Tür.

Raziel sagte kein Wort und blieb reglos auf dem Steinsims sitzen.

Es klopfte wieder.

„Raziel?“ Die Knabenstimme draußen vor der Tür klang verunsichert. „Bist du da drin?“

Mit einem Satz sprang Raziel vom Sockel und riß die Tür der Cellæ auf. Der junge Novize, kaum größer als sie selbst, war vor lauter Schreck an die gegenüberliegende Wand des Ganges zurückgetaumelt und starrte sie jetzt aus weit aufgerissenen Augen an. Eigentlich tat er ihr fast ein bißchen leid, aber sie hatte einfach keine Lust auf irgendwelche Trainingsspielchen.

„Was es auch ist – die Antwort ist nein!“

Doch der kaum vierzehnjährige Novize ließ sich nach dem ersten Schrecken nicht weiter einschüchtern und gewann erstaunlich schnell seine Fassung zurück.

„Tahumiel schickt mich, er möchte dich sehen." Der Junge zögerte kurz und fügte dann hinzu: „Er hat mich gewarnt, daß du so reagieren würdest."

Tahumiel also. Ein leises Lächeln stahl sich in ihren rechten Mundwinkel.

„Er hat mir auch gesagt, daß ich hartnäckig sein muß", fuhr der Novize entschuldigend fort.

„Und du hast wahrlich gut daran getan, zu tun, was er dir aufgetragen hat", sagte sie jetzt in milderem Tonfall. „Wie heißt du, Junge?"

„Man nennt mich Rubin, gnädiger Engel", antwortete der Novize eifrig. „Mein Vater hat mich in den Himmel geschickt, damit ich Monach werde, aber eigentlich möchte ich lieber ein Templer werden."

„Ein Templer?" Wieder zuckte Raziels Mundwinkel. Sie musterte den schlaksigen Jungen genau. Er war fast noch schmaler als sie, hatte Sommersprossen und dunkles, rotbraunes Haar. Aber seine ärmellose schwarze Tunika enthüllte ein paar kräftige Arme, und die grünen Augen des Jungen waren fest auf die Ihren gerichtet. Sie nickte und packte unvermittelt seinen rechten Arm.

Im nächsten Moment rann ein Tropfen roten Blutes aus einem kleinen, v-förmigen Schnitt in Rubins rechter Schulter. Ihr Messer hatte sie bereits wieder fest in den Gürtel gesteckt.

„Kennst du Magister Moab, den sie den Armlosen nennen?"

Der Junge nickte mit offenem Mund und hielt sich mit der Linken die immer noch leicht blutende Wunde.

„Geh' zu ihm und zeig' ihm deine Wunde. Wenn du ihm gefällst, wirst du vielleicht doch noch ein Templer werden."

Damit trat Raziel in ihre Cellæ zurück. Rubin starrte sie noch einen Moment entgeistert an, schnappte dann nach Luft und stolperte den Gang hinunter, so schnell er nur konnte.

Vorsichtig schloß sie die Zellentür und setzte sich auf den Steinsockel.

Sie war davon ausgegangen, Tahumiel sei in Frankreich an der Front. Aber es war gut, daß er in Nürnberg war. Endlich jemand, mit dem sie offen reden konnte.

Raziel griff nach ihrem Flammenschwert und zog es eine Handbreit aus der schwarz und silbern glänzenden Scheide. In dem verschwommenen Gesicht, das ihr von der durchbrochenen Klinge entgegen sah, waren die langen Narben, die Wangen und Stirn überzogen, kaum zu erkennen.

♦ ♦ ♦

Als sie das Tor endlich erreichten, hatten sie das Gefühl, schon seit Stunden durch eine Stadt zu laufen.

Das Gasthaus, in dem sie am gestrigen Abend übernachtet hatten, hatte den Namen „Zum Herold“ getragen und schien bereits am Stadtrand von Nürnberg gelegen zu haben. Aber der Wirt, ein kahlköpfiger Mann, der dafür einen um so volleren Bart trug, hatte ihnen erklärt, sie seien noch einen halben Tagesmarsch von der Stadtmauer entfernt und das weite Meer von Zelten und Holzhütten, das sich von hier bis zur Mauer erstreckte, sei nicht mehr als ein halbprovisorisches Lager, in dem all jene Unterschlupf fanden, die in die Stadt selbst nicht mehr hineinkamen.

„Der mächtige Himmel der Gabrieliten zieht Flüchtlinge aus der halben Welt an“, hatte er ihnen erzählt, als er das Essen an ihren Tisch gebracht hatte.

Hiob hatte sich diesmal keine Mühe gegeben, sein Gesicht zu verbergen, da er ohnehin vorhatte, sich den Templern am Stadttor zu offenbaren – und offensichtlich mußte ein Engel ohne Flügel etwas so Absurdes sein, daß niemand auch nur auf die Idee gekommen war, ihn für einen zu halten. Dennoch begegneten die Leute ihm mit einigem Respekt. Aus den Bemerkungen des Wirtes hatte er schließen können, daß dieser ihn für einen hochrangigen Templer hielt, und er hatte ihn wohlweislich in diesem Glauben gelassen.

Jetzt standen sie in der Schlange am Stadttor an und warteten darauf, in die Stadt eingelassen zu werden. Hiob konnte beobachten, daß vorne am Tor zwei Gabrielistempler standen und alle Fußgänger kurz befragten, bevor sie sie entweder passieren ließen oder abwiesen. Drei andere Templer kontrollierten die hereinkommenden Reiter und Fuhrwerke. Die Stadt mußte wirklich fürchterlich überfüllt sein, dachte Hiob, wenn solche Sicherheitsmaßnahmen notwendig waren.

Die Abfertigung ging nur langsam vonstatten, und er rechnete eigentlich damit, daß es noch mindestens eine halbe Stunde dauern würde, bis sie an der Reihe waren, als plötzlich einer der schwarz gewandeten Wachposten auf sie zu kam. Der Templer hatte zum Schutz gegen den feinen Sprühregen die Kapuze seines schwarzen Mantels über den Kopf gezogen. Trotzdem konnte Hiob erkennen, daß ihm das linke Ohr fehlte und sich eine lange Narbe über eine Wange bis zum Kinn zog.

„Aber ihr müßt doch nicht anstehen", rief er ihnen schon im Näherkommen zu. Doch als er Hiob genauer betrachtete, wurde er unsicher. „Ehrenwerter Herr ... Komtur?"

Hiob stellte sich vor, was für ein ungewöhnliches Bild sie dem Templer bieten mußten: Ein junger Mann mit der Scriptura eines Engels, in einen schlammigen Mantel gehüllt und mit einer in Lumpen gehüllten Lanze in der Hand – er war sich sicher, daß der narbige Gabrielistempler die Raguelitenwaffe erkannte; in seiner Begleitung eine Frau in Beginentracht, so zerschlissen, daß sie kaum von der Reisekleidung der ärmsten Besucher der Stadt zu unterscheiden war.

Hiob schüttelte den Kopf.

„Nein, Freund", antwortete er. „Ich bin kein Templer, sondern ein Engel auf einer ungewöhnlichen geheimen Mission. Dies hier ist Schwester Anne. Sie hat ein Schweigegelübde abgelegt."

Das entsprach zwar nicht ganz der Wahrheit, aber Hiob hoffte, daß es reichte, um bis in den Himmel zu kommen. Dort konnte er dann dem richtigen Gesprächspartner immer noch die ganze Geschichte erzählen.

Der junge Templer machte auf dem Absatz kehrt und stolperte hastig zu seinem gerade mir einem Ochsenkarren beschäftigten Kollegen am Tor zurück, besann sich dann aber auf halbem Weg eines Besseren und drehte sich wieder zu Hiob und Anne um.

„Folgt mir", hauchte er, offenbar sehr beeindruckt.

Wenige Augenblicke später saßen sie in einem schwarzen Einspänner und polterten über den rissigen Asphalt der Stadt. Der Templer hatte ihnen dreimal versichert, wie leid es ihm tat, daß er nichts Besseres hatte für sie finden können, und Hiob hatte ihm lächelnd erklärt, daß sie auch zu Fuß gegangen wären. Er fragte sich, warum er nicht schon früher auf ihrer Reise Kapital aus seinem Erscheinungsbild geschlagen hatte, anstatt es zu verstecken.

Sehr viel schneller als zu Fuß kamen sie jedoch in der hochrädrigen Kutsche auch nicht voran. Schon nach der ersten Biegung wurde die Straße so voll, daß der Kutscher nur noch Schrittempo fahren konnte. Offensichtlich war das jedoch das übliche Tempo auf den Straßen Nürnbergs. Neben einigen größeren Lastfuhrwerken konnte Hiob vor allem unzählige Rikschas und Fahrräder entdecken, auf denen sowohl Personen als auch Waren durch das Gedränge befördert wurden. Er hatte mit seiner Vermutung Recht gehabt, daß die Stadt längst nicht so prachtvoll war wie das heilige Æterna – aber ihre Straßen schienen endlos zu sein!

Neugierig sog Hiob alle Eindrücke der gigantischen Gabrielitenstadt in sich auf. Dicht gedrängt reihte sich höchste Baukunst an die einfachsten, wie aus Treibgut zusammengezimmerten Nutzgebäude. Viele der älteren Bauwerke waren aus Stein und hatten bereits eine beachtliche Höhe erreicht. Immer wieder waren sie durch Anbauten erweitert worden, und als ebenerdig kein Platz mehr vorhanden gewesen war, hatte man einfach himmelwärts gebaut. In manchen Straßen drängten sich die überhängenden Obergeschosse so dicht zusammen, daß sie fast durch einen geschlossenen Tunnel fuhren. Doch trotz der offensichtlichen Überfüllung der gesamten Stadt kamen sie an zahlreichen Baustellen vorbei. Offensichtlich waren die findigen Nürnberger jetzt dazu übergegangen, alte Gebäude abzureißen und an ihrer Stelle, neue, höhere Häuser zu errichten, die den knapp bemessenen Platz besser ausnutzten.

Der Himmel der Gabrieliten selbst erhob sich auf einem flachen Hügel. Seine mächtige Basis wirkte wie eine grotesk vergrößerte Burg, deren Mauerkrone sich irgendwo in den tiefhängenden, grauen Regenwolken verlor. Daß die Krone tatsächlich über einen Kilometer in die Höhe ragte, war von hier unten nicht zu erkennen.

Der Anblick des Himmels, der sich direkt aus der dicht bebauten, geschäftigen Stadt erhob, war atemberaubend. Hiob kannte den Himmel seines eigenen Ordens in Trondheim, den der Urieliten in Mont Salvage und die Engelsburg in Roma Æterna, Residenz der Michaeliten, aber keines dieser Bauwerke hatte so wuchtig und übermächtig gewirkt.

Sie durchquerten ein weiteres Tor, und er fragte ihren schweigsamen Kutscher, ob sie die Stadt wieder verlassen würden.

„Nein", antwortete dieser. „Jetzt kommen wir in die Neustadt."

Die Neustadt wirkte kein bißchen neuer als die Stadtviertel, durch die sie bisher gefahren waren, aber langsam ging Hiob auf, daß wie in Trondheim der Himmel hier einst außerhalb der Stadt erbaut worden war. Erst später war Nürnberg zu der riesigen Metropole herangewachsen, die sich heute an den Fuß des Gabrieliten-Himmels schmiegte.

Als ihre kleine Kutsche in den Vorhof des Himmels einfuhr, hatte Hiob das seltsame Gefühl, zum ersten Mal seit langer Zeit wieder nach Hause zu kommen. Allerdings hatte dieses Gefühl einen bitteren, melancholischen Beigeschmack, den er nicht recht greifen konnte.

Nachdem er vom Wagen gestiegen war, reichte er Anne die Hand, um ihr ebenfalls herunter zu helfen. Für einen Moment trafen sich ihre Blicke, und er konnte die Sorge in ihren Augen erkennen, auch wenn sie versuchte, sie vor ihm zu verbergen.

Als sie zum hohen Eingangstor an der Basis des Himmels hinübergingen, hielt Hiob immer noch ihre Hand.

♦ ♦ ♦

Tahumiel war ein ungewöhnlicher Engel. Raziel wußte, daß bereits sie nicht mehr dem Idealbild des kindlichen Gottesboten entsprach, und sie hatte mehr als einmal zu spüren bekommen, daß ihre Erscheinung selbst bei den Würdenträgern der Angelitischen Kirche Unbehagen hervorrief. Aber gegen Tahumiel war sie eine wahre Schönheit. Der andere Gabrielit hatte sein Haar und den größten Teil seiner Kopfhaut in den Flammen eines Fegefeuers verloren, und sein Kopf glich einer glatten, tiefroten Kugel. Die dünne Gesichtshaut war trocken und runzelig und ließ ihn mehr wie einen Greis denn wie ein Kind erscheinen. Sie hatten jetzt seit fast einem halben Jahr keinen Kontakt mehr gehabt und standen einander minutenlang ohne ein Wort im Halbdunkel des Refektoriums gegenüber. Dann senkte Raziel den Blick, und Tahumiel trat an sie heran und ergriff ihre Hände.

„Schön, dich zu sehen, Schwester", sagte er mit der heiseren, rauhen Stimme, die sie so gut in Erinnerung hatte. „Wie ich sehe, bist du wohlauf."

Sie nickte und erwiderte seinen festen Händedruck.

„Ich freue mich auch, dich zu sehen, Tahumiel", antwortete sie mit gedämpfter Stimme. „Besonders, da ich mit niemandem vernünftig reden konnte, seit ich wieder in Nürnberg bin."

„Du hast deine Schar verloren", entgegnete Tahumiel ernst.

„Nicht die ganze Schar", widersprach sie ihm. "Außerdem hätte jedes Kind wissen können, daß es ein Selbstmordkommando ist, einem Diadochen eine uralte Ikone zu entreißen." Sie preßte die Lippen zusammen und versuchte, die Verärgerung zu unterdrücken, die in ihr hochstieg. „Aber wir waren dennoch erfolgreich", knurrte sie dann trotzig. „Es ist nicht meine Schuld, wenn der Prior meint, ein paar Engel für eine verstaubte alte Reliquie opfern zu können."

Unvermittelt löste sich Tahumiels ernste Miene in Lachen auf, und er klopfte ihr anerkennend auf die Schulter.

„Du brauchst mir nichts zu erklären, Schwester. Ich weiß genau, wie dir zumute ist. Sie haben keine Ahnung, was da draußen wirklich los ist, und dann schicken sie dich auf eine Mission, die schon schwer genug zu erfüllen wäre, wenn wenigstens alle Mitglieder der Schar richtige Krieger wären."

Raziel nickte zustimmend. Sie würde sich nie an Tahumiels seltsamen Humor gewöhnen, aber sie mochte ihn trotzdem.

„Und warum bist du hier?"

Er zuckte die Achseln. „Nur ein kurzer Zwischenstop. Wir waren in der Gegend um Prag und noch weiter im Osten im Einsatz, aber jetzt hat man uns nach Roma Æterna gerufen, ich weiß auch nicht warum."

Während Tahumiels letzter Worte hatten weitere Engel und mehrere Gabrielistempler den Saal betreten. Das Refektorium lag in einem Teil des Gabrieliten-Himmels, der zur Zeit nahezu verlassen war. Die Templer, die normalerweise in diesem Trakt untergebracht waren, befanden sich allesamt auf dem großen Feldzug in Frankreich. Deshalb konnten sie sich hier ungestört treffen.

„Narbenbrüder" oder „Kriegsgeißler" hießen sie bei den anderen, und genauso sahen sie aus. Doch verband die Passagianten, wie sie sich selbst nannten, viel mehr als nur ihr entstelltes Äußeres und ihre fast selbstmörderische Kampfeslust. Niemand, der nicht ihr Schicksal teilte, konnte es begreifen. Nicht nur ihre Leiber waren im Kampf aufgeschlitzt worden, auch in ihre Seelen hatten die Krallen und Klingen der Feinde tiefe Löcher gerissen, und sie hatten festgestellt, daß diese Löcher keine Wunden waren; sondern die Öffnungen, nach denen ihre taubstummen Seelen schon so lange verlangt hatten. Doch die Offenbarung war eine schwere Bürde, die nur wenige imstande waren allein zu tragen, und so hatten sie sich zusammengetan, um ihre Erfahrungen auszutauschen und gemeinsam das Passagium anzutreten. Das war zumindest das, was Raziel von Tahumiel erfahren hatte. Aber auch wenn sie sich nicht so sicher war, was die Offenbarung anging, war sie einfach froh, bei den Passagianten Freunde zu finden, die ihre Begeisterung für den Kampf teilten und ihr Äußeres nicht abstoßend fanden, sondern es im Gegenteil als Zeichen ihres Mutes und ihrer Erleuchtung ansahen.

Tahumiel wandte sich den Neuankömmlingen zu, um ein paar begrüßende Worte an sie zu richten, doch einer der Gabrielistempler kam direkt auf ihn zu. Er hatte nur ein Ohr, und die lange Narbe, die von der Seite seines Kopfes bis zu seinem Kinn lief, leuchtete weiß im Halbdunkel.

„Bruder Tahumiel", keuchte er, „ein Engel ohne Flügel. Und es ist kein Sarielit!"

♦ ♦ ♦

Die Monachen hatten sie zurückhaltend, aber freundlich empfangen und ihnen in einer kleinen Kammer neben einer der Küchen

Reis mit Gemüse serviert. Hiob hatte bereits an der Himmelspforte nach Eliphas gefragt, aber keiner der Monachen kannte den Schweizer Komtur. Als er daraufhin um eine Audienz bei der Äbtissin gebeten hatte, wurde ihm versichert, seine Angelegenheit würde bei nächster Gelegenheit dem Prior vorgetragen. Zunächst sollten sie sich jedoch von der Reise erholen.

Jetzt stand Hiob allein in einer großzügigen, hell gestünchten Gästekammer, und Zweifel beschlichen ihn, ob es nicht vielleicht doch ein Fehler gewesen war, hierher zu kommen. Hatte er sich etwa freiwillig erneut in die Gefangenschaft der Angelitischen Kirche begeben? Er ärgerte sich, daß er zugelassen hatte, von Anne getrennt zu werden. Sie war irgendwo bei den Gabrielis-Beginen untergebracht worden.

Aber was nützte es, wenn er sich jetzt aufregte? Anne hatte ihn einmal wiedergefunden, als es ihn ans Ende der Welt verschlagen hatte, also würde ihr das auch hier im Himmel von Nürnberg gelingen. Außerdem war er tatsächlich erschöpft. Auf die Suche nach Eliphas konnte er sich am nächsten Morgen immer noch machen.

Als er sich gewaschen hatte und auf dem großen Bett lag, das bequem zwei Personen Platz geboten hätte, konnte er dann doch nicht einfach so einschlafen. Zu viele Gedanken gingen ihm im Kopf herum. Was, wenn die Spur des anderen Ragueliten und des Liber Raguelitorum sich verloren hatte? Was, wenn Eliphas schon lange nicht mehr hier war, sondern sich wieder irgendwo in Europa befand, um Kinder zu jagen? Was, wenn der Komtur den Gabrieliten erzählt hatte, daß er in Frankreich von Ab Bildad als Ketzer verurteilt worden war? Aber nein, daß hatte er sicher nicht getan, jetzt, wo sie Freunde waren ...

Er wünschte sich inständig, wieder einen jener Träume zu haben, die ihn noch vor wenigen Monaten immer wieder heimgesucht hatten, aber seit er in Eliphas' Obhut nach Trondheim aufgebrochen war, schlief er fest und traumlos. Zuerst hatte er es der Erschöpfung durch das Reiten zugeschrieben und war sogar froh darüber gewesen, endlich einmal ohne Visionen im Kopf aufzuwachen. Dann hatte er Anne getroffen und den zerstörten Himmel von Trondheim gesehen und hatte kaum Gelegenheit gehabt, sich um die Träume Sorgen zu machen. Doch auf dem Schiff von Norwegen nach Brunswick war ihm alles wieder in den Sinn gekommen. Während der Überfahrt hatte er viel Zeit damit verbracht, die Mosaiksteinchen immer wieder neu zusammenzusetzen, und zumindest war er sich jetzt ziemlich sicher, wie er zum Engel geworden war. Gut, die Geschichte hatte noch ein paar entscheidende Lücken. Bislang hatte er zum Beispiel noch keine Ahnung, wie er an seine mittlerweile verlorenen Flügel gekommen war. Aber der Anfang und das Ende der Genese waren ihm bekannt. Gar nicht mehr sicher war er sich jedoch bei der Frage, wohin ihn seine Visionen leiten sollten, geschweige denn, ob es sich überhaupt um Visionen handelte. Vielleicht waren es einfach nur Erinnerungsfragmente gewesen, die ihren Weg zurück an die Oberfläche seines Bewußtseins gefunden hatten. Nichts weiter. Alles andere war nur seine Interpretation, seine Eitelkeit, seine Hoffnung, immer noch Teil des göttlichen Plans zu sein. Wenn es denn überhaupt einen göttlichen Plan gab. Aber immerhin hatten seine Visionen ihn zu Anne geführt, und jetzt war er auf der Suche nach dem Ordensbuch der Ragueliten, er hatte ein Ziel, er erfüllte ein Schicksal. Es tat einfach so gut, daran zu glauben, daß er jeden Gedanken an eine andere mögliche Erklärung sofort aus seinem Geist verbannte. Es dauerte noch lange, bis das Grübeln ihn endlich müde werden ließ und er erschöpft einschlief.

Leises Klopfen an der Tür ließ ihn aus seinem traumlosen Schlaf hochfahren. Es wußte nicht, wie lange er geschlafen hatte. Das schwache Licht, das durch die schmalen Fenster in sein Zimmer fiel, hatte jene graue Qualität, die es unmöglich machte zu entscheiden, ob es Morgen, Abend oder eine beliebige andere Tageszeit bei bedecktem Himmel war.

„Wer ist da?" fragte Hiob verschlafen.

Das zaghafte Klopfen verstummte. Langsam richtete er sich auf und stieg ganz leise aus dem Bett. Mit zwei Schritten war er bei seiner Vibrolanze, die noch immer in Lumpen eingewickelt war.

Das Klopfen begann von neuem, diesmal weniger vorsichtig. Hiob warf noch einen Blick auf seine Lanze und trat dann an die Tür des Gästezimmers. Was sollte ihm die Waffe schon nützen? Er befand sich im Himmel der Gabrieliten in Nürnberg, dem wahrscheinlich sichersten Ort in ganz Europa. Die einzige Gefahr, die er hier zu befürchten hatte, ging von der Angelitischen Kirche selbst aus, und er würde sich wohl kaum den Weg aus dem Himmel freikämpfen können, sollten vor der Tür Häscher stehen, die ihn erneut vor ein Tribunal zerren wollten. Außerdem hätten sie wohl auch nicht angeklopft. Leise öffnete er die Tür.

Draußen auf dem Gang stand ein überraschter Templer, die Linke immer noch erhoben, um an die Tür zu klopfen. Der Mann war einen halben Kopf größer als Hiob, und er erkannte ihn sofort. Es war der Wächter vom Stadttor, der sie aus der Schlange der Wartenden geholt hatte.

Unsicher ließ der Templer die Hand sinken und fuhr sich unwillkürlich über die vernarbte Seite seines Kopfes. Dann senkte er den Blick und wies den langen Gang hinunter.

„Du wirst erwartet, Engel vom Orden der Ragueliten."

Kapitel sieben

„Ich freue mich, dir sagen zu können, daß du weitgehend genesen bist", sagte Wojciech und nickte. „Die körperliche Schwäche und die leichten Koordinationsschwierigkeiten werden bald vorübergehen, und in spätestens einer Woche wirst du wieder ganz der Alte sein." Ebenezer richtete sich mit einer steifen Bewegung auf dem Bett auf und nickte ebenfalls.

„Danke, Doktor", stieß er langsam hervor.

Wojciech nickte noch einmal und stieg dann von dem Schemel herab, auf den er sich während der Untersuchung gestellt hatte. Er warf noch einen mißbilligenden Blick zu Nathan hinüber, ließ dann die Hände in den Ärmeln seines grauen Kittels verschwinden und verließ hoch erhobenen Hauptes den Raum. Ebenezers Sohn hatte während der ganzen Untersuchung mit vor der Brust verschränkten Armen in einer Ecke des Krankenzimmers gestanden, ohne ein einziges Wort zu sagen. Aber Nathan brauchte auch nichts zu sagen, denn er hatte Wojciech in den letzten Wochen nur allzu deutlich spüren lassen, was er von ihm und seinen Methoden hielt. Der ignorante Bursche hatte sogar die Dreistigkeit besessen, ihm zwischenzeitlich jeden Kontakt mit seinem kranken Vater zu untersagen! Wojciech war außer sich

Mit Haut und Fleisch hast du mich umkleidet, mit Knochen und Sehnen mich durchflochten.

– Hiob 10, 11

gewesen. Was für ein ungeheuerlicher Skandal, ihm, dem Leibarzt der Patrizier von Prag, Quacksalberei vorzuwerfen! Glücklicherweise war es nicht schwer gewesen, durch seine anderen Patienten über den Zustand Ebenezers informiert zu bleiben, nachdem Nathan die Behandlung abgebrochen hatte, und als ein günstiger Moment gekommen schien, hatte er dafür gesorgt, daß die anderen Patrizier dem jungen Kaufmannssohn nachdrücklich klar gemacht hatten, wieviel Vertrauen sie in Wojciechs Heilkunst setzten und daß es an der Zeit war, ihren alten Freund und Zunftbruder Ebenezer wieder der Obhut seines angestammten Leibarztes zu überlassen. Ein befriedigtes Lächeln ließ Wojciechs langen, grauen Schnurrbart erzittern.

Ebenezers Stadthaus war ein regelrechter Palast. Das dreistöckige Gebäude war vollkommen aus dunklem Holz errichtet und umschloß einen quadratischen Innenhof. Die Flügel des Gevierts waren jeweils in der Mitte durch ein breites doppelflügliges Tor unterbrochen. Das Tor im Osten führte auf die Sokolská und das im Westen auf die Legerova, zwei der prächtigsten Straßen Prags. Durch die beiden Tore in Nord-Süd-Richtung floß ein kleiner Kanal, der mit dem Wasserstraßennetz der Stadt verbunden war. In diesem Kanal wartete noch die Rikschagondel, die Wojciech vor etwa einer halben Stunde hergebracht hatte. Der Gondoliere war über der Lenkstange zusammengesunken und hielt ein Nachmittagsschläfchen, und Wojciech mußte erst mit seinem Gehstock gegen die kleine Glocke schlagen, die am Bug des Tretbootes hing, bevor der junge Mann aufschreckte, und ihm mit verschlafenem Blick auf die vordere Sitzbank half. Dann löste er die Vertäuung und stemmte sich in die Pedale, um die Gondel in Fahrt zu bringen.

Als das Boot wenige Augenblicke später in den breiten Pavlova-Kanal einbog, war Wojciech in Gedanken schon bei seiner nächsten Patientin. Die Dame Elisabeth hatte sich den Knöchel verstaucht, und er mußte sich eine Strategie überlegen, wie er ihrem Mann eine möglichst lange und kostspielige Behandlung verkaufen konnte.

♦ ♦ ♦

„Ich begreife nicht, warum du dein Geld an diesen Scharlatan verschwendest, Vater!" Nachdem Wojciech das Zimmer verlassen hatte, war Nathan an das Bett seines Vaters herangetreten und hatte sich auf dem Hocker niedergelassen, auf dem der kleinwüchsige Arzt während der Untersuchung gestanden hatte. Er verstand seinen Vater nicht. Ebenezer war Kaufmann mit Leib und Seele, all sein Handeln war von der Frage nach Gewinn, vom Abwägen von Kosten und Nutzen bestimmt. Doch was die Behandlung durch den selbsternannten Doktor anging, verhielt er sich vollkommen irrational. Dabei war es so offensichtlich, daß Wojciech nichts von Medizin verstand. Dennoch hatte er es irgendwie geschafft, sich bei seinem Vater und den anderen Patriziern eine scheinbar unerschütterliche Vertrauensposition zu ergaunern. Nathan konnte immer noch nicht fassen, daß Jean und Michelskí tatsächlich damit gedroht hatten, ihre Bürgschaft für ihn beim kirchlichen Zollamt zurückzuziehen. Ohne diese Bürgschaft wäre es ihm unmöglich gewesen, im Namen seines Vaters die Geschäfte der Familie fortzuführen. Also hatte er sich geschlagen gegeben und den dubiosen Doktor in den letzten Wochen wieder zu seinem bewußtlos dahinvegetierenden Vater gelassen.

„Wenn ich es nicht verhindert hätte, wärst du mit Blutegeln übersät aufgewacht – wenn du überhaupt jemals aufgewacht wärst und der Blutverlust dich nicht getötet hätte!"

Ebenezer antwortete nicht. Nachdem Wojciech gegangen war, hatte er sich in die Kissen zurücksinken lassen. Sein Blick war starr an die dunkle Kassettendecke gerichtet. Nur sein Lidschlag und das regelmäßige Zittern seiner Nasenflügel verrieten, daß er am Leben war.

„Hätte ich ihm kein Ultimatum gestellt, dann hätte er dich noch lange nicht für geheilt erklärt, sondern dir noch wochen- und monatelang das Geld aus der Tasche gezogen", versuchte Nathan es nochmals.

Doch noch immer zeigte sein Vater keine Regung. Nathan wußte, daß er noch geschwächt war und konnte sich vorstellen, daß er sehr unter den Gedächtnislücken litt, die die Verletzung durch den geheimnisvollen Hagel hinterlassen hatte. Sein Vater war immer ein Mann des Geistes gewesen, sein klarer Verstand und sein Wissen waren die Grundpfeiler seiner gesamten Existenz. Da war es kein Wunder, daß ihn die Amnesie so sehr erschütterte. Aber es ging ihm von Tag zu Tag besser, und er hatte eigentlich keinen Grund, so niedergeschlagen zu wirken.

„Verzeih, wenn ich dich mit meinem Unmut belästige, Vater", sagte er diesmal in versöhnlichem Tonfall. „Du bist sicher erschöpft und sollst dich erholen. Morgen können wir dann gemeinsam überlegen, wie du am besten wieder zu Kräften kommst."

Mit diesen Worten erhob sich Nathan und trat zur Tür. Als er noch einmal zum Bett zurückblickte, sah er, daß sein Vater den Kopf zu ihm hingedreht hatte und den Mund zu einem schwachen, aber unübersehbaren Lächeln verzog. Nathan lächelte zurück.

„Gute Nacht, Vater – schlaf gut."

Nachdenklich trat er auf die Galerie hinaus, die im zweiten Stock des Anwesens um den Innenhof herum führte. War es wirklich nur die Erschöpfung, was Ebenezer ans Bett fesselte, oder litt sein Vater womöglich doch an etwas anderem? Vielleicht sollte Nathan ihn noch einmal untersuchen lassen. Das Problem war nur, daß die einzigen Ärzte, denen der junge Kaufmann wirklich vertraute, raphaelitische Monachen waren – und leider war es so, daß sie fast alle Opfer des unheiligen Hagel-sturms in den Himmel der Ramieliten gebracht hatten. Und nach allem, was er gehört hatte, waren nicht allzu viele Patienten von dort wieder zurückgekehrt. In der Stadt kursierten verschiedene Gerüchte darüber, was im Himmel mit den zahlreichen Verletzten geschah. Die einen behaupteten, die Monachen führten mit den Opfern der Traumsaat Experimente durch, andere erzählten von Quarantänemaßnahmen und einer ansteckenden Seuche, und es gab noch einige absurdere Theorien. Nathan wußte nicht, was er davon halten sollte, Tatsache aber war, daß er nicht riskieren wollte, daß sein Vater ebenfalls in den Himmel gebracht wurde. Er mußte also irgendwie einen qualifizierten Arzt finden, der seinen Vater auf keinen Fall in ein Hospiz der Kirche einweisen würde.

♦ ♦ ♦

Nachdem Nathan endlich den Raum verlassen hatte, richtete es seinen Körper langsam auf dem Bett auf. Es drehte den Rumpf zur Seite und stellte erst ein Bein, dann das andere auf den Parkettboden. Einen Moment hingen seine Arme schlaff herab, dann tasteten sie hektisch herum, bis sie einen Bettpfosten zu fassen bekamen und seinen wehrlosen Körper langsam in eine stehende Position zogen. Ebenezer versuchte nicht mehr zu schreien. Er hatte es schon lange aufgegeben, sich gegen das Wesen zu wehren, das von ihm Besitz ergriffen hatte. Er konnte nur zusehen, wie es langsam Herr über seine Gliedmaßen wurde.

Und es machte erhebliche Fortschritte. Wenn er allein war, übte es immer wieder, seinen Körper zu bewegen. Zuerst hatte er versucht, sich dagegen zu wehren, andere Bewegungen auszuführen als die, die das Wesen ihm aufzwingen wollte, aber er hatte mit Schrecken feststellen müssen, daß er jede Kontrolle über seine Muskeln verloren hatte. Es war, als sei er in seinem eigenen Körper gefangen. All seine Sinne waren ihm geblieben, ebenso sein Wissen und seine Erinnerung, aber er hatte keine Möglichkeit, mit der Außenwelt in Kontakt zu treten. Dennoch mußte er dringend etwas gegen den Eindringling unternehmen.

Alle dachten, er befände sich auf dem Weg der Besserung, seine Verletzung sei geheilt und er nur noch etwas erschöpft und litte unter ein paar Gedächtnislücken. Niemand, nicht einmal sein eigener Sohn, schien zu merken, was wirklich mit Ebenezer passierte.

Jetzt ließ seine zitternde Hand den Bettpfosten los, und das Wesen ließ ihn für einen Moment bewegungslos im Raum stehen. Dann setzte es seinen geschwächten Körper mit schwerfälligen Schritten in Bewegung. Nach sechs Schritten stieß er mit der Stirn an die Holzwand.

Beunruhigt stellte Ebenezer fest, daß dies im Vergleich zu gestern schon ein enormer Fortschritt war. Am vergangenen Nachmittag hatte das Wesen ihn bereits einmal vom Bett aufstehen lassen, doch er war sofort am Fußende zusammengebrochen. Immer wieder hatte die fremde Macht seinen Körper am Bett hochgezogen und vorsichtig versucht, ein paar Schritte zu gehen, doch er hatte jedes Mal das Gleichgewicht verloren und war zu Boden gestürzt. Dann war eine der Mägde erschienen und hatte ihm wieder ins Bett geholfen, doch das unheimliche Wesen hatte nicht aufgegeben. Es war alles andere als dumm.

„Hilf mir, ein paar Schritte zu gehen", hatte er sich selbst in dem schleppenden Tonfall sagen hören, den seine Stimme annahm, wenn sie unter der Kontrolle jenes fremden, unbegreiflichen Geistes stand. Und natürlich hatte die Magd ihrem Herr Gehorsam geleistet und war mit ihm eine Zeitlang im Krankenzimmer umhergegangen.

Jetzt stützte das Wesen seinen Körper mit der Linken an der Wand ab und bewegte sich langsam in Richtung des schmalen Fensters.

Das einzige, worüber er mehr Macht zu haben schien als das Wesen, war sein Gedächtnis. Er konnte fast körperlich spüren, wie der fremde Geist jedesmal, wenn er auf irgend etwas angesprochen wurde, eine passende Erinnerung zu finden versuchte. Und er hatte festgestellt, daß er dem Ding oft den Zugriff verwehren konnte, indem er intensiv an etwas anderes dachte. Aber das fremde Wesen lernte schnell. Zu seinem Entsetzen mußte Ebenezer feststellen, daß es offenbar nichts vergaß, was es einmal gehört oder gesehen hatte. Zudem gelang es ihm oft, die ihm bekannten Fakten so zu kombinieren, daß er auf seinen Gesprächspartner einfach nur etwas verwirrt wirkte, was dann alle seiner Verletzung zuschrieben.

Jetzt hatte er das Fenster erreicht und stützte sich schwer auf die breite hölzerne Fensterbank. Es wurde langsam Abend. Im grauen Dämmerlicht konnte er erkennen, wie unten im Innenhof ein Knecht ein Lastrad entlud. Mit einem Ruck ließ das Wesen seinen Körper vom Fenster zurückweichen und zog mit einer fast bedächtig wirkenden Bewegung die Vorhänge zu.

Abends und in der Nacht schien sein Gast, wie Ebenezer das Wesen in einem Anflug von Galgenhumor bezeichnete, besonders aktiv zu sein. Morgens wurde es dann schläfrig, und über Mittag war es gänzlich inaktiv. Dennoch lähmte es ihn selbst zu dieser Zeit, aber er hatte die Hoffnung noch nicht aufgegeben, daß es ihm eines Mittags vielleicht gelingen würde, zumindest kurzfristig die Kontrolle über seinen mißbrauchten Körper zurückzuerlangen.

Sein Dilemma war nur, daß auch er dringend Schlaf benötigte. Wenn er das Wesen während seiner gesamten aktiven Zeit überwachte, hatte er keine Kraft mehr, um seine Ruhephase zu nutzen und kurzfristig wieder Herr über seinen Körper zu werden. Deshalb hatte er beschlossen, in dieser Nacht seiner Müdigkeit nachzugeben und zu riskieren, seinen Körper unbeaufsichtigt der Kontrolle des Wesens zu überlassen, damit er am nächsten Morgen mit frischer Kraft um seinen Körper kämpfen konnte.

♦ ♦ ♦

Nathan hatte einen Entschluß gefaßt. Er war mit seinem Vater viel herumgekommen, und er wußte, daß es einst, vor der zweiten Flut, eine Medizin gegeben hatte, die nicht von den Raphaeliten bestimmt worden war. Immer wieder waren seinem Vater und ihm auf ihren Handelsreisen vorsintflutliche Instrumente und Medizinbücher angeboten worden, meist als wertvolle Sammlerstücke zu horrenden Preisen. Nie hatte sein Vater sich auf ein solches Geschäft eingelassen. Es lohne das Risiko nicht, hatte er Nathan erklärt. Er würde mit diesem oder jenem Stück vielleicht ein paar hundert oder auch tausend Euro machen können, wenn er den richtigen Käufer dafür fände, aber sollte die Angelitische Kirche etwas von solchen Geschäften erfahren, wäre seine Laufbahn als Kaufmann beendet, sein gesamter Besitz würde beschlagnahmt und er hätte Glück, wenn er nicht den Rest seines Lebens im Gefängnis verbringen mußte.

Aber irgend jemand kaufte diese Bücher, und vielleicht gab es auch jemanden, der sie tatsächlich lesen konnte und womöglich sogar verstand.

Nathan wußte, daß seine Chancen mehr als schlecht standen, eine solche Person zu finden, und das auch noch in möglichst kurzer Zeit. Aber es war das Beste, was ihm im Moment einfiel, und also einen Versuch wert. Ärgerlich war, daß Wojciech auf keinen Fall davon erfahren durfte. Das machte die ganz Sache noch um einiges schwieriger.

Nathan lehnte sich in seinem lederbezogenen Stuhl zurück und blickte aus dem Fenster in den schwarzen Nachthimmel über Prag. Es wurde Zeit, seinem Freund Gregor mal wieder einen Besuch abzustatten.

Er verließ das Haus zu Fuß, nur in einen einfachen grauen Wollmantel gekleidet. Nachdem er die Legerova überquert hatte, gelangte er durch ein paar kleinere Gassen an den Francouská-Kanal. Da es schon spät war, dauerte es fast eine Viertelstunde, bis ein freies Tretboot vorbeikam und ihn mitnahm.

Gregor wohnte im Norden Prags, jenseits des Himmels der Ramieliten. Im Stadtzentrum selbst, direkt um die Feste der Bewahrer des Wissens, drängten sich die Pontons und Hausboote so dicht aneinander, daß es dort im Umkreis einiger Häuserblocks keine Kanäle gab, also mußten sie die Engelsburg in weitem Bogen umfahren. Nathan wußte zwar, daß die westliche Route, die der Tretbootfahrer eingeschlagen hatte, die längere war, sagte aber nichts. Zum einen wollte er bei seinem kleinen Ausflug möglichst wenig Aufsehen erregen und die Gondoliere waren für ihre Streitlustigkeit bekannt. Zweitens hatte er so noch ein wenig Zeit, in Ruhe seinen Gedanken nachzuhängen.

Sollte es ihm gelingen, jemanden zu finden, der seinen Vater noch einmal untersuchen konnte, so gab es zwei Möglichkeiten, wie diese Untersuchung ausgehen konnte. Entweder befand sich sein Vater tatsächlich auf dem Weg der Genesung und es bestand kein weiterer Grund zur Sorge oder Wojciech und die Kräuterfrau, die Nathan bemüht hatte, um eine zweite Meinung einzuholen, hatten Unrecht, und sein Vater hatte einen Schaden davongetragen, der noch nicht behoben war. Was aber war dann zu tun? Wenn der Mediziner, den er zu finden gedachte, dazu in der Lage war, würde Nathan ihn natürlich beauftragen, seinen Vater zu heilen. Wenn er jedoch nicht dazu in der Lage war, hatte er nicht viel gewonnen – außer der düsteren Gewißheit, daß sein eigener Verdacht bestätigt worden war. Nathan sollte sich also einen Plan zurechtlegen, was er unternehmen würde, wenn sich sein Verdacht bestätigen sollte, sei es durch die Diagnose eines vertrauenswürdigen Arztes oder durch ein anderes Ereignis.

Als sie eine Stunde später den Florencer Platz erreichten, hatte es angefangen zu regnen. Nathan zog die Kapuze tiefer ins Gesicht und verließ den kopfsteingepflasterten Platz in Richtung Norden. Jeden Herbst zum Zeltfest wurde auf dem Platz die größte und prächtigste Zeltstadt Prags errichtet, doch jetzt war keine Menschenseele weit und breit zu sehen.

Das änderte sich jedoch, je weiter sein Weg Nathan nach Karlín hineinführte. Schon bald waren die schmalen Straßen von Kneipen und Teehäusern gesäumt, aus denen Musik und Stimmen drangen, und an den Ufern der größeren Kanäle lagen Hausboote, auf denen halbprivate Feste im Gange waren. Karlín war das Vergnügungsviertel der Stadt, und auch wenn Prag in ganz Europa als die Hochburg des Wissens galt, konnte sich sein Nachtleben fraglos mit dem vieler anderer Großstädte messen.

Nathan fand Gregor wie erwartet in seinem Lieblingsteehaus, wo einige fahrende Schausteller gerade eine Harlotrie aufführten. Es überraschte ihn überhaupt nicht, daß sein Freund sich für die kurzen, improvisierten Komödien begeisterte, die jetzt überall in Mode waren – Gregor hatte eine Schwäche für alles Derbe und Anrüchige.

Nathan bestellte einen Reiswein und beobachtete, wie sich Gregor vor Begeisterung johlend bei jedem Witz krümmte, besonders, wenn sie von der Frau in dem aufreizenden kurzen Kleid gemacht wurden. Der Wein war gepanscht, und als das Stück zu Ende war, ließ er ihn stehen und drängte sich durch die Gästeschar zu Gregor hinüber, der tatsächlich ein Gespräch mit der offenherzigen Komödiantin begonnen hatte.

Als er Nathan erkannte, wich das ausgelassene, angetrunkene Grinsen auf seinem roten Gesicht sofort einem ernsten, aber freundschaftlichen Lächeln.

„Nathan, alter Junge was tust du denn hier?"

„Ich brauche deine Hilfe, mein Freund."

liebesbotschaft

Kapitel acht

Der Ketzer mit dem wilden Haarschopf kippte platschend in die Blutlache zu seinen Füßen. Wer soviel Blut verloren hat, braucht seine Waffe nicht mehr, dachte Einhardt grimmig und ließ die erbeutete Stielaxt ein paar Mal prüfend durch die Luft sausen. Es war eine gute, solide Waffe, auch wenn sie für seinen Geschmack etwas zu kopflastig war.

Er wußte nicht, wer oder was den Mann getötet hatte, aber er konnte die über zwei Meter lange Waffe gut gebrauchen, nachdem er seine Hasta auf der Straße hatte zurücklassen müssen.

„Seht nach, ob die anderen Toten auch noch ein paar brauchbare Waffen haben", rief er den angelitischen Söldnern zu, die hinter ihm in den kleinen Innenhof drängten. Er trat an eine der im ganzen Hof verstreuten Transportkisten heran und stellte fest, daß sie leer war. Plünderer. Nicht wirklich überraschend. Erschöpft drehte er die Holzkiste um und ließ sich darauf nieder. Seit sie heute morgen im Hafen von Tours gelandet waren, war es das erste Mal, daß Einhardt sich für einen Augenblick ausruhte. Langsam wurde ihm bewußt, wie ihm das Regenwasser unter der schweren Rüstung den Rücken herunterlief. Er war vollkommen durchnäßt, und die heiße, schwüle

Ist nicht Kriegsdienst des Menschen Leben auf der Erde?

- Hiob 7,1

Luft machte jeden Atemzug schier unerträglich. Aber er durfte sich davon jetzt nicht überwältigen lassen. Mit einem Ruck erhob er sich wieder und sah zu den Söldnern hinüber.

Die jungen Männer und Frauen durchsuchten widerwillig die im Hof verstreuten Ketzerleichen. Sie waren allesamt jünger als er, und auch wenn es seine erste Schlacht als Electus der Gabrieliten war, fühlte er sich für sie verantwortlich. Immerhin war er der einzige hier, der eine richtige Kampfausbildung hatte.

Vorsichtig trat Einhardt an das Hoftor und spähte auf die regennasse Straße hinaus. Außer einem toten Söldner, dessen zerfetztes Gesicht reglos in den grauen Frühsommerhimmel starrte, konnte er niemanden sehen. Er meinte sich zu erinnern, daß der Junge Baz hieß, aber er war sich nicht sicher. Von der Torburg wehten Waffenklirren und Schmerzensschreie herüber, in die sich jetzt ein langgezogenes, unnatürlich schrilles Heulen mischte.

Sie mußten einen Weg finden, zur Schlacht zurückzukehren, ohne die Straße zu passieren. Sonst würden die Heckenschützen der Ketzer sie einen nach dem anderen Baz' Schicksal teilen lassen, sobald sie aus dem Hoftor traten. Einhardt wandte sich zu den Söldnern um, die mit ängstlichen und erwartungsvollen Blicken hinter ihm standen, und korrigierte sich in Gedanken: Er mußte einen Weg finden.

„Wir können nicht auf die Straße zurück", sagte er und bemühte sich, seiner Stimme einen festen und sicheren Klang zu geben. „Die nördliche Mauer des Innenhofes ist nicht sehr hoch. Wir werden also versuchen, über sie in den nächsten Hof zu gelangen und von dort aus weiter zur Torbastion vorzudringen."

Einhardt warf noch einen letzten abschätzenden Blick auf die Straße hinaus, dann schloß er leise das Hoftor und legte von innen den schweren Holzriegel vor. Die erwartungsvollen Blicke seiner Leute brannten in seinem Rücken. Er konnte sich noch gut erinnern, wie stolz er am Vorabend der Schlacht gewesen war, als Magistra Elin ihm das Kommando über die Söldner übertragen hatte. „Das wichtigste, was ein zukünftiger Komtur zu lernen hat, ist, Verantwortung für seine Rotte zu übernehmen", hatte sie gesagt, und: „Du hast jetzt das Kommando über diese zehn Söldner. Führe sie in die Schlacht und sorge dafür, daß sie alle lebend zurückkehren."

Und sollte dir das nicht gelingen, wird sie auch niemand vermissen, dachte Einhardt im Stillen. Elin hatte es nicht ausgesprochen, aber als die Kugel Baz' Gesicht zerschmettert hatte, war es fast so gewesen, als hätte Einhardt auf einmal die brüske Stimme der Magistra in seinem Kopf gehört.

„Stellt euch vor, jede Schlacht ist nur eine weitere Übung auf eurem Weg zur Vollkommenheit", hatte sie einmal gesagt. Aber jetzt kam ihm das alles ganz und gar nicht mehr wie eine Übung vor. Aus dem stolzen, ehrgeizigen Templer, für den er sich bisher gehalten hatte, war wieder ein besorgter großer Bruder geworden, und er ertappte sich zum ersten Mal seit Monaten bei dem bangen Gedanken an seine Familie zuhause.

Schweigend führte er seinen kleinen Trupp an die niedrige Mauer an der Nordseite des Innenhofes. Wenn sie ein paar der leeren Kisten zusammenschoben, sollten sie ohne Problem hinüberklettern können.

Der Innenhof auf der anderen Seite der Mauer war genauso verlassen wie der, aus dem sie gekommen waren. Immerhin lagen hier keine Leichen herum. Nach kurzer Orientierung konnte Einhardt feststellen, daß der verwinkelte Hof zwei Ausgänge hatte. Das größere Tor führte wieder auf die Straße hinaus, von der sie vor den Heckenschützen der Ketzer geflohen waren. Durch das Guckloch in der niedrigeren Tür konnte er auf eine schmale Nebengasse hinaus blicken. Die finstere Gasse war gerade so breit wie ein Mann, und die Häuser hatten hier kaum Fenster.

Vorsichtig öffnete er die kleine Tür und steckte den Kopf hinaus. Am einen Ende des schmalen Durchgangs konnte er die leere Straße erkennen, das andere Ende bog nach einigen Metern scharf nach Norden ab. Genau in ihre Richtung. Nachdenklich warf er noch einen Blick zur Straße. Sie mußten schon verdammtes Pech haben, wenn der versteckte Heckenschütze genau gegenüber der Gasse am Fenster saß. Außerdem waren sie erst einmal in Sicherheit, sobald sie um die Ecke waren. Er mußte es einfach riskieren.

Langsam trat er in das Halbdunkel hinaus. Er fürchtete, jeden Moment einen Schuß knallen zu hören, der ihn zu Boden warf, aber außer dem fernen Lärm der Schlacht war nichts zu hören.

„Beeilt euch!" zischte er den Söldnern zu.

Im nächsten Moment liefen sie in geduckter Reihe den düsteren Weg entlang. Die Häuser standen zum Teil so dicht, daß die ausladenden Schulterpflüge von Einhardts Rüstung an den groben Steinmauern entlangschrammten. Hauptsache, sie wurden nicht aus der Luft entdeckt, dachte er und huschte um die Ecke.

Der Anblick des Wesens, daß die Gasse einige Meter vor ihm blockierte, ließ Einhardt das Blut in den Adern gefrieren. Die stark verlängerten Beine hatten zu viele Gelenke, um menschlich zu sein, und endeten in scharfen Klauen, mit denen die Kreatur sich in den Wänden der Gasse festkrallte. Ihr menschlicher Torso hing fast parallel zum Boden in der Luft. In den Händen trug der Versuchte eine kurzstielige Berdiche, jene Axt, die auch bei den Beutereitern sehr beliebt war. Offenbar war der Diener des Herrn der Fliegen genauso überrascht wie Einhardt, aber es gelang ihm einem Augenblick früher, mit der neuen Situation klarzukommen. Mit einem heiseren Lachen schwang er sich auf den Templer zu, und es gelang Einhardt erst im letzten Moment, die Stielaxt hochzureißen.

Aber der Versuchte wich Einhardts Waffe geschickt aus und hing jetzt bedrohlich über ihm zwischen den Mauern der Gasse. Im nächsten Augenblick sauste die lange Axtklinge von oben auf den Söldnerführer herab, und Einhardt konnte sich nur mit einem Hechtsprung nach vorn in Sicherheit bringen.

„Erschießt ihn!" rief er noch im Sprung und hoffte, daß es den Söldnern gelang, ihre Bögen zum Einsatz zu bringen, ohne sich gegenseitig zu treffen.

Er wußte nicht, wie er wieder auf die Beine gekommen war, hatte jedoch im Sturz seine eben erbeutete Waffe loslassen müssen und stand jetzt mit leeren Händen da. Ein rascher Blick zurück zeigte ihm, daß der Versuchte jetzt über den Söldnern war und gerade mit einem mächtigen Hieb der Berdiche den Schild des ersten zerschmetterte. Ohne zu zögern hechtete Einhardt nach vorn und griff mit beiden Händen nach dem Schaft der Stielaxt. In einer einzigen Bewegung rollte er sich auf den Rücken und riß die Klinge der Waffe in weitem Bogen nach oben. Die Hebelkraft des langen Schaftes drohte ihm fast die Arme zu zerreißen, aber dann spürte er, wie der spitze Haken auf der gegenüberliegenden Seite der Axtklinge sich in den Rücken der Traumsaatkreatur grub.

Als der Versuchte schrie, merkte Einhardt, daß er selbst auch brüllte. Mit einer weiteren Kraftanstrengung gelang es ihm, seinen Gegner auf den Boden herunterzureißen und sich dabei wieder aufzurichten. Der Dämon hatte seine Waffe fallen lassen und griff verzweifelt nach der, die in seinem Rücken steckte. Doch deren langer Schaft hatte sich inzwischen in der engen Gasse verkeilt, und der Dorn bohrte sich durch die Bemühungen des Verletzten nur noch tiefer in die klaffende Wunde. Einhardt ließ den Stiel nun endgültig los und griff statt dessen nach der Berdiche des Wesens, die scheppernd vor seinen Füßen aufgeschlagen war. Nach drei wuchtigen Schlägen war sein Gegner kaum mehr als ein zuckendes Knäuel nicht zusammenpassender Gliedmaßen. Als Einhardt aufhörte zu schreien, war es auf einmal unwirklich still.

Erschöpft musterte er seine schockierten Söldner.

„Alles in Ordnung bei euch?"

Der erste starrte ungläubig von den Überresten seines zerschmetterten Schildes zu dem toten Versuchten hinüber und nickte dann zögernd.

„Electus Einhardt", meldete sich dann die zitternde Stimme einer jungen Frau von weiter hinten in der Gasse. „Ich glaubc, Yann und Berni haben Angst bekommen und sind auf die Straße hinausgelaufen."

♦ ♦ ♦

Die Torbastion bot einen grauenvollen Anblick. Von ihren Zinnen hingen rundherum unzählige Körper herab, und an jenen Stellen, die der Regen nicht erreichte, konnte man noch die rostrote Farbe geronnenen Blutes erkennen. In grotesk verzerrten Posen reihten sich halbverweste Leichname an jene Unglücklichen, die sich noch im Todeskampf wanden.

Die Scharen näherten sich dem Südtor vom Hafen aus und umflogen es dann in weitem Bogen. Als die stadtwärts gerichtete Fassade in Sicht kam, stockte Aadoniel fast der Atem. Mitten über der Toreinfahrt war die weiße Gestalt eines Engels mit gespreizten Schwingen aufgespannt. Sein Kopf und seine Arme hingen schlaff herunter, und aus einer klaffenden Wunde in seiner linken Seite sickerte Blut. Jetzt konnte er auch die Versuchten sehen, die auf den Zinnen standen und drohend ihre Waffen gen Himmel reckten. Eine Windböe trieb den bestialischen Gestank von Fäkalien und Tod zu ihnen herüber, und das Geschrei der Ketzer klang in seinen Ohren.

Sollte es in der Absicht der Versuchten gelegen haben, die Truppen der Kirche durch diese Demonstration von Grausamkeit einzuschüchtern, so hatten sie bei ihm genau das Gegenteil erreicht. Hatte ein Teil von Aadoniel die Versuchten zuvor noch als Opfer des Herrn der Fliegen bemitleidet, sah er sie jetzt nur noch als unmenschliche Monster, und er wußte, daß es den anderen nicht anders erging.

Sie hatten mit einem Dutzend weiterer Scharen einen weiten Kreis um die Torbastion gebildet, und beinahe sah es so aus, als hingen sie mit regelmäßigem Flügelschlag in der Luft und warteten auf Pyriels Kommando.

Eine Ewigkeit schien zu vergehen, bis endlich Ariels beherrschte Stimme in seinem Kopf erklang.

Es ist soweit. Wir schlagen los.

Fast schwerfällig setzten sich um Aadoniel die anderen Engel in Bewegung und flogen direkt auf die leichenübersäten, blutbesudelten Mauern der Torbastion zu. *Aadoniel!* Er spürte, wie auch sein Flügelschlag sich merklich beschleunigte, und begann, zwischen den anderen vorwärts zu gleiten. Mit einem kurzen Auflodern entzündete sich sein Flammenschwert fast ohne sein Zutun, und sein gesamter Körper spannte sich unmerklich. Es kam ihm vor, als beobachtete er sich selbst tief aus seinem Inneren heraus. Jetzt bin ich soweit, dachte er noch, bevor er die Kontrolle ganz seinen Instinkten überließ.

♦ ♦ ♦

Rahel erkannte Malloriel in dem Moment, in dem die Scheinengel, eine besonders heimtückische Spezies der Traumsaat, die versuchte das Antlitz der Engel zu imitieren, über den steinernen Zinnen der Torbastion aufstiegen. Schon von weitem hatte sie sich gefragt, wie es den Versuchten gelungen war, einen einzelnen Engel gefangen zu nehmen, aber sie konnte sich leider nur zu gut vorstellen, daß Malloriel in seinem Zorn dumm genug gewesen war, ihnen in die Klauen zu fallen. Besorgt sah sie zu Ariel hinüber. Sie wußte, daß die Michaelitin sich die Schuld für das Schicksal ihres Scharbruders geben würde, aber in diesem Moment ließ sie sich nichts anmerken und schien sich ganz auf den Angriff auf die Torbastion zu konzentrieren.

Aadoniel schoß unter ihr hindurch, ein schwarzes Geschöpf der göttlichen Rache. Sein Flammenschwert beschrieb einen lodernden Halbkreis und durchschnitt den ledrigen Hautflügel eines der falschen Engel. Rahel konnte hören, wie die hohlen Knochen der Kreatur splitterten und sie schrill aufschrie. Ihre spindeldürren Klauen schossen nach vorn und packten im Sturz nach dem Bein des Gabrieliten, aber im selben Moment bohrte er sein Flammenschwert von oben durch den bunt schillernden Schädel des Dämons und versenkte die lohende Klinge tief in seinem Leib. Vollkommen reglos glitt der Diener des Herrn der Fliegen von Aadoniels Waffe und schlug klatschend auf der obersten Plattform der Torburg auf.

Rahel sah noch, wie Aadoniel sich dem nächsten Scheinengel zuwandte, als plötzlich ein sengender Flammenstrahl von unten auf sie zu schoß. Mit einer leichten Flügelbewegung ließ sie sich zur Seite kippen und entging nur dadurch um Haaresbreite dem verzehrenden Feuer. Ein Schwarm Verderberlibellen raste direkt auf sie zu.

„Aadoniel! Paß auf! Unter dir!“

Sie konnte nicht sehen, ob der stämmige Gabrielit ihre Warnung gehört hatten, denn im nächsten Augenblick waren die Traumsaatdämonen heran. Mit ein paar kräftigen Flügelschlägen versuchte sie, sich von den riesigen schwarzen Libellen zu lösen, doch die Gegner hatten sie bereits umzingelt.

Sammelt euch bei Rahel! vernahm sie Ariels Stimme in ihrem Kopf, und im nächsten Augenblick steckte ein grüngefiederter Pfeil im großen Facettenauge des Dämons direkt vor ihr. Die Verderberlibelle krümmte sich in der Luft und rammte im Todeskampf ein anderes Mitglied ihres Schwarms. Rahel kämpfte um Höhe und glitt dicht über die taumelnden Insektendämonen hinweg. Vor ihr tauchte plötzlich Daniel auf, einen weiteren Pfeil auf der Sehne. Für einen Moment hatten sie Blickkontakt, und sie sah, wie der Urielit fast unmerklich mit dem Kopf nach links unten deutete. Sofort legte sie ihre Flügel dicht an den Körper und sackte in die angegebene Richtung ab. Daniels Pfeil schnellte über sie hinweg, und sie hörte den krächzenden Todesschrei einer weiteren Libelle hinter sich. Jetzt waren auch Ariel und Aadoniel bei ihnen und stürzten sich auf die übrigen Angreifer.

Rahel, flieg zur Mauer hinüber und kümmere dich um Malloriel. Daniel, gib ihr Deckung.

Ohne ein weiteres Wort drehten die beiden Engel ab und flogen zur Mauer der erbittert umkämpften Torbastion hinab. Die meisten Gefechte fanden in der Luft über den Wehrgängen statt, so daß ihre größte Sorge hier unten die von oben herabstürzenden Verwundeten waren. Während Daniel mit scharfen Augen die Kämpfe über ihnen beobachtete, wandte Rahel sich dem verwundeten Malloriel zu. Seine Haut hatte eine fast aschgraue Farbe angenommen, und das Gefieder seiner gespreizten Schwingen wies an vielen Stellen Löcher auf. Die feinen, schwarzen Fäden, mit denen er an die Mauer gebunden war, schnitten tief in sein Fleisch ein, und aus der Stichwunde in seiner linken Seite sickerte noch immer Blut.

Vorsichtig schob Rahel eine Strähne regennassen Silberhaars beiseite und legte die Hand auf die Stirn des Ramieliten. Seit sie ihren Gefährten vorhin erkannt hatte, fürchtete sie sich vor diesem Augenblick. Was, wenn ihr Scharbruder nicht mehr lebte? Doch kaum berührten ihre Fingerspitzen die Haut des stolzen Engels, spürte sie seine pulsierende Lebenskraft.

„Er lebt“, sagte sie erleichtert zu Daniel.

♦ ♦ ♦

Als sie endlich den großen Platz vor der Torburg erreichten, waren sie nur noch zu siebt, Einhardt selbst mitgezählt. Nachdem er festgestellt hatte, daß Yann und Berni tatsächlich in Panik auf die Straße zurückgelaufen waren und von mehreren Armbrustbolzen getroffen leblos auf dem Pflaster lagen, hatte er die anderen Söldner noch mehr zur Eile angetrieben. Er wußte natürlich, daß sie auf dem Schlachtfeld um die Torbastion alles andere als sicher waren, aber wenigsten wußte man dort, woher die Gefahr kam und konnte ihr ins Auge blicken. Der Weg durch die Gassen und Hinterhöfe war einfach zermürbend und nervenaufreibend gewesen.

Auf den letzten Metern war ihnen dann eine Gruppe feindlicher Söldner entgegengekommen, die offensichtlich vom Schlachtfeld geflohen waren. Auch wenn sie es diesmal mit rein menschlichen Gegnern zu tun gehabt hatten, hatte Einhardt in dem Scharmützel einen weiteren seiner Söldner verloren. Die Ketzer waren einfach viel erfahrener und besser ausgerüstet gewesen als sein eigener Trupp. Einzig das rechtzeitige Auftauchen eines Gabrieliten hatte die Ketzer in die Flucht geschlagen und ihnen das Leben gerettet.

Der Himmel über der mächtigen Torbastion wimmelte von Engeln und fliegenden Dämonen. Es fiel Einhardt schwer, den Blick von dem tödlichen Schauspiel abzuwenden. Aber es war nicht nur die atemberaubende Schönheit der charismatischen Streiter des Herrn, die ihn in ihren Bann schlug – auch die groteske Vielfalt der Traumsaat übte eine Faszination aus, der er sich nicht entziehen konnte.

Er sah, daß der Anblick der Schlacht den Söldnern noch mehr den Atem verschlug als ihm selbst, und er konnte es ihnen nicht verdenken. Aber der Kampf in der Luft war nicht ihre Sache, und am Boden konnten die Truppen der Angelitischen Kirche bei ihrem Ansturm auf die Torburg jede Hilfe gebrauchen.

„Seht ihr die großen Pavesen dort? Wir laufen zuerst dort hinüber. Dort kann ich mir einen Überblick über die Schlacht verschaffen und vielleicht herausfinden, wo die anderen Electi mit ihren Truppen kämpfen."

Die fünf großen hölzernen Setzschilde bildeten einen Halbkreis und boten vier Ballistas und der Gruppe von Söldnern, die sie bedienten, Schutz. Unermüdlich feuerten sie einen der über einen Meter langen Bolzen nach dem anderen gegen den Westturm der heiß umkämpften Torbastion. Der beißende Gestank von Rauch und Verwesung hing in der Luft, und Einhardt sah, daß die Söldner allesamt feuchte Tücher vor Mund und Nase gebunden hatten. Er schlug den Kragen seines Mantels hoch und wies seine Leute an, es ihm gleichzutun, dann trat er an den Söldner heran, der das Kommando innehaben zu schien.

„Wir gehören zu den Gabrieliten", sprach er ihn an und bereute sofort, was er gesagt hatte. Jeder Idiot konnte an seinem schwarzen Waffenrock erkennen, daß er ein Gabrielistempler war. „Wir gehören zu der Einheit, die das Südtor stürmen soll", verbesserte er sich. „Wir wurden vom Rest unserer Truppe getrennt. Habt ihr das Banner von Magistra Elin von den Gabrieliten gesehen?"

Der alte Söldner musterte Einhardts Gruppe mit ernstem Blick und antwortete ihm dann mit gedämpfter Stimme: „Du wirst wissen, was du tust, Templer, aber das da draußen ist kein Kinderspielplatz. Ich denke nicht, daß diese da" – er wies mit dem ausgestreckten Finger seiner Linken in Richtung der jungen Krieger in Einhardts Gefolge – „dort etwas verloren haben – wohl aber viel zu verlieren."

Der Electus nickte und biß sich auf die Lippe. Er wußte, daß der grimmige Söldner Recht hatte. Aber trotz allem hatte er seine Befehle. Es gab jetzt kein Zurück mehr.

„Ich kann dir versichern, ich tue mein Bestes, damit sie es behalten, Bruder."

Die grauen Augen hielten seinen Blick einen Moment zu lange fest.

„Ich habe ein Banner der Gabrieliten vor dem Haupttor gesehen. Ich weiß jedoch nicht, ob es das von Magistra Elin war."

„Danke", antwortete Einhardt.

„Gabriels Stärke!"

Kapitel neun

Mit fest geschlossenen Augen lag Eliphas auf dem zerschlissenen Futon. Durch den verebbenden Schmerz auf seiner Stirn spürte er, wie die Wärme des Feuers gegen die klamme Kälte des Saales ankämpfte. Der Schmerz kam jetzt nur noch in langsamen, dumpfen Wogen.

Während des Rituals hatte der Komtur das Gefühl gehabt, mit jedem einzelnen Nadelstich gehe ein weiterer Nerv in seiner Haut in Flammen auf, doch jetzt konnte er Taubheit und Schmerz kaum noch voneinander unterscheiden. Die Tätowierung wurde traditionell auf der Stirn abgeschlossen, und es war genauso Teil der Tradition, daß dieser letzte Schritt besonders schmerzhaft war. Er wußte nicht, ob es einfach daran lag, daß die Stirn eine so empfindliche Körperstelle war oder ob die anderen Komture den Tätowierer angewiesen hatten, die Prozedur besonders unangenehm zu gestalten.

Jedenfalls war Eliphas froh, daß jetzt alles vorüber war. Nicht nur die Tätowierung selbst, sondern auch die Zeremonie danach. Kaum war der letzte Nadelstich getan, hatten die anderen ihn unter lautem Beifallsgeschrei vom Stuhl gerissen. Schmerz und Blut hatten seinen Blick verschleiert, und er hatte sich kaum auf den Beinen halten kön-

Wer ist es, der ohne Einsicht den Rat verdunkelt? So habe ich denn im Unverstand geredet über Dinge, die zu wunderbar für mich und unbegreiflich sind.

- Hiob 42, 3

nen. Schlachtgesänge waren angestimmt worden, und er hatte eine schiefe Sackpfeife gehört. Dann war eine große Schale mit warmem Reiswein herumgereicht worden. Er konnte sich nicht erinnern, wie oft sie ihm an die Lippen gesetzt worden war, doch er wußte noch, daß der klare Wein sich bei jedem Mal röter gefärbt hatte.

Schließlich hatte er sich in den Armen zweier junger Frauen wiedergefunden; Huren ohne Frage. Was die beiden Frauen mit ihm angestellt hatten, konnte er nicht mehr sagen. Das letzte, woran er sich erinnerte, war, wie er sich erbrochen hatte, während ihn jemand von hinten festhielt, dann war ihm schwarz vor Augen geworden.

Jetzt war Eliphas allein. Sie hatten ihn vor dem großen Kaminfeuer am Ende des Saales auf einem einfachen Futon liegen lassen. Die Kirche verlangte nicht, daß ein Komtur sich tätowieren ließ. Im Gegenteil, es wurde bestenfalls geduldet, daß die Templer auf diese Weise den Engel nacheiferten, auch wenn ihre Tätowierungen natürlich nur entfernt an die kunstvolle Scriptura eines Engels erinnerte. Aber der Brauch existierte schon seit unzähligen Generationen, und jenen Armatura, die die Tätowierung eines Komturs trugen, wurde besonderer Respekt entgegengebracht. Jeder Komtur, der sich dem

Ritual verweigerte, würde danach sein Leben lang ein Feigling genannt werden.

Wie kindisch, dachte Eliphas und versuchte, sich zu erheben, aber eine neue Welle dumpfen Schmerzes raste durch seinen Körper. Mittlerweile war sein Kopf zumindest wieder so klar, daß er genau spürte, wie die Tätowierungen auf seinem ganzen Körper brannten. Vorsichtiger richtete er sich erneut auf und sah an sich herab. Bis auf eine einfache, knielange schwarze Baumwollhose, die um die Hüfte mit einem Stoffstreifen gegürtet war, war er unbekleidet. Die Haut seines Oberkörpers war überall gerötet und angeschwollen. Die Tätowierung selbst war an vielen Stellen mit halb getrocknetem, klebrigem Blut bedeckt, und der bittere Geruch von Erbrochenem stieg ihm in die Nase. Er mußte alle Kraft zusammen nehmen, um sich am steinernen Kaminsims in die Höhe zu ziehen.

Nachdem der erste Schwindelanfall vorüber war, klappte es mit dem Stehen jedoch recht gut. Dem Feuer nach zu urteilen konnte er nicht allzu lange geschlafen haben, also mußte es noch mitten in der Nacht sein. Wenn er sich beeilte und schnell den Weg zurück in sein Quartier fand, würde er vielleicht vor Sonnenaufgang noch ein paar Stunden Schlaf finden. Das war der letzte Teil seiner Initiation. Nur wenn es ihm gelang, rechtzeitig und voll gerüstet zum nächsten Morgenappell zu erscheinen, würde er sich nicht dem Gespött der anderen Komture aussetzen. Natürlich würde das vorbeigehen, und irgendwann würde nur noch zählen, daß er sich all den Strapazen erfolgreich ausgesetzt hatte, aber die nächsten Wochen würden die Hölle sein, wenn er es nicht schaffte. Außerdem wußte er, daß seine Rotte mit den anderen Beutereitern Wetten abgeschlossen hatte, und er wollte sie nicht enttäuschen.

Eliphas war in einem relativ kleinen Saal aufgewacht. Vielleicht hatte er ursprünglich als Speise- und Versammlungsraum für die Armatura einer Zenturie gedient, zur Zeit schien er jedoch nicht benutzt zu werden. In einer Ecke waren einige hölzerne Tische und Stühle aufgestapelt worden, ansonsten war der Saal leer, von seinem Lager und ein paar leeren tönernen Reisweinflaschen einmal abgesehen.

Er mußte sich irgendwo mitten im Himmel befinden, denn es gab keine Fenster. Eine große zweiflüglige Tür an der Stirnwand gegenüber dem Kamin schien der einzige Ausgang aus dem Raum zu sein.

Vorsichtig schlurfte Eliphas zu der Tür hinüber und drückte dagegen. Sie war verschlossen. Er hatte auch nichts anderes erwartet. Entweder gab es noch einen anderen Ausgang, oder irgendwo im Saal war ein Schlüssel versteckt. Oder erwarteten die Komture, daß er durch den Kamin kletterte? Nein, dachte er, so schwer würden sie es ihm nicht machen, sie würden ihm eine faire Chance geben, zu entkommen.

♦ ♦ ♦

Es war ein unheimlicher Moment gewesen, als Hiob das Refektorium betreten hatte. Alle Gespräche waren augenblicklich verstummt, und er hatte fast körperlich gespürt, wie sich die Blicke aller Anwesenden auf ihn richteten. Sein Führer hatte ihm bedeutet, an der Tür stehenzubleiben und war durch die Reihen der vernarbten Gesichter zu einem besonders schwer entstellten Engel hinübergegangen, der anscheinend der Anführer der Gruppe war.

Hiob hatte seine eigenen Narben in den letzten Wochen und Monaten fast vergessen, doch jetzt spürte er, wie sich die dünne Haut über den alten Wunden spannte, als sei er erst gestern aus der Bewußtlosigkeit erwacht.

Der Engel mit dem rot glänzenden, vernarbten Schädel kam zu ihm herüber. Er war gut einen Kopf kleiner als Hiob, doch durch seine gräßliche Verletzung wirkte er sehr viel älter. Sein Gesicht war runzlig wie das eines Greises.

„Ich grüße dich, mein raguelitischer Bruder, ich bin Tahumiel vom Orden der Gabrieliten.“ Er deutete eine Verbeugung an, und Hiob antwortete mit einem Kopfnicken. Er war immer noch viel zu überrascht und verunsichert, um etwas zu sagen.

Tahumiel deutete seinen fragenden Blick offenbar richtig und breitete die Arme aus.

„Dies hier ist ein geheimes Treffen der Passagianten. Wir freuen uns, dir die Ehre erweisen zu können, unser Gast zu sein.“

Die anderen Mitglieder der merkwürdigen Versammlung senkten ihre Blicke und murmelten einen Gruß.

„Was wollt ihr von mir?" platzte Hiob heraus. Erschrocken über sich selbst fügte er dann hinzu: „Mein Name ist übrigens Hiob."

Tahumiels Lächeln ließ die Falten um seinen entstellten Mund noch tiefer wirken.

„Wir wollten dich kennenlernen, Hiob. Du mußt unsere ungewöhnliche Einladung verzeihen. Wenn du erst mehr über uns erfahren hast, wirst du sicher verstehen, warum wir dich heimlich des Nachts zu uns geholt haben."

Mit den letzten Worten war Tahumiel zu einem der langen Tische des Refektoriums hinübergegangen.

„Setzen wir uns doch, dann können wir dir etwas mehr über uns erzählen."

Zögernd trat Hiob an den Tisch und ließ sich an einer Ecke auf der langen Holzbank nieder. Tahumiel war mit einer fließenden Bewegung auf die gegenüberliegende Bank gesprungen und kauerte dort nach Art der Engel. Langsam ließen sich auch die anderen Passagianten an den langen Tischen nieder. Eine drahtige Gabrielitin fiel Hiob besonders auf. Drei lange Narben zerschnitten ihr Gesicht, und sie mußte großes Glück gehabt haben, sonst hätte sie zweifellos ihr Augenlicht verloren. Sie war Tahumiel die ganze Zeit nicht von der Seite gewichen und ließ sich auch jetzt dicht neben ihm nieder.

Tahumiel hatte seinen Blick offenbar bemerkt und sah kurz zu ihr hinüber.

„Das ist Schwester Raziel, sie hat kürzlich den größten Teil ihrer Schar verloren."

„Das tut mir sehr leid."

„Das muß es nicht, Bruder", antwortete Raziel kalt. „Es war ihr Schicksal."

„Wir Passagianten glauben, daß unser aller Erfüllung im Kampf gegen die Mächte des Bösen liegt", erklärte Tahumiel beschwichtigend.

„Im Kampf finden wir Weisheit, Einsicht und Erleuchtung – oder aber den Tod. Jeder einzelne in diesem Raum, ob Engel oder Templer, hat dem Tod mindestens einmal ins Auge geblickt. Und in jenem

Moment, als wir mit unserem Leben abgeschlossen hatten, kam die Erleuchtung. Wir haben den Sinn unserer Existenz gefunden und den Frieden mit uns selbst und Gott gemacht. Und dann hat der Herr uns das Leben geschenkt. Jetzt ist es unsere heilige Pflicht, immer wieder im Kampf, in der Schlacht die Erleuchtung zu suchen und die Feinde des Herrn zu vernichten."

Hiob nickte langsam. „Ich verstehe."

„Das hoffen wir sehr. Hast du nicht auch einen Moment der Erleuchtung erlebt, als du so schwer verwundet wurdest? Dürfen wir dich bitten, von der Schlacht zu erzählen, in der du deine Flügel verloren hast?"

Tahumiel sah ihn aufmerksam an, und auch die anderen Passagianten hatten ihre Blicke wieder aufmerksam auf ihn gerichtet.

Nach einem langen Moment des Schweigens begann Hiob langsam und zögernd zu erzählen. Er berichtete von seiner Botenmission und dem Kampf mit den Feuerkäfern, erzählte, wie er dann bei Irène aufgewacht war und wie sie ihn gepflegt hatte. Die Passagianten waren gute Zuhörer, und schon bald erzählte er mit Leidenschaft von seiner Zeit in Valencas und davon, wie er versucht hatte zu lernen, als Mensch zu leben. Als er berichtete, wie er beschlossen hatte, seinen Engelsnamen abzulegen und sich Hiob zu nennen, ging ein leises Raunen durch sein Publikum, aber niemand wagte es, ihn zu unterbrechen.

Es war ein gutes Gefühl, diesen vollkommen Fremden von seinen Erlebnissen zu berichten – anderen Engeln, die bereit waren, ihm zuzuhören, die sich tatsächlich für seine Geschichte interessierten. Seit den Ereignissen im Kloster von Rodez hatte er außer mit Anne und Eliphas mit keinem Angehörigen der Kirche mehr über seine Visionen gesprochen, und weder Anne noch der Komtur repräsentierten für ihn jene Kirche, der er selbst auch einst gedient hatte. Ihr Schicksal war zu dicht mit dem seinen verwoben, und wie er selbst standen sie außerhalb des Systems.

Nicht so die Passagianten, dennoch hingen sie wie gebannt an seinen Lippen, als er von seinen Visionen berichtete. Für sie war seine Verkrüppelung kein Makel, sondern Zeichen seiner besonderen Bestimmung.

♦ ♦ ♦

Tatsächlich hatte Eliphas hinter den zusammengeschobenen Möbeln in der Ecke eine kleine Dienstbotentür entdeckt, die unverschlossen gewesen war. Jetzt stieg er, in seine blutverkrustete Decke gewickelt und mit einem Holzscheit aus dem Feuer als notdürftige Fackel ausgerüstet, die schmale Treppe hinauf, die sich hinter der Tür verborgen hatte.

Er hatte bereits aufgehört, die Stufen zu zählen und fragte sich, ob er besser den Weg abwärts gewählt hätte, denn die Treppe hatte sich von dem Saal aus sowohl nach oben als auch nach unten ins Dunkel erstreckt. Bereits zweimal hatte er an einer anderen kleinen Tür gestanden, doch die eine war verschlossen gewesen und die andere hatte in einen weiteren leeren Raum mit zwei verschlossenen Türen geführt. Immerhin hatte dieser Saal Fenster gehabt, und er hatte sich so versichern können, daß es tatsächlich noch Nacht war.

Während des ganzen Aufstiegs hatte er kaum ein Geräusch vernommen, und er fragte sich, ob das einfach daran lag, daß die Mauern, durch die sich die Treppe wand, so massiv waren oder ob dieser Teil des Himmels wirklich vollkommen verlassen war. Zumindest hatte die eintönige Anstrengung des Treppensteigens ihn relativ schnell wieder nüchtern gemacht, und es war ihm gelungen, sich soweit zusammenzureißen, daß Schmerz und Übelkeit nicht mehr als ein dumpfes Unbehagen irgendwo am Rande seines Bewußtseins waren.

Warum nur nahm er all diese Strapazen auf sich? Sollte er jetzt nicht irgendwo in Europa auf der Jagd nach dem letzten Ragueliten und dem Liber Raguelitorum sein? Es war ihm tatsächlich gelungen festzustellen, daß Hiobs Ordensbruder in Nürnberg gewesen war und den Himmel mit Ziel Prag wieder verlassen hatte, doch anstatt sofort die Verfolgung aufzunehmen, hatte er sich auf die albernen Spiele der Komture eingelassen und sich dem Ritual der Zeichnung unterworfen. Er hatte sich entschieden, auf Nummer Sicher zu gehen, auch wenn er nicht genau sagen konnte warum. Er wünschte Hiob Erfolg bei seiner Aufgabe, und ein Teil von ihm wußte auch, daß das Schicksal der Welt davon abhängen konnte, daß das Ordensbuch nicht in die falschen Hände geriet. Doch er scheute sich davor zu entscheiden, welches in diesem Fall die falschen und welches die richtigen Hände waren. Natürlich durfte das Buch nicht in die Klauen des Herrn der Fliegen fallen, aber er war sich einfach nicht sicher, ob es gut war, wenn Wissen, das das heiligste Geheimnis eines Engelsordens gewesen war, in den Besitz eines anderen Ordens überging. Wem konnte man diese immense Verantwortung zutrauen?

Eliphas schüttelte den Kopf. Er mußte diese schwarzen Gedanken ein für alle Mal aus seinem Kopf verbannen und nach vorne blicken. Er mußte jetzt erst einmal diese Nacht überstehen und dann seine Zeit als Komtur erfolgreich abschließen.

Wie als hätte er sich selbst das Stichwort gegeben, stolperte Eliphas unvermittelt in einen großen Raum. Ein schwacher Geruch nach Essen und kalter Asche hing in der Luft, und im letzten Schein seiner improvisierten Fackel konnte Eliphas lange Reihen großer Töpfe und Pfannen glänzen sehen, die von der Decke hingen. Er war in einer der Küchen des Himmels gelandet. Zwar wurde hier derzeit nicht gekocht, aber dennoch schien sie nicht gänzlich außer Gebrauch zu sein, denn nach kurzem Suchen fand er auf einem Bord ein paar Talgkerzen und Zündhölzer.

Als er sich im Schein der Kerzen umsah, stellte er fest, wie groß die Küche wirklich war. Sie mußte für die Versorgung einer ganzen Kohorte ausgelegt sein. Der Anblick der Küche und der Essensgeruch hatten seinen Hunger geweckt, und mit einer Kerze ausgerüstet fand er außer mehreren Säcken Reis auch einige Schinken und Dauerwürste, die in einem rußigen Kamin aufgehängt waren.

Die höheren Bereiche des Himmels wurden über ein kompliziertes Pumpsystem mit Wasser versorgt, und als er bei seiner Suche auf ein Becken mit einer Pumpe stieß, nutzte er, nachdem er seinen Durst gelöscht hatte, die Gelegenheit, sich den gröbsten Schmutz abzuwaschen. Danach fühlte er sich besser.

Es stellte sich heraus, daß die Haupttür der Küche ebenfalls verschlossen war, aber die Treppe, über die er gekommen war, war nicht der einzige Dienstbotengang, der von hier ausging. Neben einer Treppe, die weiter nach oben führte, fand er noch drei weitere schmale Gänge, die sich auf dieser Ebene des Himmels durch die dicken

Mauern zogen. Er beschloß, einem beliebigen dieser Gänge zu folgen. Vom Treppensteigen hatte er erst einmal genug.

♦ ♦ ♦

Die Versammlung im Refektorium war mittlerweile noch größer geworden. Insgesamt mußten sich jetzt an die drei Dutzend Engel und Templer um den langen Tisch drängen, an dem Hiob mit Tahumiel und einigen anderen saß. Durch die wenigen Fragen, zu denen er bisher Gelegenheit gehabt hatte, hatte er heraus gefunden, daß alle Passagianten Gabrieliten waren. Normalerweise offenbarte die verschworene Gemeinschaft sich den Mitgliedern anderer Orden auch nicht, doch für ihn hatten sie eine Ausnahme gemacht.

„Du solltest darüber nachdenken, ob du nicht den Himmel in Nürnberg zu deiner neuen Heimat machen willst", hatte Tahumiel ihm vorgeschlagen, und die Vorstellung, wieder einem Himmel anzugehören und Freunde und Verbündete zu haben wie früher, hatten eine seltsame Sehnsucht in Hiob wachgerufen.

Doch dann hatte er von seinem Versuch berichtet, die Kinder aus der Gewalt der Beutereiter zu befreien und davon, wie er einen der Söldner getötet hatte, und einige der Templer hatten zu murren begonnen. Die Älteren von ihnen kannten Eliphas und seine Rotte und verstanden überhaupt nicht, wie er sich ihnen hatte entgegenstellen können.

„Wir brauchen die Beutereiter", hatte Tahumiel ausgesprochen, was alle gedacht hatten. „Die Angelitische Kirche braucht die Kinder. Nur aus den Reinsten von ihnen können die Engel werden, die im Kampf gegen den Herrn der Fliegen siegen werden."

Hiob war überrascht, wie offen Tahumiel seine eigene Vermutung über die Herkunft der Engel zur Sprache brachte. Für alle anderen, selbst für Eliphas, schien der Zusammenhang Kinder-Beutereiter-Engel immer ein großes Mysterium gewesen zu sein oder zumindest ein Tabu, über das man nicht sprach.

Wieder hatte Tahumiel ihm seine Verwunderung nur allzu deutlich angesehen, denn der Sprecher der Passagianten fügte hinzu: „Wir haben schon vor langer Zeit festgestellt, daß die Angelitische Kirche

Kinder zu Engeln des Herrn macht. Es war eine der ersten Erkenntnisse, die der Herr uns im Kampf offenbarte. Auch wir haben anfangs gezweifelt und uns gegen die Wahrheit gewehrt, aber der Herr hat uns auch gezeigt, daß dies der einzige Weg ist. Die Menschheit braucht uns, Bruder Hiob, und nur die Kirche kann uns hervorbringen, und deshalb müssen wir sie schützen und unterstützen, so gut wir nur können."

Mit einem Schlag wurde Hiob klar, wie wenig diese Leute verstanden, was ihn bewegte. Und um so genauer konnte er auf einmal erkennen, was er tun mußte. Die Passagianten waren nur fanatische Eiferer, keinen Deut besser als Ab Bildad und seine Brüder, auch wenn sie einen anderen Vorwand gefunden hatten, der gewaltigen Maschinerie der Angelitischen Kirche zu dienen. Doch Hiob wollte keinem Dogma mehr nachjagen! Endlich war er frei und konnte seine eigenen Entscheidungen treffen und immer wieder aufs Neue feststellen, was gut und was böse war.

„Ihr seid doch alle blind!" rief er aus und sprang vom Tisch auf. Eindringlich sah er sich um, doch er blickte allseits nur in gefrorene Mienen der Ablehnung.

„Ich dachte, ihr hättet Weisheit gefunden, könntet hinter die Machenschaften der Kirche sehen und selbst entscheiden, was das Richtige ist. Doch ich habe mich in euch getäuscht. Nach allem, was ihr gesehen habt, habt ihr euch trotzdem für den Weg der Kirche entschieden. Ihr habt der Weisheit bewußt den Rücken gekehrt!"

Die Passagianten umringten ihn jetzt mit fast unverhohlener Feindseligkeit.

„Wage es ja nicht, uns noch weiter zu beleidigen", preßte Raziel hervor und starrte ihn aus kalten Augen herausfordernd an.

Kapitel zehn

Aus der Finsternis am Ende des Ganges konnte Eliphas gedämpfte Stimmen hören. Hatte er etwa den Weg zurück in die bewohnten Regionen des Himmels gefunden? Oder war er durch Zufall auf die anderen Komture gestoßen, die sich bei einem letzten Becher Reiswein köstlich amüsierten und sich ausmalten, wie er hilflos durch die verlassenen Gänge irrte? Sollten es tatsächlich seine Waffenbrüder sein, die sich allem Anschein nach direkt hinter der Tür dort unterhielten, so mußte er unbedingt herausfinden, worüber sie sprachen. Er konnte sich ihre verdutzten Gesichter gut vorstellen, wenn er am nächsten Morgen nicht nur rechtzeitig zum Appell erschien, sondern sie auch noch auf das eine oder andere Detail ihrer weinseligen Unterhaltung ansprechen konnte. Doch auch wenn es nicht die Komture waren, mußte er herausfinden, wer sich dort unterhielt. Vielleicht gab ihm das endlich einen Hinweis darauf, wo er sich befand.

Der Kerzenschein von jenseits der Tür ließ ihre Kontur in der Schwärze des Ganges als scharf umrissenes, golden schimmerndes Rechteck erscheinen. Vorsichtig trat Eliphas an die schmale Holztür heran und tastete im Dunkeln nach der Klinke. Als er sie gefunden hatte, blieb er für einen Moment reglos stehen und lauschte. Er konn-

Daß ihr endlich schweigen wolltet;
das würde Weisheit für euch sein.
- Hiob, 13, 5

te noch immer nicht verstehen, was gesagt wurde, aber jetzt erschien es ihm, als würde auf der anderen Seite der Tür eine hitzige Diskussion geführt oder gar ein Streit ausgetragen. Auch wenn er es ihnen gegönnt hätte, konnte er sich nicht vorstellen, daß die Komture im Suff übereinander hergefallen waren. Eliphas stutzte. Erst jetzt ging ihm auf, wie grundlegend sich seine Einstellung gegenüber seinen Kameraden gewandelt hatte. Nichts schien mehr von seiner früheren Bewunderung übrig zu sein. Im Moment fühlte er sich von den anderen Komturen nur verhöhnt und verraten. Er rieb sich mit dem Handrücken über die Stirn und wandte sich wieder der Türklinke zu. Unendlich langsam und vorsichtig drückte er sie herunter und zog sachte an der Tür – sie war unverschlossen!

Durch den nunmehr einen Spalt breit geöffneten Durchlaß waren die Stimmen deutlicher zu vernehmen, dennoch klangen sie seltsam verzerrt. Die Sprecher mußten sich in einem riesigen Saal befinden. Eliphas war sich wegen des Halls nicht sicher, ob ihm die Stimmen bekannt vorkamen, aber die anderen Komture schienen es jedenfalls nicht zu sein.

„Er hat uns mehrfach beleidigt – und er weiß jetzt, wer wir sind! Wir sollten ihn nicht einfach hier herausspazieren lassen!“ Diese Stimme klang jung und wild. Nach einer jungen Frau vielleicht, oder nach einem Engel.

„Und außerdem stellt er nicht nur unsere Sache in Frage, sondern die gesamte Angelitische Kirche! Wir sollten ihn festnehmen und der Inquisition übergeben!“ Das war zweifellos ein älterer Mann. Eliphas glaubte, die Stimme eines der Magister zu erkennen.

„Warum glaubt nur immer gleich jeder, ich wolle die ganze Kirche vernichten? Nach allem, was mir passiert ist, kann ich einfach nicht anders, als einige Dinge in Frage zu stellen. Ich denke, es ist an der Zeit –“ das war Hiob!

„Niemand hier interessiert sich dafür, was du denkst, Ketzer!“ zischte die Frau oder der Engel.

Eliphas ließ sich im Korridor mit dem Rücken gegen eine Wand sinken. Was tat der flügellose Engel hier? Die Antwort lag natürlich auf der Hand, er war auf der Suche nach dem anderen Ragueliten und dem Liber Raguelitorum – und vielleicht auch nach ihm. Sollte sein eigenes Schicksal doch enger mit dem Hiobs verknüpft sein, als er ursprünglich gedacht hatte? Überrascht stellte Eliphas fest, daß er sich freute, seinen ehemaligen Gefangenen wiederzusehen.

Vielleicht sollte ich ja doch mit ihm nach Prag ziehen und nach diesem Ordensbuch suchen, überlegte er, als er plötzlich durch ein lautes Krachen aus seinen Gedanken gerissen wurde. Im Saal hinter der Tür mußte etwas sehr Großes umgestürzt sein. Anscheinend hatte Hiob seine Gesprächspartner soweit provoziert, daß es drinnen zu Handgreiflichkeiten kam. Im Bruchteil einer Sekunde traf Eliphas eine Entscheidung. Jede Schwäche war von ihm abgefallen, als er die Tür des Dienstbotenganges weit aufstieß, mit einem großen Satz auf einen der Tische des Refektoriums sprang – und erstarrte.

Im schwachen Kerzenschein konnte er tatsächlich Hiob erkennen, der wütend von seinem Platz an einem der langen Tische aufgesprungen war und dabei die lange Holzbank hinter sich umgeworfen hatte. Um den Ragueliten herum drängten sich etwa dreißig aufgebrachte Engel und Templer, die jetzt verständnislos zu ihm herüberblickten. Im Saal war es vollkommen still. Eliphas sah an sich herunter, wußte aber auch ohne diesen Blick, daß er, halbnackt wie er war, nur in eine blutverschmierte Decke gehüllt, keine besonders beeindruckende Erscheinung abgab. Dennoch räusperte er sich, um das Schweigen zu brechen.

„Ich bin Eliphas von Bern, Komtur der Angelitischen Kirche, und der Raguelit steht unter meinem Schutz." Seine Stimme hallte von den Wänden des großen Saales wider, und Eliphas mußte unwillkürlich an seinen Vater denken. Das war die Art, wie er gesprochen hatte, und nichts anderes hätte er von seinem einzigen Sohn erwartet. Auch wenn Eliphas dieses Verhalten immer abgestoßen hatte, es gab Momente, in denen man mit einer gewissen selbstverständlichen Autorität am weitesten kam.

„Ich kenne dich, Schweizer!" knurrte ein alter Templer und schob sich nach vorne.

Eliphas kannte den Mann ebenfalls. Alle Templer in Nürnberg kannten Magister Moab. Er war ein großer Mann mit wettergegerbtem Gesicht und langem, dünnem Haar, das schon immer grau und mittlerweile auch schütter geworden war. Moab mußte die Tätowierungen eines Komturs bereits getragen haben, als Eliphas noch in der Wiege gelegen hatte. Er hatte sich vor Eliphas aufgebaut und rieb sich mit der linken Hand über den Stummel seines rechten Arms – eine Geste, die die Electi, die bei ihm in der Ausbildung gewesen waren, fürchten gelernt hatten.

Eliphas fand erst jetzt Gelegenheit, die Versammlung genauer zu betrachten. Ausnahmslos alle im Saal Versammelten waren in irgendeiner Form verstümmelt oder entstellt. Moab war bei weitem nicht der einzige hier, dem ein Körperteil fehlte.

„Aber woher kennst du den Ragueliten?" fuhr der Magister fort, während er ihn keinen Moment aus den Augen ließ.

„Er war einmal mein Gefangener", antwortete Eliphas herausfordernd, „doch er wurde rehabilitiert und ist jetzt auf einer heiligen Mission." Das war zwar eine sehr freie Interpretation der Ereignisse, aber er hoffte, daß keiner der hier Anwesenden genug über die Sache wußte, um sie in Frage zu stellen.

Hiob selbst hatte bislang vollkommen reglos dagestanden und mit den anderen zu ihm herübergestarrt. Doch als er jetzt seine Überraschung überwunden hatte und zu Eliphas hinübergehen wollte, packte ihn eine sehnige Gabrielitin von hinten an der Schulter. Eliphas erkannte ihre schneidende Stimme sofort. Es war jene junge Frau, die er schon vom Gang aus gehört hatte.

„Er war also einmal ein Gefangener der Kirche, Schweizer? Vielleicht war es ein Fehler, ihn zu rehabilitieren. Seinen Reden nach zu urteilen ist er wohl eher auf einer ketzerischen Mission, und nicht auf einer heiligen."

Na großartig, dachte Eliphas im Stillen, Hiob hatte sich wieder einmal um Kopf und Kragen geredet. Äußerlich ungerührt sprang er von dem Tisch, auf dem er noch immer stand, und trat an Moab vorbei auf den flügellosen Engel zu.

„Du weißt, daß ich dir nicht traue, Raguelit", sagte er und blickte Hiob scharf an.

„Doch ich habe einen Eid geleistet und eine Aufgabe zu erfüllen", fügte er an die übrigen Versammelten gewandt hinzu. „Und was man sonst auch von diesem Ragueliten halten mag: Es ist seine heilige Mission, das große Buch seines Ordens wiederzufinden und es in den Schoß der Angelitischen Kirche zurückzubringen."

Die Gabrielitin war es nicht gewöhnt, daß ein Mensch ihr widersprach, und ihr junges Gesicht, das selbst die drei langen Narben nicht wirklich entstellen konnten, verzog sich zu einer wütenden Grimasse. Ehe sie jedoch ihrem Zorn Luft machen konnte, wurde sie von einem anderen Engel sanft zurückgedrängt. Der Gabrielit, der Eliphas jetzt musterte, war klein, und sein Kopf war vollkommen von rotglänzendem Narbengewebe überzogen.

„Ich bin Tahumiel", sagte er ruhig. Seine heisere Stimme ließ Eliphas unwillkürlich erschauern. „Ich bin der Sprecher dieser Gruppe, und ich möchte einen Vorschlag machen. Du sagst, dieser Engel habe eine heilige Mission zu erfüllen und es sei deine Aufgabe, ihn dabei zu beschützen. Nun, ich habe keinen Grund, dir zu mißtrauen, Eliphas von Bern. Dennoch kann ich nicht ignorieren, was ich – was wir alle gehört haben. Dieser Raguelit hat ganz eindeutig ketzerische Gedanken geäußert. Ich denke, wir sollten zusammen den Prior aufsuchen und ihm den Fall unterbreiten. Er wird wissen, was zu tun ist."

Tahumiels lippenloser Mund verzog sich zu einem häßlichen Lächeln, das ihm ein fast reptilisches Aussehen gab.

Der Gabrielit spielte ein geschicktes Spiel. Eliphas konnte sich nicht weigern, auf den Vorschlag einzugehen, ohne offenkundig seine Glaubwürdigkeit zu verlieren. Wenn er sich fügte und mit den Gabrieliten und Hiob zum Prior ging, würde er vielleicht mit einer Rüge durch den Kustoden des Himmels davonkommen. Aber Hiob würde wieder vor ein Tribunal gestellt werden.

„Das finde ich reichlich umständlich für alle Beteiligten", erwiderte er, während er Hiob genau musterte, um herauszufinden, ob dieser die Gefährlichkeit ihrer Lage begriffen hatte. „Ich werde diesen Ragueliten jetzt zurück in sein Quartier geleiten. Euch steht es natürlich frei, morgen früh beim Prior vorzusprechen und ihm den Fall zu schildern. Dann soll er entscheiden, was weiter zu geschehen hat."

Mit diesen Worten ließ sich Eliphas betont lässig auf der Kante des Tisches hinter ihm nieder. Innerlich war er vollkommen angespannt. Er konnte das schmale Rechteck des Dienstbotenausgangs in seinem Rücken fast körperlich spüren. Wenn er doch nur einen Hinweis darauf gehabt hätte, was Hiob empfand! Aber der flügellose Engel zeigte keine Regung.

„Ich will dich nicht beleidigen, Komtur, aber ich muß darauf bestehen, daß wir den Prior augenblicklich gemeinsam aufsuchen. Es geht um äußerst empfindliche Angelegenheiten. Ist dieser gefallene Engel ein Ketzer, oder ist er ein Heiliger? Wie die Entscheidung auch ausfällt, die Folgen sind weitreichend. Nein, ich kann in dieser Sache keinen Aufschub dulden."

Das beunruhigende, wissende, bösartige Lächeln auf Tahumiels Gesicht war noch breiter geworden. Er allein stand jetzt zwischen Hiob und dem Komtur, die anderen Anwesenden waren während ihrer Auseinandersetzung unwillkürlich zurückgewichen. Eliphas' Gedanken rasten. Wie sollte er Hiob klarmachen, daß sie fliehen mußten? Welche Chance hatten sie, dieser Übermacht zu entkommen?

Im nächsten Moment überschlugen sich die Ereignisse. Hiob, der bisher träge und teilnahmslos gewirkt hatte, erwachte plötzlich zum Leben und sprang Tahumiel mit einem geschmeidigen Satz in den Rücken. Von dem plötzlichen Angriff vollkommen überrascht, ging der Gabrielit mit den Brandnarben mit einem keuchenden Röcheln in die Knie und kippte vornüber. Federn stoben. Im nächsten Moment stand Hiob neben Eliphas auf dem Tisch und hielt ihm den Arm hin.

Geistesgegenwärtig ergriff Eliphas die Hand des Ragueliten und ließ sich von ihm auf den langen Tisch hinaufziehen.

„Schnell, durch die Tür!“ rief er und hechtete vom Tisch weiter in Richtung des Dienstbotenganges.

Im selben Augenblick erhob sich hinter ihnen ein vielstimmiger Schrei. Für einen kurzen Moment waren die versammelten Engel und Templer von der Unverfrorenheit von Hiobs Angriff so überrascht gewesen, daß sie nur wie angewurzelt stehengeblieben waren. Doch kaum, daß Tahumiel wieder auf die Beine gekommen waren, hatten sie ihre Überraschung überwunden und stürzten hinter den beiden Flüchtigen her wie ein Rudel hungriger Wölfe.

Doch Hiob und Eliphas hatten den kleinen Gang schon erreicht, als Tahumiel über den Tisch sprang, und mit einem letzten triumphierenden Blick warf der Komtur die Tür zu und schob den Riegel vor.

„Der Riegel wird sie nur für einen kurzen Moment aufhalten“, keuchte er, als er hinter Hiob durch den schmalen, dunklen Gang lief. „Aber die Enge des Ganges wird uns zumindest die Verfolgung durch die Engel ersparen. Ihre Flügel sind zu groß!“

♦ ♦ ♦

Nach einigen Biegungen mündete der Gang in einen großen Raum. In der Finsternis konnte Hiob nicht erkennen, was sich in dem Raum befand, aber seine Größe war deutlich zu spüren.

„Eine Küche“, flüsterte Eliphas in sein Ohr, nachdem er hinter ihm aus dem Gang getreten war. „Wir müssen weiter.“

„Warte einen Augenblick.“ Hiob hielt den Komtur am Arm zurück. Er hatte sich in den vergangenen Wochen oft gefragt, wie es wohl sein würde, Eliphas wiederzutreffen. So hatte er es sich nicht vorgestellt.

„Was ist?“

Eliphas hielt inne und wandte sich ihm zu. Trotz der Dunkelheit bemerkte Hiob, wie der Komtur sich über die frisch tätowierte Schulter strich.

„Es geht mir gut", sagte Eliphas, der Hiobs Blick aufgefangen hatte. „Mach dir keine Sorgen um mich. Ich werde dir alles erklären, sobald wir in Sicherheit sind."

„Was ist mit dem anderen Ragueliten und mit dem Buch?"

„Ich bin auch froh, dich wiederzusehen, Engel", antwortete Eliphas mit einem Anflug von verärgertem Spott, „aber wir haben jetzt wirklich keine Zeit für Rührseligkeiten."

Wie um seine Worte zu unterstreichen, erklang aus dem Gang ein fernes Krachen, gefolgt von Schritten, die schnell näher kamen.

„Da sind sie! Schnell, hier entlang!"

Eliphas zog Hiob in einen weiteren kleinen Gang, in dem eine schmale Treppe nach oben und unten führte.

„Rauf da, aber leise!"

Schweigend hastete Hiob hinter dem Komtur die steile Treppe hinauf. Hinter sich konnte er deutlich hören, wie die Verfolger die Küche erreichten und leise fluchend nach ihnen suchten.

Nachdem sie an drei Kreuzungen in unterschiedliche Richtungen abgebogen waren und eine weitere Treppe hinauf- sowie eine wieder hinab gestiegen waren, schien Eliphas überzeugt zu sein, daß sie ihre Verfolger abgehängt hatten. Er verlangsamte sein Tempo und wandte sich flüsternd an Hiob: „Wie bist du denn mit diesen Gestalten aneinander geraten?"

„Sie haben mich eingeladen. Nun ja, eigentlich haben sie mich heimlich in ihre geheime Versammlung geholt. Sie nennen sich Passagianten und verherrlichen die Verwundung im Kampf."

„Ich verstehe. Und als sie dich sahen, haben sie gedacht, du könntest ihnen als glühendes Beispiel für ihre Sache dienen", spottete Eliphas.

„So ähnlich. Aber eigentlich sind sie auch nichts weiter als ein paar besonders fanatische Jünger der Angelitischen Kirche."

„Schade, daß du das etwas zu spät bemerkt hast."

„Traust du mir tatsächlich nicht?"

Eliphas schüttelte stumm den Kopf.

„Was ist los mit dir?“ fragte Hiob. „Wieso streifst du nachts halbnackt durch den Himmel? Und woher stammt die Tätowierung?“

Eliphas ging ein paar Schritte schweigend weiter, dann seufzte er tief.

„Ich glaube, ich bin der letzte, der über dich urteilen sollte, Hiob.“

Hiob wartete, daß Eliphas ihm genauer erklärte, was er meinte, doch der Komtur schritt nur schweigend vor ihm durch die Dunkelheit. Da Hiob nicht so recht wußte, was er auf Eliphas' seltsame Bemerkung antworten sollte, schwieg er auch und gab sich wieder seinen Gedanken hin. Wie würde es jetzt weitergehen? Er hoffte, daß Eliphas Hinweise oder eine Spur hatte, die sie zu dem anderen Ragueliten und zum Ordensbuch führen würden und daß sie sich wieder zusammen auf die Reise begeben konnten. Er hatte den Impuls, den Komtur nach dem Stand seiner Nachforschungen zu fragen, unterdrückte die Frage aber im letzten Moment. Wahrscheinlich hatte Eliphas Recht, und diese Dinge konnten warten, bis sie in Sicherheit waren.

Nach einiger Zeit erreichten sie wieder eine schmale Holztür, die Eliphas vorsichtig öffnete, nachdem er einige Augenblicke an ihr gelauscht hatte. Hinter dieser Tür befand sich ein weiterer Gang, diesmal allerdings ein keiner der schmalen Dienstbotengänge, sondern ein schwach beleuchteter Bogengang von etwa drei Metern Breite.

„Ich weiß zwar nicht genau, wo wir sind“, sagte Eliphas leise und trat auf den Flur hinaus, „aber wir werden es auch nie herausfinden, wenn wir nur wie die Ratten durchs Gemäuer kriechen. Wir müssen irgendwie zu meinem Quartier zurückfinden und dann sehen, daß wir den Himmel so schnell wie irgend möglich verlassen. Ich bin mir zwar nicht ganz sicher, wer deine Freunde nun eigentlich waren, aber sie schienen mir einflußreicher zu sein, als wir es im Augenblick gebrauchen können. Es wird ihnen sicher gelingen, uns ziemlich schnell in massive Schwierigkeiten zu bringen. Bist du allein hier?“

Hiob schüttelte bedauernd den Kopf. „Nein, Anne ist ebenfalls hier im Himmel. Sie haben sie irgendwo im Trakt der Beginen untergebracht. Mehr weiß ich leider nicht.“

„Auch das noch.“ Eliphas biß sich auf die Unterlippe. Hiob sah, wie es hinter seiner Stirn arbeitet. „Gut, dann machen wir es eben anders.

Wir müssen meine Rotte finden. Die Leute sind mir treu ergeben, und die meisten kennen dich und Anne. Sie müssen uns helfen, sie zu finden und den Himmel noch vor dem Morgengrauen zu verlassen. Hast du eine Vorstellung davon, wo wir uns befinden?"

Hiob zuckte die Achseln und sah den Komtur hilflos an. Er war sich noch nicht einmal sicher, ob er vom Versammlungsort der Passagianten den Weg zurück in sein Quartier gefunden hätte, aber nach ihrer Flucht durch die verzweigten Tunnel der Dienstbotengänge hatte er jede Orientierung verloren.

„Dann müssen wir versuchen, so schnell wie möglich die Herzleitungen des Himmels zu finden. Beeil dich, wir haben nicht sehr viel Zeit!"

Eliphas verfiel in einen leichten Trab, und schon nach drei Kreuzungen liefen sie durch einen gewaltigen Gang, der schließlich auf eine kreisrunde Galerie mündete. Die Galerie öffnete sich auf einen Schacht von knapp zwanzig Metern Durchmesser. Wie zuvor in den Gängen war auch hier weit und breit niemand zu sehen. Mehrere Treppenhäuser wanden sich von der Galerie an der Innenseite des Schachtes nach oben und nach unten, und jenseits der Brüstung waren im schwachen Schein der Gaslaternen zwei große Plattformen zu erkennen, die an Flaschenzügen mitten im Schacht hingen.

„Es muß noch mitten in der Nacht sein", flüsterte Eliphas Hiob erleichtert zu. „Sonst wäre es hier viel heller. Das Tageslicht wird über Spiegel in diesen Schacht geleitet."

Hiob nickte. „In Mont Salvage gibt es ein ähnliches Beleuchtungssystem."

„Wir sind in dem Bereich des Himmels, der den Engeln vorbehalten ist", stellte Eliphas fest, nachdem er eingehend einige Zeichen betrachtet hatte, die neben einer der Treppen in die Wand gemeißelt waren. „In einem der unteren Stockwerke, um genau zu sein. Wenn nicht so viele von ihnen in Frankreich wären, hätten wir bestimmt schon welche gesehen."

„Wie weit müssen wir hinunter, um deine Rotte zu finden?" fragte Hiob und trat an Eliphas vorbei auf die Treppe, doch dieser hielt ihn fest und schüttelte den Kopf.

„Das sind bestimmt zwanzig bis dreißig Stockwerke. Außerdem will ich nicht riskieren, auf den Treppen irgendwelchen Armatura in die Arme zu laufen, die heute Nacht auf deiner Versammlung waren."

Er wies auf die nächste Plattform, die im Schacht hing.

„Wir nehmen den Aufzug."

Eine flache Rampe führte neben der Plattform auf die Brüstung der Galerie. Von dort waren die Holzplanken des Lastenaufzugs nur einen Schritt entfernt, doch Hiob merkte, wie Eliphas einen Moment zögerte, bevor er mit einer schnellen Bewegung auf die Plattform trat. Ihm selbst machte die Höhe nichts aus, doch Eliphas mußte dieser Schritt große Überwindung gekostet haben. Hiob lächelte. Vielleicht war es so wie bei ihm mit dem Reiten. Es tat ihm leid, daß der Komtur wohl nie erfahren würde, wie es war zu fliegen, und er bedauerte mit einem Anflug von Wehmut, daß auch ihm nur die Erinnerung daran blieb.

„Halt dich gut fest", wies Eliphas ihn an und löste die Sicherung der Seilwinde, nachdem er sich vergewissert hatte, daß Hiob seiner Anweisung Folge geleistet hatte. Im nächsten Moment bewegten sie sich erst langsam, dann immer schneller in die Tiefe. Hiob mußte bestürzt feststellen, daß auch er den Kitzel des freien Falls ohne Flügel nicht mehr sorglos genießen konnte. Doch kurz bevor er wirklich anfing, sich Sorgen zu machen, begann Eliphas vorsichtig zu bremsen und verlangsamte die Abwärtsfahrt der Plattform wieder, bis sie erneut auf Höhe einer Galerie anhielten. Dies wiederholte der Komtur in immer kürzeren Abständen noch dreimal, bis er schließlich das richtige Stockwerk gefunden hatte.

„Von hier aus müssen wir wieder zwei Stockwerke hinauf", erklärte er Hiob, als er die Sicherung der Winde wieder einrasten ließ. „Aber das machen wir auf einem Schleichweg."

Der Schleichweg war eine schmale Treppe, die abseits des zentralen Schachts einige Stockwerke miteinander verband. Die Gänge in dieser Gegend des Himmels waren allesamt enger und niedriger und es roch deutlicher nach Staub als in den höheren Regionen. Aber auch wenn sie hier hinter mehreren Türen leise Stimmen vernehmen konnten, gelangten sie unbehelligt zum Quartier von Eliphas' Rotte.

Die Beutereiter waren mindestens genauso überrascht, daß ihr Komtur mit nicht mehr als einer Hose am Leib – die Decke hatte er bei der Fahrt mit dem Aufzug verloren – bei ihnen auftauchte, wie daß Hiob auf einmal vor ihnen stand. Aber nachdem Eliphas ihnen in eiligen Worten die Situation erklärt hatte, waren sie sofort bereit zu helfen.

„Die Rotte ist jederzeit marschbereit", meldete Francetta, die neue Rottmeisterin. „Wir erwarten deine Befehle, Komtur."

„Hiob und ich brauchen etwas zum Anziehen von euch, dann werden wir den Himmel verlassen und in den Ställen am Osttor die Pferde bereitmachen. Eure wichtigste Aufgabe ist es, Soror Anne im Beginentrakt zu finden und sie sicher und möglichst unbemerkt zu den Ställen zu bringen. Schick' außerdem jemanden meine Ausrüstung holen, aber nur unter äußerster Vorsicht – es könnte sein, daß mein Zimmer bereits bewacht wird."

„Meine Lanze befindet sich auch noch in meinem Quartier", warf Hiob mit einem fragenden Blick zu Eliphas ein.

„Also gut, dann soll auch da jemand hingehen und versuchen, Hiobs Sachen zu holen. Aber auch dort gilt: Laßt euch bloß nicht erwischen! Im Notfall mußt du eben ohne deine Waffe auskommen, Hiob. Das Wichtigste ist, daß wir hier alle so schnell wie möglich wegkommen."

Francetta hatte die Rotte ausgezeichnet im Griff. Innerhalb weniger Minuten waren alle abmarschbereit, und Eliphas und Hiob waren in ihrer Verkleidung kaum von den anderen Beutereitern zu unterscheiden.

Nach einer knappen Verabschiedung teilte die Rottmeisterin ihre Leute ein, und Eliphas und Hiob machten sich wieder allein auf den Weg zu den Ställen am Fuße des Himmels der Gabrieliten.

♦ ♦ ♦

Kurz nach Sonnenaufgang hatte die Rotte die Stadttore von Nürnberg bereits hinter sich gelassen. Es war den Beutereitern gelungen, mit der etwas überraschten Anne und der gesamten Ausrüstung einschließlich Hiobs Lanze den Stall zu erreichen, noch bevor Eliphas begonnen hatte unruhig zu werden. Als sie dann losgeritten waren, hatte niemand versucht, sie aufzuhalten, weder am Tor des Himmels noch am Stadttor. Nachdem sie schließlich auch den breiten Ring aus Hütten und Zelten, der die Stadt in alle Richtungen umschloß, hinter sich gelassen und die freie Landstraße erreicht hatten, ließ Eliphas sie zum ersten Mal anhalten.

Er wendete sein Pferd und schlug die schwarze Kapuze seines Umhangs zurück. Dann musterte er seine Beutereiter einen nach dem anderen lange und gründlich.

„Hört mir gut zu, Leute. Falls ihr es noch nicht bemerkt haben solltet, dies ist keine unserer üblichen Missionen. Wir werden nicht den Zehnten eintreiben, und wir haben auch sonst keinen Auftrag von der Kirche, den wir zu erfüllen haben. Ich allein habe mich entschieden, diesem Engel zu helfen, denn ich denke, daß seine Sache eine gute und eine wichtige ist. Ich danke euch, daß ihr uns bis hierher geholfen habt und treu meine Befehle befolgt habt. Aber ich kann euch nicht zwingen, meine Entscheidung weiterhin mitzutragen. Wenn ihr ein paar Tage verstreichen laßt und dann in den Himmel zurückkehrt, wird man euch sicher einer anderen Rotte zuweisen, und ihr könnt das alles hier vergessen. Ich kann es niemandem verdenken, wenn er das tun will. Aber wer sich wie ich für die Sache dieses Engels hier entscheidet, der kann sich uns gerne anschließen. Wir werden jede Hilfe gebrauchen können."

Hiob war von Eliphas' Worten so gerührt, daß er kaum bemerkte, wie die Rottmeisterin Francetta in Erneuerung ihres Treueides vor dem Komtur niederkniete. Auch als sie sich unter dem Jubel der gesamten Rotte wieder erhob, saß er wie gelähmt auf seinem Pferd. Spätestens seit den Ereignissen in Norwegen hatte er Eliphas für seinen Freund gehalten, doch hatte er nicht erwartet, daß er sich so vorbehaltlos auf seine Seite stellen würde. Erst als der Komtur sein Pferd wendete und an seine Seite ritt, erwachte Hiob wie aus einer Trance.

„Glaub' ja nicht, du hättest in mir jetzt einen Jünger gefunden, Engel. Ich bin noch lange nicht von allem überzeugt, was du so vertrittst. Aber das Ordensbuch muß sichergestellt werden, und ich werde dir bei deiner Suche helfen so gut ich es vermag."

„Ich danke dir, Eliphas!"

Der Komtur nickte nur.

„Also dann, auf nach Prag!"

Kapitel elf

„Malloriel wird sicher bald aufwachen", erklang Rahels Stimme leise neben ihrem Ohr. „Ich habe alles für ihn getan, was ich konnte, jetzt muß er einfach schlafen. Keine seiner Verletzungen ist besonders schwer, aber er muß furchtbare körperliche und seelische Qualen erlitten haben. Es wird sicher lange dauern, bis er sich davon erholt hat – und das geschieht am besten, indem er schläft."

Rahel richtete sich wieder auf, und Ariel folgte ihrem Beispiel. Sie wußte nicht, wie lange sie neben dem schlafenden Malloriel gekauert hatten. Seit sie aus der Schlacht um Tours zurückgekehrt waren, hatte sie jedes Zeitgefühl verloren.

Nachdem sie wieder im Lager angekommen waren, hatte sie beim Führungsstab der Armatura einsilbig Meldung gemacht und hatte dann vor dem Zelt gewartet, in dem Rahel den verletzten Ramieliten behandelte. Als sie ihn endlich sehen durfte, war sie zu nichts weiter fähig gewesen, als regungslos an seinem Krankenlager zu knien und mit den Tränen zu kämpfen.

Rahel hatte ihr eine Hand auf die Schulter gelegt und führte sie mit sanftem Druck aus dem Krankenzelt. Draußen regnete es wieder in Strömen.

Wie hilfst du doch dem Schwachen auf,
stehst du bei dem kraftlosen Arm!

- Hiob 26, 2

„Du hast übrigens auch ein paar Kratzer abbekommen, Ariel. Laß mich mal sehen, was ich für dich tun kann. Nur vorsichtshalber." Mit diesen Worten wies Rahel auf das nächste Zelt und lächelte die Michaelitin an.

Wortlos folgte Ariel ihr hinüber. Rahel hatte darauf bestanden, daß Malloriel ein Zelt für sich allein bekam, und so drängten sich die übrigen Mitglieder ihrer Schar zusammen mit fünf weiteren Engeln in einem Nachbarzelt.

„Ich danke euch, besonders auch im Namen meines verwundeten Bruders, daß wir mit in eurem Zelt unterkommen dürfen", wandte Rahel sich mit einer angedeuteten Verbeugung an den Michaeliten der anderen Schar. Dieser winkte nur beschwichtigend ab.

„Das ist doch selbstverständlich, wir helfen gern." Ariel spürte, wie sich sein Blick auf sie richtete, als er fortfuhr: „Gleich findet eine große Messe zur Feier unseres Sieges statt, wirst du uns mit dem Rest deiner Schar begleiten, Schwester?"

Ohne den Blick zu heben, schüttelte Ariel nur stumm den Kopf. Sie wollte jetzt nicht feiern, und sie wollte auch nicht mit diesem anderen Michaeliten sprechen. Sie wollte nur noch allein sein.

„Ariel ist auch verwundet, ich werde mich jetzt um sie kümmern. Aber vielleicht mögen Aadoniel und Daniel euch begleiten?"

Die beiden Engel hatten Rahels Hinweis verstanden und traten an den Eingang des Zeltes. Der Michaelit zuckte die Achseln und nickte seiner Schar zu.

Kurz darauf war Ariel mit der kleinen Raphaelitin allein.

Ich danke dir.

Rahel nickte nur und begann schweigend, sich um Ariels Verletzungen zu kümmern. Während ihre Scharschwester die zahlreichen Kratzer und Schnitte reinigte, die die Michaelitin in den Kämpfen mit den Anhängern des Herrn der Fliegen davongetragen hatte und die größeren Wunden mit sauberen Binden versorgte, konnte Ariel erkennen, wie erschöpft Rahel war. Wie die anderen Engel war sie seit den frühen Morgenstunden auf und hatte die Strapazen der Schlacht um Tours hinter sich gebracht. Im Gegensatz zu den Mitgliedern der anderen Orden hatte jedoch für die Raphaelitin die schwerste Arbeit mit ihrer Rückkehr ins Heerlager erst begonnen. Unermüdlich hatte sie sich seit ihrer Ankunft um den bewußtlosen Malloriel gekümmert und nebenbei noch Aadoniels leichtere Wunden an Waden, Rücken und Brust behandelt. Es überraschte Ariel nicht, daß Rahel ihr mit der Berührung ihrer Hände nicht mehr als ein wenig Wärme schenken konnte. Die heilende Kraft der Raphaelitin war für diesen Tag verbraucht.

Trotzdem sah sie Ariel aus ihren müden Augen herausfordernd an, nachdem sie mit der Behandlung fertig war.

„Es ist nicht deine Schuld", begann sie mit fester Stimme. „Es ist wichtig, daß du das begreifst."

„Ich weiß", antwortete Ariel flüsternd, „wenn ich mich jetzt im Schmerz verliere, komme ich da nie wieder raus."

„Ich denke da nicht nur an dich, Ariel. Wir alle brauchen dich jetzt. Nur du kannst uns wieder einen, und nur zusammen werden wir die nächste Zeit überstehen können. Wir alle werden darunter zu leiden haben, wenn du nicht an dich glaubst – und viele unschuldige Menschen, die unserer Hilfe bedürfen, womöglich auch."

Verblüfft starrte Ariel die kleine Raphaelitin mit dem silbergrauen Haar an. So streng hatte sie sie noch nie erlebt. Dann nickte sie und sah zu Boden.

Ich danke dir für deine Worte, Rahel. Ich weiß das sehr zu schätzen.

„Eines noch, ehe ich dich allein lasse. Denk noch einmal über Malloriel nach. Es wäre gut, wenn du für dich selbst herausgefunden hast, was dein Problem mit ihm ist, ehe er wieder aufwacht."

Ohne ein weiteres Wort drehte Rahel sich um, nahm ihren Rucksack und verließ das Zelt. Ariel sah ihr noch lange sinnend nach. Noch vor ein paar Tagen hätte sie nicht zugelassen, daß irgend jemand so zu ihr sprach, aber jetzt fühlte sie, daß Rahel vollkommen Recht hatte.

Sie trat in eine Ecke des Zeltes und ließ sich in die Knie sinken, um zu meditieren. Doch es wollte ihr diesmal nicht gelingen, den Ruhepol tief in ihrem Inneren zu finden.

♦ ♦ ♦

Als Rahel durch den strömenden Regen zum Exerzierplatz des Lagers stapfte, merkte sie erst, wie zornig sie war. Hoffentlich hatte sie die Michaelitin nicht allzu sehr vor den Kopf gestoßen. Aber jemand mußte Ariel schließlich endlich wachrütteln. Rahel seufzte und verlangsamte ihre Schritte. Natürlich hatte auch Malloriel sich wie ein dummer kleiner Junge benommen, aber bis er wieder bei Kräften und Sinnen war, spielte das keine Rolle. Es war schon richtig gewesen, Ariel zu sagen, was sie dachte. Eine gute Michaelitin mußte mit der Kritik ihrer Schar umgehen können, und Ariel war eine sehr gute Michaelitin, davon war Rahel überzeugt.

Von der Lagermitte konnte sie die leisen Klänge der Liturgie herüberwehen hören – offenbar hatte sie noch nicht allzu viel von der Messe verpaßt. Normalerweise nahm sie die Sakramente der angelitischen Kirche sehr ernst, aber nach dem heutigen Tag hätte sie nichts dagegen gehabt, die Messe zu versäumen. Natürlich hätte sie der Zeremonie auch einfach fern bleiben können – unmittelbar nach der Schlacht waren Raphaeliten von den meisten Verpflichtungen freigestellt –, aber da sie nicht zu Ariel ins Zelt zurück wollte und nicht wußte, wo sie sonst hätte hingehen können, schritt sie weiter durch das Lager, bis sie den großen Platz erreichte. Engel, Templer und Söldner drängten sich um den Flugturm, der kurzerhand zur Kanzel umfunktioniert und von den Monachen mit bunten Paramenten in den fünf Ordensfarben geschmückt worden war. Sie hielt kurz nach Daniel und Aadoniel Ausschau, konnte sie in der Menge aber nicht entdecken und gab ihre Suche bald auf. Statt dessen lauschte sie ein wenig den lateinischen Formeln, die vom Turm herüberklangen, und genoß die relativ zwanglose Atmosphäre der Versammlung. Es kam bei den Zeremonien der Kirche nicht oft vor, daß Engel und Menschen zusammen die Gemeinde bildeten. Normalerweise hatte jede Gruppe ihren festen Platz, und die Engel sahen bestenfalls ein paar Würdenträger der Angelitischen Kirche aus der Nähe.

Als die Messe schließlich vorüber war, geschah etwas Merkwürdiges. Die letzte Note des Abschlußchorals verklang, und es trat Stille ein. Es schien, als wage für einen Moment niemand, sich zu bewegen oder gar etwas zu sagen, dann warf auf einmal einer der Söldner neben Rahel sein Barett in die Höhe und brach in einen lauten Jubelschrei aus, und mit einem Mal kochte der ganze Platz. Überall schrieen und jubelten die Söldner und Templer, schlugen donnernd auf ihre Schilde und warfen ihre Mützen und Hüte in die Luft. Wie die anderen Engel befremdete Rahel dieser Gefühlsausbruch zuerst sehr, besonders, weil die Menschen um sie herum sie vollkommen zu ignorieren schienen. Dennoch konnte sie nicht anders, als sich von der überschäumenden Freude der Männer und Frauen anstecken zu lassen, und ein Lächeln breitete sich auf ihrem Gesicht aus. Als dann ein junger Templer neben ihr stolperte und ihr vor die Füße fiel, streckte sie ihm die Hand entgegen, und er ergriff sie nach kurzem Zögern und ließ sich von ihr aufhelfen. Wieder auf den Füßen, blickte er scheu auf ihre Hand, die noch immer die seine hielt, dann sah er dankbar zu ihr hinab und rief lauthals: „Wir haben gesiegt! Wir haben gesiegt, und die Engel sind unter uns!“ Lachend sah Rahel ihm nach, als er wieder in der jubelnden Menge verschwand.

Als sie später zum Zelt zurückging, mußte sie immer noch lächeln.

♦ ♦ ♦

Über Nacht war ein starker, frischer Südostwind aufgekommen und hatte die Regenwolken vertrieben, so daß die Sonne durch den Hochnebel schien, als Ariel am nächsten Morgen aus dem Zelt trat. Was für eine furchtbare Nacht. Sie wußte nicht, wie lange sie vor sich hin gegrübelt hatte, bevor sie in jenen trüben Dämmerzustand verfallen war, den sie nun wieder abzuschütteln versuchte. War das etwa Schlaf? Wenn ja, dann wünschte sie Malloriel, daß er bald wieder aufwachte!

Um wieder richtig zu sich zu kommen, streckte sie sich ein paar Mal und breitete dann ihre Schwingen aus. Sie machte ein paar federnde Schritte, und mit einem mächtigen Flügelschlag war sie über den Zelten in der Luft. Wegen der Enge des Zeltlagers sollten die Engel zum Starten und Landen eigentlich den Flugturm benutzen, aber zu dieser frühen Stunde waren die schlammigen Gassen zwischen den Zelten des Heerlagers noch wie ausgestorben, so daß ihr genug Platz für die ersten Flügelschläge blieb. Sobald sie in der Luft war, fühlte sie sich besser. Ein paar rasche Runden in der kühlen, feuchten Morgenluft würden ihren Kopf schon wieder klar werden lassen.

Sie hatte Rahels Worte vom Vortag sehr ernst genommen und lange über sich und Malloriel nachgedacht, war aber noch zu keinem zufriedenstellenden Ergebnis gekommen. Sie wußte nur, daß sie jetzt nicht anders konnte, als sich für das Schicksal des verwundeten Ramieliten verantwortlich zu fühlen, und sei es, weil sie als Michaelitin eben die Verantwortung für ihre Schar hatte. Aber dennoch hatte Rahel Recht, sie durfte sich nicht einschüchtern lassen. Was geschehen war, war geschehen, und nun mußte sie alles in ihrer Macht Stehende tun, um die Situation zu meistern.

Mit kräftigen Flügelschlägen hatte sie sich in einer weiten Spirale über dem Heerlager in die Höhe geschraubt. Leider hatte die Sonne es noch nicht geschafft, den Nebel zu vertreiben, deshalb konnte sie unter sich nicht viel mehr als einige Zeltdächer erkennen. Auch das Dorf Chinon war in den grauen Schleiern verborgen. Nur das Geschrei eines Hahns, der den Morgen begrüßte, verriet ihr seine Lage. Sie breitete die Flügel weit aus und ließ sich langsam in Richtung des

Flugturmes tragen. Nach einer letzten kurzen Runde um die Spitze des Fahnenmastes landete sie leichtfüßig auf der großen Plattform. Der Aussichtsposten, der hier oben stationiert war, sah sie überrascht an, antwortete auf ihren Gruß aber nur mit einem angedeuteten Kopfnicken. Sie beachtete ihn nicht weiter und blieb noch einen Moment an der Kante der Plattform stehen, ehe sie sich mit ausgebreiteten Flügeln auf den Exerzierplatz hinunter gleiten ließ.

Zuerst würde sie dafür sorgen, daß Malloriel so schnell wie möglich wieder gesund wurde. Rahel hatte gesagt, er brauche in erster Linie Zeit und Ruhe. Dieses Heerlager war jedoch sicher kein Ort der Ruhe. Auch wenn er ihr Zelt für sich allein hatte, dem Alltagslärm von mehreren tausend Templern, Söldnern und Engeln war er dennoch ausgesetzt. Am vernünftigsten war es sicher, wenn sie ihn von hier wegschaffen würden, am besten in das nächste Raphaelitenkloster. Entschlossen ging Ariel zum Stabszelt der Armatura hinüber, das genau im Zentrum des Lagers lag und durch seine besondere Größe auffiel. Sie würde ihnen erklären, daß ihre Schar ohne ihren Ramieliten nicht einsatzbereit war und darauf drängen, an einen Ort versetzt zu werden, an dem Malloriel bessere Genesungschancen hatte.

♦ ♦ ♦

Malloriels Zustand hatte sich seit dem Vortag nicht verändert. Aber Rahel hatte auch nichts anderes erwartet. Auch wenn keine seiner Verletzungen wirklich schwer war, hatte der Ramielit sehr viel Blut verloren, und es würde einfach seine Zeit dauern, bis er wieder zu Kräften kam. Der Gedanke, tagelang untätig abwarten zu müssen, gefiel ihr zwar gar nicht, aber ihr blieb nichts anderes übrig.

Als sie wieder aus dem Zelt trat, wartete Ariel draußen schon auf sie.

„Wir werden verlegt“, platzte die Michaelitin heraus, *in Châtellerault hat dein Orden ein Feldlazarett eingerichtet, und wir werden mit einigen anderen Scharen, die ebenfalls Schwerverwundete haben, dorthin verlegt!*

„Woher weißt du?“ fragte Rahel überrascht.

Ich habe mit dem Adjutanten des Ersten Armatura gesprochen. Der Befehl wird heute nach den Verlustmeldungen offiziell bekanntgegeben, und schon morgen früh soll ein Wagenzug die Verletzten nach Châtellerault transportieren.

Nun bediente sich auch Rahel der Seele der Schar, wie man die Form der telepathischen Kommunikation, die den Michaeliten gegeben war, gemeinhin nannte. Ariel verständigte sich fast ausschließlich auf diese Weise, und da dies Rahel die Möglichkeit gab, ebenso zu antworten, tat sie es aus Höflichkeit gegenüber ihrer Scharschwester. *Gibt es in diesem Châtellerault auch ein Kloster?*

Nein, leider nicht, sendete Ariel. *Viele Klöster und Hospize in der näheren Umgebung wurden von den Ketzern zerstört, die übrigen wurden vorsorglich geräumt, die meisten Monachen und Beginen sind jetzt hier. Ein Teil von ihnen wird uns aber morgen nach Châtellerault begleiten.*

Rahel nickte. Die Fahrt ins Feldlazarett würde anstrengend werden, aber die Ruhe dort würde Malloriel sicher gut tun. *Was geschieht mit dem Heerlager hier? Wird es abgebrochen?*

Nein. Ariel schüttelte den Kopf. *Soviel ich weiß, wollen sie von hier aus den Feldzug weiterführen. Tours war zwar die letzte Hochburg der Ketzer, aber viele kleinere Städte und Dörfer an der Küste und an den Ufern der Loire sind noch in der Hand des Feindes. Sie rechnen damit, daß es noch lange dauern wird, bis die Ketzerbewegung in dieser Region endgültig ausgemerzt ist.*

Wenn das überhaupt je gelingen wird, wandte Rahel ein.

Ariel zuckte die Achseln. *Der Herr der Fliegen ist eben auch nicht untätig.*

Stimmt, seufzte Rahel. *Dieser Krieg tobte schon, als ich meine Weihe empfing. Ich kann mir nicht vorstellen, daß er jemals zu Ende geht.*

Doch Ariels Stimme in ihrem Geist klang erfüllt von Zuversicht: *Alle hier kämpfen dafür, und wir werden es schaffen!*

Der Befehl zur Verlegung kam erst am Abend, und so dauerte es dann auch bis tief in die Nacht hinein, den Wagenzug für den Transport der Verwundeten zusammenzustellen. Ariels Schar hatte man die schwierige Aufgabe übertragen, die Verlegung nach Châtellerault zu organisieren, und so hatte Rahel neben der Verantwortung für ihren

Patienten jetzt auch noch für die Ausstattung der Wagen und die Einteilung der raphaelitischen Beginen und Monachen zu sorgen.

Das größte Problem dabei war, daß Engel es nicht gewohnt waren zu liegen. Es war sehr schwierig, für die Verletzten auf den engen Wagen einigermaßen angenehme Lager einzurichten. Die Bewußtlosen wie Malloriel bereiteten hierbei die geringsten Probleme. Einer der Verwundeten jedoch hatte zwei gebrochene Flügel, und jede Bewegung verursachte ihm unglaubliche Schmerzen. Also ließ Rahel auf einem der Wagen ein ausladendes Holzgerüst bauen, das anschließend gut mit Stroh und Decken abgepolstert wurde.

Als sie schließlich alle Vorbereitungen abgeschlossen hatte und noch ein letztes Mal nach Malloriel sehen wollte, traf sie vor seinem Krankenzelt die übrigen drei Mitglieder ihrer Schar an. Alle sahen erschöpft aus.

Alles bereit? fragte Ariel. Rahel merkte deutlich, daß es ihr trotz der Mühen guttat, wieder eine konkrete Aufgabe zu haben.

„Ich habe unsere Route geplant und einen Wagen mit Proviant und Wasser beladen lassen", meldete Daniel. „Wenn alles gut geht, sollten wir Châtellerault in zwei bis drei Tagen erreichen."

Ariel nickte zufrieden und wandte ihren Blick Aadoniel zu.

„Wir haben insgesamt zwölf einsatzbereite Engel, drei davon Gabrieliten, mich selbst eingerechnet. Dazu kommen noch zehn berittene Templer und zwanzig Söldner zu Fuß. Ich rechne aber nicht mit einem Angriff, da wir uns direkt von der Frontlinie weg und durch bereits lange gesichertes Terrain bewegen."

Sehr gut, Aadoniel. Wie sieht es bei dir aus, Rahel?

„Alle Wagen sind vorbereitet, und jeder weiß, was er zu tun hat."

Ariel ließ ihren Blick zufrieden über die kleine Runde schweifen. *Gut, dann sollten wir diese Sache ja bald erfolgreich hinter uns haben. Seht zu, daß ihr über Nacht wieder einigermaßen zu Kräften kommt, wir haben morgen eine anstrengende Reise vor uns.*

Als sie früh am nächsten Morgen die Verwundeten auf die Wagen luden, trieb der Wind den Regen in dichten Vorhängen vor sich her. Dennoch war die Stimmung gut, und alle arbeiteten fieberhaft, ohne sich von dem drohenden Unwetter einschüchtern zu lassen. Schon nach zwei Stunden befand sich der Wagenzug auf dem Weg nach Süden. Die Straße verlief einigermaßen geschützt im Tal der Vienne und war gut befestigt, so daß sie trotz des schlechten Wetters recht zügig vorankamen. Insgesamt waren sie mit fünfzehn Wagen unterwegs, neben den Verwundeten und ihrem Reiseproviant führten sie auch zwei Wagenladungen mit Ausrüstung für das Feldlazarett mit.

Bis auf einen Radbruch bei einem der Wagen, der zwei verwundete Engel transportierte, verlief die Reise ohne nennenswerte Zwischenfälle. Nachdem ihre Reisevorräte auf die anderen Wagen verteilt worden waren, konnten die beiden Verwundeten die Fahrt auf dem Proviantwagen fortsetzen, und so erreichten sie Châtellerault am späten Nachmittag des dritten Tages. Von einem Feldlazarett war jedoch weit und breit nichts zu sehen.

Kapitel zwölf

Erschöpft stellte Irène das letzte Bündel frisch geschnittener grüner Reisgarben unter dem Schindeldach der großen Trockenhalle ab. Eigentlich lag ihr Aufgabenbereich auf dem Gutshof selbst, und sie arbeitete normalerweise nicht auf den Feldern, aber weil das Wetter an diesem Tag einigermaßen trocken war, mußten alle bei der Reisernte mithelfen. Alles hatte reibungslos geklappt, und schon kurz nach Mittag waren alle reifen Felder abgeerntet. Jetzt mußte der Reis nur noch auf den straff gespannten Netzen der Trockenhalle ausgebreitet werden, damit er nicht faulte und bald gedroschen werden konnte. Richelieu, der Gutsherr, überwachte alle Arbeitsschritte höchstpersönlich. Irène hatte bereits in den ersten Wochen nach ihrer Ankunft auf dem Hof festgestellt, daß sie ihn nicht mochte. Aber er war der erste gewesen, der ihr, ihrem Sohn und ihrer Mutter langfristig Arbeit und Unterkunft geben konnte. Also hatte sie sich widerstrebend entschlossen, für Richelieu als Magd zu arbeiten und war mit Marie und Dominic in eine kleine Kammer im Gesindehaus gezogen.

Es war jetzt über drei Monate her, daß sie auf Wittgensteins Rat Valencas verlassen hatten, und nach vier Wochen auf der Straße war es einfach Zeit geworden, wieder einmal ein festes Dach über dem Kopf zu haben. Außerdem hatten sie ihr Manna fast aufgebraucht.

Denn er verwundet, und er verbindet, er schlägt, doch seine Hände heilen auch.

- Hiob 5, 18

„He, Irène, steh' da nicht so herum!" rief Richelieu herrisch zu ihr herüber. „Für's Trocknen haben wir genug Leute, geh' wieder an deine Arbeit."

Hastig streifte Irène den breiten Strohhut ab und gab ihn dem alten Feldarbeiter zurück, der ihn ihr geliehen hatte. Dann eilte sie hinüber in den Kuhstall. Es war ihr Glück gewesen, daß sie sich mit dem Melken und der Haltung von Kühen auskannte, denn als sie bei Richelieu nach Arbeit gefragt hatte, war dieser gerade auf der Suche nach einem Stallknecht gewesen, und trotz des stinkenden Kuhmistes war ihr die Arbeit lieber, als bei jedem Wetter in den schlammigen Reisfeldern stehen zu müssen.

Gut, daß die Ernte so schnell vorbeigegangen war, so blieb ihr jetzt noch fast der gesamte Nachmittag, um die Arbeit im Stall zu verrichten. Wenn Dominic ihr ein wenig half, sollte sie in der Zeit das Wichtigste schaffen. Im Stall herrschte ein stickiges Halbdunkel, und Irène öffnete erst einmal alle Fenster und Türen, um etwas frische Luft hereinzulassen. Sie hatte die Kühe am Morgen nicht gemolken, sondern sie vor der Reisernte nur eben schnell auf die Weide getrieben. Sicher waren die Tiere schon ganz unruhig, weil sich noch niemand um sie gekümmert hatte. Aber zuerst mußte der Stall ausgemistet werden.

Irène trat wieder auf den Hof hinaus und sah sich nach Dominic um. Sicher war der Junge wieder bei Marie. Ihre Mutter hatte sich als Köchin für die Mägde und Knechte nützlich machen können, und Dominic verbrachte seine Zeit am liebsten bei ihr in der Gutsküche.

Irène ging über den weitläufigen Hof zur Küche hinüber und steckte den Kopf durch ein offenes Fenster des flachen Steingebäudes.

„Ist Dominic hier?" fragte sie laut.

„Ich habe ihn in den Garten geschickt", antwortete Marie und trat zu ihr ans Fenster. Sie rührte gerade in einer großen Steingutschüssel den Teig für Reispfannkuchen an. „Er müßte aber bald wieder zurück sein. Ist die Ernte schon eingebracht?"

„Ja, für heute schon", nickte Irène, „zum Glück ging alles sehr schnell. Schickst du den Jungen zu den Kühen hinaus, wenn er wiederkommt? Er soll sie zum Melken in den Stall treiben."

„Gut, ich werde es ihm sagen."

Irène lächelte ihrer Mutter noch einmal zu und ging dann zum Kuhstall zurück. Alles in allem ging es ihnen hier gar nicht so schlecht. Sicher, sie wollte nicht für immer hier bleiben, aber bis sie sich überlegt hatte, wohin sie gehen konnten, waren sie hier ganz gut aufgehoben.

Sie hatte gerade die letzte Karre Mist weggebracht, als sie das laute Scheppern der Kuhglocken den Hang heraufklingen hörte. Kurz darauf waren schon die ersten Kühe zu sehen, und dann tauchte auch Dominic auf. Aufgeregt lief der Junge hinter den Kühen her und trieb sie zur Eile an.

„Sei nicht so zappelig!" rief sie ihm entgegen. „Du machst die Tiere ja ganz nervös, Dominic. Das kann ich nicht gebrauchen, wenn ich sie melken will!"

Aber Dominic beachtete ihr Worte nicht, sondern kam aufgeregt auf sie zu gelaufen.

„Mutter! Mutter! Die Engel sind da!"

♦ ♦ ♦

Châtellerault bestand aus ein paar Häusern, die sich am Flußufer um eine kleine Kapelle drängten, und einem großen Gutshof, der etwas abseits der Straße lag. Ariel hatte den Wagenzug auf dem Dorfplatz anhalten lassen und stand jetzt mit Raskal, dem Ersten Armatura der Templer, vor der Kapelle. Noch bevor sie an die verwitterte Holztür klopfen konnten, öffnete sie sich von selbst, und ein schmächtiger, alter Monach steckte den Kopf heraus.

„Wir suchen das Feldlazarett", stieß Ariel ungeduldig hervor.

Der greise Monach nickte. „Auch euch einen gesegneten Tag, Michaelitin."

Trotz ihres Ärgers bemerkte Ariel, wie unhöflich sie zu dem Mann gewesen war. Mit geschürzten Lippen trat sie einen Schritt zurück und überließ dem hochgewachsenen Armatura das Reden.

„Einen gesegneten Tag dir, Pater. Wir kommen aus dem Heerlager bei Chinon und haben verwundete Engel bei uns. Unser Befehl lautet, im Feldlazarett von Châtellerault Quartier zu nehmen und dort bis zur Genesung der Verwundeten zu bleiben."

Wieder nickte der greise Monach und trat jetzt ganz zu ihnen heraus. Einst mußte er ein hochgewachsener Mann gewesen sein, aber jetzt krümmte sich sein Rücken unter der Last der Jahre so sehr, daß Ariel ihm in die trüben Augen sehen konnte, ohne den Blick zu heben. Aus den Falten seines Gesichtes blinzelten sie ihr freundlich entgegen.

„Vor zwei Wochen war ein Bote hier, ein Urielit namens Ismael", erklärte er ihnen. „Er sagte mir, es stünde eine große Schlacht bevor und es würden Raphaeliten kommen, um hier ein Lazarett einzurichten. Seitdem sind jedoch weder Engel noch Beginen oder Monachen hergekommen. Ich weiß nicht, was man euch gesagt hat, aber es gibt kein Feldlazarett in Châtellerault."

Ariel sah, daß der verblüffte Armatura darauf nichts zu sagen wußte, und wandte sich wieder selbst an den alten Monachen: „Wir werden heute Nacht hier unser Lager aufschlagen und bis morgen entscheiden, was zu tun ist. Kannst du uns deine Kapelle zur Verfügung stellen, Pater?"

„Die Boten des Herrn sind in Châtellerault immer willkommen", sagte der Alte und deutete eine Verbeugung an.

Ariel kehrt zu den Wagen zurück und rief ihre Schar zu sich. Nachdem auch Daniel von seinem Erkundungsflug wiedergekehrt war und bestätigte, daß es in der Umgebung des Dorfes weit und breit keine Anzeichen für ein Feldlazarett gab, wandte sie sich schließlich an Rahel: *Können wir mit unseren Mitteln hier selbst ein Lazarett einrichten?*

„Da wir nur die Verwundeten zu versorgen haben, die wir selbst mitgebracht haben, sollten wir mit dem Material, das wir geladen haben, einige Zeit auskommen. Allerdings haben wir keine Zelte dabei, und Wagen sind auf Dauer für die Unterbringung der Verletzten ungeeignet."

„Was ist mit dem Dorf?" warf Aadoniel ein. „Wir haben einen Auftrag der Kirche, und die Menschen hier müssen uns helfen. Können wir die Verwundeten nicht in einer Scheune unterbringen?"

Rahel nickte dem Gabrieliten zu. „Das müßte zur Not gehen. Eine möglichst große Halle wäre am besten, aber es gehen auch zwei bis drei kleinere Gebäude. Ich fürchte, unser größtes Problem ist das heilkundige Personal. Außer mir haben wir nur noch einen weiteren Raphaeliten. Dazu kommen noch vier raphaelitische Beginen und zwei heilkundige Monachen, auf die ich zurückgreifen kann. Für die notwendigste Pflege auf der Fahrt hat das gerade so ausgereicht, aber für eine angemessene Behandlung zwanzig verwundeter Engel ist das viel zuwenig."

Nach Chinon zurück würden wir zwei bis drei Tage brauchen, und wir sind mit gutem Grund von dort aufgebrochen. Wie weit ist das nächste Raphaelitenkloster von hier entfernt, Daniel?

„Soviel ich weiß, gibt es eins in Châteauroux. Dorthin bräuchten wir mindestens vier Tage, und wir wissen nicht, ob das Kloster nicht zerstört oder evakuiert wurde."

Ariel nickte nachdenklich. Alles schien darauf hinzudeuten, daß sie ihr Glück hier versuchen mußten.

Auch wenn wir keine Raphaeliten sind, wir können dir helfen, Rahel. Außerdem können wir uns im Dorf umhören, es gibt hier bestimmt ein paar Leute, deren Fähigkeiten wir uns zunutze machen können. Traust du dir zu, kurzfristig ein paar Hilfspfleger auszubilden?

Rahel sah ihre Michaelitin einen Moment nachdenklich an, dann verzog sich ihr Mund zu einem entschlossenen Lächeln. „Ich denke schon."

♦ ♦ ♦

Rahel hatte sich angewöhnt, mehrmals in der Nacht nach Malloriel zu sehen. Sie wußte, daß sie sich nach den ohnehin kurzen Ruhephasen der letzten Tage eigentlich einmal die Zeit für eine längere, ungestörte Meditation hätte nehmen sollen, aber das mußte noch warten.

Als sie in dieser Nacht kurz nach Mitternacht ans Lager des Ramieliten trat, lag er mit weit aufgerissenen, glasigen Augen da. Hin und wieder wurde sein blasser Leib von leichten Krämpfen geschüttelt. Vorsichtig streckte sie die Hand aus, um seine fiebrige Stirn zu berühren. Doch kaum hatte sie ihre Fingerspitzen in sein Blickfeld bewegt, ergriff Malloriel plötzlich ihren Arm und umklammerte ihn hart. Dann begann er mit flüsternder Stimme zu sprechen, ohne Rahel anzusehen.

„Ich kann mich an alles erinnern ... ich konnte mich nicht bewegen ... und ich hatte solche Angst ... sie haben mir Nadeln tief unter die Haut gestochen ... es hat gebrannt, so fürchterlich gebrannt ..."

Rahel sah, wie ein dichtes Netz feiner Schweißtropfen auf seiner Stirn entstand. Mit sanfter Gewalt löste sie ihren Arm aus seiner Umklammerung und wischte seine glühende Stirn mit einem feuchten Tuch ab.

„Es ist vorbei, Malloriel. Du bist wieder bei deiner Schar. Du bist in Sicherheit. Die Monachen und ich kümmern uns darum, daß du wieder gesund wirst – "

„Die Monachen", stöhnte er und bäumte sich auf, „sie waren es. Ich war allein ... eingesperrt ... aber dann haben sie mich herausgeholt, an das helle Licht ... und mich mit ihren Nadeln gestochen!"

Entsetzt starrte Rahel Malloriel an. Wovon redete ihr Ramielit da? Sie wußte, daß sie ihn in seinem Zustand nicht fragen konnte, aber ihre Hoffnung, er würde noch mehr sagen, wurde enttäuscht. Mit einem erschöpften Seufzer sank der verwundete Engel auf sein Lager zurück und fiel wieder in einen unruhigen, traumgeplagten Schlaf.

Sie wußte nicht, was sie von seinen Worten halten sollte, und verbrachte den Rest der Nacht grübelnd neben seinem Krankenlager. Doch Malloriel erwachte nicht wieder, und als es Morgen wurde, riefen sie ihre anderen Pflichten.

Nach einem kurzen Gespräch mit dem alten Monachen – sein Name war Antoine – hatte Ariel sie und Daniel zu dem großen Gutshof geschickt. Pater Antoines Angaben zufolge befanden sich dort die größten Gebäude von Châtellerault. Tatsächlich konnten sie aus der

Luft eine langgestreckte, vergleichsweise flache Halle zwischen den anderen Gebäuden des Gutshofes erkennen.

„Diese Scheune sieht ganz gut aus, ich würde sie mir gern mal von innen ansehen."

Daniel nickte, und sie landeten auf dem Hof direkt neben der Halle. Kaum hatten ihre Füße den Boden berührt, schien es, als käme die ganze Arbeit auf dem Hof zum Erliegen. Von überall her kamen die Leute angerannt, hielten in einigen Metern Entfernung fast erschrokken inne und wichen dann an die nächste Wand zurück, um sie von dort aus verunsichert anzustarren. Rahel hatte zwar schon ein paar Mal erlebt, wie einfache Leute auf sie reagierten, aber so richtig daran gewöhnt hatte sie sich immer noch nicht. Daniel hingegen schien die Gaffer gar nicht zu bemerken und begann sogleich, die Fassade der Halle abzuschreiten. Rahel jedoch hatte das Gefühl, diesen Menschen eine Erklärung schuldig zu sein.

„Wir sind Engel des Herrn, die Boten des Lichts. Fürchtet euch nicht. Es soll euch nichts geschehen." Dann wies sie mit einer Hand auf das langgestreckte Gebäude in ihrem Rücken. „Wir würden uns gerne eure Scheune ansehen."

Sie merkte, daß sie mit ihren einfachen Worten ihr Publikum vollkommen in ihren Bann gezogen hatte. Wie gelähmt standen die Menschen da, und Rahel fürchtete schon, sie könnten das Atmen vergessen. Eine Antwort konnte sie jetzt wohl kaum erwarten. Sie wollte sich gerade der langgestreckten Halle zuwenden, als eine junge Frau aus einem der Ställe heraus auf sie zu gelaufen kam. Sommersprossen überzogen ihr Gesicht, und unter ihrem Kopftuch schaute eine Locke rotbraunen Haars hervor.

Im selben Moment war Daniel wieder neben ihr, und Rahel konnte seine Anspannung fast körperlich spüren. Die junge Frau jedoch beachtete ihn nicht und blieb einen Moment atemlos vor ihnen stehen. Rahel warf dem muskulösen Urieliten einen beschwichtigenden Blick zu und trat einen halben Schritt auf die junge Frau zu.

„Willst du uns etwas sagen?" fragte sie sanft. „Sprich nur, wir werden dir zuhören."

„Seid willkommen, Boten des Lichts, auf dem Gutshof des Herrn Richelieu. Wir danken euch für die Gnade eures Besuches." Ihre

Stimme zitterte leicht, aber Rahel konnte nicht sagen, ob sie vielleicht einfach vom schnellen Laufen noch ein wenig außer Atem war.

„Wir danken dir für deinen Willkommensgruß. Ich bin Rahel, und das ist mein Bruder Daniel. Würdest du uns einen Blick in eure Scheune da drüben werfen lassen?"

Die Frau nickte und umrundete die beiden in respektvollem Abstand.

„Ich heiße Irène", sagte sie dann und öffnete mit einem Ruck das große Rolltor, das in die Halle führte.

Rahel warf noch einen Blick zurück und sah, daß alle anderen Bewohner des Gutshofes immer noch wie angewurzelt dastanden. Diese Irène war wirklich eine äußerst mutige Frau. Oder vielmehr eine kluge, dachte Rahel lächelnd, denn sie stellte fest, daß sie die junge Frau mochte.

Gerade als sie ins Halbdunkel der Halle treten wollten, ertönte hinter ihnen lautes Geschrei. Als sie überrascht herumfuhren, konnten sie sehen, wie ein großer, beleibter Mann ächzend über den Hof gerannt kam.

„Was geht hier vor?" polterte er und blieb abrupt stehen, als er die Engel aus dem Schatten des Tores treten sah.

Ehe sonst jemand etwas sagen konnte, trat Irène vor und erklärte die Lage.

„Dies sind Rahel und Daniel, zwei Engel des Herrn, Herr Richelieu. Sie sind gekommen, um deine Trockenhalle zu sehen."

Für einen Augenblick waren sie alle sprachlos. Rahel spürte, daß Daniel und der dicke, rotgesichtige Mann von Irènes forschen Worten genauso überrumpelt worden waren wie sie selbst.

Es dauerte noch einen Moment, bis der Mann die Sprache wiedergefunden hatte.

„Wieso wollen sie meine Trockenhalle sehen?" fragte er Irène mit dünner Stimme. Aber sie zuckte nur die Achseln.

„Rahel, Daniel, dies ist Herr Richelieu. Ihm gehört dieses Gut."

Rahel nickte Richelieu zu und trat wieder in die Trockenhalle zurück.

„Irène hat Recht. Wir sind hier, um uns diese Halle anzusehen. Vielleicht könnt ihr uns etwas dazu erläutern?"

Aber Richelieu kam nicht dazu, denn es war wieder Irène, die Rahels Frage beantwortete.

„Der Herr Richelieu hat diese neue Trockenhalle erst im letzten Jahr gebaut. Ihr wißt sicher, daß der Reis nach der Ernte sofort getrocknet werden muß, sonst verfault er – und da es so oft regnet, braucht man dazu Trockenhallen wie diese."

Die Halle war etwa anderthalb Stockwerke hoch und hatte die Fläche einer mittleren Kirche. Ihre Wände bestanden aus einem einfachen Holzgerüst, dessen Zwischenräume mit Reispapier bespannt waren. Das ausladende Dach schien auszureichen, um Wind und Wetter abzuhalten. Im Inneren der Halle waren große Netze gespannt, in denen frische Reisgarben zum Trocknen hingen. Die Luft war relativ warm, aber frisch.

Vorsichtig schlüpfte Rahel unter einem der Netze hindurch und sah sich noch einmal prüfend um.

„Ich würde sagen, sie ist perfekt", wandte sie sich an Daniel. Der Urielit nickte nur.

„Perfekt wofür?" keuchte Richelieu, der hinter ihnen in die Trokkenhalle gestürmt kam.

„Wir haben Verwundete bei uns", erklärte ihm Rahel, „und wir werden hier ein Lazarett einrichten."

„Kommt nicht in Frage", platzte Richelieu wütend heraus und hielt sich im nächsten Moment mit beiden Händen den Mund zu. „Ich meine, verehrte Engel, wollt ihr das wirklich tun? Es gibt doch viel geeignetere Gebäude, aus Stein ... drunten im Dorf, direkt bei der Kirche."

Daniel, der seit ihrer Ankunft kein Wort gesagt hatte, stand plötzlich mit halbgespreizten Flügeln vor dem fetten, zitternden Gutsherrn.

„Du wagst es, dich den Anordnungen der Angelitischen Kirche zu widersetzen, du Wurm? Das grenzt an Ketzerei. Weißt du, was das heißt?"

Richelieu zuckte bei jedem Wort zusammen wie unter einem Schlag, und statt einer Antwort schlich er unter Daniels strengem Blick leise winselnd aus der Halle.

„Das war doch keine Ketzerei", sagte Rahel leise, nachdem sie sicher war, daß Richelieu sie nicht mehr hören konnte.

„Das weiß ich doch auch", antwortete Daniel grinsend, „aber dieser gräßliche Kerl hatte eine Lektion verdient."

Rahel warf dem Urieliten noch einen tadelnden Blick zu und drehte sich dann zu Irène um.

„Wir werden die Wagen mit den Verwundeten heraufbringen. Könntest du dafür sorgen, daß diese Netze abgenommen werden und die Halle geräumt wird, damit wir das Lazarett so schnell wie möglich einrichten können?“

Irène nickte und strahlte die Raphaelitin an. Offenbar gefiel es ihr sehr viel besser, von einem Engel Anweisungen zu erhalten als von ihrem Dienstherrn.

♦ ♦ ♦

Nachdem die Engel ihre Schwingen ausgebreitet hatten und in Richtung des Dorfes davon geflogen waren, rief Irène alle anwesenden Knechte und Mägde zusammen, um ihnen alles zu erzählen.

„Und der Alte läßt zu, daß sie seine schöne neue Trockenhalle in Beschlag nehmen?“ fragte Millie, die bei Marie in der Küche arbeitete.

„Er hat keine Wahl“, erklärte Irène. „Da könnte er sich ebenso gleich Gott widersetzen.“

„Aber er hat sie angeschrieen?“ fragte einer der Stallburschen ungläubig.

„Ja, und es hätte ihn fast Kopf und Kragen gekostet!“

„Irène!“ erklang da über den Hof die laute Stimme des fetten Gutsherrn. „Irène!“

Mit einem Augenrollen ließ Irène die anderen Dienstboten stehen und lief zum Haupthaus hinüber, wo Richelieu sich schwer an den hölzernen Türrahmen lehnte.

„Was hast du ihnen erzählt?“ fauchte er sie an.

„Ich habe ihnen gar nichts erzählt, die beiden wollten die Trockenhalle sehen, also habe ich sie ihnen gezeigt. Ich widerspreche doch keinem Engel!“ Irène blickte bescheiden zu Boden und hoffte, der Gutsherr könnte nicht sehen, wie sehr sie sich ein Grinsen verbeißen mußte.

Richelieu wußte darauf nichts zu erwidern und stand nur einen Moment laut schnaufend da.

„Was steht ihr denn noch so herum“, schrie er dann, „macht euch an die Arbeit und bringt den Reis in die alte Halle!“ Dann wandte er sich um und verschwand im Haus.

Kapitel dreizehn

Als Ebenezer erwachte, war es dunkel und naß. Entsetzt stellte der Kaufmann fest, daß es dem Parasiten gelungen war, in seinem Leib das Haus zu verlassen. Er befand sich irgendwo in den verwinkelten Gassen einer Stadt, in einer Gegend, die ihm auf Anhieb nicht bekannt vorkam. Es dauerte einige Zeit, bis er wieder klar denken konnte, aber er merkte bald, daß er sich ausgeschlafen und erfrischt fühlte. Ein seltsames Gefühl, da es so vollkommen von seinem Körper losgelöst war. Aber wieso war es Nacht? Er mußte sehr lange geschlafen haben, mindestens vierundzwanzig Stunden! Aber das war jetzt egal, wichtig war nur, daß er sich stark und ausgeruht fühlte. Wenn der Parasit, der sich seines Körpers bemächtigt hatte, einschlief, würde er bereit sein. Bis dahin würde er sich im Hintergrund halten und beobachten.

Mit langen Schritten lief sein Leib durch die Dunkelheit. Der einzige Lichtschein kam von der tiefhängenden Wolkendecke, die die Lichter der Stadt als schwachen Schimmer reflektierte. Dennoch schien das Wesen sich problemlos zurecht zu finden. Ohne Zögern bog es mal hierhin, mal dorthin ab und suchte sich zielstrebig seinen Weg durch das Labyrinth aus engen Gassen und kleinen Sträßchen. Ebenezer mußte feststellen, daß die Kontrolle, die die fremde Macht über seinen Körper erlangt hatte, erschreckend gewachsen war. Noch

Jetzt aber hat er mich erschöpft. Den Kreis der Freunde hast du mir verstört und mich gepackt. Mein Verfall erhebt sich und tritt als Zeuge gegen mich auf; er widerspricht mir ins Gesicht.

– Hiob 16, 7-8

bevor er sich zur Ruhe begeben hatte, hatte er gehofft, daß es niemals soweit kommen würde, und jetzt bewegte sich der Eindringling in seinem Körper, als wäre er schon immer sein eigener gewesen! Vielleicht hatte er länger geschlafen, als er zuerst gedacht hatte? Er mußte wissen, wie lange er dem Wesen seinen Körper unbeobachtet überlassen hatte, und dazu mußte er herausfinden, welcher Tag heute war! Aber im Augenblick sah er dazu keine Möglichkeit. Selbst wenn sie sich nicht in einer menschenleeren Gasse befunden hätten, hätte er nicht genug Macht über seinen Körper gehabt, um jemanden zu fragen, und das wenige, was er von den Gebäuden zu beiden Seiten erkennen konnte, sah auch nicht so aus, als lebte dort jemand, der ein Kalendarium sein eigen nannte. Ebenezer würde warten müssen, bis sie wieder zuhause waren. *Wenn das Wesen jemals wieder in mein Haus zurückkehrt,* dachte er alarmiert. Wenn sie sich überhaupt noch in Prag befanden!

In dieser Hinsicht sollte er allerdings bald beruhigt werden. Nachdem sie ein weiteres Mal abgebogen waren, überquerten sie auf einer flachen Holzbrücke einen Kanal. Hinter der Brücke wandte das Wesen sich nach links und betrat einen schmalen Steg, der am Ufer des übelriechenden Kanals entlang führte. Die Rückseiten der Häuser wirkten noch weniger einladend als das, was Ebenezer bei ihrem Marsch durch die Gassen von den Fassaden erkannt hatte. Die wenigen kleinen Fenster waren mit Brettern vernagelt, und die Türen, die sie passierten, reichten ihm kaum bis zur Schulter. Ebenezer fürchtete schon, sie würden ewig an dem Kanal entlanglaufen, als das Wesen seinen Körper endlich an einer Tür anhalten ließ, vor der eine Gondel am Steg festgebunden war. Einen Moment verharrten sie vollkommen reglos vor der Tür, und er vermeinte, leise Stimmen aus dem verwahrlosten Haus kommen zu hören. Dann spürte er, wie sich seine Hand hob und an die niedrige Tür klopfte. Im nächsten Augenblick wurde die Tür von einer gebückten Gestalt in Lumpen geöffnet, und sie schlüpften sofort hindurch.

Hinter der Tür befand sich ein kleiner Lagerraum, leer bis auf ein paar Jutesäcke, die in einer Ecke standen. Der grelle Schein einer Karbidlaterne warf die scharf umrissenen Schatten von insgesamt fünf zerlumpten Gestalten an die verwitterten Bretterwände. Genau waren die anderen Verschwörer, wie Ebenezer sie im Geiste sofort nannte, wegen des blendenden Lichtes nicht zu erkennen, aber offensichtlich wußte das Wesen, wen es zu erwarten hatte.

„Wo ist es?“ hörte er seine eigene Stimme sagen. Sie klang so heiser, daß er sie beinahe nicht erkannt hätte.

„Wir haben es noch nicht“, antwortete eine der Gestalten flüsternd.

„Aber wir haben Hinweise darauf, wo es sich befindet“, meldete sich eine zweite Person, offenbar ein älterer Mann, zu Wort.

„Dann findet es!“ erklang wieder seine eigene Stimme – und damit endete das seltsame Treffen so unvermittelt, wie es begonnen hatte. Ohne ein weiteres Wort drehte das Wesen seinen Körper herum. Eine der Gestalten drängte sich an ihnen vorbei, um ihm die Tür aufzuhalten, und als sie hindurch auf den Steg traten, fiel für einen Moment das helle Karbidlicht auf den Arm der Gestalt …

Während die fremde Macht seinen Körper den gleichen Weg zurück hetzte, den sie gekommen waren, konnte er nur an diesen Arm denken. Er war nicht einmal annähernd menschlich gewesen. Ein dichter Pelz aus schwarzglänzenden Borsten hatte ihn überzogen, und an seinem Ende hatte sich keine Hand befunden, sondern ein scharfes, gebogenes Klauenpaar, ganz ähnlich wie der Huf einer Ziege. Mit wem oder was hatte das Wesen sich in diesem Lagerhaus getroffen? Für welches entsetzliche Komplott wurde sein Körper da mißbraucht?

Als er sich wieder soweit beruhigt hatte, daß er wahrnahm, was um ihn herum geschah, stellte er fest, daß sie sich wieder in einem ihm bekannten Teil Prags befanden und in Richtung seines Hauses marschierten.

♦ ♦ ♦

„Danke, Mascha – bitte führe meine Besucher ins Kaminzimmer. Bringe ihnen Wein und etwas zu essen. Ich komme sofort hinunter."

Das Hausmädchen nickte stumm und verschwand, um seine Anweisung auszuführen. Gregor hatte es also geschafft, dachte Nathan erleichtert. Es war jetzt schon fast zwei Wochen her, daß sein Freund sich auf den Weg gemacht hatte, einen unabhängigen Arzt zu finden, der seinen Vater untersuchen konnte, und Nathan hatte fast nicht mehr damit gerechnet, daß diese Suche noch zu etwas führen würde. Aber jetzt war Gregor zurückgekehrt, und er war nicht allein gekommen.

Er warf noch einen letzten Blick auf die Stoffmuster, die vor ihm auf dem Tisch ausgebreitet lagen, und verließ dann das Zimmer, um sich mit seinen Gästen zu treffen. Er hatte sich in den vergangenen Wochen daran gewöhnt, daß sein Vater sich ungewöhnlich benahm. Immerhin mußte er zugeben, daß sein Gesundheitszustand sich tatsächlich kontinuierlich gebessert hatte. Seine geistige Verwirrtheit hatte im gleichen Maße abgenommen, wie er wieder zu Kräften gekommen war. Dennoch konnte er sich des Gefühls nicht erwehren, daß sein Vater einfach nicht mehr derselbe war wie vor seiner Krankheit. Bereits in der letzten Woche war es Ebenezer so gut gegangen, daß er ohne Probleme wieder die Geschäfte hätte übernehmen können, aber dennoch hatte er sie weiterhin in Nathans Händen gelassen. Statt dessen trieb er sich oft stundenlang allein in der Stadt herum. Er behauptete, diese Spaziergänge trügen dazu bei, daß er sein Gedächtnis zurückerlangte. Nicht, daß es Nathen etwas ausmachte, an seines Vaters Stelle das Familienunternehmen zu leiten, ganz im Gegenteil. Aber es war einfach so gar nicht Ebenezers Art, anderen etwas zu überlassen, was er auch selbst erledigen konnte ...

Gregor und der Fremde saßen bei Reiswein und einer kalten Geflügelplatte mit Reisbällchen vor dem Kamin. Es war eine laue Herbstnacht, und in der großen, steinernen Feuerstelle glomm nur der Form halber noch etwas Glut. Als Nathan das Kaminzimmer betrat, erhob Gregor sich sofort von seinem Stuhl und trat ihm freudestrahlend entgegen.

„Guten Abend, mein lieber Freund! Wir danken dir für das gute Essen und freuen uns, deine Gäste sein zu dürfen!"

Er ergriff Nathans Hand und schüttelte sie überschwenglich, aber Nathan beachtete seinen alten Freund kaum. Er interessierte sich viel zu sehr für Gregors Begleiter. Der hochgewachsene Fremde saß noch immer am Tisch. Er hatte ihm den Rücken zugewandt und nagte in aller Seelenruhe die letzten Knochen ab. Er hatte seinen schwarzen, wollenen Reisemantel nicht abgelegt, und das einzige, was Nathan von ihm erkennen konnte, war das wirre graue Haar, das ihm in feuchten Strähnen über die Schultern fiel. Jetzt hatte der Mann seine Mahlzeit beendet und griff nach seinem Weinbecher.

„Nathan, darf ich dir Wittgenstein vorstellen", sagte Gregor und drängte sich an Nathan vorbei an den Tisch. Der Mann, den er als Wittgenstein bezeichnet hatte, erhob sich und wandte sich um. Sein linkes Auge war unter einer schwarzen Augenklappe verborgen, doch sein gesundes rechtes musterte Nathan funkelnd. Mit dem Anflug eines spöttischen Lächelns deutete er eine Verbeugung an. Nathan nickte und streckte ihm zögernd die Hand hin. Wittgenstein erwiderte seinen Händedruck kurz und kräftig, dann setzten sie sich zu dritt wieder an den Tisch.

Nathan ließ von Mascha einen dritten Becher und eine weitere Karaffe Reiswein bringen und musterte seinen einäugigen Gast mißtrauisch.

„Du bist also Arzt?" fragte er nach einer kurzen Pause.

Diesmal stahl sich ein breiteres Lächeln auf Wittgensteins Gesicht, und er schüttelte den Kopf.

„Nicht ganz. Aber ich habe so meine Erfahrungen gemacht." Er langte über den Tisch und füllte seinen Becher aus der zweiten Karaffe nach.

„Dein Freund Gregor hat mir erzählt, dein Vater litte an einer rätselhaften Krankheit, und du wärst an einer unabhängigen Diagnose interessiert."

„Und du kannst mir eine solche Diagnose liefern?“ fragte Nathan zweifelnd.

„Vielleicht. Auf jeden Fall kenne ich verschiedene Spezialisten, bei denen die Sache in den besten Händen wäre.“

Nathan warf einen verärgerten Blick zu Gregor hinüber, doch der spielte mit seinem Reisweinbecher und sah abwesend ins Kaminfeuer. Was hatte er sich nur dabei gedacht, diesen ungehobelten Fremden hierherzubringen?

Mit einem Ruck erhob Nathan sich vom Tisch.

„Entschuldigst du uns bitte kurz?“ bat er Wittgenstein kalt und fügte dann etwas lauter hinzu: “Gregor, kann ich dich draußen allein sprechen?“

Als sie auf dem Korridor standen und Nathan die Tür zum Kaminzimmer geschlossen hatte, packte er Gregor am Kragen seines teuren Seidenhemdes und fuhr ihn zornig an: „Was soll das, Gregor? Wieso hast du ihn hier hergeschleppt?“

„Ich will dir mal etwas sagen, mein Freund“, erwiderte Gregor scharf. „Was du verlangst, ist alles andere als ein Kinderspiel. Seit diesem unseligen Hagel vor ein paar Monaten sind alle Ärzte furchtbar nervös. Jeder weiß, daß da was mit der Traumsaat und der Kirche los ist, und keiner will sich daran die Finger verbrennen. Wittgenstein war mein einziger Kontakt, der sich überhaupt auf die Sache eingelassen hat. Wir haben verdammtes Glück, daß es ihn ausgerechnet jetzt nach Prag verschlagen hat, und gerade du solltest wissen, wie das mit Angebot und Nachfrage funktioniert – er kann dir liefern, was du willst, also diktiert er die Bedingungen!“

Wutschnaubend ließ Nathan das Hemd seines Freundes los, hielt jedoch dessen herausforderndem Blick stand. Er wollte gerade zu einer erbosten Antwort ansetzen, als sein Vater durch die Tür zum Innenhof den Flur betrat.

Wie angewurzelt verharrten Gregor und er vor der Tür des Kaminzimmers, während der alte Kaufmann an ihnen vorbeiging und Nathan mit einem kurzen Nicken gute Nacht wünschte. Als er die Treppe hinauf verschwunden war, sahen sie einander für einen Moment lang schweigend an.

„Ich verstehe jetzt, warum du dir Sorgen machst“, flüsterte Gregor, „er benimmt sich wirklich seltsam.“ Nathan nickte nur. Sein Vater hatte Gregor noch nie ausstehen können – für Ebenezer war sein Freund das typische Exemplar eines reichen, verwöhnten Städters, der nie gelernt hatte, für seinen Lebensunterhalt zu arbeiten. Vor seiner Krankheit hätte er sich einen bissigen Kommentar sicher nicht verkniffen, wenn er dem jungen Mann in seinem Haus begegnet wäre. Nachdenklich öffnete Gregor die Tür des Kaminzimmers, und sie kehrten zu Wittgenstein zurück, der immer noch am Tisch saß und genüßlich einen weiteren Becher Reiswein schlürfte.

♦ ♦ ♦

Was trieb sein Sohn wieder mit diesem nichtsnutzigen Trunkenbold? Ebenezer hatte sich damit abgefunden, daß er hilflos zusehen mußte, wie Nathan seine Geschäfte während seiner Krankheit – seiner Besessenheit – führte, und er mußte zugeben, daß es den Anschein hatte, als würde der Junge seine Sache gut machen. Aber daß er diesen Städterabschaum in sein Haus einlud, machte Ebenezer wütend, ohne daß er etwas dagegen tun konnte. Aber was half es? Er mußte sich jetzt erst einmal beruhigen und auf seine Chance warten, dem Wesen die Kontrolle über seinen Körper zu entreißen. Er hoffte nur, daß Nathan nicht die ganze Nacht mit diesem schrecklichen Gregor verplemperte.

Ebenezer wandte seine Aufmerksamkeit wieder seiner unmittelbaren Umgebung zu. Als sein Blick auf das Kalendarium auf seinem Schreibtisch fiel, traf ihn beinahe der Schlag. Wenn sich niemand einen Scherz erlaubt und die falschen Zahlen auf den kleinen Holztäfelchen nach vorne geklappt hatte, dann war heute der zweite Oktober. Das hieß, es waren beinahe zwei Wochen vergangen, seit er eingeschlafen war! Er mußte dringend etwas unternehmen.

Kurze Zeit, nachdem sie in sein Schlafzimmer zurück gekehrt waren, ließ das Wesen seinen Körper auf das Bett sinken und begab sich zur Nachtruhe. Ebenezer hatte all seine Aufmerksamkeit nach innen gerichtet und konnte genau spüren, wie die fremde Präsenz in seinem Kopf langsam wegdämmerte. Er wußte nicht, ob das Wesen ein ähnliches Schlafverhalten hatte wie ein Mensch, aber er wartete vorsichtshalber noch eine ganze Weile, bevor er in Aktion trat.

Dann aber hielt er es nicht mehr aus. Im Geiste tastete er nach seinen Gliedmaßen, stellte sich vor, in seinen Körper hineinzugleiten wie in ein kostbares Gewand. Als erstes würde er versuchen, seine Augen wieder aufzuschlagen. Intensiv dachte er an die leichte Spannung seiner Lider, suchte nach jenem flüchtigen Punkt, an dem sie locker zwischen offen und geschlossen verharrten. Doch zuerst geschah überhaupt nichts. Das gleichmäßige Geräusch seiner Atemzüge dröhnte ihm in den Ohren, und er fürchtete schon, jede Kontrolle über seinen Körper für immer verloren zu haben, als plötzlich seine Wimpern erbebten. Langsam, ganz langsam, schlug Ebenezer die Augen auf. Es dauerte einen Moment, bis er sich an das Halbdunkel des Schlafzimmers gewöhnt hatte. Nur eine einzige Talgkerze auf dem kleinen Nachttisch neben seinem Bett erleuchtete den Raum.

Er wußte nicht, wie lange er gebraucht hatte, aber irgendwann hatte er es geschafft: Er stand am Fuße seines Bettes. Glücklicherweise hatte das Wesen sich nicht die Mühe gemacht, seinen Körper zu entkleiden, bevor es eingeschlafen war. Die ersten Schritte bis zur Tür fielen ihm schwer, aber als er draußen im Flur war, ging es schon besser.

Eigentlich war Ebenezer eher überrascht, wie unproblematisch alles bisher gewesen war. Das einzige, was ihm Sorge bereitete, war die schlafende Macht, die er noch immer irgendwo in seinem Hinterkopf spüren konnte. Was würde geschehen, wenn das Wesen plötzlich erwachte? Konnte er verhindern, daß das geschah? Würden laute Geräusche oder plötzliche Bewegungen es frühzeitig aus seinem Schlaf erwachen lassen? Ebenezer wußte es nicht, und es blieb ihm nichts anderes übrig, als davon auszugehen, daß das schlummernde Wesen bald wieder die Kontrolle über seinen Körper zurückerobern würde. Die Zeit bis dahin mußte er nutzen, so gut er konnte.

Als er vor der Schlafzimmertür seines Sohnes angekommen war, blieb er einen Moment stehen und lauschte. Kein Geräusch war zu vernehmen. Das gesamte Haus schlief.

Also gut, er würde versuchen, mit Nathan zu reden. Er wußte, daß es seinem Sohn seltsam vorkommen würde, wenn er mitten in der Nacht an seinem Bett auftauchte. Er würde ihn für einen Schlafwandler halten oder die Sache als Nachwirkung seiner Verletzung abtun. Dennoch mußte Ebenezer ihn dazu bringen, daß er ihm zuhörte! Wenn er überhaupt sprechen konnte ...

„Nathan!“ stieß er flüsternd hervor. Wieder klang seine eigene Stimme fremd, aber nicht so fremd wie zuvor, als das Wesen die

Worte geformt hatte. Ebenezer räusperte sich leise, dann öffnete er die Schlafzimmertür.

Auch das Schlafzimmer seines Sohnes wurde von einer Talgkerze erhellt, die auf einem kleinen Bord neben der Tür stand. Nathan lag tatsächlich in seinem Bett und schlief fest. Seine Kleidung lag achtlos auf dem Fußboden, und auf dem kleinen Tisch zwischen einem alten Lehnstuhl und dem Bett standen eine prächtige Zinnkanne und ein Weinbecher. Vorsichtig schloß Ebenezer hinter sich die Tür und ging zu dem Sessel hinüber. Nachdem er sich darauf niedergelassen hatte, räusperte er sich noch einmal.

„Nathan", sagte er leise.

Er mußte seinen Sohn noch dreimal eindringlich beim Namen rufen, bis er sich zu rühren begann. Als er dann die Augen aufschlug und sich dem Sessel zuwandte, dauerte es einen Moment, bis er begriff, daß tatsächlich sein Vater dort saß und ein Ausdruck ungläubigen Erkennens auf seinem verschlafenen Gesicht erschien.

„Was machst du denn hier?" fragte er schlaftrunken.

„Hast du zuviel getrunken?" Ebenezer bereute die Frage im selben Moment, in dem er sie gestellt hatte, und winkte hastig ab.

„Ich will es gar nicht wissen. Es ist nur wichtig, daß du genau verstehst, was ich dir jetzt sage." Er hatte das Gefühl, etwas schleppend und undeutlich zu sprechen. Hoffentlich besserte sich das bald wieder. „Ich möchte nicht, daß du morgen früh aufstehst und denkst, alles sei nur ein Traum gewesen, verstanden?"

Nathan setzte sich auf und schlang sich ein Laken um die Schultern. Er schüttelte den Kopf und sah seinen Vater verwundert an. „Was redest du denn da?"

„Mein Sohn, hör mir jetzt gut zu! Du weißt, daß ich niemals Scherze mache. Ich war in den letzten Wochen nicht ich selbst. Irgend etwas, irgendeine Macht hat die Kontrolle über meinen Körper übernommen. Ich mußte dabei hilflos zusehen. Jetzt schläft das fremde Wesen, und nur deswegen konnte ich zu dir kommen, um mit dir zu reden."

Ebenezer konnte sehen, daß Nathan mittlerweile hellwach war.

„Mal langsam, Vater. Was ist passiert?" fragte er mißtrauisch und sah ihn eindringlich an.

„Ich weiß auch nicht viel mehr", antwortete Ebenezer schulterzukkend. „Heute nacht war ich bei einem geheimen Treffen einer Verschwörung. Es gibt ... Leute, die anscheinend etwas für mich oder das andere Wesen suchen. Ich glaube, nicht alle davon sind menschlich."

Nathans Augen wurden mit jedem Wort größer, und er beugte sich zu ihm vor.

„Deine Verletzung?"

„Als ich das erste Mal aus der Bewußtlosigkeit erwachte, dachte ich, ich sei gelähmt. Aber dann habe ich festgestellt, daß diese fremde Macht da ist und versucht, die Kontrolle über meine Gliedmaßen zu erringen. Ich habe mich gewehrt – ohne Erfolg – ich konnte nur hilflos zusehen, wie – "

Auf einmal durchfuhr seinen Kopf ein stechender Schmerz. Ebenezer sackte im Lehnsessel zusammen und griff sich an den pochenden Hinterkopf. Aber da war nichts außer der schon lange verheilten Narbe. Die Quelle des Schmerzes saß viel tiefer in seinem Kopf. Der Parasit erwachte.

„Nein", stieß Ebenezer keuchend hervor und krümmte sich noch tiefer in den Sessel. Er durfte jetzt auf keinen Fall die Kontrolle verlieren, aber das Wesen war so stark! Es wußte genau, daß er da war und es kämpfte gegen ihn an.

„Vater!" Nathan war aus dem Bett gesprungen und kniete neben dem Lehnstuhl. Ebenezer konnte spüren, wie sein Sohn sanft versuchte, seine verkrampften Finger von seinem Kopf zu lösen.

Dann war der Schmerz plötzlich unerträglich, und Ebenezer konnte seine Konzentration nicht mehr aufrecht erhalten. Im nächsten Moment hatte der alte Kaufmann die Kontrolle über seinen Körper verloren. Der Schmerz war wie weggeblasen, und benommen spürte er, wie sein Körper sich entspannte.

„Vater, ist alles in Ordnung?" hörte er jetzt wieder die besorgte Stimme seines Sohnes.

Er spürte, wie das Wesen nickte und sich aus dem Stuhl erhob. Noch ehe Nathan sich erheben konnte, hatte er plötzlich die schwere Zinnkanne in der Hand und ließ sie auch schon mit aller Kraft auf den Kopf seines Sohnes herabsausen.

Mit lähmendem Entsetzen spürte Ebenezer, wie der Schädelknochen beim Aufprall der Kanne nachgab und warmes Blut auf seine Hände spritzte.

Kapitel vierzehn

Die kleine Truppe erreichte Prag an einem späten Nachmittag im Oktober. Es hatte den ganzen Tag nicht geregnet, aber das Land war so feucht, daß selbst jetzt noch Nebel aus den Feldern und Wiesen aufstieg. Die Beutereiter hatten einige Tage zuvor einen Kastenwagen „geliehen", in dem Hiob und Anne relativ bequem und unauffällig reisen konnten. Der Kaufmann würde den Verlust des Wagens schon verschmerzen können – er hatte noch ein Dutzend weitere in seinem Troß gehabt –, und Eliphas hatte nach ihren Erlebnissen in Nürnberg auf diese Vorsichtsmaßnahme bestanden.

Jetzt saßen sie in der dunklen Kabine des Wagens, der leicht schwankend über die lange Holzbrücke vom Ufer des Vltavasees zur Stadt hinüberfuhr. Am Seeufer waren sie von einem Wachposten angehalten worden, der sie, durch Eliphas energisches Auftreten eingeschüchtert, ohne Weiteres hatte passieren lassen. Hiob hoffte inständig, daß sie keine weiteren Kontrollen zu erwarten hatten.

Tatsächlich dauerte es zwar noch über eine halbe Stunde, bis Eliphas die Tür in der Rückwand des Wagens öffnete und sie mit großer Geste aufforderte auszusteigen, aber sie waren unbehelligt geblieben.

Ich ergreife für niemanden Partei und sage keinem Schmeichelworte. Denn ich versteh' mich nicht aufs Schmeicheln, sonst raffte mich mein Schöpfer bald hinweg.

- Hiob, 32, 21-22

„Willkommen in Prag, der Bastion der Ramieliten! Ich weiß, daß diese Unterkunft sicher nicht hält, was der Ruf der Metropole des Wissens verspricht, aber ich hoffe, ihr werdet bald die Gelegenheit haben, den Rest der Stadt zu erkunden."

„Danke, Freund Eliphas, wir wissen sehr zu schätzen, was du für uns tust." Hiob sprang aus dem Wagen und reichte Anne die Hand, um ihr beim Aussteigen zu helfen. Sie nahm seine Hilfe gerne an und nickte dem drahtigen Komtur zustimmend zu.

„Und, spürt ihr den See?" fragte Eliphas lächelnd, der ungewöhnlich gut aufgelegt zu sein schien. Hiob nickte. Auch wenn der Hof sich auf den ersten Blick nicht sonderlich von den Hinterhöfen hunderter anderer Städte unterschied, hatte Hiob sofort ein seltsames Gefühl gehabt, als seine Füße das Pflaster berührt hatten. Zuerst hatte er das Gefühl nicht einordnen können, aber jetzt, wo Eliphas ihn darauf aufmerksam machte, spürte er das kaum wahrnehmbare Schwanken des riesigen Pontons, auf dem sie sich befinden mußten. Er sah den Anführer der Beutereiter erstaunt an.

„Obwohl die gesamte Stadt schwimmt, haben sie die Straßen und Höfe mit Steinen gepflastert?"

Eliphas nickte. „Dieser Ponton trägt ein ganzes Stadtviertel, mit gepflasterten Straßen, Plätzen und sogar einigen Steingebäuden. Dennoch sind die meisten Bauten aus Holz errichtet. Nur wer eine besondere Erlaubnis hat, darf in Prag ein Steingebäude errichten – so kontrollieren die Beamten der Kirche, daß keiner der Pontons zu schwer wird."

Hiob sah sich neugierig genauer um. Es hatte bereits zu dämmern begonnen, und schon bald würde er nicht mehr sehr viel erkennen können. Von den hölzernen Gebäuden einmal abgesehen gab es wirklich keine Hinweise darauf, daß sich nur wenige Meter unter ihm die dunklen Wasser eines riesigen Sees befanden.

„Wie kommt es, daß du soviel über die Stadt weißt?" fragte er Eliphas, der hinter dem Wagen hervorgetreten war, um zu überwachen wie die Beutereiter die Pferde versorgten.

„Auch wenn es daheim in Bern keinen See gab, war Prag für meinen Vater immer eine vorbildliche Stadt."

„Das verstehe ich nicht."

„Ihr könnt den Wagen dann in den Schuppen dort schieben", wies Eliphas die Beutereiter an. Er seufzte tief und drehte sich zu Hiob um. „Man kann über meinen Vater sagen, was man will, aber eines ist unumstritten: Er war ein ausgesprochen ehrgeiziger Mann. Ihm allein ist es zu verdanken, daß Bern zu einer der bedeutendsten Städte der Alpen geworden ist. Er hat sich bei seinen Plänen niemals durch irgendwelche Schwierigkeiten von einem einmal gesteckten Ziel abbringen lassen. Deshalb hat ihn Prag auch immer so sehr beeindruckt. Obwohl um den Himmel der Ramieliten herum der denkbar ungünstigste Baugrund liegt – nämlich Wasser –, ist Prag zu einer gewaltigen Metropole herangewachsen." Er zuckte die Achseln. „Deshalb waren wir auch oft hier, als ich noch ein Kind war."

„Und daher kennst du auch dieses Haus?" fragte Hiob neugierig.

Eliphas von Bern lächelte grimmig.

„Nein, ich war auch später noch einmal hier, ohne meinen alten Herrn. Ich war gerade zum Komtur berufen worden, und man hatte mich in geheimer Mission nach Prag geschickt. Dieser Hof gehörte damals zu einem großen Waisenhaus. Die angelitischen Himmel und Klöster in Südeuropa brauchten zu jener Zeit besonders dringend sehr viele Kinder. Zu viele, als daß wir sie auf normalem Wege hätten beschaffen können. Also wurden Beutereiterrotten aus ganz Frankreich und Italien in alle größeren Städte Europas geschickt, um dort die Kinder aus den Waisenhäusern zu holen."

Hiob sah Eliphas erstaunt an. „Wieso habt ihr sie denn nicht aus den französischen und italienischen Waisenhäusern geholt?"

„Nun, das hatten wir schon längst. Deshalb wurde ich auch mit allen Sondervollmachten ausgestattet nach Prag geschickt." Eliphas ließ seinen Blick über die umliegenden Gebäude schweifen, die sich als schwarze Fassaden gegen die dunkelroten Wolken abzeichneten.

„Wir haben sie bis auf ein paar wenige, die für ihre neue Aufgabe nicht taugten, ausnahmslos mitgenommen. Die frommen Schwestern, die hier gearbeitet haben, hatten gedroht, ihren Orden zu verlassen und das Waisenhaus aufzugeben, wenn wir ihnen die Kinder wegnehmen. Ich nehme an, das haben sie dann auch getan."

Betroffen sah Hiob zu dem Komtur hinüber, aber Eliphas erwiderte seinen Blick nicht.

♦ ♦ ♦

Am nächsten Morgen war Eliphas vor allen anderen auf den Beinen. Nach dem Gespräch mit Hiob am Vorabend hatte er noch lange über das nachgedacht, was hier ein paar Jahre zuvor geschehen war. Zum ersten Mal, wie ihm auffiel, fragte er sich, was wohl aus all den Kindern geworden ist, die er damals mitgenommen hatte.

Aber es war müßig, solchen Gedanken nachzuhängen. Er hatte keine Möglichkeit, etwas über das Schicksal jener Waisenkinder herauszufinden.

Dies würde ein wichtiger Tag werden, und er durfte sich nicht mit Dingen ablenken, an denen er ohnehin nichts mehr ändern konnte. Von seinem Besuch im Himmel der Ramieliten hing ab, ob sie von nun an mit oder gegen die Kirche arbeiten würden. Er hatte sich alles genau zurechtgelegt. Jetzt mußte er nur noch Hiob davon überzeugen, daß es am besten war, die Sache erst einmal ihm zu überlassen.

Nicht viel später saßen sie alle zusammen an der langen Holztafel, die noch immer im Speisesaal des verlassenen Waisenhauses stand. Francetta hatte einige Beutereiter zu Proviantbeschaffung und Küchenarbeit eingeteilt, und so hatten sie eine üppige Mahlzeit aus heißen Reisfladen, Dörrobst, Käse und frischen Enteneiern auf dem Teller. Nach der eintönigen Kost der Reise waren alle heilfroh über die Abwechslung.

Eliphas saß mit Hiob, Anne und Francetta an einem Ende des Tisches, und als sie das Frühstück beendet hatten, ergriff Eliphas das Wort, noch ehe einer der anderen etwas sagen konnte.

„Ich habe mir heute nacht überlegt, wie wir am besten weiter vorgehen. Für unsere Nachforschungen brauchen wir auf jeden Fall Informationen von den Ramieliten, am besten ihre aktive Unterstützung. Ich halte es jedoch nicht für ratsam, daß Hiob einfach so unangemeldet in ihren Himmel hineinspaziert. Deshalb werde ich nach dem Essen mit Anne und dem größten Teil der Rotte allein dorthin gehen."

„Und was soll ich in der Zeit machen?" Der enthusiastische Klang von Hiobs Stimme verriet seine Unternehmungslust nur allzu deutlich.

„Du wirst hier auf meine Rückkehr warten und dich versteckt halten. Francetta und ein paar ihrer Leute werden ebenfalls hier bleiben, nur für alle Fälle."

„Ich will aber nicht den ganzen Tag hier herumsitzen, während ihr euch in Gefahr begebt!" rief Hiob aus und warf ihm einen trotzigen Blick zu.

„Denk' immer daran, wie es dir in Nürnberg ergangen ist!" sagte Eliphas warnend. „Wir werden erst einmal die Stimmung im Himmel überprüfen müssen. Wenn wir sicher gehen können, daß sie dich nicht sofort als Ketzer verhaften, kannst du immer noch genug unternehmen."

Hiob schüttelte energisch den Kopf. „Das gefällt mir ganz und gar nicht. Wieso willst du denn dann Anne mit in den Himmel nehmen? Sie ist doch genauso gefährdet wie ich!"

„Da muß ich dir leider widersprechen! Ich denke, ihr droht keine unmittelbare Gefahr. Im Gegenteil, sie könnte uns eher nützlich sein, indem wir sie als Grund für unsere Suche und für die Reise nach Prag vorschieben. Dann kommt hoffentlich niemand auf die Idee, nach einem gefallenen Ragueliten zu suchen, der ketzerisches Gedankengut verbreitet wie ein Lebensmüder!"

Eliphas fürchtete schon, mit seiner letzten Bemerkung zu weit gegangen zu sein, aber Hiob sah ihn lediglich überrascht an und zuckte dann resigniert die Achseln.

„Ich denke, dein Mißtrauen den Ramieliten gegenüber ist vollkommen übertrieben. Aber wenn du unbedingt darauf bestehst, daß ich mich hier verkrieche, obwohl es ja wirklich genug zu tun gibt – meinetwegen."

Damit stand er auf und stieg die steile Treppe zu den Schlafsälen hinauf.

Sie sahen Hiob nicht wieder, bis sie eine Stunde später zum Himmel der Ramieliten aufbrachen.

„Kommt bald zurück", war alles, was er ihnen zu sagen hatte. Aber Eliphas wußte, daß der Engel seine Maßnahmen verstanden hatte. Wenn er wiederkam, würden sie hoffentlich noch einmal in Ruhe darüber reden können.

Den Kastenwagen hatten sie diesmal im Schuppen des Waisenhauses zurückgelassen, und so ritt Anne neben ihm durch die belebten Straßen Prags und warf ihm von Zeit zu Zeit ihr geheimnisvolles Lächeln zu. Vielleicht hätte er die Begine doch nicht ohne Hiob mitnehmen sollen. Der Raguelit war der einzige, dem sie sich einigermaßen verständlich machen konnte.

Nach einer knappen Stunde hatte die kleine Gruppe den Himmel der Ramieliten erreicht. Sein mächtiger Schaft erhob sich etwas nördlich des Stadtzentrums von Prag aus den dunklen Fluten des Vltavasees. Direkt um den Himmel befand sich ein etwa fünfzig Meter breiter Ring, der frei von Flößen und Pontons war, ganz wie der Wassergraben einer Festung. Nur eine einzige Brücke, die an zwei Stellen unterbrochen werden konnte, überspannte das Wasser und verschwand in einer dunklen Öffnung in der schieren, steilen Steinmauer des Himmels. Eliphas führte die Beutereiter zielstrebig auf das stadtseitige Ende der Brücke zu, wo sie einen mächtigen Torturm passieren mußten, auf dessen Zinnen eine überlebensgroße Statue des Erzengels Ramiel die kunstvoll bemalten Schwingen ausbreitete. Der Turm wirkte fast wie ein kleines, plumpes Abbild des Himmels selbst, nur daß er ganz aus Holz war und trotz des trüben Wetters in prächtigen Farben erstrahlte.

Als sie ihre Pferde unter die ausladende Wehrplattform des Torturms lenkten, traten ihnen zwei voll gerüstete Ramielis-Templer entgegen. Eliphas wußte, daß es zwar in jedem Himmel Templer aller fünf kämpfenden Orden gab, die Bewachung aber immer von dem Orden übernommen wurde, dessen Heimat der Himmel war. Das war ihm ganz recht so. Er hoffte, daß die wissensdurstigen Ramieliten ihrer ungewöhnlichen Situation etwas offener gegenüberstehen würden als die anderen Orden.

„Wir grüßen dich, Komtur, und heißen dich in Ramiels Namen willkommen“, sprach ihn eine der Wachen in den blauen Waffenröcken an. „Der diensthabende Archivar wird sofort zur Stelle sein, um euch ebenfalls zu begrüßen.“

„Ich danke dir, Bruder“, antwortete Eliphas und ließ die Zügel auf den Hals seines Rappen sinken.

Wenige Augenblicke später erschien ein hünenhafter Monach – er mußte an die zwei Meter messen – in einem Nebeneingang des Torturmes. Das gedeckte Blau seiner Kutte wirkte gegen die strahlenden Waffenröcke der Templer fast unscheinbar. Dennoch behandelten die beiden Wachen ihn äußerst respektvoll. Einer der Templer ging ihm sofort entgegen, um ihm zu helfen, ein zusammengeklapptes Schreibpult und ein schweres Buch zu ihnen herüberzuschaffen.

Nachdem das Pult aufgestellt war, trat der Monach ihnen entgegen und wandte sich an Eliphas: „Ramiels Segen mit dir. Ich bin Bruder Ingmar, Archivar der Ramieliten. Es ist meine Aufgabe, eure Namen sowie den genauen Grund eures Besuchs und das Ziel eurer Reise festzuhalten.“

„Ich bin Eliphas von Bern, Komtur aus Rodez. Meine Rotte und ich begleiten Soror Anne“ – er wies auf seine Begleiterin – „auf ihrer heiligen Suche. Verzeih bitte, Bruder Ingmar, daß die ehrwürdige Schwester nicht für sich selbst spricht, aber sie hat ein Schweigegelübde abgelegt. Wir suchen eine Unterkunft und jemanden, mit dem wir vertraulich sprechen können.“

Nachdem sie die Formalitäten am Tor hinter sich gebracht hatten, ritten sie über die Brücke in den Himmel. Das jenseitige Ende der Brücke führte durch eine große Öffnung in den mächtigen Schaft hinein, die gleichzeitig als Einfahrt zu einem kleinen Hafen im Inneren des Himmels diente. Hier lagen etwa ein Dutzend Lastkähne und einige in leuchtenden Farben bemalte, elegante Gondeln an hölzernen Stegen. Wie im Himmel in Nürnberg auch gab es einen zentralen Schacht, durch den Tageslicht in die Galerien und Höfe im Inneren des Himmels geleitet wurde. Dennoch erhellte noch ein anderes Licht, dessen Ursprung nicht auszumachen war, selbst den hintersten Winkel der Halle.

Ein paar Knechte und Novizen kümmerten sich um die Pferde und wiesen den Beutereitern ihre Unterkünfte zu, während ein junger Monach Anne und Eliphas einlud, ihm die große Haupttreppe hinauf zu folgen.

Er brachte sie in einen kleinen Saal einige Stockwerke über der Seeoberfläche. Bis auf einen langen Tisch und sechs Stühle war der Raum leer, aber die kunstvollen Malereien an seinen Wänden und seiner Decke ließen ihn prächtiger wirken als so manche Kirche, die Eliphas in seinem Leben gesehen hatte. Die Außenbemalung des Torturmes war bereits beeindruckend gewesen. Doch seine Holzwände waren nur mit Mustern und Ornamenten verziert, die die Struktur des Gebäudes unterstrichen – hier jedoch strahlten ihnen prächtige Bilder in lebendigen Farben entgegen! Offensichtlich stellten die Szenen Ereignisse aus der wechselhaften Geschichte Prags und des Himmels dar. Da waren Engel und Dämonen in tödlichen Kampf verstrickt, Handwerker, die die schlanke Spitze des Himmels in die Wolken hinauf wachsen ließen, und ramielitische Monachen, die aus aller Welt zurückkehrten und Schriftrollen und Bücher voller Geheimnisse mit sich brachten.

Eliphas war noch ganz in die Betrachtung der prunkvollen Malereien vertieft, als eine alte Begine mit schlohweißem Haar den Saal betrat. Hinter ihr trugen zwei attraktive Mägde große Tabletts mit Speisen und Getränken herein.

„Ich grüße euch, Soror Anne und Komtur Eliphas, und heiße euch im Himmel der Ramieliten herzlich willkommen. Mein Name ist Athenida von Vilnsdorf, und ich bin die Vorsteherin der Beginen von Prag. Bitte erweist mir die Ehre, mit euch speisen zu dürfen.“

„Die Ehre ist ganz auf unserer Seite, Em Athenida", antwortete Eliphas und deutete eine Verbeugung an. Auch Anne senkte respektvoll den Kopf.

„Es reicht, wenn du mich Mater nennst, Komtur. Arbogast ist der Ab der Ramieliten in Prag. Wollen wir uns setzen?" Sie wies einladend auf den reich gedeckten Tisch. „Essen wir erst einmal, danach können wir reden." Eliphas war von so viel Demut beeindruckt, denn die hochrangige Begine stellte sich mit diesem Titel auf eine Stufe mit den einfachsten Schwestern ihres Ordens.

Nachdem sie mit dem Essen fertig waren und die Mägde den Tisch wieder abgeräumt und Tee gebracht hatten, lehnte Eliphas sich zufrieden und satt in seinem Stuhl zurück.

„Es war ausgesprochen freundlich von euch, uns so vorzüglich zu bewirten", wandte er sich an ihre Gastgeberin.

„Gastfreundschaft hat bei uns eine besondere Tradition", antwortete die Begine. „Genau wie die Kochkunst."

Eliphas nickte. „Sehr schade, daß ich nicht öfter die Gelegenheit haben werde, nach Prag zu reisen."

„Aber vielleicht bleibt ihr ja noch ein paar Tage hier?"

„Nun", sagte Eliphas und stellte seine Teetasse ab, „das hängt ganz davon ab, ob Ihr uns bei unserer Mission behilflich sein könnt."

„Ich kann euch versichern, Komtur, daß mein Orden dir und Schwester Anne bei eurer Mission mit jeder uns möglichen Hilfe zur Seite stehen wird. Aber was ist es überhaupt, das euch nach Prag führt?"

Eliphas musterte die Begine einen Moment nachdenklich. Sie wirkte ruhig, entspannt und gelassen. Ihre Frage hatte vollkommen neutral und harmlos geklungen. Wenn überhaupt, dann war da nur ein kaum merklicher Anflug von Neugier gewesen, gerade soviel, wie man es von einer höflichen Gesprächspartnerin erwarten würde.

„Wie man dir sicher schon berichtet hat, sind wir auf einer heiligen Suche. Schwester Anne ist eine Begine vom Orden der Ragueliten. Eine Vision hat ihr fern der Heimat im Kloster Cluny den Untergang des Himmels von Trondheim gezeigt und sie schließlich dorthin geführt. Im Angesicht der brennenden Trümmer ihres Himmels hat der Herr ihr eine weitere Vision geschickt, in der sie gesehen hat, wie der letzte überlebende Raguelit das heilige Buch seines Ordens hierher nach Prag bringt. Auf der Suche nach diesem Buch sind wir."

„Das Liber Raguelitorum," flüsterte Athenida. „Wir hatten schon befürchtet, es sei für immer verloren. Hat deine Vision dir denn genauere Hinweise gegeben, wo es sich in Prag befinden soll, Schwester?" Ihr Blick war jetzt auf Anne gerichtet, die entschuldigend den Kopf schüttelte. Eliphas hatte ihr auf dem Weg in den Himmel kurz erklärt, was er den Ramieliten zu erzählen gedachte und was nicht. Aber ihr Schweigen verhinderte ohnehin, daß sie eine allzu aktive Rolle bei den Gesprächen spielte.

„Leider nicht", erklärte er der alten Begine, „wir haben gehofft, wenn sie erst einmal in Prag wäre, würde der Herr vielleicht wieder zu ihr sprechen. Das Problem ist nur, daß Anne sich mir nicht besonders gut verständlich machen kann. Aber womöglich fällt Euch ja etwas ein, was Ihr mit Euren Gaben bewirken könnt ..."

Eliphas trank einen Schluck Tee und ließ eine kurze Gesprächspause entstehen. „Hast du oder einer deines Ordens vielleicht etwas von einem Ragueliten gehört, der nach Prag gekommen ist?", wandte er sich dann wieder an die Ramielis-Begine.

Athenida schüttelte das greise Haupt. „Leider nein – und eigentlich würde ich auch meinen, daß er sofort mit uns Kontakt aufnehmen würde, wenn er schon hierher kommt. Dennoch kann ich versuchen, ein paar Nachforschungen anzustellen."

„Das wäre äußerst freundlich! Ich bin froh, daß wir jetzt auf die Hilfe der Ramieliten zählen können und hoffe, daß wir das Ordensbuch gemeinsam bald gefunden haben."

„Das hoffe ich auch", stimmte Athenida ihm zu und erhob sich aus ihrem Stuhl. „Was wollt ihr als nächstes tun?"

„Ich würde Soror Anne gerne durch die Stadt führen. Wir hoffen, daß der Anblick irgendeines markanten Ortes vielleicht wieder eine Vision bei ihr auslöst."

„Ein ausgezeichneter Gedanke! Ich werde dafür sorgen, daß man euch einen ortskundigen Führer mitgibt."

„Ich danke dir noch einmal von ganzem Herzen, Mater Athenida. Wir werden heute abend in den Himmel zurückkehren, um hier zu übernachten, wenn du erlaubst."

„Natürlich", antwortete die Begine freundlich. „Ihr seid Gäste des Himmels, solange ihr wollt."

Kapitel fünfzehn

Die Nacht war schon lange hereingebrochen, als Eliphas endlich wieder im verlassenen Waisenhaus erschien. Hiob hatte der Rückkehr des Komturs schon seit Stunden entgegengefiebert und sich nur äußerst widerwillig von Francetta zum Warten überreden lassen.

„Wo ist Anne?“ rief er aus und sprang vom Tisch auf.

„Sie ist mit der Rotte im Himmel geblieben“, antwortete Eliphas müde und ließ sich auf einen Hocker fallen.

„Was ist geschehen? Wie konntest du sie allein bei den Ramieliten zurücklassen?“

„Beruhige dich! Anne wurde von den Beginen des Himmels freundlich aufgenommen, und ich bin mir sicher, es geht ihr gut. Außerdem sind meine Leute auch noch dort. Wenn es ein Problem gibt, weiß Anne, wo sie sie findet.“

„Und wenn sie keine Gelegenheit mehr hat, Hilfe zu holen? Was, wenn die Ramielis-Templer sie gefangennehmen? Dagegen kann deine Rotte auch nichts unternehmen.“

„Das ist richtig“, antwortete Eliphas gedehnt. „Aber wenn sie sie einsperren wollten, hätten sie dazu bereits mehr als genug Gelegenheiten gehabt – und ich selbst hätte dagegen genauso viel tun können,

Denn angefüllt bin ich mit Worten, mich drängt der Geist in meiner Brust. Mein Inneres ist wie Wein, der keine Luft hat, wie neue Schläuche muß es bersten.

- Hiob 32, 18-19

wie meine Leute oder wie du.“ Eliphas lächelte den aufgebrachten Hiob spöttisch an. „Nun setz’ dich schon wieder hin, deiner Freundin geht es gut! Außerdem kann es für uns nur von Nutzen sein, wenn jemand bei den Ramieliten Augen und Ohren offen hält.“

Mürrisch setzte Hiob sich wieder an den langen Holztisch. Wahrscheinlich hatte der Komtur recht, aber er fühlte sich einfach übergangen, und das ärgerte ihn.

„Das hättest du doch auch machen können“, stieß er etwas patziger als beabsichtigt hervor. Aber Eliphas seufzte nur und erwiderte: „Was werden die Ramieliten von Prag wohl schon einem dummen Komtur wie mir erzählen? Anne hingegen ist eine raguelitische Begine, die Visionen von ihrem Ordensbuch hatte. Außerdem ist sie stumm! Ich hoffe, das verleitet unsere ramielitischen Freunde in ihrer Gegenwart zur Sorglosigkeit.“

„Wieso“, fragte Hiob jetzt neugierig, „traust du den Ramieliten nicht?“

Eliphas schüttelte nachdenklich den Kopf und goß sich einen Becher kalten Grüntee ein. „Ich weiß es nicht“, sagte er schulterzuckend, „diese Mater Athenida ... irgend etwas an ihr gefiel mir nicht. Sie war irgendwie zu freundlich, zu rücksichtsvoll und entgegenkommend. Ich will nicht sagen, ich traue den Ramieliten nicht, aber ich glaube, sie wissen mehr, als sie zugeben."

♦ ♦ ♦

Gleich nach dem Aufstehen hatte Wittgenstein beschlossen, dem Kaufmannssohn noch einmal einen Besuch abzustatten. Vielleicht würde dieser Nathan diesmal etwas umgänglicher sein – mit dem knappen Vorschuß, den er gestern erhalten hatte, würde er wohl kaum einen fähigen Arzt überzeugen können, eine inoffizielle Untersuchung durchzuführen.

Leider hatte sich schon bei seiner Ankunft im Hause Ebenezers herausgestellt, daß aus der Sache nichts werden würde. Irgendwie hatte der Junge es geschafft, sich in der Nacht umbringen zu lassen, und von seinem Vater fehlte jede Spur. Wittgenstein hatte mit ein paar der Euro, die Nathan ihm am Vorabend widerwillig gezahlt hatte, die Trauer einer Magd ein wenig gelindert und hatte in Erfahrung bringen können, daß Nathans Leibdiener ihn am frühen Morgen mit zerschmettertem Schädel in seinem Schlafzimmer gefunden hatte. In der anschließenden Aufregung hatte die Dienerschaft dann auch festgestellt, daß der alte Kaufmann spurlos verschwunden war. Ob es sich um eine Entführung handelte und wer für den Mord und Ebenezers Verschwinden die Verantwortung trug, war bisher ein Rätsel. Da bereits die Ramielis-Templer im Haus des Kaufmanns herumschnüffelten, hatte Wittgenstein lieber keine weiteren Nachforschungen angestellt und schlenderte jetzt ziellos durch die Straßen Prags.

Warum hatte er in der letzten Zeit bloß so wenig Glück mit seinen Aufträgen? Erst war er auf der Suche nach einem gefallenen Engel bis ans Ende der Welt gereist, nur um dann dort festzustellen, daß dieser sich bereits wieder auf dem Rückweg befand, und nun war sein neuer Auftraggeber brutal ermordet worden, nachdem er nur einen äußerst knappen Vorschuß erhalten hatte. So konnte es nicht weitergehen!

Sollte er sich doch wieder verstärkt um die Suche nach dem Engel kümmern? Er hatte einen Hinweis bekommen, daß Hiob nach Prag reisen wollte, allerdings stammte dieser noch vom Hafenmeister in

Trondheim. Und wer wußte schon, ob der flügellose Raguelit dem Mann auch die Wahrheit gesagt hatte? Naja, wahrscheinlich schon – er war schließlich trotz allem ein Engel. Aber das war lange her, und er konnte seine Pläne inzwischen geändert haben.

Dennoch, wo er nun einmal hier war, würde er auch nach dem himmlischen Boten Ausschau halten. Aber zuerst hatte er noch etwas anderes zu erledigen – wäre doch gelacht, wenn die Geschichte mit dem Kaufmann nicht doch noch etwas abwarf!

♦ ♦ ♦

Ebenezer war verzweifelt. Immer wieder sah er den blutüberströmten Schädel seines Sohnes vor sich, durchlebte die schreckliche Szene erneut, die er nicht hatte verhindern können. *Er* war es gewesen, der Nathan getötet hatte! Seine eigenen Hände hatten die Kanne ergriffen und dem Jungen den Schädel zerschmettert ... das Wesen mochte ihn zwar dazu gezwungen haben, aber *er* hatte es zugelassen! Hätte er seinen Sohn nicht nachts allein und in aller Heimlichkeit in seinem Zimmer aufgesucht – *wie ein Mörder!* –, wäre es nicht soweit gekommen ... aber *er* hatte es ja auch so gewollt. Wie konnte er so etwas Schreckliches getan haben, wenn er nicht die Absicht dazu gehabt hatte? *Er* war böse geworden – es gab keine andere Erklärung! Die dunkle Macht des Wesens in seinem Kopf hatte sich bereits in seiner Seele niedergeschlagen ... oder was, wenn es gar kein Wesen gab? Wenn es die ganze Zeit über *immer* er selbst gewesen war, der sich so seltsam benommen hatte, ohne jegliche fremde Einflüsterung? Das Bewußtsein, das jetzt diese Gedanken dachte, war gar nicht sein *wahres* Ich, sondern nur der letzte Rest seines machtlosen Gewissens, ein Schatten, ein lästiger Parasit, den sein *starkes* Ich hoffentlich bald abschütteln würde ...

Es hatte das Haus des Kaufmannes schnell und unbemerkt verlassen, nachdem Es den jungen Mann getötet hatte. Zielstrebig hatte Es sich in einem unbenutzten Lagerschuppen in der Nähe des Treffpunktes versteckt. Sein Wirtskörper wurde immer wieder von ungewöhnlichen Schauern überkommen. Sein weiches Fleisch war sicher erschöpft, Es sollte ihn ausruhen lassen. Von dem anderen Geist war inzwischen kaum noch etwas zu spüren. Es wußte, daß Es nicht mehr in das Haus des Kaufmannes zurückkehren konnte. Aber wenn Es bald das Buch fand, würde das auch nicht notwendig sein. In der nächsten Nacht würde Es wieder die Drohnen treffen, sie hatten seinen Ruf vernommen und würden kommen.

♦ ♦ ♦

Es paßte Hiob überhaupt nicht in den Kram, daß er am nächsten Tag schon wieder auf Eliphas warten mußte – der Komtur war noch in der Nacht wieder in den Himmel zurückgekehrt. Dennoch mußte er sich eingestehen, daß er froh war, das Anne bei den ramielitischen Beginen gut untergekommen war. Er machte sich zwar nicht zuletzt wegen des geheimnisvollen Mißtrauens des Komturs noch immer ein wenig Sorgen um sie, verspürte aber auch eine gewisse Erleichterung, daß sie fort war. Es war ihm zuvor nicht bewußt gewesen, wie sehr er sich einerseits für Anne verantwortlich fühlte, andererseits aber auch von der Begine abhängig war.

Diese Gedanken beschäftigten ihn seit dem Aufwachen, und er war froh, als einer der Beutereiter erschien, der am Vortag mit Eliphas im Himmel der Ramieliten Quartier bezogen hatte. „Ich soll dir die Grüße des Komturs überbringen, Engel."

„Danke, Padano."

Der alte italienische Söldner nickte ihm freundlich zu, dann fuhr er fort: „Soror Anne und er scheinen Ehrengäste der Ramieliten zu sein, der Komtur hatte kaum die Gelegenheit, einmal allein mit mir zu sprechen. Der Schweizer hofft allerdings, sich heute Nacht wieder mit dir treffen zu können. Im Norden der Stadt gibt es einen großen Platz nahe dem Vergnügungsviertel, dorthin werden wir zwei Stunden nach Sonnenuntergang kommen." Padano zog ein kleines silbernes Kästchen aus der speckigen Ledertasche an seinem Schwertgurt und schob es Hiob über den Tisch hinweg zu. „Das hier hat der Komtur mir für dich gegeben. Er sagt, du wüßtest schon etwas damit anzufangen."

Überrascht griff Hiob nach dem Kästchen. Es war kaum handtellergroß, hatte eine runde Mulde auf der Oberseite und mehrere bunt markierte Knöpfe an der einen Seite. Ein Bote? Hiob kannte diese kleinen Geräte aus seiner Zeit in Diensten der Angelitischen Kirche

– Raguelitenpflegten mit ihrer Hilfe miteinander zu kommunizieren und gesprochene Nachrichten auszutauschen.

Er erhob sich und zog sich in sein Zimmer zurück. Als er vorsichtig den kleinen silbernen Knopf drückte, auf dem eine grüne Pfeilspitze prangte, erkannte er Annes Stimme sofort. Sie fuhr ihm durch Mark und Bein – schließlich hatte die Begine seit Monaten nicht mehr gesprochen. Nach fast jedem Wort ertönte ein Knacken oder Sirren, die Lautstärke schwankte heftig, und der Klang war oft verzerrt – und doch war es unverkennbar Annes sanfte Stimme, die aus dem winzigen Apparat drang. Sie mußte diese Nachricht in mühsamer Kleinarbeit aus alten Aufzeichnungen aus der Zeit vor ihrem Verstummen für ihn zusammengefügt haben – wie wichtig mußte es ihr gewesen sein, ihm diese Worte zukommen zu lassen!

Calliel ... mach dir nur keine Sorgen ... um mich ... die ramielitischen Beginen sind ... ausgesprochen ... freundlich zu mir, ... und ... der Komtur ... paßt gut auf mich auf ... außerdem ... weiß ich, daß ... der Herr alle Zeit seine schützende Hand über ... mich ... hält ... ich habe ... wunderbare Neuigkeiten ... für dich ... der andere ... Raguelit ... ist sehr wahrscheinlich ... hier ... der Komtur ... hatte mich gefragt, ob ich versuchen könnte ... herausfinden ... was ... die Ramieliten ... wirklich wissen ... und ... schon am gestrigen Abend ... konnte ich ... aufzeichnen ... wie ... einige Novizinnen ... in der Küche ... Gerüchte über ... einen einzelnen ... Engel ... austauschen ...

Hier brach die Aufnahme kurz ab, dann war eine gedämpfte Frauenstimme zu hören, die Hiob nicht kannte: ... *ganz allein gewesen?* Nach einer erneuten Pause antwortete eine andere fremde Stimme: ... *ja, er soll um eine Audienz mit Ab Arbogast ersucht haben. Dann sollen sie sich so schlimm gestritten haben, daß der Engel den Himmel gleich wieder verlassen hat ...*

Wieder trat in der Aufzeichnung eine kurze Pause ein, dann erklang erneut Annes verzerrte Stimme:

... leider ... konnte ... nicht mehr erfahren ... da plötzlich ... Mater ... erschien ... und ... die Novizinnen ... in ihrem Gespräch ... unterbrach ... ich glaube ... der Komtur ... hat Recht ... man kann ihr ... nicht ... trauen ... dennoch ... wiederhole ich noch einmal ... mach dir nur keine Sorgen ... um mich ... niemand ... wird es wagen ...

mir ... etwas anzutun ... da bin ich sicher ... ich weiß, daß ... du ... in Gedanken ... bei mir ... bist ... so wie ich ... bei dir ...

Damit endete die Botschaft. Für einen kurzen Moment war Hiob versucht, das Archiv des Boten abzuhören, um mehr über Annes Erlebnisse vor ihrem Wiedertreffen zu erfahren. Aber er überlegte es sich gleich wieder anders. Wenn Anne ihm etwas hätte mitteilen wollen, hätte sie ihm den Boten sicher schon früher gegeben.

Statt dessen hörte Hiob die Botschaft noch ein zweites Mal ab. Er staunte erneut darüber, mit welcher Kunstfertigkeit Anne das kleine Gerät zu bedienen wußte.

„Was war das denn?" riß Francetta ihn aus seinen Gedanken, „mit wem hast du gesprochen?"

Hiob war so mit dem Boten beschäftigt gewesen, daß er nicht gehört hatte, wie Francetta die Treppe hinauf gekommen war. Jetzt steckte sie neugierig den Kopf durch die Tür seiner Kammer.

„Eine Botschaft von Anne," antwortete Hiob. Dann kehrte er mit Francetta nach unten in den Speisesaal zurück und spielte die Aufzeichnung ein drittes Mal ab, so daß auch die anderen sie hören konnten.

Als das letzte Wort verklungen war, ließen die versammelten Beutereiter ihrer Verblüffung ob des technischen „Wunderdings", das Hiob da so selbstverständlich handhabte, lautstark freien Lauf. Keiner von ihnen hatte derartiges je gesehen, und nur allzu deutlich stand vielen von ihnen der Gedanke an das Technikverbot ins Gesicht geschrieben, mit dem die Kirche viele Dinge verdammte, die in eine ganz ähnliche Richtung gingen wie dieses „Botenkästchen" des flügellosen Engels.

„Und was tun wir jetzt?" wandte sich die Rottmeisterin an Hiob, nachdem sich die Aufregung etwas gelegt hatte.

„Bis zu unserem Treffen mit Eliphas haben wir noch fast den ganzen Tag Zeit. Wir können die verbleibenden Stunden nutzen, um uns in der Stadt umzuhören. Vielleicht hat ja noch jemand außer den Ramieliten meinen Ordensbruder gesehen und kann uns einen Hinweis auf seinen derzeitigen Aufenthaltsort geben. Außerdem müssen wir herausfinden, wo dieser Treffpunkt ist, den euer Komtur Padano genannt hat."

„Er meint sicher den Florencer Platz“, meldete sich einer der Söldner zu Wort. „Ich weiß, wo das ist, ich war gestern dort auf dem Markt.“

„Gut“, nickte Francetta. „Padano, du kehrst in den Himmel zurück und richtest dem Komtur aus, daß wir ihn ungefähr zwei Stunden nach Sonnenuntergang auf dem Florencer Platz treffen werden. Wir anderen machen uns einzeln auf den Weg in die Stadt und versuchen, etwas über den Ragueliten herauszufinden. Wir treffen uns kurz vor Sonnenuntergang wieder hier.“ Fragend sah die Rottmeisterin zu Hiob herüber.

Er nickte zustimmend. „Genau so machen wir es!“

Dann fiel ihm plötzlich noch etwas ein.

„Aber ehe Padano geht, würde ich dem Boten gerne noch eine kurze Nachricht an Anne aufsprechen.“

♦ ♦ ♦

Eliphas' Mißtrauen gegen die Ramieliten wuchs mit jeder Stunde, die sie sich in ihrem Himmel aufhielten. Noch immer wurden sie von ihren Gastgebern äußerst zuvorkommend behandelt. Aber besonders Anne wurde nie aus den Augen gelassen. Er war sich sicher, daß Mater Athenida eine Gruppe von Beginen und Monachen abgestellt hatte, die sich abwechselnd immer in Annes Nähe aufhielten und sich bemühten, ihm keine Gelegenheit zu geben, vertraulich mit ihr zu sprechen. Dennoch war er überzeugt, daß die Ramieliten nicht bemerkt hatten, wie sie ihm beim Frühstück das seltsame silberne Kästchen zugesteckt und ihm mit knappen Gesten bedeutet hatte, es zu Hiob zu tragen. Eliphas bedauerte nur, daß er es nicht selbst hatte abliefern können. So mußte er warten, bis Padano zurückkehrte, damit er erfuhr, was die Begine zu sagen gehabt hatte.

In der Zwischenzeit wurden sie im Himmel der Ramieliten herumgeführt. Der Monach namens Wenzel, ein fast 50jähriger Mann, der als renommierter Historiker seines Ordens galt und sie am Vortag schon durch die Stadt begleitet hatte, diente ihnen auch heute wieder als Fremdenführer, was offenbar als eine Art Ehrbezeigung für die Gäste gedacht war.

„... und dies ist das große Skriptorium. Mehrere hundert Kopisten können hier gleichzeitig arbeiten. Der Saal ist Tag und Nacht erleuchtet, so daß die Beginen und Monachen hier rund um die Uhr arbeiten können, um die umfassenden Archive des heiligen Ordens der Ramieliten beständig zu erweitern."

Tatsächlich herrschte in dem gewaltigen Skriptorium eine konzentrierte Betriebsamkeit, wie Eliphas sie selten erlebt hatte. In langen Reihen standen die hölzernen Pulte da, an denen die Kopisten ihrer Arbeit nachgingen. Kein einziger Platz war unbesetzt. Ganze Scharen von Novizen schoben kleine Handwagen durch die Reihen, von denen sie die Schreiber ständig mit Papier, Tinte, Löschsand und sonstigem Schreibmaterial versorgten.

Eliphas mußte sich eingestehen, daß er trotz der anderen Gedanken, die ihm auf der Seele lagen, tief beeindruckt war. Dennoch fragte er sich, was die ganze Sache mit dieser stundenlangen Führung sollte. War das nur Mittel zum Zweck, damit die Ramieliten sie sicher in ihrer Nähe wußten, oder steckte noch eine andere Absicht hinter dieser Maßnahme? Vielleicht vermutete Mater Athenida ja, daß sie ihr etwas verheimlichten, und es war ihre Absicht, sie so zu beeindrucken, daß sie sich ihr freiwillig anvertrauten? Oder sie wollte sie einfach in Sicherheit wiegen und von etwas anderem ablenken. Was war es nur, das sie verbarg?

♦ ♦ ♦

Wittgenstein rieb sich im Geiste die Hände. Es war eine hervorragende Idee gewesen, diesen Gregor noch einmal aufzusuchen. Jetzt saßen sie in einem Hausboot am Ufer des Narodnj-Kanals, in dem ein findiger Osmane mit enormem Leibesumfang und geöltem Haar eine sicherlich illegale Schenke betrieb. Gregor hatte in der letzten halben Stunde bestimmt zwei Krüge Raki gelehrt und starrte ihn aus glasigen, rot geränderten Augen an.

„Jeden Preis", lallte er, „ich zahle jeden Preis, wenn du herausbekommst, welches Schwein meinen Freund Nathan auf dem Gewissen hat. Und ich lege noch was drauf, wenn du mir sagst, was mit seinem

Vater passiert ist ... Ich hab den alten Ebenezer zwar nie gemocht, aber das bin ich seinem Sohn einfach schuldig!“

Irgendwie tat ihm der Junge ja auch ein bißchen leid, dieser Nathan schien ein guter Kerl gewesen zu sein, und es war immer hart, einen Freund zu verlieren. Aber Wittgenstein durfte sich von solchen Gedanken nicht seinen Geschäftssinn trüben lassen. Außerdem war er ziemlich sicher, daß dieser verwöhnte junge Städter ihm wirklich fast jeden Preis bezahlen konnte, ohne daß es ihm weh tat.

„Ich werde nicht eher ruhen, bis der Mörder gefunden und Nathans Vater wieder sicher nach Hause zurückgekehrt ist, Gregor. Allerdings werden meine Nachforschungen sicherlich nicht billig werden. Ich meine, mal ganz abgesehen von der Belohnung brauche ich Geld, um die richtigen Leute zu bestechen und in der Zeit der Nachforschungen meine laufenden Kosten zu decken – du weißt ja sicher, wie das ist. Also, wie sieht es mit einem Vorschuß aus?“

Kapitel sechzehn

„Du bist uns wirklich eine große Hilfe, Irène."

Wie jeden Abend hatte Rahel es sich nicht nehmen lassen, sie noch für ein paar Schritte auf den Hof hinaus zu begleiten.

„Ach ..." Irène blickte scheu zu Boden. Obwohl sie damals eine lange Zeit mit Hiob verbracht hatte, verunsicherte sie die Nähe der Engel immer noch. Selbst Rahel, die vom ersten Tag an so freundlich zu ihr gewesen war wie schon lange niemand mehr, erfüllte sie mit einer seltsamen, lähmenden Ehrfurcht. Die einzigen Engel, bei denen sie sich wirklich wohl fühlte, waren die Verletzten.

„Nein, Irène, ich meine das vollkommen ernst." Rahel war stehengeblieben und hatte sie bei der Hand genommen. Irènes erster Reflex war gewesen, ihre Hand wieder wegzuziehen, aber die Finger des Engels waren so schmal und zierlich! Rahels Hand war kaum größer als die Dominics, ein bißchen länger vielleicht, dafür aber viel schlanker. Langsam hob sie den Blick und sah Rahel ins Gesicht. Das Blut schoß ihr in die Wangen, aber sie zwang sich, den warmen Blick der Raphaelitin zu erwidern.

„Danke", flüsterte sie. „Ich helfe euch doch gern."

Werde sein Freund und halte Frieden! Nur dadurch kommt das Gute dir zu.

\- Hiob 22, 21

Rahel nickte. „Das merke ich. Wir sind so wenige Raphaeliten, und es gibt so viel Leid und Schmerz in der Welt – was du tust, ist sehr willkommen. Ich weiß, daß auch meine verletzten Brüder und Schwestern so denken."

„Danke", sagte Irène noch einmal. „Es tut gut, meinen Teil beizutragen. Die verletzten Engel zu pflegen ist eine dankbare Aufgabe."

„Nicht jeder würde so denken, Irène. Viele Leute würden sich schlichtweg nicht zutrauen, einem verwundeten Engel zu helfen. Schließlich sind wir die Beschützer der Menschheit, und nicht umgekehrt." Rahel lächelte verschmitzt und ließ ihre Hand los, um einen Schritt zurückzutreten und die Frau von Kopf bis Fuß zu mustern.

„Ich frage mich, woher du das hast", sagte die Raphaelitin halb zu sich selbst. „Hast du jemals darüber nachgedacht, Begine zu werden? Mein Orden würde dich gewiß mit Freuden aufnehmen."

„Nein – ich weiß nicht – ich war doch schon verheiratet." Erschrokken wich Irène ebenfalls einen Schritt zurück.

„Du wärest nicht die erste Witwe, die die heiligen Gelübde ablegt."

In Irènes Kopf drehte sich alles. Sie merkte, daß das eine große Sache war, die Rahel ihr da vorschlug, und fühlte sich sehr geschmeichelt. Aber sie war sich auch darüber im klaren, daß das hieß, ihr altes Leben vollkommen aufzugeben. Und was sollte dann aus Dominic werden? Und aus Marie und Hiob? Sie schüttelte energisch den Kopf.

„Nein“, stieß sie verzweifelt hervor und sah wieder zu Boden. „Ich kann das nicht.“

„Du mußt dich nicht jetzt entscheiden“, sagte Rahel beruhigend. „Ich werde dich in ein paar Tagen noch einmal danach fragen. Bis dahin hast du Zeit, darüber nachzudenken.“

♦ ♦ ♦

Nachdenklich trat Rahel an Malloriels Bett, nachdem sie Irène ihren Aufgaben überlassen hatte und wieder in die zum Feldlazarett umfunktionierte Trockenhalle zurückgekehrt war. Der verwundete Ramielit schlief tief und fest. Seine ruhigen Atemzüge hoben und senkten seinen tätowierten Brustkorb in langsamen, gleichmäßigen Bewegungen. Seit ein paar Tagen lag er jetzt vollkommen entspannt da. Die wirren, bedrohlichen Träume hatten aufgehört, und wenn er zwischendurch wach war, schien er wieder ganz der alte, selbstbewußte Malloriel zu sein. Und das hatten sie zu einem guten Teil Irènes Pflege zu verdanken! So zurückhaltend sie gegenüber Rahel und den anderen Engeln war, schien sie doch ein besonderes Verhältnis zu den Verletzten aus der Schlacht um Tours zu haben. Gerade mit Malloriel hatte Rahel sie mehrmals lange und intensiv sprechen sehen, und der Ramielit schien diese Unterhaltungen sichtlich genossen zu haben. Vielleicht sollte sie ihn bei Gelegenheit einmal fragen, ob auch er fand, daß Irène eine gute Begine abgäbe. Außerdem mußte sie zugeben, daß sie einfach zu gern mehr über die Französin gewußt hätte. Sie mochte sie wirklich und hätte sich gern einmal länger mit ihr unterhalten, aber im Moment schien das nicht möglich zu sein.

Sie machte noch eine Runde durch die Halle, und als sie befriedigt festgestellt hatte, daß alle ihre Patienten schliefen, beschloß sie, daß es jetzt auch für sie Zeit war, ein wenig Ruhe zu finden.

„Alles in Ordnung?“ fragte sie Bruder Markus, den raphaelitischen Monachen, der die Nachtwache übernommen hatte. Der blonde junge Mann nickte.

„Ja, ehrwürdige Rahel. Geh' und ruh' dich aus.“

„Gut. Du weißt, wo ich bin, wenn ich gebraucht werde.“

Er nickte noch einmal, und sie trat durch die große Schiebetür wieder aus der Trockenhalle.

Die Luft draußen war angenehm kühl, und durch die aufgerissene Wolkendecke konnte sie die Sterne am dunklen Nachthimmel leuchten sehen. Rahel blieb mitten auf dem Hof stehen und hielt nach dem Mond Ausschau. Sie liebte jene Nächte, in denen er wie ein großes, silbernes Auge durch ein Wolkenloch auf die Welt herabsah. Doch im Augenblick war nichts als ein schwach leuchtender Fleck in den Wolken über dem südöstlichen Horizont zu sehen.

„Was für eine schöne Nacht.“

Überrascht sah Rahel sich um. Daniel, ihr Scharbruder, war lautlos aus dem Schatten des Gutshauses getreten.

„Das stimmt“, antwortete sie und sah wieder zum Himmel hinauf.

„Geht es dir gut, Rahel?“ fragte er besorgt und trat einen Schritt näher an sie heran. „Du siehst sehr erschöpft aus.“

Verwundert wandte sie sich wieder dem ernsthaften, sonst eher schweigsamen Urieliten zu. Auch wenn sie wußte, daß Daniel sich der Schar verpflichtet fühlte wie kaum ein anderer, war sie überrascht, soviel persönliche Anteilnahme in seiner Stimme zu hören.

„Ist es jetzt schon so weit, daß man mir das ansieht?“

Daniel nickte.

„Bei dem, was du hier leistest, ist das aber auch kein Wunder. Alle wissen das, Rahel.“

Ein dankbares Lächeln stahl sich auf Rahels Gesicht, und auch der Urielit lächelte.

„Wie geht es denn Malloriel? Ist er bald wieder vollkommen gesund?“

„Ja, da bin ich mir ganz sicher. In ein paar Tagen werde ich ihn nicht mehr davon abhalten können, mit dir die Gegend zu erkunden.“

„Was denkst du, was mit seinen Alpträumen ist? Meinst du, er hat Recht, und wir alle sind einmal ganz normale Kinder gewesen?"

Rahel zuckte die Achseln und sah auf einmal sehr ernst aus.

„Ich bin mir nicht sicher. Manches davon waren sicher Fieberträume, aber andererseits – wer, wenn nicht ein Ramielit sollte zwischen Träumen und Erinnerungen unterscheiden können? Sein ganzes Leben lang hat er sich darin geübt, Wissen zu sammeln, auszuwerten und festzuhalten. Ich kann nicht anders als das, was er sagt, sehr ernst zu nehmen."

Der Urielit nickte nachdenklich. „Ich gebe dir Recht, aber ich mache mir Sorgen wegen Ariel. Sie ist Malloriel gegenüber noch immer so ablehnend, und sobald die Sprache auf seine wirren Träume kommt, wird sie sogar richtig wütend."

„Wir müssen noch einmal mit ihr reden", sagte Rahel entschlossen. „Sie muß zur Vernunft kommen, ehe Malloriel wieder richtig bei Kräften ist, sonst geht der ganze Streit von vorne los."

Ein leises Knirschen im Kies des Hofs ließ die Engel herumfahren. Ariel war gerade hinter ihnen gelandet. Ihre blauen Augen blitzten herausfordernd.

„Wer muß hier bitte zur Vernunft kommen?"

♦ ♦ ♦

Wie an den letzten Tagen auch erwachte Malloriel am nächsten Morgen vor allen anderen Verwundeten. Er hatte in der zurückliegenden Nacht tief und traumlos geschlafen und fühlte sich ausgeruht und erholt. Selbst die kleinste Bewegung jagte zwar immer noch eine Welle brennenden Schmerzes durch die Sigil auf seinem Körper, aber er konnte sich zumindest wieder bewegen. Er war gern der erste, der wach wurde, weil er wußte, daß er dann ein paar Minuten allein mit Irène hatte, bevor sie ganz in ihrer Arbeit als Hilfskrankenschwester aufging. Sie hatte einfach eine ganz besondere Art, ihm zuzuhören – es beruhigte ihn sehr, ihr seine Gedanken und Sorgen mitzuteilen.

Malloriel merkte sofort, das etwas nicht stimmte, als sie kurz darauf eilig die Trockenhalle betrat. Wie sonst auch kam sie sofort an sein Lager gehuscht, diesmal wirkte sie jedoch übernächtigt und besorgt.

Er ignorierte den stechenden Schmerz und richtete sich auf, um sie zu begrüßen.

„Irène", flüsterte er. „Was ist los mit dir? Ich habe dich noch nie so besorgt gesehen."

Irène trat an sein Lager heran und ließ ihren Blick für einen Moment unsicher durch die Trockenhalle schweifen, dann ließ sie sich auf dem Rand des Podestes nieder, auf das der verletzte Engel gebettet war. Behutsam achtete sie darauf, seine halb ausgebreiteten Schwingen nicht zu berühren.

„Ich weiß nicht genau", antwortete sie leise. „Wahrscheinlich benehme ich mich ganz dumm, und ich sollte mich einfach über das Kompliment freuen, aber irgendwie kann ich das nicht ..."

Malloriel verstand kein Wort. Wenn er ehrlich war, wußte er nicht viel von der jungen Frau. Bisher hatte der Ramielit den größten Teil ihrer Gespräche bestritten, und Irène hatte ihm geduldig und aufmerksam zugehört. Jetzt schien die Gelegenheit gekommen, sich zu revanchieren.

„Ganz langsam, Irène, eins nach dem anderen – wer hat dir ein Kompliment gemacht, und warum kannst du dich nicht recht darüber freuen?"

„Rahel. Sie sagt, ich hätte euch so gut geholfen und hat gefragt, ob ich nicht eine Begine werden möchte."

Malloriel wollte zu einer Erwiderung ansetzen, merkte aber, daß es nichts gab, was er an dieser Stelle hätte sagen können. Also schwieg er und sah Irène nur aufmerksam an.

„Aber ich möchte nicht", fuhr sie nach einer kurzen Pause leise fort. „Ich pflege dich und die anderen gern, aber ich tue es nicht aus Gründen, die mich auch zu einer guten Begine machten. Außerdem bin ich nicht bereit, Dominic und Marie für den Dienst an der Kirche aufzugeben."

„Ich kann mir keinen schlechten Grund vorstellen, aus dem du dich um uns kümmerst."

Irène lächelte Malloriel schüchtern an. „Natürlich nicht, das kann ich mir denken. Es hat ja auch einen ganz und gar unvorstellbaren Grund."

„Hat es den? Das klingt nach einer spannenden Geschichte."

Die junge Frau lächelte immer noch und schüttelte den Kopf.

Malloriel lachte leise und sah seine Pflegerin aufmunternd an. „Na komm schon, denk doch nur, was ich dir schon alles für Geschichten erzählt habe, das war doch sicher auch nicht das, was du von einem Engel des Herrn erwartet hast."

Irène preßte die Lippen zusammen und schüttelte wieder den Kopf, aber er konnte in ihren Augen immer noch das Lächeln funkeln sehen. Dann nickte sie plötzlich.

„Deine Geschichten haben mich weniger überrascht, als du glaubst, Malloriel. Du bist nicht der erste Engel, den ich gesund gepflegt habe. In diesem Frühjahr ist einer von euch in der Nähe meines Dorfes vom Himmel gestürzt – ich meine nicht dieses Dorf, sondern das, aus dem ich eigentlich komme, Valencas, weit im Süden von hier, an der Mittelmeerküste. Er war bewußtlos und hatte schwere Verbrennungen, als ich ihn bei uns im Wald fand. Ich habe ihn zu mir nach Hause gebracht und gepflegt, und eines Tages wachte er auf und ist tatsächlich gesund geworden, auch wenn wir seine Flügel nicht retten konnten."

„Er hat seine Flügel verloren?" Malloriel starrte Irène entgeistert an.

Aber sie nickte nur und fuhr fort: „Ja, aber ansonsten ist er wieder vollkommen gesund geworden. Er hatte auch solche Träume wie du, deswegen haben mich deine Geschichten gar nicht überrascht."

Jetzt war Malloriels Neugier erst richtig entflammt. Wenn er nicht der einzige war, der solche Träume hatte, dann war das nur ein Zeichen mehr dafür, daß sie wahr waren!

„Was ist mit diesem Engel weiter passiert?"

„Irgendwann nach ein paar Monaten kamen Beutereiter in unser Dorf und forderten den Kirchenzehnt ein. Meinen Sohn Dominic haben sie auch mitgenommen. Am nächsten Tag ist der Engel aufgebrochen, um den Beutereitern zu folgen und Dominic wieder zu befreien. Seitdem habe ich ihn nicht mehr wiedergesehen."

„Aber was ist mit Dominic?" fragte Malloriel neugierig. „Wie kam er wieder zurück?"

„Ich habe mir große Sorgen um meinen Sohn und den Engel gemacht, und da habe ich einen Mann angeheuert, die beiden zu suchen. Es ist ihm gelungen, mir meinen Sohn zurückzubringen, aber den Engel haben sie gefangengenommen und nach Norden gebracht."

„Nach Norden gebracht? Wer denn?"

Irène zuckte die Achseln. „Ich weiß nicht genau, Templer, Söldner – jedenfalls sollte er wohl nach Trondheim gebracht werden, zurück in seinen Himmel."

„Moment mal, das heißt, er war ein Raguelit!"

Die Halle hatte langsam begonnen, sich mit Leben zu füllen. Die meisten anderen Verwundeten waren mittlerweile erwacht, und die Monachen und Beginen hatten mit ihrer morgendlichen Runde begonnen. Das alles schien Irène auf einmal schlagartig bewußt zu werden, und sie sprang von Malloriels Lager auf.

„Ich muß gehen."

„Warte", rief Malloriel ihr nach, "dieser Engel, wie hieß er?"

Sie wandte sich noch einmal um und sah den verwundeten Ramieliten einen Moment nachdenklich an.

„Hiob. Er heißt jetzt Hiob. Aber früher, ehe ich ihn kannte, hieß er Calliel."

Damit verschwand sie zwischen den Paravents, hinter denen die Vorräte und Verbandsmaterialien des Lazaretts lagerten.

♦ ♦ ♦

Der Felsvorsprung ragte keine hundert Meter vom Dorf entfernt über das sprudelnde, graue Wasser der Vienne hinaus. Ariel war schon ein paarmal hier gewesen, seit sie in Châtellerault lagerten. Es war ein guter Ort, um ein bißchen allein zu sein. Am Morgen jedoch hatte sie Rahel, Aadoniel und Daniel hierher eingeladen, um abseits der regen Betriebsamkeit des Lazaretts mit ihnen zu sprechen.

Ungeduldig sah Ariel den drei Engeln entgegen, die ihr vom Gutshof entgegengeflogen kamen. Sie wußte genau, daß sie selbst zu früh hier gewesen war und die anderen genau pünktlich kamen, dennoch ärgerte sie sich, daß sie auf sie hatte warten müssen. Sie mußte ihre ganze Selbstbeherrschung aufbieten, um den dreien äußerlich ruhig entgegentreten zu können.

Gut, daß ihr endlich da seid!

„Was gibt es denn, Ariel?“ fragte Aadoniel verwundert. „Was soll diese Geheimniskrämerei?“

Ich habe euch hierher gebeten, um die Karten offen auf den Tisch zu legen. Ich will auch gar nicht lange um den heißen Brei herumreden. Rahel, würdest du der Schar bitte mitteilen, was dir im Moment Sorge bereitet?!

Die kleine, besonnene Raphaelitin blickte schuldbewußt zu Boden, und Ariel schoß der Gedanke durch den Kopf, daß sie vielleicht zu hart zu ihrer Scharschwester war. Aber dann hob Rahel entschlossen den Kopf und sah sie mit festem Blick an.

„Ja“, sagte sie, „ich mache mir in der Tat Sorgen. Wir kennen alle die Ereignisse, die zu Malloriels Verwundung geführt haben, und wir wissen auch alle, daß es ein schwerer Verstoß gegen alle Regeln war, daß Malloriel sich von der Schar abgesetzt hat. Dennoch war es der Streit zwischen Ariel und Malloriel, der es überhaupt erst soweit hat kommen lassen. Dieser Streit muß ein Ende haben. Sonst fürchte ich, daß unsere Schar daran zerbrechen könnte.“

Nachdem Rahel geendet hatte, sackte sie regelrecht in sich zusammen. Ariel konnte deutlich sehen, wieviel Kraft es die sonst so stille Raphaelitin gekostet hatte, ihre Sorgen laut vor allen auszusprechen.

Da stimme ich dir zu, Rahel. Niemand wünscht sich mehr als ich, daß diese Schar wieder die eingeschworene Gemeinschaft wird, die sie einmal war. Aber wenn Malloriel nicht bereit ist, seinen vorherbestimmten Platz einzunehmen, bin ich leider machtlos.

Rahel sah sie traurig an, dann sagte sie leise: „Du machst es dir zu einfach, Ariel. Diese Schar war einmal eine eingeschworene Gemeinschaft, weil keiner von uns seinen vorherbestimmten Platz einnahm, sondern weil jeder mit Rücksicht auf die anderen seinen eigenen Platz gefunden ...“

Und was soll ich deiner Meinung nach tun? unterbrach Ariels telepathische Stimme sie zornig. Sie sah, wie die anderen drei unter ihren wütenden Gedanken zusammenzuckten, aber es war ihr ganz egal. *Soll ich etwa Malloriel die Führung dieser Schar überlassen? Dann wären wir jetzt wahrscheinlich alle tot oder verwundet!*

„Ach Unsinn", meldete sich jetzt Daniel zu Wort, „niemand hier will dir deinen Posten streitig machen, Ariel. Wir waren eine verschworene Gemeinschaft, weil wir Freunde waren! Und wenn du dich nicht endlich offen mit Malloriel aussprichst, dann ist es mit eurer Freundschaft vorbei – und darunter werden wir alle zu leiden haben."

Hatten sie sich jetzt alle gegen sie verschworen? Sie versuchte doch nur, ihre Pflicht als Scharführerin besser zu erfüllen, als es ihr vor Henaiels Tod gelungen war.

Ich habe versucht, mit ihm zu reden, aber er wollte nicht auf mich hören!

„Du hast ihn doch nur herumkommandiert!" widersprach Daniel, und Rahel sagte sanft:

„Rede richtig mit ihm, wie Freunde miteinander reden."

Ariel hatte es die Sprache verschlagen. Keiner von ihnen hatte auch nur die leiseste Ahnung, was auf ihrer Seele lastete, und sie maßten sich an, über ihr Handeln zu urteilen. Ehe sie ihre Fassung wiedererlangt hatte, räusperte sich Aadoniel, der bisher geschwiegen hatte, kopfschüttelnd und sagte leise:

„Ich glaube, die anderen beiden meinen, du solltest Malloriel einfach erzählen, daß du dich in Henaiel verliebt hast. Versuch ihm zu erklären, wie sehr der Tod des Michaeliten dich getroffen hat. Malloriel wird verstehen, wie dir zumute ist, wenn du dich ihm anvertraust. Er liebt dich nämlich auch, und er war einfach nur eifersüchtig auf deinen Ordensbruder. Er will nichts mehr, als daß du wieder offen mit ihm redest, denn er hat Angst, daß ihm bis zu seiner Läuterung nicht mehr viel Zeit bleibt ... – und wenn ihr nicht bald darüber redet und das ganze aus der Welt schafft, macht ihr uns alle noch wahnsinnig."

Als er geendet hatte, starrten sie ihn alle ungläubig an. Niemand von ihnen sprach ein Wort, und nach ein paar Augenblicken begann Aadoniel, nervös sein Gewicht von einem Bein auf das andere zu verlagern.

„Was ist?" platzte er heraus. „Hab' ich was Falsches gesagt?"

♦ ♦ ♦

Drei Tage später erlaubte Rahel Malloriel zum ersten Mal, sein Lager zu verlassen. Er hatte zwar immer noch starke Schmerzen, aber der Gedanke daran, aufzustehen und die Halle zu verlassen, wirkte besser als Rahels heilende Hände, und so ließ er sich jetzt von Irène langsamen Schrittes auf den Hof hinaus führen. Nachdem er so lange gelegen hatte, waren seine Beine so wackelig, daß er zuerst gedacht hatte, er würde es überhaupt nicht schaffen aufzustehen, aber Irène hatte ihm behutsam auf die Füße geholfen und ihm versprochen, immer an seiner Seite zu bleiben, damit er sich auf ihre Schultern stützen konnte.

Als sie unter dem Vordach der Trockenhalle hervortraten, fiel ein feiner Sprühregen auf sein Gefieder, und er stellte fest, daß er sich so lebendig fühlte wie schon lange nicht mehr.

„Hast du mit Rahel noch einmal über diese Beginensache gesprochen?" fragte er Irène, während sie langsam zum Eingangstor des Gutshofes hinübergingen.

„Habe ich." Die junge Frau nickte. „Ich habe ihr nicht alles erzählt, was ich dir erzählt habe, aber ich denke, sie hat mich trotzdem verstanden."

„Das ist gut so. Wenn du nichts dagegen hast, daß ich deine Geschichte meiner Schar erzähle, würde ich das gerne tun. Vielleicht können wir dir helfen, den Engel wiederzutreffen. Zumindest aber könnten wir seiner Schar einen Hinweis geben, was mit ihm passiert ist. Ich denke, es würde ihnen viel bedeuten zu wissen, daß ihr Bruder noch lebt."

Sie gingen für einen Moment schweigend nebeneinander her, dann nickte Irène ernst.

„Ich denke, das wäre eine gute Idee. Ich würde mich sehr freuen, ihn wiederzusehen, und ich möchte, daß seine Freunde erfahren, was mit ihm geschehen ist."

Sie hatten jetzt das große Eingangstor des von den Engeln mit Beschlag belegten Gutshofes erreicht. Auf der niedrigen Mauer, die den Weg draußen am Hang befestigte, hockte Ariel und sah auf das Dorf und den Fluß hinab. Im Regendunst wirkte die Vienne wie ein Band aus erstarrtem Blei, das zwischen die Felsen und Hügel der Landschaft gegossen worden war.

„Hallo Ariel", sagte Malloriel leise und wartete, bis sich die Michaelitin zu ihm umgedreht hatte. „Dies ist Irène. Sie kann uns die Geschichte eines Engels namens Calliel erzählen, und ich denke, wir sollten ihr zuhören."

Kapitel siebzehn

Ariel war mit Rahel auf den Hof hinausgetreten, um die Rückkehr des Urieliten zu erwarten. Sie hatte schon vor Minuten gespürt, daß Daniel sich Châtellerault näherte. Jetzt konnte es nur noch wenige Augenblicke dauern, bis er am südlichen Himmel zu sehen sein mußte.

Tatsächlich konnten sie durch den Nieselregen schon bald einen kleinen, weißgrünen Fleck vor den grauen Wolken erkennen, der mit erstaunlicher Geschwindigkeit größer wurde.

„Konntest du von Daniel schon erfahren, ob wir neue Befehle aus Mont Salvage haben?“ fragte Rahel sie, ohne ihren Blick von dem näherkommenden Engel abzuwenden.

Nein, aber ich hatte nicht das Gefühl, als brächte er dringende Nachrichten für uns. Es war sehr anstrengend für Ariel, aus der Ferne eine mentale Verbindung zu ihrem Scharbruder aufzubauen, deshalb hatte sie sich nicht weiter darum bemüht, nachdem sie gespürt hatte, daß Daniel sich vollkommen ruhig auf das Fliegen konzentrierte. Abgesehen davon erwies es sich immer als äußerst schwierig, eine mündliche Botschaft auf gedanklichem Wege wörtlich weiterzuleiten. Bei solchen Botenflügen war ein Gespräch immer noch unumgänglich

Einer reiht sich an den andern, kein Lufthauch dringt zwischen ihnen durch. Fest haftet jeder an dem andern, sie sind verklammert, lösen sich nicht.

- Hiob 41, 8-9

„Dafür fliegt er aber ziemlich schnell", erwiderte Rahel, während sie den näherkommenden Engel weiterhin wie gebannt beobachtete. Als Ariel dem Blick der Raphaelitin folgte, konnte sie bereits ein paar winzige Flügel erkennen, die den Fleck am Horizont mit regelmäßigen Schlägen vorantrieben.

Das ist nur sein persönlicher Ehrgeiz, antwortete sie amüsiert. *Wenn Daniel allein unterwegs ist, fliegt er immer so schnell er kann.*

„Ariel?" Rahel drehte sich unvermittelt zu ihrer Michaelitin um und sah sie an. „Ich bin sehr froh, daß du dich mit Malloriel jetzt wieder besser verstehst."

Ich weiß. Ariel nickte. *Ich bin auch froh darüber, und ich danke dir, daß du mich daran erinnert hast, daß eine gute Michaelitin mehr als nur eine Kommandantin ist, Rahel.*

„Ja." Rahel zögerte einen Moment, dann fuhr sie fort: „Aber ihr habt euch immer noch nicht ausgesprochen, oder?"

Für einen Moment schwiegen die beiden Engel.

Ich weiß. Die Michaelitin seufzte leise. *Aber es muß wohl sein.*

„Du wirst das schon schaffen, Ariel. Da bin ich mir ganz sicher, und die anderen wissen es auch."

Sie wußte, daß Rahel sie mit diesen Worten beruhigen und ermutigen wollte, aber der Gedanke an die Erwartung der anderen lastete schwer auf Ariels Seele. Wenn es doch bloß nur um sie und Malloriel gegangen wäre! Dann wäre alles soviel einfacher gewesen.

Zum Glück schwebte Daniel im nächsten Moment mit weit ausgebreiteten Schwingen in den Hof herab und riß sie aus ihren Gedanken. Leichtfüßig landete der Urielit kaum einen Meter von ihnen entfernt neben einer Pfütze. Das feine Netz der Regentropfen auf seinem strahlend weißen Gefieder glitzerte für einen Moment in allen Regenbogenfarben, als er seine Flügel auf dem Rücken faltete.

„Daniel vom Orden der Urieliten meldet sich von seinem Botenflug nach Mont Salvage zurück", begrüßte er sie grinsend, und nur seine tiefen Atemzüge verrieten ein wenig, daß er gerade die letzte Etappe eines tagelangen Fluges hinter sich gebracht hatte.

Es ist schön, daß du wieder bei uns bist, Daniel, begrüßte ihn Ariel. *Was bringst du für Neuigkeiten aus Mont Salvage?*

„Der Prior wünscht, daß wir auf dem schnellsten Weg dorthin zurückkehren. Wir haben Befehl aufzubrechen, sobald Rahel unsere Truppe für marschfähig hält. Ich bin auf meinem Rückweg von Mont Salvage bereits eine mögliche Route abgeflogen, und ich denke, wir können uns ausschließlich durch sicheres Gebiet bewegen, ohne dafür größere Umwege in Kauf nehmen zu müssen."

Ariel lächelte. *Gut gemacht, Daniel! Ich hoffe, es dauert nicht mehr lange, bis wir nach Hause zurückkehren können. Was sagst du, Rahel?*

„Die meisten Verwundeten haben sich inzwischen soweit erholt, daß ich denke, ihnen in ein paar Tagen den Flug nach Mont Salvage zumuten zu können. Wir haben immer noch große Vorräte an Manna und Nahrung, damit sollte es kein Problem sein, alle bei Kräften zu halten. Sorgen mache ich mir nur um Æsiel und Cavuel – ihre Verletzungen sind zu schwer, und es wird noch mindestens einen Monat dauern, bis sie wieder fliegen können."

Wenn wir über Land nach Mont Salvage reisen, brauchen wir auch mindestens einen Monat, überlegte Ariel für die anderen vernehmbar.

„Ich hätte da vielleicht eine Idee", meldete Daniel sich zu Wort. „Vor einigen Jahren wurden nach einer Schlacht in den Pyrenäen Konstruktionen aus Seilen und Tüchern eingesetzt, um die Verwundeten aus einem besonders unwegsamen Gebirgstal auszufliegen. Vielleicht könnten wir die beiden Schwerverletzten auf diesem Wege nach Mont Salvage transportieren. Wir haben genug kräftige Flieger, die sich beim Tragen abwechseln können, und wenn immer zwei Engel einen der Verwundeten tragen, sollten wir dennoch einigermaßen zügig vorankommen."

Das klingt, als sei es zumindest einen Versuch wert. Glaubst du, Æsiel und Cavuel werden das unbeschadet überstehen, Rahel?

„Ich denke schon", antwortete die Raphaelitin nachdenklich. „Wir werden sicher viele Pausen machen müssen, aber ich glaube, so könnte es gehen."

Gut, dann machen wir es so! Rahel, du kümmerst dich darum, daß alle möglichst bald abreisebereit sind. Ich verlasse mich da ganz auf dich. Wenn du morgen sagst, dann fliegen wir morgen, wenn du in einer Woche sagst, dann fliegen wir in einer Woche.

Daniel, du bist dafür verantwortlich, daß wir bis dahin zwei brauchbare Tragen zur Verfügung haben. Laß dir von Rahel sagen, worauf du achten mußt, damit die Verwundeten beim Transport nicht zu Schaden kommen. Und wenn du dich ein wenig ausgeruht hast, erzählst du mir, was es sonst noch Neues in Mont Salvage gibt.

Die beiden Engel verabschiedeten sich mit einem kurzen Nicken von ihrer Michaelitin und zogen sich zurück, um den ihnen zugeteilten Aufgaben nachzugehen. Ariel legte die Schwingen an und blieb noch einen Moment allein auf dem Hof stehen. Sie würden also bald wieder aufbrechen, dachte sie zufrieden. Es wurde auch höchste Zeit. So notwendig ihr Aufenthalt in Châtellerault zur Genesung der Verwundeten auch gewesen sein mochte, Ariel hatte genug von der Untätigkeit.

♦ ♦ ♦

„Ich bedauere, daß unsere gemeinsame Zeit hier bald zuende geht." Malloriel beugte sich vor, während Irène die Verbände auf seinem Rücken löste.

„Bist du nicht froh, daß du endlich wieder gesund bist und in deinen Himmel zurückkehren kannst?" Sie betastete vorsichtig die dünne, bleiche Haut seiner Narben.

„Doch, natürlich bin ich froh, wieder gesund zu sein, aber ich werde unsere Gespräche vermissen."

Irène lächelte verschmitzt. „Ich werde sie auch vermissen."

Er nickte ihr zu und lud sie ein, sich neben ihn auf sein Lager zu setzen. Die junge Frau zögerte nur einen kurzen Moment, dann warf sie die Verbände in den geflochtenen Wäschekorb zu ihren Füßen und setzte sich.

„Und", fragte er, „hat Ariel noch einmal mit dir über deinen flügellosen Engel geredet?"

„Hiob ist nicht mein Engel! Warum sagen die Leute das bloß immer?" Sie lachte empört und ein bißchen unsicher, dann wurde sie wieder ernst. „Ja, sie hat mir erzählt, daß sie die anderen aus seiner Schar kennt und ihnen eine Nachricht zukommen lassen will, damit sie erfahren, daß ihr Bruder noch lebt."

„Hat Ariel auch gesagt, ob sie dir helfen kann, Hiob wiederzusehen?" Malloriel war neugierig zu erfahren, wie Ariel sich anderen gegenüber verhielt. Er hatte mit der Michaelitin zur Zeit eine Art Waffenstillstand, aber er konnte noch nicht einschätzen, ob es die Ruhe vor dem Sturm war oder ob sie wirklich wieder zueinander finden würden.

„Sie sagt, sie versucht herauszufinden, wohin Hiob gegangen ist."

„Aha." Malloriel nickte nachdenklich. „Weißt du, daß gestern ein Bote aus Mont Salvage hier eingetroffen ist? Vielleicht hat er ja Neuigkeiten über den Engel."

Irène sah den Ramieliten aufgeregt an. „Meinst du, Ariel konnte schon etwas in Erfahrung bringen?"

„Ich weiß es nicht, aber du kannst sie gleich selbst fragen – da kommt sie gerade."

Ariel hatte die Trockenhalle betreten und kam jetzt direkt auf sie zu. Als Irène sie sah, sprang sie hastig von Malloriels Lager auf und strich verlegen ihre Schürze glatt.

Malloriel, hast du ein wenig Zeit für mich? Ich würde gerne mit dir sprechen.

Ariel wirkte besorgt, aber ihre Frage hatte freundlich geklungen, und sie warf auch Irène einen warmen Blick zu.

„Es ist gut, daß du kommst, Ariel. Natürlich habe ich Zeit für dich, aber Irène möchte dir vorher noch eine Frage stellen." Damit sah er seine Pflegerin aufmunternd an.

Offensichtlich mußte Irène allen Mut zusammennehmen, aber sie wandte sich mit festem Blick an Ariel: „Malloriel hat erzählt, gestern sei ein Bote aus Mont Salvage hier eingetroffen. Hat er dir vielleicht auch Neuigkeiten über Hiob gebracht?"

Ariel warf dem Ramieliten einen kurzen Blick zu, dann antwortete sie mit leiser Stimme: „Ich habe wirklich etwas erfahren. Es sieht wohl so aus, als sei der Engel, den du Hiob nennst, nach Prag gegangen."

„Nach Prag gegangen? Warum das denn?"

Die Michaelitin schüttelte bedauernd den Kopf. „Mehr weiß ich leider auch nicht."

„Danke – hab trotzdem vielen Dank, ehrwürdige Ariel." Damit ergriff Irène den Wäschekorb und ließ die beiden Engel allein.

Malloriel sah ihr noch einen Moment nach, dann wandte er sich Ariel zu: „Das war sehr nett von dir."

Ach, Unsinn. Das hat mich doch keinerlei Mühe gekostet. Sie zuckte die Achseln. *Ich hatte Daniel gebeten, in Mont Salvage mit Varcanel zu sprechen, und ihm mitzuteilen, was wir über Calliel erfahren haben. Aber offenbar waren wir nicht die einzigen, die etwas herausgefunden haben. Varcanel wußte zwar nichts von Irène, aber er wußte auch, daß Calliel nach Trondheim in den Himmel der Ragueliten gebracht werden sollte.*

Niemand kann sagen, was dort passiert ist, nur, daß der Himmel bereits lange zerstört war, als Calliel ankam.

„Mir ist nicht klar, wie du auf Prag kommst", wandte Malloriel ein. „Warum sollte der Engel dorthin gehen und nicht zu dem Himmel zurückkehren, in dem seine Schar stationiert ist?"

Die Motive seines Handelns kenne ich nicht. Ich weiß nur, daß Daniel in Mont Salvage Gerüchte über einen mysteriösen Hiob aufgeschnappt hat, der in Nürnberg aufgetaucht ist und sich angeblich auf dem Weg nach Prag befinden soll.

„Ich verstehe! Calliel nennt sich Hiob und verschwindet – ein Hiob taucht in Nürnberg auf und reist nach Prag. Du hast einfach nur eins und eins zusammengezählt."

Richtig, gab Ariel zu. *Aber Hiob ist nun wahrlich kein alltäglicher Name, und ein Engel ohne Flügel ist sicher eine Erscheinung, die Rätsel aufgibt und guten Stoff für Gerüchte liefert.*

Der Ramielit lächelte stolz. Jetzt dachte Ariel so, wie er es ihr beigebracht hatte.

„Worüber wolltest du eigentlich mit mir sprechen, Ariel?"

Sie schwieg und sah ihn lange forschend an. Für einen Moment hatte er das Gefühl, als wollte sie versuchen, in seinen Geist einzudringen, hätte es sich aber im letzten Moment anders überlegt.

Laß uns an die frische Luft gehen, ja?

Trotz des stürmischen Wetters verließen sie nicht nur die Halle, sondern auch den geschützten Hof und folgten langsam dem Weg hinunter ins Dorf.

Obwohl seine Neugier groß war, hielt Malloriel seine Fragen zurück und wartete, daß Ariel von selbst anfing zu erzählen. Nach ein paar langen Minuten vernahm er ihre Stimme in seinem Kopf.

Stimmt es, fragte sie zaghaft, *daß du in mich verliebt bist?*

Malloriel blieb wie angewurzelt stehen und starrte die Michaelitin verblüfft an.

Ich meine, hast du dich nur so blöd benommen, weil du eifersüchtig warst? fragte Ariel und marschierte stur geradeaus.

„*Ich* habe mich blöd benommen?" stieß er erstaunt hervor und lief ihr hinterher. „Wer von uns beiden hat denn seit dieser unseligen Mission in Iberia total verrückt gespielt?!"

Ich habe nur meine Pflicht getan!

„Ja, und dabei hast du unsere Freundschaft mit Füßen getreten!" fauchte Malloriel zornig. Auf einmal war die ganze Wut wieder da, und um ein Haar hätte er auf der Stelle kehrtgemacht und Ariel stehenlassen.

Doch jetzt endlich wandte die Michaelitin sich zu ihm um. Er sah, daß sie Tränen in den Augen hatte.

Kannst du nicht einfach meine Frage beantworten? Ich wollte mich nicht schon wieder mit dir streiten.

Betroffen sah er sie an und machte einen Schritt auf sie zu, aber sie wich vor ihm zurück.

„Verzeih mir“, sagte er leise. „Ja, ich bin in dich verliebt. Zumindest war ich es. Ich bin nicht mehr sicher, was ich jetzt empfinde, und vielleicht habe ich dich deswegen auch ein paarmal vor den Kopf gestoßen, aber ich bin nicht bereit, allein die Verantwortung für unseren Streit zu übernehmen. Dein Verhalten hat mich wirklich sehr verletzt, Ariel.“

Dann warst du also wirklich eifersüchtig, stellte Ariel fest und wischte sich mit dem Handrücken über die Augen.

„Lag ich damit denn so falsch? Es stimmt doch, daß du auch für Henaiel mehr empfunden hast als schwesterlichen Respekt und Freundschaft?“

„Ja“, antwortete Ariel leise, „aber ich habe nie gewollt, daß dich das verletzt.“

♦ ♦ ♦

Hiob war in Prag! Irène war über diese Neuigkeit so aufgeregt, daß sie sich kaum auf ihre Arbeit konzentrieren konnte. Nachdem sie einen Krug Tee verschüttet und die schmutzigen Laken, die sie von einem der Lager abgezogen hatte, auf das nächste wieder hatte aufziehen wollen, hatte Rahel sie kurzerhand vor die Tür gesetzt und ihr gesagt, sie solle sich den restlichen Tag freinehmen und sich ausruhen.

Zuerst hatte sie tatsächlich versucht, sich hinzulegen, aber schon nach wenigen Augenblicken war ihr klar geworden, daß sie viel zu aufgeregt war, um ruhig in ihrer Kammer liegenzubleiben. Also hatte sie sich trotz des mittlerweile heftigen Regens auf den Weg hinunter nach Châtellerault gemacht.

Aber wieso war Hiob bloß nach Prag gegangen? Hatten die Schergen der Kirche ihn dorthin verschleppt, nachdem sie festgestellt hatten, daß der Himmel von Trondheim zerstört war, oder war er aus einem anderen Grund selbst dorthin gereist?

Eigentlich war Irène Prag genauso fremd wie Trondheim – bei keiner der Städte konnte sie sagen, wo sie genau lag, oder auf welchem Wege man dorthin gelangte. Dennoch konnte sie sich viel eher vorstellen, nach Prag zu reisen als nach Trondheim. Sie wußte nicht genau warum, aber es hatte immer außer Frage gestanden, daß sie Hiob nach Norwegen folgen würde. Prag hingegen schien auf einmal soviel näher zu liegen ...

Aber sie konnte doch Dominik und Marie nicht so ohne weiteres allein lassen! Verärgert über sich selbst setzte sie sich auf einen regennassen Baumstumpf am Wegesrand. Warum hatte sie bloß so ein ausgeprägtes Schuldbewußtsein, konnte nicht über ihren Schatten springen?

Sie brauchte sich doch gar keine Sorgen zu machen. Der Junge war bei seiner Großmutter gut aufgehoben, und die beiden würden schon ein paar Wochen ohne sie auskommen.

Sie mußte einfach herausfinden, was aus Hiob geworden war! Und nachdem sie von diesem schrecklichen Wittgenstein nichts mehr gehört hatte, seit er ihr Dominic zurückgebracht hatte, konnte sie von seiner Seite wohl nicht mehr viel Hilfe erwarten. Es wurde Zeit, daß sie diese Angelegenheit selbst in die Hand nahm.

♦ ♦ ♦

„Soso“, war alles, was ihre Mutter zu ihren Plänen zu sagen hatte, aber Irène konnte an der mißbilligenden Art, wie sie ihre Augenbrauen zusammenzog, erkennen, daß ihr die Sache nicht gefiel.

„Ach Mutter, ich fühle mich immer noch schuldig, daß er gefangengenommen wurde, und jetzt, da ich weiß, daß er in Prag ist, kann ich einfach nicht so tun, als sei nichts geschehen.“

„Du weißt überhaupt nicht sicher, daß er in Prag ist.“

„Ariel hat es mir doch gesagt!“

„Ich dachte, der Engel hat gesagt, Hiob sei *wahrscheinlich* nach Prag gegangen? Vielleicht irrt er sich, oder dein Hiob ist schon lange nicht mehr dort, wenn du die Stadt der Ramieliten erreichst!“

„Jetzt sei doch nicht so ablehnend! Ich spüre, daß er dort ist! Alles, worum ich dich bitte, ist, daß du ein paar Wochen auf Dominic aufpaßt.“

„Ich will aber mitkommen!“ meldete ihr Sohn sich jetzt zu Wort. Dominic war sofort Feuer und Flamme gewesen, als er erfahren hatte, daß seine Mutter nach Prag reisen wollte, um nach Hiob zu suchen.

„Kommt überhaupt nicht in Frage", erwiderten Marie und Irène wie aus einem Munde.

„Aber Hiob ist auch mein Freund! Er hat mich einmal gerettet, und jetzt bin ich es ihm schuldig, ihn ebenfalls zu retten!"

Irène strich ihrem Sohn übers Haar. „Das mußt du diesmal deiner Mutter allein überlassen, mon petit héros."

♦ ♦ ♦

Zwei arbeitsreiche Tage später waren alle bereit, nach Mont Salvage aufzubrechen. Das Lazarett war abgebaut, und der Troß aus Templern, Söldnern, Beginen und Monachen hatte das Dorf bereits in Richtung Süden verlassen. In der mittlerweile wieder fast leeren Trockenhalle des Gutshofes lagen die beiden schwerverletzten Engel in ihren an Hängematten erinnernden Tragen. Daniel hatte ganze Arbeit geleistet: Am Mittag hatten sie die Engel auf die Tragen heben können, die er an ein paar Balken in der Halle festgebunden hatte.

Rahel hatte den Verletzten noch eine Nacht Ruhe verordnet, und so würden sie erst am nächsten Morgen aufbrechen. Nach den anstrengenden Reisevorbereitungen war diese Ruhepause für die übrigen Engel beinahe noch wichtiger als für die beiden Verletzten. Aber Rahel wußte, daß das keiner hören wollte, also hatte sie es wohlweislich für sich behalten.

Außerdem hatte die Raphaelitin jetzt auch noch Gelegenheit, sich in aller Ruhe von Irène zu verabschieden. Sie traf sie in der Küche, wo sie Marie bei den Vorbereitungen für das Abendessen half.

„Hallo Irène", rief sie von draußen durch das geöffnete Fenster.

„Rahel! Warte einen Moment, ich komme zu dir hinaus."

Rahel sah, wie Irène noch kurz mit ihrer Mutter sprach, woraufhin die alte Frau ihr durch die kleine Fensteröffnung einen langen Blick zuwarf, dann trat sie durch die niedrige Tür auf den Hof heraus.

„Du wirst also auch morgen abreisen?" fragte Rahel.

Irène nickte und wischte sich die mehlbestäubten Hände an ihrer Schürze ab. „Ja, Daniel hat mir erklärt, wie ich gehen muß, um auf die nächste große Straße in die richtige Richtung zu kommen, und ich hoffe, dort bald auf eine Reisegesellschaft zu stoßen, der ich mich anschließen kann." Trotz der Erschöpfung, die ihr wie allen anderen überdeutlich ins Gesicht geschrieben stand, funkelten Irènes Augen unternehmungslustig.

Rahel nickte zustimmend. „Paß bloß auf dich auf – der Weg ist weit."

„Das hat Malloriel auch schon gesagt. Er war eben hier und hat sich von mir verabschiedet. Ich werde ganz bestimmt vorsichtig sein!"

„Dann ist es ja gut. Ich wollte dir auch noch einmal für all die Hilfe danken, die wir von dir bekommen haben. Außerdem habe ich etwas für dich." Damit reichte sie Irène einen kleinen schwarzen Lederbeutel mit Manna. „Ich denke, das hier kannst du auf deiner Reise nach Prag sicher gut gebrauchen."

„Das kann ich unmöglich annehmen!"

„Aber natürlich kannst du das. Wir haben mehr als genug davon, und für dich reicht das hier wochenlang zum Leben. Außerdem wirst du auf dem Hof nicht viel verdient haben, und die Reise nach Prag wird teuer werden."

Zögernd nahm Irène den Lederbeutel an sich. Er lag überraschend schwer in ihrer Hand.

„Wie kann ich dir nur danken?" fragte sie mit leuchtenden Augen.

„Versprich mir einfach, heil zu deiner Familie zurückzukehren, und das möglichst bald."

„Ich verspreche es dir!"

Die Raphaelitin lächelte zufrieden. Sie bedauerte immer noch, daß Irène sich nicht dazu entschließen konnte, als Begine ihrem Orden beizutreten. Aber sie respektierte die Entscheidung der jungen Frau und hoffte, daß sie mit ihrer Reise Erfolg haben würde.

Die Französin erwiderte ihr Lächeln. „Was werdet ihr tun, wenn ihr wieder in eurem Himmel angekommen seid?"

„Ich denke, Malloriel wird sicher noch ein paar Tage Erholung brauchen, bis er wieder ganz gesund ist – und dann werden wir darauf warten, daß der Prior uns auf eine neue Mission schickt."

„Wenn du Hiobs Schar triffst, dann sag seinen Schargeschwistern, daß er ein ganz besonderer Engel ist und daß sie stolz sein können, daß er ihr Bruder ist."

♦ ♦ ♦

Sechs Tage später stand Ab Guillaume am schmalen Bogenfenster seines Arbeitszimmers und beobachtete, wie die 32 Engel aus Châtellerault tief unter ihm auf der Flugplattform landeten. Eine Gruppe von Monachen erwartete die Heimkehrer bereits auf Anweisung des Priors. Guillaume konnte erkennen, wie die kleinen grünen Punkte die weißgeflügelten Engel umschwirrten und die beiden verwundeten Engel übernahmen, um sie in den Krankenflügel des Himmels zu bringen.

Mittlerweile war fast die Hälfte der nach Frankreich entsandten Truppen wieder in den Himmel zurückgekehrt. Die übrigen würden noch einige Zeit als Besatzungstruppen in den befreiten Städten bleiben, um dort die Ordnung wieder herzustellen. Guillaume war mit dem Ausgang des Feldzuges zufrieden. Mit dem Sturm auf Tours war es den angelitischen Truppen endlich gelungen den vereinten Widerstand der Ketzerstädte zu brechen, und das ohne allzu große Verluste. Natürlich wußte er auch, das die Schlachten in Frankreich nicht die letzten gewesen waren, sondern daß in diesem Moment in anderen Ecken der Welt mit Sicherheit neue Aufstände aufflammten. Dennoch war es ein gutes Gefühl diesen Feldzug erfolgreich abgeschlossen zu haben.

Als es einige Augenblicke später an der Tür klopfte saß er noch immer am Fenster und beobachtete die Wolken, die der scharfe Wind im Norden zu immer wieder neuen, prächtigen Formen auftürmte.

„Herein," sagte er, ohne sich umzusehen.

Die Tür öffnete sich fast lautlos und die melodische Stimme seines Adjutanten erklang: „Ehrwürdiger Ab, wie von euch angeordnet, wartet die soeben heimgekehrte Michaelitin im Audienzzimmer."

„Gut, ich komme."

Nach einem letzten Blick auf das Schauspiel am Himmel, wandte Ab Guillaume sich um und ging in das Audienzzimmer hinüber. Wie der Adjutant gesagt hatte, erwartete Ariel ihn bereits. An ihrer Seite stand Malloriel, ihr Ramielit. Er sah noch blasser aus als sonst, dennoch war seine Stimme voller Kraft, als er ihn begrüßte:

„Die Erzengel mögen euch segnen, Ab Guillaume. Die Boten des Lichts sind erschienen, um euch Bericht zu erstatten."

hiobs botschaft

Kapitel achtzehn

Für die Nachforschungen in der Stadt hatte Hiob sich wieder in seinen weiten Wollmantel gehüllt, der sein auffälliges Äußeres gut verbarg. Wenn er so mit Francetta durch die Straßen Prags ging, sollte er eigentlich auf den ersten Blick als Monach durchgehen. Eigentlich hatte er sich allein auf den Weg machen wollen, aber Francetta hatte darauf bestanden, ihn zu begleiten.

Sie waren jetzt bereits seit mehreren Stunden unterwegs, und die Rottmeisterin hatte sich in unzähligen Gasthäusern, bei Straßenhändlern und den Söldnern an den Stadttoren nach dem anderen Ragueliten erkundigt – bislang ohne jeden Erfolg. Zuerst hatte Hiob das wenig gekümmert. Die vielfältigen Eindrücke der hölzernen Metropole mitten auf dem See hatten ihn völlig gefangengenommen und ihre Suche für einige Zeit vergessen lassen. Doch langsam konnte Francetta ihre Enttäuschung nicht mehr verbergen, und ihre leisen Flüche erinnerten ihn wieder an ihre eigentliche Aufgabe.

„Es sieht nicht gut aus, oder?“ fragte er die sehnige Beutereiterin, als sie sich vor einem Regenschauer unter den Schutz einer der großen Palmen geflüchtet hatten, die eine kleine Allee säumten. Daß auf den Pontons von Prag sogar Bäume wuchsen, hatte Hiob ganz besonders

Wüßte ich doch, wie ich ihn finden könnte,
gelangen könnte zu seiner Stätte.

- Hiob 23, 3

beeindruckt. Auf einem der Plätze im Süden der Stadt hatten sie gar einen richtigen kleinen Wald gesehen.

„Nein, es sieht nicht gut aus", antwortete Francetta verärgert. „Unsere gesamte Suche scheint vollkommen sinnlos zu sein. Ich habe seit heute Morgen nicht den leisesten Hinweis auf den Ragueliten bekommen, und ich kann mir nicht vorstellen, daß es den anderen besser ergangen ist."

„Und was machen wir jetzt? Hast du einen Vorschlag?"

Die Söldnerin zuckte die Achseln und strich sich eine nasse Haarsträhne aus dem Gesicht. „Hoffen, daß Eliphas und die Begine im Himmel mehr herausfinden konnten."

♦ ♦ ♦

Die Taschen voller Manna, hatte Wittgenstein sich nach seinem Treffen mit Gregor zuerst einmal eine bessere Unterkunft gesucht und sich nach einem guten Essen gründlich ausgeschlafen. Nachdem er sich daraufhin einige Zeit in der Stadt umgehört hatte, war klar geworden, daß er nicht umhin konnte, seine Nachforschungen beim

Haus des Kaufmanns zu beginnen – Nathan und sein Vater waren allem Anschein nach respektable Leute gewesen und hatten sich keine echten Feinde gemacht. Er würde also die Bediensteten noch einmal über die Ereignisse jener schicksalhaften Nacht ausfragen müssen und sich, wenn dabei nichts herauskam, eben zuerst auf die Spur des verschwundenen Kaufmanns setzen. Mit etwas Glück würde der ihn dann auch zu den Mördern seines Sohnes führen.

Beim Haus des Kaufmanns angekommen, fand Wittgenstein auf Anhieb die Tür, die in die Küche führte – der überquellende Eimer mit Küchenabfällen davor war ein eindeutiger Hinweis. Mit einer unwillkürlichen Bewegung kontrollierte er den Sitz seiner Augenklappe und klopfte an die hölzerne Tür.

Der blonde Küchenjunge, der ihm öffnete, starrte ihn aus weit aufgerissenen Augen an. „Bist du der Teehändler?“ fragte er verwirrt.

Mit breitem Grinsen schob Wittgenstein den Halbwüchsigen beiseite und trat mit eingezogenem Kopf durch die niedrige Tür.

„Nein, bin ich nicht. Aber ich bin ein Freund Terezas, und ich bin gekommen, um sie zu sehen.“

Der Junge stand noch immer wie angewurzelt neben der offenen Küchentür. „Tereza arbeitet nicht in der Küche“, stammelte er, „sie ist im Haus für die Zimmer zuständig.“

„Das weiß ich doch“, log Wittgenstein und sah sich suchend in der Küche um. Als der Junge darauf nicht reagierte, seufzte er schwer und schloß hinter sich die Küchentür.

„Paß gut auf, Bursche, du wirst mir jetzt hier in der Küche einen Stuhl und etwas zu trinken anbieten, und dann wirst du hinauf ins Haus gehen, Tereza suchen und sie hierher bringen.“ Mit diesen Worten drückte er dem zitternden Burschen ein Fünfzigcentstück in die Hand und sah ihn erwartungsvoll an.

Der Anblick der golden schimmernden Münze schien Wunder zu wirken, und innerhalb weniger Augenblicke saß Wittgenstein mit einem dampfenden Becher Tee am Küchentisch und wartete darauf, daß Tereza zu ihm herunterkam. Eigentlich hatte er ja an eine andere Art Getränk gedacht, aber man durfte die Leute nicht überfordern.

Er sollte jedoch kaum die Gelegenheit bekommen, überhaupt etwas zu trinken, denn schon nach wenigen Augenblicken kehrte der

Küchenjunge mit jener Magd zurück, mit der Wittgenstein schon am Morgen nach Nathans Tod gesprochen hatte. Offenbar hatte die gute Tereza seine Freigebigkeit nicht vergessen, sonst wäre sie wohl nicht so schnell bei ihm in der Küche erschienen.

„Sei gegrüßt, mein edler Herr! Ich freue mich, dich wiederzusehen. Laufen die Geschäfte gut?"

Natürlich freust du dich, dachte Wittgenstein grimmig, der das gierige Funkeln in Terezas kleinen Augen nur allzu genau erkannt hatte, und meine Geschäfte interessieren dich auch nur solange, wie etwas für dich dabei abfällt! Aber ihm sollte es recht sein, wenn er durch ein paar gut angelegte Euro an die Informationen kam, die er brauchte.

„Danke der Nachfrage. Ich freue mich auch, dich wiederzusehen, Tereza. Ich würde mich gern ein wenig mit dir unterhalten. Setz' dich doch." Er wies auf einen Stuhl an der anderen Seite des Küchentisches.

„Hier, sorg dafür, daß wir ein bißchen allein sind", sagte er an den Küchenjungen gewandt und schob ihm noch ein paar Cent zu.

„Worüber willst du mit mir sprechen, edler Herr?" fragte Tereza neugierig, nachdem der Junge sie allein gelassen hatte.

„Es geht um deinen erschlagenen Herrn und seinen verschwundenen Vater. Ein alter Freund des Hauses hat mich beauftragt, über die Sache ein paar Nachforschungen anzustellen und mich nach dem Täter und dem Verbleib des Herrn Ebenezer umzusehen. Dazu brauche ich deine Hilfe, Tereza." Wittgenstein wußte, daß es immer gut war, wenn die Leute das Gefühl hatten, gebraucht zu werden. Dann glaubten sie, die Kontrolle über das Gespräch zu haben, und man konnte mehr aus ihnen herausbekommen. Allerdings hatte er bei Tereza nicht das Gefühl, sie verheimliche irgend etwas. Sie nickte nur eifrig und sah ihn aufmerksam an.

„Gut, am besten erzählst du mir noch einmal genau, was in jener Nacht passiert ist, zumindest, sofern du es weißt."

„Aber gern, nur ist das schnell gesagt. Pietrov ist wie jeden Morgen ins Zimmer des jungen Herrn gegangen, um ihn zu wecken und ihm beim Ankleiden zu helfen. Dort hat er dann den Herrn Nathan mit eingeschlagenem Schädel auf dem Fußboden vor dem Bett gefunden. Er hatte nur sein leinenes Nachthemd an, und da war sehr viel Blut überall. Neben ihm auf dem Boden lag eine schwere Zinnkanne, blutig und verbeult, damit hat der Mörder wohl seine grausige Tat vollbracht. Mehr wissen wir leider auch nicht. Die Templer haben alle im Haus lange und ausführlich befragt, aber bis jetzt haben wir noch nichts weiter von ihnen gehört."

Nathan war also wahrscheinlich nicht im Schlaf ermordet worden, sondern war aus seinem Bett aufgestanden. Außerdem mußte er den Täter gekannt haben, sonst hätte er zweifellos Alarm geschlagen.

„Weiß man, ob es in dem Zimmer einen Kampf gegeben hat? Hat denn niemand in der Nacht etwas gehört?"

Tereza schüttelte energisch den Kopf. „Nein, die Templer haben gesagt, es habe keine Spuren eines Kampfes gegeben, und von uns, also vom Gesinde, hat niemand etwas Ungewöhnliches gehört. Allerdings haben wir uns auch alle schon länger nicht mehr besonders um Geräusche von oben geschert."

„Warum das denn nicht?" fragte Wittgenstein stirnrunzelnd.

„Der Herr Ebenezer ist in der Zeit seiner Genesung häufiger geschlafwandelt, von daher waren wir alle an nächtliche Schritte aus dem oberen Stockwerk gewöhnt."

„Hat denn jemand in der betreffenden Nacht Schritte gehört?"

„Ich glaube schon, aber das ist nichts Ungewöhnliches."

Der alte Meister Ebenezer war also ein Schlafwandler. Ob er sich auch im Schlaf aus dem Staub gemacht hatte? Oder vielleicht hatte er das auch nur vorgetäuscht und hatte seinen Sohn ermordet? Aber warum sollte er so etwas tun?

„Und es hat auch niemand bemerkt, daß der alte Ebenezer das Haus mitten in der Nacht verlassen hätte?"

Tereza schüttelte erneut den Kopf. „Nein, da sind wir uns alle einig, davon haben wir nichts gehört."

Ebenezer hatte das Haus aber zweifellos in der Nacht verlassen. Am Abend war er noch da gewesen – Nathan und Gregor hatten ihn auf dem Gang getroffen, als sie sich vor der Tür des Kaminzimmers um seinen Auftrag gestritten hatten. Seinen Auftrag! Der Sohn hatte vermutet, irgend etwas sei mit seinem Vater nicht in Ordnung, aber warum sollte ihn deshalb jemand umbringen?

„Hat Ebenezer das Haus denn in anderen Nächten als Schlafwandler verlassen?"

„Nein, ich glaube nicht, edler Herr. Aber er hat tagsüber und manchmal auch nachts viele Spaziergänge gemacht."

„Weißt du, wohin er bei diesen Spaziergängen gegangen ist?"

Tereza zuckte die Achseln. „Nicht genau, aber Flora sagt, sie hätte ihn einmal am Fernhafen gesehen."

Na, das klang doch mal nach einer brauchbaren Spur! Er würde sich also zunächst einmal um den verschwundenen Vater kümmern. „Wie ist der Name des Medikus, der Ebenezer behandelt hat, als er krank war?"

„Wojciech, Doktor Wojciech. Er lebt im Westen der Stadt in Malá Strana."

Gut, da würde er weitermachen. Wittgenstein stand auf und warf Tereza ein Zweieurostück zu. „Eine Frage habe ich noch an dich: Kannst du mir eine genaue Beschreibung deines Herrn Ebenezer geben?"

„Nun, er war ein stattlicher Mann, etwas größer noch als du, dem man sein Alter von bestimmt fünfzig Jahren nicht ansah. Er war immer glatt rasiert und trug sein graues Haar stets sehr kurz geschnitten. Ich glaube, das Auffallendste an ihm waren seine leuchtend grünen Augen. Seit seiner Krankheit sah er immer etwas blaß aus." Tereza zuckte die Achseln. „Was soll ich noch sagen? Kannst du damit etwas anfangen?"

Wittgestein nickte knapp und verließ hastig die Küche.

♦ ♦ ♦

Nachdem ein Besuch bei besagtem Wojciech vollkommen ergebnislos geblieben war, hatte Wittgenstein sich auf den Weg in das Viertel am Fernhafen gemacht. Der sogenannte Medicus war ein Quacksalber der schlimmsten Sorte, und Wittgenstein konnte jetzt gut verstehen, warum Nathan seinem Urteil mißtraut hatte. Es war schnell klar geworden, daß es sich kaum lohnte, den kleinwüchsigen Greis zu bestechen oder zu bedrohen – er hatte einfach keine Ahnung.

Der Fernhafen von Prag lag im Süden der Stadt der Ramieliten. Der Podolské-Kanal war der einzige Wasserweg in der Stadt, der breit genug war, um die riesigen Lastkähne und Flöße der Flußschiffer aufzunehmen, die über die Moldau nach Prag hereinkamen. Um Unfälle zu vermeiden, wurde der Kanal nur in einer Richtung befahren. Die Schiffe fuhren an seinem nördlichen Ende in die Stadt hinein. An den hölzernen Kais des Stadtviertels Pankrác wurden dann die mitgebrachten Waren zu jeder Tages- und Nachtzeit auf kleinere Kähne, Treidelboote und Lastgondeln verladen, die tiefer ins Gewirr der Kanäle eindringen konnten, das die ganze Stadt wie ein Spinnennetz durchzog. Die leeren Flöße und Schiffe fuhren anschließend weiter nach Podolís, wo der ganze Vorgang in umgekehrter Richtung erfolgte, so daß die Schiffe die Stadt am südlichen Ende des Kanals wieder vollbeladen verließen.

Aber Wittgenstein interessierte sich nicht für den Hafenbetrieb, statt dessen lief er durch das Gewirr aus engen, verwinkelten Gassen und Lagerhäusern, aus dem die Hafenviertel an der vom Kanal abgewandten Seite hauptsächlich bestanden. Es war der ideale Ort für ein Versteck oder einen geheimen Unterschlupf. Ebenezer war Kaufmann, und sicher hatte er häufiger am Hafen zutun, aber irgend etwas sagte Wittgenstein, daß sein Besuch hier keine geschäftlichen Gründe gehabt hatte. Trotzdem ärgerte er sich, daß er Tereza nicht gefragt hatte, ob der Kaufmann hier irgendwo ein Lagerhaus oder vielleicht einen Reisspeicher unterhielt. Er konnte kaum hoffen, nur durch Glück auf einen Hinweis zu stoßen, der ihn weiterbrachte, also beschloß er, zuerst einmal die Fahrer der Rikschagondeln zu befragen, die an verschiedenen Plätzen und Kanalkreuzungen auf Fahrgäste warteten. Ein paar Cent hier und eine Flasche billigen Reisweins dort lockerten den Gondoliere schnell die Zunge, aber niemand schien am fraglichen Abend einen Fahrgast befördert zu haben, auf den Ebenezers Beschreibung paßte.

Wittgenstein war schon drauf und dran, seine Suche in den Hafenvierteln aufzugeben, als sich dann doch einer der Rikschafahrer an Ebenezer erinnerte.

„Er war nicht mein Fahrgast, aber ich kann mich noch gut an ihn erinnern", berichtete der ältere Mann, dessen ganzer Stolz sein langer, gezwirbelter Schnurrbart zu sein schien. „Es muß schon ein paar Tage her sein. Ich hatte gerade ein paar Matrosen aus Karlin zu ihrem Schiff zurückgefahren und hatte nicht erwartet, zu so später Stunde in Podolís noch einen Fahrgast zu treffen. Aber dann sah ich diesen Mann, den du beschrieben hast, aus der Hintertür eines Lagerhauses kommen. Normalerweise dienen die Stege auf den Rückseiten der Häuser nur als Anlegestelle für Kähne und Gondeln, deshalb wunderte ich mich, daß er nicht das Boot nahm, das neben der Tür angebunden war, sondern zu Fuß den Steg entlanglief. Also brachte ich meine Gondel auf gleiche Höhe mit ihm und fragte ihn, ob ich ihn mitnehmen könnte, aber er hat mich nur kurz angesehen und ist dann über den Steg davongelaufen."

„Bist du dir sicher, daß es der Mann war, den ich beschrieben habe?"

„Ja", sagte der Gondoliere, „ganz sicher, und im Schein meiner Laterne habe ich gesehen, daß er einen schönen, teuren Mantel trug, nichts, was sich ein Hafenarbeiter hätte leisten können, und an die grünen Augen kann ich mich gut erinnern."

„Verstehe", antwortet Wittgenstein nachdenklich. „Wann, sagst du, ist das gewesen?"

Sein Gegenüber zuckte die Achseln. „Ich weiß nicht genau, vor zwei, drei Tagen, denke ich."

Also wahrscheinlich, nachdem Ebenezer verschwunden war. Mit etwas Glück war der alte Kaufmann in der Zwischenzeit wieder in sein Versteck zurückgekehrt. Wittgenstein sah prüfend zum wolkenverhangenen Himmel hinauf. In spätestens einer Stunde würde die Sonne untergehen. Wenn möglich wollte er sich das Versteck des Alten noch bei Tageslicht ansehen.

„Würdest du die Tür wiederfinden, aus der der Mann damals herauskam?"

„Aber sicher", nickte der Gondoliere und strich über seinen Schnurrbart.

„Gut, dann bring mich dahin!"

♦ ♦ ♦

Eliphas wartete mit einigen seiner Leute bereits an einer Straßenekke am Florencer Platz, als Hiob in Begleitung Francettas dort eintraf. Sie hatten es riskiert, sich von einer der Rikschagondeln bis in die Nähe des Platzes bringen zu lassen und waren nur die letzten paar Schritte zu Fuß gegangen. Hiob hatte nicht viel Hoffnung, daß der Komtur etwas herausgefunden haben könnte. Wie die Rottmeisterin vorausgesagt hatte, war keiner von ihrer Truppe in der Stadt erfolgreich gewesen, und irgendwie war er zu niedergeschlagen, um sich vorstellen zu können, daß es Eliphas und Anne im Himmel besser ergangen war.

„Da seid ihr ja endlich", rief Eliphas ihnen ungeduldig entgegen, noch bevor sie die Gruppe ganz erreicht hatten. „Wir haben gute Neuigkeiten! Es scheint, als hätten die Ramieliten eine heiße Spur, und wir müssen uns beeilen, wenn wir vor ihnen dort sein wollen!"

„Wie bitte?" fragte Hiob überrascht. „Wir haben gar nichts herausgefunden und dachten schon, es wäre alles umsonst gewesen. Was gibt es neues? Wo befindet sich der Raguelit mit dem Ordensbuch?"

„Das kann ich euch alles unterwegs erklären", drängte Eliphas, „wir haben noch einen weiten Weg vor uns, und ich weiß nicht, ob die Ramieliten nicht schon heute abend dorthin aufgebrochen sind."

Alle Niedergeschlagenheit war von einem Augenblick zum anderen von Hiob abgefallen. Sie hatten endlich eine Spur – und mit etwas Glück würde es nicht mehr lange dauern, bis er seinen Ordensbruder traf!

Eliphas führte sie in eine enge Seitengasse, wo auf einem Kanal zwei Lastgondeln lagen, deren Ladeflächen mit vielfach geflickten Plastikplanen überspannt waren.

„Los, Leute, steigt ein. Hiob, komm' zu mir auf den ersten Kahn, dann erzähle ich dir auf der Fahrt, was wir herausbekommen konnten."

Wenige Augenblicke später hockten sie dichtgedrängt unter den Planen, während die Gondeln sich langsam in Bewegung setzten.

„Es war wieder Anne, die den entscheidenden Hinweis fand", begann Eliphas zu erzählen, und Hiob sah ihn gespannt an. „Bereits heute morgen, kurz nachdem Padano mit ihrer Botschaft zu dir aufgebrochen war, konnte sie ein Treffen zwischen Athenida und einem Mann belauschen, der vielleicht sogar Ab Arbogast selbst war."

„Wie hat sie das geschafft?" unterbrach Hiob ihn. "Ich denke, die Ramieliten haben sie nie aus den Augen gelassen?"

„Nachdem ich festgestellt hatte, daß sie überwacht wird, habe ich meine Leute angewiesen, ihre Aufpasser bei jeder sich bietenden Gelegenheit in Gespräche zu verwickeln und abzulenken, so daß Anne sich möglichst oft unbeobachtet durch den Himmel bewegen konnte", erklärte Eliphas mit zufriedenem Grinsen.

Hiob nickte. „Ich wußte gar nicht, daß du so ein guter Spion bist, Komtur. Gehört das seit neuestem zur Grundausbildung der Templer?"

Immer noch grinsend schüttelte Eliphas den Kopf und fuhr fort: „Leider befand sich Annes vorsintflutliches Sprechgerät gerade auf dem Weg zu dir, so daß sie das Gespräch nicht festhalten konnte, aber glücklicherweise haben die Ramieliten einen Sinn für detailreiche Malerei. So konnte Anne mir auf einer Panorama-Ansicht der Stadt, die auf die Wand eines großen Speisesaales gemalt war, den Ort zeigen, über den Athenida mit dem Mann gesprochen hatte."

„Und dorthin fahren wir jetzt?" fragte Hiob. „Was macht dich so sicher, daß das Buch und mein Ordensbruder dort sind?"

„Zumindest glauben die Ramieliten das. Das gab Anne mir anhand der Wandgemälde zu verstehen."

„Er versteckt sich also noch in der Stadt", sagte Hiob halb zu sich selbst. Aber warum, wenn er das Ordensbuch nicht den Ramieliten übergeben wollte? Gab es jemand anderen, auf den er wartete, oder wußte er vielleicht, daß Hiob nach ihm suchte? Ihm fiel keine vernünftige Erklärung ein, aber bald konnte er seinen Ordensbruder ja selbst fragen.

„Und wo befindet sich dieses Versteck?"

„Tief unten im See", antwortete der Komtur geheimnisvoll.

♦ ♦ ♦

Nachdem sie einmal an der Stelle vorbeigestakt waren, hatte Wittgenstein sich von dem Gondoliere unweit der Tür absetzen lassen, wo der Mann Ebenezer vor ein paar Nächten gesehen zu haben glaubte. Dann war er auf dem schmalen Holzsteg allein zu der Tür zurückgekehrt. Natürlich war sie fest verschlossen. Das Holz sah zwar nicht so aus, als würde es einem ernsthaften Einbruchsversuch standhalten, aber damit hätte er auch seine Anwesenheit verraten, und das wollte er auf keinen Fall. Also hatte er sich am Nachbarhaus eine Stelle gesucht, an der er die Bretterwand ohne größere Schwierigkeiten erklettern konnte. Warum hatte er nur seine Ausrüstung nicht dabei? Dann wäre das alles ein Kinderspiel gewesen. Aber es mußte auch so gehen. Vom Flachdach des Nachbarhauses konnte er einfach auf das Dach des Schuppens hinüberklettern, zu dem die geheimnisvolle Tür gehörte. Dann mußte er nur noch eine Luke finden, durch die er unauffällig ins Innere des Gebäudes gelangen konnte.

Leider mußte Wittgenstein jedoch feststellen, daß die Dachluken allesamt zu klein waren, um hindurchzuklettern. Also suchte er sich eine, von der aus er den Raum hinter der Tür gut beobachten konnte, und spähte vorsichtig in das Halbdunkel des Lagerhauses hinunter. Bis auf ein paar Säcke mit Reis schien der Raum leer zu sein. Jedenfalls konnte er niemanden entdecken. Wittgenstein beschloß, den Bau einige Zeit zu beobachten. Vielleicht würde Ebenezer oder jemand anderes ja im Laufe der Nacht hier auftauchen. Dann konnte er hoffentlich mehr herausfinden. Er vergewisserte sich, daß sein Versteck von unten nicht zu sehen war, – dann wartete er.

Bereits kurz nach Sonnenuntergang hörte er, wie jemand sich an der Tür auf der Straßenseite zu schaffen machte, und im nächsten Moment erschien eine in einen Mantel gehüllte Gestalt in seinem Blickfeld. Im ersten Moment dachte er, es sei Ebenezer, der dort unten den Schuppen betreten hatte, doch dann erkannte er, daß es ein anderer, jüngerer Mann war, denn die Beschreibung, die die Dienerin ihm gegeben hatte, wollte so überhaupt nicht zutreffen. Der unbekannte Neuankömmling entzündete eine Karbidlampe und stellte sie in der Mitte des Raumes ab. Dann setzte er sich auf einen der Säcke und wartete ebenfalls.

Diesmal dauerte es erheblich länger, bis wieder etwas geschah. Wittgenstein vermutete, daß seit Sonnenuntergang zwei bis drei Stunden vergangen waren, als ein leises Klopfen den Wartenden unter ihm aufschreckte. Allem Anschein nach war der zuerst eingetroffene Mann kurz eingenickt. Es klopfte noch einmal. Das verhaltene Geräusch kam eindeutig von der Tür, und der Mann unter ihm sprang auf und ging zum Eingang des Lagerraumes, um zu öffnen. Eine weitere vermummte Gestalt mit Kapuze betrat das Halbdunkel. Auch diesmal vermutete Wittgenstein sofort, es könne sich um den alten Kaufmann handeln, aber dann konnte er erkennen, wie eine schillernde Chitinklaue aus den Falten des Umhanges fuhr und nach der Lampe griff, um sie etwas herunterzudrehen. Traumsaat! Der Neuankömmling mußte ein Versuchter oder so etwas sein! Worauf hatte er sich da nur wieder eingelassen?!

Insgesamt betraten im Verlauf der nächsten Minuten noch drei weitere verhüllte Gestalten den Schuppen durch die Tür zur Straße. Keine von ihnen schien Ebenezer zu sein, und ob noch weitere Dämonen dabei waren, konnte Wittgenstein nicht sagen. Die Sache mit der Traumsaat war ihm ganz und gar nicht geheuer. Er wußte nicht viel über die abstoßenden Diener des Herrn der Fliegen, aber er rechnete mit dem Schlimmsten. Blieb nur zu hoffen, daß sie keine Sinne hatten, mit denen sie seine Anwesenheit auf dem Dach des Schuppens spüren konnten.

Obwohl sie unten mittlerweile zu fünft waren, schienen noch immer nicht alle Mitglieder des geheimnisvollen Zirkels versammelt zu sein, und tatsächlich klopfte es bald ein weiteres Mal, diesmal an der Tür, die auf den Steg hinausführte. Der junge Mann, der zuerst angekommen war, schob den Riegel zurück und öffnete die Tür. Wittgenstein konnte das Gesicht des Neuankömmlings nicht sehen, da auch er keine Anstalten machte, seine Kapuze zurückzuschlagen. Aber als er zu sprechen begann, hörte er die Stimme eines alten Mannes mit prager Akzent, möglicherweise die Ebenezers: „Es ist soweit. Wir wissen alles, was wir wissen müssen, und der Herr ist nicht mehr bereit zu warten.“

Kapitel neunzehn

Das Gebäude, bei dem die Gondeln sie abgesetzt hatten, lag am nördlichen Rand der Stadt. Wenn er den Kopf in den Nacken legte, konnte Hiob in der Finsternis nur einen massigen Umriß erkennen, der sich tiefschwarz gegen die kaum hellere Wolkendecke abzeichnete. Er hatte keine Vorstellung, wie hoch das Gebäude war, aber er vermutete, daß es nach dem Himmel der Ramieliten das zweitgrößte war, das er bisher in Prag gesehen hatte. Noch bemerkenswerter als seine Größe war jedoch die Tatsache, daß es vollkommen aus Stein gebaut war.

„Was ist denn das für ein Turm?" fragte Hiob und legte beide Hände auf die glatte Steinmauer.

„Sei leise", zischte Eliphas. „Ich bin nicht sicher, ob wir hier allein sind. Laß uns erst mal zusehen, daß wir hineinkommen."

Der Komtur winkte den beiden Gondoliere zu, die ihre Boote bereits wieder von dem breiten Steg wegsteuerten, der um den Fuß des mächtigen Turms herum lief. Dann ging er an der Mauer entlang und verschwand am Ende um die Ecke. Hiob und die anderen folgten ihm leise. Nach ein paar weiteren Metern blieb er stehen. Während die Seite des Gebäudes, an der sie angekommen waren, einer großen

Einfordern sollen ihn Dunkel und Finsternis, Gewölk über ihn sich lagern, Verfinsterung am Tage mache ihn schrecklich. Jene Nacht, das Dunkel raffe sie hinweg, sie reihe sich nicht in die Tage des Jahres, sie füge sich nicht zur Zahl der Monde.

- Hiob 3, 5-6

Kreuzung mehrerer Kanäle zugewandt lag, waren sie auf dieser Seite hier vor neugierigen Blicken gut geschützt. Jenseits des Stegs lag nur ein schmaler Kanal, der am anderen Ufer direkt von ein paar niedrigen, dem Kanal abgewandten, Lagerhäusern begrenzt wurde.

„Wie sollen wir da denn hineinkommen?“ fragte Hiob, der bisher noch keinen Eingang entdeckt hatte. Alle Türen und Fenster, die sie passiert hatten, waren sorgfältig zugemauert gewesen.

„Es gibt ebenerdig keinen Eingang“, erklärte Eliphas leise und wies auf ein Bündel, das einer der Beutereiter soeben auf dem Steg abgesetzt hatte. „Wir müssen ein Stück klettern.“

Angestrengt suchte Hiob die Mauer über ihren Köpfen ab, und tatsächlich entdeckte er in etwa fünf Metern Höhe einige finstere Öffnungen, die eher an Schießscharten als an Fenster erinnerten.

Wenn ich jetzt noch meine Flügel hätte, würden wir leicht dort hinaufkommen, dachte er. Aber es mußte auch so gehen. Es gelang dem Beutereiter bereits beim zweiten Versuch, den kleinen Haken am Ende des Seils, das sich in dem Bündel befunden hatte, sicher in einer der Öffnungen zu verankern, und schon im nächsten Moment begannen sie einer nach dem anderen die Mauer hinaufzuklettern. Als sie alle oben in dem kleinen, dunklen Raum hinter der Öffnung versammelt waren, zog Eliphas das Seil hoch und legte es sauber neben dem Fenster zusammen.

„Gut", sagte er leise, „ich denke, jetzt sind wir für den Augenblick sicher. Also, die Leute aus Prag nennen diesen Turm hier manchmal den *Alten Himmel*, aber das stimmt nicht. Es gab keinen Himmel vor jenem, der sich jetzt im Zentrum der Stadt erhebt. Was jedoch stimmt, ist, daß dies hier sicher eines der ältesten Gebäude der Stadt ist, und wie der Himmel ragt es nicht nur in die Höhe, sondern hat seine Fundamente tief unten im Grund des Sees. Es muß noch aus der Zeit vor der zweiten Flut stammen und hat seitdem schon vielen Zwecken gedient. Zu Beginn dieses Jahrhunderts haben sich in diesem Gemäuer die Morlocks verschanzt und versucht, von hier aus Siechtum und Ketzerei über die Stadt Prag zu verbreiten. Natürlich hat die Angelitische Kirche das nicht geduldet und die Festung direkt vor den Toren des ramielitischen Himmels ausgehoben. Als sich danach die Frage stellte, was mit dem Gebäude geschehen sollte, ließ die Kirche erst einmal alle Zugänge vermauern. Seitdem ist der Turm verlassen."

„Aber warum hat man ihn nicht zerstört, wenn die Kirche ihn nicht selbst benutzt?" fragte Hiob flüsternd.

„Ich bin nicht ganz sicher", antwortete Eliphas, und Hiob konnte am Knirschen seiner Rüstung hören, daß der Komtur die Achseln zuckte. „Vielleicht konnte man es nicht zerstören oder hatte Angst, dabei die umliegenden Häuser zu sehr zu beschädigen."

„Woher weißt du das alles?"

Eliphas lachte humorlos. „Ich habe dir doch erzählt, daß mein Vater sich sehr für Prag interessiert hat. Außerdem habe ich bei den Ramieliten soviele Wandgemälde wie möglich studiert, nachdem ich von Anne den Hinweis auf diesen Ort bekommen habe."

Hiob nickte. „Es ist ein gutes Versteck für einen Engel. Kein Mensch kann den Turm ohne Hilfsmittel betreten, aber wenn man fliegen kann, ist das kein Hindernis. Außerdem hat man von oben eine hervorragende Aussicht, und es gibt gewiß unzählige Gänge und Kammern, in denen man sich leicht verstecken kann. Es wird ein hartes Stück Arbeit werden, meinen Ordensbruder zu finden."

„Deshalb sollten wir uns auch beeilen", drängte Eliphas, „wir haben schon genug Zeit verloren. Los, laßt uns eine Treppe nach unten suchen!"

„Wieso denn nach unten?" fragte Hiob und hielt Eliphas am Arm zurück. „Wenn ich mir hier einen geheimen Unterschlupf suchen würde, dann irgendwo oben, wohin man nur gelangt, wenn man fliegen kann."

„Vergiß nicht, daß dein Bruder sich vor anderen Engeln versteckt, und die können ebenfalls fliegen. Außerdem glauben die Ramieliten, er befände sich irgendwo unter der Wasseroberfläche, zumindest hat Anne mir das gezeigt."

„Aber auch Engel können unter Wasser nicht atmen."

„Dann wird es dort unten wohl Räume mit atembarer Luft geben. Nun komm endlich!"

♦ ♦ ♦

Der Engel hielt sich jetzt schon seit über einer Woche hier versteckt. Seine wenigen Vorräte waren seit dem Morgen aufgebraucht, und er hatte sich immer noch nicht entschieden, was er als nächstes tun wollte. Den Ramieliten hatte er das Buch nicht anvertrauen wollen – seine Geheimnisse waren zu kostbar, um für immer in den staubigen Archiven dieses Ordens zu verschwinden. Ab Arbogast hatte ihn sehr enttäuscht. Statt des weisen Hirten, den der Engel erwartet hatte, war er nur ein habgieriger alter Mann gewesen, einzig darauf bedacht, das Wissensmonopol seines Ordens auszubauen.

Der Raguelit hatte immer geglaubt, die Ramieliten stünden seinem Orden am nächsten, doch jetzt, seit dem Fall des Himmels von Trondheim, waren sie nichts als Hyänen und Aasgeier. Mit einem jedoch hatte Ab Arbogast zweifelsohne Recht gehabt: Es gab außer den Vertretern der Kirche noch andere Mächte, die ein Interesse an dem Ordensbuch hatten, und bei keinem von ihnen wäre es in besseren Händen. Immer wieder hatte der Engel überlegt, das Buch doch den Ramieliten auszuhändigen – zumindest wäre es dann vor den Feinden der Menschheit sicher gewesen, auch wenn es ihr nichts mehr nützen würde. Andererseits wußte er, wie wertvoll die Geheimnisse waren, die das Buch enthielt, und daß sie richtig eingesetzt allen Menschen von Nutzen sein konnten. Aber würde er andernorts einen verständigeren Vertreter der Kirche finden? Im Grunde war seine einzige Hoffnung, nach Roma Æterna zu gehen. Oder sollte er doch noch einmal mit den Ramieliten sprechen?

Ein fernes Geräusch schreckte den Engel aus seinen Gedanken auf. Es kam von irgendwo über ihm, und aus der Entfernung klang es seltsam fremd und verzerrt. Dennoch erkannte er eindeutig das Schlagen einer der schweren Eisentüren im Treppenhaus neben dem Aufzugschacht. Irgend jemand hatte ihn hier aufgespürt – an einen Zufall glaubte er nicht. Aber er konnte nicht sicher sein, daß es wirklich die Ramieliten waren, die ihn gefunden hatten – vielleicht war es auch der Widersacher, der seine Schergen zu ihm schickte.

Zumindest hatte er keine Möglichkeit, unbemerkt an seinen Verfolgern vorbeizukommen, wenn sie sich schon im Treppenhaus befanden. Von hier unten führte nur ein Weg hinauf, und auf diesem würde er ihnen unweigerlich in die Arme laufen.

Der Engel sah sich in seinem Versteck um. Er hatte die kleine Lampe an seiner Vibrolanze so eingestellt, daß sie ein schwaches Streulicht verbreitete. Das geräumige Zimmer, in dem er sich aufhielt, gehörte zu einer ganzen Flucht würfelförmiger Räume an der Außenseite des Gebäudes. Er vermutete, daß er sich etwa acht bis zehn Stockwerke unter der Oberfläche des Sees befand. Die Außenwände der Räume waren riesige Glasscheiben, hinter denen das schwarze, unbewegte Wasser des Sees lauerte. Einige der Scheiben hatten in den vergangenen Jahrhunderten feine Risse bekommen, hielten dem gewaltigen Druck der Wassermassen bislang aber dennoch stand. Ursprünglich waren die Zimmer alle auch von einem Gang aus erreichbar gewesen, aber dieser war an vielen Stellen eingestürzt und blockiert, weshalb ein Großteil der Räume nur noch durch die Verbindungstüren untereinander zugänglich war.

Der Engel hoffte, keine allzu deutlichen Spuren hinterlassen zu haben – immerhin war es überall feucht, und der Boden war hier unten einige Zentimeter mit Wasser bedeckt –, falls aber doch, konnte er daran jetzt auch nichts mehr ändern.

Er beschloß, sich im nächsten Raum zu verstecken. Voraussichtlich würden seine Verfolger auf demselben Weg in die Zimmerflucht kommen, den auch er sonst immer genommen hatte. Vom Nachbarraum aus würde er sie durch einen schmalen Spalt beobachten können, und wenn sie seine Feinde und in der Überzahl waren, konnte er die Verbindungstür blockieren und versuchen, durch die Tür zum Gang zu entkommen. Er hoffte, daß er sich richtig erinnerte, daß er von dort aus über einen Umweg ebenfalls auf den Korridor gelangen konnte, der zum Aufzugschacht führte.

Im nächsten Zimmer entschied er sich, die Tür bereits im voraus mit ein paar staubigen Holzbalken zu blockieren. Wenn nötig konnte er die Barrikade jederzeit wieder beiseite räumen. Dann löschte er die Lampe, kauerte sich hinter den Spalt und wartete. Das Ordensbuch trug er in einem Futteral an seinem Gürtel.

Es dauerte nicht lange, bis er wieder ein Geräusch hörte. Ein leises metallisches Knirschen gefolgt von einem Poltern drang an sein Ohr. Anscheinend versuchten seine Verfolger, sich an den Schutthaufen vorbei durch den Gang zu drängen. Einige Augenblicke später war klar, daß die Eindringlinge einen Zugang zu der Zimmerflucht gefunden hatten, in der der Engel sich versteckt hielt. Er konnte jetzt deutlich Schritte hören, die immer näher kamen. Offenbar hatte er es mit mehreren Verfolgern zu tun. Dann blitzte irgendwo ein paar Räume weiter ein Licht auf – sie hatten Lampen bei sich. Dann waren es vermutlich keine Traumsaatkreaturen, dachte er erleichtert – und tatsächlich betraten bald darauf fünf Engel unter der Führung eines Mannes den Raum.

Der Engel erkannte die Ordenszugehörigkeit der anderen sofort: Es waren Ramieliten. Sie hatten ihr sonst immer offen getragenes langes Haar mit blauen Bändern zurückgebunden, um sich beim Abstieg nirgendwo zu verfangen. Jeder von ihnen trug eine Laterne und ein Schwert in Händen, und sie sahen sich wachsam um. Der Mann, der sie begleitete, erregte die besondere Aufmerksamkeit des Engels. Es hatte den Anschein, als sei er der Anführer der Ramieliten. Immer wieder gab er ihnen kleine Handzeichen oder flüsterte einen Befehl, den die fünf Engel sofort und ohne Zögern befolgten. Er war groß, muskulös und hatte das lange, schwarze Haar wie die Engel zurückgebunden. Trotz seiner offensichtlichen Führungsrolle trug er jedoch nur die Rüstung eines einfachen Templers.

Im ersten Moment dachte der Engel an Flucht, aber dann resignierte er. Wohin sollte er schon gehen? Vielleicht war es doch das Beste, den Ramieliten das Buch zu übergeben. Er konnte im Anschluß daran immer noch nach Æterna fliegen und sich beim Pontifex Maximus dafür einsetzen, daß das Heiligtum nicht für immer in den Archiven des Himmels zu Prag verschwand. Für den Augenblick war er der Flucht einfach müde geworden.

Er erhob sich und schob die Holzbalken vor der Tür beiseite. Als er sie öffnete, blendete ihn sofort das grelle Licht von fünf Laternen. Schützend hob der Engel einen Arm vor das Gesicht und trat durch die Tür.

♦ ♦ ♦

Es stellte sich heraus, daß das Gebäude unter der Wasseroberfläche aus drei hufeisenförmig angeordneten Flügeln bestand, die gemeinsam ein zu einer Seite hin offenes Geviert bildeten. Zwei der Flügel standen vollkommen unter Wasser, doch der dritte schien immer noch mit atembarer Luft gefüllt zu sein. Nach einer mühevollen Suche in den mit Schutt angefüllten Korridoren des Erdgeschosses, die zusätzlich erschwert wurde, weil Eliphas den Einsatz von Laternen auf ein Minimum beschränkt hatte, fanden sie hinter einer schweren Eisentür ein großes Treppenhaus, das in die Tiefe führte.

„Was meinst du“, fragte Eliphas Hiob leise und deutete auf die schwarze Öffnung, „wärst du mit deinen Flügeln dort hindurch gekommen?“

Hiob trat in den Eingang und sah prüfend zum Türrahmen hinauf.

„Ja, ich denke schon. Um die Tür zu passieren, muß ein Engel sicher seine Flügel einziehen, aber dahinter ist genug Platz.“

Eliphas nickte zufrieden. „Gut, dann steigen wir jetzt dort hinunter – und achtet auf Spuren!“

Während sie so die steile Treppe hinabstiegen, die sich vor ihren Füßen Stockwerk für Stockwerk um einen Schacht in die Tiefe wand, beschlich Hiob ein ungutes Gefühl. Auch wenn außer dem verzerrten Widerhall tropfenden Wassers in dem finsteren Treppenhaus kein Geräusch zu hören war, hatte er so eine Ahnung, daß sie sich in Gefahr begaben. Vorsintflutliche Ruinen wie diese waren schon immer bevorzugte Verstecke der Traumsaat und anderen lichtscheuen Gesindels gewesen – und er hatte seine Lanze nicht dabei! Wenn Eliphas ihnen doch nur vor ihrem Treffen mitgeteilt hätte, was er vorhatte.

„Bist du dir sicher, daß wir hier nicht geradewegs in eine Falle laufen, Eliphas?“

Der Komtur schüttelte energisch den Kopf. „Dein Ordensbruder stellt gewiß keine Gefahr für uns dar, Hiob. Wir müssen nur darauf achten, daß wir nicht den Suchtrupps der Ramieliten in die Arme laufen.“

Offenbar war Eliphas fest entschlossen weiterzumachen, und wahrscheinlich hatte er ja Recht: Die Zeit drängte, und sie mußten den Ragueliten auf jeden Fall vor den Suchmannschaften der gelehrten Engel erreichen.

Bisher hatten sie keinerlei Spuren entdecken können, und deshalb ließ der Komtur jedes Stockwerk durchsuchen, zu dem sie vom Treppenhaus Zugang hatten. Aber immer wieder kehrten die Beutereiter nur schulterzuckend zu der zentralen Treppe zurück. Bisher schien das vorsintflutliche Gebäude vollkommen verlassen zu sein.

Je tiefer sie nach unten in die nachtschwarzen Eingeweide des Turms vordrangen, desto feuchter wurde es. Die rissigen grauen Betonstufen waren jetzt immer häufiger von einer dünnen, schwarzen Schlickschicht überzogen, in der deutlich Fußabdrücke zu erkennen waren.

„Na endlich“, stieß Eliphas hervor. „Los, beeilen wir uns.“

Die Fußspuren führten bis in das unterste Stockwerk hinab, das noch zugänglich war. Der Boden war hier bereits mit brackigem Wasser bedeckt, und die darunterliegenden Etagen waren dem Anschein nach vollkommen überflutet.

„Er hat sich also tatsächlich ganz unten versteckt“, stellte Eliphas fest. „Da es hier keine Fußspuren mehr gibt, teilen wir uns auf und suchen getrennt nach ihm. Das sollte am schnellsten gehen.“

„Laß uns lieber zusammen bleiben", unterbrach Hiob ihn. „Was du auch denken magst, dies hier ist ein sehr gefährlicher Ort, und ich möchte kein Risiko eingehen. Wir werden auch so schnell genug sein."

„Meinetwegen. Dann aber nichts wie los!" Damit deutete der Anführer der Beutereiter auf den Korridor, der sich vor ihnen öffnete.

Im nächsten Moment ertönte von irgendwo vor ihnen in der Finsternis ein Schrei. Hiob, der schon die ganze Zeit unter höchster Anspannung gestanden hatte, griff sofort nach der Blendlaterne des Beutereiters neben ihm und rannte in den Gang hinein. Hinter sich hörte er Eliphas leise fluchen.

Der Schrei war von irgendwo links gekommen, dennoch folgte Hiob zuerst geradeaus dem Hauptgang, bis dieser auf einen weiteren Korridor mündete, der von links nach rechts verlief. Sofort blieb er stehen und dunkelte die Laterne ab. Außer den Lichtern der Beutereiter hinter ihm, die in ihren schweren und sperrigen Rüstungen Mühe hatten, ihm zu folgen, konnte er nichts erkennen. Aber einen Augenblick später vermeinte er von links leise Stimmen zu hören. Sofort blendete er die Lampe wieder auf und lief den linken Korridor hinunter. Als dieser nach ein paar Metern durch die eingestürzte Decke blockiert wurde, wandte er sich einer der Türen zu seiner Rechten zu.

Kaum hatte er diese geöffnet, blitzte ihm aus dem Raum dahinter der Strahl einer Lampe entgegen. Mit einer blitzschnellen Bewegung warf Hiob sich beiseite und löschte die Blendlaterne. Vorsichtig spähte er dann durch die geöffnete Tür. Der Raum dahinter war vollkommen finster. Nein, nicht ganz: Aus einer weiteren Tür auf der linken Seite drang ein schwacher, unsteter Lichtschein. Als seine Augen sich an die Dunkelheit gewöhnt hatten, erkannte er auch, daß die gegenüberliegende Wand ganz aus Glas bestand. Der Lichtstrahl, der ihn so erschreckt hatte, war nur die Reflexion seiner eigenen Laterne gewesen.

Langsam wandte Hiob sich dem neuen Lichtschimmer zu. Er konnte jetzt wieder die Stimmen hören, auch wenn er die leisen Worte nicht verstehen konnte. Irgend etwas war hier ganz und gar nicht so, wie es sein sollte! Nach einem Moment des Zögerns hastete Hiob durch die dunklen Räume auf den Lichtschimmer zu.

Als er den Ursprungsort des Lichtes und der Stimmen erreichte, stockte ihm für einen Moment der Atem. Mitten im Raum lag ein Engel in grau abgesetzter Gewandung bäuchlings niedergestreckt im Wasser. Er trug den kurzen, blonden Haarschopf eines Ragueliten, und aus mehreren tiefen Wunden auf seinem Rücken rann rotes Blut über sein weißes Gefieder. Um ihn herum standen fünf andere Engel, die blutverschmierten Langschwerter noch in der Hand. Das Licht ihrer Laternen warf ihre Schatten dämonenhaft verzerrt an die Wände des Raumes.

Mit einem erstickten Schrei stürzte Hiob sich auf den ersten Engel und warf ihn platschend zu Boden. Seine muskulösen Arme schlossen sich wie Schraubstöcke um den Kopf seines Gegners, und ehe dieser sein Schwert zum Einsatz bringen konnte, hatte Hiob sich nach vorne abgerollt und ihm mit der Drehung seines Körpers das Genick gebrochen. Für einen Moment schien das leise, tödliche Knacken der Nakkenwirbel das einzige Geräusch in einer sonst absoluten Stille zu sein. *Er hatte einen Engel getötet!* Mit einem schnellen Satz war er wieder auf den Füßen, das Langschwert des toten Engels in der Hand, und wich erschrocken an die rissige Glaswand zurück. Nein! Er durfte sich jetzt nicht von Haß und Entsetzen überwältigen lassen! Wenn er diesen Kampf überleben wollte, mußte er einen klaren Kopf bewahren. Die vier übrigen Engel waren alle schmächtiger als er, und ihre Flügel würden sie trotz der enormen Größe des Raumes behindern. Jetzt entdeckte er auch die blauen Bänder in ihren Haaren und erkannte die Zeichnung auf ihren Körpern: Es waren Ramieliten!

Die Engel waren vom schnellen Tod ihres Bruders genauso verstört wie Hiob. Noch immer standen sie reglos da und starrten ihn aus weit aufgerissenen Augen an, als hinter ihnen eine befehlsgewohnte Stimme erklang: „Noch ein Verräter, der sich der heiligen Mutter Kirche widersetzt! Tötet ihn!“

Doch Hiob war bereits wieder zum Angriff übergegangen. Mit einer schnellen Folge leichter Schwerthiebe drang er auf den nächsten Ramieliten ein und ließ dann die schimmernde Klinge in einem unerwarteten Moment mit voller Wucht herabsausen. Wie geplant hielt die Parade seines Gegners diesem Angriff nicht stand, und seine Klinge drang tief in das Gefieder des linken Flügels ein. Im selben Augenblick waren die anderen drei Engel heran, und nur weil sie nicht gelernt hatten, gemeinsam auf engem Raum zu kämpfen, gelang es Hiob, ihnen mit einem Hechtsprung zu entkommen. Leider hatte er dabei sein erbeutetes Schwert zurücklassen müssen.

Fieberhaft ließ er seinen Blick durch den Raum schweifen. Aus dem Augenwinkel sah er, wie die Vibrolanze des anderen Ragueliten von einem Lichtstrahl getroffen wurde. Sie lag nur wenige Schritt von ihrem regungslosen Besitzer entfernt auf einem Schutthaufen. Die Lanze war Hiobs einzige Chance. Die Ramieliten hatten sie liegenlassen müssen, da sie sonst einen elektrischen Schlag bekommen hätten, aber die Waffe würde bei ihm die Scriptura eines Ragueliten erkennen. Mit ihr würde er vier Gegner in Schach halten können.

„Worauf wartet ihr?“ erklang erneut die Stimme des bisher unsichtbar gebliebenen Anführers, „gebt dem Engelsmörder keine Gelegenheit zu entkommen!“

Doch Hiob war schon wieder zu schnell für die verduzten Ramieliten. Ehe einer von ihnen die Waffe hochreißen konnte, rammte er den bereits verwundeten Engel mit der Schulter und tauchte dann unter dessen haltsuchend ausgebreiteten Flügeln hindurch. Mit zwei schnellen Schritte war er bei der Lanze, und im nächsten Moment lag die Waffe leise summend in seinen Händen. Jetzt hatte er zum ersten Mal Gelegenheit, einen Blick auf den Anführer der Engel zu werfen. Es war ein großer Mann mittleren Alters, der die Rüstung eines Templers trug. Er maß Hiob mit kaltem, berechnendem Blick.

Aber Hiob hatte keine Zeit, sich weiter mit ihm zu befassen, denn jetzt hatten die Ramieliten sich umgedreht und drangen gemeinsam auf ihn ein. Mittlerweile schienen sie begriffen zu haben, was geschehen war, denn sie attackierten ihn diesmal voller Verbissenheit. Er hatte alle Hände voll zu tun, die Angriffe der vier Engel abzuwehren, und bemerkte erst als einer von ihnen schreiend zusammenbrach, daß mittlerweile auch Eliphas den Kampfplatz erreicht hatte. Der Komtur sprang über den am Boden liegenden Engel hinweg, der sich keuchend das Bein hielt, und wandte sich an Hiobs Seite den übrigen Angreifern zu. Das lange Rottschwert blitzte gefährlich in seinen

Händen. Die Engel waren vom Erscheinen des Komturs sichtlich aus der Fassung gebracht worden und hatten sich ein paar Schritte zurückgezogen. Für einen Moment schien die Zeit still zu stehen.

♦ ♦ ♦

Francetta und die anderen Beutereiter machten sich nicht einmal die Mühe leise die Treppe hinaufzulaufen. Der Lärm des Kampfes unter ihnen war immer noch deutlich zu hören, und mit jeder Stufe fragte die Rottmeisterin sich, ob es klug gewesen war, den Komtur und Hiob dort unten allein zu lassen. Aber Eliphas' Befehle waren eindeutig gewesen: Ihre Aufgabe war es, in den Himmel der Ramieliten zurückzukehren und Anne so schnell wie möglich von dort wegzubringen. Nachdem deutlich geworden war, daß Hiob sich auf einen Kampf mit den Ramieliten eingelassen hatte, schwebte die Begine in großer Gefahr. Sollte ihre Beziehung zu dem flügellosen Engel bekannt werden, wäre das gewiß ihr Todesurteil. Wenn sie Hiob und Eliphas schon nicht helfen konnten, wollte Francetta wenigstens dafür sorgen, daß sie die ihnen übertragene Aufgabe erfüllten.

„Beeilt euch, Leute", trieb sie die Beutereiter noch weiter an, „wir wissen nicht, wieviel Zeit uns noch bleibt."

In der Eile hätten sie fast überhört, daß ihnen auf der Treppe plötzlich jemand entgegenkam. Im buchstäblich letzten Moment hatte Francetta die fremden Schritte gehört und ihre Leute hinter eine der Eisentüren in einem verlassenen Stockwerk in Sicherheit gebracht. Verdammt, dachte sie, wenn die Ramieliten Verstärkung bekommen, sind der Komtur und Hiob ohne Zweifel verloren. Jetzt hieß es schnell handeln.

Leise stieß sie die Tür zum Treppenhaus auf, nachdem draußen die Schritte verklungen waren, und prallte fast mit einer Gestalt zusammen, die offenbar ebenfalls die Stufen heruntergeschlichen kam. Sofort hatte der Fremde einen Dolch in der Hand, doch als er Francettas Leute hinter ihr aus der Tür treten sah, ließ er ihn schnell wieder in den Falten seines Mantels verschwinden.

Die Rottmeisterin musterte den Fremden im trüben Licht der abgeblendeten Laternen. Er sah nicht wie ein Ramielit aus: Er trug einen zerschlissenen grauen Mantel, und sein linkes Auge war von einer schwarzen Augenklappe verdeckt. Mehr konnte sie bei dem schwachen Licht nicht erkennen.

„Wer war das gerade?" fragte sie flüsternd und nickte mit dem Kopf Richtung Treppe nach unten. Es hatte keinen Sinn, diesen Fremden nach seinem eigenen Namen zu fragen, er würde sicher lügen und sie hatten keine Zeit für lange Diskussionen.

„Versuchte," antwortete der Fremde nach kurzem Zögern.

Auch das noch! Jemand mußte den Komtur warnen oder ihm zu Hilfe kommen. Sie wußte, daß es ein Risiko war, dem Fremden zu vertrauen, aber ihr blieb keine Wahl.

„Padano, du nimmst dir zwei Leute und kehrst mit ihnen zum Himmel zurück. Ihr seid mir dafür verantwortlich, daß Soror Anne Prag noch in dieser Nacht verläßt. Nehmt auch die übrigen Leute mit und geht nach Westen. Irgendwo im Abstand von einer Tagesreise wird es schon ein Dorf geben. Wir werden euch dort wiederfinden."

Als die drei Beutereiter die Treppe hinauf verschwunden waren, wandte sich Francetta an die anderen Söldner:

„Wir werden da jetzt runtergehen und den Komtur und Hiob raushauen. Niemand geht ein unnötiges Risiko ein. Das Wichtigste ist, daß wir hier heil wieder herauskommen!"

Die Beutereiter nickten stumm und zogen ihre Waffen.

„Du kannst auch mitkommen, Fremder, aber wir werden ein Auge auf dich haben." Francetta sah den hochgewachsenen Mann erwartungsvoll an.

Dieser nickte. „Gut, gehen wir."

Kapitel zwanzig

Wittgensteins Gedanken rasten, während er mit den Beutereitern die Stufen hinuntereilte. Dort unten befand sich wahrscheinlich nicht nur Ebenezer oder das, was von ihm übrig geblieben war, sondern er würde auch endlich auf Hiob treffen! Das einzige Problem war nur, daß er sich gerade mitten unter jener Rotte von Beutereitern befand, die er damals in Rodez vergiftet hatte. Bislang hatten sie ihn wegen der Augenklappe und des schlechten Lichtes noch nicht erkannt, aber Wittgenstein war sich sicher, daß sich das bei nächster Gelegenheit ändern würde. Da er jedoch nicht bereit war umzukehren, hoffte er, diesen Moment so lange wie möglich hinauszögern zu können. Wenn er zuvor gut mit den Beutereitern kooperierte und ihnen im Kampf gegen die Versuchten beistand, würde er hoffentlich seinen Hals aus der Schlinge ziehen können. Und da war noch etwas: Es hatte fast so geklungen, als kämpfe der Komtur der Beutereiter Seite an Seite mit dem flügellosen Engel – aber sollte Hiob nicht der Gefangene dieser Leute sein?

Und wenn schon, ihm konnte das egal sein. Mit etwas Glück würde er Hiob bald zu Irène zurückbringen und den Rest des Geldes einstreichen können, das sie ihm versprochen hatte. Was Ebenezer

Sie sind die Rebellen gegen das Licht; sie nehmen seine Wege nicht wahr, bleiben nicht auf seinen Pfaden.

- Hiob 24, 13

anging, war er mittlerweile so gut wie überzeugt, daß es doch der Kaufmann selbst gewesen war, der in seiner Besessenheit den jungen Nathan erschlagen hatte. Wenn es ihm gelang, ihn irgendwie der Gerichtsbarkeit der Kirche zu überantworten, würde er vielleicht auch die von Gregor in Aussicht gestellte zweite Rate bekommen. Andererseits sah es ganz so aus, als würde die Sache sich von alleine regeln. Aber vielleicht ließ sich ja auch da noch etwas Kapital herausschlagen.

Die Beutereiter wußten offenbar genau, wohin sie wollten. Zielstrebig folgten sie der steinernen Treppe bis ganz nach unten und liefen dann durch einen breiten Flur auf den Kampfeslärm zu, der schon im Treppenhaus deutlich zu hören gewesen war.

„Dort hinein“, wies die Anführerin sie an, und deutete auf die Tür, auf die sie geradewegs zu liefen.

Hinter der Tür befand sich ein würfelförmiger Raum, der zu beiden Seiten durch Türen mit weiteren Räumen verbunden war. Wittgenstein und die Beutereiter stürzten durch eine der Türen und durchquerten noch weitere gleichartige Räume, deren eine Wand immer aus einem seltsam spiegelnden, schwarzen Material bestand. Die Schreie und das Waffengeklirr vor ihnen wurde immer lauter.

Als sie den Schauplatz des Kampfes erreichten, bot sich ihnen ein verwirrendes Bild: Der Raum vor ihnen schien komplett mit Kämpfenden angefüllt zu sein. Engel mit schlamm- und blutverschmiertem Gefieder rangen mit höllischen Zwitterwesen aus Mensch und Insekt. Schwarze, gekrümmte Klauen hieben nach weißem Fleisch und zerfetzten Knochen und Gefieder. Schwerter und Dolche blitzten im diffusen Licht.

Irgendwo inmitten des Gedränges konnte Wittgenstein einen flügellosen Engel erkennen, der verzweifelt versuchte, sich mit einer Lanze Luft zu verschaffen.

♦ ♦ ♦

Langsam kam es Eliphas in den Sinn, daß es ziemlich idiotisch gewesen sein könnte, sich an Hiobs Seite den Ramieliten entgegenzustellen. Auch wenn es ihm in einem Moment der Überraschung gelungen war, einen der Engel zu verwunden, war er ihnen eigentlich nicht gewachsen. Er hoffte, daß es ihm dennoch gelingen würde, Hiob eine Hilfe zu sein. Er mußte einfach versuchen, so dicht wie möglich bei ihm zu bleiben und jede sich bietende Gelegenheit zu nutzen, die Deckung der Angreifer zu durchbrechen. Ihr einziges Glück war, daß die Ramieliten diese Sache offenbar allein regeln wollten – hätten sie jetzt einer kompletten Schar gegenübergestanden, hätte die Sache ganz anders ausgesehen.

Hiob und er hatten noch kein Wort gewechselt, seit er dem flügellosen Ragueliten zu Hilfe geeilt war. Sie konzentrierten sich nur auf die auf sie eindringenden Gegner. Diese hielten sich noch zurück und führten nur ein paar leichte Scheinangriffe. Aber Eliphas wußte, daß sich das jeden Augenblick ändern konnte.

Die neuen Angreifer platzten im selben Moment herein, als Hiob und Eliphas zum Gegenangriff übergingen. Plötzlich war der gesamte Raum nur noch von einem einzigen unübersichtlichen Handgemenge erfüllt, und Eliphas mußte all sein Geschick aufbringen, um die gezielten und zufälligen Angriffe abzuwehren, die von allen Seiten auf ihn niederprasselten. Doch zum Glück gelang es diesmal Hiob, ihn wiederzufinden und in den Schutz seiner wirbelnden Lanze zu holen.

„Wir müssen das Buch finden", keuchte der Raguelit, „und dann so schnell wie möglich verschwinden. Das sind Versuchte, und ich bin mir sicher, daß auch sie hinter dem Ordensbuch her sind."

Jetzt bemerkte auch der Komtur, daß die Neuankömmlinge nicht ganz menschlich waren. Manche von ihnen hatten keine Hände, sondern schwarze Klauen, und einer hatte statt einer Zunge einen langen, spitzen Dorn, den er pfeilschnell immer wieder aus seinem Mund hervorschnellen ließ.

„Hast du das Buch gesehen?" keuchte Eliphas, während er dem Schwertstreich eines Ramieliten auswich.

„Ich glaube, als ich hereinkam, hing noch ein Beutel am Gürtel des toten Ragueliten. Aber jetzt kann ich ihn nirgends mehr entdecken. Wir müssen die Augen offen halten!"

„Gut, und dann nichts wie raus hier."

Gemeinsam wichen die beiden langsam auf einen Schutthaufen zurück.

„Sieh du dich nach dem Buch um", wies Hiob ihn an, „ich werde uns verteidigen!"

Eliphas nickte zustimmend und ließ sich neben Hiob in der Hocke nieder. So konnte der Raguelit mit der langen Vibrolanze am besten über ihn hinweg die Angriffe der Engel und Dämonen abwehren.

Aufmerksam ließ der Komtur seinen Blick durch den Raum schweifen. Es war schwer, in dem hektischen Kampfgetümmel überhaupt etwas zu entdecken. Das einzige Licht stammte von den Laternen an den Gürteln der Kämpfenden, und die bewegten sich so schnell hin und her, daß der ganze Raum in ein beständiges Flackern gehüllt war. Wie sollte er so nur das Buch finden? Er wußte ja noch nicht einmal, wonach er genau zu suchen hatte.

Plötzlich wurde Eliphas' Aufmerksamkeit auf den Eingang des Raumes gelenkt. Soeben tauchten dort weitere Gestalten auf – seine Beutereiter! Hatte Francetta etwa seine Befehle mißachtet? Oder war etwas anderes geschehen? Es blieb ihm keine Zeit, darüber nachzudenken, denn neben den Beutereitern hatte er an der Tür jenen

Templer entdeckt, den er bei seiner Ankunft kurz bei den Engeln gesehen hatte – und dieser trug ein großes Futteral am Gürtel. Darin mußte sich das gesuchte Ordensbuch befinden!

„Hiob! Der Mann dort drüben bei der Tür. An seinem Gürtel!"

„Das Buch!" antwortete der Raguelit. „Wir müssen ihn aufhalten."

Seit sie sich auf den Schutthaufen zurückgezogen hatten, hatte der flügellose Raguelit sich damit begnügt, alle Angriffe nur abzuwehren. Jetzt ging er unvermittelt wieder selbst zum Angriff über. In einer blitzschnellen Bewegung stieß er mit der Vibrolanze nach einem der Versuchten und trennte ihm mit dem Stich beinahe den Kopf vom Rumpf. Sofort versetzte er dem zuckenden Körper einen Tritt, so daß er hintenüber in das Handgemenge vor ihnen stürzte.

„Los!" schrie er und war auch schon mit einem Sprung an den verknäulten Leibern vorbei und auf dem Weg zur Tür. Geduckt hastete Eliphas hinter ihm her, sein Schwert schützend erhoben.

„Francetta, der Templer!" brüllte er noch im Laufen, konnte jedoch nicht sehen, ob die Rottmeisterin ihn verstanden hatte.

Dann standen sie auf einmal an der Tür, und Hiob hielt triumphierend das Futteral mit dem Ordensbuch in der linken Hand. Er hatte den Templer, mit einem gezielten Hieb des stumpfen Endes seiner Waffe, zu Boden gestreckt.

Im nächsten Moment gefror das Lächeln des Ragueliten.

„Die Glaswand! Wir müssen hier augenblicklich raus!"

Zuerst verstand Eliphas nicht, was er meinte, doch dann sah er es. Dicht an die Glaswand gedrängt kämpfte einer der Ramieliten mit zwei Versuchten. Ihre Facettenaugen blitzten im Halbdunkel. Immer wieder wich er ihren wütenden Angriffen aus und ließ die Angreifer mit voller Wucht gegen das schwarze Glas prallen. Mit jedem Aufprall wurde das Spinnennetz der Risse in der Scheibe größer und größer – tatsächlich schien es bereits von ganz allein zu wachsen.

„Verdammt", rief auch Eliphas jetzt aus, „nicht mehr lange, und hier steht alles unter Wasser. Lauft um euer Leben!"

Doch kaum hatte er sich umgewandt, um hinter den Beutereitern her zur Treppe zu laufen, packte ihn jemand am Fuß.

Es war der ramielitische Templer; sein Gesicht war haßverzerrt.

„Verräter ...“

Noch bevor Eliphas reagieren konnte, war Hiob zur Stelle. Mit einem präzisen Stoß der Vibrolanze durchtrennte er den Arm des Templers an der Schulter und riß Eliphas mit sich in den nächsten Raum. Hinter ihnen wurde der Lärm des Kampfes von den lauten Schmerzensschreien des Templers übertönt.

◆ ◆ ◆

Sie erreichten tatsächlich trockenen Fußes das obere Ende der Treppe und ließen sich bereits wenige Augenblicke später am Seil auf den hölzernen Steg hinunter. Erst jetzt begann Hiob am ganzen Körper die unzähligen Schnitte und Kratzer zu spüren, die er im Kampf mit den Ramieliten davongetragen hatte. Er sah, daß auch Eliphas aus mehreren kleinen Wunden blutete und seine Rüstung recht verbeult wirkte. Auch die Beutereiter hatten ein paar Kratzer abbekommen, und einer von ihnen hatte einen gebrochenen Arm. Aber wie durch ein Wunder war niemand schlimmer verletzt worden, und es war ihnen gelungen, mit dem Buch zu entkommen.

Als sie im Laufschritt das Gebäude umrundeten, entdeckten sie eine große Gondel, die verlassen an einen Steg gebunden war.

„Die Versuchten müssen damit hergekommen sein“, stellte Eliphas fest und sprang an Bord des Bootes. „Los, wenn wir ein bißchen zusammenrücken, passen wir alle hinein!“

Sie waren gerade in den nächsten Kanal eingebogen, als hinter ihnen ein dumpfer Knall ertönte, dann folgte ein immer lauter werdendes Zischen, und eine plötzliche Welle brachte die Gondel beinahe zum Kentern.

„Das muß die Glaswand gewesen sein“, sagte Eliphas mit einem Blick über die Schulter, aber der Alte Himmel von Prag war bereits hinter der Ecke verschwunden.

Hiob starrte niedergeschlagen in das schwarze Wasser. „Ich hoffe nur, daß es den Engeln gelungen ist zu entkommen.“

◆ ◆ ◆

Die Beutereiter, die Francetta in den Himmel zurückgeschickt hatte, um Anne zu holen, hatten sich genau an ihre Befehle gehalten, und so trafen sie sich alle eine Tagesreise westlich von Prag in der kleinen Stadt Kladno wieder. Eliphas war mit dem Ausgang ihrer Operation zufrieden. Sie hatten das Ordensbuch an sich gebracht und waren den Ramieliten entkommen, und alle waren mehr oder weniger gesund und munter. Nur Hiobs Zustand bereitete ihm Sorgen. Seit sie die unmittelbare Gefahr hinter sich gelassen hatten, brütete der flügellose Raguelit nur noch vor sich hin. Auf dem Weg nach Kladno hatte Eliphas mehrmals versucht, ihn aufzumuntern, aber er hatte sich auf kein Gespräch eingelassen.

Jetzt waren sie in einer einfachen Schänke am Rande der Stadt untergekommen. Als die ersten Beutereiter mit Anne hier Station gemacht hatten, waren sie die einzigen Gäste im Wirtshaus gewesen, und ein paar Euro extra hatten dafür gesorgt, daß das auch so geblieben war. Sie würden hier jedoch nur noch eine Nacht verbringen, ehe sie auf Nebenstraßen weiter nach Westen zogen, denn die Ramieliten würden sicher bald Suchtrupps aussenden.

Eliphas saß bei einem Becher Reiswein allein in der Schankstube des Gasthauses und hing seinen Gedanken nach, als Anne mit besorgtem Blick an seinen Tisch trat. Sie zupfte an seinem Hemdsärmel und wies auf die Treppe nach oben.

„Was gibt es, Anne?“ fragte er, dann stand er auf. „Ja, ist schon gut. Ich komme mit hoch.“

Zusammen erklommen sie die schmale hölzerne Stiege ins obere Stockwerk, wo sich die schäbigen Gästezimmer befanden. Die Tür zu Hiobs Zimmer stand weit offen, und Anne schob ihn hinein.

„Was wollt ihr hier?“ fragte der Raguelit leise. Er wirkte immer noch genauso niedergeschlagen wie vor ein paar Stunden in Prag.

Anne wies Eliphas an, sich neben den Engel auf das schmale Bett zu setzen und zog dann das Futteral des toten Ragueliten darunter hervor. Vorsichtig legte sie den grauen Beutel auf den kleinen Tisch und sah Hiob erwartungsvoll an.

„Sie hat Recht, Hiob“, sagte Eliphas jetzt. „Wir wollen sehen, wofür wir all die Strapazen auf uns genommen haben!“

Zögernd griff Hiob nach dem schmuddeligen Beutel. Doch als er die prächtige, goldene Kassette daraus hervorzog, begannen auch seine Augen zu leuchten. Eliphas war sich nicht sicher, ob er jemals etwas Schöneres gesehen hatte. Das einzige, was das Ding, das Hiob aus dem Beutel hervorgeholt hatte, mit den Folianten gemeinsam hatte, die er bei den Ramieliten gesehen hatte, waren die Ausmaße. Ansonsten war von Buchdeckeln, Seiten und einem Buchrücken nichts zu erkennen. Statt dessen war die rechteckige Kassette vollkommen von feinstem Maßwerk überzogen. Der Deckel sah aus wie die Miniaturfassade der prächtigsten Kathedrale, und allein die Goldschmiedekunst mußte einen höheren Wert haben als alle Schätze aus dem Besitz seines Vaters zusammen. Andächtig strich Hiob mit der Rechten über die Kassette. Dann griff er noch einmal in das erbeutete Futteral und zog einen kleinen goldenen Schlüsselbund hervor. Insgesamt bestand er aus fünf Schlüsseln, die zusammen auf eine lange, feingliedrige Kette aufgezogen waren.

„Viele wertvolle Bücher werden mit einem Schloß gesichert", erklärte Hiob, während er vorsichtig den Deckel der Kassette abtastete. „Doch dies ist das einzige, das ich kenne, das fünf Schlösser hat."

Es dauerte eine Weile, bis Hiob die fünf winzigen Schlüssellöcher zwischen den Verzierungen gefunden hatte. Dann hieß es, in unzähligen Versuchen herauszufinden, welcher der filigranen Schlüssel in welches Schloß paßte. Doch schließlich war es vollbracht. Alle fünf Schlüssel steckten, und als der Raguelit sie einen nach dem anderen drehte, war jedes mal ein leises „Klack" zu hören. Die Spannung, die den Raum erfüllte, war fast greifbar. Hiob schien Eliphas' und Annes Anwesenheit gänzlich vergessen zu haben, und auch Anne hatte nur Augen für das Buch.

Dann war es endlich soweit. Nach einem kurzen Moment des Zögerns hob Hiob den Deckel der Kassette. Ihr Inneres war ganz mit schwarzem Samt ausgeschlagen und verströmte einen schwachen, metallischen Geruch. Aber es befand sich kein Buch in der goldenen Kassette. Statt dessen waren an dem Samtfutter mehrere Taschen festgenäht, so daß sie sich wie die Seiten eines Buches umschlagen ließen. Die Taschen bestanden aus einer Art durchsichtigem Kunststoff, und jede enthielt eine etwa handtellergroße, silbrig schimmernde Scheibe.

„Und wo ist das Buch?“ fragte Eliphas überrascht.

Vorsichtig löste Hiob das Samtband, mit dem die Taschen festgebunden waren, und blätterte einige von ihnen um. Dann zog er eine der flachen silbernen Scheiben hervor und hielt sie staunend in die Höhe.

„Das hier ist das Buch. Dies ist das Liber Raguelitorum.“

Eliphas war sich nicht sicher, was das heißen sollte. Offensichtlich waren diese Scheiben von unschätzbarem Wert, sonst wären sie nicht so gut verpackt gewesen, aber mit einem Buch hatten sie nun wirklich nicht viel zu tun. Vielleicht hatte das Liber Raguelitorum ja nur eine symbolische Bedeutung?

„Ich verstehe das nicht“, sagte er zu Hiob. „Ich dachte, im Ordensbuch seien alle Geheimnisse der Ragueliten verzeichnet. Deshalb haben wir doch so hart gekämpft, haben unser Leben aufs Spiel gesetzt, um es zu bekommen.“

Hiob nickte und sah den Komtur mit leuchtenden Augen an. „Auf diesen kleinen Scheiben hier ist das gesamte Wissen der Ragueliten gespeichert. Tagebücher, Reiseberichte, die Geschichte des Ordens und der Welt, Baupläne, Rezepturen, Schaltpläne und Landkarten. Viel mehr, als in einem einzigen Buch geschrieben stehen könnte. All das uralte Wissen, das unser Orden über Generationen bewahrt hat, steckt in diesen Datenscheiben!“

„Hast du das gewußt?“

Hiob schüttelte den Kopf. „Nein. Aber ich weiß, daß früher, vor der zweiten Flut, das ganze Wissen der Welt auf solchen Scheiben gespeichert war. Das gehört zu den Dingen, die jeder Raguelit gelernt hat.“

„Kannst du sie lesen?“ fragte Eliphas neugierig.

Hiob schüttelte wieder den Kopf. „Nein, leider nicht. Zumindest nicht ohne Hilfsmittel. Dazu braucht man ganz bestimmte Datenleser. Das sind Geräte, die den Boten nicht unähnlich sind, wie Anne einen besitzt.“

„Weißt du, wo man solche Geräte findet?“

„In Trondheim gab es viele davon, aber die werden jetzt alle zerstört sein. Ich denke, sie waren zu selten und zu wertvoll, als daß es sie in jedem beliebigen Kloster gäbe, aber ich hoffe, daß es vielleicht in der Vertretung meines Ordens in Roma Æterna noch eines gibt. Wie alle Orden haben auch die Ragueliten dort eine große Abtei, und wenn noch irgendwo ein solcher Datenleser existiert, dann dort."

Das hieß wohl, daß sie weiter in die Ewige Stadt ziehen würden, überlegte Eliphas. Die römischen Vertreter der Ragueliten waren mit Sicherheit die einflußreichsten Überlebenden der Hüter der Technik. Sollten sie doch entscheiden, was mit diesen geheimnisvollen Datenscheiben zu geschehen hatte.

Hiob hatte die Scheibe gerade wieder in ihre Hülle zurückgeschoben, als es an der Zimmertür klopfte. Überrascht sahen alle drei auf und wandten sich zur Tür um.

„Herein", rief Hiob nach einer kurzen Pause, in der er die goldene Kassette hastig wieder zugeklappt und unter seine Bettdecke geschoben hatte.

Es war Francetta, die die Tür öffnete.

„Komtur, wir haben Besuch."

„Wie bitte? Wozu haben wir den Wirt bezahlt?!" fragte Eliphas verärgert und erhob sich.

„Er hatte doch die strikte Anweisung, jeden Besucher abzuwimmeln." Er trat zu seiner Rottmeisterin auf den Gang hinaus.

Sie sah ihn mit festem Blick an und antwortete dann: „Entschuldigt, Komtur, es ist mein Fehler. In dem Durcheinander unserer Flucht habe ich vergessen, euch darüber in Kenntnis zu setzen. Aber bei unserem ersten Aufstieg in dem vorsintflutlichen Gebäude in Prag ist uns ein Mann begegnet, der offensichtlich die Versuchten verfolgt hatte. In Anbetracht der knappen Zeit und der gefährlichen Situation habe ich ihm gestattet, sich uns anzuschließen. Nach unserem Entkommen aus dem Alten Himmel muß er sich irgendwann heimlich wieder abgesetzt haben – und jetzt ist er uns bis hierher gefolgt."

Eliphas sah die Rottmeisterin tadelnd an. „Was will dieser Mann von uns?"

„Er hat eine Frau bei sich und sagt, sie hätte eine weite Reise gemacht, um Hiob zu sehen."

Kapitel Einundzwanzig

Hiob traute seinen Augen kaum. Vor der Tür des Gasthauses stand Irène. Sie trug einen verschlissenen blauen Reisemantel, der vom Nieselregen durchweicht war, und wirkte übermüdet und ausgezehrt. Aber als sie ihn sah, begannen ihre Augen zu leuchten, und mit einem heiseren Jauchzer ließ sie ihre Reisetasche zu Boden fallen und warf sich Hiob um den Hals. Doch schon im nächsten Moment ließ sie ihn los und trat erschrocken einen Schritt zurück.

„Hiob“, flüsterte sie. „Ich bin so froh, daß du lebst.“

Hiob sah sie verständnislos an und lächelte dann.

„Ich auch, Irène!“

Für einen Moment schwiegen sie beide und musterten sich gegenseitig. Wie lange war es her, daß er Valencas verlassen hatte? Es mußten ungefähr vier Monate sein, aber Hiob kam es wie eine Ewigkeit vor. Irène sah so anders aus, als er sie in Erinnerung hatte – und doch so vertraut.

„Ich hatte Angst, ich würde dich vielleicht nie wiedersehen“, brach Hiob endlich das Schweigen. Irène nickte stumm.

Vom Hörensagen nur hatte ich von dir vernommen; jetzt aber hat mein Auge dich geschaut.

- Hiob 42, 5

Plötzlich wurde Hiob bewußt, daß sie ja immer noch zwischen den anderen an der Tür des Gasthauses im Regen standen. Zögernd wandte er sich zu Eliphas um.

„Das ist Irène. Sie hat mich gerettet, als die Feuerkäfer damals meine Flügel verbrannt haben ... sie ist mein Gast."

Eliphas nickte, den Blick nachdenklich auf den hochgewachsenen Mann gerichtet, der hinter Irène in der Tür des Gasthauses stand. „Was ist mit ihrem Begleiter?"

Jetzt war es an Irène, sich überrascht umzuwenden.

„Entschuldige", sagte sie an den Mann gewandt, „das hast du dir wohl verdient." Damit griff sie unter ihren Mantel und warf ihm einen kleinen Beutel zu. „Es ist vielleicht nicht so viel, wie wir abgemacht hatten, aber es ist alles, was ich habe."

Zum ersten Mal fiel jetzt auch Hiobs Blick auf den düsteren Fremden. Er sah, daß der Mann ebenfalls in einen dunklen Reisemantel gehüllt war und eine Augenklappe trug. Nachdem er den Lederbeutel geschickt mit einer Hand aufgefangen hatte, ließ er den scharfen Blick seines einen Auges einen Moment auf Irène ruhen, bevor er erst Hiob und dann Eliphas und Francetta abschätzend musterte. Im nächsten

Moment machte er auf dem Absatz kehrt und verschwand in der nächsten Gasse.

„Ich hatte ihn beauftragt, dich zu suchen“, sagte Irène entschuldigend, „und er hat dich schließlich gefunden, also mußte ich ihn auch bezahlen.“

Hiob nickte, doch Eliphas schien mit dieser Erklärung nicht zufrieden zu sein.

„Wann hast du diesen Mann angeheuert?“ fragte er und zog seine buschigen Augenbrauen zusammen. Ein Ausdruck des Erkennens huschte über Irènes Gesicht, und plötzlich kehrte auch die quälende Erinnerung wieder.

„Das war kurz nachdem ihr meinen Sohn entführt hattet“, sagte sie vorwurfsvoll. „Ich bin nach Millau gegangen und habe ihn bezahlt, um nach Dominic und Hiob zu suchen, und sie zu mir zurückzubringen.“

Für einen Moment schien es, als müßte Eliphas all seine Beherrschung aufbringen, um Irène nicht eine schallende Ohrfeige zu geben, doch dann wandte er sich nur um ging in das Gasthaus zurück.

„*Karl*!“ hörte Hiob ihn leise zischen.

♦ ♦ ♦

Irène wußte zuerst kaum, worüber sie mit Hiob sprechen sollte. Er mußte soviel mehr durchgemacht haben als sie, und selbst wenn er allem Anschein nach jetzt nicht mehr der Gefangene der Beutereiter war, schien ihn irgend etwas zu bedrücken.

„Was ist mit Dominic?“ fragte er unvermittelt, nachdem sie schweigend die Stufen zu seinem Zimmer hinaufgestiegen waren.

„Dem Jungen geht es gut. Wittgenstein, der Mann, der mich hergebracht hat, hat ihn damals aus dem Kloster in Rodez befreit und zu mir zurückgebracht. Dich auch zu befreien, ist ihm damals nicht gelungen.“

Hiob nickte. „Das war auch gut so. Wenn Eliphas mich mit seiner Rotte nicht nach Trondheim gebracht hätte, wäre das hier jetzt womöglich schon längst für immer in den Tiefen des Himmels von Prag verschwunden – oder schlimmer noch: in die schwarzen Klauen der

Traumsaat gefallen." Er zog die goldene Schatulle unter der Decke auf dem schmalen Bett hervor. Sie erinnerte Irène an den Schrein in der Kirche von Marzials, einem der Nachbardörfer von Valencas, nur daß sie unendlich viel feiner und kunstvoller gearbeitet war.

„Was ist das?" fragte sie staunend.

„Das ist das Liber Raguelitorum, das Ordensbuch der Ragueliten. Ich weiß nicht, ob du schon davon gehört hast, aber der Himmel meines Ordens in Trondheim wurde zerstört." Hiob zögerte kurz und sah plötzlich sehr niedergeschlagen aus. „Allerdings hätte ich vielleicht auch keinen Engel getötet, wenn dieser Mann mich damals befreit hätte", flüsterte er.

Erschrocken hielt Irène den Atem an. Hiob hatte einen Engel getötet! Und sie wußte, daß er selbst einer war, auch wenn er seine Flügel verloren und bei ihr in Valencas wie ein Mensch gelebt hatte. Vielleicht war er seitdem sogar ein noch besserer Engel geworden. Wenn gerade er einen anderen Engel getötet hatte, dann mußte dieser etwas Furchtbares getan haben! Eine andere Erklärung konnte es nicht geben.

Sie setzte sich neben ihn auf das schmale Bett und legte ihm eine Hand auf die Schulter. „Was ist geschehen?" fragte sie leise.

„Sie standen um meinen ermordeten Ordensbruder herum, die blutigen Schwerter noch in der Hand", erzählte Hiob tonlos. „Es war offensichtlich, daß sie ihn umgebracht hatten. Ich weiß auch nicht, was in mich gefahren ist. Im nächsten Moment habe ich mich auf den ersten von ihnen gestürzt ..." Er schluchzte leise und vergrub das Gesicht in den Händen. „Ich kann immer noch spüren, wie sein Genick brach." Schweigend schmiegte Irène sich an den zitternden Engel und legte ihren Kopf an seine Schulter.

Es dauerte eine Weile, bis Hiob sich wieder beruhigt hatte. Dann begann er, ihr von seiner Reise nach Norden zu erzählen und davon, wie aus seiner Gefangenschaft bei den Beutereitern langsam eine Art Freundschaft geworden war. Er berichtete ihr von seiner unverhofften Begegnung mit Anne und wie sie zu zweit über den schwelenden Ruinen des Himmels von Trondheim gestanden hatten.

„Dann hast du sie also wiedergefunden, die Frau aus deinen Träumen?" fragte Irène verunsichert.

„Ja. Aber Anne ist nicht mehr die Frau, die ich früher kannte. Der Herr hat ihr genau wie mir Visionen gesandt, und ich glaube, Anne haben sie noch stärker verändert als mich, falls das überhaupt möglich ist. Jedenfalls hat sie kein einziges Wort gesprochen, seit ich sie wiedergesehen habe."

„Ist sie auch hier?"

„Ja. Du kannst sie kennenlernen, wenn du magst. Ich nehme an, sie ist drüben in ihrem Zimmer." Hiob stand auf und trat an die Tür.

Für einen Moment zögerte Irène. Wollte sie diese Frau wirklich kennenlernen, die so sehr mit jenem anderen Leben verknüpft war, das Hiob einst geführt hatte, als er noch Calliel hieß? Andererseits war Anne auch jetzt wieder Teil seines Lebens, und darüber wollte sie alles erfahren.

„Gut", sagte sie und folgte ihm.

Sie gingen zu einem Zimmer auf der anderen Seite des niedrigen Ganges, und Hiob klopfte an die Tür.

Die zierliche Frau, die ihnen öffnete, war etwa in Irènes Alter, vielleicht ein paar Jahre jünger. Wie Hiob hatte sie blondes Haar und eine helle Haut, aber Irène mußte feststellen, daß sie nicht so hübsch war, wie sie es sich vorgestellt hatte. Aber das lag vielleicht auch an dem seltsam gehetzten Ausdruck in ihren Augen. Sie konnte nicht genau sagen, was es war, aber irgend etwas im Blick der Begine bereitete ihr Unbehagen.

Anne trat beiseite und winkte sie hinein. Nachdem Hiob die beiden Frauen einander vorgestellt hatte, ergriff sie mit einem freundlichen Lächeln Irènes Hand mit beiden Händen und drückte sie herzlich. Irène lächelte ebenfalls, auch wenn sie sich in Annes Gegenwart immer noch unwohl fühlte.

„Hiob hat mir viel von dir erzählt", sagte sie dann. „Ich bin froh, daß er dich gefunden hat und daß es dir gut geht."

Anne hielt noch immer Irènes Hand, musterte sie lange und nickte dankbar. Dann legte sie Irènes Hand behutsam in Hiobs und drückte beide noch einmal fest.

Jetzt war es Irène, die dankbar lächelte, auch wenn Hiob Anne nur verständnislos anstarrte.

♦ ♦ ♦

Als Hiob später neben Irène auf dem schmalen Bett in seiner Kammer lag und auf die schwarzen Wolken hinausblickte, die sich im Mondschein an dem winzigen Fenster vorbeischoben, war er viel zu aufgewühlt, um Ruhe zu finden. Die Ereignisse seit Irènes Ankunft erschienen ihm wie ein Traum. Er konnte noch immer nicht ganz fassen, daß sie auf einmal vor der Tür des Gasthauses gestanden hatte.

Es hatte so gut getan, sie wiederzusehen und ihr alles zu erzählen, was ihm widerfahren war. Vor allem die Sache mit dem Ramieliten, den er in Prag getötet hatte. Ganz ruhig hatte Irène sich alles angehört, was er zu sagen gehabt hatte. Sie war einfach bei ihm gewesen.

Eliphas und seine Beutereiter waren sicherlich auch vom Tod des Engels betroffen, aber als kampferprobte Krieger nahmen sie seinen Tod als Konsequenz der Ereignisse auf dem Schlachtfeld hin. Der Ramielit und Hiob waren Feinde gewesen. Das mochte ungewöhnlich sein, aber es war eine unleugbare Tatsache, und wenn Feinde einander im Kampf gegenüberstanden, kam es vor, daß einer zu Tode kam. Das war nichts Persönliches, sondern das Schicksal eines Kriegers. Mehrfach hatte Hiob seit seiner Tat an die Passagianten in Nürnberg gedacht. Vielleicht hatten sie Recht gehabt, und er war doch ein Ketzer, aber andererseits hätten sie ihn vielleicht auch getötet, wenn Eliphas ihn nicht gerettet hätte. Das Schlimmste war jedoch, daß seine Tat durchaus etwas Persönliches gewesen war. In jenem Moment hatte er die Ramieliten aus tiefster Seele gehaßt. Er hatte schon oft getötet, aber noch nie aus Haß, und er hätte niemals geglaubt, daß es ausgerechnet ein anderer Engel sein würde, der einen solchen Haß in ihm hervorrief, daß er zum Mörder wurde. Denn als solcher fühlte er sich. Wer aus Haß tötete, war ein Mörder, oder?

Dennoch hatte Irène ihn nicht für das verurteilt, was er getan hatte. Sie hatte ihm zugehört, bis er nicht mehr reden konnte, und dann hatte sie ihn geküßt. Zuerst auf die Stirn, dann auf den Mund. Ihre Lippen waren so weich gewesen! Ein wohliger Schauer lief ihm über den Rücken, als er daran dachte, und er ließ seine Fingerspitzen über ihre Schulter fahren, die blaß im hellen Mondlicht schimmerte.

Irène seufzte leise im Schlaf, und er nahm vorsichtig die verschlissene Bettdecke und breitete sie über ihnen aus.

♦ ♦ ♦

Am nächsten Morgen kam Hiob allein in die Gaststube hinunter. Irène lag noch immer im Bett und schlief. Sie hatte ihm erzählt, sie hätte in den letzten Nächten fast überhaupt nicht geschlafen, deshalb hatte er sie auch nicht geweckt, sondern war allein aufgestanden.

Die Tür des Gasthauses stand weit offen, und davor konnte er die weißen Flügelpaare mehrerer Engel erkennen. Hatten die Ramieliten sie etwa bereits aufgestöbert? Alarmiert sah er zu Eliphas hinüber, der in der Tür stand und mit den Engeln zu reden schien.

Als er Hiob die Treppe herunterkommen hörte, wandte der Komtur sich um und ging ihm entgegen.

„Diese Engel sind auf der Suche nach dir", begrüßte er ihn leise. „Sie kommen vom Himmel der Urieliten in Mont Salvage. Natürlich hat der Wirt es nicht gewagt, sie wegzuschicken."

„Sie kommen aus Mont Salvage?" fragte Hiob überrascht. Ob das seine alte Schar war? „Wie haben sie mich hier gefunden?"

„Nun", antwortete Eliphas säuerlich, „es scheint, als hätten deine liebe Freundin Irène und ihr feiner Schnüffler sie auf unser Versteck aufmerksam gemacht."

„Ich werde mit ihnen reden!" rief Hiob aufgebracht und schob Eliphas beiseite.

Mit ein paar schnellen Schritten war er durch die Tür und auf der Straße. Es war ein typischer grauer Morgen, und der böige Westwind trieb Schleier feinen Nieselregens vor sich her. Aber es war keineswegs seine alte Schar, die dort draußen auf ihn wartete. Er kannte keinen der fünf Engel, die ihn jetzt neugierig musterten.

Zuerst fiel ihm der hochgewachsene Ramielit auf. Er mußte mindestens ein Jahr älter sein als er selbst, und sein offener, freundlicher Blick ließ Hiob schuldbewußt an seine schreckliche Tat denken. Der Urielit neben ihm hatte nicht wie Varcanel sein Haar verloren, sondern trug stolz den langen, steifen, mit grünen Seidenbändern umwickelten Zopf seines Ordens am Hinterkopf. Etwas abseits stand eine kleine, sehr zierliche, Raphaelitin, deren Haar ebenso silbrig schimmerte wie das des Ramieliten. Ihr sanfter Blick ruhte prüfend auf Hiobs flügellosen Schultern. Ein paar Schritte vor ihr stand ein gedrungener, kräftiger Gabrielit von dunkler Hautfarbe, der ihn mit vorgeschobenem Kinn herausfordernd anstarrte. Jetzt machte die ebenfalls nicht gerade hochgewachsene Michaelitin, die in der Mitte ihrer Schar gestanden hatte, einen Schritt auf ihn zu und sah ihm mit festem Blick in die Augen.

„Ich bin Ariel vom Orden der Michaeliten, und dies ist meine Schar. Ab Guillaume von Mont Salvage hat uns entsandt, um dich zu finden, Calliel von den Ragueliten, der du dich jetzt Hiob nennst. Wir haben den Befehl, dich nach Roma Æterna vor das Konsistorium der Angelitischen Kirche zu bringen.“

epilog

An das gesegnete und ehrwürdige hohe Konsistorium der Angelitischen Kirche in Roma Æterna.

Oculi nostri ad dominum nostrum, fratres.

Ich bin untröstlich, Euch in diesem Schreiben von den schweren Verfehlungen einiger gefallener Engel berichten zu müssen. Des weiteren hege ich den ernsten Verdacht, daß der Fall des Himmels zu Trondheim keinesfalls ohne Auswirkungen auf die verbliebenen Mitglieder jenes Ordens geblieben ist, und ich meine hierbei negative Auswirkungen! Als Beweis hierfür möge die traurige Tatsache gelten, daß es sich bei den beiden bereits erwähnten gefallenen Engeln um Angehörige jenes seit jeher als eigensinnig bekannten Ordens handelt. Die beiden Engel haben sich ihrer heiligen Pflicht widersetzt, nach der katastrophalen Vernichtung ihres Himmels das hochheilige Liber Raguelitorum in die einzig angemessene Obhut, nämlich die des Ramielis-Himmels in Prag, zu übergeben. Im Gegenteil, in ihrer Verblendung haben sie versucht, es bei einem geheimen Treffen den Schergen des Widersachers auszuliefern. Einzig einer kleinen Schar ramielitischer Gottesboten unter meiner bescheidenen Führung ist es zu verdanken, daß diese Übergabe im letzten Augenblick vereitelt werden konnte. Die Gefallenen stellten sich hierauf gemeinsam mit den dämonischen Handlangern des Herrn der Fliegen gegen uns. In dem anschließenden Handgemenge gelang es uns, einen der beiden gefallenen Ragueliten seinem wohlverdienten Schicksal zuzuführen. Der andere jedoch, ein besonders ruchloser und gefährlicher Ketzer, der sich zum Zeichen seiner Auflehnung gegen die gottgegebene Ordnung seiner Flügel entledigt hat, tötete einen der Ramieliten, den Engel Asphael, kaltblütig und mit bloßen Händen. Doch dieser gotteslästerliche Mord war nicht die letzte seiner Untaten! Bei seiner Flucht gelang es ihm, mir das soeben sichergestellte Liber Raguelitorum zu entreißen, und als ich versuchte, einen seiner Spießgesellen, offenbar einen abtrünnigen Komtur mit Namen Eliphas von Bern – das ehrwürdige Konsistorium möge sich das nur vorstellen – an der Flucht zu hindern, hieb er mir ebenso kaltblütig den linken Arm ab. Auch wenn ich im Gegensatz zu Asphael – möge er die Segnungen der Läuterung empfangen – noch unter den Lebenden weile, stellt diese Tat wie der Mord an einem Engel des Herrn einen ketzerischen Angriff auf die Ordnung der Dinge dar.

Aufgrund der soeben beschriebenen Vorfälle ersuche ich das hochehrenwerte Konsistorium inständig, die Inquisitoren der heiligen Angelitischen Orden mit einer genauen Überprüfung aller verbliebenen Ragueliten zu betrauen. Wir dürfen nicht zulassen, daß die Überreste jenes Ordens zu einer neuen Saat der Ketzerei werden.

Hochachtungsvoll Euer stets ergebener und untertänigster Diener,
Prälat Wilhelm Heinrici
Inquisitor vom Orden der Ramieliten.
Magnificat anima mea Dominum.

Engel
fegefeuer

oliver hoffmann

entwickelt von

oliver graute, oliver hoffmann

und

kai meyer

autor	oliver hoffmann
co-autor	astrid mosler
lektorat	oliver graute, severin rast,
korrektorat	thomas russow
art director, satz und gestaltung	oliver graute
umschlagillustration und innenillustrationen	tobias mannewitz jean linnhoff
kartenmaterial	tobias mannewitz

Engel im Internet: http://www.engel-net.com
Feder & Schwert im Internet: http://www.feder-und-schwert.com

für astrid.

prolog

Ein leichter Herbstwind fegte brüchig-braunes Laub über den Vorplatz des Vatikan, als die Träger die Sänfte des Mannes eiligen Schrittes zurück zum Palast des Konsistoriums trugen. Ihre Gewänder wiesen sie als nicht geweihte Bedienstete der Angelitischen Kirche aus. Bruder Karel, der ramielitische Ostiarius, der am Tor Dienst tat und die Namen der Kommenden und Gehenden verzeichnete, sah den prunkvollen, in weiße und purpurne Tücher gehüllten Tragstuhl schon von weitem durch das merkwürdig finstergoldene Dämmerlicht des gewitterschweren Spätnachmittags nahen. Er beeilte sich, das eichene, mit schmiedeeisernen Bändern beschlagene Doppelportal weit aufzustoßen. Die beiden michaelitischen Templer, die das Tor selbst bewachten, nahmen eine noch militärischere Haltung an. Die grauen Wolken am Himmel über Æterna verkündeten, daß es bald Regen geben würde. Karel erwartete einen jener schweren spätherbstlichen Wolkenbrüche, die so typisch für das römische Wetter waren und den nicht einmal die Prunksänfte eines Konsistorialkardinals unbeschadet überstanden hätte – und auf keinen Fall wollte der alte Ostiarius es riskieren, den Zorn eines der zwölf mächtigsten Männer der Angelitischen Kirche auf sich zu ziehen.

Siehe, ich kenne eure Gedanken und eure Ränke, mit denen ihr mir Unrecht antut.

- Hiob 21, 27

An der Schwelle des Palastes hielten die Träger an, um dann gemesseneren Schrittes in den überwölbten Tunnel zu schreiten, der den Zugang zum Innenhof des Konsistorialpalastes bildete. Mit einem dumpfen Krachen schloß sich das Tor wieder hinter der Sänfte. Während der Tragstuhl von kräftigen Armen gestützt die Marmortreppen emporschaukelte, begann der erwartete Regenschauer gegen die Fenster des Torhauses zu prasseln. Dem Ostiarius entrang sich ein leises Aufatmen. Gerade noch rechtzeitig.

♦ ♦ ♦

Der Mann stand am Fenster seines Schlafgemachs im obersten Stockwerk des Vatikan und blickte auf Roma Æterna hinaus. Seine langen, schlanken Finger spielten mit der prunkvollen Löwenmaske, die er bis vor einer halben Stunde noch getragen hatte. Er hob sie an und blickte in das Raubtiergesicht, das bei den geheimen Treffen sein eigenes verbarg, ein regloses Gesicht ohne Mimik. Die golden lackierte Löwenmaske mit den gefletschten Zähnen unter den Pausbacken verriet keinerlei Gefühlsregung. Der Mann lächelte, ein kleines, bitteres Lächeln ohne das geringste Quentchen Humor.

Der Blick des hochgewachsenen, fast schon hageren Mannes wanderte hinaus über die Stadt, die er zu einem Teil als die Seine betrachtete. Doch sein Auge sah sie nicht wirklich. Der Herbststurm hatte sich ausgetobt, indem er in weniger als einer Stunde all seine Wut über der Ewigen Stadt entfesselte wie eine zornige Traumsaatkreatur. Die heftigen Böen hatten die Äste der Bäume in den nahegelegenen pontifikalischen Gärten gepeitscht, und die Legion der ungesicherten hölzernen Klappläden des Palastes und der umliegenden Wirtschaftsgebäude versuchten im ohrenbetäubenden Wettstreit mit dem Stakkatogetrommel der Regentropfen auf den Blechdächern mitzuhalten.

Schließlich hatte der Sturm sich gelegt, und Ruhe war über der Stadt eingekehrt, die als himmlisch zu bezeichnen der Mann am Fenster versucht war. Sein Lächeln wurde wehmütig. Roma Æterna war zu Bett gegangen, und der Herr hatte einen von einem zwischen Wolkenfetzen selten aufblinkenden Mond nur zögerlich erleuchteten Nachthimmel über sie gebreitet. Hier und da stiegen Rauchwölkchen der Holzfeuer aus Kaminen auf, unten auf den Straßen übernahmen Templer den Patrouillendienst von ihren Kameraden, die nun regendurchweicht und verdrießlich in ihre Quartiere zurückkehrten. Überall in der Ewigen Stadt wurden Laternen, Kerzen und Öllampen entzündet. Vor seinem Fenster, auf der Terrasse mit den gigantischen Bambusstauden in den Terrakottakübeln, stand knöchelhoch das Wasser, von der Dunkelheit der Nacht in einen schwarzen Spiegel verwandelt. Von ferne rief der helle, melodische Glockenschlag des Petrusdoms die Gläubigen zur Vesper. Zwei Katzen balgten sich auf einer Mauer des Vatikan-Parks, paarten sich und jaulten dabei, als sei der Herr der Fliegen persönlich in sie gefahren.

Doch all das hatte für den Mann am Fenster keine Bedeutung – nichts von dem, was er sah, erreichte ihn wirklich. Seine Augen wanderten blicklos über den Flickenteppich der Ziegel-, Blech- und Kupferdächer.

Vor seinem geistigen Auge hingegen spielten sich lebhafte Szenen ab. Immer und immer wieder ging er in Gedanken das Treffen durch, das hinter ihm lag. Äußerlich war alles so gewesen wie sonst.

Sie hatten sich in einem verschwiegenen, wie verwunschen in einem Zypressenhain am Nordrand der Ewigen Stadt gelegenen Palazzo getroffen. Die Themen, über die sie sich auseinandersetzen mußten, hatten in den Korridoren der Macht nichts zu suchen. Sie vertrugen sich nicht mit den Räumlichkeiten des Vatikan oder gar des Lateran, jener angelitischen Prunkbauten, in denen die Wände Ohren hatten und jeder Bedienstete auf der Gehaltsliste irgendeines Rivalen stehen mochte.

Sonst waren sie vier gewesen, und Masken hatten sie getragen – nichts als alberne Larven in den Augen des Mannes am Fenster. Schließlich waren keine Außenstehenden anwesend, und die vier kannten einander ohnedies. Dennoch wurden sie getragen, immer dieselben vier Masken, der Mensch, der Adler, der Stier und der Löwe, um der Tradition genüge zu tun. Immer die Tradition, Überlieferung und Brauchtum der Angelitischen Kirche, Symbole der Macht, allzeit in Übereinstimmung mit dem Althergebrachten ...

Aber diesmal war alles anders gewesen. Schon beim Betreten des Raumes mit dem polierten Intarsientisch hatte er die fast greifbare Spannung im Raum wahrgenommen, die Angst gerochen und die Augen des Adlers auf sich ruhen gespürt, unerschütterlich sonst, heute aber unstet und gehetzt. Außerdem waren sie zum ersten Mal nur zu dritt gewesen – der Stier war tot, untergegangen in den Flammen eines Fegefeuers. Ein beängstigender Gedanke, selbst für den Löwen, daß das Schicksal der gesamten Angelitischen Kirche und mithin der ganzen Welt in den Händen dreier Männer lag.

Der Mensch hatte zu ihnen beiden gesprochen und erklärt, wie dramatisch die Situation seit Trondheim war. Er hatte berichtet, Orpheo, der bescheidene, in sich gekehrte Ab der Sarieliten, habe sich aufgelehnt gegen die vorläufigen Lösungsansätze des Konsistoriums. Sein Zorn lag begründet in der Tatsache, daß die Angelitische Kirche seit dem Spätsommer vor zwei Jahren sämtliche Güterzuwendungen an den Orden des Himmlischen Chores eingestellt hatte. Zu guter Letzt hatte der Mensch einen geharnischten Beschwerdebrief des Obersten Choristen an die leitende Körperschaft der Angelitischen Kirche verlesen. Dann, in die bedrückte Stille hinein, war die Stimme des Adlers erklungen, des Gabrielsländers, volltönend, aber knapp und bestimmt, wie es sich ziemte für diesen Machtmenschen. Er hatte von den unerfreulichen Zuständen in der vollkommen überfüllten Arx erzählt, der Trutzburg der Ragueliten, die östlich von Rom in den Hügeln lag, und das Klima in dem festungsartigen Refugium des gefallenen Ordens geschildert. Er war selbst dort gewesen, hatte Ab Per Aasbye mit seinem Besuch beehrt, offiziell, um Sorge für das Seelenheil des ranghohen skandinavischen Priesters zu tragen, im geheimen aber, um herauszufinden, wie die Bewahrer der Technik mit dem schweren Schlag fertigwurden, den der Verlust ihres Himmels für sie bedeuten mußte. Distanziert, fast als berichte er von den Taten eines Fremden, und ohne erkennbare Höhen und Tiefen der Diktion hatte der alte Mann, der seine Stimme sonst so gut als Werkzeug einzusetzen wußte, seine beiden atemlos zuhörenden Mitstreiter informiert, wie es den Ragueliten erging. Ja, der Schock bei den Ragueliten saß tief, lähmte sie und dämpfte jede Emotion. Aber sie waren viele, Beginen und Monachen wie Engel scharten sich in der Arx, im Krieg gegen die Traumsaat Entwurzelte. Aller Augen richteten sich auf Per Aasbye, denn Ab Gundar, der Vorsteher des Ragueliten-Himmels, war tot, und da die Arx neben dem Himmel das bedeutendste Zentrum des Ordens war, schien es nur noch eine Frage der Zeit, bis die Notgemeinschaft der Versprengten, wie Per seine täglich anwachsende Gemeinde nannte, ihn zu ihrem neuen geistlichen Oberhaupt ernannte. Ununterdrückbar klangen die Worte des Adlers in dem Mann am Fenster nach:

„Dies aber darf nicht geschehen. Durch den Untergang des Himmels zu Trondheim sind unsere raguelitischen Brüder und Schwestern ihrer wichtigsten Aufgabe verlustig gegangen. Der Herr hat ihnen ihre Bestimmung genommen. Sehen wir es als Zeichen und Wegweisung in dieser schweren Zeit, in der es uns allen an klaren Richtungen gebricht."

Schließlich hatte er den anderen beiden Vorschläge unterbreitet, wie man damit umgehen könne. Sie alle waren erschrocken beim Klang seiner Worte.

Doch nun, als er mit Abstand über das Gehörte nachdachte, kam der Mann am Fenster zu dem Schluß, der Adler könne recht haben.

Der Mann riß sich von seinem Aussichtspunkt am Fenster los und ging entschlossenen Schritts durch einen offenen Durchgang in sein angrenzendes, geräumiges Skriptorium. Als er den marmornen Schreibtisch erreichte, nahm er noch einmal die Pergamentrolle auf, die bei seiner Rückkehr in den Vatikan hier auf ihn gewartet hatte. Schwer baumelte das in blaugraues Wachs gepreßte und mit einer gleichfarbigen, gedrehten Zierkordel am Papier befestigte Siegel der Ramieliten, ein stilisierter Engel mit einem offenen Buch, von der Unterseite der Schriftrolle. Aufgrund der wiederholten Hinweise seines Leibdieners, wie dringlich der reitende Bote dieses Schreiben gemacht habe, hatte er das Siegel sofort nach dem Betreten seiner Privatgemächer erbrochen. Wie bei jedem der vielen offiziellen Schriftstücke, die er täglich zur Kenntnis nehmen mußte, war sein Blick zuerst an den unteren Rand des Schreibens, zur Signatur, gewandert, um herauszufinden, wer sich da so dringlich an ihn wandte.

Als er den Namen und das persönliche Siegel Wilhelm Heinricis, des gefürchteten Ramielisinquisitors, gesehen hatte, war er innerlich zusammengezuckt. Das konnte nichts Gutes verheißen. Für einen Augenblick hatte er reflexartig reagiert, wie es jeder gute Gläubige getan hätte – er hatte nach Schuld in sich hineingehorcht. Wollte der alte Ramielit ihm etwa vorwerfen, daß er kein Analphabet war? Wohl kaum. Eine eingehendere Lektüre hatte zwar ergeben, daß er selbst nicht betroffen war, ansonsten aber nicht eben dazu beigetragen, seine Sorge zu zerstreuen. Der Tag hatte schlecht begonnen und ging noch übler zuende.

Er mußte mit dem Adler sprechen – dieses Schreiben duldete keinen Aufschub. Und er wagte es kaum, sich die Reaktion des Alten vorzustellen.

Kapitel Eins

Ein wenig schien es, als halte die Welt den Atem an, als die Schar und ihr Gefangener die Dorfstraße entlang in Richtung des Marktplatzes von Kralove marschierten, eines Städtchens zwei Tagesreisen südwestlich von Kladno, wo sie Hiob übernommen hatten. Es lag ein Gewitter in der Luft – den ganzen Tag über hatten die fünf Engel und ihr schweigsamer Schutzbefohlener es gespürt. Mehrere Versuche Malloriels und Rahels, mit dem merkwürdigen flügellosen Engel, der sich selbst Hiob nannte, ins Gespräch zu kommen, waren in den zurückliegenden beiden Tagen gescheitert – der junge Mann, dessen Gesicht und Arme die Scriptura der Ragueliten zierten, antwortete auf keine Ansprache. Malloriel hatte allerdings im abendlichen Gespräch die Vermutung geäußert, er murmle unablässig Gebete an den Herrn vor sich hin. Während alle anderen Scharmitglieder, selbst die sanfte Heilerin, sich so weit wie möglich von ihrem Gefangenen fernhielten, fand der Ramielit Hiob faszinierend. Nun aber wurde er abgelenkt von den Blicken hinter den Leinenvorhängen der Häuser, die ihnen folgten. Verschämt huschten die Anwohner der Hauptstraße Kraloves in die Deckung ihrer Wohnstuben zurück, wenn einer der Engel ihre neugierigen Blicke allzu unverwandt erwiderte.

Meinst du, der Allmächtige habe Vorteil davon, daß du gerecht bist? Was hilft's ihm, selbst wenn deine Wege ohne Tadel sind?

- Hiob 22,3

Ist ja auch kein Wunder, dachte Ariel, die Michaelitin, die ihrer Schar stolz voranschritt. Wir sehen bestimmt seltsam aus für die Leute – vier Engel zu Fuß, die einen fünften eskortieren. Und dieser fünfte ist der Merkwürdigste von allen, weil er keine Flügel hat. Nur einer von uns, der sechste, tut das, wozu der Herr uns eigentlich geschaffen hat: Er schwebt am Himmel und paßt auf. Ihr Blick wanderte empor zu Daniel, ihrem Urieliten, einem smaragdgrünen Fleck mit gigantischen weißen Schwingen, der sich scharf vor dem rasch verdunkelnden Himmel Jeremielslands abzeichnete. Aber auch nur, setzte sie resigniert in Gedanken hinzu, weil er seit Tagen nur noch widerwillig meinem Befehl folgt und tut, was ihm gerade einfällt.

Ihre Grübeleien wurden unterbrochen, als aus der einfachen Fachwerkkirche ein junger, lang aufgeschossener Mann mit zerwühltem, strohblondem Haar in Priesterkutte herausgeeilt kam und der Schar auf dem Marktplatz entgegentrat. „Ich bin Pater Grigori, Engel", sagte er mit halb gesenktem Kopf, allerdings nicht ohne neugierige Blicke auf die Michaelitin zu werfen, die trotz seiner fast unterwürfig gebückten Haltung noch nicht einmal auf Augenhöhe mit ihm war.

„Womit kann ich euch dienen?“ Dann fiel sein Blick auf Hiob, und sein Mund blieb offen stehen. „Ist er ..., ist das ...“

„Mach dir darüber keine Gedanken, guter Mann“, fiel ihm Ariel ins Wort. „Wir suchen eine Zuflucht für die Nacht, in der wir sicher vor dem nahenden Unwetter sind. Kannst du uns weiterhelfen?“

Noch immer hatte Grigori nur Augen für Hiob, er war sich nicht zu schade, halb um diesen herumzugehen und so etwas wie einen prüfenden Blick auf seinen Rücken zu werfen. Was er sah – oder präziser: nicht sah –, nämlich das zu erwartende majestätische Flügelpaar, stürzte den ländlichen Kleriker vollends in Verwirrung.

„Ihr könnt mein Haus haben“, haspelte Grigori fast übereifrig. „Ich werde so lange bei der Dorfgemeinschaft Unterschlupf suchen ...“

„Das wird nicht nötig sein – mach dir nicht zu viele Umstände, Pater. Habt ihr hier im Dorf eine Scheune, in der wir nächtigen können? Mehr brauchen wir gar nicht.“

Malloriel unterdrückte ein Lächeln. Niemand außer Ariel hätte diese Sätze mit vollkommener Demutsmiene ungerührt sagen können, ohne im Geringsten durchblicken zu lassen, daß nicht Bescheidenheit sie trieb, sondern daß ein kleines Wohnhaus den Engeln mit ihren großen Flügeln bei weitem nicht die Bequemlichkeit geboten hätte, wie eine geräumige Scheune mit warmem Heu.

„Aber gewiß doch – dort drüben an der Südseite des Platzes steht die Gemeindescheune“, sagte der Pater. „Dort drinnen ist reichlich Heu, und dort werdet ihr ruhen können, Engel. Der Herr mit euch.“

„Und mit dir, Pater Grigori“, sagte Ariel, und die Schar schritt an dem Geistlichen vorbei zu der Scheune. Ariel trug ihre gewohnt stoische Miene zur Schau, und auch Aadoniel, der Gabrielit der Schar, sah stur geradeaus, während Rahel etwas unbehaglich wirkte. Auf der gesamten Strecke ließen Grigori und die Dörfler hinter den Fenstern Hiob nicht aus den Augen. Als Daniel schließlich landete und das Scheunentor öffnete, an dem die Schar mittlerweile angelangt war, drehte sich der flügellose Raguelit zu Grigori um und starrte zurück, bis der Dorfpriester überhastet in seine Kirche zurückeilte.

♦ ♦ ♦

Etwa eine halbe Stunde später setzte heftiger Regen ein, und die Engel waren froh, daß der Priester ihnen diesen vergleichsweise bequemen Platz zum Übernachten angeboten hatte. Trotz der Tatsache, daß es Ende November war, verströmte das Heu einen angenehmen Geruch. Hiob, der sich ein Stück abseits der Schar ins Heu geworfen hatte und mit im Nacken verschränkten Armen hinauf zum hölzernen Trockenboden starrte, fühlte sich stark an Valencas, Irène und die friedvolle, schöne, ländliche Welt erinnert, die er dort trotz seiner schweren Verletzungen hatte erleben dürfen, ehe es dem Herrn gefallen hatte, sein ganzes Leben auf den Kopf zu stellen und ihn in vollkommene Verwirrung zu stürzen.

„Du vermißt sie sehr, nicht wahr?“ Die Frage des silberhaarigen Ramieliten, der sich lautlos genähert hatte und nun neben ihm im Heu kniete, riß Hiob aus seinen Träumereien. Als Malloriel Hiobs zunächst verständnisloses Gesicht sah, setzte er hinzu: „Die Frau aus der Gaststube, Irène.“

„Du kennst ihren Namen?“ fragte Hiob erstaunt.

„Sie hat geholfen, mich gesund zu pflegen, als es mir sehr schlecht ging“, sagte Malloriel einfach. „Ich schulde ihr Dank. Und woher kennst du sie?“

Hiob unterdrückte den plötzlichen Stich in seiner Brust, als vor seinem geistigen Auge das Bild Irènes auftauchte, die am Krankenlager dieses schlaksigen Wissensbewahrers saß und ihn möglicherweise mit derselben Hingabe pflegte wie einst ihn. Wie um diese Vorstellung abzuschütteln setzte er sich auf und ließ die Arme locker auf den Oberschenkeln liegen. „Aus einer anderen, besseren Zeit“, entgegnete er abweisend. „Sie ist ein ... ein Teil dieser Zeit. Aber das ist jetzt nicht mehr wichtig. Jetzt zählt nur ihr, diese Reise – und dieses Tribunal, vor das ihr mich schleppen wollt.“

„Sei vorsichtig mit dem, was du sagst“, riet Malloriel, „und schätze die Ehre nicht gering, eine Audienz vor dem Konsistorium zu erhalten. Warst du denn schon einmal in Roma Æterna?“ schob er versöhnlich nach, erkannte aber sogleich, wie töricht diese Frage gewesen war. Schließlich war dieser Hiob, oder Calliel, wie er wohl offiziell hieß, einmal ein vollwertiger Engel gewesen, und alle Engel empfingen ihre Weihe durch den Pontifex Maximus in der Ewigen Stadt.

„Nicht mehr seit ... seit meiner Weihe", murmelte sein Gegenüber.

„Ich auch nicht", stimmte Malloriel zu, „stell dir nur vor, was wir alles sehen werden, was ..."

Hiob warf ihm von schräg unten einen merkwürdigen Blick zu und sagte nur knapp: „Geh schlafen, Ramielit, wir haben morgen sicher wieder einen weiten Weg vor uns."

Mit diesen Worten rollte er sich auf die Seite, so daß er Malloriel den Rücken zuwandte, und zog mit einer fahrigen Bewegung eine alte, graubraune Pferdedecke über sich, die er im Stall gefunden hatte. Malloriel erhob sich, starrte ihren „Gefangenen" noch einen Moment verblüfft an und zog sich dann kopfschüttelnd in eine andere Ecke zurück.

♦ ♦ ♦

Zwanzig Tage später fanden Ariels Schar und ihr Gefangener Zuflucht in einer Gästecella des Ramielitenklosters der Stadt Regensburg. Sie alle waren des Laufens mehr als überdrüssig, die Füße taten ihnen weh, und Daniel gab immer häufiger seiner Verärgerung darüber Ausdruck, daß sie Hiobs wegen zu Fuß gehen mußten und nicht fliegen konnten, wie es sich für Engel des Herrn geziemte. Die Stimmung der sechsköpfigen Reisegruppe war auf dem Tiefpunkt angelangt, und nach einem kargen Abendmahl zogen sich die Engel schon bald in verschiedene Winkel des Saales zurück, um die dringend benötigte Ruhe zu finden.

Hände. Kräftige, behaarte Hände. Vier Hände an Oberarmen – an seinen Oberarmen. Viel schmaler, blasser, leichter. Überströmt von dünnen Rinnsalen von Blut, das halb geronnen das frische ... Signum bedeckte? Unfähig zu gehen, halb dahinstolpernd, halb mitgeschleift zwischen den beiden Monachen in den unvertrauten Gewandungen, einem dritten entgegen, einem alten Mann mit Raubvogelgesicht ... „Zweites Dormitorium links ... ja, hier durch die Tür ..." Jener dritte ist der einzige, der spricht und etwas in einem großen Buch abhakt. Dann der Kampf gegen den Feuerkäfer ... der Flugunterricht über Trondheim ... er ... Hiob ... Calliel ... ein Raguelit auf weißen

Schwingen ... „Flieg, Calliel, flieg ...“ Die Rufe seines Fluglehrers zu Trondheim ... „Spring, Calvin, spring ...“ Die Stimme seiner ...

„Mutter!“

Schweißgebadet fuhr Hiob aus dem Schlaf hoch. Seit sie vor ein paar Tagen die Donau überquert hatten, hatte sich etwas verändert: Hiob durchlitt nun jede Nacht heftigste Alpträume, und ein ums andere Mal fuhr er aus ihnen hoch, orientierungslos und mit rasendem Herzen. Immer wieder hatte er an sich halten müssen, um nicht mit einem Angstschrei seine Bewacher aus der Nachtruhe zu reißen, jene fünf Engel, die er mittlerweile mehr als Reisegefährten empfand, denn sie hatten ihm den ganzen Weg über kein Haar gekrümmt. Doch diesmal war es geschehen: Als seine Augen sich an die Dunkelheit des Festsaales gewöhnt hatten, sah er Malloriel dicht neben seiner Schlafstatt kauern. Ariel und Rahel fuhren gerade von dem Sims hoch, auf dem sie hockten. Aadoniel stand mit vor der Brust verschränkten Armen Wache an einer Luke nach draußen und blickte mit undurchdringlicher, aber nicht eben freundlicher Miene zu Hiob herüber. Lediglich der schweigsame Urielit war nirgends zu sehen.

„Du hast geträumt, Hiob. Inzwischen schreist und redest du fast jede Nacht im Schlaf.“ Die scharfen, grauen Augen des Ramieliten ruhten forschend auf Hiob und schienen jeden Schweißtropfen auf dessen hellem Leib zählen zu wollen. Hiob fühlte sich ein wenig wie ein Insekt unter dem Vergrößerungsglas eines übereifrigen Naturkundlers.

„Ich möchte nicht darüber sprechen.“

„Früher oder später wirst du das aber müssen“, bemerkte der silberhaarige Ramielit, „und ich fürchte, spätestens die Inquisitoren in Æterna werden Mittel und Wege finden, dich nachhaltig an deine Demut zu erinnern.“ Innerlich aber verfluchte Malloriel sich, weil er nicht die Fragen stellte, die ihm auf der Zunge brannten. Hiob hatte unverkennbar dieselbe Art von Träumen wie er selbst, schien aber nach den wenigen Andeutungen zu urteilen, die er auf ihrem bisherigen gemeinsamen Weg darüber gemacht hatte, viel besser zu verstehen, worum es dabei ging. Er aber mußte seine Angst zuzugeben, daß sie Leidengenossen waren, hinter einer schroffen, abweisenden Fassade verbergen. Hier saß er und spielte den fanatischen, unerschütterlichen Angeliten, wo er sich doch in Wirklichkeit in letzter Zeit immer mehr fühlte wie ein zitterndes Kind, das nicht mehr ein noch aus weiß ...

„Ich bin müde. Ich bedauere, euch geweckt zu haben, aber jetzt möchte ich schlafen." Ruckartig drehte sich Hiob von Malloriel weg. Mit zwei raschen Schritten war Aadoniel heran, und seine Körpersprache ließ keinen Zweifel daran, daß er bereit war, den Gefangenen weniger sanft anzupacken als Malloriel, sobald Ariel auch nur im Geringsten erkennen ließe, auf Antworten nicht verzichten zu wollen.

Laßt ihn. Er hat recht. Wir müssen schlafen. Eine knappe, herrische Geste ihrer Rechten begleitete Ariels gedankliche Botschaft.

„Dann eben ein anderes Mal, Raguelit", murmelte Malloriel so leise, daß nur Hiob ihn zu hören vermochte. „Dieses Gespräch ist nicht zuende." Dann kam er Ariels Weisung nach und hockte sich auf eine der hölzernen Bänke, die ohne Ordnung im Raum verteilt standen.

♦ ♦ ♦

Zeitig am nächsten Morgen erhob sich die Schar, um die Weiterreise anzutreten. Der Regen hatte aufgehört, und hier und da blitzte gar ein verirrter Sonnenstrahl rosafarben durch die an vielen Stellen aufgerissene Wolkendecke. Wie der Morgenwind die regenschweren Wolken des vergangenen Abends vertrieben und damit den Auftakt zu etwas gebildet hatte, das ein angenehmer Herbsttag zu werden versprach, so schien er auch die Gewichtung innerhalb der ungleichen Reisegruppe vertauscht zu haben, die aus Regensburg aufbrach: Der am Vorabend noch so neugierige Malloriel vermied es hartnäckig, Hiob anzusehen. Dieser seinerseits bedachte den Ramieliten mit Blikken, die zu signalisieren schienen: Ich kann in deiner Seele lesen wie in einem offenen Buch. Während die fünf Engel und ihr flügelloser Bruder durch die ruhige, idyllische Landschaft Ramielslands südwärts in Richtung Monacum wanderten, dachte Malloriel über die verschiedenen Stadien seiner Entdeckungsreise im Traum nach. Noch einmal ging er in Gedanken diese nächtliche Reise seiner Seele durch, die ihn immer häufiger in gefährliche Nähe zu ketzerischen Ideen führte.

Die nächsten Tage verliefen ohne Zwischenfälle, was Ariel, Rahel und Malloriel dankbar als Gottesgeschenk hinnahmen. Die

Michaelitin und die Raphaelitin hatten von kämpferischen Auseinandersetzungen mehr als genug gesehen und fanden in dem stetigen Rhythmus ihres Marsches, dem regelmäßigen Setzen eines Fußes vor den anderen, ohne mit größeren Problemen konfrontiert zu werden, zum einen etwas Abstand und zum anderen fast so etwas wie einen meditativen Pulsschlag. Er erlaubte ihnen, sich vom Gleichmaß des Marsches einlullen zu lassen und einfach eine Weile an nichts zu denken. Malloriel hingegen war der Marsch eine willkommene Gelegenheit, seine Gedanken schweifen zu lassen und eine Bestandsaufnahme der ungeordneten Traumfetzen zu machen, die nun auch tagsüber ungebeten, aber allgegenwärtig durch seinen Kopf spukten. Die ganze Zeit allerdings zogen nach dem einen schönen Tag, an dem sie Regensburg verlassen hatten, Sturmwolken vor ihnen her, schwer, bleigrau, regenschwanger und dräuend, als wollten sie irgend jemandem, der weit im Westen auf Kunde von Hiobs Verbleib harrte, das Kommen der Schar ankündigen.

Daniel und Aadoniel verhielten sich ganz anders als der Rest der Schar. Ersterer kreiste unablässig weit droben am Himmel. Seine Laune verschlechterte sich zusehends, er wurde verdrießlich und noch einsilbiger als sonst. Jeder Tag, den sie im Schneckentempo des Fußmarsches zubrachten, ärgerte ihn, und er ließ es die anderen, vor allem aber Hiob spüren, ohne ein Wort zu sagen. Wann immer Ariel es ihm nicht ausdrücklich untersagte, stieg er auf, kehrte in sein angestammtes Element zurück und hielt sich von seinen Schargeschwistern fern. Der Gabrielit schließlich fand die Reise öde, langweilig und fühlte sich unterfordert, woraus er auch keinen Hehl machte; außerdem rechnete er ununterbrochen damit, aus dem Hinterhalt von irgendwelchen scheußlichen Traumsaatkreaturen angegriffen zu werden. Ein ums andere Mal beteuerte er: „Das ist einfach zu ruhig hier. Das kann nicht gutgehen. Ich traue dem Frieden nicht."

Als sie auf der Höhe von Monacum in einer Raststation lagerten und dort einem Trupp Gabrielistemplern begegneten, die die Engel ehrerbietig grüßten und Hiob die obligatorischen neugierigen Blicke zuwarfen, brach es schließlich aus ihm heraus: „Hast du das gesehen, Hiob? Ihr Anführer war im Gesicht tätowiert – diese Menschen hoffen, eines Tages so wiedergeboren zu werden wie wir, und vor lauter Eifer versuchen sie, uns schon zu Lebzeiten ein wenig ähnlich zu werden. Sie haben Linien im Gesicht, und sie haben keine Flügel. Gewiß haben viele von ihnen schon mehr Gutes im Namen des Herrn getan als du – und du wagst es im Angesicht dieser tapferen Männer immer noch, dich einen Engel zu schimpfen? Worin unterscheidest du dich denn von ihnen?"

Die gesamte Schar hielt den Atem an. Alle rechneten halb damit, der flügellose Raguelit werde sich auf Aadoniel stürzen, und zumindest Daniel, dessen Abneigung gegen Hiob mit jedem Tag tiefer wurde, wäre das zupaß gekommen – es hätte eine willkommene Rechtfertigung geboten, dieser flügellosen Mißgeburt eine Abreibung zu verpassen. Doch Hiob wandte sich nur langsam zu Aadoniel um und sagte mit einem leisen Lächeln: „Du hast recht, Aadoniel – wir unterscheiden uns weniger von ihnen, als man uns immer glauben machen möchte. Viel weniger. Und wenn du das erkannt hast, bist du auf dem richtigen Weg." Dann erhob er sich und zog sich in das Zimmer zurück, das ihm der Wirt der Raststation zur Verfügung gestellt hatte. Sicher, die Schar würde abwechselnd Wache stehen, aber er würde in einem bequemen Bett mit sauberen Decken schlafen. Hiobs letzter Gedanke dieser Nacht war, daß er einst wie die Engel auf Schlafsimsen meditiert hatte – dann kam der Schlaf, und mit ihm die Träume.

♦ ♦ ♦

Der nächste Tag, der 3. Decembrii, war der Tag des Sendungsfestes, an dem die Angelitische Kirche traditionell jenes Tages gedachte, an dem Gott der Herr im Jahre 2206 die Engel auf die Erde entsandt hatte. Als die Schar sich nach der Morgenandacht, während derer Malloriel und Ariel einige Worte zu diesem Anlaß gesprochen hatten, zur Weiterreise fertigmachte, trat der Armatura des kleinen Templertrupps, den sie schon am Vorabend in der Schankstube gesehen hatten, zu Ariel. „Verzeiht, Engel", sagte er höflich, ohne den neugierigen Beiklang ganz aus seiner Stimme verbannen zu können, „aber wir haben uns gefragt ..."

„Ja?" fragte Ariel und sah von ihrer Umhängetasche, die sie gerade zuknotete, zu dem Gerüsteten auf. Ihre knappe Erwiderung hatte etwas schärfer geklungen, als sie es beabsichtigt hatte.

„Der Mann in eurer Begleitung“, fuhr der Offizier unbeirrt fort und deutete mit dem Finger auf Hiob, „er sieht aus wie ein Engel, doch es ist offensichtlich, daß er keine Flügel hat. Und da dachten wir ...“

„Dieser dort heißt Hiob“, beschied Ariel den Armatura kühl, „und er ist kein Mann, sondern ein Engel des Herrn, der im Kampf gegen die Traumsaat schwere Verletzungen davongetragen und seine Schwingen eingebüßt hat. Also sage deinen Leuten, sie sollen aufhören, ihn so anzustarren – und erzähl mir ja nicht, sie täten das aus Mitleid.“

Damit wollte sie ihn stehenlassen und ihre Unbehaglichkeit dadurch kaschieren, daß sie hocherhobenen Hauptes an dem Templerkommandanten vorbei zu ihrer Schar schritt, doch als die Michaelitin bereits drei Schritte von ihm entfernt war, hörte sie den Armatura halblaut sagen: „Dann ist es also wahr.“

„Was ist wahr?“ Ariel fuhr zu dem Armatura herum.

„Man erzählt sich“, druckste dieser, „ein Engel ohne Flügel habe zusammen mit einem abtrünnigen Rottmeister im Himmel der Ramieliten grundlos mehrere Monachen getötet und sei anschließend aus Prag geflohen. Aber man habe ihn dingfest machen können, noch ehe er untertauchen konnte, und nun werde er von einer Engelsschar nach Roma Æterna verbracht, wo ihm der Prozeß gemacht werden soll. Das – das seid ihr, und er ist euer Gefangener, nicht wahr?“

Ariel blieb äußerlich ruhig. „So ist es. Und nun laßt uns vorbei.“ Sie sah keinen Grund, dem Mann auseinanderzusetzen, in wie vielen Punkten er falsch lag.

Als die Schar Hiob in die Mitte nahm und sich zwischen den wenigen anderen Fruhaufstehern, die in der Schankstube bereits ein einfaches Morgenmahl zu sich nahmen, hindurch einen Weg zur Tür bahnte, was in der Enge des Gastraums aufgrund der Schwingen gar nicht so einfach war, schienen mehrere der Gabrielistempler fast bereit, sich zu vergessen – drohend traten sie vor, die Fäuste geballt oder gar an das Heft ihrer Schwerter gelegt. Doch der Armatura bedeutete ihnen mit einer knappen Handbewegung, ruhig zu bleiben. Hiob, der direkt hinter Ariel ging, ließ seinen Blick von ihr zu den Templern und zurück wandern, doch er konnte den Gedanken nicht fassen, der sich irgendwo in seinem Kopf manifestieren wollte.

Unter eisigem Schweigen verließ die Schar mit Hiob die Wegstation, um ihre Reise nach Æterna fortzusetzen.

Kapitel zwei

In der Schankstube des Wirtshauses *Zum Weißdorn* am südwestlichen Stadtrand Prags herrschte die gewohnte frühabendliche Betriebsamkeit; die Welt drehte sich weiter, als hätten sich im *Weißdorn* nicht am selben Morgen Ereignisse zugetragen, die für mehrere der beteiligten Personen eine entscheidende Wende in ihrem Leben bedeuteten. Etwas abseits der Zecher, von einem Wandschirm aus Reispapier notdürftig geschützt vor dem Lärm der Tagelöhner von den Reisfeldern der Stadt, die in der Schenke einen Gutteil ihres kärglichen Mannas versoffen, saßen ein Mann und eine Frau an einem kleinen Tisch. Die einfache, aber appetitlich duftende Mahlzeit zwischen ihnen – eine gebundene Suppe, Reis und Stücke gekochten Fischs und gebratenen Huhns sowie sehr weich gesottenes Gemüse – stand ebenso unberührt wie die beiden erdbraunen Tonschalen mit Tee. Die beiden waren in ein hitziges Gespräch verwickelt.

„Du hättest das niemals zulassen dürfen!" zischte die Frau mit dem rotbraunen Haar, die wohl Mitte Zwanzig sein mochte, ihr Gegenüber wütend an. „Er ist dein Freund, er hat sich auf dich verlassen! Und du hast ihn einfach kampflos seinen Häschern überlassen – nach allem, was ihr gemeinsam durchgemacht habt!"

Haben sich dir des Todes Tore je aufgetan,
oder hast du gesehen die Tore der Finsternis?
- Hiob 38,17

Der Mann, der das zusammengestückelte Rüstzeug der Beutereiter trug, hatte neben sich auf der Bank einen gefetteten, schweren schwarzen Ledermantel und einen breitkrempigen Hut liegen. Beide verdeckten die brünierte Metallmaske, die er auf dienstlichen Ritten zu tragen pflegte. An seinem wettergegerbten Gesicht, das mit den feinen Tätowierungslinien überzogen war, wie man sie bei vielen besonders frommen Templern in Nachahmung der von ihnen idolisierten Engel fand, hätte auch ein ungeübter Beobachter ohne Schwierigkeiten den Kampf ablesen können, der in seinem Inneren tobte.

„Irène, du hast leicht reden ... Du gehörst nicht zur Hierarchie der Angelitischen Kirche. Ich bin ein Komtur, ich habe geschworen, der Kirche treu zu dienen und in Demut und Ehrenhaftigkeit die Befehle derer zu befolgen, die über mir stehen. Und das waren Engel, verstehst du, Irène? Engel!"

„Hiob ist auch ein Engel, Eliphas!" fauchte die Frau. „Er hat im Dienste an der Kirche sogar seine Schwingen geopfert! Was kann es denn Größeres geben, das man in seiner Pflichterfüllung tun kann?" Sie holte kurz Luft und fuhr mit unverminderter Heftigkeit fort: „Und was hat es ihm genutzt? Gar nichts! Fortgeschleppt haben sie ihn wie einen gewöhnlichen Schwerverbrecher! Hätte bloß noch gefehlt, daß sie ihm Fußeisen angelegt hätten!"

Eliphas zuckte unter der verzweifelten Wut ihrer Sätze zusammen, als hätte sie ihn geschlagen, erwiderte aber nichts. Doch Irène war noch nicht am Ende:

„Am schlimmsten war diese anmaßende kleine Michaelitin! Dieser Tonfall! Und du, du Kriegsheld – du hast dich benommen wie ein jämmerlicher Feigling! Hätte bloß noch gefehlt, daß du vor denen auf die Knie fällst! Was glauben die eigentlich, was ..."

Irène hatte sich so in Rage geredet, daß sie aufgesprungen war und ihren letzten Satz mit einer weit ausholenden Armbewegung unterstrich. Dabei fegte sie den Wandschirm um, der krachend auf den sägemehlbestreuten Dielenboden fiel; alle Gespräche im Schankraum verstummten schlagartig, und aller Augen richteten sich auf das ungleiche Paar.

Der Komtur zwang sich, nicht zu den Gaffenden zu schauen; statt dessen hielt sein Blick Irènes eisern fest. Die wütende Frau hatte in ihrer Tirade kurz innegehalten, erschrocken über den Zwischenfall mit dem Wandschirm. Während der Wirt herbeieilte, um den Paravent wieder aufzurichten und so seinem hochrangigen Gast und seiner Begleiterin die offenbar dringend benötigte Privatsphäre zurückzugeben, legte Eliphas Irène ruhig eine Hand auf den Unterarm. Für die übrigen Anwesenden mußte dieses letzte Bild, das sich ihnen bot, ehe der Wirt den Wandschirm wieder vollends aufgerichtet hatte, wie eine versöhnliche, beruhigende Geste wirken; niemand von ihnen konnte sehen, daß sich Eliphas' Rechte in Wirklichkeit wie ein eiserner Schraubstock um Irènes Arm schloß und die aufgebrachte Frau zwang, sich wieder zu setzen.

Die Stimme des Komturs war zu einem eisigen Zischen geworden, als er knapp sagte: „Es reicht, Irène."

„Nein, es reicht noch lange nicht", fuhr sie ihn an und riß sich los. „Du hast als Freund, ja als Ehrenmann versagt, und ich werde ihn da rausholen, egal wie viele selbstgerechte Engel ..."

„Irène, du versündigst dich, und das werde ich mir nicht weiter anhören. Ich habe Verständnis dafür, daß du wütend bist, und ich empfinde ebenso viel Schmerz über das, was geschehen ist, wie du, auch wenn du mir das natürlich nicht glaubst. Aber ich werde nicht zulassen, daß du lästerlich über die Engel des Herrn redest. Du hast doch gehört, was Ariel gesagt hat. Ihre Befehle kamen direkt vom Ab eines der Himmel, und das Konsistorium will sich Hiobs annehmen. Das sind die weisesten Männer und Frauen der gesamten kirchlichen Welt, Irène. Auch wenn wir einfachen Leute die Weisheit der Ratschlüsse des Pontifex Maximus und seiner Ratgeber manchmal nicht auf Anhieb verstehen mögen – ich bin sicher, Hiob ist dort, in Roma Æterna, in den besten Händen."

Eliphas' Stimme war bei den letzten Sätzen immer drängender, fast beschwörend geworden, und impulsiv hatte er die Hände auf Irènes schmale, kühle, um ein Taschentuch verkrampfte Finger gelegt.

Die Frau, die durch halb Europa gereist war, um Hiob wiederzusehen und ihn nach weniger als vierundzwanzig Stunden wieder verloren hatte, hatte wieder still zu weinen begonnen. Es war als habe sie mit ihrer Wut alle Kraft, die noch in ihr gewesen war, aus sich herausfließen lassen. Ihre Schultern zuckten, und in ihren Augenwinkeln glänzte es feucht.

Der Komtur nutzte die Gunst des Augenblicks und schob noch nach: „Weißt du, ich glaube immer noch, daß dein feiner Freund Wittgenstein Hiob an die Engel verraten hat. Ich kenne ihn von früher, und ..."

„Ich dachte, du fändest es in Ordnung, daß sie ihn mitgenommen haben?" schoß Irène zurück und warf ihm einen Blick aus geröteten Augen zu.

„Ja schon, aber ..."

„Du machst dir also doch auch Sorgen um Hiob? Gib es zu!"

„Es wird ihm schon nichts passieren. Ich sage nur, daß man diesem Wittgenstein nicht trauen darf. Wenn das Manna stimmt, würde der seine eigene Mutter verkaufen."

„Mir gegenüber hat er sich immer anständig benommen."

Wieder entstand eine jener unangenehmen Gesprächspausen, die üblicherweise mit unausgesprochenen Vorwürfen und peinlicher Unsicherheit angefüllt waren. Schließlich brach Eliphas das Schweigen.

„Irène ... wegen Hiob ..."

„Ja?"

„Liebst du ihn?"

Irène stand auf, warf dem Komtur einen schwer zu deutenden Blick zu und wandte sich dann ohne ein weiteres Wort ab, um nach oben in ihr Zimmer zu gehen, das sie in der Nacht zuvor noch mit dem flügellosen Ragueliten geteilt hatte. Eliphas seufzte und setzte sich hinüber zu seinen Leuten, die schon seit geraumer Zeit warmen Reisschnaps kreisen ließen. Diskret und ohne wegen der unübersehbaren Auseinandersetzung in ihren Komtur zu dringen, schoben sie ihm eine kleine, unglasierte Tonschale hin, und seine Rottmeisterin Francetta goß ihm wortlos ein, bis sich die klare, dampfende Flüssigkeit fast über den rotbraunen Rand wölbte. Eliphas trank ganz gegen seine sonstigen Gewohnheiten in einem Zug aus. Als er spürte, wie der Schnaps nicht nur seine Eingeweide wärmte, sondern auch ein paar Knoten in seinem Inneren zumindest für diese Nacht zu lösen schien, nickte er dankbar und hielt seine Schale zum Nachfüllen hin.

Bald waren die Beutereiter die letzten verbliebenen Gäste im *Weißdorn*, und irgendwann kippte Eliphas seine zum wiederholten Male geleerte Schale umgekehrt auf den polierten Holztisch und sagte: „Für heute wollen wir's gut sein lassen. Geht schlafen. Es erscheint mir unnötig, Wachen aufzustellen – wir sind so dicht bei der Hauptstadt der Ramieliten, daß ich nicht mit nächtlichen Gefahren rechne, zumal wir in Prag auch nichts von besonderen Vorkommnissen gehört haben."

Damit erhob er sich und wandte sich zum Gehen, nicht ahnend, daß seine letzten Worte ein verhängnisvoller Fehler gewesen waren.

♦ ♦ ♦

Gormas lenkte seinen von einem klapprigen Gaul gezogenen Wagen mit der notdürftig verspannten Leinenplane durch die sternlose Nacht und warf vom Kutschbock aus immer wieder nervöse Blicke über die Schulter nach hinten. Bald sah er unter sich in einer Senke das Wirtshaus liegen. Er fuhr noch ein paar hundert Meter weiter, zog dann an den Zügeln und kletterte umständlich vom Bock. Ohne ein Wort an den nervös mit den Ohren zuckenden Braunen zu richten, raffte er seine voluminöse, verdreckte, unförmige Robe um sich und machte sich daran, abseits des Weges das letzte Stück zur Herberge den Hang hinabzuklettern.

Das Wirtshaus sah so aus wie viele größere Wegstationen an den Ausfallstraßen aus Prag: Zwei langgezogene Trakte, die durch ein schmales Verbindungsstück an der Ostseite zu einem einzigen Gebäude zusammengefügt wurden. Im vorderen, parallel zur Straße gelegenen Trakt, der nur eingeschossig war, befanden sich Küche und Gaststube sowie die privaten Räumlichkeiten der Wirtsfamilie, im hinteren, zweistöckigen der große Gemeinschaftsschlafsaal und eine Treppe darüber die Fremdenzimmer für die betuchteren Reisenden. Eingeschlossen zwischen beiden lagen ein flaches Waschhaus und die Latrine.

Schon von weitem hatte Gormas gesehen, daß der *Weißdorn* in völliger Finsternis dalag – offenbar rechnete niemand damit, daß ein mitternächtlicher Eindringling es wagen könnte, in das Gasthaus einzubrechen. Gormas näherte sich von der offenen Seite her, huschte lautlos über den in tiefen Schatten liegenden Platz zwischen den beiden Hauptgebäuden und blieb nicht stehen, bis er eines der Fenster des Gemeinschaftsschlafsaals erreicht hatte. Dort richtete sich der fahrende Händler zu seiner vollen Größe auf und legte die rechte Hand auf Höhe des Riegels an den Laden des Fensters. Hätte jemand ihn beobachtet, wären ihm zwei beunruhigende Dinge aufgefallen: Zum einen war der Mann deutlich größer, als es einem Menschen nach dem Plan der Schöpfung gegeben war, und zum anderen war diese Hand einer Insektenkralle ähnlicher als einer Menschenhand. Gormas zögerte ein wenig, sammelte sich, dann übte er sehr kurz mit aller Kraft Druck aus. Das Knacken des Fensterladens, als der Riegel ausbrach, hallte durch die stille Nacht wie ein Schuß aus einer der vorsintflutlichen Waffen, die Gormas auf seinen weiten Handelsreisen in den Städten der Schrottbarone gesehen hatte. Der Vermummte erstarrte erneut und legte den Kopf schräg. Die schwarzgrün schillernden Augen hatte er geschlossen. Seine Ohren und seine Nase tasteten quasi in die Nacht. Ja, seit er den Pakt geschlossen hatte, hatte sich vieles verändert ... er war so viel *besser* geworden!

Wie schlaglichtartige Eindrücke meldeten seine bis aufs Äußerste konzentrierten Sinne ihm zurück, was sie in der Finsternis erfaßten.

Den nächtlichen Schweiß unzulänglich gewaschener Leiber. Knoblauchausdünstungen. Alkohol. Sehr gut. Der Schnaps war in dieser Nacht sein Verbündeter. Vielstimmiges Atmen, leises Schnarchen hier und da. Gormas nickte zufrieden vor sich hin. In einer fließenden Bewegung zog er sich aufs Fenstersims und ließ sich in den Raum gleiten.

♦ ♦ ♦

Francetta wußte nicht genau, was sie geweckt hatte, aber sie schreckte aus einem nur nebulös erinnerten Traum mit der absoluten, tödlichen Gewißheit, daß etwas nicht stimmte. Von einem Augenblick zum nächsten war sie hellwach.

Ihr erster Blick, nachdem sich ihre Augen einigermaßen an die Finsternis im Schlafsaal gewöhnt hatten, fiel auf den Mann, der sie fürs Amt der Rottmeisterin ausgebildet hatte; Eliphas lag ihr schräg gegenüber, ein Kleiderbündel in den Nacken geschoben. Die Art, wie sich seine Brust unter regelmäßigen Atemzügen hob und senkte, ließ keinen Zweifel daran, daß er schlief.

Francetta glitt unter ihrer Decke hervor, griff so leise wie möglich nach ihrem Rottschwert und versuchte sich zu erinnern, was sie geweckt hatte. Dann fiel ihr Blick auf Wolf, einen der Beutereiter, der seinen Schlafplatz direkt vor der Tür zum Treppenhaus hatte. Er lag anders als sonst, ein Stück weiter im Raum, und sein Kopf war merkwürdig weit in den Nacken gedreht ...

Im nächsten Augenblick stand Francetta neben ihm, die Hand an seiner Kehle – und als sie die Hand wieder hob, klebte Blut daran, viel Blut, schwarz und ekelhaft in der Nacht. Francettas Blick wanderte von Wolf zu der nur angelehnten Tür zum Stiegenhaus, eine kalte Hand griff nach ihrem Magen, und ohne nachzudenken rannte sie los.

Zwei Stufen auf einmal nehmend hetzte die Rottmeisterin, nur in einem langen Leinenhemd, aber das blanke Rottschwert stoßbereit in der Hand, auf bloßen Füßen die knarrenden Stufen hinauf. Mit halbem Ohr hörte sie, wie sich mehrere andere Mitglieder der Rotte unten im Schlafsaal zu regen begannen, doch ihre Aufmerksamkeit war längst von etwas anderem gefesselt: Die Tür zu der Kammer, in der Anne, die schweigsame Begine, die Hiob so viel bedeutete, schlief, war nur angelehnt. Francetta stürmte hindurch, doch was sie sah, ließ ihre Schritte knapp hinter der Schwelle gefrieren. Auf dem Nachttischchen brannte eine Öllampe. In ihrem Schein bot sich der Rottmeisterin ein grauenhafter Anblick: Anne lag auf dem Bett, das Nachthemd zerfetzt und wie das helleinene Bettzeug getränkt von dem gräßlichen Schwarz, das auch an Francettas Händen klebte. Ihre gebrochenen, zur Zimmerdecke verdrehten Augen ließen keinen Zweifel daran, daß die Rottmeisterin zu spät kam, um die Begine zu retten. Neben dem Bett erhob sich eine über zwei Meter große Kreatur, die sich zur Tür umgedreht hatte, als Francetta hereinkam. Das Wesen war wohl einmal ein Mensch gewesen, doch was nun vor ihr stand konnte nur den perversen Phantasien des Herrn der Fliegen entsprungen sein. Seine Augen erinnerten mehr an die eines Insekts, und in ihnen glitzerte eine böse, fremdartige Intelligenz. Eine zerlumpte, schmuddelige Robe hing an ihm und ließ nur ungefähr die dürre Silhouette erahnen. Seine Unterarme endeten in sichelförmigen Klauen, über und über besudelt mit Blut. All das erfaßte Francetta in wenigen Augenblicken. Dann schrie sie aus Leibeskräften: „Traumsaat!" und stürzte sich auf das Wesen. Von der Treppe her ertönten polternde Schritte, und irgendwo wurden Möbel hastig beiseitegestoßen. Francetta hieb nach der Kreatur, doch diese wich mit einer ungeahnt flinken Bewegung, die einem normalen Menschen anatomisch gar nicht möglich gewesen wäre, aus. Ihr Mund, wenig mehr als ein Spalt in dem von schorfig wirkenden Hornplatten bedeckten Gesicht, verzog sich zu etwas, das ein grausames Lächeln sein mochte, dann zog sie präzise und kalkuliert die rechte Klaue nach oben. Francetta spürte einen grausigen Schmerz – gab es soviel Schmerz überhaupt? – und starrte ungläubig auf den Blut sprudelnden Stumpf, wo eben noch ihre Schwerthand gewesen war. Als sie unwillkürlich mit der anderen Hand danach griff, zog das Monstrum seine grauenhafte Klaue zurück und trennte der Rottmeisterin mit einem schmatzenden Geräusch die drei mittleren Finger der Linken auch noch ab. Dabei stieß sie ein keuchendes, heiseres Geräusch aus, das wie ein ungläubiges Lachen wirkte. Francetta kippte zur Seite.

Das erste, was Eliphas sah, als er Annes Kammer erreichte, war der aus seinem Sichtfeld seitlich wegkippende Rücken seiner Rottmeisterin. Blutgestank schlug ihm entgegen, er erblickte das, wogegen Francetta gekämpft hatte, und alles Denken setzte aus. Das Wesen wandte sich zum noch geschlossenen Fenster, wollte sich offenbar durch einen Sprung ins Freie der rächenden Hand des Komturs entziehen, entschied sich jedoch in letzter Sekunde um, und wirbelte zu dem vor Wut schreienden Komtur herum. Eliphas, der nicht mehr rechtzeitig reagieren konnte, wurde zu seiner Überraschung fast wie beiläufig mit einer Bewegung des linken Armes der Kreatur, der nicht viel dicker war als ein dürrer Ast, zurückgeschleudert, so daß er schmerzhaft gegen seine nachdrängenden Leute prallte.

In dem Augenblick, als sie Eliphas mehr schlecht als recht auffingen, barst das Fenster nach innen. Eine weitere Gestalt brach in den Raum, gegen den Nachthimmel nur als breitschultriger Schemen im dunklen Umhang zu erkennen. Die Kreatur, die Anne auf dem Gewissen hatte, fuhr ein weiteres Mal herum, um sich dem neuen Angreifer zu stellen. Da peitschte ein Knall durch die Kammer, der auf dem beengten Raum allen vorübergehend das Gehör raubte, begleitet von einem gleißend hellen Blitz. Der Kopf der Traumsaatkreatur explodierte, und mit einem dumpfen Aufprall fiel sie zu Boden.

Wittgenstein steckte das verbotene Technikartefakt in die Schlaufe an seinem Gürtel zurück und sagte grimmig: „Ich wußte, daß ich hier noch gebraucht werden würde. Es schmerzt mich, daß ich zu spät komme."

♦ ♦ ♦

Im bleigrauen Licht des frühen Morgens machte die Rotte eine traurige Bestandsaufnahme. Anne war tot, und Wolf und ein weiterer Beutereiter ebenfalls, denn das Wesen hatte ihnen auf seinem lautlosen Weg durch den Schlafsaal zur Treppe die Kehle aufgeschlitzt. Irène war nichts geschehen, da erst der Lärm auf der Treppe sie geweckt hatte und Annes Zimmer näher zur Treppe gelegen hatte als das ihre. Besonders erschüttert aber war Eliphas über Francettas Schicksal:

Das Monstrum hatte ihr eine Hand und drei Finger der anderen abgetrennt, doch sie lebte und litt gräßliche Schmerzen.

„Es ... es wird wieder gut werden", sagte der Komtur unbeholfen zu seiner Stellvertreterin, die totenbleich auf Irènes Bett lag. „Wir holen Hilfe, und gewiß ist irgendwo ein raphaelitischer Engel in der Nähe, der ..."

Die Rottmeisterin brachte ein grimmiges Lächeln zustande. „Du bist ein miserabler Lügner, Komtur. Aber ich habe immer gerne unter dir gedient ..."

„Was soll das heißen?" fragte Eliphas alarmiert.

„Du weißt so gut wie ich, Komtur, daß das hier ... nicht zu heilen ist. Meine Zeit im Sattel ist um, und ein anderes Leben kenne ich nicht. Ich habe nur noch eine Bitte an dich." Sie bedeutete ihm, sich nahe zu ihr herabzubeugen, und flüsterte ihm etwas ins Ohr. Eliphas zuckte zurück, als habe man ihn mit einer Peitsche geschlagen.

„Das kann ich nicht tun, Francetta ..."

„Du mußt." Ihre dunklen Augen hielten die des Komturs fest.

Eine kleine Ewigkeit saß Eliphas auf der Bettkante seiner verkrüppelten Stellvertreterin. Schließlich erhob er sich mühsam, nahm seinen eigenen Dolch vom Gürtel und legte ihn ihr in die verbliebene Hand. Francetta versuchte probehalber, ihn zu führen, und schüttelte unmerklich den Kopf. Erst nachdem Eliphas ihn mit Mullstreifen und Lederriemen in ihre Hand gebunden hatte, nickte sie unter Schmerzen, aber zufrieden.

„Geh jetzt, Komtur. Leb wohl."

Als Eliphas mit gesenktem Kopf und ohne sich noch einmal umzudrehen die Schlafkammer verließ, hörte er sie murmeln: „Herr, gib mir Kraft und Mut ..."

hiobsbotschaft

Kapitel drei

„Ich wüßte wirklich gerne, woher du plötzlich mitten in der Nacht kamst, Wittgenstein."

Der einäugige Söldner hatte wortkarg wie immer mitgeholfen, Anne, Francetta und die Beutereiter beizusetzen – nach überliefertem angelitischen Ritus hatte die Rotte die Toten am Waldrand hinter dem *Weißdorn* auf die Erde gelegt, die Augen dem Himmel zugewandt, die Arme ausgebreitet, und dann die Leichname mit Steinen bedeckt. Eliphas selbst hatte den traditionellen Totensegen gesprochen und eine Art improvisierten Nachruf gehalten. Es hatte ihm die Brust zugeschnürt, aber es war seine Pflicht. Dann hatten sich die Rotte und Irène mit hängenden Köpfen abgewandt. Es wehte ein kalter Wind, und keinem war nach Reden zumute – sie alle hingen ihren Gedanken nach und trauerten in sich hinein. Außerdem mußten sie weiter. Kein prunkvoller Markierungsstein und keine Gedenktafel würden an die beiden Frauen erinnern, die auf so unterschiedliche Weise in ihrer aller Leben eine bedeutsame Rolle gespielt hatten.

Wittgenstein hatte der Zeremonie zwar beigewohnt, war anschließend jedoch direkt zu seinem Pferd gegangen und hatte begonnen, mit geübten Handgriffen den Sitz des Sattelgurts und die Verschlüsse

Kommt dann zu ihm ein Engel, ein Mittler, einer aus tausend, kundzutun dem Menschen, was für ihn recht ist, so wird er ihm gnädig sein und sagen: "Erlöse ihn, daß er nicht hinunterfahre zu den Toten; denn ich habe ein Lösegeld gefunden."

- Hiob 33, 23-24

seiner zahlreichen Packtaschen zu überprüfen. Der Komtur war dem Söldner nachgeeilt, um ihn zur Rede zu stellen. Jetzt drehte sich der Einäugige langsam um und wischte die Hände an seinem Ledermantel ab. Auf seinem unrasierten Gesicht lag ein merkwürdiges, halbherziges Lächeln, das sein Auge jedoch nicht ganz erreichte.

„Es ehrt mich, daß du dich noch an mich erinnerst, Komtur."

„Ich erinnere mich vor allem an deinen Steckbrief, der in jeder Garnison hängt. Außerdem sollte ein Mann seine Feinde kennen, und aus deiner Einstellung zu Beutereitern hast du ja noch nie ein Hehl gemacht. Also, *Wittgenstein*?"

„Ich hatte vorgestern, nachdem ich Irène hier abgeliefert hatte, das deutliche Gefühl, nicht erwünscht zu sein. Daher habe ich mich auf meine Manieren besonnen und mich ein Stück in die Wälder zurückgezogen. Andererseits wußte ich nicht, was sich da im *Weißdorn* entwickeln würde – und ich mag Irène irgendwie. Die Frau ist ehrlich, offen und steht für das ein, was sie glaubt und was sie will. Ich dachte, es könnte nicht schaden, noch ein Weilchen in der Nähe zu bleiben, falls sie ... falls sie mich noch einmal braucht." Die letzten Worte hatten fast trotzig geklungen. Wittgenstein rechnete damit, daß der

Komtur nachbohren würde, doch Eliphas nickte nur und betrachtete ihn nachdenklich.

„Ich schulde dir vermutlich mein Leben, und wahrscheinlich auch das meiner Männer", sagte er dann abrupt. „Deshalb werde ich einfach unter zeitweiliger Amnesie leiden, wenn mich jemand fragen sollte, wie genau du dieses Traumsaatmonstrum heute Nacht zur Strecke gebracht hast."

Wittgenstein nickte mit zusammengepreßtem Mund. Eine Weile lang sahen die beiden so ungleichen Männer einander schweigend an. Dann fragte der Komtur: „Was hast du jetzt vor?"

Wittgenstein zuckte die Achseln. „Und ihr?"

Eliphas holte tief Luft. „Ich habe gleich nach ... dem Überfall lange mit Irène gesprochen. Sie wird nach Rom gehen, koste es, was es wolle. Sie will Hiob retten – nach heute Nacht ist sie mehr denn je überzeugt, daß er in tödlicher Gefahr schwebt."

„Da könnte sie durchaus recht haben. Was ist mit dir und der Rotte?"

Nach kurzem Zögern antwortete Eliphas: „Wir werden mit ihr reiten. Ich kann sie jetzt nicht allein lassen."

Diesmal hatte Wittgensteins Nicken, mit dem er Eliphas bedachte, ehe er sich wieder seiner gründlichen Überprüfung des Zaumzeugs zuwandte, etwas Zufriedenes.

„Das trifft sich gut, ich wollte nämlich auch nach Æterna. Da können wir sicherlich zusammen reisen, nicht wahr, Komtur?"

Eliphas Gesicht gefror zu einer Maske, in der nur das Zucken seines linken Augenlids verriet, was er in diesem Augenblick dachte. Als er sich wieder gefangen hatte, versetzte er mit stoischer Miene: „Ich kann dich nicht daran hindern, mit uns zu reisen ... und wenn ich es mir recht überlege, dann können wir einen weiteren Schwertarm ganz gut gebrauchen." Das Zucken im Gesicht des Komturs war bei diesen Worte nicht gewichen, doch Wittgenstein bemerkte von alle dem nichts, als er sich erneut, mit einem breiten Grinsen, zu Eliphas umdrehte. „Wenn du mich bezahlen kannst, Komtur."

Dann hielt er Eliphas die Hand hin.

♦ ♦ ♦

Die Schar und Hiob waren gut vorangekommen, denn bei der ersten sich bietenden Gelegenheit hatte Ariel in Absprache mit Daniel eine der großen Pilgerrouten südwärts eingeschlagen, die sogenannte Via Piorum. Das hatte den enormen Vorteil, daß in der Anlage dieser Straße das gesamte logistische Verständnis der Angelitischen Kirche steckte. In Tagesmarschabständen fanden sich Herbergen oder kirchliche Hospize, und die Schar brauchte bei der Wahl ihrer Nachtlager nicht mehr zu improvisieren. Seit sie sich allerdings durch die höheren Regionen der Alpen vorankämpften, war die Laune der gesamten Reisegruppe auf dem Nullpunkt angekommen. Vor allem der sonst eher stille Daniel ließ keine Gelegenheit mehr aus, Ariel mit Beschwerden zu plagen, jetzt, wo sie ihm auch noch verboten hatte wie bisher zu fliegen, da es im Gebirge oft sehr neblig war und sie unter keinen Umständen den Sichtkontakt zu ihrem Urieliten verlieren wollte. Der Winter mit seinen schweren, kalten Regengüssen machte ihren Weg mehr als unwirtlich. Auf dem mühsamen Weg die Paßstraße hinauf hatte der Urielit dann allerorts Spuren von Traumsaataktivität gefunden, was ihrer aller Nerven angespannt und den Aufstieg noch beschwerlicher gemacht hatte, als er es ohnehin schon war. Daß Aadoniel irgendwann gegen Nachmittag auf den Kadaver eines offensichtlich mit Klingenwaffen erlegten kleinen Feuerkäfers stieß, trug auch nicht eben zur Beruhigung der Engel bei, auch wenn es ein Indiz dafür war, daß wehrhafte Templer in der Nähe sein mußten. Der Himmel zog sich außerdem mit jedem Tag mehr zu, und am letzten Tag waren sie beständig durch einen Dunst marschiert, von dem sich nicht genau sagen ließ, ob es sich um hartnäckig in den Felsnischen und Serpentinen hängenden Nebel oder tiefe Wolkenbänke handelte.

Zu Beginn der zweiten Dezemberwoche erreichte Ariels Schar schließlich das Kloster am Brennerpaß, einen fernab der raphaelsländischen Heimat gelegenen Außenposten der Heilenden Hände des Herrn. Es lag direkt an der Paßstraße, einer der Hauptverkehrsadern durch die Alpen, und war daher stark von Reisenden frequentiert. Zahlreiche Pilger auf dem Weg von Norden nach Roma Æterna oder auf dem Rückweg von der Reise in die Ewige Stadt nutzten die

Möglichkeit, hier zu nächtigen, aber auch den nicht eben seltenen Handelskarawanen blieben die Tore der gastfreundlichen Raphaeliten nicht verschlossen.

Das Kloster erinnerte mit seiner kleinen Kapelle und dem weitläufigen Gästehaus auf den ersten Blick eher an einen großen Berggasthof, aber wenn man die zahlreichen schwer bewaffneten Raphaelistempler sah, die im Kloster in mindestens ebenso großer Zahl vorhanden waren wie Monachen und Beginen des Heilerordens, relativierte sich dieser Eindruck. Da die Schar das Kloster zu der Jahreszeit erreichte, in der mit Abstand am wenigsten Reisende an die Pforten klopften, wurden sie besonders herzlich aufgenommen und von Em Agnès persönlich in ihre Zimmer im Gästehaus geführt – eine geräumige Scharcella für die Engel und eine in unmittelbarer Nähe liegende, eher karg eingerichtete Cella mit einer einfachen Pritsche für Hiob. Ansonsten stellte die Em keine Fragen, sondern erklärte mit knappen Worten die Gepflogenheiten des Klosters und nannte die Essenszeiten – zu den Mahlzeiten waren die Engel natürlich herzlich eingeladen –, beteuerte, man könne sich bei jedem Bedürfnis an sie wenden und überließ die Schar dann sich selbst.

Hiob entfernte sich mit den Worten, er sei müde, in Richtung seiner Cella; es kränkte ihn ein wenig, daß Aadoniel sofort sagte: „Ich werde über ihn wachen, Ariel" und ihm bis zu seiner Tür folgte, vor der er sich aufbaute. Nicht nur Daniel, sondern auch Ariel und Rahel war es danach zumute, Wind in ihrem Gefieder zu spüren, und sie brachen zu einem Erkundungsflug über dem Klosterareal auf. Nur Malloriel entschuldigte sich mit den Worten, er habe die Kathedrale der Gedanken, jenes Gebäude aus Erinnerungen, das den spirituellen Kern seines Ordens bildete, zu lange vernachlässigt und werde sich meditierend dorthin begeben. Von alldem aber hörte Hiob nichts mehr, denn er war fest eingeschlafen, kaum daß er die wollene Decke über sich gezogen hatte.

Als es an die Tür der Cella klopfte, wußte er nicht, wie lange er geschlafen hatte. Es kam ihm vor, als habe er sich eben gerade niedergelegt, doch es mochten ebenso gut mehrere Stunden vergangen sein. Noch etwas schlaftrunken ging Hiob zur Tür, öffnete sie und war überrascht, den silberhaarigen Ramieliten alleine draußen stehen zu sehen.

„Darf ich eintreten?" fragte Malloriel.

„Wo ist Aadoniel?" entgegnete Hiob und steckte den Kopf in den Gang, um sich nach links und rechts umzusehen.

„Die anderen sind zur Vesper gegangen. Sie glauben, ich sei noch in der ... ich meditiere noch. Aber wir sollten endlich einmal offen miteinander reden. Darf ich?"

Wortlos ließ Hiob sein Gegenüber eintreten, schloß die Tür und nahm mit angezogenen Beinen auf seiner Pritsche Platz. Gespannt sah er Malloriel an, der sich nicht entscheiden zu können schien, wie er beginnen sollte. Schließlich brach der Ramielit das Schweigen.

„Du träumst von deiner Mutter." Es war eine Feststellung, keine Frage.

Nach einigem Zögern nickt Hiob knapp. „Bist du deswegen gekommen?"

„Ja, Hiob. Ich träume auch, und es wird immer schlimmer. Ich glaube, bei dir geht das schon länger so – ich glaube, du kannst mir beim Deuten meiner Träume helfen."

Hiob bedachte Malloriel mit einem merkwürdigen Blick. „Bist du sicher, daß du das möchtest?"

„Ich bin ein Bewahrer des Wissens. Ich muß es in Erfahrung bringen – mir bleibt keine Wahl", entgegnete Malloriel fest.

„Selbst wenn dir das, was du zu hören bekommst, nicht gefällt?"

„Selbst dann. Wissen ist niemals gut oder böse, nur Wesen sind das."

„Nun gut. Aber es wird eine längere Geschichte werden!"

„Ich bin ein guter Zuhörer." Zum ersten Mal seit Betreten des Raumes huschte ein flüchtiges Lächeln über Malloriels Gesicht.

Hiob nickte, holte tief Luft und begann: „Du weißt ja bereits, daß mein Name nicht immer Hiob war. Als ich meine Schwingen noch hatte, rief man mich Calliel. Doch auch das ist nicht mein wahrer Name ..."

♦ ♦ ♦

Das Alter des hochgewachsenen, beleibten Mannes mit dem Vollbart war schwer zu schätzen. Eiligen Schrittes betrat er seine privaten Gemächer im Vatikan, die purpurne Stola mit den filigranen Stickereien, die ihn als Mitglied des Konsistoriums auswies, umwehte ihn.

„Trage Sorge dafür, daß mich in der nächsten Stunde niemand stört – ich werde im Gebet vertieft sein", warf er im Vorbeigehen dem Michaelistempler zu, der vor der mit Blattgold überzogenen Tür Wache stand. Der hatte nicht einmal Zeit, den Befehl zu bestätigen, ehe die Tür hinter ihm ins Schloß fiel.

Man nannte Claas von Freyung aus zwei Gründen den Gabrielsländer: Weil er in Nürnberg geboren war und weil es seine Aufgabe innerhalb des Konsistoriums, der führenden Körperschaft der Angelitischen Kirche, war, sein Hauptaugenmerk auf die Entwicklungen in seiner Heimat zu richten. Momentan aber plagten ihn andere Sorgen. Von Freyung legte Mitra und Stola ab, fuhr sich mit beiden Händen durch das trotz der Last der Jahre noch volle, braune Haar, in dem sich wie in seinem Bart erste Silbersträhnen zu zeigen begannen, und sank dann erschöpft in den Sessel hinter seinem Schreibtisch. Die Probleme nahmen kein Ende. Er hatte am Morgen beunruhigende Kunde von den Täufern aus dem Himmel erhalten ... Es war wieder einmal so weit. Bei der Pontifikalmesse anläßlich des Sendungstages eine knappe Woche zuvor hatten die speziell damit betrauten raphaelitischen Monachen die ersten beunruhigenden Anzeichen festgestellt. Nun hieß es handeln, und zwar rascher als sonst, denn die Feierlichkeiten anläßlich der Hohen Tage durften unter gar keinen Umständen gefährdet werden. Jahrwend und der Tag des Herrn, der letzte Tag des alten und der erste des neuen Jahres, zählten zu den bedeutendsten Festtagen der Angelitischen Kirche. Konsistorialkardinal von Freyung und seine Brüder waren sich der Symbolkraft dieser beiden Feiertage sehr wohl bewußt, und sie waren sich rasch einig geworden, daß alle Hindernisse überwunden und die Hohen Tage in gewohnt prunkvoller Weise begangen werden mußten, speziell hier in Roma Æterna. Und nun war den Raphaeliten diese Uma davongelaufen – nicht auszudenken, was das für Konsequenzen haben mochte! Was war zu tun?

Der Kardinal verschränkte die Hände mit den kurzen, fleischigen Fingern vor seinem ausladenden Bauch und betrachtete versonnen den kostbaren Amtsring an seinem Finger, einen goldgefaßten, kunstvoll facettierten Rubin, Symbol seiner in Æterna praktisch unumschränkten Macht. Mechanisch begannen seine Hände, die Papiere auf seinem Schreibtisch zu ordnen – er hatte festgestellt, daß ihm diese körperliche Tätigkeit dabei half, gleichzeitig auch seine Gedanken zu ordnen.

Als er einen Stapel Pergamente beiseite schob, fiel sein Blick auf die vergoldete Adlermaske, die darunter halb vergraben gewesen war. Er schalt sich unvorsichtig, weil er sie hier einfach so offen auf dem Tisch hatte liegenlassen ... nicht, daß jemand, der gerne einen weiteren Tag erleben wollte, es gewagt hätte, ungeladen in die Gemächer eines Konsistorialkardinals vorzudringen.

Claas von Freyung faßte einen Entschluß. Rasch nahm er eine Feder aus der goldlackierten Holzschale auf seinem Schreibtisch, tauchte sie in das kristallene Tintenfaß vor ihm und begann, mit geübter Handschrift einen Brief zu verfassen.

♦ ♦ ♦

„Eminenz, ich habe versucht, ihn aufzuhalten, aber er sagt, er sei ein Legat des Pontifex persönlich, und er hat mich ...“ Der junge Templer, der vor der Tür Wache stand, hatte keine Gelegenheit den Satz zu beenden. Der Eindringling, der es gewagt hatte, von Freyung in seinem Allerheiligsten zu stören, befand sich bereits halb im Raum und der Kardinal schnitt dem Michaelistempler mit einer rüden Handbewegung das Wort ab.

„Ich hoffe, mein Schutz gegen Belästigungen ernstzunehmender Art ist wirksamer als das, was du hier gezeigt hast, mein Sohn“, sagte der Kardinal mit seiner leisen Stimme, die in einem so merkwürdigen Gegensatz zu seiner beträchtlichen Leibesfülle stand. Man hätte von ihm laute, joviale, in manchen Fällen möglicherweise polternde Äußerungen erwartet, doch der Gabrielsländer sprach stets in angenehmer Lautstärke, meist eher zu leise, und formulierte seine Sätze sowohl auf Latein wie auch in Common überaus geschliffen. „Wie heißt du?“

„Pankraz, Euer Eminenz", brachte der Templer hervor und nahm rasch wieder Haltung an.

„Es ist gut. Schließ die Tür", sagte von Freyung, ohne die Stimme zu erheben. Während der junge Templer seiner Anweisung nachkam, machte der Kardinal sich eine geistige Notiz, dem inkompetenten Burschen ein paar Wochen besonders unangenehmer Sondermissionen zu bescheren. Dann verwandelte sich seine Miene von gespieltem Zorn abrupt zu leiser Erheiterung, als sein Blick auf den kleinen, schlanken Mann fiel, der vor seinem Schreibtisch stand und geduldig wartete, bis von Freyung Notiz von ihn nahm.

„Du bist also neuerdings persönlicher Legat des Pontifex Maximus, Bernard? Faszinierend. Wenn ich ihn das nächste Mal sehe, richte ich ihm einen Gruß von dir aus. Doch genug davon: Was führt dich her? Was ist so dringend, daß du alle Vorsicht über Bord wirfst?"

Der unscheinbare Mann räusperte sich und sagte dann in gemessenem, knappem Tonfall: „Ich bringe schlechte Nachrichten, Eminenz. Ihr erinnert Euch sicher der Gerüchte, denen nachzugehen Ihr mich beauftragtet. Nun, ich muß leider berichten, daß sie in vollem Umfang der Wahrheit entsprechen. Es ist sogar eigentlich noch schlimmer, als wir angenommen hatten. Ein Raguelit, der aufgrund eines Botenfluges beim Angriff der Traumsaat abwesend war und das Massaker von Trondheim überlebt hat, hat sich bald nach dem Untergang seines Himmels der Urbanis-Liga angeschlossen. Sein Name ist Thariel."

Claas von Freyung zuckte innerlich zusammen. Die Urbanis-Liga war ein Verbund einflußreicher Schrottbarone, die sich auf Veranlassung der jungen Isabella von Cordova zusammengetan hatten, um ihre Erkenntnisse über vorsintflutliche Technologien auszutauschen und einander so gegenseitig in ihrem Widerstand gegen die Angelitische Kirche zu stärken. Es war nicht auszudenken, was geschehen mochte, wenn tatsächlich ein abtrünniger Engel – das allein war schon ein an Blasphemie grenzender Gedanke – mit diesem Pack gemeinsame Sache machte.

„Und es kommt noch schlimmer", fuhr Bernard fort. „Ich habe mit Augenzeugen gesprochen, die mich wissen ließen, daß dieser vom Glauben abgefallene Raguelit über Boten und Mittelsmänner in regem und vor allem regelmäßigem Kontakt mit Ab Aasbye, dem geistigen Führer der Arx, steht."

Claas von Freyung ließ sich wieder in seinen Schreibtischsessel sacken. Das war nun schon das zweite Mal innerhalb einer Woche, daß ihm die Arx als Zentrum möglicher Unruhen genannt wurde und die erneute Nennung dieses Namens aus dem Munde des Leiters des offiziell nicht existenten vatikanischen Geheimdienstes, war für den Kardinal ein überaus besorgniserregendes Signal.

„Weiter heißt es", ließ sich Bernard erneut vernehmen, „Aasbye habe zwei und zwei zusammengezählt, die Haltung des Pontifex und des Konsistoriums gegenüber dem Chor und die ersten Pläne zum Umgang mit den Überresten seines Ordens zusammengebracht und die richtigen Schlußfolgerungen gezogen." Er hielt inne. „Eminenz, ich muß Euch warnen", fuhr er dann fort, „Ab Aasbye führt irgend etwas im Schilde. Derzeit sind aus mehreren wichtigen Außenposten der Ragueliten Vertreter unterwegs, die sich noch in diesem Monat in der Arx zu einer internen Konferenz treffen wollen. Diese Zusammenkunft soll das weitere Vorgehen des Ordens beschließen, und schon jetzt werden die Stimmen der Dissidenten immer lauter. Schon in drei Tagen soll eine raguelitische Delegation aus den französischen Kriegsgebieten in Æterna eintreffen, so wurde mir berichtet, und es heißt, in dieser Delegation reise Thariel selbst mit. Er will in der Arx eine Grundsatzrede halten, so sagt man."

„Sorge dafür, daß sie aufgehalten werden und noch einmal in der Stadt übernachten müssen, ehe sie die Arx erreichen", flüsterte von Freyung. „Er will reden? Das werden wir zu verhindern wissen."

Kapitel vier

Die fünfzehn Männer und Frauen reisten seit vielen Wochen schon immer auf dem kürzesten Wege und voll Hast. Aus ihren Mündern klangen keine Psalmen und Loblieder, wie es sonst häufig der Fall war, wenn man auf den Straßen Europas aus Klerikern bestehenden Reisegesellschaften begegnete. Sie hatten Wochen allein auf der Via Pellegrina zugebracht und waren trotz der eindringlichen Warnung ihrer Ordensoberen bisher unbehelligt geblieben, was möglicherweise nicht zuletzt daran lag, daß sie statt ihres raguelitischen Habits gewöhnliche Reisekleidung trugen oder zumindest weite Pilgermäntel über ihre Ordensgewänder geworfen hatten. Zum Glück hatten die Schankwirte und Händler entlang der wichtigsten Pilgerstraße Michaelslands sich an Fremde gewöhnt – denn daß es sich bei der Gruppe um Reisende von weit her handelte, war nicht zu übersehen. Während die Einheimischen, denen sie begegneten, fast durchweg eher klein waren und einen dunklen Teint und schwarzes Haar hatten, waren die meisten der „Pilger" hochgewachsen – gerade die Frauen waren größer als die Michaelsländerinnen –, sehr hellhäutig und blond. Wenn sie sprachen war der nordische Akzent in ihrem Common einfach nicht zu überhören. Lediglich Wala, die etwa fünfzigjährige Anführerin

Wenn der Tag anbricht, steht der Mörder auf und erwürgt den Elenden und Armen, und des Nachts schleicht der Dieb.

- Hiob 24,14

ihrer Reisegruppe, die im Himmel zu Trondheim Hebdomadarin, also eine der für den Wochendienst eingeteilten Beginen gewesen war, sprach völlig akzentfrei.

Doch all diese Überlegungen, all ihre Sorgen würden bald keine Rolle mehr spielen. Dies war der letzte Tag ihrer Reise – am späten Abend würden sie die Arx erreichen, den rettenden Hafen. Dort würden sie endlich wieder Schutz im Schoße ihres eigenen Ordens finden, zusammen mit zahlreichen anderen Entwurzelten, die nach der Katastrophe von Trondheim im zweiten großen Machtzentrum der Ragueliten zusammenströmten, um einander gegenseitig Trost zu spenden, einander zu stärken und letztlich auch auf der für die kommende Woche angekündigten Konferenz unter Leitung des ehrwürdigen Ab Aasbye darüber zu befinden, wie es nun weitergehen sollte.

Es war ein schöner, wenn auch kühler Tag ohne den sonst im Winter allgegenwärtigen Regen, und außer ihnen schien weit und breit niemand unterwegs zu sein. Südöstlich vor ihnen schimmerte in einer langgezogenen Senke der Lago Bracciano, wie die Einheimischen sagten, also der Braccianosee, ein großer, langgezogener Süßwassersee, um den die Via Pellegrina verlief und den seit der Großen Flut nur noch ein schmaler, hügeliger Landstreifen vom Meer trennte. Bis zum späten Nachmittag sollten sie, wenn alles glatt lief, sein Südende erreicht haben, und bis dahin wären sicher schon die mächtigen Monumente der Ewigen Stadt in der Ferne zu erkennen. Diese Aussicht beflügelte alle, und trotz der langen, gefahrvollen Reise, die hinter ihnen lag, schritten alle in diesen frühen Morgenstunden rascher aus als noch an den Tagen vorher. Dick und kurzatmig wie er war, hatte nur Born, der ehemalige Kastellan des Himmels zu Trondheim, etwas Schwierigkeiten, dieses Tempo zu halten, und fiel bald – wie an den meisten Tagen – keuchend und ächzend ein gutes Stück zurück, so daß seine Mitreisenden immer wieder kleinere Pausen einlegen mußten, um auf den Dicken zu warten. Doch selbst das konnte die gute Laune der raguelitischen Flüchtlinge nicht trüben, und zum ersten Mal seit Wochen flogen zaghaft Scherzworte zwischen den Wanderern hin und her. Selbst Wala, die wie immer scheinbar unermüdlich an der Spitze des kleinen Zuges schritt, den Blick konzentriert in die Ferne gerichtet und die schmalen Lippen fest aufeinandergepreßt, gestattete sich ein kleines Lächeln.

Die gute Laune der Ragueliten verflog schlagartig, als sie eine der zahlreichen Hügelkuppen erreichten und vor sich in der nächsten Senke einen Trupp Templer lagern sahen. Es waren über ein Dutzend Männer und Frauen, die, wie die Reisenden beim Näherkommen sahen, die Gewänder der Michaelistempler trugen. Lediglich einer unter ihnen schien ein ramielitischer Monach zu sein.

Die Templer hatten aus einem offenbar am Wegesrand gefällten Baumstamm und Steinblöcken eine Art Schranke improvisiert, die die Via Pellegrina blockierte. Nahe des improvisierten Schlagbaums auf der landeinwärts gelegenen Seite brannte ein großes Feuer, an dem sich der Großteil des Trupps wärmte, während ein Mann und eine Frau die Schranke flankierten. Alle Templer schienen mit Pferden ausgestattet zu sein, während der Monach in einem schlichten Wagen angereist zu sein schien.

Wala spürte die Unruhe, die sich in den Reihen ihrer Leute breitmachte. Sie wandte sich zu ihnen um. Vor allem Frederik, der jüngste Mitreisende, ein Novize von gerade mal 14 Jahren, schien Angst zu haben. Sein vier Jahre älterer Bruder Sven, der wenige Monate vor dem Untergang des Himmels in die Grundausbildung der Templer eingetreten war, legte ihm beruhigend die Hand auf die Schulter. Wala warf ihm einen kurzen, dankbaren Blick zu und sagte dann: „Laßt mich reden. Es wird alles gutgehen." Alle zogen instinktiv die Mäntel enger um sich und näherten sich der Straßensperre. Noch ehe einer der beiden Wachhabenden Gelegenheit hatte, die Reisenden anzusprechen, erhob sich am Feuer ein älterer Mann in der Haartracht der Michaeliten und gepflegtem weißem Kinnbart in der Tracht eines Templers. Er trat zu den Neuankömmlingen und sagte in verbindlichem Tonfall: „Der Herr sei mit euch, Reisende. Ich bin Asco, Armatura der Michaelistempler und Kommandant dieses kleinen Trupps." Mit einer nachlässig wirkenden Geste wies er auf die Wachhabenden und die Templer am Feuer, die inzwischen allesamt neugierig herübersahen. „Was ist euer Begehr?"

„Wir sind Pilger auf dem Wege nach Roma Æterna, Armatura", erwiderte Wala ohne Zögern und sah dem Weißbärtigen direkt in die Augen. „Unser Begehr ist, die Herrlichkeiten der Ewigen Stadt zu schauen und den Herrn dafür zu lobpreisen, daß er seiner Kirche solche Pracht schenkt."

Der bärbeißige Asco nickte kaum merklich. Born, dem es guttat, wieder etwas zu Atem zu kommen, wunderte sich, warum Wala nicht einfach die Wahrheit sagte – schließlich waren dies Templer der Angelitischen Kirche –, sagte aber nichts.

„Wohlan", ließ sich der Armatura vernehmen, „dies ist ohne Zweifel ein höchst ehrenwertes und gottgefälliges Ansinnen, doch müssen wir euch um etwas Geduld bitten ..."

Wieder machte sich Unruhe breit, doch ehe jemand etwas Falsches sagen konnte, kam der Ramielit vom Feuer herüber. Mit wichtiger Miene ein Dokument hervorziehend mischte er sich ins Gespräch ein.

„Es ist, wie der Armatura sagt. Derzeit wütet ein geheimnisvolles Fieber, wie wir es sonst nur bei den Frühjahrshochwassern kennen, in der Ewigen Stadt, und wir müssen sicherstellen, daß niemand einreist, der möglicherweise Keime der Krankheit in sich trägt. Zu diesem Zwecke müssen alle Reisenden mit Ziel Roma Æterna zunächst einer eingehenden Untersuchung durch unsere raphaelitischen Brüder und

Schwestern unterzogen werden. Pontifikalischer Erlaß", setzte er, als hätte er etwas vergessen, nach einer kleinen Pause hinzu. Dabei schwenkte er das Pergament vor Walas Augen hin und her, als beweise es jedes seiner Worte. Die Hebdomadarin erkannte wohl das Siegel des Pontifex Maximus am unteren Ende des Schriftstücks, konnte ansonsten aber natürlich kein Wort entziffern. Für einen kurzen Moment war sie verunsichert und wandte sich wie hilfesuchend an ihre Begleiter. Nur nicht auffallen jetzt, schien Borns Blick zu sagen, spiel mit. Sven nickte unmerklich.

Auch Asco warf dem neben ihm stehenden Ramieliten ein kaum wahrnehmbares Nicken zu. Wala gab sich einen Ruck, wandte sich zu ihm und sagte: „Nun, dann her mit dem Raphaeliten. Bringen wir es hinter uns."

Born zuckte innerlich zusammen. Zu sehr von oben herab, dachte er. Denk daran, du bist keine hochrangige Begine, sondern eine bescheidene Pilgerin ...

Doch Asco schien Walas kühlen Tonfall, der so gar nicht zur üblichen Unterwürfigkeit normaler Pilger gegenüber Templern, noch dazu hochgestellten Armatura, passen wollte, nicht bemerkt zu haben. Geradezu beflissen sagte er: „Ihr versteht sicher, daß in einer solchen Lage die Heiler alle Hände voll zu tun haben. Sie werden euch alle erst morgen in Augenschein nehmen können."

Oh nein, dachte Wala. Bitte keinen ganzen Tag Verzögerung. Laut sagte sie. „Ihr erwartet aber hoffentlich nicht, daß wir hier im Freien bei euch lagern? Wir haben Kinder und junge Frauen dabei ..."

„Das wird ganz und gar nicht nötig sein, gute Frau. Seht ihr den Pfad dort drüben? Folgt ihm am Südufer des Sees entlang in die Hügel, und ihr werdet das Gallo Nero finden, ein vorzügliches Gasthaus, in dem es auch gute Zimmer mit bequemen, sauberen Betten gibt. Wir werden morgen nach dem Frühstück einige raphaelitische Beginen und Monachen zu euch hinaufschicken."

„So sei es", sagte Wala nach kurzem Zögern, schlug den ihr gewiesenen Pfad in die Hügel ein und bedeutete ihrer Reisegruppe, ihr zu folgen.

♦ ♦ ♦

Während sich die raguelitischen Reisenden nach einem einfachen, aber wohlschmeckenden und bezahlbaren Mahl im *Gallo Nero* zur Ruhe begaben, hatte sich die Nacht über das Latium gelegt. Sie belegten alle Gastzimmer im ersten Stockwerk des weitläufigen, flachen Gasthofs, an dessen Rückfront sich ein halbkreisförmiger Innenhof mit Palisadenzaun anschloß, in dem der Wirt zwei Kühe und eine Handvoll Hühner hielt. Ganz hinten am Gang schliefen in einer wahrlich winzigen Kammer mit schrägen Wänden Sven und Frederik, neben ihnen hatte Wala das einzige Einzelzimmer bezogen, das es gab – eine bessere Vorratskammer, gerade breit genug, daß ihr Bett hineinpaßte. Die anderen hatten sich auf zwei größere Schlafräume weiter vorn an der Treppe hinab zur Schankstube verteilt.

Nebel hing in den Niederungen und verschmolz an der Küste mit der Gischt zu einem diffusen hellgrauen Streifen, der den Übergang von Land zu Wasser schwer erkennen ließ. Stille hüllte den Gasthof am Braccianosee ein. Danilo Bolgari, der Wirt des *Gallo Nero*, trat aus der Hintertür und ließ seinen Blick über den Hof schweifen. Seit diese Reisegruppe am frühen Abend bei ihm abgestiegen war, hatte er ein ungutes Gefühl, und obgleich er sich schon vor geraumer Zeit hingelegt hatte, wollte der Schlaf in dieser Nacht einfach nicht kommen. So war er wieder aufgestanden, um – mehr zur Beruhigung seiner Nerven als weil er wirklich Zweifel hatte – zu überprüfen, ob er auch alle Türen gut verriegelt hatte. Doch im Hinterhof schien alles in Ordnung zu sein.

Bolgari schalt sich in Gedanken selbst einen Narren, trat wieder in den Flur und verriegelte die Hintertür von innen. Er wollte schon wieder zurück nach oben in seine Schlafkammer gehen, doch dann durchquerte er einem unbestimmten Impuls folgend die in völliger Stille daliegende Schankstube, entriegelte die Vordertür und spähte hinaus. Und tatsächlich: Da, jenseits des gerodeten, lehmigen Vorplatzes des *Gallo Nero* mit der Pferdetränke und der Stange zum Festbinden von Reittieren, nahm er eine Bewegung in den Büschen jenseits der Lichtung wahr. Bolgari gefror das Blut in den Adern. Traumsaat, schoß es ihm durch den Kopf, das mußten Traumsaatdämonen sein – wer sonst sollte sich nachts hier oben herumdrücken? Der Wirt zog sich abermals von der Tür zurück und schob den eisernen Riegel vor.

Bolgari lehnte sich zitternd gegen die Tür und sah sich um, versuchte zu entscheiden, was als nächstes zu tun sei. Die Schatten in der Schankstube schienen ihm mit einem Mal tiefer zu sein, die Finsternis noch undurchdringlicher. Dann hörte er Pferde schnauben, und als er gebückt zum Fenster rechts neben der Tür huschte und sich eben weit genug aufrichtete, um zwischen den ausgeblichenen Vorhängen hinausspähen zu können, sah er vier hochgewachsene Gestalten, die ihre Reittiere am Zügel den Pfad entlangführten, der vor der Tür des Gasthauses endete. Obgleich sie nichts wirklich Bedrohliches taten, wußte Bolgari sofort, daß soeben seine böse Vorahnung wahr wurde. Diese Männer, die in der Nacht reisten – denn Männer waren es, keine Dämonen des Herrn der Fliegen, daran bestand kein Zweifel – bedeuteten nichts Gutes.

Draußen auf dem Vorplatz banden sie ihre Pferde an und kamen näher, wodurch sie aus Bolgaris Sichtfeld verschwanden. Schweißgebadet rutschte der kleine Wirt an der Wand tiefer und versuchte, so leise wie eben möglich eins mit den Schatten zu werden. Er wußte, er hätte schreien müssen, um die Gäste zu warnen, hätte vielleicht sogar zur Theke eilen müssen, wo er einen alten, aber wohlerprobten Knüppel aufbewahrte, doch seine Kehle war vor Angst wie zugeschnürt, und seine Beine versagtem ihm den Dienst.

Dann dröhnten wuchtige Schläge gegen die Vordertür durch die Nacht. Nach wenigen Hieben riß der Riegel aus seinen Verankerungen, und die Tür schlug krachend gegen die Wand. Zwei der Männer traten mit langen Schritten in die Mitte der dunklen Schankstube. Im spärlichen Licht konnte der bibbernd im Schatten kauernde Wirt nur erkennen, daß sie lange, weite Reisemäntel trugen, unter denen offenbar Waffen an ihren Gürteln hingen. Für einen kurzen Moment fragte Bolgari sich, wo wohl die beiden anderen sein mochten. Es war, als hätte der Herr selbst in seiner unermeßlichen Macht die Zeit angehalten; die beiden Eindringlinge verharrten reglos lauschend mitten im Schankraum, und Bolgari spürte das Blut in seinen Ohren pochen, während er unwillkürlich die Luft anhielt. Die Schankstube und der Wald ringsum schienen mit ihm den Atem anzuhalten. Kein Lüftchen regte sich, kein Geräusch ertönte.

Dann fegte ein Windstoß durch die offene Tür herein, und die beiden dunklen Gestalten brachen von einem Augenblick zum anderen in schnelle, geübte, aber nicht überhastet wirkende Bewegungen aus. Wie ein Mann stürmten sie wortlos durch die Tür, die den Schankraum vom Stiegenhaus trennte, und polterten hinauf zu den Gästeschlafräumen. Bolgari, der das Gefühl hatte, stundenlang im Dunkeln gekauert zu haben, kam auf die Beine und hastete ebenfalls durch die Tür zum Stiegenhaus, aber in der Absicht, durch die Hintertür auf den Hof und durchs Hoftor in den Wald zu fliehen. Der rundliche Michaelsländer hatte noch nicht den halben Weg zurückgelegt, als eine dritte der vier finsteren Gestalten durch die Vordertür die Schankstube betrat. Bolgari hörte ihren schweren Schritt und wirbelte herum. In der mondlosen Schwärze der Nacht schimmerte matt ein blankgezogenes langes Messer. Verwirrt darüber, warum er ausgerechnet jetzt solche Nebensächlichkeiten sah, registrierte Bolgari, daß am Gürtel des dritten Eindringlings unter dem zurückgeschlagenen Umhang eine Scheide in den Farben der Michaeliten baumelte. Gleichzeitig hörte er Tumult im oberen Stockwerk und in seinem Rücken wuchtige Schläge gegen das stabile Holztor im Palisadenzaun, das Unbefugte vom Betreten des Hinterhofes des *Gallo Nero* abhalten sollte.

„Halt, im Namen des Erzengels Michael!" donnerte der Mann vor ihm in befehlsgewohntem, drohendem Tonfall. Er sprach akzentfreies Common.

Ein weiterer Schlag dröhnte über den Hof, und das Tor barst. Balken splitterten, das schmiedeeiserne Vorhängeschloß flog in weitem Bogen in den Matsch. Etwa zehn Reiter, allesamt in langen Mänteln, sprengten auf den Hof.

In dieser Sekunde erklang aus den Zimmern der Gäste der erste spitze Schrei. Er zerriß die Stille der Nacht wie der Schrei einer Möwe, die den Morgen auf See begrüßt.

Danilo Bolgari nutzte die Schrecksekunde, die der wahrhaft grauenhafte Laut – ein Todesschrei? – selbst bei seinem Gegenüber auslöste. Schon das drohend gezückte lange Messer war eigentlich Beweis genug gewesen, aber spätestens seit der vermummte Reitertrupp seinen Hof gestürmt hatte, wußte der Wirt, daß sein einziges Heil in der

Flucht lag. Er duckte sich an seinem einzigen unmittelbaren Gegner vorbei, stürzte durch die Vordertür und über den Vorplatz auf den Wald zu.

Er hätte es beinahe geschafft – wäre da nicht der vierte der Männer gewesen, die sich dem *Gallo Nero* zuerst von vorn genähert hatten. Er hatte außen neben der Tür Stellung bezogen, und zwar just, um etwaige Entkommende abzufangen. Als er den rundlichen Mann in wilder Hast an sich vorbeistürzen sah, hob er seelenruhig einen kurzen Spieß und rammte ihn mit Wucht in Richtung des Wirts. Er traf den Fliehenden zwischen den Schulterblättern und trieb Bolgari ein gutes Stück vorwärts. Danilo taumelte, brach in die Knie und fiel ins feuchte Laub. Etwas in seinem Kopf schien zu explodieren, als er vornüber fiel, und er nahm wie aus der Ferne große Schmerzen wahr. Mit seiner Sicht stimmte etwas nicht. Als er sich aufzurappeln versuchte, stellte er voller Erstaunen fest, daß sein Mund sich mit Blut füllte. Dann war der Mann, dessen Waffe ihn von den Beinen geholt hatte, über ihm. Bolgari sah in ein wettergegerbtes Gesicht mit gerunzelten Brauen, in das feine Linien tätowiert waren – Templer.

Das war Danilos letzte Erkenntnis, ehe sein gnadenloser Angreifer ihm das lange Messer, das er zuvor beinahe genüßlich aus seinem Futteral gleiten ließ, in den Leib stieß.

♦ ♦ ♦

Frederik schreckte aus dem Schlaf hoch, desorientiert und unsicher, was ihn geweckt hatte. Sein Blick fiel auf seinen Bruder, der hoch aufgerichtet in der kleinen Schlafkammer stand, die Augen weit aufgerissen, und verzweifelt den Finger an die Lippen preßte, um ihm zu bedeuten, ja keinen Mucks von sich zu geben.

Frederiks erster Impuls war, sich wieder zusammenzurollen und weiterzuschlafen, denn der lange Tagesmarsch hatte den jungen Monachen sehr angestrengt. Dann aber drang Lärm von draußen – schwere Schritte, dumpfe Schläge, berstende Geräusche und das Wiehern von Pferden. Der Nachtwind schien plötzlich heftiger geworden zu sein, er heulte um den Gasthof – und dann hörten die Brüder von nebenan, aus dem Raum, wo Wala schlief, einen fürchterlichen

Schrei. Frederik riß entsetzt die Augen auf; mittlerweile ergänzten platschende Hufschläge vom Hinterhof die plötzlich losgebrochene Lärmkulisse. Mit einem Schritt war Sven am Fenster und zog die Vorhänge auf. Er starrte hinaus in die Finsternis. Frederik, der seine Decke abgeworfen hatte und mit hochgezogenen Knien ängstlich auf dem Bett kauerte, wurde sich unangenehm der Nachtkühle bewußt, die seine Füße und Knöchel hinaufkroch und ihn frösteln ließ.

„Wir müssen hier raus, müssen die anderen warnen und fort. Mach schnell“, sagte Sven und hielt ihm einen Überwurf hin. Von draußen war unvermindert Lärm zu hören – das Umfallen von Möbeln, schwere Schritte, Schreie und undefinierbarere Geräusche. Sobald Frederik den Überwurf halbwegs über sein Nachthemd gezogen hatte, wirbelte sein älterer Bruder herum und öffnete die Tür ihrer Schlafkammer. Er prallte beinahe mit einem hoch gewachsenen Mann zusammen, der im Begriff gewesen war, die Tür zur winzigen Schlafkammer der Brüder von außen zu öffnen. Frederik, der dadurch seinerseits beinahe in Sven hineingerannt wäre, spähte im Bemühen, den Grund für dessen abruptes Innehalten zu erkennen, um die Seite Svens herum. Obgleich er einen guten Kopf kleiner war als sein älterer Bruder, konnte er auf diese Weise einen Blick auf den Fremden erhaschen. Er war ebenso hochgewachsen wie Sven, doch wo dieser schlaksig wirkte, war der Mann auf dem Gang breitschultrig und muskulös. Sein weißblondes Haar war nach Art der Michaeliten gestutzt. Unbeschreibliche Erleichterung machte sich in Frederik breit, als er sah, daß der Weißblonde die Uniform der Michaelistempler trug. Seinem Bruder mußte es genauso gehen, denn just als Frederiks Blick tiefer wanderte und in der rechten Hand des Mannes auf dem Gang das bluttriefende lange Messer sah, hörte er Sven hastig hervorsprudeln: „Ein Templer der Führer der Scharen! Dem Herrgott sei Dank! Draußen sind finstere Gestalten auf dem Hof, und ich –“

Der Rest von Svens Worten verklang in einem unartikulierten Gurgeln, als der Weißblonde in einer fließenden Bewegung und mit einem unbeschreiblich grausamen Lächeln auf den Lippen das lange Messer hob und es dem jungen Monachen durch den Leib stieß. In nacktem Entsetzen sah Frederik, wie etwas den Stoff der grauen Robe seines Bruders am Rücken ausbeulte; dann brach die blutverschmierte Spitze des langen Messers hindurch. Sven brach Blut hustend nach vorne über der Klinge zusammen. Von reiner Panik getrieben gehorchte Frederik seinem Fluchtinstinkt. Er versuchte, diese minimale Behinderung ihres Angreifers – dessen Templeraufmachung eine raffinierte Tarnung sein mußte – auszunutzen und rechts an ihm vorbei auf den Gang zu schlüpfen. Aber der schmetterte dem Knaben mit fast beiläufiger Grausamkeit eine gepanzerte Hand mitten ins Gesicht. Frederik stürzte zu Boden wie ein nasser Sack, hörte seine Nase brechen – ein Gedanke, den er registrierte, als widerfahre all das jemand anderem – und schmeckte Blut, dann schwanden ihm gnädig die Sinne.

♦ ♦ ♦

Die Angreifer eilten aus dem Gasthof. Ihre weißgoldenen Templergewänder unter den Umhängen waren durch die Bank blutverschmiert. Einer von ihnen, ein Weißhaariger mit einem sauber getrimmten Kinnbart, zermalmte im Gehen angewidert eine Kette mit einem Medaillon in Gestalt des Raguelitensymbols in der gepanzerten Hand. Ihr blutiges Handwerk war vollbracht, doch das Ziel ihrer Mission hatten sie nicht erreicht. Sie waren nicht subtil vorgegangen, aber das war ja auch nicht beabsichtigt gewesen. Sollten sich doch die örtlichen Autoritäten damit auseinandersetzen – zweifellos würden diese Dorfgardisten zu der Überzeugung kommen, es habe sich um einen nächtlichen Raubüberfall gehandelt. Die Gefahr einer Enthüllung ihrer geheimen Mission bestand nicht. Aber dennoch: Meldung zu machen würde nicht erfreulich werden.

Die Männer und Frauen schwangen sich in die Sättel, und bald erdröhnte der Hufschlag von über einem Dutzend Pferden auf dem Weg, der zum Braccianosee hinunterführte. Der Hufschlag wurde rascher, je breiter der Weg wurde, und schließlich jagte der schweigsame Trupp mit wehenden Mänteln durch die Finsternis, über die Via Pellegrina in Richtung Roma Æterna. Über dem *Gallo Nero* aber lag wieder die Stille der Nacht, als sei nichts gewesen – als hätte der Tod dort nicht in weniger als einer Viertelstunde fast zwei Dutzend Opfer gefunden.

Kapitel fünf

Daniel schwebte über der Ewigen Stadt und sah voller Ehrfurcht hinab. Der Urielit war seit seiner Engelsweihe nicht mehr hier gewesen, und seine Erinnerungen an jenen Tag waren unterdessen verschwommen und vor allem geprägt von dem ungeheuren Stolz, vom Pontifex Maximus selbst geweiht worden zu sein, und der alles beherrschenden Aufregung dieses, wie seine Nonna immer gesagt hatte, „wichtigsten Tages im Dasein eines jeden Engels".

Weit unter sich sah er den Rest seiner Schar und den Gefangenen, diesen Hiob, auf der Via Pellegrina dahinmarschieren. Sie hatten gerade einen Abschnitt der Strecke passiert, auf dem die breite Pilgerstraße in unmittelbarer Ufernähe verlief. Aber ein kurzer Blick über die Schulter nach rechts hinten genügte dem scharfäugigen Bewahrer der Wege, um sich zu versichern, daß Ariel, Rahel und den anderen keine Gefahr drohte. Dann wandte der vollkommen faszinierte Daniel seine Augen wieder Roma Æterna zu, dem Herzen der Angelitischen Kirche. Weit in der Ferne sah er den Himmel seiner michaelitischen Geschwister aufragen, dort, etwas näher, den Petrusdom, in dem sie alle die letzte Nacht vor ihrer Weihe zugebracht hatten. Und das da, auf der großen Insel in der Teveremündung, mußten der Vatikan und der Lateran sein, die Zwillingspaläste, die gewissermaßen Seele

Und wenn sie gefangenliegen in Ketten und elend, gebunden mit Stricken, so hält er ihnen vor, was sie getan haben, und ihre Sünden, daß sie sich überhoben haben, und öffnet ihnen das Ohr zur Warnung und sagt ihnen, daß sie sich von dem Unrecht bekehren sollen.

-Hiob 36, 8-10

und Hirn der Angelitischen Kirche bildeten. Der Urielit hätte – wäre seine Stimme nicht so bescheiden gewesen – am liebsten Lobpsalmen gesungen, weil er endlich einmal wieder längere Zeit am Himmel und nicht wie das Fleckvieh am Boden verbringen konnte. Da störte ihn nicht einmal der ausgesprochen kalte Winterregen, der bereits begonnen hatte, ehe sie am morgen aus ihrer Unterkunft der letzten Nacht aufgebrochen waren. Eine Weile verbrachte Daniel damit, den Verlauf beliebiger Straße tief unter ihm mit den Blicken zu verfolgen. Das verwinkelte Straßennetz der Ewigen Stadt, das trotz aller Unüberschaubarkeit auf wundersame Weise einer höheren Logik zu folgen schien, erinnerte ihn ein wenig an das kunstvolle Netz einer Spinne.

Nachdem er etwa zehn Minuten beinahe reglos am Himmel schräg über der Stadt gestanden hatte, erreichte ihn Ariels Ruf: *Wir nähern uns der Porta Latina. Komm herunter, ich möchte die Schar beisammen haben.*

Daniel zögerte einen kurzen Augenblick, so sehr genoß er das Gefühl, frei wie ein Vogel unter Gottes weitem Himmel seine Bahnen zu ziehen, doch dann legte er seufzend die Schwingen an und stürzte sich in einer weit ausladenden Steilkurve pfeilschnell dem Erdboden entgegen. Erst als er schon erste Einzelheiten seiner Schargeschwister erkennen konnte, richtete er sich auf und breitete die gewaltigen Schwingen – wie bei allen Urieliten war auch Daniels Federkleid weit leistungsfähiger und hatte eine größere Spannweite als bei vergleichbar großen Engeln anderer Orden – aus, um seinen Flug zu bremsen. Ariel hatte recht gehabt: Die Schar und Hiob hatten, während Daniel seinen Betrachtungen Æternas aus der Vogelperspektive nachgehangen hatte, einen Abschnitt der Via Pellegrina erreicht, der parallel zur Stadtmauer verlief, die allerdings bald einen Knick nach Nordosten machen würde, so daß sie auf der Straße in etwa dreißig Gehminuten die Porta Latina erreichen würden. Dieses Tor war der südwestlichste Zugang in die Ewige Stadt und hatte seinen Namen von der der Stadt vorgelagerten Latinischen Insel, die man auf dem Weg zum Tor zur Rechten hatte. Die meisten Pilger betraten durch dieses Tor die Stadt.

Da die Schar schon den gesamten Tag durch den strömenden Regen marschierte, war die Stimmung bestenfalls als gedämpft zu bezeichnen. Sie alle sahen dem herannahenden Urieliten erwartungsvoll entgegen. Als Daniel landete, fiel sein Blick auf den Gefangenen, den die anderen vier umringt hatten. Hiob hatte als einziger den Kopf nicht gehoben, sondern stand nur da und betrachtete die mit großen, hellen Steinen gepflasterte Straße zu seinen Füßen, über die der Regen und der Wind kleine, schlammige Rinnsale trieben. Hatte der Raguelit schon bei ihrer ersten Begegnung, als sie ihn in einem Wirtshaus bei Prag auftragsgemäß festnahmen, um ihn nach Roma Æterna zu eskortieren, bereits wie jemand gewirkt, dem das Leben einige böse Tiefschläge versetzt hatte, war sein Schritt in den letzten beiden Wochen immer schleppender geworden. Je näher die Via Pellegrina ihn und seine Bewacher an die Ewige Stadt herangeführt hatte, desto schweigsamer war er geworden, und mit jedem Tag hatte sich klarer gezeigt, daß er Angst hatte, Æterna zu betreten. Daniel fragte sich, warum. Sicher, Hiob wußte genau wie seine Begleiter, daß er in die Stadt gebracht wurde, weil man ihm den Prozeß machen wollte, doch die Angelitische Kirche war gerecht, und ihre Kardinäle und Bischöfe waren weise. Wenn der Flügellose sich nichts hatte zu Schulden kommen lassen, wie er versichert hatte, als Rahel ihn eines

Tages direkt danach gefragt hatte, dann hatte er nichts zu befürchten. Warum machte er sich Sorgen? Andererseits hatte er Malloriel erzählt, auch er sei seit seiner Weihe nicht mehr in Æterna gewesen. Lag es vielleicht daran? Verband er – im Gegensatz zu Daniel – mit diesem Erlebnis in der Ewigen Stadt unangenehme Gedanken?

Daniel! Ihm wurde klar, daß Ariel ihn schon einmal gerufen haben mußte. *Daniel, wo bist du mit deinen Gedanken? Geh bitte voraus!*

Der Urielit nickte ein klein wenig beschämt und setzte sich an die Spitze ihres kleinen Zuges. Ihre Marschordnung glich nun fast der klassischen Flugformation, die man als „Diamant" bezeichnete, nur daß Ariel und Aadoniel, ihr stämmiger Gabrielit, der die Nachhut bildete, den Gefangenen zwischen sich genommen hatten. So erreichten sie schließlich die Porta Latina.

Das in einer halbrunden Ausbuchtung der Stadtmauer befindliche Tor war breit genug, daß zwei Ochsenkarren einander problemlos beim Hindurchfahren passieren konnten. Auf den Zinnen stand links und rechts über dem Tor je ein Michaelis-Templer, bewaffnet mit einem schweren Spieß. Das Tor selbst wurde von zwei weiteren Ordenskriegern der Seelen der Schar mit Hastas flankiert. Alle vier trugen zum Schutz vor dem strömenden Regen lange, weite Wachstuchüberwürfe mit Kapuze. Zur Linken schmiegte sich eine Pförtnerstube an die Mauer, zur Rechten erstreckte sich das Wachhaus der Templer, in dem zu jeder Tages- und Nachtzeit ein kleines Kontingent von Kämpfern zur Verstärkung der vier Wachhabenden stationiert war. Als die Schar mit Hiob das Tor erreichte, blieb Daniel unwillkürlich stehen und ließ Ariel passieren. Wie immer würde die kleine Michaelitin für die Schar sprechen.

Einer der beiden Templer trat mit vorgehaltener Waffe vor, das Haupt trotz der miserablen Witterung stolz erhoben. Keine Regung seiner Miene ließ darauf schließen, daß ihm der Regen, der ihm über das Gesicht rann, im geringsten störte; jede Bewegung des Wächters schien einem hundertfach geprobten Muster zu folgen und zeugte von andauerndem militärischem Drill. Daniel betrachtete ihn eingehend – seine Beine steckten, soweit sie unter dem Überwurf zu sehen waren, in geknöpften Gummigamaschen, und sein Gang war der eines Mannes, der überzeugt ist, sich in jeder Situation behaupten zu können. Er hob die Rechte zum traditionellen Gruß, den Ariel mit einem kaum wahrnehmbaren Nicken beantwortete.

Der Templer nahm diese kleine Geste als sein Stichwort, den zierlichen Engel vor ihm anzusprechen, und kam seiner Pflicht als Torwächter mit den Worten nach: „Seid gegrüßt, Engel des Herrn. Nennt mir euren Namen und euer Begehr in der Ewigen Stadt."

„Der Herr mit dir, Templer", erwiderte Ariel mit ihrer glockenhellen Stimme. „Ich bin Ariel und dies ist meine Schar. Wir sind hier, um diesen dort", – sie wies auf Hiob – „auf höchsten Befehl des Pontifex Maximus Petrus Secundus selbst nach Roma Æterna zu bringen."

„Ihr habt einen Gefangenen bei euch, und nicht einmal seine Hände sind gebunden?" fragte der Templer voller Verwunderung.

Hiobs Kopf fuhr ruckartig hoch. Ariel spürte, daß die Situation zu kippen drohte, hörte die unruhigen Regungen ihrer Schargeschwister hinter sich und wußte, sie mußte etwas tun. *Handelt nicht übereilt*, sendete sie ihren Begleitern, aber ehe sie mehr loswerden konnte, wurde ihr die Situation aus der Hand genommen.

„Es ist schon gut, Templer. Wir übernehmen den Gefangenen jetzt", sagte eine schneidende Stimme. Der Templer fuhr herum, und auch Hiob und die Schar blickten verblüfft in die Richtung der Neuankömmlinge. Sechs Personen waren aus dem Wachgebäude ins Freie getreten. Vier davon waren schwer bewaffnete Michaelis-Templer, die allesamt blankgezogene Schwerter in Händen hielten, ohne sie im Augenblick jedoch damit zu bedrohen. Der fünfte Mann war ein kleiner, schlanker Mann mit Brille, der Zivilkleidung trug, unter anderem einen langen schwarzen Ledermantel, wie man ihn manchmal bei Beutereitern sah. Die Sprecherin schließlich war einen halben Kopf größer als alle Anderen mit Ausnahme Daniels, trug die Tracht einer Gabrielistemplerin, ebenfalls einen langen schwarzen Ledermantel und einen wilden Schopf roten Haares. Um das Haar hatte sie nach Art der Engel ihres Ordens ein schwarzes Band gewunden, das es fast vollständig bedeckte und zusätzlich so weit in die Stirn gezogen war, daß es ihre obere Gesichtshälfte bis zu den Brauen bedeckte. Untypischerweise trug sie keine Waffen, was vor allem Aadoniel, der instinktiv beim ersten Wort der Neuankömmlinge schützend zwei Schritte vorgetreten war, überrascht zweimal hinsehen ließ. Bestimmten Schrittes trat die Frau zu der kleinen Gruppe am Tor, begleitet von dem kleinen Bebrillten und beschützt von ihrem Geleittrupp, der sofort die Armbrüste etwas höher nahm.

Ehe der verblüffte Wachhabende reagieren konnte, fragte Ariel: „Wer bist du?"

„Ich bin Mera Indolo, befehlshabende Armatura dieses Kontingents der Konsistorialgarde. Würdest du mir jetzt bitte den Gefangenen ausliefern?"

Der Templer am Tor erbleichte, als er hörte, woher der kleine Trupp kam. Offenbar waren diese Engel von weither angereist, denn sie schienen nicht zu wissen, welch weitreichende Befugnisse diese handverlesene Eingreiftruppe des höchsten Gremiums der Angelitischen Kirche hatte. Ehe er der kleinen Michaelitin aber auch nur einen Hinweis geben konnte, sagte Ariel mit einer Festigkeit in der Stimme, die nicht nur den Templer, ihre Schar und Hiob überraschte, sondern wohl am allermeisten sie selbst: „Der Herr mit dir, Mera Indolo. Ich bedaure, doch ich kann deinem Wunsch nicht entsprechen. Calliel ist unser Gefangener. Wir werden ihn weisungsgemäß im Lateran abliefern."

„Du kannst meinem Wunsch nicht entsprechen?" Die rothaarige Armatura trat fast bedrohlich einen Schritt auf Ariel zu, wobei sie unmerklich die Schultern nach hinten nahm und sich anspannte. Der Templer von der Torwache spürte, daß sich hier ein Konflikt zusammenbraute, dessen Proportionen ganz und gar nicht nach seinem Geschmack waren, und ging der Offizierin aus dem Weg.

„Das werden wir ja sehen", fuhr diese fort, und ihre Stimme war ein wütendes Fauchen. „Männer, wir nehmen ihn mit."

Wie Tänzer, die eine tausendmal geprobte Choreographie aufführen, umringten die vier Templer wortlos die Schar und ihren Gefangenen. Die Schar war schockiert über dieses unbotmäßige Verhalten. Sowohl aus dem Himmel der Urieliten, wo sie eigentlich stationiert waren, als auch von ihren bisherigen Missionen kannten die Engel von Menschen nur Demut bis hin zur Unterwürfigkeit, und selbst menschliche Diener der Kirche hatten ihnen noch jedesmal die gebotene Höflichkeit angedeihen lassen. Man hatte sie immer mit einer Reaktion irgendwo zwischen frommer Ehrfurcht und gläubigem

Gehorsam behandelt. Diese unverschämte Armatura und ihre Leute waren davon jedoch so weit entfernt, wie man nur sein konnte.

Vor allem Ariel war davon völlig verunsichert, denn ihr fehlte jeder Vergleich zu dieser Situation – sie widersprach nicht nur allem bisher Erlebtem, sondern auch dem, was man sie gelehrt hatte. Aadoniel spürte das und beschloß, sich um seine menschliche Ordensschwester selbst zu kümmern. Er entschied sich für den freundlichen Weg, machte zwei Schritte auf sie zu und sagte im Tonfall, in dem ein Krieger mit einem anderen sprechen mochte: „Hör zu, Mera Indolo, ich ..."

„Keinen Schritt weiter." Mit diesen in kühlem Tonfall geäußerten Worten machte einer der Templer eine unmißverständliche Bewegung mit der Spitze seines Schwertes in Aadoniels Richtung. Er wagte es nicht, einen Engel des Herrn direkt zu bedrohen, doch seine gesamte Haltung ließ keinen Zweifel daran, wem seine Loyalität galt. Nun erstarrte die Schar wirklich. Niemand sagte ein Wort. Aadoniel legte trotzig die Hand ans Schwert.

Die Templer schlossen daraufhin ihren Ring um sie enger und drängten sie dabei vollends am Torhaus vorbei und in die Stadt hinein. Einer stellte sich so hin, daß ein Rückzug vor die Stadtmauer unmöglich war.

„Armatura, ich protestiere energisch ...", begann Malloriel.

„Beruhige dich, Ramielit. Wir haben ..."

„Von beruhigen kann gar keine Rede sein!" fiel ihr Aadoniel ins Wort, der vor lauter Aufregung die Drohung des Templers vergaß. Aber die Armatura beachtete ihn gar nicht weiter. Der Blick ihrer stechenden Augen hielt den Ariels gefangen.

„Hör zu, Michaelitin, ihr seid weiter zu Fuß gegangen, als man es einem geflügelten Boten des Herrn zumuten sollte. Warum fliegst du mit deiner Schar nicht in den Himmel, und dort erholt ihr euch erst einmal von eurem strapaziösen Marsch?"

„Weil dies unsere Mission ist – und unser Gefangener." Trotzig hob Ariel das Kinn.

„Und meine Mission ist es, diesen Gefangenen, Calliel von den Ragueliten, der sich selbst Hiob nennt, hier von euch zu übernehmen, eure Mission offiziell für beendet zu erklären, euch zu danken und euch in den Himmel zu schicken." Die Frau regte sich keinen Millimeter, sondern stand im strömenden Regen, der fast träge über ihren schwarzen Ledermantel perlte, und starrte die kleine Michaelitin an.

Plötzlich trat der Ramielit vor, wischte sich das regennasse Silberhaar aus der Stirn und sagte ruhig: „Wir wollen ein Schriftstück sehen, das dich als das ausweist, was du zu sein vorgibst, Armatura. Ihr könnt nicht einfach so anspaziert kommen und ..."

Ohne den Blick von Ariel abzuwenden, fuhr Mera Indolo fort, als hätte Malloriel überhaupt nichts gesagt: „Oder möchtet ihr euch alle vor dem Konsistorium wegen Mißachtung einer höchstrichterlichen Anordnung rechtfertigen müssen?"

„Was?" rief Malloriel aufgebracht, den die unverhohlene Drohung mindestens ebenso erzürnte wie die Tatsache, daß die Templerin ihn einfach so links liegen ließ.

Daniel und Aadoniel wollten gerade ihren silbermähnigen Bewahrer des Wissens schützend flankieren, und Rahel orientierte sich in Richtung Hiob, da hörten sie alle Ariels Stimme in ihrem Kopf:

Es reicht.

Die Michaelitin holte tief Luft. Laut sagte sie: „Wir sind Engel des Herrn. Wir hören und gehorchen."

Die gesamte Szene entspannte sich. Der kleine Mann mit der Brille, der bisher geschwiegen hatte, atmete erleichtert auf. Die Rothaarige nickte knapp.

Einer der Templer, ein besonders bullig gebauter Mann, ließ sein Schwert langsam sinken und trat unangenehm dicht an Hiob heran. Seine rechte Gesichtshälfte war von Flammen oder Säure entstellt. „Soll ich ihm die Hände binden, Armatura?" fragte er dienstbeflissen. Er leckte sich die Lippen, als sein gieriger Blick über Hiobs flügellosen Rücken glitt.

„Nicht übereifrig werden, Narbenbruder", entgegnete Mera Indolo kühl und von oben herab.

Etwas in Hiobs Unterbewußtsein bäumte sich auf. ‚Narbenbruder' hatte sie ihn genannt ... er war ein Passagiant ... genau wie Tahumiel in Nürnberg ... Bilder blitzten vor Hiobs geistigem Auge auf. Ein großer Saal im Himmel zu Nürnberg. Umgestürzte Bänke. Raziel, die ihn einen Ketzer nannte. Moab, der Komtur mit dem Armstumpf, der ihn haßerfüllt anstarrte. Tahumiel, das Haupt ein Opfer der Flammen. Die Passagianten, die drohend einen Kreis um ihn schlossen. Die auf ihn zukamen, um ihn zu töten – und Eliphas, der plötzlich da war, der für ihn sprach und ihn schließlich rettete. Doch hier würde kein Eliphas kommen ... niemand würde ihn retten ... vor den Kriegsgeißlern ... die einen Kreis um ihn geschlossen hatten ... wie diese Templer hier ...

Etwas in Hiob zerbrach. Seine innere Apathie fiel von ihm ab. Die Zeit schien plötzlich so langsam zu vergehen, als schwämme er in zähem Honig. Wild blickte er sich um und fand ausgerechnet das entstellte Gesicht des römischen Narbenbruders, der ihn mit einem halb irren Blick ansah, etwas Geifer auf den Lippen. Ein anderer Templer entnahm einer ledernen Umhängetasche Handschellen. Die Armatura wies auf ihn –

Und Hiob rannte. Er rempelte den Passagianten beiseite und hetzte auf die nächstbeste Gasse los. Doch der Angegriffene erholte sich weit schneller als erwartet von Hiobs Stoß, setzte ihm mit zwei raschen Schritten nach und rammte ihm fast beiläufig den metallenen Knauf seines Schwertes gegen den Hinterkopf.

Schmerz explodierte in Hiobs Schädel, und er brach in die Knie. Er war bereits ohnmächtig, ehe er mit dem Gesicht auf das regennasse Pflaster schlug.

Es war alles so schnell gegangen, daß keiner aus der Schar auch nur eine Hand gerührt hatte. Völlig verblüfft starrten sie alle den reglos auf der nassen Straße liegenden Hiob an, dessen Hinterkopf eine häßliche Platzwunde zierte. Ein dünnes, vom Regen zu einem schwächlichen Hellrot verwaschenes Rinnsal sickerte aus seinem Haar.

Rahel keuchte und wollte hinzuspringen, doch Mera Indolo war mit einem energischen Schritt schneller bei dem gefällten Ragueliten und hielt die zierliche Raphaelitin mit ausgestrecktem Arm zurück.

„Widerstand gegen die Angelitische Kirche und ihre Exekutivorgane“, sagte sie mit grimmiger Zufriedenheit. „Ab jetzt ist er mein Fall.“

f e g e f e u e r

kapitel sechs

Nachdem der Templertrupp Hiob hochgezerrt, in die Handeisen gelegt und fortgeschleppt hatte, stand die Schar fast eine Minute lang wie gelähmt am Tor. Aadoniel war der erste, der schließlich hervorsprudelte: „Das – das können die doch nicht einfach so machen, oder? Ich meine, es war unser Auftrag, und die kommen einfach so daher und ..."

„Sie haben ihn niedergeschlagen wie einen gewöhnlichen Kriminellen", hauchte Rahel, die sehr blaß war und deren Gesicht plötzlich noch hagerer als sonst wirkte.

Ihr habt recht, sendete Ariel. *Ich weigere mich, das hinzunehmen. Wir werden uns beim Prior beschweren. Kommt.* Mit diesen Worten stieß sie sich ab und stieg empor, dem wolkenverhangenen Firmament und der Ordenszitadelle der Michaeliten entgegen.

Nach einem Flug von etwa einer Viertelstunde erreichten sie das monolithische Bauwerk und landeten auf einer der kleineren seitlichen Flugplattformen in etwa halber Höhe des Himmels. Wie ein junger, kraftvoller Ast wuchs sie aus der Wand des Himmels, ein schlanker Arm, der sich der Schar willkommen heißend entgegenreckte. Zwei gerüstete Michaelis-Templer taten dort Dienst und eilten

Ist nicht deine Gottesfurcht dein Trost, und die Unsträflichkeit deiner Wege deine Hoffnung?

- Hiob 4, 6

sofort hilfsbereit herbei, um die neu angekommene Schar nach ihrem Begehr zu fragen.

„Wir müssen den Prior sprechen, Templer“, sagte Ariel schlicht.

„Wie ihr wünscht, Engel“, sagte einer der beiden noch recht jungen Männer, warf seinem Kameraden einen kurzen Seitenblick zu und eilte ins Innere der Feste. Nicht lange, und er kehrte mit einer ältlichen aber drahtigen Frau im Beginenhabit zurück, das allerdings keineswegs das Prunkgewand eines Priors war.

„Seid ihr ...“, begann Ariel zögernd, doch die Frau schenkte der kleinen Michaelitin ein offenes, warmherziges Lächeln und unterbrach sie: „Nein, Engel. Mein Name ist Kora, ich bin die Kanonika, die Vorsteherin, dieses Stockwerks des Himmels. Umberto hier“ – sie nickte kurz in Richtung des jungen Templers neben ihr – „sagte mir, ihr verlangtet den ehrwürdigen Prior zu sprechen. In welcher Angelegenheit, wenn ich fragen darf?“

„Das ... würden wir ihm gerne persönlich mitteilen“, entgegnete Ariel nach einem kaum merklichen Zögern.

Kora legte den Kopf etwas schief, trat einen Schritt zurück und sah die Anführerin der Schar vor ihr mit einem merkwürdigen, kaum einzuschätzenden Blick an. „Wie ihr wünscht", sagte die Kanonika dann gerade noch rechtzeitig, um zu verhindern, daß eine unangenehme Gesprächspause entstand. „Wartet hier."

♦ ♦ ♦

„Diese Stadt ist viel zu groß", rumpelte Padano. „Ich bin für so etwas nicht geschaffen."

„Ich weiß, mein Freund – hier ist alles etwas anders als bei dir daheim in Molise, wo sich Fuchs und Hase gute Nacht sagen", beschwichtigte ihn Eliphas mit einem gutmütigen Grinsen. „Aber wir waren uns doch einig, daß wir Hiob finden wollen. Nun müssen wir den einmal eingeschlagenen Weg auch bis zum Ende gehen." Er warf einen Blick über die Schulter zu Irène, die etwa in der Mitte der Rotte ritt und mit offenem Mund und staunendem Blick all die Wunder der Ewigen Stadt in sich aufnahm. Wittgenstein, mürrisch wie immer, bildete mit verkniffenem Blick die Nachhut und tat sein Bestes, sich nicht anmerken zu lassen, daß ihn die Wunder der Heiligen Stadt ebenso tief berührten wie sie alle.

Es war später Nachmittag, und seit sie vor einer guten Stunde Roma Æterna erreicht hatten, hatte der Himmel sich etwas aufgeklart. Nun herrschte kühles, aber klares Winterwetter, und die Beutereiter und ihre Begleiterin aus Raphaelsland, die allesamt zum ersten Mal in der Herzstadt der Angelitischen Kirche waren, kamen aus dem Staunen nicht mehr heraus. Sie kamen auf den vollgestopften Straßen nur im Schrittempo voran. Überall waren Fußgänger, Karren, Reiter und Straßenstände, und oft war der Menschenstrom so dicht, daß es schien, als müßten sie absteigen, um die Pferde am Zügel zu führen. Das aber schien derzeit keinen seiner Mitreisenden zu stören, denn die Æterna mit all ihrer Pracht hatte die Rotte und Irène in ihren Bann geschlagen, und es sah aus, als wären sie alle klaglos noch Stunden so weiter geritten, betrachtend, bewundernd und staunend. Eliphas konnte es ihnen nicht verdenken – für ihn war es der dritte Besuch in der Stadt des Pontifex Maximus, und noch immer hatte sie nichts von ihrer Faszination eingebüßt. Er erinnerte sich nur zu gut daran, wie ihn sein Weg als zwanzigjähriger frischgebackener Templer erstmals hierher geführt hatte – damals ging es ihm nicht anders, als seinen Gefährten jetzt.

Sieben anstrengende Wochen lagen hinter der Rotte. Nachdem sie ihre Toten begraben hatten, war ihnen zu Ohren gekommen, daß Eliphas in Prag als Verbrecher gesucht wurde. Noch hatten die Ramieliten keine Steckbriefe aushängen können, da die ihnen vorliegenden Beschreibungen des Komturs zu vage waren, aber schon war von einem Mitwisser und Komplizen des „Mordengels", wie Hiob in der Stadt der Gelehrsamkeit tituliert wurde, die Rede. Es war nur noch eine Frage der Zeit gewesen, bis eine großangelegte Fahndung beginnen würde. Schon waren nächtens kleine Suchtrupps ramielitischer Templer durch die Straßen und Kanäle gezogen.

So war die Rotte recht überhastet aufgebrochen. Statt wie gewohnt auf den breiten, gut ausgebauten Pilgerstraßen zu reiten oder gar eine Passage auf einem der zahlreichen Segler oder einem Flußkahn zu buchen, waren sie auf Nebenstraßen gereist, hatten sich durch unwegsames Gelände gekämpft und Saumpfade und Steige weit ab der vielbenutzten Reiserouten benutzt. Statt in den weichen Betten der Pilgerherbergen zu schlafen und an den Abenden ein wohlschmekkendes Mahl in einer Raststation am Wegesrand zu genießen, hatten sie selbst gejagt und oftmals nur karge Beute über Lagerfeuern abseits der Zivilisation gebraten und in Scheunen, Heuschobern oder im schlimmsten Falle unter Planen im Freien kampiert, das müde Haupt nur auf Laubhaufen, Mooskissen oder ihre Gepäckstücke gebettet. Um größere menschliche Ansiedlungen hatten sie stets einen weiten Bogen geschlagen, aus Angst, die Ramieliten könnten Boten des Herrn mit der Kunde, daß die Rotte und vor allem Eliphas gesucht wurden, in aller Orden Länder ausgeschickt haben. Gleichzeitig aber barg dieses Reisen fernab ausgetretener Pfade noch eine andere Gefahr: Keine Nacht hatten sie es gewagt, ohne Wachen zu schlafen, und bei jedem Knacken im Unterholz waren sie hochgeschreckt aus Angst, eine Kreatur des Herrn der Fliegen könne sich dort nähern, die sie zur Beute erkoren hatte.

Obgleich ihnen weitere Begegnungen mit der Traumsaat letztlich erspart geblieben waren, hatte sich diese Art des Reisens als sehr kräftezehrend und zeitraubend erwiesen. In der letzten Woche hatte Eliphas kaum eine andere Möglichkeit gesehen, als die Via Pellegrina zu benutzen, da das Hinterland so dicht besiedelt war, daß sie auch gleich den offiziellen Weg gehen konnten. Um sich einen letzten Rest Heimlichkeit zu bewahren, waren sie in den zurückliegenden sechs Tagen ausschließlich im Schutze der Dunkelheit geritten, was ihrem Vorankommen ebenfalls nicht eben zuträglich gewesen war.

Doch obwohl ihre Reise aufgrund all dieser Widrigkeiten statt des üblichen Monats gut sieben Wochen gedauert hatte, machte sich in allen langsam aber sicher die Gewißheit breit, es geschafft zu haben. Sie waren in der Heiligen Stadt, und der Komtur wußte nur zu gut, daß forsches Auftreten und ein wenig Pochen auf seinen Rang sie hier weit bringen konnten. Es gab so viele Bedienstete der Angelitischen Kirche in der Stadt, vom unbedeutendsten Lakaien bis hin zum Kurienkardinal und im militärischen Bereich vom einfachen Beutereiter bis hin zum Tempelherrn der Michaelis-Templer, daß unmöglich jemand den Überblick behalten konnte. Wenn sie sich auch nur einigermaßen geschickt anstellten, war die Wahrscheinlichkeit groß, daß sie sich hier durchbluffen und ohne sich allzu großer Gefahr auszusetzen mehr über Hiobs Schicksal in Erfahrung bringen konnten.

Während die kleine Reisegruppe sich auf der Via Coeli weiter in Richtung Petrusdom und Himmel bewegte, wurde sich Eliphas wieder einmal plötzlich und mit einem unangenehmen Ziehen in der Magengegend des brisanten Packstücks in seiner rechten Satteltasche bewußt. Dort befand sich – unangerührt seit Prag – der Schatz, hinter dem er im Gefolge Hiobs mit seinen Leuten quer durch Europa hergejagt war, das Liber Raguelitorum, das Hauptbuch jenes gefallenen Ordens, dem der flügellose Engel angehörte. Für einen flüchtigen Augenblick fragte sich der Komtur, ob „angehört hatte“ nicht die treffendere Formulierung gewesen wäre, denn die Bewahrer der Technik waren praktisch ausgelöscht. Erst der Prozeß, der Hiob bevorstand, würde wohl endgültig klären, ob er sich überhaupt weiterhin als Engel des Herrn bezeichnen durfte, nun, da ihm das herausragendste Merkmal seines Standes, die Schwingungen, fehlten. Wie es wohl in der

Arx zugehen mochte in diesen schweren Tagen? Und vor allem – was sollte er mit dieser Bürde, dem unlesbaren, einer ihm unbegreiflichen Technik anvertrauten Buch anfangen? Es mußte unermeßlich wertvoll sein – Hiob hatte Kopf und Kragen dafür riskiert und schließlich sogar dafür getötet. Und nun lag es bei ihm, einem einfachen Komtur aus Raphaelsland, über sein weiteres Schicksal zu entscheiden.

Doch all diese Gedanken waren wie weggewischt, als Eliphas sein Pferd über den Petersplatz lenkte und auf die Obere Petersbrücke ritt, die nordöstlich der Nova Insula über den Tevere führte. Sein Blickfeld – und zweifellos ebenso das seiner Begleiter – war nun erfüllt vom Himmel der Michaeliten in all seiner sinnenbetäubenden Pracht. Hatte der Petersdom schon mehr als ausgereicht, in den Augen der Rotte die großen angelitischen Baumeister in die Nähe von Wundertätern zu rücken, nahmen ihnen die schiere Größe, die enormen Dimensionen der weiß strahlenden Engelszitadelle, die sich auf der Magna Loca erhob und deren Spitze in den Wolken verschwand, den Atem.

„Das ist ... unglaublich", keuchte Padano, der zu Eliphas aufgeschlossen hatte. Seit der Komtur den abenteuerlustigen, aber wortkargen Moliser in Francettas Nachfolge zum Rottmeister ernannt hatte, war zwischen den beiden Männern rasch eine enge Vertrautheit gewachsen, die an Freundschaft grenzte. Eliphas wußte, Padano würde für ihn wenn nötig ins Fegefeuer gehen. Er sah ihn von der Seite an und nickte.

„Ja, nicht? Aber warte, bis du es von innen siehst."

Die Rotte drängte sich über die Magna Loca durch die Menge und umrundete den Sockel des immensen Bauwerks. Eliphas schien genau zu wissen, wohin er sie führte, denn er ließ alle möglichen Zugänge links liegen, bis sie schließlich im Norden des Himmels, also auf der der Stadt abkehrten Seite, einen zu den Fundamenten und einem Tor empor führenden Steg erreichten. Obgleich er im Vergleich zu der titanischen Engelszitadelle schmal und gefährlich wirkte wie eine schwankende, morsche Hängebrücke über eine Hochgebirgskluft, bot er bequem die Möglichkeit, zu zweit nebeneinander zum Tor emporzureiten. Der Zugang, für den Eliphas sich entschieden hatte, war mit Abstand der schlichteste, den die Rotte bisher gesehen hatte, doch alle waren sich sicher, daß ihr Komtur schon wissen würde, was er tat, und reihten sich hinter ihm und Padano ein. Irène hatte sich zurückfallen lassen – ein ungutes Gefühl hatte sie bei dem Gedanken beschlichen, sich derart ins Herzstück eines der Orden zu begeben, sich denen, die Hiob gefangengenommen hatten, auf Gedeih und Verderb auszuliefern. Obgleich sie seit langem zur Tarnung den Reitmantel Francettas trug und zumindest auf den ersten Blick ohne weiteres als Beutereiterin durchging, lebte sie in der beständigen Angst aufzufallen. An der Seite des einäugigen Söldners fühlte sie sich in dieser Situation zu ihrem eigenen Erstaunen etwas sicherer.

„Dies ist der Steg der Stimmen – er heißt so, weil seine direkte Verlängerung zum Campus Sarielitorum hinüber weist, dem Sitz des Chors", erläuterte unterdessen an der Spitze ihres kleinen Zuges Eliphas seinem links von ihm reitenden Rottmeister. Mit der Rechten wies er bei diesen Worten unbestimmt nach Nordosten. „Das da vor uns ist das sogenannte Tor der Güte, eines der sechs Portale, die in den Himmel der Michaeliten führen. Hier finden alle Besucher des Ordens Einlaß in die heiligen Hallen der Seelen der Scharen. Wir haben Glück, daß es heute nicht so voll ist."

Und tatsächlich, die Menschenmenge, die in einer ordentlichen Schlange vor dem Portal geduldig und ohne Murren wartete – die meisten waren Kleriker im Ornat zu Fuß, doch es befanden sich auch ein weiterer Reiter in gabrielitischer Templertracht und eine prunkvoll gewandete Zivilistin unter ihnen – zählte höchstens ein Dutzend Köpfe. Wer an der Reihe war, unterzog sich der Befragung durch einen Michaelis-Templer. Solange Eliphas und seine Begleiter den Vorgang beobachteten, wurde keiner der Wartenden abgewiesen – sie alle fanden nach einem kurzen Gespräch mit den Wachen am Tor Einlaß in den Himmel.

Als sie schließlich etwa eine Stunde nach dem Betreten des Steges der Stimmen an der Reihe waren, raunte Eliphas seinen Leuten zu: „Überlaßt das Reden einfach mir" und lenkte sein Pferd bewußt langsam zu den Templern hin.

„Wer seid ihr, und was ist euer Begehr?" wandte sich ein etwas behäbig wirkender älterer Templer in offiziell wirkendem, militärisch knappem Tonfall an ihn. Eliphas schlug seine Kapuze zurück, ließ den

Mann seine dem Signum der Engel nachempfundene Gesichtstätowierungen sehen und entgegnete im selben Ton:

„Eliphas, Templer des Erzengels Raphael und derzeit Komtur der Beutereiter. Dies ist meine Rotte. Wir haben einen Sonderauftrag erledigt, der uns einiges abverlangt hat, und bitten um die Gelegenheit, im Himmel deines ehrwürdigen Ordens einige Tage der Ruhe zu genießen, ehe wir zu unserer nächsten Tour aufbrechen, Bruder." Bei seinen Worten sah er dem um ein knappes Jahrzehnt älteren Torwächter die ganze Zeit über von seiner erhöhten Position im Sattel seines Rappen aus fest in die Augen. Er wußte, er spielte mit hohem Einsatz, aber wie sonst hätte er erklären sollen, daß eine Beutereiterrotte so ganz ohne Zehnt im Schlepptau in den Himmel wollte?

Der Torwächter zögerte. Fast unmerklich löste Wittgenstein, der völlig unbeteiligt wirkte, aber dicht an seinen Vordermann heran geritten war und dessen scharfen Ohren kein Wort entging, seine Rechte vom Zügel seines Reittiers und ließ sie unter seinen Ledermantel gleiten.

„Ein Sonderauftrag?" fragte der Templer schließlich mit leisem Argwohn. „Was sollte das gewesen sein?"

„Tut mir leid, mehr kann ich dazu nicht sagen. Geheime Kommandosache", entgegnete Eliphas ungerührt. „Es mag genügen, wenn ich sage, daß das Konsistorium sicher erbaut wäre, wenn ich in meinem Abschlußbericht erwähne, daß ich hier am Tor kooperative Brüder vorgefunden habe."

Es kam ihnen allen vor wie eine Ewigkeit, doch schließlich zuckte der Michaelis-Templer die Achseln und rief nach hinten: „Laßt sie passieren. Öffnet das Portal." Zu Eliphas gewandt fügte er hinzu: „Drinnen, im Vorhof der Mäßigung, werdet ihr Pferdeknechte finden, die sich um eure Tiere kümmern. Novizen werden euch Quartiere zuweisen. Angenehmen Aufenthalt."

„Der Herr mit dir, Bruder", erwiderte Eliphas und trieb seinen Rappen mit einem leichten Schenkeldruck als erster durch das Tor der Güte.

„Bist du sicher, daß wir das Richtige tun, Eliphas?" fragte Wittgenstein und warf seine Satteltaschen auf eine der Schlafpritschen neben der Tür. Eine etwa elfjährige Novizin hatte der Rotte ein gemeinsames Quartier zugewiesen. Sie waren nach dem Kampf in Prag noch zu zehnt, den Komtur, Wittgenstein und Irène mitgerechnet. Der geräumige Schlafsaal im dritten Stockwerk des Himmels hätte noch zwei weiteren Personen Platz geboten.

„Mir ist klar, daß die Situation problematisch ist", entgegnete der Komtur barsch und pellte die schwarzledernen Stulpenhandschuhe von seinen Händen. „Aber ich wüßte nicht, wo sonst als hier im Himmel wir nach Hiob suchen sollten, und wie du ja weißt, habe ich dich nicht gebeten uns zu begleiten."

Seine Leute waren dem Austausch mit dem einäugigen Söldner, den die meisten nicht sonderlich schätzten und nur aus Treue zu Eliphas in ihrer Mitte duldeten, gespannt gefolgt. „Bei allem Respekt, Komtur ...", setzte nun Flava, die jüngere der beiden Frauen, die nach Francettas Tod neben Irène noch zur Gruppe zählten, an, unterbrach sich dann aber und druckste undeutlich herum.

„Ja, was gibt's? Sprich!" sagte Eliphas aufmunternd.

„Wir sind euch hierher nach Æeterna gefolgt, Komtur – das ist für uns alle etwas vollkommen neues, aber euch zuliebe tun wir es", erwiderte Flava. „Aber das, worauf wir uns da einlassen, ist nicht nur spannend, sondern auch sehr gefährlich. Machen wir uns nichts vor: Was wir hier tun, kann uns unter Umständen alle den Kopf kosten."

„Was wirklich zählt, hat seinen Preis." Das war Irène. Wie üblich waren ihre Worte glasklar, und da sie sich an öffentlichen Gesprächen kaum beteiligte, hatten die seltenen Gelegenheiten, bei denen sie sich vernehmen ließ, um so mehr Gewicht.

„Aber ... ich habe Angst", murrte Flava eingeschüchtert und trotzig zugleich und ließ sich auf ihre Pritsche sinken, ohne einen der anderen anzusehen.

„Nun, Leute", überspielte Eliphas rasch die nach diesem unvermuteten Eingeständnis eingetretene lastende Stille, „ihr alle wißt, was wir suchen. Rüstet euch für das, was vor uns liegt – ich mache keinen Hehl daraus, daß wir uns in Gefahr begeben haben. Und ich will noch ein Übriges tun – ich gestehe ein, daß auch ich Angst habe, Flava. Aber denkt auch an vergangene Gefahren, die wir gemeinsam gemeistert haben. Wir fürchten uns in aller erster Linie vor dem Unbekannten, und wir müssen diese Furcht überwinden ..."

Plötzlich erhob sich Kristo, einer der Männer, die der Rotte am längsten angehörten. Er nahm den Mantel wieder auf, den er eben abgestreift hatte, griff seine Packtaschen und brummte: „Nichts für Ungut, Komtur, aber das geht zu weit. Siehst du nicht, was du tust? Du hast dich unter einem Vorwand in einen Himmel eingeschlichen. Du lügst Templer an. Und alles nur wegen eines gefallenen Engels. Und jetzt willst du, daß wir einen Himmel ausspionieren, um ihn zu finden? Niemals. Ich schätze dich, Eliphas, und du mußt dir keine Sorgen machen, ich könnte dich verraten, aber unsere Wege trennen sich hier." Er schob sich zwischen den anderen hindurch zur Tür, öffnete sie und sagte dann über die Schulter: „Und wer von euch anderen weiß, was gut ist, kommt mit mir."

Sein Blick richtete sich auf Flava. Sie zögerte. Mit einem flehenden Blick suchte sie Rat bei Eliphas, der nur stumm den Kopf schüttelte. So war es wieder Irène, die den entscheidenden Satz sagte:

„Reisende soll man nicht aufhalten, hat meine Mutter immer gesagt. Wir werden niemanden hindern, der jetzt gehen will. Aber Hiob ist nicht nur mein Freund. Er hat für jeden einzelnen von euch sein Leben riskiert und an eurer Seite gekämpft. Und was mich angeht – ich gehe ihn jetzt suchen."

Mit diesen Worten schob sie Kristo beiseite und stapfte hocherhobenen Hauptes davon, in die Weiten des Himmels der Michaeliten, um einen gefallenen Engel zu finden.

Kapitel sieben

Irène war zu dem Schluß gekommen, daß die Schar, die Hiob in die Ewige Stadt eskortiert hatte, ihr sicherlich am ehesten Auskunft über seinen Verbleib geben konnte. Diese also galt es zu finden. Da sie sich alles andere als sicher war, wo sie mit ihrer Suche beginnen sollte, stieg sie zunächst die drei Stockwerke wieder hinab in den Vorhof der Mäßigung. Das Novizenmädchen, das ihr und der Rotte so freundlich den Weg in ihr Quartier gewiesen hatte, traf sie zwar nicht mehr an, dafür aber machte sie dort die Bekanntschaft von Bruder Zacharias. Dieser schon ältere, füllige Monach, der weitsichtig war und deshalb eine runde Brille mit Drahtgestell abenteuerlich auf seiner fleischigen Nase balancierte, sah die offenbar etwas orientierungslose Beutereiterin auf den Hof treten und begab sich rasch zu ihr, um ihr weiterzuhelfen.

„Du siehst aus, als suchtest du etwas. Kann ich vielleicht behilflich sein?“ fragte er lächelnd.

„Ja, gewiß – das heißt, ich hoffe doch, daß du das kannst. Mein Name ist Irène, und ich bin ...“

„Beutereiterin, ja, das sehe ich“, fiel ihr der kleine, rundliche Mann in der Tracht der Michaelismonachen ins Wort.

Die Weisheit ist höher als der Himmel:
Was willst du tun?

- Hiob 11,8

„Genau", griff Irène dankbar den Faden auf. „Meine Rotte und ich, wir lagern das erste Mal in einem Himmel. Und nun haben wir gehört, eine Engelsschar, mit der wir vor Monaten einmal fern von hier zu tun hatten, sei zur Zeit durch Zufall ebenfalls hier im Himmel. Tja, und da habe ich mich gefragt, ob es wohl möglich sei, mit diesen Boten des Herrn zu sprechen. Weißt du, ihre Raphaelitin hat damals einem der Unseren das Leben gerettet, und da wollten wir uns noch einmal bedanken." Sie blickte den Monachen vorsichtig an, um abzuschätzen, ob er ihre aus dem Stegreif zusammengesponnene Geschichte glaubte, doch er wirkte völlig arglos.

„Ich verstehe. Ich bin übrigens Bruder Zacharias, und ich tue Dienst als Ostiarius – das bedeutet, ich bin einer der Brüder und Schwestern, die an den Portalen des Himmels die Aufsicht haben. Eine wichtige Aufgabe, denn schließlich –"

Zacharias fing Irènes Blick auf und fuhr fort: „... aber ich schweife ab. Nun, weißt du, es ist nicht leicht, den Überblick in so einem Himmel zu behalten. Ein ständiges Kommen und Gehen, ja ja. Und wenn man keine Flügel hat, sind die Wege der Himmelsboten ja noch schwerer im Auge zu behalten. Ich entnehme deinen Worten, daß die Schar, die du suchst, nicht fest hier in Roma Æterna stationiert ist?"

„Nein – nein, die macht hier nur Station, genau wie wir. Ist das denn von Belang?"

„Ach, ich vergaß – du warst ja noch nie in einem Himmel, sagtest du. Und ob das von Belang ist! Davon hängt nämlich ab, ob sich die Cella, die man ihnen zugewiesen hat, in den Stockwerken der Gäste oder bei den hiesigen Engeln befindet. Das ist nach Stockwerken gegliedert, mußt du wissen. Aber alle Cellæ der Engel, ob hier stationiert oder nur zu Gast, befinden sich dort oben" – er wies mit einem fleischigen Zeigefinger steil in den bleigrauen Abendhimmel – „direkt unter der Großen Flugplattform."

„So weit oben?" entfuhr es der überraschten Irène.

„Aber ja, die zwölf Stockwerke unmittelbar unter der Flugplattform, dort, wo sich jetzt die Wolkendecke ausbreitet, sind den hiesigen Engeln vorbehalten, und darunter gibt es eine Etage nur mit Gästecellæ für Boten des Herrn von auswärts. Aber näheres kann ich dir dazu nicht sagen – so weit oben war ich noch nie, und ich bin nicht sicher, ob man dich da so ohne weiteres hinlassen wird. Warum versuchst du es nicht einfach, fragst dich durch und redest dann einmal mit dem Kanonikus des Gästestockwerks? Das ist eine Art Vorsteher, und er sollte Bescheid wissen, wer sich in den ihm unterstehenden Räumlichkeiten aufhält."

„Ich danke dir, Bruder Zacharias – du warst zu freundlich. Der Herr mit dir." Mit einem raschen Nicken und einer angedeuteten Verbeugung zog Irène sich aus dem Vorhof wieder zurück ins Innere des Himmels, verwirrter als zuvor. Die Stockwerke, die Zacharias ihr gewiesen hatte, lagen mehr als einen Kilometer über ihr! Noch hatte Irène keine Vorstellung, wie sie dort hinauf gelangen sollte. Nur eines wußte sie gewiß: Sie würde nicht aufgeben.

Fast fünf Stunden irrte Irène durch den Himmel, und es war beinahe Mitternacht, als sie schließlich im Stockwerk der Gäste anlangte. In der Zwischenzeit hatte sie sich im Erdgeschoß bis zur Herzleitung durchgefragt, war von einem hilfsbereiten, aber nicht umfassend genug informierten Monachen zum nächsten weitergereicht worden und hatte ihre für Zacharias erfundene Geschichte so oft erzählt, daß es ihr mittlerweile tatsächlich fast vorkam, als wolle sie Ariels Schar nicht nach dem Verbleib Hiobs fragen, sondern ihrer Raphaelitin einen Dankesbesuch abstatten. Vollkommen verblüfft hatte sie vor der ihr endlos hoch erscheinenden Herzleitung gestanden. Unzählige Stiegen, mit Muskelkraft betriebene Aufzugskabinen und Leitern schraubten sich hier, im Herzen des Michaeliten-Himmels, in luftige Höhen. Irène hatte sich an den Aufstieg gemacht, zunächst in Begleitung einer auskunftsfreudigen Begine, die sich ihr als eine Art Fremdenführerin zur Verfügung stellte, und als diese nicht mehr weiter wußte auf eigene Faust. Sie vermochte nicht zu sagen, wie oft sie sich währenddessen nach dem Weg erkundigt hatte, denn das gigantische Gebäude mit seinen unzähligen Türen, Gängen, Treppen, Halbetagen und Verzweigungen erinnerten sie zunehmend an ein enormes Labyrinth, in dem sie Gefahr lief, sich rettungslos zu verlaufen.

Aber irgendwie überwand die junge Frau aus Valencas über tausend Höhenmeter, vorbei an den Quartieren der Monachen und Beginen, an breiten Abzweigungen zu sich außen an den Himmel schmiegenden Flugplattformen und zahllosen anderen Räumlichkeiten, die ihr nichts sagten und deren Sinn sie bestenfalls erahnen konnte. Es war eine schweißtreibende Angelegenheit gewesen. Irène hatte schon sehr bald festgestellt, daß sich ihre erste Idee, nämlich einfach in einer der unteren Etagen einen der mechanischen Aufzüge zu betreten und dann ins gewünschte Stockwerk hinaufzufahren, sich so leicht nicht in die Tat umsetzen ließ. Sie hatte es aufgegeben mitzuzählen, wie oft sie von einer der schwankenden Plattformen, die je nach Größe von jeweils zwei bis vier kräftigen Monachen mittels mächtiger Winden und Flaschenzüge in Bewegung gehalten wurden, auf eine andere umgestiegen war. Meist geschah das nicht innerhalb der Herzleitung, weswegen sie mehrfach gezwungen war, in einem Stockwerk, dessen Verwendungszweck sie nicht kannte, auszusteigen und sich vom Strom der nach oben drängenden Menschen zum nächsten, weiterführenden Aufzug tragen zu lassen. Zwischendurch hatte es mehrfach Etagen gegeben, an denen kein Aufzug hielt, so daß man auf das Treppensteigen angewiesen war – im extremsten Fall hatte Irène einmal fünf Stockwerke in einem engen, fast provisorisch wirkenden Stiegenhaus hinter sich gebracht und war erst sicher gewesen, den richtigen

Weg gefunden zu haben, als sich vor ihren Augen eine Tür zu einer Aufzugplattform öffnete, die in die Herzleitung hineinragte.

Irgendwann aber erreichte sie mit schmerzenden Beinen und außer Atem, aber in der festen Gewißheit, ihrem Ziel ein gutes Stück näher gekommen zu sein, eine Etage, von der ein Novize mehrere Stockwerke tiefer gesagt hatte, es sei die, in der Engel untergebracht wurden, die nur als Gäste im Himmel weilten. Da Irène für den Aufstieg so lange gebraucht hatte, war auf dem letzten Drittel ihres Weges der Strom der Menschen, die wie sie im Himmel unterwegs gewesen waren, immer dünner geworden. Doch als sie gerade die Befürchtung zu hegen begann, sie könne auffallen, schien sie ihr Ziel erreicht zu haben.

Es bedurfte nur einiger freundlicher Worte an die beiden Novizen, die diensteifrig herbeieilten, als sie zögerlich durch das Doppelportal zu dem Gästetrakt trat, und sie zogen sich rasch zurück, um den Kanonikus des Stockwerks zu holen. Einige Minuten lang stand Irène unruhig wartend auf dem Korridor, dann kam ihr aus einem der weiter hinten gelegenen Räume ein kahlköpfiger alter Mann entgegen, hochgewachsen und von den Jahren kaum gebeugt, der in das Habit eines Michaelismonachen gewandet war.

Er trat vor Irène hin und musterte sie ruhig von oben bis unten. Dann sagte er ruhig und selbstbewußt: „Ich bin Paolo, Kanonikus der Gästecellæ im Himmel der Michaeliten zu Roma Æterna. Womit kann ich dir dienlich sein, meine Tochter?“

„Mein Name ist Irène, und ich bin Beutereiterin aus Raphaelsland. Ich bin gekommen, um mit einer Schar der geflügelten Boten zu sprechen.“

Der Kanonikus hörte aufmerksam zu, als Irène ihre Geschichte ein weiteres Mal erzählte. Als sie geendet hatte, schwieg er einen Augenblick lang. Als Irène schon glaubte, er habe Zweifel an ihren Worten und ihre Gedanken wie rasend nach einem Ausweg aus dieser Situation suchten, hörte sie Paolo sagen: „Ja, Ariel und ihre Schar sind meine Gäste. Ich selbst habe ihnen eine Cella in dem Trakt dort hinter mir zugewiesen. Doch derzeit kannst du sie nicht sprechen, Beutereiterin. Sie sind in einer Unterredung mit dem Prior.“

Irènes Miene mußte ihre Enttäuschung überdeutlich widergespiegelt haben. Zum ersten Mal huschte die Andeutung eines Lächelns über die Züge des Kanonikus, und er setzte gütig hinzu: „Aber das sollte eigentlich nicht mehr allzu lange dauern. Wenn du willst, kannst du hier auf sie warten."

♦ ♦ ♦

Es war alles nicht so rasch gegangen, wie die Engel es sich erhofft hatten. Zuerst hatten sie eine ganze Weile auf der Flugplattform gewartet, auf der sie angekommen waren, dann hatte Kanonika Kora ihnen mitgeteilt, der Prior habe im Augenblick bedauerlicherweise keine Zeit für sie. Unter Führung einer von Kora abgestellten Novizin waren die Engel in den Trakt der Gästecellæ gebracht worden, wo Kanonikus Paolo ihnen ein Quartier zugewiesen hatte. Nach der Abendandacht schließlich hatte man sie wissen lassen, der Prior sei nun in einem Raum im selben Trakt wie ihre Cella zu einem Gespräch bereit. Sie waren dem Monachen, der ihnen diese Botschaft übermittelt hatte, durch einige Korridore gefolgt und standen nun eng beieinander vor der ihnen bezeichneten Tür, während der junge Mann respektvoll wartete.

Ariel sammelte sich einen Augenblick und klopfte dann an.

„Herein", sagte eine wohlklingende Stimme, die aber dennoch einen etwas kühlen Unterton hatte. Ariel warf ihrer Schar über die Schulter hinweg einen letzten Blick zu, dann drückte sie die Klinke herunter und trat ein.

Die Augen der fünf Schargeschwister mußten sich zunächst einmal an das Licht gewöhnen, denn der Besprechungsraum, der keine Fenster nach draußen hatte und damit naturgemäß zunächst dunkel war, wurde nur von zwei honigfarbenen, armdicken und -langen Kerzen in Silberleuchtern auf zwei schwarzen, runden Beistelltischchen erleuchtet. Der Raum war nicht groß, er mochte drei auf vier Meter messen, und als die Engel eingetreten waren und der Monach von draußen leise die Tür zugezogen hatte, war es ziemlich eng in dem Zimmer. Dominiert wurde der Raum von einem großen, dunklen Holzschreibtisch. Das wuchtige Möbelstück hatte Verzierungen aus noch dunklerem, fast schwarzem Holz und kunstvoll gedrehte Goldbeschläge und war vollkommen leer. Dahinter saß der Mann, mit dem zu sprechen es die Engel schon seit ihrer Ankunft drängte: Emmaus, der Prior des Michaeliten-Himmels zu Roma Æterna, zweiter Mann in der menschlichen Hierarchie des Ordens und zuständig für alle Einsätze der Himmelsboten aus dieser Engelszitadelle heraus. Alle fünf beäugten ihn – mehr oder weniger offen – neugierig. Er war alt, geradezu uralt in den Augen der Engel, und so weit man das bei einem sitzenden Mann beurteilen konnte schmal, groß und langgliedrig. Sein Haar war trotz des hohen Alters noch voll und hellblond, durchzogen von zahlreichen Silberfäden, die im Kerzenlicht schimmerten, und auf eine Art kurz geschnitten, daß es mehr wie eine Kappe als wie Kopfbehaarung wirkte. Sein Gesicht prägte eine schmale, lange Nase, und aus seinen tiefblauen Augen funkelte Intelligenz, als er der Schar entgegenblickte. Er erhob sich beim Eintreten der Engel, was die Vermutung seines hohen Wuchses bestätigte und mehr von seinem sehr eleganten weißen Ornat zeigte, das sein hohes Amt verriet.

„Ihr wolltet mich sprechen, Boten des Herrn. Nun, hier bin ich. Sprecht."

„Ehrwürdiger Prior, ich bin Ariel und dies ist meine Schar. Wir wurden von Ab Guillaume von Mont Salvage nach Prag entsandt, einen durch eine Verletzung seiner Schwingen verlustig gegangenen Ragueliten namens Calliel zu finden. Er nennt sich jetzt Hiob. Wir hatten Befehl, ihn hierher nach Roma Æterna vor das Konsistorium zu bringen."

Ariel hielt inne. Emmaus ließ nicht erkennen, ob er mit der von ihr angesprochenen Angelegenheit vertraut war. Nach einer kurzen Pause fragte er knapp: „Und? Habt ihr ihn gefunden?"

„Das haben wir, ehrwürdiger Prior. Doch an den Toren der Stadt wartete ein Trupp Templer auf uns und bestand darauf, unseren Gefangenen zu übernehmen, so daß wir ihn nicht wie befohlen im Vatikan abliefern konnten."

„Und sie haben ihn zusammengeschlagen!" klang Rahels leise Stimme empört dazwischen. Ariel drehte sich irritiert um. *Ich habe euch doch gesagt, ihr sollt das Reden mit ihm mir überlassen.*

Auch Emmaus warf der Raphaelitin einen überraschten Blick zu. Die Engel rechneten mit tadelnden Worten ob ihres Ausbruchs, doch seine nächste Frage lautete nur:

„Was waren das für Templer?"

„Ihre Anführerin nannte sich Mera Indolo, ehrwürdiger Prior. Sie behauptete, Armatura der Konsistorialgarde zu sein", erwiderte die Michaelitin.

„Dann ist ja alles in bester Ordnung", nickte der Prior jovial. „Eine kompetente Frau – ich kenne sie gut. Sie wird wissen, was mit eurem Gefangenen zu geschehen hat."

„Aber ...", platzte es aus Aadoniel heraus. Daniels Linke schloß sich wie eine Stahlklammer um den Unterarm des neben ihm stehenden Gabrieliten, und Ariel wirbelte mit wütend flammendem Blick herum.

„Ja, Gabrielit?" fragte der Prior mit honigsüßer Stimme. „Was wolltest du sagen?" Aadoniel vermeinte, ein spöttisches Funkeln in den Augen des alten Klerikers gesehen zu haben.

„Ich ... nichts".

„Nun, das dürfte dann alles zu eurer letzten Mission sein, nicht wahr? Die Angelitische Kirche ist sehr zufrieden mit euch. Leider sind wir so kurz vor den Hohen Tagen immer sehr knapp mit Einsatzkräften, so daß ich euch nicht, wie ich es gerne möchte, einige Tage Ruhe gönnen kann, um euch zu erholen und die Sehenswürdigkeiten unserer prächtigen Stadt zu bewundern. Aber ich denke, ich kann es verantworten, euch nach dem gefahrvollen, langen und zweifelsohne auch beschwerlichen Weg, der hinter euch liegt, diesmal einen Routineauftrag zu erteilen. Ihr werdet morgen zur letzten Raststation vor Roma Æterna an der Via Pellegrina hinausfliegen und einen geschätzten Gast in den Himmel eskortieren. Vielleicht hast du schon von ihm gehört, Ramielit – es handelt sich um Wenzel von Prag. Ein Monach aus deinem Orden, der sich durch außergewöhnliche Gelehrsamkeit und große historische Sachkenntnis auszeichnet.

Der Pontifex Maximus gewährt ihm eine Privataudienz", setzte Emmaus hinzu, „und hat ihm eine Eskorte von Himmelsboten zugesichert, die ihn in den Lateran bringen. Ihr brecht nach dem Morgenmahl auf. Bis zum frühen Abend solltet ihr wieder da sein; meldet euch beim Ostiarius des Lateran und übergebt den guten Monachen seiner Fürsorge." Emmaus trat wieder hinter seinen wuchtigen Tisch, stützte sich mit gespreizten Fingern mit beiden Händen darauf und setzte hinzu:

„Das wäre dann alles. Ihr könnt in eure Cella zurückkehren."

Keiner der vor ihm stehenden Himmelsboten verriet auch nur mit einer Regung seiner Miene, was sie von dem soeben Gehörten hielten.

„Wir sind Engel des Herrn. Wir hören und gehorchen."

♦ ♦ ♦

„So geht das nicht", flüsterte Malloriel hitzig, sobald sie ein Stück Korridor zwischen sich und das Gemach des Priors gebracht hatten. „Wir sind wochenlang mit Hiob durch halb Europa gereist – ich fühle mich ihm fast so vertraut, als sei er ein Mitglied unserer Schar. Wir haben eine gewisse Verantwortung für ihn, Ariel."

„Malloriel hat recht", pflichtete Rahel ihm bei. „Du hast selbst gesehen, wie brutal dieser Templer ihn niedergeschlagen hat. Seit wann schlagen Menschen Engel, Ariel? Die führen nichts Gutes im Schilde."

„Was redet ihr da?" fuhr Daniel wütend dazwischen. „Der zweithöchste Kleriker deines Ordens hat uns eine Mission zugewiesen, Ariel – es kommt gar nicht in Frage, da auch nur einen Augenblick zu zögern. Oder was meinst du, Aadoniel?"

„Ich stimme Daniel zu", brummte der Gabrielit, dem immer noch peinlich war, daß er vor dem Prior so unüberlegt und vorschnell herausgeplatzt war und damit ein wenig sein Gesicht verloren hatte.

Ariel eilte immer rascher den Gang entlang. *Laßt mich*, sendete sie. *Ich muß nachdenken. Wir reden später.*

„Ariel", drang Daniel auf sie ein und hielt sie an der Schulterkachel fest, „du willst doch nicht etwa einen direkten Befehl verweigern? Was ist bloß in dich gefahren?"

Ich weiß es nicht. Laß mich los. Die Michaelitin sah ihn mit großen Augen an. Dann riß sie sich los, fuhr herum und erreichte mit wenigen Schritten die Tür ihrer Cella. Doch bevor sie die Gelegenheit hatte sie aufzustoßen, konnte sie im Halbschatten des Ganges den Umriß einer der Schar durchaus vertrauten Person ausmachen. Malloriel, der zu Ariel aufgeschlossen hatte, entfuhr ein überraschtes: „Irène!"

Kapitel acht

Niemand wagte die beiden Engel aufzuhalten, als sie mitten in der Nacht durch den Gästetrakt im dritten Geschoß des Himmels schritten. Aufgrund der späten Stunde waren ohnedies nur noch wenige Personen auf den Gängen unterwegs. Sobald sie erst einmal die Herzleitung und den belebteren Mittelbereich der Feste hinter sich gelassen hatten, wurde es beinahe gänzlich menschenleer und die wenigen, denen sie begegneten, zweifelten nicht daran, daß die kleine Michaelitin und der gedrungene Gabrielit in ihrer Begleitung schon wissen würden, was sie taten. Sicher, der eine oder andere wunderte sich über die schwingenbewehrte Eskorte, die die blonde Beutereiterin flankierte, aber niemand sprach das seltsame Trio an. Schließlich erreichten die drei einen der größeren Gästeschlafsäle. Vor der Tür hielten sie inne.

„Danke, daß du Irène hier herunter getragen und uns bis hier begleitet hast, Aadoniel." Irène zuliebe sendete Ariel nicht, obgleich ihr das viel lieber gewesen wäre. „Aber jetzt kannst du ruhig wieder nach oben fliegen und dich ausruhen. Ich komme schon allein klar."

„Bist du sicher?" brummte der Gabrielit.

Mein Herz spricht aufrichtige Worte, und meine Lippen reden lautere Erkenntnis. Der Geist Gottes hat mich gemacht, und der Odem des Allmächtigen hat mir das Leben gegeben.
- Hiob 33, 3-4

„Ganz sicher." Ariel schenkte ihm ein strahlendes Lächeln, und Aadoniel wandte sich ohne ein weiteres Wort um und stapfte davon.

„Nun, Irène", wandte sich die Michaelitin ihrer Begleiterin zu, „du wolltest, daß ich mit deinen Leuten rede – also gehen wir hinein."

Als sich die Tür öffnete und ein Engel vom Orden der Michaeliten den Schlafsaal betrat, sprangen die Beutereiter automatisch auf. Sie alle waren mehr oder weniger bekleidet, einige hatten bereits geschlafen, doch nun nahmen sie eine ehrerbietige Haltung an, wie es sich gehörte. Nur Wittgenstein hatte verstohlen zuerst nach der Waffe unter seinem Kopfkissen getastet.

Ariel lächelte, machte einige Schritte in den Raum und gab Irène so Gelegenheit, ebenfalls einzutreten und die Tür hinter ihnen zu schließen. „Der Herr sei mit euch", begann sie, und fügte hastig, um die Anwesenden zu beruhigen, an: „Irène und meine Schar, wir sind alte Bekannte. Als sie uns bat, mit euch zu sprechen, war ich nur zu gerne dazu bereit. Meine Schargeschwister sind nicht mitgekommen, weil eine ganze Engelsschar hier im Gästetrakt bestimmt aufgefallen wäre. Also, worüber wolltet ihr sprechen?"

Zunächst waren die Zungen aller Anwesenden von Ehrfurcht gelähmt. Aber dann faßte sich Eliphas ein Herz und sagte: „Ehrwürdiger Engel – du mußt wissen, daß wir eigentlich gar nicht hier sein sollten." Er verstummte und suchte nach Worten.

„Das hat Irène schon angedeutet", nickte die kleine Michaelitin ernst. „Ihr seid nicht auf einer Mission nach Roma Æterna gekommen."

„Nein", pflichtete der Komtur ihr nickend bei. „Es war die Sorge um Hiob, die uns hierher getrieben hat."

„Was macht euch Sorgen?"

„Er – er ist ein guter Mann ... äh Engel. Aber er ist rastlos und verunsichert. Und manchmal reagiert er etwas seltsam." Eliphas rang erneut nach Formulierungen, dann fuhr er fort: „Ich vermute, er ringt mit seinem Glauben. Er ist zu einem Zweifler geworden – aber der Herr legt uns allen von Zeit zu Zeit Prüfungen auf, um uns zu testen, und unseren Glauben zu stärken", schob er hastig nach.

Ein außergewöhnlich wortgewandter Komtur, dachte Ariel. Er würde sich sicherlich gut mit Malloriel verstehen. Laut sagte sie:

„All das kann ich bestätigen. Es deckt sich mit dem, was ich auf unserer gemeinsamen Reise von Hiob gesehen habe. Aber was ist daran so besorgniserregend?"

„Nun, ihr solltet ihn in den Vatikan bringen, ehrwürdiger Engel. Das Konsistorium will über ihn richten. Wir ... also vor allem Irène fürchtet, daß er da in etwas hineingeraten ist, das größer ist als er, daß es bei all dem eigentlich gar nicht um ihn geht ..."

„Daß sie ein Exempel an ihm statuieren wollen. Ihm einen Schauprozeß machen", warf Wittgenstein ein und erhob sich von seinem Bett. Er hatte vollständig angezogen geschlafen und war kaum mehr als ein schwarzer Schatten von vielen im rückwärtigen Bereich des Raumes.

Ariel warf ihm einen neugierigen Blick zu. Noch ein ungewöhnliches Exemplar von einem Beutereiter, dachte sie. Diese Rotte ist mehr, als man auf den ersten Blick sieht.

„Ein Schauprozeß? Guter Mann, wir reden vom höchsten Gremium der Angelitischen Kirche. Die Kardinäle des Konsistoriums sind weise und gerecht." Doch während sie das sagte, machten sich vor ihrem geistigen Auge Bilder von schwer bewaffneten Templern breit, die sich als Truppen eben dieses Konsistoriums zu erkennen gaben und einen Engel – einen Boten des Herrn! – auf offener Straße brutal zu Boden schlugen und fort schleiften. Wittgensteins verächtliches Schnauben rief sie in die Realität zurück. Sie sah ihn böse an, sagte aber etwas gedrückt: „Da ist noch etwas, das ihr wissen solltet ... wir haben ihn nicht im Vatikan abgeliefert, Komtur. Ein Trupp Templer hat ihn am Stadttor übernommen." Die Michaelitin holte tief Luft. „Sie – sie sind nicht eben sanft mit ihm umgegangen."

Ariel hörte, wie Irène scharf die Luft einsog. Eliphas hingegen sagte nüchtern: „Das bestätigt nur unsere Befürchtungen. Was können wir tun?"

„Ihr könnt gar nichts für ihn tun, Komtur. Ihr seid – verzeiht meine Offenheit – nur Beutereiter und zudem fremd hier. Man würde euch jede Tür vor der Nase zuschlagen, wenn ihr euch nach ihm erkundigt." Sie hielt inne. „Aber ich bin ein Engel des Herrn. Mir wird man Antworten nicht vorenthalten."

„Wirst du uns auf dem laufenden halten?" fragte Irène verzagt.

„Nach Kräften", versprach Ariel. „Wo erreiche ich euch?"

„Wir werden hier bleiben, solange ich es verantworten kann", antwortete der Komtur an Irènes Statt. „Aber wenn man beginnt, Verdacht zu schöpfen, daß etwas an unserer Geschichte faul sein könnte, werden wir in ein Wirtshaus in der Südstadt umziehen. Es heißt ‚Da Vera', und viele Beutereiter verkehren dort."

„Wir werden euch Nachricht zukommen lassen", nickte Ariel.

„Und was ist, wenn man versucht, euch an euren Nachforschungen zu hindern?" fragte Wittgenstein.

„Das werden sie nicht wagen", konterte Ariel. Dann schritt sie hoch erhobenen Hauptes aus dem Schlafsaal.

♦ ♦ ♦

Den Winterwind in den Haaren flog Ariels Schar am nächsten Morgen nordwärts die Küste entlang, diesmal nicht in Diamant-, sondern in Keilformation: Daniel bildete mit einigem Abstand die Vorhut, links und rechts versetzt hinter ihm flogen Ariel und Aadoniel, und noch weiter hinten und außen zogen mit gleichmäßigem Flügelschlag

Rahel und Malloriel dahin, die beide beständig aufpassen mußten, nicht zurückzufallen. Acht Mal hatten die Glocken des Petersdoms geschlagen, als sie von einer der zahllosen kleineren Flugplattformen des Michaelis-Himmels gestartet waren in der Absicht, weisungsgemäß den ramielitischen Monachen Wenzel von Prag abzuholen.

Daniel schoß dahin und genoß es, vom Wind umspielt zu werden und seine Schargeschwister in seinem Rücken zu wissen – ein vertrautes Gefühl, das ihm auf dem Weg von Prag hierher mehr gefehlt hatte als alles andere. Auch die anderen schwelgten in dem Gefühl, wieder einmal am Firmament zu reisen, wie es sich für Engel geziemte – selbst Rahel, die das Fliegen nicht zu ihren Stärken zählte, war die Freude darüber deutlich anzumerken. Ariel nutzte die Zeit, um ihre Schar, die letzte Nacht bei ihrer Rückkehr in die prunkvoll ausgemalte Gästecella bereits geruht oder meditiert hatte, mental in groben Zügen über ihr Gespräch mit Eliphas' Rotte zu informieren. Dabei vergaß sie auch nicht daran zu erinnern, daß Irène maßgeblich zu Malloriels rascher Genesung beigetragen hatte und ließ durchblicken, daß sie der Ansicht war, die Schar sei zwar nicht den Beutereitern, wohl aber der hilfsbereiten Raphaelsländerin etwas schuldig. Malloriel vertrat dieselbe Ansicht, doch ehe die im Geiste geführte Unterredung zu irgendwelchen konkreten Ergebnissen oder gar Plänen führen konnte, wurde unter ihnen das Ziel ihrer Mission sichtbar. Die Raststation bestand aus zwei über Eck aneinandergebauten großen, flachen Gebäuden, hinter denen noch ein kleiner Stall und einige weitere Wirtschaftsgebäude lagen.

Das erste, was Daniel ins Auge fiel, als er tiefer ging und die Herberge näher in Augenschein nahm, war die ungeheure Betriebsamkeit des Vorplatzes; hier schienen Festvorbereitungen irgendeiner Art sich in einem frühen Stadium zu befinden. Menschen trugen trotz der kühlen Witterung Tische und Bänke heraus, füllten Metalltonnen mit Reisig, Kleinholz und anderem Brennmaterial und spannten über ein an der Front des Hauses befestigtes Holzgestell eine große Plane, die Wind und Regen abhalten und offenbar später am Tage einer größeren Anzahl Festgäste als Dach dienen sollte.

Als die Engelsschar auf dem Vorplatz landete, war das Staunen groß. Zwar war so dicht bei Roma Æterna der Anblick der geflügelten

Himmelsboten weniger ungewöhnlich, als etwa in einem entlegenen Bergdorf in den Alpen, doch zumeist beschränkten sich solche Begegnungen auf Sichtungen aus weiter Ferne. Obwohl sie es nicht an der geziemenden Ehrfurcht fehlen ließen, mischte sich in das Staunen und die Freude der Leute keine Angst. Zwar ließ eine Küchenmagd mit einem spitzen Schrei im ersten Schreck den Arm voll Brennholz fallen, den sie gerade zu einer der Tonnen tragen wollte, als Daniel ziemlich unvermittelt neben ihr landete, doch als der Urielit sich bückte, um ihr beim Aufsammeln zu helfen, errötete sie tief, strahlte aber dennoch übers ganze Gesicht.

Die Kunde von der Ankunft der Schar, die gar nicht dazu kam, ihr Anliegen vorzutragen, weil sofort viele Bewohner des weitläufigen Anwesens – Reisende und Bedienstete gleichermaßen – zusammenliefen, um sie zu begrüßen, verbreitete sich in der Raststation wie ein Lauffeuer. Während Ariel und die anderen noch von Kindern umlagert waren, die sie halbherzig abwehrten, letztlich aber doch gewähren ließen, wenn sie halb scheu, halb frech versuchten, das Gewand oder gar das Gefieder der Engel zu berühren, trat ein ziemlich verschlafen aussehender, dürrer Mann mit wirrem, langem Haar in ramielitischer Tracht aus dem Haupthaus und schritt ihnen entgegen. Er mochte an die 50 Jahre zählen, und obgleich dies die erste Begegnung der Schar mit ihm war, fanden alle fünf Engel – selbst Malloriel, der demselben Orden angehörte wie er – den Kleriker auf Anhieb unsympathisch. Alles an dem Mann strahlte überzogenes Selbstbewußtsein und intellektuellen Hochmut aus – mochte er auch noch so sehr ein Meister des Lesens und Schreibens sein und ein Hort uralten Wissens, nichts davon berechtigte ihn, sich so nahe an die Sünde des Hochmuts heranzuwagen und es auch noch in seiner Miene offen vor sich herzutragen.

Er trat vor die Schar hin, verschränkte die schmächtigen Arme vor der Brust und nahm sich Zeit, die fünf Engel eingehend zu mustern. Dann sagte er näselnd und in salbungsvollem Tonfall:

„Der Herr mit euch, Engel. Mein Name ist Wenzel von Prag, Emissär des Himmels der Bewahrer des Wissens ebenda auf dem Wege zu Seiner Heiligkeit, Pontifex Maximus Petrus Secundus, auf Geheiß desselben. Ihr müßt meine Eskorte sein."

Einen Augenblick lang waren die Engel sprachlos. Dann erwiderte Ariel die traditionelle Grußformel: „Der Herr auch mit dir, Wenzel von Prag. Ich bin Ariel von den Michaeliten, und dies ist meine Schar.“ Die kleine Michaelitin konnte sich eine kleine präsentierende Geste in Richtung der anderen nicht verkneifen.

„Wohlan“, nickte Wenzel zufrieden. „Nun, ich bin noch nicht ganz reisefertig. Heute feiert der Patron dieser Raststation seinen fünfzigsten Geburtstag, müßt Ihr wissen. Da ich gestern abend schon hier eintraf – und mit mir viele der Festgäste und einige fahrende Spielleute, die die Feier heute mit ihrer Kunst verschönen möchten –, haben wir am gestrigen Abend sein Wiegenfest schon ein wenig eingetrunken.“ Er lächelte verständnisheischend, wobei die Engel sich des Eindrucks nicht erwehren konnten, daß es ihm vollkommen egal war, was sie von seiner kleinen Ausschweifung hielten, fuhr sich mit einer Hand vergeblich durch das schüttere, verfilzte Haar und fuhr fort: „Deshalb habe ich heute auch länger geschlafen, als ich es sonst zu tun pflege. Und das wiederum ist der Grund, warum ich mein Morgenmahl noch nicht beendet habe.“

Aadoniel verzog mißbilligend das Gesicht. Wenzel aber fuhr ungerührt fort: „Das würde ich gerne noch tun, zumal der Wirt zur Feier des Tages einen ganz außerordentlichen Schinken kredenzt hat. Mögt ihr auch etwas?“

Ariel spürte, daß ihr Gabrielit, der dicht neben ihr stand, eine bissige Bemerkung auf den Lippen hatte, und sagte deshalb rasch: „Nein danke, Bruder Wenzel. Wir haben bereits vor einiger Zeit gegessen. Aber wir werden dich hineinbegleiten.“

Und so machten sich die fünf Engel und der ramielitische Monach auf den Weg in die Gaststube. Rahel und Malloriel bildeten die Nachhut. Die kleine Raphaelitin flüsterte ihrem hochgewachsenen Scharbruder zu: „Nichts für ungut, Malloriel, aber für diesen aufgeblasenen, eitlen Kerl sind wir hierhergeflogen?“

„Du brauchst dich nicht zu entschuldigen“, flüsterte Malloriel zurück und beugte sich dabei seitlich zu Rahel hinunter, damit auch wirklich niemand sie belauschen konnte. „Ich mag ihn genauso wenig wie du. Außerdem finde ich nach wie vor, daß Ariel Recht hat – wir haben sowohl Irène als auch Hiob gegenüber eine Verpflichtung.“

Nach einer kurzen Pause setzte er hinzu: „Ich vielleicht am meisten."

„Ja", pflichtete Rahel, die sein kurzes Zögern nicht bemerkt hatte, ihm bei, „und die vernachlässigen wir gerade."

Dann mußten sie ihr kurzes Gespräch unterbrechen, denn sie betraten die Schankstube des Rasthauses, die mindestens ebenso betriebsam war wie der Vorplatz. Zahlreiche Gäste, die wahrscheinlich wie Wenzel am Vorabend mit dem Wirt getrunken hatten, saßen einzeln oder in Gruppen bei einem späten Morgenmahl. Personal eilte umher, um sie zu bedienen oder weitere Vorbereitungen für das Fest zu treffen. In einem gewaltigen, aus Feldsteinen gemauerten Kamin mit Sims und schmiedeeiserner Zierkrone flackerte munter ein offenes Feuer, das die große Stube mit wohliger Wärme erfüllte. Das Geburtstagskind selbst war nirgends zu sehen.

Beim Eintreten der Engel kam die allgemeine Betriebsamkeit zum Erliegen. Malloriel sprang für Ariel ein, der das langsam peinlich wurde, und sagte ein paar freundliche, verbindliche Worte, woraufhin sich alle wieder ihren Tellern zuwandten.

Die Schar nahm an einem langen Tisch in einem Winkel neben dem Kamin Platz, den Wenzel offensichtlich bis zu ihrem Eintreffen allein mit Beschlag belegt hatte. Auf großen lackierten Holztabletts hatte man ihm Speisen aller Art, darunter den erwähnten, in hauchdünne Scheiben geschnittenen Räucherschinken hingestellt, aber auch der allgegenwärtige Reis und das gedünstete Gemüse fehlten nicht. Mit großem Appetit nahm der Monach das Mahl wieder auf, ohne die Engel eines weiteren Blickes zu würdigen.

Was für ein unhöflicher Geselle, dachte Malloriel. Nicht gerade eine Zierde für unseren Orden. Außerdem scheint sein geringer Leibesumfang in keinem Zusammenhang mit seinen Eßgewohnheiten zu stehen. Es wurde dem silberhaarigen Ramieliten rasch langweilig, Wenzel von Prag beim Essen zuzusehen, und so ließ er, stets erpicht auf neue Eindrücke, den Blick durch die Gaststube schweifen.

Im gleichen Moment, in dem er den Blick vom Tisch hob, hatte er das deutliche Gefühl, daß ihn jemand musterte. Er ging dem Eindruck nach, und sein Blick kreuzte den einer jungen Frau, die an einem Tisch schräg gegenüber dem ihren saß. Sie mochte Ende zwanzig sein, hatte langes, honigfarbenes Haar und trug hellbraune

Reisekleidung, an der vor allem die hohen, gut gepflegten, mit zahlreichen Lederbändern umwickelten Reitstiefel auffielen. Die junge Frau schien nicht arm zu sein, denn Ringe schmückten zahlreiche ihrer langen, schlanken Finger, die flach vor ihr auf dem Tisch lagen. An zwei Ringen funkelten im Feuerschein des Kamins dunkelrote Steine.

Die junge Frau, die Malloriel außergewöhnlich hübsch fand, hatte lediglich eine irdene braune Teekanne auf einem eisernen Teewärmer, eine flache Schale mit Honig und einen Becher mit hölzernem Rührlöffel vor sich stehen. Neben ihr auf der Bank lehnte eine alt aussehende Laute, und zu ihren Füßen lag auf dem Boden das zugehörige weiche Lederfutteral. Sie sah Malloriel unverwandt, aber mit einem Lächeln an. Die ganze Zeit hielt sie seinem Blick stand, der, wie der Ramielit bemerkte, schon ungehörig lange gedauert hatte. Rasch unterbrach er den Blickkontakt und warf seiner Schar einen verstohlenen Seitenblick zu, um festzustellen, ob jemand sein Starren bemerkt hatte. Das schien jedoch nicht der Fall zu sein. Wenzel war noch immer in die Nahrungsaufnahme vertieft. Rahel und Ariel saßen dicht nebeneinander und sahen einander unverwandt in die Augen, was darauf schließen ließ, daß die beiden auf geistigem Wege miteinander kommunizierten. Daniel lehnte neben dem Tisch an einem Stützbalken und beobachtete das Treiben auf dem Vorplatz. So blieb nur Aadoniel – aber der starrte mit leicht geöffnetem Mund ebenso wie Malloriel noch vor Sekunden zu dem hübschen Menschenkind hinüber. Das zu sehen versetzte Malloriel aus ihm unerklärlichen Gründen einen Stich. Ausnahmsweise verkniff er sich aber eine spöttische Bemerkung, weil er das Gefühl hatte, es könne ihm an dieser Stelle mehr schaden als nützen.

Erstaunt stellte der Ramielit fest, daß er sich insgeheim wünschte, das honigblonde Geschöpf am Nebentisch möge aufstehen und sich zu ihnen gesellen. Aber dazu machte die junge Frau keinerlei Anstalten. Sie nahm vielmehr ihre Laute zur Hand, deren Hals mit zahlreichen bunten Bändern geschmückt war, und stimmte sie umständlich, wobei sie immer wieder einzelne Töne vor sich hinsummte.

Nach einer ganzen Weile nahm sie das Instrument hoch, schlug beherzt einen volltönenden Akkord und begann, mit glockenklarer Stimme zu singen.

fegefeuer

kapitel neun

Die junge Frau sang etwa eine halbe Stunde lang, und während dieser Zeit wurden immer mehr der Anwesenden von ihrer klaren Stimme in den Bann geschlagen. Die meisten Gäste vergaßen das Essen, und selbst die Bediensteten der Raststation ließen für ein Weilchen ihr Tagwerk liegen, um der Sängerin zu lauschen. Sie sang selbstvergessen, als musiziere sie ganz für sich, und hob nur selten den Blick vom Griffbrett der Laute, der ihre schmalen Finger teilweise recht ungewöhnliche Harmonien zur Unterstützung ihres Gesangs entlockten.

Was sie sang, war eine Mischung aus traditionellen michaelsländischen Weisen, einfachen Chorälen aus sarielitischer Feder, die leicht singbar und deshalb in ganz Europa schon fast so etwas wie Volkslieder geworden waren und Stücken, die keiner der Anwesenden bisher gehört hatte.

Die alten Weisen waren es, die Malloriel am meisten faszinierten. Das lag nicht nur an den Tonfolgen, aus denen sie bestanden und denen etwas Ungewöhnliches, fast Sarielitisches anhaftete. Es waren vielmehr auch die Texte, mit denen sie sie versah. Bei all diesen Stükken sang die junge Frau in einem Dialekt des Common, der stark mit michaelsländischen Lehnworten und sogar vorsintflutlichen Ein-

Lege deine Hand an ihn! An den Kampf
wirst du denken und es nicht wieder tun!
- Hiob 40,32

sprengseln durchsetzt war. Die Texte der Lautistin waren schwer einzuordnen, da sie voller überbordender Bilder und Metaphern waren und selten etwas klar sagten. In vielen ging es aber um Liebe – die oft unerfüllt blieb –, Sehnsucht und um wiederkehrende, schwer deutbare Träume. Hier hatte Malloriel aufgehorcht. Zu allem Überfluß hatte sie dann auch noch ein Lied gesungen, in dem sie unter anderem darüber mutmaßte, was wohl die himmlischen Boten träumen mochten – der Kehrvers ging Malloriel nicht mehr aus dem Kopf:

Boten des Himmels
Boten des Rechts
Die Schwingen geliehen
Die Träume sind echt.

Die Worte hatten den Ramieliten bis ins Mark getroffen, zumal er Stein und Bein hätte schwören können, daß die Sängerin, als die Textstelle zum ersten Mal erklang, von ihrem Instrument aufgesehen und ihm direkt in die Augen geblickt hatte. Unwillkürlich fühlte er sich an sein Gespräch mit Hiob und an seine eigenen, schwer deutbaren Träume erinnert. Er sah sich um, ob diese merkwürdigen Zeilen vielleicht auch den anderen Engeln aufgefallen waren, doch sie hingen nur begeistert an den Lippen der Sängerin. Keiner von ihnen wirkte im mindesten betroffen oder gar bestürzt.

Als die Frau geendet hatte, brandete Applaus auf. Sie sah sich um, als werde ihr jetzt erst klar, daß sie doch für ein recht großes Publikum musiziert hatte, und die Erkenntnis zauberte die Röte der Verlegenheit auf ihre Wangen.

„Danke sehr", hauchte sie.

Malloriel spielte mit dem Gedanken, aufzustehen, hinüberzugehen und ihr zu sagen, wie schön ihr Vortrag gewesen war, doch Wenzel von Prag war bereits aufgesprungen, wischte sich mit einem Tuch den Mund ab und eilte mit wehendem Habit an ihren Tisch.

„Das war wundervoll, gute Frau, ganz wundervoll. Wollt ihr mir die Ehre geben, euch zu mir an meinen Tisch zusetzen?" Ließ er eine Spur zu laut vernehmen und wies auf den Tisch, an dem auch die Schar versammelt war.

An seinen Tisch! Dieser Angeber! Sendete Ariel empört.

Aber die Sängerin ließ es an der gebotenen Ehrfurcht nicht fehlen – sie sah die Engel und errötete noch tiefer. Sie kam mit leicht gesenktem Kopf ein paar Schritte näher und hauchte: „Wenn es euch nichts ausmacht, ehrwürdige Engel ..."

„Aber nein", sagte Ariel versöhnt. „Setz dich. Ich bin Ariel, und dies ist meine Schar." Sie deutete der Reihe nach auf ihre Schargeschwister. „Aadoniel, Rahel, dies ist Malloriel, und unser Urielit dort drüben bei dem Pfosten heißt Daniel." Sie machte eine Kunstpause. „Ach – und dieser Monach hier ist Wenzel, unser Schutzbefohlener." Keinem ihrer Schargeschwister entging das kleine, befriedigte Grinsen, das bei diesen Worten die Mundwinkel der Michaelitin umspielte.

Die Sängerin zog sich einen Stuhl heran. Während einer der Schankburschen ihren mittlerweile erkalteten Tee durch frischen, heißen ersetzte, sagte sie: „Mein Name ist Ambra Gialla. Es ist mir eine Ehre, bei euch sitzen zu dürfen."

„Oh, dein Gesang ist dafür mehr als Grund genug, meine Schöne", schwadronierte Wenzel, doch Malloriel fiel ihm ins Wort: „Dichtest du die Lieder selbst, Ambra? Du weißt schon – die in dem merkwürdigen Dialekt."

Die Sängerin hob den Kopf und sah dem Ramieliten direkt ins Gesicht. „Ja. Ich erfinde die Melodien selbst und ersinne auch die Texte. Gefallen sie euch, Bote des Herrn?“

„Ja, sehr. Woher hast du die Ideen dafür?“ Das klang heftiger und dringlicher, als Malloriel gewollt hatte. Die anderen Mitglieder seiner Schar sahen ihn überrascht an, da sie spürten, daß zwischen dem Ramieliten und der Sängerin mehr in der Luft lag als Begeisterung für das Gehörte. Daniel, der mit Musik wenig anfangen konnte und bisher eher gelangweilt in der Nähe gestanden hatte, drehte sich überrascht um, als er den heftigen Tonfall seines Scharbruders hörte, und selbst der sonst vor allem mit sich selbst beschäftigte Wenzel schien gemerkt zu haben, daß sich gerade ein merkwürdiger Unterton in die Unterhaltung geschlichen hatte.

Ambra Gialla überging all das einfach und lächelte: „Ich träume sehr viel, Ramielit. Nachts im Schlaf und oft auch am Tage, mit offenen Augen. Künstler müssen das, wißt ihr. Ich glaube fest daran, daß wir, denen der Herr in seiner unendlichen Weisheit eine besondere poetische Begabung mitgegeben hat, ihm gegenüber verpflichtet sind, auch das Beste daraus zu machen.“

Sie nippte an ihrem Tee, verzog angewidert das Gesicht, als sie bemerkte, daß sie ihn bisher nicht gesüßt hatte, und holte das umgehend nach. Dann fragte sie leichthin: „Ich freue mich, daß du meine Musik magst. Gibt es denn ein Stück, das es dir besonders angetan hat?“

Malloriel versank in Ambras blauen Augen. Es war fast, als existierten die anderen Engel, Wenzel, ja der ganze Schankraum nicht mehr; ihm kam es vor, als sei er allein mit der schönen Sängerin in einer Luftblase, in die nichts hinein- und aus der nichts herausdringen konnte. Etwas in seiner Brust fühlte sich beengt und wunderbar zugleich an.

„Das ... das Lied über die Träume“, brachte er schließlich heraus. Aadoniel kicherte, und er warf dem Gabrieliten einen wütenden Seitenblick zu. Dabei stellte er fest, daß auch Rahel und Ariel sich ein Lächeln nicht ganz verkneifen konnten. Er beschloß, sie einfach zu ignorieren und fuhr fort:

„Was meinst du damit, unsere Schwingen seien nur geborgt, aber unsere Träume seien echt?"

Ambras Augenbrauen schossen in die Höhe, dann sagte sie: „Von ‚aber' habe ich nichts gesungen, Himmelsbote. Und ist es nicht wahr, daß ihr eure Flügel vom Herrn bekommen habt, sie euch letztlich also verliehen wurden – daß aber jedes Wesen unter Gottes Himmel nur Dinge träumen kann, die aus ihm selbst, aus seinem Herzen und seiner Seele, kommen? Manche sagen, wir verarbeiteten so unsere Herzenswünsche und Sehnsüchte."

Malloriel war sprachlos. Es war, als könne diese fremde Frau bis in den innersten Kern seines Wesens sehen!

In das Schweigen hinein sagte Ariel bestimmt: „Es war nett, mit dir zu plaudern, Ambra Gialla, und dein Gesang hat unsere Herzen erfreut. Doch nun müssen wir los, der Tag wartet nicht. Wenzel, wenn du bitte dein Gepäck holen würdest ..."

Mit einem leicht indignierten Blick folgte der Monach ihrer Aufforderung. Ambra nickte noch einmal zum Gruße, erhob sich dann und ging zu ihrem ursprünglichen Tisch zurück, um ihre Laute in dem Lederfutteral zu verstauen. Als Wenzel mit seinen Taschen wieder herunter kam, befand die Schar sich bereits auf dem Weg nach draußen.

In dem allgemeinen Aufbruchslärm trat Ambra plötzlich dicht hinter Malloriel und berührte sacht seine linke Schwinge. Er blieb bei der Berührung, die seinen ganzen Leib durchzuckte, stocksteif stehen. Sie stellte sich auf die Zehenspitzen und flüsterte ihm so leise, daß keiner der anderen es hören konnte, ins Ohr: „Du hast auch die verbotenen Träume, nicht wahr? Aber keine Angst – es gibt Hilfe."

Malloriel drehte sich um, unsicher, ob und was er sagen sollte, und tiefe Traurigkeit lag in seinen Augen. Doch die Sängerin drehte sich nur um und eilte ohne ein weiteres Wort die Treppen zu den Gästeschlafräumen hinauf.

Wenige Minuten später verließen die Engel in Begleitung Wenzels von Prag die Raststation an der Via Pellegrina, um den ramielitischen Monachen zu seiner Pontifikalaudienz nach Roma Æeterna zu geleiten. Malloriels Gedanken aber weilten ganz woanders.

„Ich hoffe, das mit dem Marschieren wird nicht zur Gewohnheit – der Herr hat mir meine Schwingen sicher nicht gegeben, damit ich auf Erden wandle“, grummelte Aadoniel vor sich hin. Seine Augen waren zu Boden gerichtet, denn er kickte mißmutig Steine vor sich her. Vorsichtig blickte er auf, um zu sehen, ob er nicht aus Versehen ihren Gast verärgert hatte – immerhin legte der Pontifex Maximus persönlich großen Wert auf den Ramieliten, also mußte ja etwas an ihm dran sein. Doch der Monach achtete gar nicht auf den Gabrieliten, der in einigem Abstand hinter ihm marschierte und die Nachhut ihres kleinen Trupps bildete. Wenzel von Prag war vollauf damit beschäftigt, sich in seiner Wichtigkeit zu sonnen, die er darin dokumentiert sah, daß ihn eine Engelsschar eskortierte. Gelegentlich nickte er einigen anderen Reisenden, die sie überholten oder die ihnen entgegenkamen, huldvoll zu.

Ariel hingegen, die bestimmt 30 Meter weiter vorne ging, hatte den stämmigen Todesengel entweder gehört, seine Stimmung geahnt oder seine Gedanken gelesen – Aadoniel war bei ihrer Scharführerin nie so ganz sicher, wie weit ihre Einfühlung in ihre Geschwister eigentlich ging. *Reiß dich zusammen, Bruder,* sendet sie ihm. *Die Wege des Herrn sind manchmal unerforschlich, und wir werden diese Mission erfüllen, so gut wir können.* Aadoniel antwortete nicht, sondern schnaubte nur, hob aber den Kopf.

Daniel war ganz im Gegensatz zu seinem schwarz gewandeten Scharbruder mit seiner Aufgabe zufrieden. Auf Ariels Geheiß zog er weite Kreise am wolkenverhangenen Winterhimmel und hielt nach Feinden Ausschau. Er war ein gutes Stück vorausgeflogen und hielt Augen und Ohren offen. Deshalb hörte er das merkwürdige Brummen auch viel früher als die anderen. Hätte er sofort gewußt, was er da vernahm und entsprechend schnell richtig reagiert, hätte er wahrscheinlich eine reelle Chance gehabt. Doch wie alle anderen Engel auch hatte Daniel in seiner Ausbildung gelernt, daß man im Herzland der Angelitischen Kirche, in den Ebenen und an den Küsten Michaelslands, Traumsaat nicht zu fürchten brauche, da sich das ekle Gezücht des Herrn der Fliegen nicht so nahe an die Ewige

Stadt heranwagte. Er dachte an alles mögliche – eine außergewöhnliche Wettererscheinung, ja ein verbotenes vorsintflutliches Gerät fielen ihm ein –, hatte aber nicht die richtige Idee, bis es zu spät war. Zwischen den Baumwipfeln weit unter ihm schoß mit rasch lauter werdendem Brummen ein Geschöpf des Herrn der Fliegen empor, das im weitesten Sinne an die Verderberlibellen gemahnte, die der Urielit auf Schemazeichnungen der Ramieliten gesehen hatte, deren Hinterleib sich aber immer stärker verjüngte und in einem biegsam aussehenden, nadelspitzen Stachel endete, der ein wenig an den eines Skorpions erinnerte. Das Maul des Geschöpfs zierten grünschwarz glänzende, hakenbewehrte Chitinzangen.

Für einen Augenblick glaubte Daniel, ihm müsse das Herz stehenbleiben. In der nächsten Sekunde reagierte er. Den geistigen Kanal, den Ariel für ihn offenhielt, für den mentalen Schrei *Alarm! Traumsaat!* nutzen und den Bogen aus dem Futteral reißen war eins. Daniel spannte seinen Bogen. Die Jagd war eröffnet, und es mußte sich noch zeigen, ob er Jäger oder Beute sein würde.

Als Daniels Hilfeschrei in ihrem Kopf widerhallte, war Ariel entsetzt. Traumsaat? Hier? In Michaelsland? Das konnte, das durfte nicht sein! Und doch sah sie weit vorne in der Luft die weißen Schwingen ihres Scharbruders blitzen – und konnte noch etwas anderes erkennen, das sich vor dem spärlichen Licht des Himmels finster abzeichnete. Die Michaelitin reagierte ohne zu denken: *Daniel wird von Traumsaat angegriffen! Aadoniel, rasch, hilf ihm! Beeil dich! Malloriel, Rahel, ihr bleibt bei Wenzel! Schützt ihn mit eurem Leben! Nun macht schon!* Ohne sich noch einmal umzusehen schlug sie mit den Schwingen, schoß gen Himmel und zog dabei ihr Schwert.

Daniels erster Pfeil prallte wirkungslos von der Stirnplatte der Kreatur ab, die etwa vier- bis fünfmal so lang war wie der Urielit. Die Kreatur öffnete die Greifzangen; Daniel schlug in der Luft einen Haken, ließ sich ein Stück absacken und raste dann in Richtung Stadt davon. Aber er floh nicht um seiner selbst willen. Sein einziger Gedanke galt dem Versuch, möglichst viel Distanz zwischen seine Schar und diese todbringende Kreatur zu bringen.

Als er den Abstand zwischen sich und dem Dämon für ausreichend hielt, um sich ein solches Manöver leisten zu können, wirbelte der

Urielit mit der Grazie, die im Flug nur sein Orden aufzubringen imstande war, herum und ließ einen weiteren Pfeil von der Sehne schnellen; er schlug mit einem widerwärtigen Krachen in eines der dunkelgrün schillernden Facettenaugen der Kreatur ein. Dann warf er sich wieder herum und schlug mit den Schwingen wie noch nie in seinem Leben. Die Bestie war viel näher gewesen, als er erwartet hatte! Mit Mühe und Not konnte Daniel einem besonders hoch aufragenden Baum ausweichen; seine Verfolgerin machte sich die Mühe nicht, und er hörte hinter sich den Stamm mit ohrenbetäubendem Krachen bersten.

Aadoniel raste heran. In seinem Bemühen, den Abstand zwischen sich und dem chitinösen Monster, das seinen Scharbruder über die Baumwipfel hetzte, zu verringern, legte der geflügelte Krieger jede Unze Kraft, die der Herr ihm geschenkt hatte, in seine Flügel. Als er das Bersten des Baums hörte, wurde ihm mit schrecklicher Gewißheit klar, welche Urgewalt diese Bestie darstellte. Der Gabrielit zog mit einem Kriegsschrei, den ihm der Flugwind von den Lippen riß, sein Flammenschwert und ließ es auflodern.

Daniel hatte nie wirklich eine Chance gehabt. Zwar war er ein großartiger Pfadfinder, dessen Orientierungssinn seinesgleichen suchte, und ein noch besserer Flieger, aber gejagt wurde er von einem Untier, das direkt aus den Träumen des Widersachers entsprungen zu sein schien und den Schöpfungsplänen des Herrn spottete. Es haßte ihn ebenso abgrundtief, wie normale Tiere positiv auf ihn zu reagieren pflegten. Das gräßliche Geschöpf verkürzte plötzlich mit einem scheinbar mühelosen Tempoausbruch den Abstand zwischen ihnen. Daniel wirbelte herum, um sich zu stellen, da ihm klar war, daß er diesem Kampf nicht davonfliegen konnte; scheinbar unendlich weit hinten sah er seinen Scharbruder heranjagen, einen furchterregenden schwarzgekleideten Kämpfer mit lohendem Schwert. Der Gabrielit hätte zweifellos das Herz noch des verstocktesten Ketzers in schiere Panik versetzt, aber die Skorpionlibelle schenkte dem herannahenden zweiten Gegner keinerlei Beachtung. Sie prallte mit dem gepanzerten Kopf ungebremst gegen den entsetzten Urieliten. Daniel spürte, wie ihm mit ungeheurer Wucht die Luft aus den Lungen getrieben wurde. Die Bestie schloß ihre Kieferzangen zu einer eisernen Umklammerung um den Brustkorb des Engels. Seine Arme wurden taub. Ohne etwas dagegen tun zu können sah er, wie seine rechte Hand sich öffnete und seinen Bogen entließ, der nutzlos zur Erde trudelte. Wie gelähmt hing er in der Umklammerung der Zangen, die sich immer weiter schlossen, und schrie und schrie. Während die Kreatur mit unverminderter Geschwindigkeit niedrig über den Baumwipfeln dahinschoß, ihre Beute fest umklammert, hörte Daniel das gräßliche Knacken, mit dem seine Rippen brachen. Etwas in ihm barst. Ich werde innerlich verbluten, stellte er mit sonderbarer Klarheit fest. Wie ferngesteuert tastete seine Hand nach seinem Waffengurt. Es gelang ihm seinen langen Dolch zu ziehen und ihn als letzte Handlung mit aller Kraft in das von ihm aus gesehen rechte Facettenauge der Kreatur zu rammen. Dann schwanden ihm die Sinne ...

Aadoniel sah seinen Scharbruder in dem Moment zusammensakken, als er in vollem Flug direkt hinter dem Kopf auf dem Rücken der Kreatur landete. Breitbeinig stehend und schwingenschlagend kämpfte er Sekundenbruchteile um sicheren Halt. Er war nicht sicher, ob das Vieh ihn überhaupt bemerkt hatte; jedenfalls machte es keine Anstalten, sein halsbrecherisches Tempo zu verringern.

Der Gabrielit ließ seinen geübten Blick über den Rücken des Monstrums gleiten. Irgendwo mußte es doch eine Schwachstelle geben ... Dort, direkt am Ansatz des Kopfes, wo bei Menschen der Nacken gewesen wäre, schien es eine Lücke im ansonsten makellosen schwärzlichgrünen Chitinpanzer zu geben.

Aadoniels triumphales Aufheulen ging in der ihn umgebenden Geräuschkulisse aus schwirrenden Flügeln und fauchendem Wind unter. Dann hob er das Flammenschwert hoch über den Kopf und rammte es mit aller Macht nach unten. Die geweihte Klinge fuhr ins Fleisch der Traumsaatkreatur wie heißes Eisen in einen Eimer Fett. Es traf die anvisierte Schwachstelle; Chitin glomm und schmolz, Fleisch verging zischend, und die Kreatur schrie gellend, langgezogen und unerträglich hoch. Eine Woge heißen Jubels brandete durch Aadoniel.

Auch Ariel, die inzwischen beinahe aufgeschlossen hatte, sah, wie ihr Scharbruder den Todesstoß setzte und wollte ihm schon geistig zujubeln – da sah sie, wie der stachelbewehrte Schwanz des Monsters in hohem Bogen emporzuckte. *Aadoniel!* schrie Ariels Geist, doch ihre Warnung kam zu spät.

Der vor Anstrengung keuchende Gabrielit spürte einen dumpfen Schlag zwischen den Schulterblättern, dann war die Welt urplötzlich ganz aus Schmerz gemacht. Er sah an sich herunter und erblickte ungläubig, wie die Spitze des Schwanzstachels des Monsters sich durch seinen Brustkorb bohrte. Blut schoß aus der Wunde. Etwas riß ihn hoch. Aadoniel brüllte vor Schmerz, doch sein Schrei ging in ein ersticktes Gurgeln über, als sich ein Schwall heißen Blutes aus seinem Mund ergoß.

Dann versank alles in Dunkelheit.

Kapitel zehn

Kleinere Bäume knickten ein wie Reisig, als der tonnenschwere Leib der Traumsaatkreatur wie ein Stein vom Himmel fiel und zwischen ihnen hindurchrauschte. Ariel, die inzwischen dicht am Geschehen war, sah ihre schlimmsten Ängste bestätigt: Auch im Tode hatte der geflügelte Dämon des Widersachers die Umklammerung seiner Zangen um den Leib Daniels nicht gelockert und riß den Urieliten, auf dessen Gesicht eine Maske des Entsetzens festgefroren war, mit sich. Aadoniel hingegen kam durch den abrupten Sturz des Traumsaatdämons zwar von dessen Schwanzstachel frei, machte allerdings keinerlei Anstalten, sich in Sicherheit zu bringen. Ohne die mit seinem eigenen Blut und den Körpersäften des riesigen Libellenwesens bespritzten Schwingen auch nur im geringsten zu regen, stürzte auch er haltlos der Erde entgegen.

Rahel! Malloriel! Ich brauche euch hier!

„Beeile dich, so gut du kannst, Wenzel", warf der silberhaarige Ramielit seinem menschlichen Ordensbruder rasch zu, als ihn der Ruf Ariels erreichte. „Schließ schnell zu uns auf, es ist in deinem eigenen Interesse."

Wer will Gott Weisheit lehren, der auch die Hohen richtet? Der eine stirbt frisch und gesund in allem Reichtum und voller Genüge, sein Melkfaß ist voll Milch, und sein Gebein wird gemästet mit Mark; der andere aber stirbt mit verbitterter Seele und hat nie vom Glück gekostet – und doch liegen beide miteinander in der Erde, und Gewürm deckt sie zu.

– Hiob 21, 22-26

Wenzel spielte für Sekundenbruchteile mit dem Gedanken, darauf hinzuweisen, daß auch er Schutz jetzt dringend benötigte, doch obwohl er das Geschehen von ihrem Standort aus nur unvollkommen hatte verfolgen können, war dem Ramieliten klar, daß etwas Schreckliches geschehen sein mußte. Außerdem waren seine beiden Bewacher nach Malloriels knappen Worten sofort losgeflogen, so schnell sie es vermochten, ohne ihn noch eines Blickes zu würdigen. Also tat der Prager Gelehrte das einzige, was ihm übrigblieb: Er raffte seine Robe, nahm die Beine in die Hand und rannte hinter ihnen her.

Im Flug zog Malloriel seinen Dolch. Das tat er so gut wie nie, doch er war entschlossen, sich selbst mit dieser unzulänglichen Waffe der Traumsaat entgegenzustellen, um seine Schar zu schützen. Diese vier waren die einzigen, die er wirklich liebte und denen er traute ... Mit zusammengekniffenen Lippen steigerte er sein Flugtempo an die Grenzen dessen, was zu leisten er imstande war.

Er und Rahel schlossen zu Ariel auf. Die Michaelitin schwebte kreidebleich über einem Bereich des Blätterdachs am Wegesrand, der unschwer als Absturzstelle zu erkennen war. Rahel schlug bestürzt die Hände vors Gesicht.

Der Traumsaatdämon hatte im Fallen eine regelrechte Schneise in den jungen Baumbestand des Waldes unter ihm gerissen. Da lag er nun und rührte sich nicht mehr; schwarze, zähflüssige Säfte flossen an vielen Stellen aus seinem geborstenen Leib. Es sah aus, als sei ihm zusätzlich zu der Wunde, die Aadoniel ihm geschlagen hatte, auch seine eigene gewaltige Körpermasse beim Aufprall zum Verhängnis geworden.

Ebenso reglos lag Aadoniel ein paar Meter weiter halb an einen Baum gelehnt. Sein Brustkorb sah aus, als sei er von innen heraus geborsten, und er war über und über mit Blut besudelt. Daniel hingegen war halb unter dem massigen Kopf der toten Kreatur begraben. Doch während die drei unverletzt gebliebenen Scharmitglieder noch vorsichtig kreisend das Ausmaß der Katastrophe abzuschätzen versuchten, ging ein Schaudern durch seinen Körper, und er machte Anstalten, sich zu drehen und unter dem Vieh herauszuwinden.

„Er lebt!" Mit diesem spitzen Schrei schoß Rahel hinab zu ihrem Bruder, ihrem Freund. Malloriel war ebenso blitzschnell an ihrer Seite. Gemeinsam halfen sie Daniel unter dem Chitinschädel hervor. Sobald sie ihn herausgezogen hatten, sackte der Urielit keuchend zusammen. Sein Atem ging rasselnd. Sein Gewand war zerfetzt, und Rahel erkannte eine Fraktur, wo sein Flügelknochen aus der Schulter ragte. Daniel brauchte rasche Hilfe, denn es wäre nicht auszudenken, wenn er in dem, was sein ganzer Stolz war, dem Fliegen, behindert gewesen wäre! Entschlossen streckte die kleine silberhaarige Raphaelitin die Hand aus.

Nein! Er wird leben, und du weißt es. Sieh nach Aadoniel, er braucht dich dringender.

Rahel fuhr zu Ariel herum, die inzwischen mit verschränkten Armen neben der toten Traumsaatkreatur stand. Ihr lodernder Blick begegnete dem entgeisterten ihrer Raphaelitin.

„Aber ..."

Kümmere dich um Aadoniel.

Mit einem letzten unschlüssigen Blick auf Daniel ließ Rahel den Urieliten, wo er war – liegend im Schoß Malloriels. Der hatte sich hingehockt, strich seinem verletzten Scharbruder das verschwitzte Haar aus der Stirn, das sich bei Kampf und Sturz aus seinem Zopf gelöst hatte, und murmelte beruhigend Unzusammenhängendes vor sich hin. Daniel sah zu ihm auf und schien etwas sagen zu wollen, doch blutiger Schaum bedeckte seine Lippen, und er brachte nur ein heiseres Röcheln zustande.

Mit zwei, drei raschen Schritten war Rahel bei Aadoniel. Sie fiel neben dem Gabrieliten auf die Knie und berührte ohne jedes Zögern die grauenhafte Wunde in seinem Brustkorb und schloß die Augen. Sie setzte eine Macht ein, die der Herr ihr verliehen hatte ... ihr Blick schoß gleichsam durch den Leib ihres verletzten Scharbruders. In wenigen Augenblicken würde sie besser als er selbst über seine Befindlichkeit Bescheid wissen. Diese Form der Diagnose war wie eine intime Berührung, inniger als alles andere, was Rahel je mit einem anderen Lebewesen geteilt hatte.

Üblicherweise kamen selbst die Schwerstverletzten, die sie mit ihrem sehenden Auge, wie ihre Lehrer diese Macht genannt hatten, betrachtete, kurz zu sich, und es entstand ein Augenblick unvergleichlicher Verbundenheit. Nicht so bei Aadoniel. Er regte sich nicht. Kälte war das einzige, was Rahel empfand.

Nach weniger als zwanzig Sekunden unterbrach sie den Körperkontakt und drehte sich, ohne sich aus ihrer knienden Stellung zu erheben, zu Ariel um. Ihr Blick war gehetzt und leer.

Was ist? Was hast du gesehen?

„Die Wunde allein würde reichen, um ihn für Wochen kampfunfähig zu machen. Sie liegt jenseits meiner Heilkräfte." Rahel zögerte. „Aber da ist noch mehr. Ich spüre ein Gift der Traumsaat in seinem Körper, das ihn von innen zerfrißt. Er stirbt."

Für einige quälend lange Augenblicke schien die Zeit auf der kleinen Lichtung stillzustehen. Die drei Engel sahen einander an wie erstarrt, waren gelähmt vom Entsetzen.

Dann reagierte Ariel, wie man es von einer geflügelten Dienerin Michaels erwarten durfte: Sie riß sich zusammen und begann im Geiste gelerntes in die Tat umzusetzen.

Wir müssen handeln. Rahel, wenn er jenseits deiner Kräfte ist, dann laß ihn. Tu für Daniel, was du kannst.

Die Raphaelitin war für einen Moment entsetzt über diese kühle, rationale Entscheidung, war aber im Grunde froh, daß ihr Ariel diese

Verantwortung abnahm und eilte zu dem Urieliten zurück. Während ihre heilenden Hände begannen, die Kraft des Herrn in den Leib ihres Scharbruders fließen zu lassen, wo sie seine zerquetschten Rippen zu richten begann, sah Ariel Malloriel an.

Wir brauchen Hilfe. Malloriel, kannst du … ?

„Ja."

Mit einer fließenden Bewegung erhob sich der Ramielit, ging einige Schritte beiseite und senkte mit geschlossenen Augen den Kopf. Seine Gedanken sandten eine Botschaft an eine Ordensschwester, die er zusammen mit deren Schar am Morgen bei ihrem Aufbruch auf der Flugplattform gesehen hatte.

„Xarael – es ist Malloriel der zu dir spricht. Wir sind in Schwierigkeiten. Ein Traumsaatangriff – zwei meiner Scharbrüder sind schwer verletzt. Wir brauchen hier so viele Raphaeliten, wie möglich, sonst stirbt unser Gabrielit. Sie sollen Flugtragen mitbringen und einige kräftige Urieliten oder Gabrieliten. Ich beschreibe dir jetzt, wo wir sind …"

Xarael, die gerade mit ihrer Schar beim Mittagsmahl saß, schob ihre Schale weg und lauschte der Stimme ihres Ordensbruders, die in ihren Gedanken erklang. Dann wechselte sie einige knappe Worte mit ihrem Michaeliten.

Minuten darauf entwickelte sich im Himmel zu Roma Æterna hektische Aktivität.

Die nächste halbe Stunde war die längste im Leben der Schar. Dann blitzten im trüben Mittagslicht weiße Schwingen am Horizont auf. In Begleitung von zehn weiteren Engeln kam Xarael, um sie zu retten. Es handelte sich bei dem Trupp, den sie mitgebracht hatte, um zwei Raphaeliten, – davon einer aus ihrer eigenen Schar –, sowie je vier Gabrieliten und Urieliten, die sich spontan bereit erklärt hatten, die Flugtragen, komplizierte Gerätschaften aus Stoff- und Lederstreifen, Seilen und Stäben, mit denen verletzte, flugunfähige Engel transportiert werden konnten, zu transportieren. Auch hier waren die entsprechenden Schargeschwister Xaraels mitgekommen. Als es endlich an der Zeit war Daniel und Aadoniel auszufliegen, war klar, daß der Urielit nicht nur lebte, sondern sich auch aus eigener Kraft zurück zum Himmel bewegen konnte. Aadoniels Schicksal aber lag weiter in der Hand des Herrn.

Als der Gabrielit die Augen aufschlug, war er zunächst nicht sicher, ob er noch lebte oder bereits tot war. Alles an seinem Leib war Schmerz. Das Atmen bereitete ihm Mühe. Zunächst glaubte Aadoniel, er sei erblindet, doch als seine Augen sich langsam an die Dunkelheit gewöhnt hatten, erkannte der Gabrielit, daß es Nacht war und der Raum, in dem er sich befand, nur von einer einzelnen Kerze erleuchtet wurde. Er hing in einer Ruhevorrichtung für verletzte Engel, die diesen während der Genesung größtmögliche Bequemlichkeit verschaffen sollte. Seine Arme und Beine waren in Schlaufen arretiert, weil sonst bei unbedachten Bewegungen im Schlaf oder in der Bewußtlosigkeit die Gefahr eines Sturzes bestanden hätte.

Aadoniel blinzelte, um seine Augen an die ungewohnte Umgebung und die Lichtverhältnisse zu gewöhnen. Dann sah er an sich herunter. Er trug nur einen Leinenrock, um der Schicklichkeit Genüge zu tun. Sein gesamter Oberkörper – der Ausgangspunkt des Großteils seiner Schmerzen, wie er jetzt gewahr wurde – war mit einem weißen, dick wattierten Verband umwickelt.

„Ah, unser Patient ist wach“, sagte eine volltönende Stimme, als Aadoniel den Kopf zu bewegen begann. „Das ist erfreulich.“

Ein alter, hochgewachsener Mann trat unvermittelt in das Blickfeld des Gabrieliten und musterte ihn neugierig. Er war schlank, fast schon ausgemergelt, und ein dünner weißer Haarkranz zierte sein Haupt. Als er sich mit den typischen vorsichtigen Bewegungen älterer Menschen einen Schemel heranzog und dicht neben Aadoniel Platz nahm, neigte er für einen Augenblick den Kopf, und das Kerzenlicht wurde von seinem ansonsten kahlen Schädel reflektiert.

Routiniert legte der Mann, der ein schlichtes weißes Leinengewand raphaelitischer Machart trug, dem Gabrieliten eine altersfleckige Hand auf die Stirn und die andere in den Nacken, um seine Körpertemperatur abzuschätzen. Keine Miene regte sich in seinem faltigen Gesicht mit dem schmalen Mund, den ein grauer Bart umgab. Er sagte nur: „So weit, so gut“ und nickte vor sich hin.

Ehe Aadoniel auch nur eine der zahlreichen Fragen stellen konnte, die ihm auf der Zunge brannten, öffnete sich die Tür des Krankenzimmers, in dem er sich befand, und ein Knabe in michaelitischer Novizentracht streckte den Kopf herein. „Der ehrwürdige Ab läßt Euch ausrichten, daß er jetzt Zeit hätte, mit Euch zu sprechen, Eminenz", sagte er ehrerbietig und ohne den älteren Herrn am Krankenlager richtig anzusehen.

„Ich komme", sagte dieser würdevoll und erhob sich. „Nach dir sehe ich später noch einmal, tapferer Gabrielit", setzte er hinzu. Dann nahm er zu Aadoniels maßlosem Erstaunen von einem weiteren Schemel, der dem Engel bisher nicht aufgefallen war, Kopfputz und Ornat eines Kardinals und legte die beiden purpurnen Kleidungsstücke an. Ohne ein weiteres Wort folgte er dann dem Novizen nach draußen, gestützt auf einen handgeschnitzten Stab, der mit Abbildern von richtenden und strafenden Himmelsboten verziert war.

Noch bevor sich die Tür hinter ihm richtig schließen konnte, huschte Rahel in den Raum und glitt auf den Schemel, auf dem bis eben noch der freundliche ältere Mann gesessen hatte. Sie nahm Aadoniels Hand und fragte halblaut: „Wie geht es dir?" Offenbar war sie ohne ausdrückliche Erlaubnis gekommen.

„Ich – ich glaube, gut, so weit ich das beurteilen kann." Dann runzelte er die Stirn. „Wer war das eben?"

„Das war Kardinal Ios von Clermo. Er hat dir das Leben gerettet."

♦ ♦ ♦

Wenige Minuten später erreichte der raphaelitische Würdenträger, geführt von dem Novizen, das Audienzzimmer des Ab. Ein Michaelis-Templer stand Wache davor. Als er den würdevoll wirkenden älteren Herrn näherkommen sah, wies er auf den Stab und sagte: „Den müßt Ihr leider hier bei mir lassen, Eminenz."

„Das werde ich nicht tun", sagte der Kardinal ruhig und stützte sich, wie um seine Worte zu betonen, etwas schwerer auf die hölzerne Gehhilfe.

„Verzeiht, aber ich habe den strikten Befehl von Ab Brindisi selbst, niemanden etwas in diesen Raum mitnehmen zu lassen, das als Waffe verwendbar wäre."

„Für mich wird er eine Ausnahme machen", entgegnete Ios von Clermo kühl, stieß die Tür auf und betrat das Audienzzimmer. Er wußte natürlich, daß der Templer niemals Hand an ihn gelegt hätte – und dennoch war seine Machtdemonstration ein gewagtes Spiel gewesen.

Als er den Raum betrat, sah Vermonte Brindisi, der gerade in die Betrachtung einer kostbaren Marmorstatuette des Erzengels Michael versunken gewesen war, auf.

„Ah, Kardinal!" begrüßte er seinen Gast und kam ihm entgegen.

„Ehrwürdiger Vater", erwiderte der Kardinal förmlich und verneigte sich, statt die dargebotene Hand zu schütteln, obgleich sein Gegenüber einige Jahre jünger war als er.

Brindisi ließ sich seine Verblüffung nicht anmerken und sagte nur: „Nehmt Platz. Worüber wolltet Ihr mit mir reden?" Bei diesen Worten ließ er selbst sich auf einem vergleichsweise unbequemen, ledergepolsterten hölzernen Schreibtischstuhl nieder, der ihn schon lange begleitete und den er liebgewonnen hatte. Ios von Clermo entschied sich für einen gepolsterten Diwan.

„Nun, über die Prüfer natürlich, Ab. Ich brauche Eure Unterstützung, um unseren Einfluß nicht nur im eigenen Orden, sondern in der gesamten Angelitischen Kirche so weit auszubauen, wie diese große Idee es verdient. Der Herr allein kann ermessen, wie satt ich es habe, daß die einzige Fraktion der Raphaeliten, die eine angemessene Antwort auf die veränderten Gegebenheiten Europas zu geben hat, ein Schattendasein führen muß!"

Brindisi erschrak über den Haß, den er in den Worten seines Gegenübers spürte. Der Kardinal fuhr fort: „Die Raphaeliten müssen sich verändern, sonst werden wir untergehen wie unsere Brüder in Trondheim."

„Veränderung fordert Ihr nun schon fast dreißig Jahre, Kardinal – schon als Monach, so hörte ich, eilte Euch der Ruf eines Eiferers voraus. Und Ihr werdet doch sicher nicht behaupten, die Ragueliten seien ein Opfer ihrer mangelnden Anpassungsfähigkeit geworden? Ich habe im Vorfeld dieses Gespräches Erkundigungen eingezogen, wer Ihr seid und was Ihr wollt, Ios von Clermo, und mir ist zu Ohren gekommen, Ihr würdet immer radikaler in Euren Ansichten, je älter

Ihr werdet, und unter Eurem Tun müßten zunehmend Unschuldige leiden."

„Manchmal muß man als Medikus eben durch gesundes Fleisch schneiden, um einen Tumor entfernen zu können", versetzte der Kardinal bitter. „Seht Ihr es denn nicht, ehrwürdiger Ab? Ich stamme aus Raphaelsland. Zahllose Gläubige sterben dort im Kampf gegen die Ketzer, werden verwundet und wieder zusammengeflickt, und gerade eben komme ich von Eurer eigenen Krankenstation, wo ich nach einem Engel gesehen habe, den wir beinahe verloren hätten, weil die Raphaelitin seiner Schar schon durch die Heilung des ebenfalls verletzten Urieliten zu geschwächt war, um ihn zu retten." Plötzlich loderte ein Feuer in den Augen des Mannes, der trotz seiner sicher sechzig Jahre noch ungeheuer gut mit seiner Wut umgehen und sich von ihr stärken lassen konnte, wie der Ab nun sah.

„Das ist sicher bedenklich – aber der Vorfall ist mir bekannt, und Ihr wißt so gut wie ich, daß wir Engel entsenden konnten, die das Schlimmste verhinderten. Worauf also wollt Ihr hinaus, Kardinal?"

„Sicher, er konnte gerettet werden – aber nur, weil er kaum eine Wegstunde von Roma entfernt verletzt wurde. Das ist aber kaum die Regel – im Normalfall geschehen solche unschönen Dinge irgendwo fernab der Zivilisation auf dem Schlachtfeld", entgegnete Ios von Clermo hitzig. „So war es jedenfalls in den Ketzerkriegen, Ab, als ich in den raphaelitischen Feldlazaretten Dienst getan habe. Ich war damals noch ein einfacher Monach, hatte eben erst meine Ausbildung beendet und wollte nun vor allem eins – den Menschen helfen. Man rief mich damals auch noch nicht Ios, doch das tut nichts zur Sache. Je länger der Krieg dauerte, desto mehr trauerte ich um das geschundene Land, die Menschen und die Engel. Wann wart Ihr zuletzt im Feld und habt einen raphaelitischen Engel weinen sehen, weil er am Ende seiner Kräfte war, aber um ihn herum die Templer, seine Schargeschwister und natürlich die Menschen elendiglich verreckten?"

„Mäßigt Euch, Kardinal. Ihr vergeßt Euch."

Aber Ios von Clermo war nicht zu bremsen. „Ich vergesse mich? Nein, Ab. Ich erinnere mich zu gut – das ist das Problem. Ich erinnere mich der Lektion, die mich dieser Lazaretteinsatz gelehrt hat: Haß. Eines Tages stand ich da, im Morgenregen, blutbesudelt von den Notoperationen der Nacht, und sah der Morgendämmerung zu, die über den Horizont kroch, so langsam, als hätte auch sie es satt, einen weiteren Tag zu beginnen, an dem alles so sein würde wie am vorherigen. Und da gewährte mir der Herr ein Einsehen. Ich wußte, ich durfte nicht auf Veränderungen warten – ich mußte sie selbst herbeiführen."

„Wollt Ihr mir sagen, der Herr habe Euch so hart und bitter gemacht? Wollt Ihr mir sagen, Er habe Euch hassen gelehrt?" Vermonte Brindisi war zugleich fasziniert und abgestoßen von seinem Gegenüber – einem verstockten Fanatiker, der andererseits nur das Beste zu wollen schien.

„Ihr formuliert polemisch, ehrwürdiger Ab", versetzte der Kardinal in nun wieder etwas gemäßigterem Tonfall. „Das zeigt, daß Ihr verunsichert seid. Aber wie dem auch sei, ich begann zu verbreiten, was ich dachte, und bald zogen meine Predigten andere an, die wie ich den weichen Kurs satt hatten, den unser Orden einschlug. In einer Welt, in der Krieg herrscht, haben Verständnis, Nachsicht und Sinnenfreude ihr Recht verloren. Und mit dieser Meinung stand ich nicht allein – mit jedem Tag wuchs die Zahl der Raphaeliten, die in das entlegene raphaelsländische Kloster strömten, in das ich mich nach Kriegsende zurückgezogen hatte. Überhaupt – Kriegsende! Die Ketzeraufstände mochten niedergeschlagen sein, aber solange der Herr der Fliegen Gottes Schöpfung bedroht, ist der Kampf der Angelitischen Kirche nie vorbei."

Vorsichtig warf Ab Brindisi ein: „Aber hat der Herr Euren Orden nicht zuvörderst zu Heilern berufen? Lauft Ihr nicht Gefahr, Eurer göttlichen Bestimmung zuwiderzuhandeln, Euch also mithin schwer zu versündigen?"

„Unsinn! Wäre dem so, hätten dann so viele gefordert, ich solle der neue Ab des Himmels zu Gratianopel werden? Doch im Gegensatz zu vielen meiner Brüder und Schwestern ging es mir nie um hohe Ämter, die letztlich nur ein weiches Kissen sind ..."

„Gegen Eure Weihe zum Kardinal habt Ihr Euch aber nicht gewehrt", stichelte der Michaelit sichtlich getroffen von der Beleidigung Ios von Clermos.

„Natürlich nicht", erwiderte dieser indigniert. „Durch dieses Amt war ich plötzlich in der Position, eine Stätte des unverfälschten Glaubens auf den Trümmern einer ehemaligen Ketzerstadt zu erbauen – eine junge, gottgefällige Stadt mit neuen, gottgefälligen Bewohnern. So entstand das heutige Clermo."

„Das ja in vielen Dingen nicht unumstritten ist, Kardinal", unterbrach Brindisi unbeirrt den Redefluß des Raphaeliten. „Und seien wir einmal ehrlich – Euer weiterer Werdegang ist typisch für einen, den viele für einen Störenfried in den eigenen Reihen, manche gar für einen Nestbeschmutzer halten. Sicher, als Ihr meinem Amtsbruder Miroslav ausreichend auf die Nerven gegangen wart, daß er Euch zur Kenntnis nehmen mußte, ernannte er Euch zum Kardinal der Isles, doch Euch ist sicher ebenso klar wie mir, daß er Euch damit gewissermaßen aus dem Weg befördert hat. Ein überaus geschickter Schachzug!"

„Ihr habt vollkommen Recht", nickte Ios von Clermo sehr zur Überraschung des Ab. „Ich wurde exiliert. Doch es geht ja nicht um mich – die Prüfer werden immer stärker, auch wenn ich nicht mehr im Herzland des Ordens weile, und allein das zählt. Selbst Engel haben jetzt begonnen, sich uns anzuschließen. Ich beschwöre Euch, ehrwürdiger Ab – erkennt die Prüfer für die Seelen der Schar offiziell als den anderen Fraktionen der Raphaeliten gleichgestellte Gesprächspartner an und macht den Heilenden Händen des Herrn den Weg frei in eine glorreiche Zukunft. Ihr seid ein einflußreicher Mann, und Euer Handeln hier in der Ewigen Stadt hat Symbolkraft – die anderen Orden würden es Euch gleichtun, da bin ich mir sicher."

„Nun gut", seufzte Brindisi, „berichtet mir, was Eure Prüfer ausmacht, und ich will versuchen, Euch ein unvoreingenommenes Ohr zu schenken. Ich muß dazusagen – ich habe mich erkundigt, aber es drangen nur finstere Gerüchte an mein Ohr. Doch heute habe ich dafür nicht mehr genügend Zeit, Kardinal – laßt uns das Gespräch morgen nach der Frühmesse fortsetzen. Ich möchte einen Ordensbruder und Freund hinzuziehen, dessen Rat mir in solchen Fragen sehr wichtig ist."

„Euer Wunsch ist mir Befehl, ehrwürdiger Ab“, sagte der Prüferkardinal höflich und erhob sich von seinem Diwan. „Darf ich so kühn sein zu fragen, um wen es sich handelt?“

„Um Uth von Hatten, Ordinarius für Kirchenrecht an der ramielitischen Akademie zu Tübingen in Gabrielsland – und demnächst neuer Inquisitor im Namen des Erzengels Michael.“

Kapitel elf

„Er hat mir das Leben gerettet? Wie das?“ Aadoniel fuhr vor Überraschung über Rahels Worte unwillkürlich hoch – das heißt, er wollte hochfahren, doch der steife Verband um seinen Torso und der unvermittelte, heftige Schmerz in seinem Brustkorb belehrten ihn rasch eines Besseren. Kraftlos und matt sank er zurück. „Wie lange habe ich überhaupt geschlafen?“

„Fast einen ganzen Tag.“ Die zierliche Raphaelitin, die immer noch seine Hand hielt, errötete. „Es ist jetzt der Abend des Tages nach dem, an dem du ... die Traumsaatbestie getötet hast.“

Langsam fielen Aadoniel die Details des vergangenen Tages wieder ein. „Daniel!“ keuchte er. „Geht es ihm ... ich meine ... ist er ...“

Der Gabrielit war sicher, er hätte die Stille in seinem in Dunkelheit liegenden Krankenzimmer mit der Klinge seines Flammenschwerts schneiden können. Endlich sagte Rahel kaum hörbar: „Er wird wieder ganz in Ordnung kommen. *Ihm* konnte ich helfen. Dir nicht ...“ Sie brach in Tränen aus. „Oh Aadoniel, ich schäme mich so ... ich habe dich im Stich gelassen ... du wärest gestorben, wenn ...“

„Red keinen Unsinn, kleine Schwester“, sagte Aadoniel mit belegter Stimme und strich ihr übers Haar, so weit es sein dick bandagierter

Es war ein Mann im Lande Uz, der hieß Hiob. Der war fromm und rechtschaffen, gottesfürchtig und mied das Böse.

- Hiob 1, 1

linker Arm zuließ. „Ich bin sicher, du hast getan, was du konntest. Und immerhin lebe ich ja noch." Nach einer kleinen Pause riskierte er die Frage: „Aber wenn du nicht ... ich meine ... wem habe ich denn dann zu verdanken, daß ich nicht tot da draußen im Wald liege?"

Zu seiner unendlichen Erleichterung brach Rahel nicht erneut in Tränen aus, sondern hob den Kopf, schniefte einmal entschlossen und sagte dann wesentlich gefaßter: „Na ja, zunächst einmal Malloriel. Ich weiß ja nicht, was der Geist der Ramieliten wirklich alles vermag ... aber jedenfalls hat er hier im Himmel Alarm geschlagen. Dann kamen sie uns zu Hilfe und haben dich hierher gebracht – dich und Daniel. Hier im Krankentrakt haben sich dann drei meiner Ordensgeschwister um dich gekümmert. Deine Wunden zu schließen wäre leicht für sie gewesen ..." Ihre Stimme verlor sich.

„Aber?" bohrte Aadoniel nach.

„Du erinnerst dich an den Stachel, mit dem dich die Bestie durchbohrte?"

Der Gabrielit nickte grimmig.

„Er war vergiftet. Der Traumsaatdämon hatte irgendeine Substanz in deinem Leib hinterlassen, die dich von innen heraus aufzehrte."

Während sie sprach, strich Rahel gedankenverloren mit dem winzigen, schmalen Zeigefinger ihrer Linken über Aadoniels blütenweißen Brustverband. „Zunächst wußte keiner, was mit dir los war, aber du hattest furchtbar hohes Fieber. Du hast geradezu geglüht, und alle hatten Angst, du würdest sterben. Dann bot sich der Mann, der eben bei dir war, an, nach dir zu sehen. Zunächst wollte man ihn nicht zu dir vorlassen – es scheint, daß viele hier im Himmel ihm nicht trauen. Aber Schwester Anya, die ältere Begine, die die Krankenstation leitet, kennt ihn von früher und hat ihre Autorität in die Waagschale geworfen. Schließlich ließ man ihn an dein Bett."

Rahel hielt einen Augenblick inne, um sich zu sammeln, und fuhr dann fort: „Er hat das mit dem Gift sofort richtig erkannt. Es zeigte sich, daß es eher schädlich gewesen war, deine Wunden zu schließen, weil das der inneren Infektion noch Vorschub leistete. Und dann ..." Erneut brach sie ab.

„Ja?" drängte Aadoniel.

„Dann hat er dich operiert. Sechs Stunden lang, die ganze Nacht. Und seither geht es rasch aufwärts mit dir."

„Was? Er hat mich aufgeschnitten?" keuchte der Gabrielit ungläubig.

„Sage ich doch", entgegnete Rahel irritiert. „Er hat gesagt, man dürfe nichts unversucht lassen, um einen tapferen Kämpen des Herrn wie dich zu retten, das sei er dir schuldig. Er hat lange, ganz schmale Klingen verwendet, die er mitgebracht hatte, und sie mit einer stinkenden grünlich-schwarzen Salbe präpariert, ehe er zu Werke ging, die er ebenfalls in seinem Reisegepäck mit sich führte." Jetzt war Rahels Begeisterung für den Kahlköpfigen nicht mehr zu überhören.

„Ich habe als deine Scharschwester darauf bestanden, zusehen zu dürfen – er war so kühn, so ganz ein Heiler, der weiß, daß er das Werk des Herrn tut, Aadoniel."

„Hmmm", brummte der Gabrielit, „scheint, als verdanke ich diesem Kardinal tatsächlich mein Leben. Aber wer ist der Mann nun? Und was will er hier?"

Wieder errötete Rahel leicht. „Ich kenne ihn nur vom Hörensagen, Aadoniel. Er ist der geistige Führer der Prüfer, einer radikalen Gruppe innerhalb meines Ordens, deren genaue Ziele ich nicht kenne. Aber man sagt, er ist hier, um Verbündete zu finden – oder zumindest, um der Exkommunizierung zu entgehen."

♦ ♦ ♦

Die beiden Gefängniswärter, die Naldo von Malvi in die düsteren Kellergewölbe unter dem Vatikan führten, trugen michaelitische Laientracht über Kettenhemden, hatten Fackeln in Händen und waren ausgesprochen schweigsam. Sie würdigten ihn keines Blickes, als sie die schwere, eisenbeschlagene Zellentür entriegelten, ihn einließen und Anstalten machten, hinter ihm die Zelle wieder zu schließen.

„He, kann ich wenigstens eine der Fackeln mit hineinnehmen?" fragte Naldo in bemüht heiterem Tonfall. „Ich muß doch wenigstens sehen, mit wem ich es zu tun habe."

„Hier." Der Kleinere der beiden, ein unrasierter Geselle mit dem dunklen Teint und dem unverkennbaren Akzent der Sizilianer, schob ihm seine Fackel in die Hand. „Und nun macht hin – ihr habt nur für zwei Stunden eine Aufenthaltsgenehmigung für die Carceri."

Naldo nickte eingeschüchtert, trat in die Zelle und zuckte zusammen, als die Tür hinter ihm dröhnend zuschlug. Für einen Augenblick hatte der junge Mann die Assoziation, die Pforte eines Mausoleums sei hinter ihm zugeschlagen, aus dem es jetzt kein Entrinnen mehr für ihn gab. Er blieb reglos stehen, die Tür im Rücken, und bemühte sich, seinen Atem unter Kontrolle zu bekommen und zugleich seine Augen an die fast völlige Finsternis, die lediglich von seiner blakenden Fackel erhellt wurde, zu gewöhnen.

Ihm gegenüber saß der Mann, dessentwegen er hier war. Breitbeinig saß er auf dem strohgedeckten breiten Steinsims, das in dieser Zelle als Schlafstatt diente, die Unterarme auf den Knien, und starrte mit gesenktem Kopf auf den Boden zwischen seinen Füßen. Bekleidet war er lediglich mit einem vor Dreck starrenden raguelitischen Engelsrock. Sein Haar, das er früher sicher nach Art der Bewahrer der Technik mit Ölen und Wachsen zu einem starr nach oben stehenden Stachelschopf frisiert getragen hatte, war inzwischen zu lang, verdreckt und verfilzt und hing strähnig vor seinem Gesicht. Er blickte nicht auf, weder als die Tür sich öffnete noch als sie wieder zuschlug. Naldo räusperte sich.

„Ähem ... Calliel? Oder soll ich dich Hiob nennen? Ich bin Naldo von Malvi, Alumnus des ramielitischen Advokatenkollegs zu Monte Cassino, und werde dich in deinem kommenden Prozeß anwaltlich vertreten. Ich habe mich grundlegend mit deinem Fall vertraut gemacht, doch natürlich habe ich zahlreiche Detailfragen, und wir müssen eine Strategie ..."

Der Advokat hielt inne, als sein zukünftiger Mandant den Kopf hob und ihn ansah. Erst jetzt sah Naldo im Fackelschein das feine Netz der Tätowierungen, die im Gesicht besonders ausgeprägt zu sein schienen. Tatsächlich – ein flügelloser Engel! Aber er sah noch mehr: Das rechte Auge des Ragueliten war zugeschwollen, und an seiner linken Schläfe befand sich eine verschorfte Platzwunde.

„Um Himmels willen!" rief er aus. „Hat man dich etwa ..."

Hiob musterte seinerseits den Mann, den man ihm da geschickt hatte. Jung, höchstens Ende zwanzig. Ramielitische Tracht. Für die Mode der Zeit zu langes, fettiges Haar. Ein Schnurrbart, der den Namen eigentlich nicht verdiente. Große Nase, wache Augen. Sicherlich intelligent. Bestimmt war er ausgewählt worden, weil er an die Gerechtigkeit glaubte – und diesen Prozeß mit Pauken und Trompeten verlieren würde.

All das nahm Hiob mit einem Blick wahr. Dann beantwortete er mit müder Stimme die Frage seines Gegenübers: „Das ist doch ganz egal."

„Nein, ist es nicht!" Empörte sich der junge Advokat. „Die Folter gehört außer gegenüber Ketzern nicht zum Instrumentarium der Jurisprudenz der Angelitischen Kirche, und du bist ein Engel, was ein solches Vorgehen ganz und gar undenkbar macht, und außerdem ..."

„Naldo von Malvi?"

„Ja?"

„Ich habe nicht nach dir geschickt. Geh nach Hause, trink einen Becher Wein und halte dich von mir fern. Ich bringe Unglück."

„Aber ich ..."

Hiob sah den jetzt mit hängenden Schultern vor ihm stehenden jungen Advokaten an.

„Naldo?"

„Ja?"

„Wie viele Prozesse hast du vor diesem geführt?"

Schweigen. Dann kleinlaut: „Keinen. Dies ist mein erster."

Hiob nickte versonnen.

„Naldo, ich nehme zurück, was ich gesagt habe. Du wirst mich zu diesem Prozeß begleiten. Doch ich verteidige mich selbst. Du wirst schweigen. Einverstanden?"

„Das – das ist sehr ungewöhnlich. Warum willst du, daß wir das so machen?"

„Ganz einfach", sagte Hiob. „Verlieren wir, so habe ich mir das selbst zuzuschreiben. Werde ich aber freigesprochen, so werde ich allen sagen, du habest meine Vereidigungsreden mit mir eingeübt, und du erntest den ganzen Ruhm. Einverstanden?"

„Ja", strahlte Naldo, „so könnte es gehen."

„So machen wir es", bekräftigte Hiob. „Und nun geh – wir sehen uns vor Gericht."

♦ ♦ ♦

Aus dem schwarzen Himmel über der nächtlichen Michaelitenzitadelle schwebte geräuschlos ein großer Urielit mit vollkommen kahlem Schädel herab. Er nickte den beiden wachhabenden Templern auf der Flugplattform, die er sich für seine Landung ausgesucht hatte, nachlässig zu, ohne darauf zu achten, ob die beiden Männer den Gruß erwiderten. Dann rollte er wie oft nach langen Flügen die Schultern, um die Muskulatur zu lockern, nahm seinen mit smaragdgrünen Bändern umwickelten Langbogen von der Schulter und stützte sich darauf.

Können wir landen, Bruder? Hörte er die Stimme seines Michaeliten in seinem Kopf.

Der Kahlköpfige antwortete in seinem Geiste: *Alles in bester Ordnung.* Innerlich zuckte er zusammen. Es funktionierte immer noch nicht so gut wie früher mit Henaiel. Dann landete Thomasiel, der schmale, hoch aufgeschossene neue Führer der Schar, auch schon neben ihm. Auch die anderen drei waren da: Paliel, ihre Gabrielitin, deren zierlicher Körperbau schon so manchen Gegner gefährlich getäuscht hatte, Baraliel mit dem im Nachtwind wehenden, mausbraunen Haar vom Orden der Ramieliten und Machasiel, die attraktive, schon recht erwachsen wirkende Raphaelitin.

Nun gut, sendete Thomasiel, *ihr wißt, daß es mich nicht glücklich macht, daß wir hier sind, daß ich aber verstehe, warum es euch so viel bedeutet, und daß ich mich dem beuge.* Nach einer kleinen Pause fügte er mit einer gehörigen Portion Stolz auf die Schar die er führte hinzu: *Und wenn euer Raguelit tatsächlich hier im Himmel ist, dann müßte es schon mit dem Herrn der Fliegen zugehen, wenn wir fünf ihn nicht finden. Gehen wir.*

♦ ♦ ♦

Als Rahel in die Cella der Schar zurückkehrte, hockten bereits alle auf den Schlafsimsen und hatten sich zur Ruhe begeben. Nur eine einzige Kerze, die vorne bei Malloriel auf einem Wandbrett stand, spendete ein klein wenig Licht. Kein Wunder, dachte die Raphaelitin. Sie alle hatten schließlich einen langen Tag voller Sorgen hinter sich gebracht, voller endloser, ernster Gespräche mit Prior Emmaus und einigen Strategen des Himmels, die alles über den Traumsaatüberfall wissen wollten. Ein solcher Vorfall war in Michaelsland, geschweige denn in so unmittelbarer Nähe zur Ewigen Stadt, seit Menschengedenken nicht mehr vorgekommen.

Rahel beschloß, ebenfalls gleich mit der Meditation zu beginnen. Die Kerze konnte ruhig herunterbrennen – Malloriel fand seit Wochen so schlecht Ruhe, da wollte sie ihn nicht unnötig stören. Sie sprach wie zu jedem Tagesabschluß ein Nachtgebet, entledigte sich ihres Obergewandes und lehnte sich, wie sie es sich seit ihrer Ankunft im Himmel angewöhnt hatte, eng an Daniel. Wie beruhigend war es doch, sein Herz wieder stark und regelmäßig schlagen zu hören ... ein Grund weniger, sich Sorgen zu machen ... und mit diesen Gedanken leerte die Raphaelitin ihren Geist und versank in tiefe Meditation.

Malloriel wartete noch eine Weile ab, obgleich er sich sicher war, daß Rahels ruhige Atemzüge bedeuteten, daß sie sich ganz in sich selbst zurückgezogen hatte. Dann erhob er sich lautlos vom Sims und sah die Raphaelitin, die er, seit sie ihn mit Irène zusammen gesundgepflegt hatte, als das vertrauteste Wesen in seinem Leben betrachtete, und den hochgewachsenen Urieliten an, an den sie sich geschmiegt hatte. Ein schönes Paar, dachte er. Dann schalt er sich innerlich: Was für ein seltsamer Gedanke! Und doch ... wenn Ariel sich nur ein einziges Mal zu einer so vertrauten Geste hätte hinreißen lassen ...

Kopfschüttelnd verwarf der Ramielit diese Gedankengänge. Etwas anderes beschäftigte ihn viel mehr: Seit er am Brenner mit Hiob geredet hatte, wurden seine Träume nicht nur immer dringlicher, sondern auch immer deutlicher. Noch waren es Fetzen, Mosaiksteinchen, die er in den Nachtgespinsten sah, doch Malloriel war sicher, daß er in ihnen bald einen Sinn würde lesen können. Außerdem gingen ihm die Worte dieser Sängerin nicht mehr aus dem Kopf ...

Du bist das Gedächtnis deiner Schar, hatte Ab Guillaume einmal gesagt. Nun, wenn dem so war, dann hatte seine Schar auch ein Recht darauf, all dies mit ihm zu teilen. Entschlossen bückte er sich, entnahm seinem Bündel Feder, Tinte und ein kleines Notizbuch, hockte sich wieder hin und begann, wie besessen zu schreiben.

♦ ♦ ♦

Am nächsten Morgen betrat Ios von Clermo wieder das Audienzzimmer, in dem Ab Brindisi und Uth von Hatten bereits auf ihn warteten. Diesmal war das Geplänkel an der Tür unterblieben, der wachhabende Templer hatte ihm – obgleich nicht derselbe wie am Vortage – keine Schwierigkeiten wegen seines Stocks gemacht. Während der obligatorischen Grußformeln betrachtete der Prüferkardinal die beiden Männer, die von seinen Zielen zu überzeugen ihm so entscheidend schien. Sie hatten äußerlich wenig gemein. Vermonte Brindisi war Ende 50 und wirkte mit einem Wort gesagt lebendig. Wie von Clermo selbst war er keinen Meter siebzig groß, machte das jedoch zum Teil durch eine sehr aufrechte, fast stolze Haltung wett. Zwar trug er die Mitra seines hohen Amtes, um keinen Zweifel am

Machtgefälle im Raum aufkommen zu lassen, doch hatte er sich mit einem schlichten michaelitischen Monachengewand begnügt. Der minutiös getrimmte, graue Kinnbart – dieselbe Barttracht, wie sie von Clermo bevorzugte – ließ den in theologischen Fragen als gelegentlich eigensinnig geltenden geistlichen Oberhirten der Michaeliten entschlußkräftig und abgeklärt zugleich erscheinen.

Der Prälat aus Gabrielsland hingegen hatte die Dreißig gewiß noch nicht lange überschritten. Er war hochgewachsen und schlank, hatte aber die typische leicht gebeugte Haltung von Männern, die von Berufs wegen viel sitzen und deshalb unter Rückenbeschwerden leiden – von Clermo hatte ein Auge für derlei. Über dem weißen Monachengewand der Michaeliten trug er den schwarzen Überwurf, der ihn als Prälaten kennzeichnete, sowie am linken Arm den traditionellen goldbesetzten, bis knapp zur Schulter reichenden Hand- und Armschutz, Symbol der Inquisitorenwürde, das üblicherweise nur bei Prozessen getragen wurde. Unwillkürlich drängte sich Ios von Clermo die Frage auf, ob er hier tatsächlich *ein*geladen war, um seine Ansichten zu schildern, oder *vor*geladen, um sich sein eigenes Grab zu schaufeln.

Der Ab bedeutete seinen Gästen, Platz zu nehmen, goß ihnen in schwere Kelche Wein ein und sagte: „Nun, Kardinal, Ihr wolltet uns von den Prüfern berichten."

Prälat von Hatten nahm die Brille mit dem Drahtgestell ab, die er trug, und massierte mit geschlossenen Augen seinen Nasenrücken, auf dem der Steg der Brille eine gerötete Druckstelle hinterlassen hatte.

„Gewiß", sagte Ios verbindlich, „doch laßt mich zuvor eine Frage an Prälat Uth stellen. Ihr tragt den Handschuh – seid Ihr denn vom Pontifex Maximus schon offiziell zum Nachfolger unseres verstorbenen Bruders Karolus, der Herr hab' ihn selig, ernannt worden?"

„Das ist nur noch eine Frage der Zeit", beschied ihn der Gabrielsländer knapp.

„Ich verstehe." Wie offenbar so vieles, dachte der Raphaelit. „Nun gut, wie auch immer – die Prüfer, ja. Nun, wir sind ein Zusammenschluß innerhalb der Heilenden Hände des Herrn, dessen Gefolgschaft beständig zunimmt, seit neuestem auch und gerade innerhalb der Engel unseres Ordens. Wir teilen viele Ansichten, die etwa unser hochverehrter Ab vertritt. So betrachten auch wir eigentlich alle Menschen als gleichgestellt. Zumindest werden sie als vom Herrn geliebte Geschöpfe nach seinem Ratschluß geboren, und zwar zumeist ohne Sünde. Doch der Herr hat uns die Willensfreiheit geschenkt. Im Laufe seines Lebens muß sich der Mensch daher beständig zwischen Sünde und Lauterkeit entscheiden. Wer sich zu oft zu ersterer hinreißen läßt, der endet als Ketzer."

„Und die stets Tugendhaften als Kardinal, wie, Eminenz?" Versuchte Brindisi zu scherzen, doch ein flammender Blick von Clermos zeigte ihm, daß dieser in derlei Dingen keinen Spaß verstand. Er ignorierte den Einwurf des Ab.

„Hat ein Mensch eine gewisse Last an Frevel und Missetaten begangen, indem er gegen die gottgegebenen Gesetze der Angelitischen Kirche sündigte, hat er damit unserer Auffassung nach seinen Anspruch auf Gleichbehandlung eingebüßt."

„Und dann?" fuhr Prälat von Hatten scharf dazwischen.

„Dann müssen sie gerichtet werden." In den Augen von Clermos glomm das Flämmchen religiösen Eifers, das, wie Brindisi wußte, rasch zum Flächenbrand des Fanatismus aufzüngeln konnte.

„Die Prüfer vertreten also einen anderen theologisch-philosophischen Ansatz, indem sie Sünde seitens der Menschen nicht als das Resultat der Versuchungen des Herrn der Fliegen sehen, sondern als Ergebnis bewußter menschlicher Willensentscheide", versuchte der Ab das Gespräch auf ungefährlicheres Terrain zurückzusteuern. „Gut, ein außergewöhnlicher Ansatz, aber doch wohl durchaus innerhalb des Auslegungsspielraums der angelitischen Dogmatik. Und das schlägt so hohe Wellen?" Belustigt sah er zu Uth von Hatten hinüber, der aber sehr finster hinter seiner wieder aufgesetzten Brille hervorschaute.

„Es ist mehr als das", sagte der Gabrielsländer, ehe Ios von Clermo wieder das Wort ergreifen konnte. „Wenn mich meine Quellen nicht fehlinformiert haben, hat der Zulauf, den die Prüfer erfahren, doch bei weitem nicht nur theologisch-philosophische, sondern vor allem auch politische Gründe, nicht wahr, Eminenz?"

Quellen, dachte der Kardinal des Isles verbittert. Sag' doch ruhig Spione. Doch laut antwortete er höflich: „Damit habt Ihr sicher recht,

Bruder Uth. Seien wir ehrlich – und ich bitte, das nicht als persönlichen Vorwurf zu verstehen, sondern als Aufforderung, daß wir als Entscheidungsträger unserer jeweiligen Glaubensgemeinschaften für die Zukunft richtungsweisende Veränderungen herbeiführen können: Auch und gerade Euer Orden ist dem meinen jahrhundertelang mit Undank begegnet." Von Clermo hatte sich in Rage geredet, sein Kopf war gerötet, und seine Worte kamen immer schneller. Er war aufgesprungen, und sein Blick sprang zwischen dem Ab und dem Prälaten hin und her.

„Wir Raphaeliten haben das ohne Murren ertragen, haben Zugeständnis um Zugeständnis gemacht, doch das hat jede Menge Wut bei vielen meiner Brüder und Schwestern hervorgerufen, die nicht mehr bereit sind, den anderen Orden als willfähriges, vermeintlich anonymes Hilfsmittel zur Verfügung zu stehen. Auf unseren Versammlungen vernimmt man, das will ich nicht verhehlen, immer regelmäßiger die immer lauter werdende Forderung nach einer grundlegenden Reform der Beziehungen zwischen den einzelnen Orden, die uns zu guter Letzt die Anerkennung erweist, die wir für unsere unbeirrten Werke verdienen. Nicht alles Leben ist heilig, meine Herren! Von diesem verweichlichten Kompromiß müssen wir uns verabschieden! Brennen wir die Geschwüre im Leib Europas aus bis auf das rohe Fleisch, auf daß der Rest des Leibes heile!"

Bei den letzten Worten hatte sich der Kardinal so in Rage geredet, daß Speichel von seinen Lippen gesprüht war. Vermonte Brindisi starrte den Eiferer mit einer Mischung aus Abscheu und morbider Faszination an.

„Und so etwas hat Zulauf? Mehr noch: Für solche Ideen geht Ihr mich um Unterstützung an, Kardinal?" fragte er völlig ungläubig.

„Ja, ehrwürdiger Ab!" rief von Clermo. „Erkennt die Zeichen der Zeit! Seid dabei bei einem neuen Aufbruch der Angelitischen Kirche, der dem Aufruf des Pontifex Maximus zum Großen Kreuzzug gleichkommen kann! Wir werden immer mehr – und allerorten bekennen sich Diener der Kirche auf allen Ebenen der Hierarchie offen zu unseren Ansichten. Über Clermo haben wir ja schon gesprochen – eine reine Stadt, eine menschliche Gemeinschaft ohne Verbrechen, Ab Brindisi!"

Ehe er sich weiter ereifern konnte, fiel ihm der Prälat kühl ins Wort. „Sagt mir nur eins, Ios von Clermo. Ist es wahr, daß Ihr einzelne raphaelitische Engel gelehrt habt, wie sie die Gaben des Herrn umkehren und mit ihren ihnen von Gott gegebenen Kräften Wunden zu reißen vermögen, statt sie zu heilen? Und stimmt es, daß ihr dieses Wissen groß angelegt im gesamten Orden verbreitet habt?“

„Nun, ich würde es nicht als Umkehrung der göttlichen Gaben bezeichnen, Prälat ...“

Der bebrillte Gabrielsländer schoß wie von einer Feder geschnellt aus seinem Sessel hoch, sah nun auf Ios von Clermo hinab und wiederholte in schneidendem Tonfall: „Stimmt es, oder stimmt es nicht?“

„Es stimmt“, sagte der Kardinal leise. „Wir hielten es für nötig, unseren Engeln einen Weg zu weisen, sich in den Kämpfen gegen die Ketzer noch anders zu bewähren als dadurch, daß sie andere nach getaner Arbeit zusammenflicken ...“

Aber Uth von Hatten hörte ihm nicht mehr zu. Er hatte dem plötzlich fürchterlich schwitzenden Raphaelsländer den Rücken zugekehrt und sah mit hinter dem Rücken verschränkten Armen auf die weit unter ihnen ameisengroß erkennbaren, betriebsamen Einwohner der Ewigen Stadt hinab.

Nach einem langen, unangenehmen Schweigen sagte er, ohne sich noch einmal zu Ios von Clermo umzudrehen: „Dieses Gespräch ist beendet. Ihr werdet Roma Æterna binnen drei Stunden verlassen, Kardinal. Seid froh, daß ich noch nicht im Amte bestätigt bin – denn wenn ich Euch je als Inquisitor vor den Schranken meines Gerichtes habe, dann gnade Euch Gott.“

Ios von Clermo eilte ohne ein weiteres Wort hinaus und schlug die Tür zu. Sein letzter Blick galt Ab Vermonte Brindisi, doch der erwiderte den Blick des Raphaeliten nur gleichmütig und sagte kein einziges Wort.

hiobs botschaft

Kapitel zwölf

Die nächsten vier Tage vergingen für Ariels vorübergehend dezimierte Schar ohne besondere Ereignisse. Daniel war selten bei den anderen, da er unter Anleitung Soror Anyas und eines die Scriptura tragenden anderen律ieliten namens Pergel langwierige gymnastische Flugübungen machte, um sicherzustellen, daß seine linke Schwinge, deren Radiusknochen gebrochen gewesen war, auch wirklich ihre volle Bewegungsfreiheit wiedererlangte.

Auch Malloriel bekamen Ariel und Rahel in diesen Tagen wenig zu Gesicht. Er fand nach eigenen Aussagen keine Ruhe, konnte sich auf seine Meditation nicht konzentrieren und sonderte sich immer häufiger und vor allem immer länger von ihnen ab. Jedesmal entnahm er, wenn er fortging, seinem Bündel ein Notizbuch, Feder und Tinte. Hatte er dies zu Anfang noch heimlich getan, so war es ihm offenbar bald gleichgültig geworden, ob seine Scharführerin und die Raphaelitin ihn dabei beobachteten. Am zweiten Tag waren die beiden ihm unbemerkt nachgeschlichen und hatten beobachtet, wie er sich auf eine der Stadt abgekehrten, selten benutzte Flugplattform kauerte und auf diesem einsamen, windumtosten Aussichtsplatz hektisch in seinem Buch zu schreiben begann. Ariel, die sich große Sorgen machte – um Malloriel, wie um den Gesamtzustand der ihr

Der Tod nimmt weg, die da sündigen, so wie die Hitze und Dürre das Schneewasser verzehrt.

\- Hiob 24,19

anvertrauten Schar –, wollte hinaus auf die Plattform eilen, um ihn zur Rede zu stellen und ihm ihre Hilfe anzubieten, doch Rahel hielt sie zurück. Die Heilerin beharrte darauf, der Ramielit brauche jetzt Zeit für sich und werde schon von ganz alleine zu ihnen kommen, wenn er sie ins Vertrauen ziehen wollte.

Aadoniel schließlich mußte weiterhin das Krankenlager hüten, auch wenn seine Pfleger ihm in Aussicht gestellt hatten, er werde zumindest die Jahrwendmesse in der Magna Basilica des Himmels zusammen mit seiner Schar besuchen können, wenn er sich wirklich schonte. Das tat er dann nach kurzem Gewöhnungsprozeß auch ausgiebig. Der Gabrielit schien – zumindest für kurze Zeit – regelrecht Gefallen daran zu finden, sich pflegen und umsorgen zu lassen. Ariel und Rahel besuchten ihn regelmäßig, doch er schlief noch immer viel und war darüber hinaus seit seinem Unfall nicht gesprächiger geworden.

So kam es, daß die Michaelitin und die Raphaelitin die vier letzten Tage des Jahres 2644 allein verbrachten. Die einzige Ausnahme bildeten die Stunden, in denen Rahel auf eigenen Wunsch Anya und den anderen raphaelitischen Sorores auf der Krankenstation zur Hand ging oder ihnen auch einfach nur zusah. Das interessierte Ariel naturgemäß weniger, kam aber zu ihrer Freude auch nicht besonders häufig vor.

Die beiden zierlichen Engel streiften nach Belieben durch den Himmel, sahen sich alles an, was sie interessierte. Obgleich sie es einander nicht eingestanden, wußten beide, daß sie dabei durchaus nach Hiob Ausschau hielten, ohne allerdings den geringsten Hinweis auf seinen Aufenthaltsort finden zu können. Schließlich dehnten sie ihre Entdeckungszüge auch auf das nähere Umfeld der Engelszitadelle und einige der naheliegenden Sehenswürdigkeiten der Ewigen Stadt aus.

Wie immer in der letzten Woche des Jahres hatte sich eine ganz besondere Stimmung in Roma Æterna breitgemacht. Es handelte sich um die besinnliche Ruhe, die aus der Gewißheit erwuchs, daß ein weiteres Jahr zu Ende ging, und der Betriebsamkeit der Vorbereitungen auf die Heiligen Tage, Jahrwend und den Tag des Herrn. Wie immer würden diese beiden hohen Feiertage der Angelitischen Kirche in der gesamten Stadt mit ausgedehnten Feierlichkeiten begangen werden. Diese besondere Mischung aus Innehalten und Fleiß griff bald auch auf den Himmel der Michaeliten über.

Auf der Magna Loca herrschte in diesen Tagen ein noch regeres Kommen und Gehen als sonst, und Ariel und Rahel gewöhnten sich daran, lange Runden in der kühlen Winterluft über dem weitläufigen Platz zu drehen, um diesem Treiben zuzusehen.

Am frühen Abend des dreißigsten Decembrii geschah es, daß plötzlich das spitze, klagende Schreien einer Frau an ihre Ohren drang, das sich auf seltsame Weise vom allgemeinen Getöse des Platzes abhob. Diese Laute hatten nichts mit fröhlichem Festvorbereitungslärm zu tun – hier war ein Mensch in Not!

Die beiden Engel warfen einander einen raschen Blick zu. *Los!* sendete Ariel. Dann drehten sie eine enge Kurve und flogen rasch der Quelle des Geschreis entgegen. Überrascht stellten sie fest, daß hier nicht etwa eine Pilgerin belästigt wurde oder ähnliches. Die Quelle des Geschreis war vielmehr eine hübsche junge Frau, die von zwei hochgewachsenen Templern in michaelitischer Uniform über den Platz in Richtung Himmel geschleift wurde. Das kupferrote Haar der jungen Frau – sie konnte allerhöchstens Mitte zwanzig sein – war kurzgeschoren. Ihre helle Haut war von Sommersprossen übersät, sie war ausgesprochen hübsch und trug lediglich ein dünnes Baumwollhemdchen, das bei der kühlen Witterung keineswegs angemessen erschien. Sie wehrte sich verzweifelt und schrie wie eine Furie, doch die beiden Ordenskrieger hatten sie mit ihren metallbeschlagenen Handschuhen hart an den Unterarmen gepackt und zerrten sie stur geradeaus blickend zwischen sich dahin. Die bloßen Füße der Gefangenen schliffen dabei über den Boden und waren schon ganz blutig, doch ihre beiden Häscher schienen sich dieser rücksichtslosen Brutalität gar nicht bewußt zu sein. Ihr Ziel war zweifelsohne die Brücke der Erkenntnis. Über diese, den Vorhof des Lichts und das Portal des Friedens wurden jene in den Himmel gebracht, die sich des Bruchs der Gesetze der Angelitischen Kirche schuldig gemacht hatten.

„Laßt mich, ihr Schweine!“ kreischte die junge Frau. Es war das erste Mal, daß Ariel und Rahel zusammenhängende Worte aus ihrem Munde vernahmen. „Ich habe nichts getan! Er hat mich verraten!“

Für einen Augenblick ließ der Templer zu ihrer Rechten sie los, aber nur, um sie mit der gepanzerten Faust mitten ins Gesicht zu schlagen. Ihre Unterlippe platzte auf, und ihr Kopf sackte nach vorn. Während er sie wieder packte, ehe sie dem Griff seines Kameraden entgleiten und lang hinschlagen konnte, erklärte er den bestürzt zusehenden Umstehenden seelenruhig: „Alles in Ordnung, Leute. Wir verbringen nur eine überführte Ketzerin in den Himmel. Hier gibt es nichts zu sehen. Geht weiter!“

Mit diesen Worten ruckte er am Arm der offenbar Bewußtlosen, und die beiden Templer schleiften sie weiter auf die Brücke der Erkenntnis zu.

Rahel kochte vor Wut ob dieser gedankenlosen Brutalität und hätte am liebsten sofort eingegriffen. Doch ihre Scharführerin hielt sie am Arm zurück. Zu ihrem eigenen Erstaunen hörte Ariel sich senden: *Du hast recht. Ich will auch mehr über diesen Vorfall wissen. Aber das müssen wir geschickt anstellen. Los, zu einer Flugplattform, aber schnell!*

Und die beiden Engel stiegen steil empor in den Winterhimmel.

Es wird langsam zur Gewohnheit, daß wir fliegen, als sei der Widersacher selbst hinter uns her, dachte Rahel, während sie hinter Ariel her der nächstgelegen Flugplattform entgegenstob. Ohne innezuhalten und den beiden auf ihren rasanten Auftritt überaus erstaunt reagierenden wachhabenden Templern nur beiläufig zunickend rauschten sie durch einen Verbindungskorridor in Richtung Herzleitung. *Dem*

Herrn sei Dank, daß wir mit Daniel so ausgiebig Flugmanöver geübt haben, sendete Ariel, die entschlossen vorausflog.

Als sie in belebtere Bereiche des Himmels vordrangen, mußten die beiden Engel notwendigerweise ihre dem Ort vollkommen unangemessene Hast etwas zügeln, um nicht unangenehm aufzufallen. Doch als sie so beiläufig wie möglich in den Eingangsbereich vorstießen, in den das Portal des Friedens mündete, sahen und hörten Rahel und Ariel zu ihrer Erleichterung, daß sie nicht zu spät kamen, um das weitere Schicksal der verhafteten Frau zu beobachten. Die beiden Michaelis-Templer hatten mit ihrer menschlichen Fracht offenbar auch ihre liebe Not gehabt. Sie war wieder zu sich gekommen, wand sich im Griff der beiden Ordenskrieger, als habe der Veitstanz sie gepackt, und stieß mit zunehmend heiserer werdender Stimme abwechselnd Verwünschungen, Obszönitäten und Unschuldsbeteuerungen aus. Doch die beiden führten sie nur mit stoischer Miene in Richtung des Bereiches diesseits des Vorhofes der Gnade. Zwar blieben einige Monachen und Beginen, denen sie begegneten, stehen und beäugten die kreischende Frau neugierig, doch offenbar genügte der Anblick der beiden entschlossen dreinblickenden Templer, um alle Bewohner des Himmels zu überzeugen, daß hier alles mit rechten Dingen zuging. Als die Frau erkannte, daß sie scheinbar von niemandem hier Hilfe zu erwarten hatte, egal, wie kläglich sie auch um Gnade flehte, sackte sie im Griff der beiden Gerüsteten zusammen und begann, haltlos vor sich hin zu schluchzen. Es schien, als sei mit einem Mal jeder Widerspruchsgeist aus ihr gewichen.

Von ihrem Ausguck auf einer Balustrade einige Stockwerke höher und schräg gegenüber sahen die beiden Engel, wie die Templer mit ihrer Gefangenen in dem Trakt verschwanden, in dem sich, wie sie von ihren Streifzügen der vergangenen Tage wußten, nur langweilige Lagerräume befanden. Allerdings erinnerte sich Ariel auch nur zu gut daran, daß ein kleiner Novize, mit dem sie unterwegs ins Gespräch gekommen waren, erzählt hatte, in den hinteren Bereichen des Lagertraktes gebe es eine geheimnisvolle Treppe nach unten, mit einer vergitterten Tür zum Treppenhaus, die zu jeder Tages- und Nachtzeit von einem Templer bewacht wurde. Bisher hatte sie das für Hirngespinste des Jungen gehalten, mit denen er sich für die Engel interessant hatte machen wollen ...

Ariel bemerkte, daß Rahel sie von der Seite erwartungsvoll ansah. Sie seufzte, reckte sich und sendete: *Schar! Ich brauche euch alle. Wir treffen uns so schnell wie möglich in Aadoniels Krankenzimmer.*

Es dauerte tatsächlich nicht lange, und die vier nicht bettlägerigen Scharmitglieder standen um Aadoniels Krankenlager herum. Während er sich über die Abwechslung im Gleichmaß seiner Tage auf der Lazarettstation freute und das auch klar zum Ausdruck brachte, machten weder Daniel noch Malloriel, der mit mürrischem Gesicht als letzter das Zimmer betreten hatte, einen Hehl daraus, daß sie sich von Ariels Ruf gestört fühlten.

„Ich hoffe, du hast einen wichtigen Grund, uns hier zusammenzutrommeln, Ariel", brummte der Ramielit und verschränkte die Arme vor der Brust.

Ich denke schon, sendete Ariel und übermittelte ihren Schargeschwistern im Geiste eine kurze Zusammenfassung dessen, was ihr und Rahel in der letzten Stunde widerfahren war.

„Und nun hast du Zweifel, ob da alles mit rechten Dingen zugeht", rundete Aadoniel ihren Bericht ab, als sie geendet hatte.

Ja. Noch in ihrer geistigen Botschaft spürten die anderen den Zwiespalt, in dem sich Ariel befand. *Ich – ich bin sicher, daß die beiden etwas Übles im Schilde führen. Aber trotzdem, wie kann ich an der Richtigkeit des Tuns zweier Templer zweifeln? Ich habe so etwas noch nie erlebt. Ich komme mir vor, als sei ich kurz davor, die Angelitische Kirche zu verraten.*

„Sieh mal, du hast doch eine Schar", brummte der verletzte Gabrielit. „Du bist unsere Seele, Ariel. Wir vertrauen dir, und du vertraust uns ... da brauchen wir den Rest der Kirche nicht. Es gibt nichts Stärkeres als die einige Schar."

Die anderen starrten ihn erschrocken an. Was er da gesagt hatte, grenzte an Ketzerei – und doch hatte Aadoniel im Grunde nur ausgesprochen, was sie alle gedacht hatten.

„Vielleicht ist dies so etwas wie eine Bewährungsprobe für unseren Glauben", warf Malloriel ein, um die Situation etwas zu entschärfen. „Es gibt viele Geschichten, in denen überliefert ist, daß es dem Herrn gefällt, seine treuen Diener zu prüfen. Er stellt sie in scheinbar ausweglose Situationen, und ihr Glaube weist ihnen den Weg."

Ariel warf ihm einen kurzen, dankbaren Blick zu, schien aber nicht weniger verwirrt zu sein. *Wenn ihr sie doch alle hättet sehen können ... ich bin ganz sicher, daß diese junge Frau unsere Hilfe braucht. Ach, ich weiß einfach nicht, was ich tun soll.*

„Was immer du entscheidest, Ariel: Mein Bogen ist dein", sagte Daniel feierlich. „Wie Aadoniel schon sagte: Du bist unsere Seele. Wir vertrauen dir, und wir folgen deiner Entscheidung."

Haltet euch bereit, sendete Ariel. *Ich werde zunächst allein gehen, um herauszufinden, wohin man sie gebracht hat.*

„Warum du allein?" fragte Aadoniel. „Das halte ich für zu gefährlich ..."

„Ich bin Michaelitin", erwiderte Ariel schlicht. „Von uns allen werden mir hier im Himmel meines Ordens die wenigsten Türen verschlossen bleiben. Außerdem", grinste sie in plötzlicher Erheiterung, „siehst du nicht aus, als seiest du im Moment im Stande, mir Geleitschutz zu bieten."

Alle lachten. Es tat gut, mit der Schar zu lachen ...

Ariel schickte sich an zu gehen, blieb aber in der offenen Tür noch einmal stehen und warf über die Schulter einen Blick zurück zu Malloriel.

Ich fühle mich, als würde ich noch eine ganz andere Schwelle überschreiten als die dieses Krankenzimmers, sendete sie so, daß nur ihr Freund mit der silbernen Mähne es hören konnte. *Eine, über die ich nie mehr zurückkehren kann.*

Dann ging sie. An der nächsten Gangbiegung erreichte sie Malloriels Antwort: *Dann willkommen auf meinem Weg, Schwester. Ich bin schon ein paar Türen weiter.*

♦ ♦ ♦

Ohne Zwischenfälle erreichte Ariel den Lagertrakt. Als sie lautlos und unbemerkt durch die schlichte Metalldoppeltür geschlüpft war, kam sie sich vor, als habe sie eine geheimnisvolle, aufregende andere Welt betreten. Der gesamte Trakt lag in den Eingeweiden des Himmels und hatte keinerlei Fenster. Das einzige Licht in den langen, schmalen Korridoren, von denen es durch Schiebetüren in zahllose kleine und größere Lagerräume ging, stammte von sehr spärlich verteilten, unruhig flackernden Pechfackeln, die Ariels Schatten beim Umherhuschen in Form seltsam fließender, mehrdeutiger Gestalten an die Gangwände warf. Ariel war fasziniert von dieser neuen Umgebung, denn neugierig war sie immer schon gewesen, doch es wirkte auch beängstigend auf sie, allein hier unten unterwegs zu sein. Ihre Lehrer hatten sie in der Ausbildung auf die unmöglichsten taktischen und strategischen Problemstellungen vorbereitet, doch so ganz allein ohne die Hilfe ihrer Schar auf eine Erkundungsmission zu gehen, von der sie nicht einmal sicher war, ob sie nicht den Interessen der Angelitischen Kirche zuwiderlief – das war Neuland.

Nach einer Weile umrundete Ariel die Ecke eines Gangs und blieb wie angewurzelt stehen – vor ihr lag eine Tür, die genau der Beschreibung des kleinen Novizen entsprach, den Wache stehenden Templer eingeschlossen. Auch er trug michaelitische Templertracht, und registrierte Ariel sofort. Auf einem Hocker neben ihm stand ein Tonkrug mit dazu passendem Becher, daneben lag ein angebissener Reiskuchen. Das Herz der Michaelitin klopfte bis zum Hals, und am liebsten hätte sie sich umgedreht und wäre zu den anderen zurückgerannt. Doch es war zu spät: Er hatte sie bereits gesehen. Ariel holte tief Luft, straffte sich und ging – wie sie hoffte – stolz erhobenen Hauptes zu ihm hinüber.

„Sei gegrüßt, Engel des Herrn“, eröffnete der Mann das Gespräch. „Was führt dich her?“

Ariel wußte nicht recht, was sie sagen sollte. „Ist – ist hier vor kurzer Zeit eine Frau eingesperrt worden?“

Der Templer beäugte sie mißtrauisch und neigte sich ein wenig vor. Ariel roch seinen Atem und hätte, wenn sie es gewollt hätte, die Bartstoppeln in seinem Gesicht zählen können. „Ja, wieso?“

Jetzt galt es geschwind zu denken! Ariel machte sich noch etwas größer. „Ich bin hier, um sie zu verhören.“

Der Mann sah unschlüssig auf sie hinunter. In seiner Miene rangen das Mißtrauen und eine neue Regung, von der Ariel hoffte, es handle sich um das schlechte Gewissen einem Engel gegenüber, miteinander.

„Du auch, Engel? Das entspricht nicht dem, was mir gesagt wurde ...“

„Kein Wunder", bluffte Ariel, „das ist ein ganz neuer Befehl von ...", sie zögerte unmerklich, „von Prior Emmaus." Um des Herrn Willen, dachte sie, dafür werde ich ins Fegefeuer kommen ...

„Das ist etwas anderes", nickte der Templer.

„Ich dachte schon, du zweifelst an den Worten eines Engels des Herrn", schob Ariel nach.

„Das würde mir nie in den Sinn kommen", versicherte der Mann eifrig, schob den schweren Riegel der Tür hinter ihm zurück und ließ Ariel eintreten. Mit einem tiefen Seufzen stieg die Michaelitin hinab in die geheimen Eingeweide des Himmels.

Der Weg die gleichförmige, unglaublich lange und sich in weiten Spiralen windende Treppe hinab war anstrengend. In regelmäßigen Abständen steckten auch hier blakende Fackeln in eisernen Ringhaltern an den hell gekalkten Wänden, ansonsten unterbrach nichts die Monotonie des Abstiegs. So langsam gewöhnten sich Ariels Augen an das Dämmerlicht. Hier unten war nichts mehr zu spüren vom Prunk des „offiziellen" Himmels. Ariel war es, als schleiche sie durch ein Niemandsland, dessen Gesetzmäßigkeiten und Gegebenheiten sie nicht einzuschätzen vermochte. Bald fühlte sie sich erschöpft. Vertat sie hier vielleicht nur ihre Zeit? Dann rief sie sich ins Gedächtnis, daß ihre Schar jetzt oben um Aadoniels Krankenlager versammelt war, sie in Gedanken begleitete und auf sie baute. Vielleicht hatte Malloriel ja recht, und dies war eine Bewährungsprobe, die der Herr ihr auferlegte, um die Festigkeit ihres Glaubens und ihre Hingabe an die Mission der Angelitischen Kirche zu prüfen. Überhaupt, Malloriel ... sie hatte das Gefühl, zwischen ihr und dem Ramieliten sei immer noch etwas Unausgesprochenes. Doch das mußte warten bis zu einem anderen Tag – jetzt war sie vollauf damit beschäftigt, sich diesem unheimlichen Gewölbe und dem, was möglicherweise in seinen Tiefen auf sie wartete, zu stellen.

Ohne noch ein einziges Mal zurückzuschauen, nahm sie weiter Stufe um Stufe nach unten, entschlossen, ihr Ziel, die Zelle der geheimnisvollen Frau, zu erreichen. Irgend etwas stimmte hier ganz und gar nicht, und sie mußte endlich an einen Ort – oder zu einer Person –, wo sie Antworten finden konnte.

Einige weitere Minuten später war Ariel dem Ziel ihrer Suche einen Schritt näher. Das Treppenhaus mündete in einen ebenso spärlich beleuchteten, scheinbar endlos langen Gang, der sich in der Ferne im Schatten verlor. Die Wand zu ihrer Linken war massiv und trug in regelmäßigen Abständen die sattsam bekannten Fackelhalter. Das Licht der Fackeln sorgte dafür, daß hier unten wie schon auf der Treppe alles in die Farben Goldbraun und Schwarz getaucht war. In der rechten Wand zweigten ebenfalls in regelmäßigen Abständen weitere Gänge rechtwinklig ab. Aus dem ersten davon drang eine leise Stimme. Obgleich Ariel keine Worte ausmachen konnte, tippte sie dem Klang nach auf einen männlichen Sprecher.

So lautlos wie möglich schob sich Ariel an der rechten Wand entlang auf den Abzweig zu. Sie erreichte die Ecke und konnte in den Seitengang spähen. Vorsichtig, den Rücken so flach an die Gangwand gepreßt, wie es ihre Flügel zuließen, riskierte sie einen ersten Blick in den Abzweig. Auf dessen gegenüberliegender Seite befand sich eine Zelle, die allerdings nicht so aussah, wie Ariel es erwartet hatte. Sofort blieb sie wie angewurzelt stehen. Statt der üblichen massiven Wand mit lediglich einer schmalen Zellentür bestand die gesamte gangseitige Wand aus Gitterstäben, die so eng nebeneinander in Boden und Decke verankert waren, daß Zelleninsassen sich nicht dazwischen hindurchquetschen konnten. Es stank nach Exkrementen und Angst. In diesem Kerker hier unten erinnerte nun endgültig nichts mehr an das, was Ariel aus dem Himmel gewohnt war: Im Innern verfügte die Zelle nur über einen fauligen Strohhaufen, auf dem wie ein ängstliches Tier zusammengekauert die gesuchte Frau lag.

Doch Ariel konnte sich nicht recht darüber freuen, daß sie fündig geworden war. Ihr Blick verweilte nur kurz auf der Gefangenen am Boden, – registrierte wie nebenbei, daß ihr dünnes Gewand zerrissen worden war und wurde dann wie magisch angezogen von dem Wesen, das vor der ebenfalls aus Gitterstäben bestehenden Tür zur Zelle stand, hoch aufragend, mit dem Rücken zum Gang und die Hände in die Hüften gestemmt. Ansonsten konnte Ariel von der Gestalt nicht viel erkennen, denn die gewaltigen Schwingen auf ihrem Rücken versperrten den Blick auf ihren Träger. Aus der Körperhaltung schloß sie, daß er auf die junge Frau hinabstarrte. Ein Detail aber grub sich Ariel ins Gedächtnis: Die Schwingen dieses hünenhaften Engels waren pechschwarz.

Namenloses Entsetzen erfaßte die Michaelitin. Ein schwarzer Engel. Ein Engel, der zum Herrn der Fliegen übergelaufen war. Es gab sie also wirklich. Und sie hatten Verbündete unter den Michaelis-Templern!

Der schwarze Engel betrat die Zelle. Gleich würde er sich umdrehen, um die Tür hinter sich zu schließen, und sie dabei zweifellos entdecken! Ohne einen weiteren Gedanken an Heimlichkeit zu verschwenden, wirbelte Ariel herum und jagte die Treppen hinauf. Nichts wie weg hier – hier herrscht der Tod!

Und während die Michaelitin vermeintlich um ihr Leben rannte, sagte der Engel mit den schwarzen Schwingen drunten in der Zelle zu der Gefangenen: „Sei gegrüßt, Uma. Mein Name ist Ashkanael. Dein Leben liegt in meinen Händen."

„Was willst du von mir?" fragte die junge Frau ängstlich und hob den Kopf, um den Engel anzusehen. Sie hatte viel mit Engeln zu tun, Engeln aller Orden und Ausbildungsgrade – dieser hier war ein Gabrielit, der die Scriptura trug, erkannte Uma mit Kennerblick.

„Ich will nur mit dir reden", sagte er mit tiefer, sanfter Stimme und verschränkte die Arme so, als wolle er signalisieren, daß er sich auf ein längeres Gespräch einrichte.

„Warum erzählst du mir nicht von deinen Kindern?"

Kapitel dreizehn

„Ich will nicht mit dir sprechen, Todesengel, und das weißt du auch ganz genau“, hörte Ariel die Frau zu ihrer Überraschung sagen. Die kleine Michaelitin, die ihre Panik in den Griff bekommen hatte und sich ein Versteck in der Nähe gesucht hatte, gewann den Eindruck, als sei dies gewiß nicht das erste Mal, daß die Gefangene, die der schwarze Engel Uma genannt hatte, mit einem Boten des Herrn redete. Tatsächlich schien sie weit gefaßter zu sein als zuvor, als man sie in den Kerker geschleppt hatte; war sie Ariel dabei noch recht hysterisch vorgekommen, so wirkte sie jetzt beinahe resigniert. Sie fuhr in anklagendem Tonfall fort.

„Warum sollte ich dir auch etwas erzählen, was du schon weißt? Die, denen ich es gerne erzählen würde, die, die es hören sollten, erreiche ich von hier aus nicht mehr. Eure treuen Templer haben ja mit der ihnen eigenen Effizienz dafür gesorgt, daß ich den Menschen da draußen, den armen, leichtgläubigen Männern und Frauen, nicht erzählen kann, was für ein mieses Spiel ihr treibt. Und dir brauche ich es ja wirklich nicht zu erzählen, Ashkanael oder wie immer du auch wirklich heißen magst. Allein die Tatsache, daß du hier bist, beweist mir, daß du von alledem sicher mehr weißt als ich. Und für so dumm

Wäre ich gerecht, so müßte mich doch mein Mund verdammen; wäre ich unschuldig, so würde er mich doch schuldig sprechen. Ich bin unschuldig!

– Hiob 9, 20-21

hältst du mich hoffentlich nicht, daß ich dir gegenüber ausdrücklich etwas sage, das mir dann später als Ketzerei ausgelegt werden kann."

Die Gefangene hielt inne und schien auf eine Reaktion des schwarzen Engels zu warten. Ariel drückte sich atemlos an die Wand, wagte nicht, um die Ecke zu linsen und vernahm nach einer kurzen Pause wieder Umas Stimme, die zunehmend verbitterter klang.

„Dann sag eben nichts, Himmelsbote." Das letzte Wort spie die Gefangene geradezu aus. „Ich habe auch gar nicht erwartet, daß du zugibst, in diese ganzen Schweinereien eingeweiht zu sein."

Wieder entstand eine kurze Pause, und wieder erfolgte offenbar keine Reaktion des Engels.

„Ja, schau mich nur an mit deinen mitleidig-überheblichen Augen, Engel. Das könnt ihr ja alle ganz hervorragend. Sicher, du kannst stolz sein – ihr habt mich mundtot gemacht. Es ist euch wieder mal gelungen, jemanden zum Schweigen zu bringen, der euch am Zeug hätte flicken können. Aber was glaubt ihr, wie lange ihr damit noch durchkommt? Was glaubt ihr, wie lange ihr eine ganze Stadt, ein ganzes Volk für dumm verkaufen könnt, hm?" Die Gefangene redete sich in Rage. „Irgendwann mal werdet ihr einen Fehler machen, der zu groß ist, um ihn einfach so zu vertuschen, und dann ..."

„Meine Auftraggeber hatten mich darauf vorbereitet, daß du möglicherweise geistige Verwirrtheit vorschützen würdest, um deinen Kopf aus der Schlinge zu ziehen, Uma", schnitt ihr der hochgewachsene Engel, der sich Ashkanael genannt hatte, in einem plötzlich sehr harten Tonfall das Wort ab. „Ich wurde darin unterwiesen, auf die Anzeichen eines solchen perfiden Täuschungsmanövers zu achten. Nun, von einem Zustand offenkundiger Verwirrung kann bei dir nicht die Rede sein, so, wie du argumentierst. Ich werde meinen Herren Bericht erstatten, und sie werden entscheiden, wie weiter mit dir zu verfahren ist." Seine letzten Worte hatte der schwarze Engel wieder in einem ruhigen, fast gleichmütigen Tonfall geäußert.

Ariel schlug das Herz bis zum Hals. Er wollte seinen Herren, wer immer das sein mochte – doch sicher nicht der Prior oder der Ab? – Bericht erstatten! Das bedeutete, der schwarze Engel mußte hinaufsteigen in den Himmel – und der Weg dorthin führte unweigerlich an ihr vorbei! Schweiß perlte auf der Stirn der Michaelitin, den sie ungeduldig mit dem Unterarm wegwischte. Sie mochte sich gar nicht ausmalen, wie dieser Ashkanael reagieren würde, wenn er sich auf den Rückweg machte und sie hier als ungebetene Lauscherin in der Finsternis fand ...

Wie so oft waren Denken und Handeln bei der kleinen Michaelitin eins. Ohne zu zögern huschte sie an der Einmündung zu dem Seitengang, in dem Umas Zelle lag, vorbei in die Finsternis des Hauptgangs und tauchte nach rechts in den nächsten Abzweig weg. Sie konnte nur hoffen, daß sich dort nicht ebenfalls eine solche zum Gang hin offene Zelle befand, deren Insasse bei einem plötzlichen, überhasteten Auftauchen einer Michaelitin überrascht aufschrie.

Doch Ariels lautlose Stoßgebete wurden erhört. Die Zellen in diesem Seitengang schienen allesamt leer zu sein. Offenbar machten die Michaeliten von Roma Æterna wenige Gefangene. Aber wo bitte war dann Hiob? schoß es ihr durch den Kopf. Gab es unter dem Vatikan etwa noch weitere Verliese?

Ariel wurde vom Kreischen von Metall auf Metall, einem lauten metallischen Klicken und raschen Schritten aus ihren Grübeleien gerissen. Wieder lugte sie vorsichtig um die Ecke und sah die gewaltigen Schwingen des sich gemessenen Schritts in Richtung Treppe entfernenden schwarzen Engels. Für einen Augenblick glaubte die

Michaelitin, die Waffe, die er trug, als das Flammenschwert eines Gabrieliten zu erkennen, doch sie war sich nicht ganz sicher, und das Dämmerlicht des Ganges erlaubte ihr keine wirklich gute Sicht. Außerdem – wie sollte ein Engel mit schwarzem Gefieder, der irgendwie außerhalb der Hierarchie der himmlischen Orden stehen mußte und vielleicht sogar – eine fast undenkbare Vorstellung – zum Herrn der Fliegen übergelaufen war, an eine der geweihten Waffen der Todesengel kommen? Fragen über Fragen ...

Bald war Ashkanael im Treppenhaus verschwunden, und der Klang seiner Schritte verlor sich allmählich, je weiter er nach oben, dem Erdgeschoß des Himmels entgegenklomm.

Ariel kauerte reglos in der Finsternis und wartete darauf, daß sich das rasende Pochen ihres Herzens etwas beruhigte. Ihr war vollkommen klar, daß sie nur sehr knapp einer Entdeckung entgangen war, doch nun war der Schwarzgefiederte erst einmal fort, und sie konnte mit Uma reden. Vielleicht konnte die Gefangene ein paar der zahlreichen Ungereimtheiten klären, mit denen sich die Michaelitin in Gedanken herumschlug.

Nachdem sie langsam bis hundert gezählt und ihren Atem mit einer enormen Willensanstrengung völlig beruhigt hatte, huschte Ariel so lautlos sie konnte zu der vergitterten Zelle zurück. Die junge Gefangene saß zusammengekauert im hintersten Winkel ihres Verlieses auf dem Strohhaufen, die Knie hochgezogen und mit den dünnen Armen umschlungen. Ihr Kopf ruhte auf ihren Armen, sie schluchzte lautlos vor sich hin und bemerkte das Herannahen der Michaelitin zunächst nicht. Eine Woge des spontanen Mitleids für diese Frau erfaßte Ariel. Sie glitt noch näher, umfaßte die Gitterstäbe mit den Händen und flüsterte kaum hörbar: „Uma?“

Der Kopf der Angesprochenen ruckte hoch, und sie bedachte ihre neue, unerwartete Besucherin mit dem leeren Blick eines Menschen, der weiß, daß er sich in einer chancenlosen Situation befindet und der sich damit abgefunden hat. Sie sah den Engel wortlos an.

„Uma – das ist doch dein Name, nicht wahr?“ versuchte es Ariel erneut.

Die junge Frau erhob sich, am ganzen Leib bebend, und fragte: „Was willst du von mir?“

„Dich hat ein hartes Los getroffen", eröffnete Ariel nicht ganz sicher, was sie sagen sollte, das Gespräch. „Warum bist du hier unten gefangen? Berichte mir davon, Uma, und ich will sehen, ob ich etwas für dich tun kann."

„Wer bist du, Engel?" fragte Uma argwöhnisch. Ein lauernder Blick ihrer fahlen, wie ausgewaschen wirkenden Augen traf die Michaelitin.

„Ich bin Ariel von den Michaeliten, und meine Schar ist zu Gast in dieser Stadt. Wir ... das heißt, Rahel, meine Raphaelitin und ich, wir sahen, wie die Templer dich in den Himmel schleiften. Wir hatten Mitleid mit dir, und da bin ich dir nachgeschlichen."

„Soso", machte Uma und trat mit zwei raschen Schritten an die Gitterstäbe. Sie war gut einen Kopf größer als die Michaelitin und konnte so ohne weiteres auf diese herabsehen. Ariel wunderte sich, daß die Gefangene das, wenn sie nicht alles täuschte, mit einer Mischung aus Hohn und Herablassung tat. Zu beidem hatte die Frau in ihrer Situation eigentlich wenig Anlaß.

„Ja", entgegnete Ariel unbeirrt. „Bitte sag mir, warum du hier bist."

Es folgte eine Pause mit der die Michaelitin nicht gerechnet hatte und in der sich die Sekunden der Stille in unangenehmer Weise dehnten. Uma musterte Ariel fragend, fast ungläubig. Die Zeit schien zäh zu fließen wie Honig, der von einem Löffel in einen Becher mit Tee tropft. Ariel wurde unruhig, spürte, daß sie die Frau vor ihr am liebsten gepackt und geschüttelt hätte. Sie wollte so vieles von ihr wissen, die Fragen brannten ihr auf der Seele, diese merkwürdige Frau aber starrte sie einfach nur an – und das, wo der seltsame schwarze Engel jeden Augenblick wiederkommen konnte! Sie dankte dem Herrn, daß er ihr die Kraft gegeben hatte, auch in angespannten Situationen wie dieser ruhig zu bleiben. Just als sie mit dem Gedanken spielte, eine andere ihrer gottgegebenen Mächte einzusetzen und die Frau einfach zu zwingen, ihr zu antworten, brach Uma das Schweigen.

„Gibst du mir die Feder?"

Zunächst wußte Ariel nicht, was sie meinte, doch dann folgte ihr Blick der Richtung, in die der ausgestreckte Zeigefinger der Gefangenen wies, und sah, daß sich beim Durcheilen des Ganges eine ihrer langen Schwungfedern aus ihrem rechten Flügel gelöst hatte und jetzt zu ihren Füßen lag. Überrascht und durch die Bitte etwas aus dem Konzept gebracht ging die kleine Michaelitin in die Hocke, ohne Uma aus den Augen zu lassen, und streckte ihr mit kaum merklichem Zögern die strahlend weiße Feder zwischen den Gitterstäben hindurch hin. Dabei achtete sie sorgfältig darauf, daß ihr Schwert, das sie wie immer umgegürtet trug, außerhalb der Reichweite der Frau blieb. Diese aber machte keinerlei Anstalten, aggressiv zu reagieren, sondern nahm die Feder, wandte sich abrupt ab und trollte sich auf ihren Strohhaufen.

„Soll ja Glück bringen", murmelte sie dabei und ließ mit der rechten Hand geistesabwesend die Feder zwischen Daumen und Zeigefinger der Linken hindurchgleiten. Während sie sich mühsam setzte, fügte sie hinzu: „Und Glück kann ich im Moment mehr brauchen als alles andere, glaub mir, Engel."

Ariel sah der Gefangenen nach, die anscheinend jegliches Interesse an ihrer geflügelten Besucherin verloren hatte, und wußte zunächst nicht, wie sie mit diesem plötzlichen Sinneswandel umgehen sollte. Dann setzte sie erneut zu einem Gespräch an:

„Ich bin ein Engel des Herrn, Uma, und ich verdiene etwas mehr Respekt, finde ich – außerdem bleibe ich jetzt hier stehen, bis ich Antworten auf meine Fragen bekomme."

Oder bis Ashkanael wiederkommt und ich den größten Ärger bekomme, den ich in meinem Leben je hatte, setzte sie in Gedanken hinzu, beschloß aber, sich diesem Problem zu widmen, wenn es auch tatsächlich eintrat.

Uma spielte weiter mit der Feder und fragte, ohne Ariel anzusehen: „Was willst du wissen?"

„Wer war der Engel, der vor mir hier war?"

„Sein Name war Ashkanael – so sagte er zumindest."

Ariel beschloß, die sie so beunruhigenden schwarzen Schwingen zunächst nicht näher zu erwähnen, wenn die Menschenfrau da vor ihr diese so leicht wegsteckte – auch wenn der schwarze Engel sie mehr beunruhigte, als sie sich anmerken ließ.

„Ich dachte immer, ihr Engel wärt so gut informiert – kennst du ihn etwa nicht?" Unterbrach Uma mit einer Frage ihre Gedanken.

Innerlich bebend versetzte die Michaelitin: „Ich stelle hier die Fragen", woraufhin die Gefangene leise schnaubte, als habe sie Ariel bei einer besonders amüsanten Notlüge erwischt.

„Warum bist du hier? Ich meine, warum hat man dich festgenommen?" fragte die Michaelitin weiter.

„Nun, gewiß nicht als Akt angelitischer Nächstenliebe, würde ich sagen", antwortete Uma. Sie hob erstmals seit ihrer Rückkehr auf die Strohschütte den Blick und sah Ariel erneut abschätzend an. Dann holte sie tief Luft und fragte:

„Weißt du, was eine Dirne ist, kleine Michaelitin?"

„Ja, natürlich", sagte Ariel mit fester Stimme. „Eine Frau, zu der menschliche Männer gehen, um ihre fleischlichen Begierden zu befriedigen."

„Brav auswendig gelernt", spottete Uma mit einem freudlosen Lachen. „Und was hat man dir beigebracht, was die Angelitische Kirche über Prostitution denkt?"

„Während die Fleischeslust zu begrüßen ist, da sie aus der gottgegebenen Fruchtbarkeit der Menschen erwächst und häufig ein Weg zur Mehrung des Menschengeschlechts ist, ist die Prostitution abzulehnen, sofern sie lediglich der Befriedigung der Wollust, nicht aber dem Zeugen von Kindern dient", betete Ariel prompt eines der vielen hundert Dogmen zum Erhalt einer gottgefälligen Gesellschaftsordnung herunter, die die Angelitische Kirche im Laufe der Jahrhunderte entwickelt hatte und die speziell ihr Orden und die Bewahrer des Wissens hochhielten und kanonisierten. Ariel war im Laufe ihrer Ausbildung zu einer verantwortungsvollen und entscheidungsfähigen Scharführerin in ihnen allen unterwiesen worden.

„Pah", höhnte Uma, „hohles Blabla wie so vieles von dem frommen Gequatsche, mit dem man euch großzieht. Ich bin eine Dirne, Engel. Nun sieh mich nicht so an! Ich verdiene mein Geld damit, daß ich weiß, was Männern Spaß macht und es ihnen auch gebe."

Offenbar amüsierte Ariels leicht schockierter Gesichtsausdruck sie. Sie fuhr fort: „Du glaubst ja gar nicht, was Männer für geile Böcke sein können – und wie viele von ihnen daheim bei den Weibern, mit denen sie sich zu leben entschlossen haben, nicht kriegen, wonach ihnen der Sinn und so manches andere steht." Sie grinste schief. „Dann kommen sie eben zu unsereinem. Aber die Schönheit der Jugend verfliegt schnell, auch wenn uns Gott, der Herr, noch so schöne Haut und noch so gerade Zähne mitgegeben hat. Glaubst du im Ernst, ich könnte mich über Wasser halten, wenn ich ständig mit einem Balg im Bauch herumliefe? Zum Glück haben die Raphaeliten vorgesorgt ..."

Sie erhob sich abrupt und legte rasch die paar Schritte zum Gitter zurück.

„Und nun sag' mir eins: Sind kirchliche Würdenträger auch Männer?"

„Aber ja!"

„Und was, wenn sie zu Dirnen gehen?"

„Es ist nicht verwerflich, wenn der Empfang der Leibesfrucht nicht verhindert wird", hielt Ariel tapfer gegen den beißenden Spott der Gefangenen, die nun eindeutig Oberwasser zu haben schien. Sie merkte selbst, daß sie Zuflucht zu Dogmen nahm, weil sie sich der selbsterklärten Dirne nicht ganz gewachsen fühlte.

„Ha! Hörst du mir nicht zu, Engel? Was, wenn ich dir sage, daß ich in den letzten Monaten fast jede Nacht einen Bischof hier aus der Stadt in meinem Bett und zwischen meinen Beinen hatte – und daß dieser fromme Mann geradezu darauf bestand, daß ich regelmäßig raphaelitische Mittelchen zu mir nehme, damit ich nicht schwanger werde?"

„Das ist nicht wahr", sagte Ariel und spürte, daß sie kreidebleich geworden war. „Kinder sind heilig, der Herr will, daß die Menschen fruchtbar sind und sich mehren, und da ..."

„Ich habe es doch gleich gewußt – du bist auch nicht besser als alle anderen."

„Und selbst wenn du recht hättest – es wäre kein Grund, dich einzusperren", fügte Ariel rasch hinzu. „Wenn jemand wegen so etwas Ärger mit den Templern bekommen sollte, dann doch der betreffende Bischof."

„Eine Krähe hackt der anderen kein Auge aus", sagte Uma finster und begann wieder, mit der Feder zu spielen. „Glaub mir, wenn man erst einmal einen hohen Rang in der Kirchenhierarchie bekleidet, kommt man mit allem durch." Sie machte eine Pause. „Außerdem war ich so dumm, ihn erpressen zu wollen, weil ich das schnelle Manna winken sah."

„Und da hat er dich verhaften lassen?"

Uma nickte. „Weniger wegen der Erpressung selbst, sondern einfach, um mich stumm zu machen“, sagte sie.

„Das also hast du vorhin gemeint, als du zu Ashkanael sagtest, man wolle dich mundtot machen.“ Uma widersprach ihr nicht. „Und wer sind diese Auftraggeber, von denen er sprach? Und was sollte das mit der geistigen Verwirrung?“ Es kam Ariel vor, als hätte die Geschichte der Gefangenen zahlreiche verderberlibellenkopfgroße Löcher.

„Ich weiß es nicht“, sagte Uma resigniert. „Ich weiß nicht einmal, was man mit mir vorhat. Vielleicht ist der Bischof ja in einer der vielen Geheimlogen, von denen man immer wieder hört.“

All das kam Ariel seltsam vor. Sie bedauerte es sehr, daß sie nicht wie Malloriel und viele andere Ramieliten in der Lage war, ihr gegenüber geäußerte Worte auf ihren Wahrheitsgehalt zu prüfen. Sie spielte mit dem Gedanken, ihren silberhaarigen Scharbruder zu dem Gespräch hinzuzuziehen. Vorher aber wagte sie noch einen weiteren Vorstoß.

„Wie heißt dieser Bischof?“

„Wie ich schon deinem schwarzgefiederten Freund vorhin sagte – dazu sage ich nichts. Findet es doch heraus!“

Ariel nickte verstimmt. „Das werde ich tun, verlaß’ dich darauf. Wir sehen uns wieder!“

Wütend über die verstockten Reaktionen der Gefangenen wirbelte sie herum und stapfte davon.

„Ich freue mich schon darauf!“ rief ihr Uma gehässig hinterher.

Ariel hörte nicht mehr, wie sie, als sie sich ein weiteres Mal ihrer Strohlagerstatt zuwandte, vor sich hin murmelte: „Da müssen schon andere kommen, um mich auszuhorchen, Kindchen!“

Uma ahnte ja nicht, wie recht sie behalten sollte.

♦ ♦ ♦

Eliphas von Bern und Wittgenstein saßen im wie meist vollkommen überfüllten Schankraum der Herberge *Da Vera*. Rings um sie drängten sich an den Tischen andere Beutereiter und Templer – vor allem solche der unteren Dienstränge –, die hier ihre freie Zeit verbrachten, aßen, tranken und mit steigendem Reisweinkonsum zunehmend wirres Zeugs redeten. Die Wirtin und Namensgeberin des

Etablissements, Vera, war eine in die Jahre gekommene ehemalige Beutereiterin mit enormem Bauch und einem gräßlich ordinären michaelsländischen Dialekt, die jahraus, jahrein selbst hinter dem Tresen stand und mit ihrer rauhen, aber herzlichen Art entscheidend dazu beigetragen hatte, daß ihr Lokal in den Kreisen, für die es gedacht war, weit über die Grenzen der Ewigen Stadt hinaus einen guten Ruf besaß.

Die Rotte – die sechs verbleibenden Beutereiter, ihr Komtur sowie Irène und Wittgenstein – waren bereits drei Tage zuvor aus dem Himmel hierher umgezogen, und das aus zweierlei Gründen. Zum einen hatte vor allem Wittgenstein darauf gedrängt, weil er in der Engelszitadelle eine Entdeckung ihrer wahren Absichten und deren unkalkulierbare Folgen fürchtete. Zum anderen hoffte speziell Eliphas, durch vorsichtiges Herumhören bei den Waffenbrüdern hier, ihrerseits mehr über Hiobs Schicksal zu erfahren. So saßen sie nun seit drei Tagen in Schichten im Schankraum, tranken – weit gemäßigter als die, die sie freihielten – und hielten die Münder weitgehend geschlossen, aber Augen und Ohren weit offen. Der Zufall wollte es, daß ausgerechnet der Komtur und der einäugige Söldner an diesem Abend mit der Erledigung dieser Aufgabe an der Reihe waren – so kam es, daß sie mit dem versehrten Templer beisammen saßen, der schon sehr viel Reisschnaps intus hatte und ständig damit prahlte, wie streng geheim doch die Missionen seien, die er zusammen mit dem Einsatztrupp zu erledigen hatte, dem er erst seit einigen Wochen angehörte.

Wittgenstein hatte aufgehorcht, als er etwas von einem Gefangenentransport erwähnt hatte, und seither ließ er Becher um Becher vor dem Mann auftauchen. Das löste zwar dessen Zunge, machte sie aber zugleich immer schwerer. „Übertreib' es nicht", raunte Eliphas Wittgenstein zu. „Wenn er so voll ist, daß wir ihn gar nicht mehr verstehen, bringt uns das auch nichts."

„Vertrau mir, Eliphas", gab der Söldner aus dem Mundwinkel zurück, „und laß' mich nur machen – mit Alkohol kenne ich mich besser aus als du …

Wie heißt du eigentlich, mein Freund?" fuhr er dann laut an den Vernarbten auf der anderen Tischseite gewandt fort.

„Alain“, entgegnete der Mann in der Templeruniform. Ein entgegenkommender Name auch in fortgeschrittenen Stadien der Trunkenheit, dachte Eliphas. Alain ... kommt also wohl aus Raphaelsland.

„Und du?“ fragte der Templer zurück und wies mit einer vagen Geste, die eigentlich den halben Schankraum einschloß, auf Wittgenstein.

„Man nennt mich Klappe“, log dieser gewandt und ohne auch nur einen Herzschlag lang zu zögern. Zur Erklärung tippte er dabei auf die Augenklappe, die sein Gesicht prägte.

Der Templer – Alain – nickte voller Mitgefühl. „Auch gegen die Dreckstraumsaat gekämpft, was?“ lallte er.

Wittgenstein nickte ernst. Er konnte dem Mann ja schlecht auf die Nase binden, daß er den Verlust seines Auges einem kirchlichen Würdenträger verdankte, der noch dazu illegale vorsintflutliche Technikartefakte besaß und einsetzte.

„Ja, ich ja auch. Aber es wird einem nicht gedankt.“ Mit dem trübseligen Blick, den viele Trunkene in einem gewissen Stadium des Alkoholkonsums entwickeln, stierte Alain in sein schon wieder fast leeres Schnapsbecherchen und rutschte dabei mit dem Kopf halb auf die Tischplatte.

„Für was tragen wir unsere Narben schließlich?“ fragte er niemand bestimmten laut und in nörgeligem Ton. „Für Gotteslohn!“

„Genau“, stimmte Wittgenstein zu. „Aber du wolltest von dieser neuen Truppe erzählen ...“

„Genau“, stieg Alain auf seine Anregung ein, „mein Spezialkommando. Ihr müßt wissen“, mit Verschwörermiene winkte er den beiden Männern, die er für seine guten neuen Freunde und Trinkkumpane hielt, zu, die Köpfe mit ihm zusammenzustecken und senkte seine Stimme, „wir arbeiten direkt im Auftrag des Kon... Konzis... Konsistoriums. Und unsere Kommandantin, diese Mera Indolo, das ist ein ganz scharfer Hund.“ Seine Stimme verlor sich, und für einen Moment schien es, als wolle er sich ausstrecken und auf dem Tisch einschlafen, doch Wittgenstein winkte geistesgegenwärtig einer vorbeieilenden Schankmaid, die einen neuen Tonbecher vor Alain hinstellte. Seine Augen leuchteten auf.

„Und was tut ihr so?“ fragte Eliphas scheinbar uninteressiert.

Alain glotzte ihn mit glasigen Augen an, als verstünde er die Frage nicht.

„Na ja, du hast von geheimen Missionen gesprochen ...", soufflierte Wittgenstein.

„Ach, die geheimen Missionen", nickt der vernarbte Templer, offenbar zufrieden, wieder auf der Höhe des Gesprächs zu sein, und nahm einen ersten Schluck aus seinem neuen Becher. Er wunderte sich zwar kurz, daß sein Nachschub an diesem Abend wahrlich unerschöpflich zu sein schien, doch das konnte ihn in diesem Stadium nicht daran hindern, dies einfach zu nutzen und nicht zu hinterfragen.

„Ja, davon haben wir viele", schloß er etwas zusammenhanglos und begann wieder, in sich zusammenzusacken.

„Zum Beispiel?"

Eliphas' Frage kam eine Spur zu drängend, und Wittgenstein warf ihm einen raschen, warnenden Blick zu. Aber der Komtur wollte einfach verhindern, daß ihr Gegenüber hier sang- und klanglos einschlief.

Doch zu Wittgensteins unendlicher Erleichterung sprach der Mann nach kurzer Pause weiter „Na ja, neulich zum Beispiel, da haben wir einer Engelsschar, so fünf Landpomeranzen, wenn ihr mich fragt, zum ersten Mal in der großen weiten Welt, haha, denen haben wir einen Gefangenen abgeluchst, den sie den ganzen weiten Weg von Prag zu Fuß hierher eskortiert hatten." Er schien sich vor Lachen ausschütten zu wollen. Dann riß er sich zusammen und flüsterte in einer Lautstärke, die einem Kasernenhof eher angemessen gewesen wäre als dem Versuch der Geheimhaltung: „Und der Gefangene – das war ein Engel ohne Flügel!"

„Wohin habt ihr ihn gebracht?" hakte Eliphas, jetzt jede Zurückhaltung aufgebend, eifrig nach.

„Na in den Vatikan natürlich, wie befohlen", antwortete Alain automatisch. Dann hielt er inne und musterte den Komtur mit plötzlich erwachtem Mißtrauen.

„Sag mal, Beutereiter", lallte er drohend, „willst du mich etwa aushorchen?"

Dabei wuchtete er sich mit einiger Anstrengung am Tisch hoch – und noch ehe Eliphas antworten konnte, flog auch schon die Faust des Betrunkenen und traf ihn, angesichts von dessen Zustand, mit bemerkenswerter Präzision und Wucht mitten ins Gesicht. Wie ein Sack ging der Komtur zu Boden – Kneipenschlägereien waren nicht Teil seiner Ausbildung gewesen, und obwohl er inzwischen weit herumgekommen war, hatte er diese Attacke nicht kommen sehen. Wittgenstein schon – er ließ den Komtur an sich vorbei fallen und schmetterte Alain seinen noch fast vollen Tonhumpen ins Gesicht, worauf auch der Vernarbte sang- und klanglos hinten über kippte.

Es war, als sei durch den Hieb gegen Eliphas die stets zwischen friedlicher Trunkenheit und alkoholgeschwängerter Brutalität schwankende Stimmung in der Kneipe umgekippt. Der Schankraum explodierte wie ein Pulverfaß bei Funkenflug. Obgleich keiner den Grund der Schlägerei kannte, war nach weniger als drei Minuten mehr als die Hälfte der Gäste darin verwickelt, und bald blitzten auch die ersten Messer. Eliphas fand sich auf dem Boden wieder und schmeckte Blut, sein Blut, auf den Lippen; um sich herum sah er viele trampelnde Füße und Beine von Mobiliar, hatte aber ansonsten kaum Orientierung.

„Mein Freund, wir sollten gehen", hörte er plötzlich Wittgensteins grimmig-amüsierte Stimme dicht an seinem Ohr, „würdest du die Freundlichkeit besitzen, mich nach draußen zu begleiten?"

Dann wuchtete der Mann im Ledermantel den noch immer leicht benommenen Komtur auf die Füße, wozu er ihm von hinten unter die Achseln faßte, und bahnte sich mit Eliphas erstaunlich leichtfüßig einen Weg zwischen den betrunkenen Kämpfenden hindurch ins Freie. Dort holten beide Männer erst einmal tief Luft.

„Na gut", sagte Wittgenstein dann, „wir wissen, was wir herausfinden wollten, also sollten wir erst einmal ein paar Stunden von hier verschwinden, bis die Ordnungskräfte das Durcheinander da drinnen aufgeräumt haben." Er drehte sich um und wollte davoneilen. Dann spürte er Eliphas' völlig verblüfften Blick und hielt noch einmal inne.

Mit einem lakonischen Grinsen drehte der Einäugige sich um und erklärte: „Nicht meine erste Wirtshausschlägerei."

ſegeſeuer

Kapitel vierzehn

Als Ashkanael keine Stunde später erneut mit langen Schritten auf die schmiedeeiserne Tür zu den Kellergewölben zustrebte, bemerkte er, daß der ältere Templer mit dem Ziegenbärtchen, der dort auf Posten stand und der bereits beim ersten Eintreffen des Engels mit den schwarzen Schwingen das Tor bewacht hatte, ihm unruhig entgegensah. Es gab nicht viele mögliche Gründe dafür – entweder war jemand in den Kerker eingedrungen oder, was allerdings sehr viel unwahrscheinlicher war, die Gefangene hatte einen Fluchtversuch unternommen, wobei der Mann in letzterem Falle höchstwahrscheinlich Alarm geschlagen hätte.

Ashkanael blieb stehen und musterte den Mann: Er war etwa so groß wie Ashkanael selbst, trug michaelitische Templergewänder, hatte wasserhelle Augen, einen kleinen, verschämt das Gewand wölbenden Bauch, der davon zeugte, daß der Templer lange nicht in einem Feldeinsatz gewesen war. Sein forschender Blick glitt tiefer, über den Waffengurt und die Beinschienen zu den bloßen, in den typischen Zehenriemensandalen steckenden Füßen, und dann langsam wieder empor zum Gesicht des Mannes, der Mühe hatte, sich unter der eingehenden Musterung des imposanten Himmelsboten

Ich ergreife für niemanden Partei und sage keinem Schmeichelworte. Denn ich versteh' mich nicht aufs Schmeicheln, sonst raffte mich mein Schöpfer bald hinweg.

- Hiob, 32, 21-22

nicht zu winden. Mit der typischen selbstbewußten Ruhe eines erfahrenen himmlischen Boten fragte Ashkanael: „Was beunruhigt dich, Templer?"

„Ehrwürdiger Engel", murmelte der Angesprochene nervös und sah zu Boden, „es war vorhin ein zweiter Bote des Herrn hier ..."

„Ein weiterer Engel außer mir ist hier gewesen?"

„Jawohl, Engel. Es war eine Michaelitin. Sie stieg hinab in den Kerker, kurz nachdem du hinuntergegangen warst, und kam wieder, gar nicht lange nachdem du wieder heraufgekommen warst – sie flog förmlich an mir vorbei", haspelte der Templer. „Sie behauptete, der Prior selbst habe sie hergeschickt." Er war in seiner Ausbildung immer wieder ermahnt worden, den Engeln gegenüber Ehrfurcht zu bezeigen, was ihm zumeist auch ganz natürlich vorkam, aber dieser finstere Sendbote mit den schwarzen Schwingen weckte ein anderes Gefühl in ihm – durch seinen grimmigen Blick und sein gesamtes Auftreten macht er dem Templer Angst.

Ashkanael sah den unter seinem Blick erschauernden Templer mit einem Anflug von Geringschätzung an. Kein Wunder, daß man diesen Feigling nicht hinaus ins Feld schickte – wenn er auf einen Engel schon so reagierte, mußte er ja im wahrsten Sinne des Wortes die Hosen voll haben, sobald auch nur ein Traumsaatdämon am Horizont auftauchte ...

Ashkanael ertappte sich bei dem Gedanken, daß sein Mentor von dieser Nachricht wahrscheinlich nicht sonderlich begeistert sein würde. Dann zuckte er die Achseln und fragte:

„Kennst du ihren Namen, Templer?"

„Leider ... leider nicht, Ehrwürdiger."

„Egal." Ashkanael richtete sich entschlossen zu seiner vollen, imposanten Größe auf. „Es ist ohnehin zu spät. Sie kann hier nichts mehr ausrichten."

Mit diesen Worten öffnete er die Tür, die der Templer bewachte, und stieg erneut in den Kerker hinab zu Uma.

„Was ist, willst du mich begleiten?" fragte er mit einem Blick zurück über die Schulter den Templer.

„Ich danke dir, Engel, aber mein Platz ist hier", entgegnete der und sah entschlossen geradeaus. Und außerdem will ich gar nicht so genau wissen, was du da unten eigentlich treibst, setzte er in Gedanken hinzu.

Ashkanael schenkte ihm ein Grinsen, das bar jeglichen Humors war, und macht sich allein auf den langen Abstieg.

♦ ♦ ♦

Ariel spreizte ihre Schwingen und schoß an der Außenwand des Himmels empor. Keine zehn Minuten, nachdem sie an dem Templer mit dem Ziegenbärtchen vorbeigeeilt war, öffnete sie mit zitternden Händen die Tür zu Aadoniels Krankenzimmer, wo die anderen ungeduldig gewartet hatten und sie jetzt entsprechend mit Fragen bestürmten; Ariel aber war von den zurückliegenden Ereignissen ziemlich aufgewühlt, und es dauerte eine Weile, bis sie ihre Gedanken ausreichend geordnet hatte, um sich ihren Schargeschwistern mitzuteilen.

Nach einem kurzen Blick zu Rahel hinüber, berichtete Ariel ihrer Schar vermittels ihrer Gedanken, wie sie am Kerkerzugang auf den

Templer gestoßen war und wie sie diesen überlistet hatte. An diesem Punkt fiel ihr Aadoniel von seiner Hängevorrichtung her ins Wort:

„Das kannst du doch nicht machen! Das ist nicht nur glatt gelogen, sondern du hast dir auch noch angemaßt, im Namen eines der ranghöchsten Würdenträger der Angelitischen Kirche zu handeln! Dank Dir wird der Herrn der Fliegen uns ..."

„Ariel hat getan, was getan werden mußte – und was sie in der gegebenen Situation für das richtige hielt", fiel ihm Malloriel kühl ins Wort. „Du bist doch sonst so für Abenteuer und Risiken zu haben – was ist an dieser Sache so anders?"

Der Gabrielit bedachte seinen silberhaarigen Scharbruder mit einem wütenden Funkeln. Ariel setzte ihren geistigen Bericht fort, indem sie den anderen den unheimlichen schwarzen Engel schilderte, den sie im Kerker gesehen hatte, und die Satzfragmente wiedergab, die sie hatte aufschnappen können. Schließlich faßte sie ihren eigenen Wortwechsel mit der Gefangenen namens Uma zusammen.

Etwas war faul an der ganzen Sache, sendete Ariel abschließend. *Ich hatte den Eindruck, daß mir die Frau nicht traute. Ich verstehe das nicht – ich habe deutlich zu machen versucht, daß ich ihr helfen wollte. Und trotzdem kam es mir vor, als hätte sie mich nach Strick und Faden belogen.*

„Warum sollte sie das tun?", mischte sich Daniel erstmals in das Gespräch ein. Sie sitzt im Kerker – was hat sie zu verlieren?"

„Vor diesem schwarzen Engel hätte ich auch Angst gehabt", warf Rahel ein. „Vielleicht versucht er ihr ja auch etwas anzuhängen?"

„Und weshalb?" Aadoniel konnte nicht mehr an sich halten. „Das ergibt doch alles keinen Sinn. Was macht dieser Himmel hier nur mit euch? Ihr seht schon Versuchte und Ketzer in jedem Schatten, und jedem unbedacht gesprochenen Wort meßt ihr plötzlich eine geheime zweite Bedeutung bei. Ihr spinnt ja." Sein Blick galt eindeutig vor allem Rahel und Ariel. Daniels Miene signalisierte, daß er ähnlicher Auffassung war wie der verletzte Gabrielit.

„Ich bin mir da nicht so sicher", sagte Malloriel bedächtig.

Danke, Bruder, sendete Ariel ihm.

„Und was schlägst du vor?" fragte Daniel ruhig wie immer.

„Gehen wir hin und finden wir heraus, ob sie die Wahrheit sagt", lächelte der Bewahrer des Wissens, „schließlich hat der Herr den Ramieliten eine Gabe verliehen, derer sich Sterbliche nur sehr schwer erwehren können."

Ohne die Antwort seiner Schar abzuwarten wandte er sich entschlossen zur Tür.

„Warte", rief ihm Rahel nach, „warum überlegen wir nicht noch einen Moment und bereiten uns besser vor ...?"

Malloriel sah sie nur an, und die kleine Raphaelitin gab achselzukkend auf. Als er die Tür erneut öffnete, rief Aadoniel mit nörgeliger Stimme: „He, wartet mal, was ist mit mir? Ihr könnt doch keine so entscheidenden Gespräche führen, ohne daß ich auf euch aufpasse!"

„Ich fürchte, die nächsten Runden dieses Spiels werden ohne dich laufen müssen", grinste Malloriel und wies auf den Brustverband des Gabrieliten. Resignierend seufzte der stämmige Krieger des Herrn auf und ließ sich in sein Ruhegeschirr sacken. Als wenig später eine Begine erschien, um ihm frisches Trinkwasser zu bringen und seine Bandagen zu wechseln, waren die anderen vier bereits auf dem Weg nach unten.

♦ ♦ ♦

Als die ihres Gabrieliten beraubte Schar vor der Tür zu der Stiege stand, die laut Ariel in die geheimnisvollen Kerkergewölbe hinabführte, fiel den vier Engeln zunächst auf, daß sie unbewacht war.

Hier stand noch vor einer knappen Stunde dieser Templer, von dem ich euch erzählt habe, sendete die hinter eine große Kiste geduckte Michaelitin und setzte hinzu: *Wenn wir uns das wirklich ansehen wollen, dann ist dies vielleicht genau der richtige Zeitpunkt.*

Es könnte auch genau der falsche sein, wenn er gerade unten ist, um nach der Gefangenen zu sehen, wandte Daniel ein, *denn das halte ich für durchaus möglich – und dann laufen wir im Treppenhaus vielleicht direkt in ihn hinein.*

Es könnte auch sein, daß wir Glück haben und er einfach nur seine Notdurft verrichten mußte, warf die Raphaelitin ein.

Warum auch immer er weg ist – ich habe gelernt, man soll sich den Bewährungsproben, die der Herr schickt, stellen, nicht sie zerreden, schickte Ariel zurück – *und das ist ja wohl sozusagen eine Bewährungsprobe.*

Damit huschte sie in geduckter Haltung über die offene Fläche vor dem Gittertor auf eben dieses zu, und die anderen drei folgten ihr ohne weitere Diskussion. Ariel entriegelte die Tür, öffnete sie und ließ Daniel und Rahel vorgehen, dann huschte sie selbst hindurch. Malloriel, der die Nachhut bildete, warf noch einen letzten Blick auf die seltsame Architektur des ebenerdigen Lagerbereichs und fragte sich, ob er wohl von den Baumeistern der Angelitischen Kirche entworfen war oder ob sie möglicherweise gar in vorsintflutliche Gewölbe hinunter stiegen. Dann folgte er seinen Schargeschwistern die Treppe hinab und zog die Tür hinter sich zu.

Quälend langsam, Stufe für Stufe arbeiteten sich die vier Engel abwärts. Alle paar Stufen blieb Daniel, der vorausging, stehen, hob den Kopf und lauschte, nur um dann unmerklich den Kopf zu schütteln und weiter zu schleichen. Malloriel, der große Schwierigkeiten sowohl mit der drangvollen Enge dieses gewundenen Stiegenhauses als auch mit den miserablen Lichtverhältnissen hatte, schnappte sich eine der tropfenden Fackeln und leuchtete sich damit seinen Weg. Daniel hingegen bewegte sich abgesehen von der Vorsichtsmaßnahme des regelmäßigen Lauschens so gewandt, als ginge er über das Parkett eines der hellerleuchteten Prunksäle des Himmels über ihnen. Auch Rahels Augen paßten sich allmählich dem Halbdunkel an. Alle vier Engel spürten, wie die Trostlosigkeit dieses Ortes ihnen aufs Gemüt schlug. Daniel, der an der Spitze ging kam es vor, als erkunde er ein bisher unkartographiertes Stück Wildnis, dessen innere Konstellationen und Naturgesetze ihm fremd waren und in dem er ständig an allen Ecken und Enden mit Angriffen bisher unbekannter Tier- und Pflanzenarten rechnen mußte. Er spürte, wie er nervös wurde.

Einige Stufen über ihm stellte Malloriel fest, daß der lange Abstieg in dem für einen Engel von seiner Größe klaustrophobisch engen Treppenhaus gepaart mit der inneren Anspannung an seinen Nerven zehrte. Was, wenn sie einem Hirngespinst der Michaelitin nachjagten und alles, was hier unten vor sich ging, schlicht und einfach seine Ordnung hatte? Nein, ermahnte er sich, er tat seiner Scharführerin sicher unrecht – auch wenn ihre persönliche Beziehung nicht mehr dieselbe war wie noch vor einem Jahr, hatte doch ihr Urteilsvermögen nicht gelitten. Als Malloriel diesen Gedanken nachhing, stellte er zu seiner Freude fest, daß er tief in seinem Innern bereit war, Ariel überallhin zu folgen, und wenn sie direkt in den Rauch des Brandlandes fliegen wollte. Eine Bewährungsprobe, hatte sie gesagt ... das waren seine Worte gewesen. Sie benutzte seine Argumente, um ihren Entschlüssen vor der Schar Rückhalt zu geben. Malloriel mußte unwillkürlich schmunzeln, als er auf ihren schmalen Rücken und die geschwungenen, eleganten Flügel vor ihm hinuntersah und spürte, daß seine Zuneigung nicht mehr dieselbe war, wie er noch vor Monaten geglaubt hatte, daß unsichere, flackernde Gefühl war gleichmäßiger Wärme gewichen, wie er sie einer wirklichen Schwester gegenüber wohl empfinden sollte.

Ein gellender Schrei riß den Ramieliten aus seiner Innenschau. Verblüfft sah er hoch, konnte aber nicht mehr verhindern, daß er regelrecht auf Ariel auflief. Instinktiv riß er die Fackel in seiner Rechten hoch, um ihr nicht die Schwingen anzusengen.

Er stellte fest, daß sie mittlerweile unten angekommen waren. Ariel und er selbst standen in dem langen Gang, aber ein kleines Stück weiter vorn sah er Daniels gespreizte Schwingen, die fast den gesamten Durchgang in den Seitengang einnahmen. Der Schrei, der noch immer spitz und lang anhaltend durch das Kellergewölbe gellte, kam von Rahel. Sie mußte noch weiter vorn sein als der Urielit, sie mußte sich mit ihrem zierlichen Körper in dem schmalen Stiegenhaus vor ihn geschoben haben ...

Kaum hatte Malloriel Rahels Stimme erkannt, als er auch schon handelte. Fast schon grob schob er Ariel hinter sich in Deckung und eilte, die Fackel so hoch erhoben, daß er keines seiner Scharmitglieder gefährdete, zu Daniel. Dieser spürte seinen Scharbruder kommen und trat instinktiv einen Schritt beiseite, um dem Ramieliten ein wenig freies Sichtfeld zu verschaffen.

Was Malloriel sah, ließ ihn erstarren. Rahel war vor der Zelle auf die Knie gegangen und schrie noch immer, die Hände um die Gitterstäbe gekrallt, den Oberkörper unbewußt wiegend. In der Zelle befand sich der Grund für ihr haltloses Entsetzen. Blut ... überall war

Blut. Uma lag auf dem blutgetränkten Stroh, der Leib zerfetzt, die Bauchdecke aufgerissen und das Innerste nach außen gekehrt.

Ihr Gesicht aber war unversehrt. Auf ihre Stirn hatte man mit Blut ein Symbol gezeichnet.

Malloriel, der sich von jeher für Kulte und Geheimlogen interessierte, kannte dieses Zeichen: Es war das Mal der Jünger des Morgensterns.

♦ ♦ ♦

Eliphas von Bern und Wittgenstein eilten durch die regennasse Stadt. Auf Umwegen durchquerten sie das Gassenlabyrinth der Latinischen Insel, um schließlich nach mehr als dem Doppelten der Zeit, die dafür eigentlich notwendig gewesen wäre, den Mietstall zu erreichen, in dem die Rotte und ihre beiden Gäste ihre Pferde untergestellt hatten. Es kam zu einem kurzen, unerfreulichen Wortwechsel, weil der Besitzer des Mietstalles alles andere als erfreut darüber war, mitten in der Nacht aus dem Schlaf gerissen zu werden. Eine nicht unerhebliche Summe Mannas wechselte den Besitzer, und die beiden Männer lenkten ihre Tiere durch den Nieselregen in Richtung Innenstadt.

Wittgenstein warf dem Komtur aus dem Augenwinkel einen verstohlenen Blick zu. Eliphas hatte sich die Mühe gemacht, dem ebenfalls angemieteten abschließbaren Spind im Stall neben dem Sattelzeug auch einen Gutteil seiner Feldausstattung zu entnehmen. Jetzt hing ein riesiges Rottschwert an seinem Sattel, er war in einen ölig glänzenden, dem Wittgensteins gar nicht unähnlichen Reitermantel gehüllt und trug brünierte metallene Schulterplatten. Sein Gesicht war unter dem ausladenden Helm und hinter der metallenen Gesichtsmaske nicht zu erkennen. Diese bizarre, beeindruckende, aber auch fremdartige Gestalt auf dem Pferd neben Wittgenstein hatte äußerlich nur noch wenig gemein mit dem Eliphas, den der Söldner in den letzten Wochen kennengelernt hatte ... Nun, er würde wissen was er tat.

Während der einäugige Söldner dem, nach den Ereignissen im Wirtshaus nur noch wortkarger gewordenen Eliphas durch die Nacht folgte, wurde ihm klar, daß dieser tatsächlich der Nova Insula entgegenstrebte. Diese inmitten Roma Æternas gelegene Insel trug den Vatikan, die Machtbasis des Konsistoriums, an dessen Westseite sich der Lateran, der päpstliche Palast, erhob. Die fünf gewaltigen Brükkenbögen, die auf die Nova Insula hinüberführten, wurden Tag und Nacht von schwer bewaffneten Spezialeinheiten der Michaelistempler, darunter möglicherweise auch die Konsistorialgarde, bewacht. Von früheren Besuchen wußte Wittgenstein, daß an der breiten Ringstraße, die einmal rund um die gesamte Insel verlief, als Vertretungen der anderen vier kämpfenden Orden deren sogenannte Ordenshäuser lagen, von denen aus die Legaten der einzelnen Orden die Interessen ihrer jeweiligen Erzengel durchzusetzen versuchten und Beschlüsse des Pontifex oder des Konsistoriums an die Ordensmitglieder in alle Welt weiterzuleiten. Wie wollte Eliphas es nur schaffen, in dieses bewachte Herz der Angelitischen Kirche vorzudringen? Doch Wittgenstein beschloß, sich dieser Frage später zu widmen, wenn sie akut wurde, denn zunächst galt es, aufs Festland hinüberzugelangen.

Bei der Suche nach einem Flößer, der bereit war, sie und ihre Tiere von der Latinischen Insel in die eigentliche Ewige Stadt überzusetzen, ging Eliphas' Wahl seiner äußeren Erscheinung auf. Die beiden fanden einen jungen Burschen, der in zerlumpte Decken gehüllt unter einem Anlegersteg schlief, und Eliphas rüttelte ihn recht unsanft aus dem Schlaf. Als der junge Mann den martialisch wirkenden Beutereiter und seinen finster dreinblickenden Begleiter sah, verkniff er sich alle Fragen, die ihm auf der Zunge lagen, nahm die Münzen, die ihm der Komtur hinhielt, und setzte die beiden Männer über, offenbar darauf bedacht, die Angelegenheit rasch hinter sich bringen und diese nächtliche Begegnung dann ebenso zügig wieder vergessen zu können.

Eine gute Stunde später glitt Eliphas unter dem Vordach einer längst geschlossenen Schänke vom Pferd, und Wittgenstein tat es ihm gleich. Von ihrem Standort aus konnten sie die westlichste der fünf Brücken im Auge behalten. Vier Wachen waren auf der stadtwärtigen Seite postiert. In der Viertelstunde, die die beiden Männer die Brücke beobachteten, begehrte niemand, sie zu so später Stunde zu überqueren.

Wittgenstein entnahm einer Manteltasche eine kurze Meerschaumpfeife und einen ledernen Tabaksbeutel, stopfte das Rauchutensil umständlich und entzündete es mit Schwefelhölzern; erst als die Pfeife brannte, er ein paar Rauchwolken in die kalte, feuchte Winterluft gepafft hatte und mit einem zufriedenen Nicken den guten Zug der Pfeife anerkannt hatte, fragte er:

„Und nun, Komtur?“

„Ganz einfach, Karl“, entgegnete Eliphas. „Wir tun das Offensichtliche. Lüge und Manna sind die besten Freunde der Heimlichkeit, sagt Padano immer. Laß uns seinen Lehrsatz auf die Probe stellen – vielleicht hilft ja auch eine Kombination aus beidem.“ Dann wandte er sich um und sah den Söldner prüfend an. „Streck die Hände aus.“

Keine halbe Stunde später ritten die beiden im Schatten der Mauer, die den weitläufigen Gebäudekomplex des Vatikans umgab, auf einen Pforte zu, die ihnen eine der Templerinnen an der Brücke gewiesen hatte. Wittgenstein spuckte ohne Unterlaß Gift und Galle, seit sie außer Hörweite der Wachtruppe waren.

„Bist du vollkommen von Sinnen, Eliphas?“ wetterte er, während er versuchte, sein Reittier dazu zu bringen, mit dem raschen Tempo Schritt zu halten, das der Komtur vorlegte. „Was beim Herrn der Fliegen hat dich geritten, zu behaupten, du hättest den in ganz Europa steckbrieflich gesuchten Verbrecher Wittgenstein gefangen und müßtest ihn nun zum Verhör direkt in den Vatikan überstellen? Was, wenn sie dich nicht vorgelassen hätten, sondern mich selbst übernommen hätten?“

„Jetzt beruhige dich doch.“, sagte Eliphas leichthin und freute sich, daß der Gabrielsländer das breite Grinsen hinter seiner Maske nicht sehen konnte. „Es hat doch alles geklappt, oder?“

„Aber du hättest mir deinen Plan wenigsten vorher *mitteilen* können“, schnaubte Wittgenstein. „Wenn ich gewußt hätte, warum du mir unbedingt die Hände zusammenbinden wolltest und daß du vorhast, denen meinen *Namen* zu nennen ...“

„Sicher hätte ich das – aber du hast ja auch so gut mitgespielt“, versetzte Eliphas in einem Tonfall, von dem er hoffte, er möge besänftigend klingen. „Ich habe eben die Erfahrung gemacht, daß es hilft, bei solchen Bluffs so nahe wie möglich an der Wahrheit zu bleiben."

Wittgenstein funkelte den ölig glänzenden, lederbekleideten Rükken des Komturs an, sagte aber nichts mehr dazu.

„Im Übrigen", setzte Eliphas hinzu, „solltest du die Handfesseln jetzt abnehmen. Da vorne ist die Pforte. Dort werden wir eine andere Taktik anwenden."

Schicksalsergeben seufzte der Söldner, streifte die vorgetäuschten Handfesseln ab und schlug den Kragen hoch, gespannt, was der Komtur diesmal vorhatte.

Wittgenstein war überrascht, daß dieser diesmal eine sehr direkte Vorgehensweise wählte. Als sie die unscheinbare Holzpforte, die zu benutzen man ihnen bedeutet hatte, erreicht hatten, sprang er vom Pferd und klopfte entschlossen an. Eine kleine Klappe öffnete sich, die so geschickt ins Holz eingelassen war, daß man sie zumindest im Dunkel der Nacht zuvor nicht hatte sehen können, und eine barsche Stimme fragte: „Ja? Was gibt es?"

Eliphas nahm den Helm ab und antwortete in militärischem Tonfall: „Ich bin Darius, Armatura der Raphaelistempler und derzeit in geheimer Mission –", es gelang ihm, an dieser Stelle fast nachlässig auf seine Beutereitermontur zu weisen, „hier in Roma Æterna unterwegs. Dies ist Werner, mein Adlatus." Mit dem Daumen deutete er hinter sich auf Wittgenstein. „Wir sind hier, um mit eurem Gefangenen zu sprechen, dem Engel ohne Flügel."

Zunächst war hinter der Tür nur Schweigen. Dann sagte die körperlose Stimme: „Das – geht nicht, Armatura." Aber sie hatte ob Eliphas' selbstsicherem Auftreten viel von ihrer gelangweilten Ruhe verloren.

„Nun komm schon, Mann", sagte der Schweizer halb drängend, halb scherzhaft, „du willst doch einen Armatura nicht im Regen stehen lassen, oder? Außerdem – wenn dieser Hiob hier bei euch ist, dann ist er ohnehin totes Fleisch, oder?"

Schweigen. Eliphas setzte nach: „Selbstverständlich soll es dein Schaden auch nicht sein." Dabei fuhr er wie unabsichtlich über seinen breiten Waffengurt, an dem ein lederner Geldbeutel hing. Die Münzen darin klimperten bei der Berührung seines Panzerhandschuhs.

„Wahrscheinlich hast du recht, Armatura Darius", seufzte der Torwächter. „Bei dem ist ja ohnehin alles zu spät."

Die Tür öffnete sich. Im Hineindrängen zischte Wittgenstein Eliphas zu: „Darius?"

„Mein Vater", antwortete der Komtur halblaut mit seinem typischen Haifischlächeln. „Dem tut diese kleine Scharade nicht mehr weh. Und er hatte noch etwas gut bei mir."

Dann betraten die beiden Männer den Vatikan.

Hiobsbotschaft

Kapitel fünfzehn

Während Eliphas dem mürrischen Gefängniswärter, einem michaelitischen Laienbruder, der mit einer Fackel voranging, durch den unterirdischen Zellentrakt des Vatikan folgte, wurde ihm klar, daß er mit dieser faustdicken Lüge eine Schwelle überschritten hatte, hinter die es kein Zurück mehr für ihn geben würde. Als der Mann vor einer der Türen stehen blieb, sich zum Komtur umwandte und ihn im trüben Fackellicht noch einmal eingehend musterte – von Wittgenstein hatte er die ganze Zeit über praktisch keine Notiz genommen –, mußte Eliphas an sich halten, nicht zurückzuzucken. Der Blick des Wärters wanderte über seine eng an die der Engel angelehnten Gesichtstätowierungen, das lange, vorzeitig ergraute Haar und den teigigen Teint. Dann schien der Mann innerlich zu einem Entschluß gekommen zu sein; er gab sich einen Ruck und entriegelte die Tür.

„Eine halbe Stunde", sagte er mit heiserer Stimme, ließ seine beiden Begleiter eintreten und drückte dabei Wittgenstein die Fackel in die Hand. Dann schlug er die Tür hinter ihnen zu und verriegelte sie wieder.

Es stellte sich heraus, daß die Fackel die einzige Lichtquelle in der feuchten Zelle war, die mehr an eine tiefe Höhle als an einen

Und du wirst im Alter zu Grabe kommen, wie Garben eingebracht werden zur rechten Zeit. Siehe, das haben wir erforscht, so ist es; darauf höre und merke du dir's.

- Hiob 5, 26-27

von Menschenhand geschaffenen Raum erinnerte. Wasser rann an den grob gemauerten Wänden herab, und Flechten überzogen das Gestein. Dennoch trat Eliphas, kaum daß sich die Tür hinter ihnen geschlossen hatte, unerschrocken mitten in den Raum.

An der gegenüberliegenden Wand saß Hiob. Im Schneidersitz hockte er auf der mit fauligem Stroh bestreuten Steinpritsche, die in der Gefängniszelle als Schlafstatt diente. Er hatte aufgesehen, als die Tür sich unerwartet geöffnet hatte, und blinzelte ins helle Fackellicht. Er starrte vor Dreck, und soweit Eliphas das in dem trüben Licht der Pechfackel erkennen konnte, hatte man ihm übel mitgespielt.

„Hiob."

„Eliphas." Der Raguelit erhob sich, als er den Komtur erkannte.

Dieser verspürte den Drang, mit zwei raschen Schritten den Raum zu durchqueren und den gefallenen Engel, den Freund, in die Arme zu schließen, aber das Gefühl, daß Hiob das nicht wollte, strahlte von diesem aus wie eine körperliche Barriere. Also blieb der Schweizer stehen, wo er war, und fragte nur:

„Wie ist es dir ergangen?"

„Wie ich es erwartet hatte.“ Hiobs Stimme war ausdruckslos, schicksalsergeben und flach. Seine gesamte Körperhaltung spiegelte dieselbe Einstellung wider.

„Wir sind hier, um dir zu helfen“, mischte sich Wittgenstein eifrig ein. „Du wärest nicht der erste, den ich aus angelitischer Gefangenschaft befreie ...“

„Ich weiß dein Angebot zu schätzen, Söldner, aber das wird nicht nötig sein“, antwortete Hiob höflich, aber distanziert. Ein schrecklicher, noch nicht klar zu benennender Verdacht keimte in Eliphas auf. Der Raguelit vor ihm hatte einen Entschluß gefaßt, von dem ihn nichts abbringen würde – doch wie sah dieser Entschluß aus?

„Was hast du vor, Hiob?“ Fragte er leise.

„Ich werde tun, was man von mir erwartet, Eliphas von Bern“, antwortete Hiob.

„Und was erwartet man von dir?“

„Daß ich sterbe, mein Freund.“

„Das darf nicht geschehen!“ Rief Eliphas impulsiv. „Wir können dir helfen, wir ...“

Hiob lächelte wehmütig. „Spare dir deinen Atem, mein Freund. Es ist alles gesagt. Du hast außerdem schon weit mehr für mich getan, als ich hätte erwarten dürfen.“

„Aber Hiob, so hör mir doch zu ...“

„Nein, Eliphas, jetzt hörst du mir zu. Nimm deine Rotte, nimm Wittgenstein und vor allem, nimm Irène, und dann verschwindet aus Æterna, so rasch ihr könnt. Vergeßt mich, seht nicht zurück. Mein Weg endet hier, aber ich bitte dich: Sorge dafür, daß ihr anderen heil aus dieser Sache herauskommt.“

„Hör zu, Hiob“, mischte sich Wittgenstein ein, „dies ist wahrscheinlich deine letzte Chance.“

Der Raguelit schüttelte den Kopf. „Nein. Geht mit Gott. Rettet Irène und sagt ihr, daß ich sie liebe. Ich segne euch.“

Der flügellose Raguelit trat vor, legte seine schmalen Finger in der traditionellen Segensgeste nacheinander auf die Stirn der beiden Männer und murmelte dabei eine lateinische Segensformel. Dann wandte er sich ab, kehrte zu seiner Pritsche zurück, ließ sich darauf nieder und versank in tiefes Schweigen.

Er reagierte auf nichts mehr, was seine beiden Besucher sagten oder taten.

Irgendwann erlosch die Fackel.

Die zwanzig Minuten, die Eliphas von Bern und Wittgenstein schweigend, niedergeschlagen und brütend in der Finsternis saßen und der Rückkehr des Kerkermeisters harrten, waren die längsten und traurigsten ihres Lebens.

Ariel stürzte zu Rahel, kniete neben ihr nieder und schloß sie in die Arme. Nach einer Weile gelang es ihr, die haltlos schluchzende Raphaelitin zu beruhigen.

„Das war gewiß dieser schwarze Engel, den du gesehen hast! Wir müssen ihn finden und zur Rede stellen!“ Rief Daniel. Was er in der Zelle erblickte, hatte auch den letzten Hauch von Zweifel an den Worten der Michaelitin zerstreut, und wie üblich wollte der Urielit nun nichts lieber als handeln. Da fragte eine herrische Stimme:

„Was tut ihr hier?“

Aus dem Treppenhaus traten zwei Templer; einer von beiden war der, an dem sich Ariel zuvor vorbei geblufft hatte. Die Michaelitin erkannte sofort, daß das, was sie jetzt sagte, weitreichende Bedeutung haben würde. Sie ließ Rahel los, die noch immer am Boden kniete und still vor sich hin schluchzte, richtete sich so hoch auf, wie es ihr in Anbetracht ihrer geringen Körpergröße möglich war, und sagte mit allem Nachdruck, den sie aufbringen konnte: „Wir sind noch einmal zurückgekommen, um mit der Gefangenen zu sprechen. Mein Ramielit wollte einige ihrer Worte auf ihren Wahrheitsgehalt überprüfen. Und wenn du auf deinem Posten gewesen wärest, als wir kamen, wie es sich gehört, hätte ich dir das auch schon früher gesagt, Templer.“

„Bei allem Respekt, Engel“, mischte sich der andere Templer, ein kleiner, attraktiver Mann mit welligem braunem Haar, ein, „ich bezweifle, daß du und deine Schar überhaupt die Befugnis habt, hier unten zu sein.“

„Sie hat behauptet, der Prior selbst habe sie geschickt, Paolo“, informierte sein Partner mit dem Bauchansatz und dem Ziegenbärtchen ihn.

„Nun, dann werden sie ja sicher nichts dagegen habe, wenn ich über den Vorfall hier Meldung mache und dabei unsere Armatura bitte, beim Prior nachzufragen, ob er eine Schar hier heruntergeschickt hat. Ich schlage vor, ihr wartet mit Idalgo hier, Engel", fügt er mit gehässigem Lächeln hinzu, wandte sich um und machte sich an den Wiederaufstieg.

Der Schar war klar, daß ihr nichts anderes übrig blieb, als zu warten, wenn sie sich nicht vollkommen blamieren und Ariels Notlüge an Ort und Stelle auffliegen lassen wollten. Vielleicht hatte der Prior ja besseres zu tun, als sich mitten in der Nacht um so eine Kleinigkeit zu kümmern.

Mit mürrischen Gesichtern schickten sich Ariel, Malloriel und Daniel an zu Warten, während Rahel kreidebleich am Boden hockte und vor sich hin starrte und der Templer, von dem sie jetzt wußten, daß er Idalgo hieß, sie mit einer Mischung aus Ehrfurcht und Argwohn beäugte.

Doch das Schicksal meinte es nicht gut mit der Schar. Nur etwa eine halbe Stunde später betrat Prior Emmaus, gefolgt von einer hochgewachsenen Frau mit tiefschwarzem Haar und seltsam dazu kontrastierenden eisblauen Augen, den Kerker. Die Frau trug die Tracht eines Michaelistemplers schien jedoch im Rang über Paolo und Idalgo zu stehen. Der Prior schenkte den vier Engeln zunächst nur einen knappen Seitenblick und öffnete dann die Gittertür zu der Zelle vor ihnen. Sie war unverschlossen, und der hochrangige Kleriker trat entschlossenen Schritts und mit schleifenden Roben ein und sah sich um. Nach einigen Minuten, in denen er unter anderem auch den grauenhaft zugerichteten Leichnam näher in Augenschein nahm, ja ihn zu Rahels unendlichem Entsetzen und ebensolcher Faszination sogar berührte und betastete, kam er wieder heraus. Mit befehlsgewohnter Stimme wies er die Armatura an: „Lydia, ich will, daß du die Untersuchung dieses Vorfalls leitest. Halte mich auf dem Laufenden. Ich habe mich zunächst noch einigen anderen Dingen zu widmen, die keinen Aufschub dulden."

Mit diesen Worten wandte er sich der Schar zu. „Was euch vier angeht ... morgen nach dem Morgenmahl in meinem Skriptorium. Dies hier wird Folgen haben."

Dann wandte der greise Prior sich um und schritt davon.

♦ ♦ ♦

Die Nacht verlief unruhig für die Schar. Nachdem Emmaus den Kerker verlassen hatte, hatten sie sich ebenfalls eiligst davongemacht und sich bei Aadoniel auf der Krankenstation getroffen. Der Gabrielit war vor allem darüber verärgert gewesen, daß sie dieses aufregende Abenteuer, wie er es bezeichnet hatte, ohne ihn erlebt hatten. Ansonsten hatte er ihnen in seiner unverwüstlichen Art mit auf den Weg gegeben, es werde schon alles nicht so schlimm kommen – schließlich sei Prior Emmaus sicherlich ein weiser Mann und er würde schon ein weises Urteil zu fällen wissen.

So hatten sich Ariel und ihre drei unverletzten Schargeschwister schließlich um die vierte Stunde nach Mitternacht in ihre Cella zurück gezogen, ohne jedoch wirklich heilsame Entspannung in meditativer Selbstversenkung finden zu können. Doch nach nur wenigen Stunden scheuchte Ariel sie wieder hoch, und die Schar begab sich ins Refektorium, um eine kärgliche Morgenmahlzeit zu sich zu nehmen. Der Himmel summte schon zu dieser frühen Morgenstunde von den Vorbereitungen für das große Jahrwendfest, denn es war der erste der beiden Hohen Tage, der letzte Tag des Jahres, angebrochen, einer der höchsten Feiertage der Angelitischen Kirche. Doch den vier Engeln war gar nicht feierlich zumute. Eigentlich hatte auch keiner von ihnen wirklich Hunger oder auch nur Lust zu essen, und so verlief das kurze Mahl in einem angespannten Schweigen, in dem alle ihren Gedanken an das bevorstehende Gespräch nachhingen. Anschließend wies ihnen eine hilfreiche Begine den Weg zum Arbeitsraum des Priors.

Ariel klopfte, und wie vor einigen Tagen schon einmal hieß Emmaus' wohlklingende Stimme sie eintreten. Die Michaelitin kam der Aufforderung nach, dicht gefolgt von ihrer Schar. Das letzte Mal hatte der Prior sie in einem der zahlreichen behelfsmäßigen Arbeitszimmer empfangen, die im gesamten Himmel verteilt waren, um ihm lange Wege zu ersparen. Dieser Raum jedoch, sein Skriptorium genanntes – nicht nur Malloriel hatte über die Frage nachgedacht, ob Emmaus wohl des Lesens und Schreibens mächtig war – eigentliches Besprechungszimmer unterschied sich stark von jenem anderen und von den meisten Räumen, die die Schar bisher im Himmel der Michaeliten gesehen hatte. Es war geräumig, aber niedrig und dunkel. Zur nicht geringen Überraschung der Engel wartete nicht der alte Prior allein hier auf sie.

Emmaus saß direkt vor ihnen an einem kleinen, fleckigen Pult, aufrecht wie immer, und sah ihnen entgegen. Er trug das volle Ornat seines hohen Amtes. Im Zentrum seines Arbeitstisches stand eine einzige honigfarbene Kerze in einem angelaufenen silbernen Kerzenhalter, der die einzige Lichtquelle im Raum bildete. Als die Engel vor seinem Schreibtisch Haltung annahmen, musterte er sie eingehend.

Dem Prior entging natürlich nicht, daß die Schar sich zwar der Ordnung halber auf ihn zu konzentrieren versuchte, ihre Blicke aber immer wieder zu dem zweiten Mann in michaelitischem Ornat huschten, der im Halbdunkel des Skriptoriums in einem bequemen, hochlehnigen Stuhl rechts hinter Emmaus saß.

Dieser Mann war ebenfalls jenseits der Blüte seiner Jahre, aber deutlich jünger als der Prior. Seine Größe war schwer zu schätzen, da er saß, aber er schien den Engeln zumindest kein Hüne zu sein. Wie Emmaus saß er sehr aufrecht und musterte die eintretenden Himmelsboten ruhig, etwas neugierig und mit einer steilen Falte zwischen den Brauen. Das Gesicht des zweiten Mannes war offen und keineswegs unfreundlich; ein sorgfältig gestutzter grau melierter Bart zierte sein Kinn. Sein Gewand war noch prunkvoller als das des Priors und wurde durch eine wuchtige Mitra als Kopfbedeckung ergänzt.

Malloriel, ist das – sendete Ariel.

Vermonte Brindisi, Ab der Michaeliten und geistiges Oberhaupt dieses Himmels, bestätigte der Ramielit in ihren Gedanken.

Ihr Austausch wurde unterbrochen, als sich der Prior zu seiner ganzen beeindruckenden Größe erhob und ansetzte: „Ariel, ich grüße dich und deine Schar. Es sieht so aus, als sei jedes Mal, wenn ihr vor mir steht, etwas Unvorhergesehenes passiert. Das war jetzt in den acht Tagen, die ihr zu Gast in unserem Himmel seid, immerhin zweimal der Fall, und beide Male handelte es sich um ein äußerst unerfreuliches Ereignis."

Der Prior machte eine Kunstpause, aber Ariel hielt es für besser, seine Worte zunächst nicht zu kommentieren.

„Bevor wir das aber im Detail erörtern", fuhr der alte Mann fort, „möchte ich euch mit Seiner Eminenz Vermonte Brindisi bekannt machen, dem Ab dieses Himmels." Brindisi nickte huldvoll , und alle vier Engel verneigten sich tief.

„Boten des Herrn", ließ sich der oberste Michaelit mit fast freundlicher Stimme vernehmen, „der Prior und ich möchten mit eurer Scharführerin alleine sprechen. Wartet bitte draußen auf sie."

Die Schar wurde unruhig; alle drei Angesprochenen hatten das Gefühl, Ariel im Stich zu lassen, wenn sie jetzt gingen.

Geht ruhig, sendete die Michaelitin. *Ich komme schon zurecht.*

„Kommt", sagte Daniel ruhig und wandte sich zum Gehen, nicht ohne sich noch einmal ehrerbietig in Richtung der beiden hochrangigen Kleriker verneigt zu haben.

Kaum hatte sich die Tür hinter ihm, Rahel und Malloriel geschlossen, fuhr der Prior Ariel an:

„Wie konntest du es wagen, dir anzumaßen, du seist in meinem Auftrag unterwegs, wenn ich nicht einmal wußte, wo du dich herumtreibst? Du vergißt deinen Platz, Ariel, und gefährdest die Ordnung dieses Himmels. Außerdem schmälerst du das Gewicht meiner Worte, wenn du unerlaubt meinen Namen als Rechtfertigung benutzt. Was hast du zu deiner Entschuldigung zu sagen?"

Ariel schluckte, als der Zorn des alten Kirchenmannes gegen sie anbrandete. Dann sagte sie: „Ich kann nur um Verzeihung bitten, ehrwürdiger Prior. Ich vergaß mich, wie du sagtest, und handelte unbedacht und aus Neugier. Außerdem ..."

„Ja?" Fragte Emmaus ungehalten.

„Außerdem möchte ich sagen, daß meine Schar nichts dafür kann. Sie wollten mir zunächst nicht folgen. Vor allem Rahel hat sich geweigert. Aber ich habe es ihnen befohlen, und sie haben gelernt, den Anordnungen ihres Michaeliten Folge zu leisten." Bei sich dachte sie: Hoffentlich befragen sie uns nicht alle einzeln, und die anderen verstricken mich in Widersprüche.

Der Prior schien zu einer heftigen Erwiderung ansetzten und sie weiter schelten zu wollen, da erhob sich unerwartet der Ab und legte dem älteren, höher gewachsenen Mann von hinten die Hand auf die Schulter.

„Es ist gut, Emmaus", sagte er in versöhnlichem Tonfall. „Ich sehe Reue in dieser da. Du hast recht, sie hat sich eines schweren Vergehens schuldig gemacht und ihre Schar gegen deren Willen mit in ihren Fehltritt hineingezogen." Bei diesen Worten warf er Ariel hinter dem Rücken seines Priors eine schwer zu deutenden Blick zu. Für die Michaelitin schien er zu sagen: Ich habe dich durchschaut, aber belassen wir es für den Augenblick dabei.

„Der Herr hat uns angewiesen, Langmut zu zeigen und Gnade vor Recht ergehen zu lassen, gerade im Umgang mit Seinen Boten", fuhr der Ab fort. Prior Emmaus sackte auf seinen Stuhl zurück, als sei urplötzlich alle Kraft aus ihm gewichen. Vermonte Brindisi trat neben ihn und sagte:

„Ariel von den Michaeliten, deine Schuld ist erkannt, bereut und dir verziehen. Und um euch zu zeigen, wie gnadenvoll die Angelitische Kirche ist, will ich ein Zeichen setzen. Wie ihr ja wißt, ist heute Jahrwend. Traditionell zelebriert Pontifex Maximus Petrus Secundus persönlich heute und morgen zum Tages des Herrn jeweils eine Heilige Messe für die zahlreichen Gläubigen seiner Stadt auf dem Campo Ottaviano, dem großen Platz rund um den Petrusdom. Es ist Brauch, daß zwei Engelscharen die Sänfte, mit der der Pontifex auf das Podium mit dem Altar getragen wird, in der Luft als Bannerträger begleiten. Ich möchte, daß du und die Deinen eine dieser beiden Scharen seid. Glaubst du, dein Gabrielit ist wieder ausreichend genesen, um diese Aufgabe mit euch zusammen wahrzunehmen? Ihr würdet die Schar sein, die von den linken Kolonnaden startet."

„Ich – ich kann mir kaum vorstellen, daß sich Aadoniel diese Ehre entgehen lassen würde", stotterte Ariel, von der Wendung der Unterredung völlig verwirrt.

„Dann würde ich mich an deiner Stelle beeilen, es den anderen mitzuteilen", lächelte der Ab. „Du kannst gehen."

„Jawohl, ehrwürdiger Ab – und danke", sagte Ariel rasch und eilte hinaus, um den anderen mitzuteilen, was sich ereignet hatte.

♦ ♦ ♦

Rechtzeitig zur nachmittäglichen Pontifikalandacht auf dem Campo Ottaviano hatte das Wetter etwas aufgeklart; der Regen hatte nachgelassen, und die fast fünfzehntausend Gläubigen, die sich in der vorderen Säulenhalle des riesigen überdachten Platzes eingefunden hatten, waren umgeben von einer für römische Verhältnisse fast schon trockenen Kälte, die sie aber kaum spürten, so dicht standen sie. Prächtige Banner in den Farben der fünf kämpfenden Orden säumten die Kolonnaden; zwei weitere, übergroße mit dem Symbol der Angelitischen Kirche flankierten die Empore, auf der die eigentlichen Sakralhandlungen stattfinden würden.

Ein Fanfarensignal kündete vom Beginn des Gottesdienstes. Von der dem Petrusdom abgekehrten Seite aus trugen acht Templer die prunkvolle Sänfte des Pontifex Maximus auf den Platz. Aufrecht stehend wurde der Knabe, der seit über fünfhundert Jahren der Angelitischen Kirche vorstand, durch die jubelnde Menschenmenge über den gesamten Campo Ottaviano getragen. Huldvoll winkte er den Gläubigen und begann, ihnen im Vorbeigetragenwerden den Segen zu spenden.

Jetzt! Befahl Ariel, und die Schar erhob sich vom linken Kolonnadendach in die Luft. Alle fünf Engel trugen je eine lange hölzerne Stange mit einem bunt schillernden Wimpel ihres jeweiligen Ordens. In perfekter Formation flogen sie über die Köpfe der Menge hinweg, bis sie schräg über der pontifikalischen Sänfte schwebten, und geleiteten dann mit langsamen, majestätischen Flügelschlägen deren Weg zur Empore mit dem Altar an der gegenüberliegenden Seite des Platzes. Vom rechten Kolonnadendach aus tat es ihr eine zweite Schar gleich.

Die Raphaeliten des Himmels mußten ganze Arbeit geleistet haben. Wenn Aadoniel noch irgendwelche Schmerzen beim Fliegen hatte, ließ er es sich nicht anmerken. Kraftvoll wie eh und je trug er die Gabrielisstandarte durch die Luft.

Nun hatte die Sänfte unter den Jubelrufen der versammelten Gläubigen die Empore erreicht. Ohne im geringsten langsamer zu werden eilten die Templer mit ihrer heiligen Last die zwanzig Stufen empor. Sobald sie oben angekommen waren, trat das versammelte Konsistorium aus den Schatten des Podiums, wo die hochrangigen Angeliten geduldig der Ankunft ihres kindlichen Oberhauptes geharrt hatten. Einer von ihnen, ein älterer, beleibter Mann, den Malloriel von Bildern her als Kardinal Claas von Freyung erkannte, trat weiter vor als die anderen, reichte dem Pontifex graziös die Hand und half ihm aus der Sänfte.

Aufstellung an der linken Wand, nebeneinander, Augen zum Thron, befahl Ariel gleich nach ihrer Landung, und die Schar beeilte sich, ihrem Befehl nachzukommen. Die andere Schar tat es ihnen nach – und Ariel hätte beinahe laut aufgeschrieen, als sie die anderen fünf Engel erkannte. Die Bannerträger an der gegenüberliegenden Wand der Empore waren keine anderen als Hiobs frühere Schar um ihren neuen Michaeliten Thomasiel. Die anderen fünf Engel reagierten ebenso verblüfft, doch ehe einer der Himmelsboten auf das unerwartete Zusammentreffen reagieren konnte, senkte sich plötzlich Totenstille über den weiten Platz. Unwillkürlich blickten alle zu der zierlichen Gestalt auf dem Thron, die eine Hand gehoben hatte, um sich Ruhe zu verschaffen.

Pontifex Maximus Petrus Secundus stand vor seinem mit weißen und goldenen Stoffbahnen drapierten Thron und sah hinab auf die Versammlung, die gekommen war, ihn predigen zu hören. Barfuß und in ein schlichtes weißes Büßergewand gehüllt stand er da, inmitten der Engel und Kardinäle und unter den wachsamen Augen einer Handvoll speziell ausgebildeter Engel – den Seraphim – die sich im Hintergrund des Podiums hielten, bereit, beim geringsten Anzeichen von Unruhe sein Leben mit dem ihren zu schützen. Mit klarer Stimme und entrücktem Blick stimmte er einen Hymnus an, und sofort fielen alle auf dem Podium ein, und die auf dem Campo Ottaviano versammelte Menge verstärkte den Klang aus tausendfachen Kehlen. In diesem Augenblick waren alle Sorgen, Probleme und Zweifel der vergangenen Tage und Wochen wie weggefegt – einer brandenden Meereswoge gleich erfaßte der kollektive Glaube all dieser Menschen dort unten die Engel, und was in diesem Moment zählte, war der unbändige Stolz, der ihnen allen fast die Brust zu sprengen drohte – der Stolz, Teil eines größeren Ganzen zu sein, Teil der Angelitischen Kirche, und ihr zu dienen.

Doch was war das? Malloriel kniff die Augen zusammen, um es besser zu sehen. Aus der Nähe sah das Oberhaupt der Angelitischen Kirche schlecht aus, krank und abgezehrt. Malloriels Blick begegnete dem Rahels, die ebenso entsetzt zum Pontifex hinübersah. Dunkle Flecken bedeckten Hals, Wangen und, soweit das Gewand sie freiließ, die dünnen Arme des heiligen Knaben wie Hämatome oder Würgemale. Sein Haar schien ihm in Büscheln auszugehen, und schon nach wenigen Zeilen des Liedes ging sein Atem keuchend. Sicher, niemand aus der Menge hatte ihn gut genug sehen können, um dessen gewahr zu werden, und gewiß würde bei dem gewaltigen Klang niemandem auffallen, daß seine Stimme leiser wurde, aber dennoch ...

Seht ihr das? Was ist das? Fragte Ariels Stimme in den Köpfen aller Scharmitglieder.

Ich weiß es nicht. Ich glaube ... er ist krank, antwortete Rahel.

Der Pontifex krank? Undenkbar! Aber woher kommen die da drüben so plötzlich? kommentierte Aadoniel.

Ehe die Engel sich weiter in dieses mentale Gespräch vertiefen konnten, verklang das Lied. Erneut machte sich auf dem weiten Rund erwartungsvolle Stille breit.

Der Pontifex Maximus räusperte sich und sagte dann mit seinem klaren Knabensopran:

„Im Namen des Gottes, der uns das Leben schenkt und der uns die Engel gesandt hat, eröffne ich diese Messe. Gepriesen sei, der da für uns sorgt und uns errettet aus aller Not."

Er mußte husten und unterbrach sich. Die Konsistorialkardinäle warfen einander alarmierte Blicke zu.

„Es ist mir eine große Freude", fuhr der Pontifex nach einer kurzen Unterbrechung fort, „heute, zu Jahrwend 2645, einen Mann in sein neues, verantwortungsvolles Amt einzuführen, der sich um die Angelitische Kirche verdient gemacht hat. Wir alle waren betroffen vom unerwarteten Hinscheiden seines Amtsvorgängers ..."

Wieder machte er eine Pause, und diese nutzte ein Mann, um aus den Schatten im hinteren Bereich der Empore mit festem Schritt nach vorn an den Rand des Podiums zu treten, wo er verharrte und hoch erhobenen Hauptes einen stolzen Blick über die Versammlung warf. Er trug das Ornat eines michaelitischen Prälaten und war jünger als alle anderen Geistlichen auf dem Podium. Der Mann war groß und schmal, aber nicht eben muskulös. Über der strahlend weißen Tracht mit schwarzem Überwurf seines Amtes trug er am linken Arm den althergebrachten goldbesetzten, bis knapp zur Schulter reichenden Hand- und Armschutz, das Symbol der Inquisitorenwürde. Sein Schädel war kahlrasiert.

Er wandte den Blick von der Menge ab, wandte sich dem Pontifex zu und kniete nieder. Wenn auch er die merkwürdigen Anzeichen von Krankheit bei dem Obersten Angeliten bemerkte, dann hatte er seine Mimik hervorragend unter Kontrolle, den kein Muskel im Gesicht des Mannes ließ auf etwaige Besorgnis schließen.

Petrus Secundus legte dem Mann beide Hände auf das haarlose Haupt.

„Uth von Hatten, Kraft meines Amtes als oberster Hirte der Menschheit ernenne ich dich zum Nachfolger von Prälat Karolus in Amt und Würden eines Inquisitors der Angelitischen Kirche. Möge der Herr dir Kraft und Mut geben, dein Amt zum Segen aller Gläubigen auszufüllen."

Der Rest des Hochamtes verlief ohne Zwischenfälle. Allerdings waren Ariel und ihre Schar so vertieft in die Beobachtung des heiligen Knaben, daß niemand von ihnen die kleine Gruppe von Menschen bemerkte, die schon seit dem frühen Nachmittag auf dem Campo Ottaviano auf die Pontifikalmesse gewartet und sich bis ganz vorne ans Podium gedrängt hatte, als sie die Engel erkannt hatte, die dort als Bannerträger standen.

So war es Irène, Eliphas und den Beutereitern nicht gelungen, mit der Schar Kontakt aufzunehmen und ihr zu berichten, wie es Hiob erging.

Doch als Ariel und ihre Gefährten in dieser Nacht in ihrer Cella waren, diskutierten die Engel im Flüsterton noch lange über den merkwürdigen Zustand des Pontifex.

hiobs botschaft

kapitel sechzehn

Irgendwann machten sich die Anstrengungen der letzten Wochen und Tage schließlich doch bemerkbar. Allen Mitgliedern der Schar steckte vor allem die letzte, sehr kurze Nacht in den Knochen. Selbst Aadoniel, der derlei sonst eher mit einem grimmigen Lächeln wegsteckte, machte keinen Hehl daraus, daß ihn sein erster Flug nach der lebensgefährlichen Verletzung durch die Traumsaatkreatur mehr angestrengt hatte, als er für möglich gehalten hatte. Immerhin aber konnte der Gabrielit mit ausdrücklicher Erlaubnis Soror Anyas zum ersten Mal in der Gästecella der Schar übernachten, was alle mit einem Gefühl der wiederhergestellten Vollständigkeit zur Ruhe kommen ließ.

Alle – bis auf Malloriel. Noch lange, nachdem sich in der Cella der Schar Stille ausgebreitet hatte, saß er hellwach auf seinem Sims, das Kinn auf die verschränkten Arme gestützt und die Augen weit offen, und spähte blicklos in die Dunkelheit des Raumes. Auch der Ramielit war erfüllt von einer tiefen Erschöpfung, die bis in den innersten Kern seines Wesens gesickert war, und wünschte sich in diesen zeitlosen Stunden nichts sehnlicher, als einen tiefe, traumlose Meditation, um wieder Kraft und Gelassenheit für die vor ihm liegenden Aufgaben zu finden. Aber es wollte sich einfach keine Ruhe einstellen. Wenn er in

> *Wie ein Traum wird er verfliegen und nicht mehr zu finden sein und wie ein Nachtgesicht verschwinden.*
>
> – Hiob 20, 8

sich hineinhorchte, war da nicht jener vertraute Punkt angenehmer Empfindungslosigkeit, von dem aus sich früher, bevor die Alpträume begannen, immer die warme Ruhe der Meditation ausgebreitet hatte. In letzter Zeit war dort, tief in ihm, in dem, wovon er annahm, es sei wohl seine unsterbliche Seele, nur ein nagender Zweifel. Eine bohrende Ungewißheit, die nach Antworten schrie und ihm immer eindringlicher die wirren Alpträume sandte, die ihn quälten, erschöpfter und ihn immer ermatteter erwachen ließen.

Es hatte keinen Sinn. Solange er keinen Weg fand, diese Rätselbilder zu entschlüsseln, die ihm sein Unterbewußtsein sandte, würde er keine Ruhe finden, das war ihm klar. Unbewußt tastete Malloriels Hand nach seiner ledernen Umhängetasche, die er nie weit aus der Hand gab. Auch jetzt stand sie zu seinen Füßen; er schlug möglichst lautlos, um seine Schargeschwister nicht zu stören, die Lasche zurück, die die Tasche verschloß, und seine schmale, mit den feinen Linien der Scriptura bedeckte Rechte fand das Notizbüchlein, von dem er überzeugt war, daß es ihn in den letzten Wochen davor bewahrt hatte, wahnsinnig zu werden – sein Traumtagebuch. Er hatte begonnen, es zu führen, als die Träume kamen, und seit sie immer häufiger geworden waren, waren auch seine Eintragungen immer detailreicher – wenn auch nicht unbedingt leichter verständlich – und immer häufiger geworden. Außerdem hatte er sorgfältigst all die kryptischen Bemerkungen und Andeutungen darin niedergeschrieben, die Hiob im Laufe der gemeinsamen Reise durch halb Europa zum Thema Träume, Vergangenheit und Kindheit gemacht hatte.

Nicht zum ersten Mal verfluchte Malloriel innerlich die Templer, die den flügellosen Ragueliten ihrer Obhut entrissen hatten. Gerade jetzt wäre es so wichtig gewesen, mit ihm zu sprechen, Fragen zu stellen, herauszufinden, was und wieviel der gefallene Engel wirklich wußte ... Wenn doch wenigstens Irène sich zurückgemeldet hätte, um der Schar mitzuteilen, ob ihre Suche nach den Gefangenen erfolgreich gewesen war!

Malloriel schlug wahllos eine Seite seines Traumtagebuchs auf und hielt sie sich dicht vor die Augen. Doch es hatte keinen Sinn – nach Einbruch der Nacht waren wieder dichte Wolken aufgezogen, so daß praktisch kein Licht durch das schmale, hohe Fenster der Cella hereinfiel, und Daniel hatte wie üblich die letzte Kerze im Raum gelöscht, bevor er im Hocksitz erstarrte. Der Urielit mit seinen von der Gnade des Herrn berührten Augen hätte vielleicht in dieser vollkommenen Dunkelheit lesen können – abgesehen davon, daß er die Schriftzeichen nicht beherrschte –, doch es lag eindeutig jenseits der Möglichkeiten des silbermähnigen Ramieliten. Ein Licht anzumachen hätte aber bedeutet, die anderen Scharmitglieder zu stören und sie möglicherweise um ihre wohlverdiente Ruhe zu bringen. Auch das kam nicht in Frage. Malloriel seufzte unterdrückt. Nein, so ging das nicht. Ihm blieb nur ein Weg, wenn er jetzt und hier versuchen wollte, dem Geheimnis seiner Träume auf den Grund zu gehen. Wozu hatte der Herr die Ramieliten gesegnet, wenn Malloriel es nicht nutzte? Malloriels Weg lag mit einem Mal klar vor ihm. Ohne eine weitere Sekunde zu zögern schloß er die Augen und trat eine Reise ins Innere an.

Die Kathedrale baute sich nicht allmählich auf; wenn Malloriel sie betrat, war sie von einem Augenblick zum nächsten da, und er stand mitten darin. Die Kathedrale der Gedanken – ein Bauwerk, das es nicht gab und das dennoch allen Ramieliten offenstand. Es war das Geschenk des Herrn an seinen liebsten Orden, dem er die Bewahrung allen Wissens der Äonen übertagen hatte. Die Ramieliten trugen ihren Stolz nicht wie einen Schild vor sich her wie ihre michaelitischen Brüder und gingen nicht mit ihren Omnipotenzphantasien hausieren wie die Todesengel, aber im Grunde seines Herzens wußte jeder von ihnen, daß das Geheimnis der Schrift, jenes entscheidende Quentchen Wissensvorsprung, mit dem der Schöpfer sie gesegnet hatte, eine deutliche Sprache sprach, was Gottes Vorlieben anging. Diese Überzeugung war eine stillschweigende, vollkommen unumstrittene Übereinkunft zwischen allen Bewahrern des Wissens, die sie vom ersten Tage ihres irdischen Daseins an mit jedem belehrenden Wort ihrer Mentoren im Himmel zu Prag und anderswo aufsogen und die außerhalb jeder Diskussion stand.

Und die Kathedrale war der Ort, an dem all ihr kostbares Wissen aufbewahrt wurde. Oh, sie war nicht wirklich eine Kathedrale und auch keine Bibliothek – oder vielleicht doch, denn so genau ließ sich das nicht festmachen. Es hatte eine Weile gedauert, bis Malloriel sich mit dem Konzept hatte anfreunden können, daß die Kathedrale für jeden seiner Brüder und Schwestern genau die Gestalt hatte, die seiner Seele und seinem Wissen gemäß war, doch je länger er darüber nachdachte, desto faszinierender fand er es.

Für den silberhaarigen Ramieliten, der Jahre zwischen den zahllosen Büchern des Himmels zu Prag zugebracht hatte, nahm die Kathedrale der Gedanken tatsächlich die Gestalt einer gigantischen Bibliothek an. Bei seinen zahllosen Besuchen hatte er sie nach und nach ganz durchwandert. Malloriel wußte nun, daß es sich um einen mächtigen Bau mit quadratischem Grundriß handelte, der von vier sechseckigen, angebauten Türmen an den Ecken flankiert wurde. Diese hatte er anfänglich schemenhaft erahnt, ohne sie jedoch betreten zu können, denn erst allmählich, als sein Wissen sich mehrte und er vom Signum über die Sigil zur Scriptura fortschritt, hatte sie sich ihm in ihrer ganzen Fülle und Wissenspracht enthüllt.

Wie bei jedem Besuch öffnete sich der zentrale Raum vor Malloriels Augen in einer geradezu immensen Weite. Die von kräftigen Säulen abgestützte Kuppel, rund und nicht zu hoch -niedriger als etwa im

Petrusdom, aber höher als in jedem Kapitelsaal, den Malloriel je gesehen hatte –, überspannte eine lichte, von angenehmer Helligkeit durchflutete Halle, denn an jeder der vier Seiten taten sich drei große Glasfenster auf, während fünf kleinere Fensteröffnungen die fünf Außenmauern aller vier Türme durchbrachen. Ringsum an den Wänden standen hohe Bücherregale. In der Mitte des Raumes schließlich stand ein Tisch voller Bücher und Pergamente, die letzten Schriften, denen der Ramielit seine Aufmerksamkeit gewidmet hatte. Unter anderem lag dort auch ein Pendant seines sorgsam gehüteten Traumtagebuchs. An diesem Tisch stand ein einzelner, weich gepolsterter Schemel, auf dem Malloriel schon viele Stunden ohne Unterlaß lesend zugebracht hatte – die Zeit verging hier anders als draußen. Komplettiert wurde die Ausstattung durch ein Federkästchen und eine Öllampe – in Malloriels Kathedrale der Gedanken wurde es zwar nie dunkel, sondern sie war immer von diesem warmen, freundlichen Sonnenlicht durchflutet, aber aus irgendeinem unerfindlichen Grund hatte sein Geist darauf bestanden, den Raum zusätzlich mit dieser Beleuchtung auszustatten.

Ohne Zögern machte sich Malloriel an die Arbeit. Er wußte, daß es für jeden, der einen zufälligen Blick in die Cella warf, aussehen würde, als meditiere er friedlich. Mit traumwandlerischer Sicherheit, trat er an eines der Regale und zog ohne hinzusehen ein schmales Bändchen heraus. Mit zitternden Fingern schlug er es auf, las die erste Seite. Na also – da war es! Er war nicht der einzige Ramielit, der sich über die Herkunft der Engel Gedanken gemacht hatte ... Malloriel zog einen Armvoll entsprechender Aufzeichnungen von Ordensgeschwistern aus dem Regal, schleppte sie zu seinem Tisch zurück, stapelte sie dort, machte es sich auf seinem Schemel bequem und begann begierig zu lesen.

♦ ♦ ♦

Am nächsten Morgen machte sich die Schar auf, um gemeinsam das Fasten zu brechen. Ihnen allen fiel auf, daß Malloriel an diesem Tag noch blasser aussah als sonst. Tiefe, dunkle Ringe unter seinen Augen kündeten davon, daß er eine weitere Nacht hinter sich gebracht hatte ohne Ruhe zu finden. Sie alle wußten aber auch, wie sehr seine wirren Träume ihren silberhaarigen Bruder quälten, und so sprachen sie ihn taktvoll nicht darauf an. Ariel wünschte sich, der Ramielit hätte von sich aus etwas gesagt, hätte ihr Gelegenheit gegeben, mit ihm zu sprechen, aber es war schließlich Rahel, auf die seine Wahl fiel. Als Daniel, der am nächsten an der Tür geruht hatte, seinen Urielitenzopf fertig gewickelt hatte und die Tür aufstoßen wollte, um ins Refektorium aufzubrechen, hielt Malloriel die Heilerin am Arm zurück und sagte drängend: „Ich muß mit dir sprechen. Bitte."

Die drei anderen drehten ihnen überrascht die Köpfe zu. Auf Ariels Stirn stand eine steile, fragende Sorgenfalte.

„Wir – wir kommen gleich nach", sagte Rahel unsicher. „Geht ruhig schon einmal vor."

Die Schar zögerte, doch dann sendete Ariel: *Kommt. Wir treffen uns alle im Refektorium.*

Entschlossenen Schritts folgte sie Daniel auf den Korridor hinaus, und Aadoniel schloß sich an.

Kaum hatte sich die Tür hinter den anderen geschlossen, ließ Malloriel Rahels Arm los. Die Raphaelitin fragte besorgt: „Was ist, Bruder? Was quält dich so, daß du vor den anderen nicht darüber sprechen mochtest?"

Als der Ramielit nicht sofort antwortete, schob sie nach: „Fühlst du dich krank?"

„Ja – nein. Das ist es nicht." Malloriel drehte ihr brüsk den Rücken zu, verschränkte die Arme vor der Brust und starrte durch die schmale Fensteröffnung in den bleigrauen Morgenhimmel über der Heiligen Stadt hinaus.

„Was ist es dann?"

Er drehte sich wieder um und sah sie ernst, fast prüfend an. Die zierliche Heilerin hielt dem Blick seiner grauen Augen ruhig stand.

„Ich weiß es jetzt, Rahel. Ich weiß, was meine Träume bedeuten."

♦ ♦ ♦

Varcanel war entschlossen gewesen, reinen Tisch zu machen. Seine Schar kannte die Ariels nun schon so lange, und ihre gesamte gemeinsame Geschichte war geprägt von Mißverständnissen und unglücklichen Entwicklungen. Als die beiden Scharen einander bei der Pontifikalmesse über zwei Stunden gegenübergestanden hatten, ohne ein Wort wechseln zu können, war in ihm der Entschluß gereift, sich mit den Engeln um die kleine Michaelitin auszusprechen. Thomasiel würde das sicher nicht gerne sehen, denn der ganze Himmel redete davon, daß Ariel sich angemaßt hatte, im Namen des Priors zu handeln, obwohl es gar nicht stimmte. Aber hatte nicht die hohe Ehre, die ihr und den Ihren zuteil geworden war, als man sie zu Bannerträgern bestimmt hatte, bewiesen, daß die Angelitische Kirche es ernst meinte mit der Vergebung? Das würde auch Paliel einsehen müssen, die Ariel und ihre Schar noch immer für den Tod Henaiels, ihres früheren Michaeliten, verantwortlich machte und nicht bereit war, sich versöhnlich zu zeigen. Nun, er, Varcanel, würde den ersten Schritt machen, und dann würde seinen Schargeschwistern im Grunde gar nichts anderes mehr übrigbleiben, als auch einzulenken und den anderen Engeln die Hand zum Zeichen der Versöhnung zu reichen.

Beschwingt, weil er sich endlich dazu durchgerungen hatte, diesen wichtigen Schritt zu gehen, näherte sich der Urielit der Gästecella, in der die Schar, die er suchte, nach Aussagen eines Monachen, den er unterwegs befragt hatte, untergebracht war. Hoffentlich waren sie noch nicht hinunter ins Refektorium gegangen, wo seine eigene Schar jetzt auf ihn wartete ... Als er sich der Tür zu der ihm bezeichneten Cella näherte, hörte er Stimmen dahinter. Etwas ließ Varcanel innehalten und lauschen. Er vernahm die wohlklingende, angenehme modulierte Baritonstimme des Ramieliten aus Ariels Schar, dieses Malloriel. Doch was er hörte, ließ Varcanel stocksteif stehenbleiben. Das durfte doch wohl nicht wahr sein ...

„Ich war heute Nacht, als ihr alle schlieft, in der Kathedrale der Gedanken, Rahel. Ich habe nach Deutungsmöglichkeiten für meine Träume gesucht, und ich bin fündig geworden. Es gibt viele wie mich – Ramieliten, die Zweifel hatten und sie auch niedergeschrieben haben. Diese Brüder und Schwestern waren alle in meinem Alter. Viele von ihnen berichten von Träumen, Fieberphantasien nicht unähnlich, die sich steigerten, immer intensiver wurden – und dann brechen ihre Aufzeichnungen ab. Es ist immer dasselbe Muster.“

Er hielt inne und sah Rahel an. Sie lauschte seinen Worten mit weit aufgerissenen Augen und einem Gesichtsausdruck, der irgendwo zwischen Ungläubigkeit und tiefer Bestürzung lag.

„Und dann, endlich, habe ich geschlafen – und geträumt, Rahel“, fuhr er fort. „Ich habe von meiner Mutter geträumt.“

„Von deiner *Mutter*?“

„Ja. Ich heiße Matteusz, das heißt, so hieß ich, als ich geboren wurde. Ich stamme aus einem kleinen Fischerdorf in Ramielsland, von der Nordküste. Ich habe einen Bruder und zwei Schwestern. Ich war der älteste, und kurz vor meinem neunten Geburtstag haben mich die Beutereiter aus meinem Dorf geholt.“

„Aber ...“ Mit einer hilflosen Geste wies Rahel auf seine Schwingen.

„Ja“, nickte er, „das ist ein Mysterium, das gebe ich zu. Ich weiß noch nicht, wo sie herkommen. Vielleicht hat sie mir tatsächlich der Herr geschenkt, aber eines ist sicher: Ich hatte sie nicht von Geburt an.“

„Das ist kaum zu glauben.“ Rahel klang verzagt.

„Ich weiß. Auch den anderen Ramieliten, die in meiner Situation waren, hat niemand geglaubt. Aber ich glaube zu wissen, warum ihre Aufzeichnungen so abrupt aufhören, Rahel. Man hat sie getötet. Allesamt. Alle, die zweifeln – oder sollte ich besser sagen: die der Wahrheit zu nahe kommen? – werden zum Schweigen gebracht.“

„Nein“, keuchte die Raphaelitin. Ihr Gesicht war weiß wie die Wand hinter ihr.

„Doch“, beharrte Malloriel grimmig. „Was, wenn ‚Läuterung‘ nur ein glorifizierter Begriff für Hinrichtung ist?“

Er spürte, wie sich alles in Rahel gegen seine Worte sträubte. Impulsiv drehte er sich um und zog das Traumtagebuch aus seiner Umhängetasche. Beim ersten zaghaften Licht des Tages war er aus der Kathedrale der Gedanken zurückgekehrt und hatte es ergänzt, hatte, obwohl er noch kaum etwas sehen konnte, seine neuen Erkenntnisse festgehalten. Kurz entschlossen drückte er Rahel das Buch in die Hand.

„Es steht alles hier drinnen. Ich muß für eine Weile fort, Rahel, ich brauche ein paar Tage für mich, um nachzudenken und mir klarzuwerden, wie es jetzt weitergehen soll. Bitte sage den anderen nichts von dem, worüber wir hier gesprochen haben. Auch nicht Ariel, hörst du?"

Jetzt weinte Rahel, doch sie nickte unter Tränen.

„Mach dir keine Sorgen, kleine Schwester. Ich werde wiederkommen."

„Wann?"

„Bald. So bald ich kann. Aber ..."

„Ja?"

„Aber falls du hörst, daß mir etwas zugestoßen ist ..." Er sah Rahels vollkommen entsetztes Gesicht und fuhr fort: „Was ich nicht glaube, aber nur für den Fall ... dann gib dieses Buch einem anderen Ramieliten; er wird wissen, was zu tun ist. Versprichst du mir das?"

Rahel nickte stumm.

„Gut. Dann geh jetzt zu den anderen ins Refektorium. Sag ihnen einfach, mir sei nicht gut gewesen. Ich packe meine Sachen und werde weg sein, wenn ihr wiederkommt."

Varcanel wandte sich ab. Er hatte genug gehört. Was dieser Malloriel da behauptete, war blanke Ketzerei. Er war versucht, vielleicht gar schon ganz dem Herrn der Fliegen anheimgefallen. Und jetzt versuchte er, die arme kleine Heilerin mit in die Sache hinein zu ziehen. Das mußte aufhören. Dann fiel ihm der neue Inquisitor ein, den der Pontifex eingesegnet hatte. Mit etwas Glück war dieser Uth von Hatten noch im Himmel!

Der Urielit wußte, was zu tun war. Mit demselben entschlossenen Schritt, mit dem er sich zuvor der Cella der Schar genähert hatte, zog er sich zurück, um Malloriel von den Ramieliten wegen Häresie anzuzeigen.

f e g e f e u e r

Kapitel siebzehn

Die neun schwer bewaffneten Templer unter Führung Mera Indolos marschierten mit wehenden Überwürfen durch die Gänge des Himmels. An einer Gangbiegung im Gästetrakt stand wartend ein hochgewachsener, merkwürdigerweise kahlgeschorener Engel in urielitischer Tracht.

„Du bist Varcanel?"

Bei der Erwähnung seines Namens fuhr der nervös wirkende Himmelsbote zu der hochgewachsenen Frau mit der flammendroten Mähne herum und musterte sie und ihre Truppe: Die zehn sahen eher aus, als planten sie den Sturm auf ein kleineres Ketzerdorf und nicht die Festnahme eines einzelnen Ramieliten.

„Ja, das bin ich", antwortete er. „Und wer bist du, Templerin?"

„Mein Namen ist Mera Indolo, und ich bin die befehlshabende Armatura dieses Kontingents der Konsistorialgarde", antwortete die Angesprochene in schneidigem Ton. „Prior Emmaus hat, wie es in einem so exponierten Fall seine Pflicht war, unverzüglich dem Konsistorium Meldung gemacht. Die Kardinäle sind ausgesprochen zufrieden mit deiner Einstellung und haben mich autorisiert, deiner Schar eine Belobigung in Aussicht zu stellen. Würdest du jetzt bitte so

Denn ich weiß, du wirst mich zum Tod gehen lassen, zum Haus, da alle Lebendigen zusammenkommen.

– Hiob 30, 23

freundlich sein, mir die Cella zu zeigen, in der der fragliche Ramielit untergebracht ist?"

Varcanel zuckte unschlüssig die Achseln. Diese Sache nahm allmählich einen Verlauf, mit dem er nicht gerechnet hatte. Er war fest davon ausgegangen, daß Prior Emmaus, der ihn nach seiner Anzeige gebeten hatte, auf dieses Stockwerk zurückzukehren und die Cella von Ariels Schar im Augen zu behalten, den Inquisitor hinzuziehen und sich persönliche um die Angelegenheit kümmern würde. Und nun das ... Nun, diese Gardesoldatin würde wissen, was sie tat. Obwohl Varcanel ein leises, nagendes Gefühl der Beunruhigung nicht loswurde, ging er dem Trupp voraus.

„Die dritte Cella da links ist es", sagte er halblaut, als sie den entsprechenden Seitengang erreicht hatten und wollte auf die Tür zugehen. Mera Indolo hielt ihn am Arm zurück.

„Warte. Was denkst du, mit wie vielen Engeln haben wir da drinnen zu rechnen, Varcanel von den Urieliten?" fragte sie

Wieder zuckte der Bewahrer der Wege die Achseln. „Ich weiß es nicht, Armatura. Ich war nicht die ganze Zeit über hier. Als ich ging, waren jedenfalls nur Malloriel und die Raphaelitin da drinnen. Aber dann bin ich zum Prior geflogen, um Meldung zu machen, und in der Zwischenzeit könnten Ariel und die anderen natürlich aus dem Refektorium zurückgekehrt sein."

„Ariel ...", wiederholte die rotmähnige Templerin in einem merkwürdigen Tonfall. Ihr Blick, als sie den Namen wiederholte, erinnerte Varcanel fatal an eine Katze, die dabei ist, auf den Ast zu springen, auf dem sie einen schmackhaften Singvogel entdeckt hatte.

„Ergreifen wir diesen Ketzer", sagte sie dann laut zu ihren Leuten gewandt, und auf ein Handzeichen von ihr eilte die Hälfte des Trupps den Gang entlang und nahm jenseits der Tür Aufstellung. Sie selbst ging einige Schritte in Richtung der Tür, dann drehte sie sich zu Varcanel um, die gepanzerte Hand am Griff ihres Schwertes.

„Wir brauchen dich jetzt hier nicht mehr, Varcanel. Danke noch einmal für deine Hilfe. Du kannst jetzt zu deiner Schar zurückkehren."

„Aber ich ...", wandte der kahlgeschorene Urielit verblüfft ein.

„Habe ich mich in irgendeiner Weise unklar ausgedrückt, Urielit?" Schnarrte Mera Indolo.

„Nein." Nach kurzem Zögern fügte Varcanel mürrisch hinzu: „Ich bin ein Engel des Herrn. Ich bin ein Bote des Lichts. Ich höre und gehorche." Dann zog er sich schnellen Schrittes, aber mit hängenden Schultern zurück. Er mußte unbedingt Thomasiel und den anderen berichten, was hier vorgefallen war.

Kaum war der Urielit außer Hörweite, wandte sich die rothaarige Gabrielistemplerin an ihre Leute. „Also gut, wir sind hierher gekommen, um einen Ketzer festzunehmen, und genau das werden wir jetzt auch tun."

Sie trat vor die Tür der Cella, die Varcanel ihr gezeigt hatte. Ein besonders kräftiger Templer, ihr Stellvertreter, nahm neben ihr Aufstellung. Sie schlug mit der behandschuhten Faust gegen die Tür.

„Malloriel von den Ramieliten, hier steht Mera Indolo, Armatura der Konsistorialgarde. Im Namen des ehrwürdigen Konsistoriums befehle ich dir: Öffne die Tür."

Innerlich zählte die Templerin bis drei. Als in diesem Zeitraum nichts geschah, nickte sie dem gepanzerten Hünen neben ihr kaum merklich zu. Der drückte mit der linken, gepanzerten Schulter die

Tür auf und zog zugleich mit der Rechten in einer fließenden Bewegung sein Langschwert. Ebenfalls ihre Waffe blank ziehend sprang Mera Indolo in den Raum.

In der Cella befand sich zu ihrer großen Enttäuschung nur ein kleiner weiblicher Engel mit streng zu einem Dutt zurückgebundenem silbergrauem Haar in der Tracht der Raphaeliten. Wie war der Name der Heilerin dieser Schar doch gleich gewesen? Rahel, genau.

Die Heilende Hand des Herrn schenkte dem Eindringen der Konsistorialgardisten gar keine Beachtung. Sie stand an dem schmalen, hohen Fenster der Cella, die zierlichen Hände hinter dem Rücken ineinander verkrallt, und starrte mit rotgeweinten Augen in den Himmel. Vor ihr auf dem steinernen Fenstersims lag ein schmales, in stahlblaues Leinen gebundenes Buch.

„Rahel?"

Keine Reaktion. Mera Indolo trat neben die Raphaelitin und drehte sie unsanft an der Schulter zu sich um.

„Du bist doch Rahel, oder? Das ist doch dein Name?"

Die Raphaelitin schien sie gar nicht richtig zu sehen, nickte aber dennoch.

„Wo ist er? Wo ist Malloriel?"

„Er ist fort."

„Fort? Wohin?"

„Laß' mich sofort los. Du tust mir weh. Ich will nicht mit dir reden." *Ariel, hilf mir. Ich brauche dich jetzt gleich in unserer Cella.* Aber die Michaelitin war nicht darauf vorbereitet, Rahels Gedanken zu empfangen. Innerlich seufzte die kleine Heilerin.

„Du wirst aber mit mir reden müssen, Rahel von den Raphaeliten – es bleibt dir gar nichts anderes übrig. Ich bin Mera Indolo, Befehlshaberin dieses Kontingents der Konsistorialgarde. Und ich habe dich etwas gefragt."

Rahels Blick schien sich mit einem Mal zu klären. Fast schien es, als habe sie sich in einem inneren Dialog zu einer Entscheidung durchgerungen.

„Ich weiß, wer du bist, Mera Indolo. Und ich habe deine Frage gehört. Aber ich werde dir nicht antworten."

„Was?" Fragte die Armatura völlig verblüfft.

„Wir haben uns vor ein paar Tagen am Stadttor gesehen, weißt du nicht mehr?"

Natürlich wußte Mera Indolo das, aber sie nickte nur vage, denn sie wollte Rahel am Reden halten.

„Damals habt ihr uns Hiob weggenommen, und ihr habt ihm wehgetan. Es ist nicht der Wille des Herrn, daß Menschen Engel verletzen. Und jetzt suchst du Malloriel. Du willst auch ihn holen. Du willst auch ihn verletzen. Das werde ich nicht zulassen." Mit einem Mal brannten die mandelförmigen blauen Augen in ihrem herzförmigen Gesichtchen vor Haß. *Ariel, warum hörst du mich denn nicht? Ich brauche dich ... ich bin so allein ...*

„Das werden wir ja sehen", entgegnete Mera ruhig und rief einer der Templerinnen auf dem Korridor draußen zu: „Holt ihn her." Die Frau nickte und ging.

Mittlerweile hatten sich zwei der anderen Templer im Raum umgesehen. Einer hielt Mera Indolo das blau gebundene Buch unter die Nase und sagte:

„Seht einmal hier, Kommandantin."

Mera warf einen Blick darauf, dann steckte sie ihr Schwert in die Scheide und nahm es ihm aus der Hand. Sie schlug das Buch auf, ohne Rahel aus den Augen zu lassen. Sie konnte zwar kein Wort lesen, doch die beschriebenen Seiten – insgesamt etwa ein Drittel des Buches – waren alle mit derselben Schrift eng gefüllt. Auf die des Lesens unkundige Gardistin wirkte das Schriftbild flüssig und beinahe künstlerisch.

„Was ist das?" Fragte sie lauernd.

„Sein Tagebuch."

Mera Indolo warf dem Hünen, der die Tür für sie aufgedrückt hatte, einen vielsagenden Blick zu.

„Und du kannst das lesen?" Fragte sie dann wieder zu Rahel gewandt.

„Natürlich nicht", antwortete die kleine Raphaelitin indigniert. „Der Herr hat es in seiner Gnade und Weisheit so eingerichtet, daß das Lesen und Schreiben nur den Ramieliten vergönnt ist." Dann fügte sie etwas leiser und in trotzigem Tonfall hinzu: „Das solltest sogar du wissen."

Die Gardistin schnaubte wütend, dann setzte sie sich auf eines der Steinsimse der Cella, während die beiden anderen Templer, die mit ihr den Raum betreten hatten, wahllos in den wenigen Habseligkeiten der Schar herumschnüffelten, die in der Cella umherlagen. Offenbar hatten die Eindringlinge beschlossen, auf die Ankunft dieses geheimnisvollen Jemand zu warten, den die Frau hatte rufen lassen. Rahel senkte den Kopf, schloß die Augen und versuchte, ihre Wut unter Kontrolle zu bekommen. Wie man es sie gelehrt hatte, versuchte sie dabei bewußt, nicht einzelnen Gedanken nachzujagen oder sie gar festzuhalten, sondern ließ ihren Geist frei schweifen. Dabei fiel ihr ein Gespräch wieder ein, das sie mit Ios von Clermo, dem Kardinal der Isles, am Krankenlager Aadoniels geführt hatte. Er hatte beklagt, wie wenig ihr gemeinsamer Orden seine wahre Verantwortung wahrnehme, eine Verantwortung, die selbst die Justiz der Menschen sich anmaßte ...

Rahels Kopf ruckte hoch.

„Ich möchte jetzt gehen", sagte sie, fast ohne die Stimme zu erheben.

Mera Indolo, die ebenfalls in Gedanken versunken gewesen war, hob ihrerseits den Kopf.

„Das kann ich leider nicht zulassen, Rahel. Du bist meine wichtigste Zeugin in einer laufenden Untersuchung, und gleich kommt noch jemand, der dich ausführlich befragen wird. Also gedulde dich noch etwas."

Sie verschränkte die Arme vor der Brust und starrte wieder gelangweilt auf ihre schlammverkrusteten Stiefelspitzen; für sie war mit dieser lapidaren Antwort die Sache offenbar erledigt.

„Ich glaube, du hast mich nicht verstanden", sagte Rahel in unverändert gleichmütigem Tonfall. „Ich werde jetzt zu meiner Schar gehen."

Diesmal stand die Armatura auf und verstellte der Raphaelitin den Weg.

„Kommt überhaupt nicht in Frage."

„Geh mir aus dem Weg."

„Ich sagte: Nein."

„Sag nicht, ich hätte dich nicht gewarnt", erklärte Rahel und ging ruhig zwei Schritte auf ihr Gegenüber zu.

„Was glaubst du eigentlich?" Schrie die Rotmähnige. Sie packte Rahel an den schmächtigen Schultern. „Du wirst jetzt sofort ..."

„LASS ... MICH ... GEHEN!"

Rahels kleine Hände schlossen sich wie Stahlklammern um die Unterarme der anderthalb Köpfe größeren Frau. Ein statisches Kribbeln durchflutete Mera Indolo, ein Gefühl, als wäre jeder einzelne Muskel in ihrem Körper zum Zerreißen angespannt. Schwarze Farbe rann von den Fingerspitzen der Raphaelitin und versickerte in der Haut der vor Schmerz aufschreienden Armatura. An vielen Stellen brach die Haut auf und hinterließ schreckliche Wunden. Rahel erschien ihrer Gegnerin wie purer Schmerz.

Die anderen Templer wichen ob dieser Demonstration der Macht des Herrn entsetzt zurück. Als Rahel ihren Griff lockerte, taumelte Mera Indolo keuchend vor Pein rückwärts zur Tür. Die Raphaelitin setzte ihr mit raschen Schritten nach und legte ihr die flache Hand auf die Brust. Wieder gierte die schwarze Farbe nach der Templerin. Mera schien es, als werde ihr die Seele aus dem Leib gesogen.

Mit einer Stimme, die zwar die ihre war, in der aber auch die gesamte ihr verliehene Vollmacht des Herrn mitzuschwingen schien, verkündete Rahel: „Wir sind die Kinder Raphaels. Wir sind die wahren Herren über Leben und Tod. Erzittert vor unserer Macht."

Mera Indolo kippte aufstöhnend nach hinten. Keiner der anderen Gardisten wagte es, sich der Raphaelitin in ihrem göttlichen Zorn in den Weg zu stellen. Rahel kam erst wieder zur Besinnung, als sie bereits auf dem Gang war. Sie mußte weg hier! Sie mußte zu den anderen! Ariel würde Rat wissen ... sie begann zu rennen und verwünschte innerlich den Baumeister, der den Gang zu eng zum Fliegen geplant hatte.

So schnell sie konnte strebte sie in Richtung der Herzleitung, da trat ein gutes Stück weiter vorne jemand in die Mündung des Ganges und vertrat ihr den Weg. Vor ihr stand eine hoch aufragende Gestalt, ein drohender Schatten, der aus all ihrer Furcht und ihren Zweifeln zu bestehen schien.

Dann kam Rahel näher und sah die schwarze Schulterplatte und das Flammenschwert, das locker an der Seite der Gestalt baumelte. Schwer atmend hielt sie inne. Für einen winzigen Augenblick durchfuhr sie die irrationale Hoffnung, dies sei Aadoniel, der gekommen war, um sie zu retten. Doch dann sah sie genauer hin. Dieser Engel war fast zwei Köpfe größer als der Gabrielit ihrer Schar. Sie sah das lang wallende schwarze Haar, das sich in der Eile halb aus der schwarzen Tuchumwicklung gelöst hatte. Sie sah den hellen Teint, der dem fast olivfarbenen Aadoniels nicht im geringsten ähnelte, und die Scriptura, die den Leib dieses Himmelsboten zierte. Vor allem aber sah sie die mächtigen und zur Gänze schwarz schillernden Schwingen auf dem Rücken des Neuankömmlings.

Sie hatte den schwarzen Engel nie zuvor gesehen, aber dennoch bestand von der Sekunde an, da sie seiner Flügel gewahr wurde, nicht mehr der leiseste Zweifel daran, daß es sich bei dem überraschenden Neuankömmling um den Himmelsboten aus Ariels Erzählungen handelte.

Er hob den Kopf, und Rahel war klar, daß in diesem Augenblick der Tod selbst sie anstarrte. Sie befeuchtete sich mit der Zunge die Lippen und schmeckte Tod. Er war es, den sie geholt hatten, um sie zu befragen. Dies war der Mörder Umas. Dies war –

„Ashkanael." Sie hauchte den Namen, ehe sie sich's versah.

Rahel sah ihre Hände an. Für einen Augenblick spielte sie mit dem Gedanken, dasselbe, was sie eben der impertinenten Armatura angetan hatte, auch diesen schwarzen Engel spüren zu lassen. Doch sie brachte es einfach nicht über sich, die Hand gegen einen anderen Himmelsboten zu erheben.

Mit einigen wenigen langen Schritten legte der hochgewachsene schwarze Engel die Distanz zwischen ihm und der Heilerin zurück. Sein Kopf ruckte mehrfach rasch hin und her. Mit wenigen geübten Blicken erfaßte er die gesamte Situation. Am längsten verweilte sein Blick auf der blutüberströmten Gardeoffizierin, die keuchend auf der Schwelle der Cella lag, den Oberkörper auf dem Gang und die Beine im Raum, und kraftlos auf Rahel deutete.

Ashkanael warf dem nächststehenden Templer einen fragenden Blick zu.

„Sie macht mit Versuchten gemeinsame Sache und deckt einen zum Ketzer gewordenen Scharbruder, einen Ramieliten namens Malloriel“, antwortete dieser nervös.

Ashkanaels Blick wanderte zu Rahel. Dieser war zumute, als sei plötzlich alle Kraft aus ihr gewichen; sie stand einfach nur da und sah zu dem für ihre Begriffe riesenhaften Engel auf.

Dieser neigte sich zu ihr und nahm ihren Kopf in seine großen Hände. „Verzeih mir, kleine Schwester“, sagte er dann fast resigniert und brach Rahel mit einer brutalen, ruckartigen Bewegung das Genick.

Als er den Leichnam der Raphaelitin in die Cella trug und dort behutsam zu Boden gleiten ließ, wichen die versammelten Templer vor ihm noch entsetzter zurück als zuvor vor Rahel. Die Beiläufigkeit, mit der Ashkanael einen anderen Engel einfach so getötet hatte, hatte sie tief erschüttert. Schließlich trat der hünenhafte Stellvertreter Mera Indolos zu ihm und hielt ihm ein Buch unter die Nase.

„Was soll damit geschehen, Engel?“ Fragte er.

„Was ist das?“

„Das sogenannte Tagebuch des flüchtigen Ketzers, Engel. Wir müssen derzeit davon ausgehen, daß es allerlei ketzerisches Gedankengut enthält.“

„Verbrennt es“, ordnete Ashkanael an. Er trat auf den Gang, ging neben der rothaarigen Armatura in die Hocke und tastete an ihrer Kehle nach ihrem Puls. Sie würde durchkommen.

„Schafft sie anschließend auf die Krankenstation des Vatikans, dort soll man sich um sie kümmern. Ihr zwei, bewegt euch.“ Er deutete auf zwei kräftig aussehende Templer. Die beiden eilten herbei und hoben ihre schwer verletzte Befehlshaberin so behutsam wie möglich auf.

Dann richtete Ashkanael sich auf. Er drehte sich um und sah mit einem unendlich traurigen Blick in den Gang, wo der Leichnam Rahels lang gingestreckt lag.

„Und wir anderen gehen diesen Malloriel suchen.“

f e g e f e u e r

Kapitel achtzehn

So geschah es, daß, während überall in der Ewigen Stadt der Tag des Herrn gefeiert wurde, Rahel von der Hand eines anderen Engels starb. Als ihre Seele erlosch, verspürte Ariel, die mit Daniel und Aadoniel noch immer im sich langsam leerenden Refektorium des Himmels saß und ihrer beiden fehlenden Schargeschwister harrte, einen furchtbaren Stich im Herzen. Es war, als habe jemand einen rotglühenden Dolch in ihren Leib gestoßen und ließ keinen Zweifel zu, was geschehen war. Ariel fuhr von der Bank hoch.

Rahel- nein! Brüder, es ist etwas Furchtbares geschehen! Wir müssen augenblicklich in die Cella zurück!

Die beiden anderen sahen Ariels kalkweiß gewordenes Gesicht und wußten, daß sie es ernst meinte. Nur wenige Minuten später barsten die drei förmlich in den Raum, in dem sie die letzten Nächte zugebracht hatten. Da lag Rahel, klein, zierlich, die weißen Flügel um sich gelegt ... tot. Im Tode wirkte die schmale Raphaelitin noch zerbrechlicher als zu Lebzeiten.

Ariel gab einen erstickten Laut von sich und ging neben ihrer toten Scharschwester in die Knie, tastete nach einem Herzschlag, als wolle sie sich das Unvermeidliche noch einmal bestätigen. Dann sah sie

Denn er ist nicht ein Mensch wie ich, dem ich antworten könnte, daß wir miteinander vor Gericht gingen.

– Hiob 9, 32

auf in die schreckenserfüllten Gesichter Aadoniels und Daniels und nickte stumm. Einige Sekunden war niemand fähig, etwas zu sagen. Der gedrungene Gabrielit war es schließlich, der als erster die Sprache wiederfand.

„Wie ist sie ...?"

Ihr Genick ist gebrochen, antwortete die immer noch neben der toten Rahel kniende Ariel rau.

„Hier ist Blut am Boden", stellte Daniel fest, ging in die Hocke und betrachtete eingehend das verschmierte Rot auf den Steinfliesen der Cella.

Es ist nicht ihres – sie hat keinerlei sichtbaren Wunden. Dann ist dies also kein Unfall gewesen. Ariels Stimme im Geiste ihre beiden Gefährten klang grimmig. Als hätte auch nur einer der drei Engel die Möglichkeit ernsthaft in Erwägung gezogen, Rahel könne einem tragischen Unfall zum Opfer gefallen sein. *Soviel Tod, soviel Gewalt in unserem Himmel ...*

„Wo ist Malloriel?" Stellte Daniel die naheliegende Frage, die ihnen allen auf der Zunge gelegen hatte.

„Glaubst du etwa, er hat Rahel getötet, Bruder?" Fragte Aadoniel bestürzt.

Natürlich nicht. Ich glaube vielmehr, Malloriel könnte ebenfalls in Gefahr sein. Dann, nach einer Pause, setzte Ariel hinzu: *Vielleicht sind wir das alle.*

„Was sollen wir tun, Ariel?" Fragte Aadoniel sie. Der Gabrielit war es gewohnt, sich in schwierigen Zeiten auf den Ratschluß seiner Michaelitin zu verlassen, und nahm auch in dieser Extremsituation Zuflucht zu diesem Verhaltensmuster.

Diesmal werden wir uns an das Protokoll halten, antwortete Ariel. Keine Extratouren. Wir melden dies hier den wachhabenden Templern und überlassen dann die Untersuchung ihnen. Und anschließend gehen wir zu Hiobs Prozeß. Ich will wissen, was aus ihm wird. Hoffen wir, daß das Sterben endlich ein Ende hat.

♦ ♦ ♦

Schon den ganzen Morgen, während die Schar im Refektorium gesessen und auf Rahel und Malloriel gewartet hatten, war der bevorstehende öffentliche Prozeß gegen den flügellosen Ragueliten das alles beherrschende Gesprächsthema gewesen. Das Konsistorium hatte beschlossen, den Prozeß gegen den flügellosen Engel halböffentlich zu verhandeln, was in dieser Form noch nie vorgekommen war, da die Angelitische Kirche das Dogma der Unfehlbarkeit der Engel des Herrn heiligt und somit ein derartiges Verfahren ein Widerspruch in sich darstellt. Um die Mittagsstunde des Tages des Herrn sollte dem Engel namens Calliel, der sich selbst Hiob nannte, im Auditorium Maximum der Prozeß gemacht werden. Dieser größte der während der Ausbildung der jungen michaelitischen Engel verwendeten Hörsäle lag im Bereich der Cellæ der Engel, also mehr als einen Kilometer über dem Boden der Ewigen Stadt, und bot mehr als tausendachthundert Personen Platz. Alle Engel, Klerikalen und Verwaltungsbeamten der Angelitischen Kirche sollten Zugang zu diesem Prozeß in dem gewaltigen Saal mit den ansteigenden Simsreihen haben, dem Volk hingegen war der Zutritt in den improvisierten Gerichtssaal hoch über der Stadt verwehrt. Zwar hatte sich die Kunde über das bevorstehende Gerichtsverfahren rasch in ganz Roma Æterna verbreitet, und zahlreiche Menschen – darunter auch Eliphas, Irène und Wittgenstein – hatten sich vor den Toren des Himmels versammelt, um Einlaß zu begehren, doch sie wurden allesamt abgewiesen.

Was die Angehörigen der Angelitischen Kirche selbst anging, so begann sich das Auditorium Maximum bereits eine gute Stunde vor Eröffnung des Prozesses zu füllen. Es bestand kein Zweifel, daß es später bis auf den letzten Platz besetzt sein würde. Auch Ariel, Daniel und Aadoniel waren zeitig da – die Templer hatten sie, als sie Meldung gemacht hatten, an den Ort des Geschehens zurückbegleitet, ihr Beileid ausgesprochen, versichert, sich um alles weitere zu kümmern und den drei Engeln dann mehr oder weniger sanft zu verstehen gegeben, daß für sie dort nun nichts mehr zu tun sei. Also waren die drei ins Auditorium gegangen, um wenigstens mitzubekommen, wie es ihrem ehemaligen Gefangenen ergehen würde.

Etwa eine Stunde vor Mittag holten zwei der gewohnt mürrischen Gefängniswärter in den michaelitischen Laiengewändern Hiob aus seiner Zelle, nicht ohne ihm jedoch vorher wieder Handeisen angelegt zu haben. Der Raguelit blinzelte nach über einer Woche Dunkelhaft mit zusammengekniffenen Augen ins graue, diesige Licht, als man ihn das erste Mal ins Freie führte. Der erste Tag des Jahres der Herrn 2645 war alles andere als ein Sonnentag, doch selbst das verwaschene Winterlicht tat dem flügellosen Engel in den mittlerweile nur noch an Finsternis gewöhnten Augen weh.

Man führte ihn in ein kleines Badehaus im Erdgeschoß der vatikanischen Anlagen und gab ihm Gelegenheit, in die Thermen zu steigen. Dazu nahm man ihm sogar die Fesseln ab. Hiob nutzte die erste Chance seit acht Tagen, Körperpflege zu betreiben, ausgiebig und blieb auch als er sich wieder einigermaßen sauber fühlte noch eine ganze Weile ausgestreckt und mit geschlossenen Augen in dem flachen, warmen Wasser liegen. Mit einem kleinen, stummen Dankgebet an den Herrn genoß er die Wärme, die allmählich in seine von der feuchten, klammen Zelle durchgefrorenen Knochen zurückkehrte. Er mußte daran denken, wie Irène ihn in Valencas gewaschen und gepflegt hatte ...

Eine wohlbekannte Stimme riß ihn abrupt aus seinen Träumereien in die Wirklichkeit zurück.

„Verzeih, Calliel, aber es ist allmählich Zeit, zum Himmel hinüberzugehen."

Neben dem Becken stand Naldo von Malvi, der junge Absolvent der Schule der Jurisprudenz, den die Kirchenoberen zu seinem Advokaten oder besser, zu seinem Pflichtverteidiger bestimmt hatten. Er war in seinen besten Feiertagsstaat gekleidet, eine dunkle, etwas abgewetzte, aber sorgfältig gepflegte Robe, die seinen Stand verriet, und hielt seinem Mandanten einen frischen, weißen Kriegsrock der Engel hin.

Der Engel erhob sich und entstieg dem Bad. Brüsk zog er das unterdessen ungewohnte Kleidungsstück über.

„Ich heiße Hiob. Merk dir das, Naldo."

„Ja", nickte der Advokat in versöhnlichem Tonfall. „Hör zu, Hiob, ich habe noch einmal über unser Gespräch von neulich nachgedacht ..."

„Und?"

„Und ich finde, es ist falsch, was du vorhast."

„Inwiefern?" Fragte Hiob verblüfft.

„Nun, nach allem, was ich weiß, kommst du mir nicht vor wie ein Ketzer ..."

„Ich bin keiner", stellte Hiob gelassen fest.

„Dann ist also die Anklage gegen dich falsch, und dann müssen wir dagegen kämpfen. Und bei allem Respekt, mit den Schlichen und Winkelzügen eines kirchlichen Tribunals kennst du dich noch weniger aus als ich, Hiob, selbst wenn ich noch nie einen Prozeß geführt habe. Recht muß Recht bleiben! Laß' mich dich verteidigen."

Hiob betrachtete Naldo von Malvi einige Augenblicke lang nachdenklich. Zum ersten Mal sah der Advokat so etwas wie den Schatten eines Lächelns auf dem Gesicht des Engels.

„Du willst also für mich kämpfen, Naldo?"

Der Advokat nickte.

„Weißt du eigentlich, in welche Schwierigkeiten du dich damit bringen würdest? Wer mich heute verteidigt, der wird Jahre brauchen, um diese Rufschädigung wieder gutzumachen."

„Aber du bist unschuldig!“ Rief Naldo.

Hiob seufzte. „Darum geht es schon lange nicht mehr. Nein, es bleibt bei dem, was wir besprochen haben. Und nun sollten wir gehen – wir wollen doch das hohe Gericht nicht warten lassen.“

♦ ♦ ♦

Der Weg zum Himmel war lang und beschwerlich. Hiob fühlte sich nach der Haft schwach und ausgelaugt. Er und Naldo wurden zwar von zwei Templern zur Ordenszitadelle eskortiert, doch hatte man ihm die Handeisen nicht wieder angelegt – aufgrund seiner von der Haft angegriffenen körperlichen Verfassung und seiner Flügellosigkeit wurde die Gefahr eines Fluchtversuches als gering eingestuft.

Hiob war nicht das erste Mal in einem Himmel, doch wie schon in Nürnberg und Prag übermannte ihn auch diesmal wieder tiefe Ehrfurcht ob der schieren Ausmaße des Bauwerkes. Seit er seine Schwingen verloren hatte, hatte er mehr als einmal erlebt, wie die angelitische Architektur auf die Sterblichen wirkte. Er wurde auf einer der Aufzugsplattformen der Herzleitung nach oben zum Auditorium Maximum gebracht. Naldo, der neben ihm stand und noch keinen Himmel von innen gesehen hatte, legte den gesamten Weg durch das Gebäude mit vor Staunen offenstehendem Mund zurück – und Hiob konnte es ihm nicht einmal verdenken.

Als Hiob mit Naldo zusammen am höchsten Punkt des Saales durch ein doppelflügliges Portal eintrat, war das Auditorium bis auf den letzten Platz besetzt. Ein lautes Raunen und Rauschen lag in der Luft, wie es nur Tausende von Menschen und Engeln erzeugen konnten, die sich in unterdrückter Spannung und Erwartung leise miteinander unterhielten. All die leisen Gespräche erzeugten einen Lärmpegel, der Hiob wie eine Ohrfeige traf. Dann ertönten drei herrische Hammerschläge, und mit einem Mal erstarb der Lärm. Naldo führte Hiob die Stufen hinab zum tiefsten Punkt des Auditoriums. Dort, wo sonst das Dozentenpult stand, hatte man einen ausladenden Tisch aufgestellt, hinter dem drei Männer saßen: das Tribunal, die drei Richter, die über Hiobs Wohl und Wehe zu entscheiden hatten.

Der mittlere von den dreien, ein beleibter, vollbärtiger Hüne, hatte soeben den Hammer eingesetzt.

Zur Rechten des Richtertischs stand schräg, ebenfalls mit Blick zum Publikum, ein kleinerer Tisch, an dem Platz zu nehmen Naldo Hiob bedeutete. Er selbst nahm den zweiten Stuhl neben seinem Mandanten.

Zur Linken des Richtertisches stand das beiseitegeschobene Dozentenpult, das heute dem Vertreter der Anklage als Stehpult dienen sollte. Hiob erkannte ihn auf den ersten Blick, auch wenn er heute ganz anders gekleidet war als bei ihrem letzten Zusammentreffen: Dies war der Mann, dem er in Prag mit seiner Vibrolanze den Arm abgeschlagen hatte.

Die pontifikalische Kanzlei hatte mit der nötigen Sorgfalt gearbeitet, die für den Fall erforderlichen Unterlagen zusammengestellt und auf dem Richtertisch deponiert. Ein Michaelistempler baute sich hinter Hiob auf, um eventuelle Fluchtversuche des Angeklagten zu unterbinden. Ein Gerichtsdiener stand in Habachtstellung an der Tür, die hinter dem Richtertisch aus dem Saal führte, bereit, eventuell aufgerufene Zeugen hereinzurufen. Erwartungsvolle Stille hing im Raum. Hiob ließ seine Blicke schweifen.

Alle Anwesenden waren in irgendeiner Form der Angelitischen Kirche zugehörig, waren Engel, Kleriker oder Verwaltungsbeamte. Der Gerichtsdiener etwa trug michaelitische Laientracht. Die beiden Templer, die den oberen Ausgang bewachten, waren wie der Mann hinter Hiob Michaeliten. Nun kam eine junge Frau in ramielitischer Beginentracht herein und nahm an einem kleinen Tischchen vor dem Richtertisch Platz, wo sie sofort Schreibutensilien ausbreitete; offenbar war es ihre Aufgabe, das Geschehen zu protokollieren. Hiobs Blick schweifte über die Ränge – da war seine Schar! Impulsiv wollte er aufstehen, um sie zu begrüßen, aber Naldo hielt ihn sofort am Arm zurück. „Bist du wahnsinnig? Bleib sitzen – keine Mißachtung der Würde des Gerichts jetzt!"

Der Einarmige, der an seinem gesunden Arm den goldenen Armschutz der Inquisitorenwürde trug, sah herüber und nickte Naldo förmlich zu. Dieser nahm dieses steife Nicken als die erste Salve in dem juristischen Schlagabtausch, dem er und sein Mandant sich an diesem Tag zu stellen haben würden.

„Wer ist das? Kennst du ihn?“ Zischte Hiob.

„Nicht persönlich“, raunte Naldo zurück. „Aber es ist Prälat Wilhelm Heinrici, ein Ramielisinquisitor. Er ist der Vertreter der Anklage.“

„Ich habe ihm den Arm abgeschlagen“, informierte Hiob den Advokaten. Naldo erbleichte. Heinrici galt als fähiger Jurist, sehr erfahren und mit allen Wassern gewaschen, und sollte außerdem einflußreiche Gönner in den Reihen des Konsistoriums haben.

„Und wer sind die drei Richter?“ Wollte Hiob wissen.

Leise antwortete Naldo: „Der in der Mitte, der Bärtige, führt den Vorsitz und wird das eigentliche Urteil sprechen. Es ist Konsistorialkardinal Claas von Freyung. Er darf als Vorsitzender des Tribunals die beiden anderen berufen – und in diesem Falle hat er das Gremium hochrangig besetzt. Der mit der Brille rechts neben ihm ist der neue Inquisitor des Michaeliten-Ordens, Uth von Hatten, und der andere ist kein geringerer als Vermonte Brindisi, der Ab dieses Himmels.“

In diesem Moment bediente sich von Freyung ein weiteres mal seines Hammers. „Ich erkläre diesen Prozeß im Namen des Herrn für eröffnet“, erklärte er mit dröhnender Baßstimme. Wilhelm Heinrici straffte sich an seinem Pult und warf einen Blick zur Anklagebank. Es war ihm anzusehen, wie sehr er Hiob haßte. Der Angeklagte verkörperte für ihn alles, was er fürchtete und verachtete, und er war entschlossen, an diesem Tage ein Todesurteil zu erwirken. Der Phantomschmerz in seinem fehlenden Arm gemahnte ihn nur noch mehr daran, wie dringlich dies war. Auch den jungen Advokaten, als Verteidiger des Delinquenten für Heinrici automatisch Teil des Problems, streifte er mit einem Blick voller Widerwillen. Doch Naldo erwiderte nur betont langsam das grüßende Nicken des Inquisitors. Aus dem Augenwinkel sah er Prior Emmaus den Saal betreten. Der alte Mann kam unter ehrfürchtigem Geraune den Mittelgang herunter und nahm in Naldos totem Winkel in einer der ersten Sitzreihen hinter der Anklagebank Platz.

„Wir verhandeln heute in der Sache des himmlischen Boten Calliel“, sagte Kardinal von Freyung. Er sah zuerst zu Heinrici, dann zu Naldo von Malvi, um festzustellen, ob die beiden Kontrahenten bereit waren; beide nickten kaum merklich. Dann warf er einen Blick auf ein auf dem Tisch verborgenes Schriftstück, das vor ihm lag, um es anschließend Ab Brindisi herüberzuschieben und Hiob eingehend und mit unverhohlener Neugier zu mustern. Einen Engel, der der Ketzerei angeklagt war, hatte er offenbar nicht jeden Tag vor sich. Wieder erhob sich Geraune auf den Rängen.

„Diese Verhandlung, die sehr zu meinem Leidwesen bereits Stadtgespräch in Roma Æterna ist", hob der Kardinal dann an, „dient dem Zweck zu bestimmen, ob der hier anwesende Raguelit Calliel der gegen ihn erhobenen Vorwürfe der Ketzerei schuldig und demnach zum Tode zu verurteilen oder ob er unschuldig und damit freizusprechen ist. Wie ich sehe, hat man dem Angeklagten zwar die Möglichkeit gegeben zu baden, doch ist der Aufenthalt in unserem Kerker nicht spurlos an ihm vorbeigegangen." Mißfallen umwölkte seine Stirn. „Ich werde ein Wörtchen mit der Gefängnisverwaltung reden müssen." Dann wandte er sich direkt an Hiob:

„Calliel von den Ragueliten, dies ist ein Prozeß vor einem Tribunal des Konsistoriums, also ein höchstrichterliches Verfahren. Die Anklage gegen dich ist schwerwiegend, doch hast du eine Reihe von Rechten, die du kennen solltest."

Heinricis Augenbrauen schnellten in die Höhe.

„Dein Advokat hat dir die Tragweite des heutigen Verfahrens erklärt?"

Hiob nickte stumm.

„Gut, ich halte fest", diese Worte gingen in erster Linie an die protokollierende Ramielitin, „daß der Angeklagte anwesend ist, daß er sich der Tragweite der gegen ihn erhobene Vorwürfe bewußt ist, und daß Advokat Naldo von Malvi als sein Rechtbeistand fungiert." Er ließ seinen Blick durch den Saal schweifen.

„Ich sehe, daß die Schar des Angeklagten anwesend ist." Hiob fragte sich, woher von Freyung das wußte. „Der Michaelit Thomasiel möge sich bereithalten; das Hohe Gericht behält sich vor, ihn zu einem späteren Zeitpunkt zu Wesen und Charakter seines Scharbruders Calliel zu befragen." Viele Köpfe drehten sich zu Thomasiel, der stumm nickte.

„Das Wort hat der Ankläger." Von Freyung lehnte sich erwartungsvoll zurück und sah zu Heinrici hinüber.

Der Ramielisinquisitor räusperte sich und sagte: „Nun, meine Anklageschrift liegt dem Hohen Gericht vor. Wir sprechen hier von Ketzerei, Euer Ehren." Seine Stimme klang voll und fast musikalisch, angemessen eben, denn bei Heinrici war jede Geste, jedes Wort so sorgfältig orchestriert wie ein sarielitisches Konzert. Er ordnete, um den maximalen Effekt zu erzielen, die Papiere vor ihm auf dem Pult, sah kurz darauf, als benötige er sie als Gedächtnisstütze, und fuhr fort:

„Der hier anwesende Calliel ist ohne Zweifel das, was man im Volksmund einen gefallenen Engel nennt. Darüber hinaus ist er ein beängstigendes, aber typisches Beispiel dafür, was für entsetzliche Auswirkungen der Fall des Himmels zu Trondheim auf die verbleibenden Ragueliten hatte. Er wollte das heilige Buch seines Ordens den Schergen des Herrn der Fliegen übergeben, und als meine Leute und ich ihn daran zu hindern suchten, tötete er einen der Engel meines Ordens und tat mir das hier" – er berührte seinen leeren Robenärmel – „an. Durch Flucht entzog er sich einer Festnahme und konnte erst Tage später dingfest gemacht werden."

Heinrici entnahm einer an seinem Pult lehnenden ledernen Aktenmappe einen Bogen Pergament, trat an den Richtertisch, reichte das Schriftstück Kardinal von Freyung und sagte: „Hohes Tribunal, im Lichte der gotteslästerlichen Taten des hier anwesenden gefallenen Ragueliten Calliel beantrage ich, ihn in vollem Umfang der Ketzerei und des heimtückischen Mordes an einem Boten des Herrn für schuldig zu befinden, mit dem Ziel, die weitreichendste Strafe zu verhängen: die Exekution."

„Ein frühes Plädoyer", stellte von Freyung fast geistesabwesend fest. Beinahe schien es, als sei er bei einer früheren Bemerkung des Einarmigen hängegeblieben und sinne noch darüber nach. Er erhob sich, ging um den Richtertisch herum, reichte der Ramielitin Heinricis Schriftstück und ging dann die paar Schritte zur Anklagebank hinüber, wo er sich vor Naldo von Malvi aufbaute.

Naldo spürte, wie der prüfende Blick des Kardinals auf ihm lastete.

„Das Wort hat die Verteidigung."

Naldo sah auf. „Mein – mein Mandant zieht es vor, sich selbst zu verteidigen, wie es ihm rechtmäßig zusteht, Hohes Tribunal", sagte er leise.

Claas von Freyung zog überrascht eine Augenbraue hoch und wandte sich Hiob zu. Der hatte sich erhoben.

„Du bist also Calliel von den Ragueliten, den mein verehrter Bruder Heinrici einen Ketzer nennt", begann der Kardinal in beinahe gemütlichem Tonfall. „Sprich mit mir, Calliel von den Ragueliten. Du bist ein Engel – und doch hat man dich hierher gebracht und des schlimmsten Verbrechens angeklagt, das die Angelitische Kirche kennt. Du bist ein Engel – und doch zeigen deine Handgelenke Abschürfungen von Handeisen, und dein Gesicht trägt Spuren von Mißhandlung. Du bist ein Engel des Herrn, somit Teil der Angelitischen Kirche, und doch tut sie dir all das an. In meinem Kopf geht das alles nicht zusammen. Hast du die geringste Vorstellung davon, warum du verdienen könntest, was hier mit dir geschieht?"

Unruhe machte sich auf den Rängen breit. Die beiden anderen Richter sahen einander fragend an, und Naldo war ob der Worte des Kardinals ebenso verwirrt wie Heinrici, dem seine Verblüffung förmlich im Gesicht geschrieben stand.

Hiob sah von Freyung nur ruhig an.

„Du sollst ein Buch gestohlen haben", fuhr der fort, „wo ist es? Antworte mir! Und sag mir vor allem eins: Bist du ein Ketzer?"

„Warum reden wir hier noch", sagte Hiob leise, „wo doch mein Schicksal längst entschieden ist?"

Auf den Rängen wurde es lauter. Zornesröte stieg dem Kardinal ins Gesicht.

„Ich frage noch einmal: Bist du ein Ketzer?"

„Ihr sagt, ich sei einer", erwiderte Hiob. „Ich suche nach der Wahrheit und stelle fest, daß man mich dafür verdammt."

„Ah, aber was ist die Wahrheit? Und von welcher Wahrheit reden wir?" Fuhr von Freyung ihn an. „Der Wahrheit der Schrift und des Herrn? Oder der Wahrheit der Ketzer und Abtrünnigen? Ich bin sicher, wir beide vermeinen, die Wahrheit zu kennen – doch ist deine

Wahrheit dieselbe wie meine? Und steht die Wahrheit über dem Gesetz?"

Es sah aus, als sei der Kardinal kurz davor, Hiob an den Schultern zu packen und zu schütteln. Dann faßte er sich plötzlich wieder, trat hinter seinen Tisch zurück und wandte sich wieder an den Angeklagten.

„Nun gut, von vorne. Wer bist du?"

„Ich bin Hiob, der einst Calliel geheißen ward. In einem früheren Leben war ich Calvin. Ich bin ein Engel ohne Flügel. Doch ich bin und bleibe ein Engel des Herrn. Ich bin ein Bote des Lichts."

Leise setzte Hiob hinzu: „Ich höre – und gehorche."

„Und was willst du, Calliel?"

Hiob schwieg. Es war alles gesagt.

„Du mußt sehr vorsichtig sein – du hast die Anklage gehört, und wenn du nicht kooperierst, könntest du bald tot sein." Bei diesen Worten des Richters nickte Heinrici selbstgefällig.

Hiob sah zum Tribunal auf und schwieg.

Wieder spürte Claas von Freyung Wut in sich hochsteigen.

„Warum redest du nicht mit mir, wenn ich dein Leben in meiner Hand halte? Wie kannst du nur einfach dastehen und schweigen? Ich glaube, du verstehst nicht –"

„Du hast gar nichts in deiner Hand, Kardinal. Alle Macht, die du besitzt, ist dir verliehen von einem, der weit größer ist als du oder ich. Mein Leben liegt in Gottes Hand. Sein Ratschluß zählt, und nichts, was du sagst oder tust, kann auch nur ein Iota daran ändern." Mit diesen Worten wandte sich Hiob vom Richtertisch ab und nahm gesenkten Hauptes wieder hinter der Anklagebank Platz.

Auf den Rängen herrschten tumultartige Zustände. Alles redete durcheinander. Naldo starrte seinen Mandanten bestürzt an, unfähig, auch nur ein Wort zu sagen. Heinrici grinste feist, als hätte Hiob soeben zweifelsohne sein eigenes Todesurteil unterschrieben. Claas von Freyung konferierte hastig mit seinen beiden Beisitzern. Schließlich verschaffte er sich mit heftigen Hammerschlägen Gehör.

„Wir alle haben den Angeklagten gehört. Wir haben auch die Worte Prälat Heinricis über die verheerenden Auswirkungen des Unterganges des Himmels zu Trondheim auf die überlebenden Ragueliten gehört. Ich danke Euch für diesen Hinweis, Prälat."

Er nickte zu dem Ramielisinquisitor hinüber, der das Nicken seinerseits überrascht erwiderte.

„Nach sorgfältiger Abwägung aller vorliegenden Informationen und des Gehörten ist das Tribunal zu einem Urteil gekommen. Wir erachten es als zweifelfrei erwiesen, daß der Angeklagte, Calliel von den Ragueliten, vom Untergang des Himmels, der ihm Heimat und Zuflucht zugleich war, schwer traumatisiert wurde. Es ist daher davon auszugehen, daß er nicht bei Sinnen war, als er die Taten beging, die der Ankläger uns geschildert hat. Ich verstehe, daß euch erzürnt, was geschehen ist, Prälat, doch dieser Engel ist nicht böse. Verwirrt, ja, doch jeder Raphaelit, der sich auch nur ein klein wenig mit den verschlungenen Wegen des Geistes auskennt, wird euch bestätigen können, daß zeitweilige geistige Verwirrung nach schweren Verlusten nicht selten und ganz gewiß kein Zeichen eines Paktes mit dem Herrn der Fliegen ist."

Heinrici wollte empört protestieren, doch ein Blick des Konsistorialkardinals brachte ihn zum Schweigen.

„Auch Ab Brindisi", der Angesprochene nickte von Freyung zu, „hat bei unserer Beratung noch einmal darauf hingewiesen, daß gerade der Orden der Michaeliten, in dessen Himmel wir ja immerhin hier zu Gericht sitzen, die Ragueliten als Märtyrer für die Sache des Herrn erachten und bereit sind, ihnen ob ihres Verlustes und Schmerzes etwas mehr Milde zuzugestehen als anderen Orden.

Im Namen des Herrn ergeht daher folgendes Urteil: Das Hohe Tribunal hat die Anklage und den Angeklagten gehört. Seine Worte sind anmaßend, doch erfüllt von einem tiefen Glauben an den Herrn. Wir finden keine Saat der Ketzerei in ihm. Der Angeklagte hat schwere Schuld auf sich geladen, doch die Angelitische Kirche glaubt an die Tugend der Großmut und den Wert der Vergebung."

In diesen Sekunden hätte man im Auditorium Maximum des Himmels der Michaeliten zu Roma Æterna eine Stecknadel fallen hören können. Claas von Freyung wandte sich Hiob zu.

„Calliel von den Ragueliten", sagte er, „ich spreche dich los von aller Schuld. Du bist frei. Du kannst gehen, wohin du willst."

fegefeuer

Kapitel neunzehn

Im Auditorium Maximus brachen sich die Gemüter der Anwesenden Bahn. Menschen und Engel sprangen auf, diskutierten, gestikulierten und redeten durcheinander. Die drei Richter erhoben sich mit undurchdringlichen Mienen und schickten sich an, den Saal durch die hintere Tür zu verlassen. Wilhelm Heinrici drängte sich mit hochrotem Kopf an den Richtertisch und bekam Claas von Freyung am Ärmel seiner Robe zu fassen.

„Das nennt ihr Gerechtigkeit, Kardinal?“ Ereiferte er sich. „Ich nenne es himmelschreiendes Unrecht! Ihr laßt einen Schwerverbrecher aufgrund fadenscheiniger theologischer Argumente laufen! Nicht einen Zeugen habt ihr gehört! Ihr versündigt euch!“

Von Freyung sah kühl hinab auf die Hand, die den Kardinalspurpur umkrallt hielt. „Ihr vergeßt Euch, Prälat. Diese Verhandlung ist geschlossen.“

Mit offenem Mund starrte der Ramielisinquisitor ihn an. Er konnte nicht glauben, was er da eben erlebt hatte. Als sei alle Kraft aus seiner verbliebenen Hand gewichen, ließ er den Kardinal los. Dieser wandte sich stolz um und schritt hinaus, dicht gefolgt von Vermonte Brindisi und Uth von Hatten. Im Hinausgehen wandte von Freyung sich an

Denn auf eine Weise redet Gott und auf eine zweite; nur beachtet man's nicht. Im Traum, im Nachtgesicht, wenn der Schlaf auf die Menschen fällt, wenn sie schlafen auf dem Bett, da öffnet er das Ohr der Menschen und schreckt sie auf und warnt sie, damit er den Menschen von seinem Vorhaben abwende und von ihm die Hoffart tilge und bewahre seine Seele vor dem Verderben und sein Leben vor des Todes Geschoß.

- Hiob 33, 14-18

einen michaelitischen Engel, der die ganze Zeit neben der Tür gewartet hatte und zischte: „Du weißt, was zu tun ist, Turael."

Der Scripturaträger nickte mit steinerner Miene und schritt eilig von dannen.

Thomasiel war vollkommen verwirrt. Das war alles viel schneller gegangen, als er erwartet hatte. Noch am Morgen hatte er den möglichen Verlauf des Prozesses mit seiner Schar besprochen, und sie alle hatten mit stundenlangen Rededuellen, Anträgen und Gegenanträgen, Kreuzverhören und juristischen Winkelzügen gerechnet. Zuerst hatte der Konsistorialkardinal sogar angekündigt, ihn befragen zu wollen. Und nun? Keine flammenden Reden, keine langen Verhöre. Egal – Hauptsache, Calliel war wieder frei.

„Wir sollten zu ihm gehen", schlug Baraliel vor. Sie drängten sich hinter dem Ramieliten her zwischen den verschiedenen lebhaft diskutierenden Zuschauergruppen durch die Stufen hinunter, wurden aber bei ihrer Ankunft auf der unteren Ebene des Auditoriums von einigen Gerichtsdienern zurückgehalten.

„Der Angeklagte ... äh, der ehemalige Angeklagte braucht noch etwas Ruhe. Er muß sich sammeln, das seht ihr doch", sagte einer der Männer.

„Aber wir sind seine Schar!" rief Paliel, die Gabrielitin.

Der Gerichtsdiener lächelte. „Ich verstehe. Dann freut ihr euch sicher, daß er von allen Vorwürfen reingewaschen ist. Wir werden ihm eure Cella weisen, sobald er sich imstande fühlt, zu euch zu kommen."

Damit gaben die fünf Engel sich zufrieden und zogen sich zurück.

♦ ♦ ♦

Inmitten all dessen saßen Hiob und Naldo von Malvi am Tisch des Angeklagten wie in einer Insel der Stille. Betreten sahen sie einander an. Schließlich brach Naldo das Schweigen:

„Es ist vorbei, Hiob. Wir haben gewonnen."

„Damit habe ich nicht gerechnet", erwiderte Hiob.

„Ich auch nicht, ehrlich gesagt", räumte Naldo ein.

„Ich bin hungrig. Und Durst habe ich auch", sagte Hiob nüchtern. „Und das dringende Gefühl, mich etwas ausruhen zu müssen. Mein Zelle im Vatikan war nicht gerade luxuriös." Der flügellose Raguelit gestattete sich ein kleines Lächeln.

Der Templer, der die ganze Zeit über hinter ihnen gestanden hatte, beugte sich vor und sagte: „Engel, ich habe Anweisung, dich und den Advokaten zwei Stockwerke tiefer zu eskortieren. Dort gibt es ein kleines, wenig frequentiertes Refektorium, wo ihr abseits dieses Trubels etwas essen könnt, und auf demselben Ebene wird sich sicher auch eine Cella finden lassen, in der du ein paar Stunde ruhen kannst. Folgt mir."

Hiob warf dem jungen Mann einen dankbaren Blick zu und folgte ihm durch eine kleine Seitentür, die von einem Gerichtsdiener bewacht wurde. Von dort führte er sie auf direktem Wege zur Herzleitung, wo die drei eine der Aufzugsplattformen bestiegen und sich nach unten begaben. Im Handumdrehen stiegen sie zwei Stockwerke tiefer auf der Etage aus, von der der Templer gesprochen hatte.

„Ich kann leider nicht weiter mitkommen, denn ich werde anderwärts gebraucht“, sagte der junge Michaelis-Templer in entschuldigendem Tonfall. „Aber ihr könnt es gar nicht verfehlen – folgt einfach dem Rundgang an der Herzleitung entlang, immer direkt am Schacht, und dort drüben, wenn ihr ihn zu einem guten Viertel umrundet habt – seht ihr dort den breiten Abzweig?“

Naldo und Hiob folgten mit ihren Blicken seinem ausgestreckten Zeigefinger und nickten.

„Den nehmt, und er wird euch ins Refektorium führen. Die Beginen dort können dir dann eine Ruhestätte zuweisen, Engel. Und nun entschuldigt mich, ich muß zum Dienst.“ Eilig bestieg er die Aufzugsplattform und verschwand in der bodenlosen Tiefe des Schachts.

„Dann los“, sagte Naldo fröhlich, „ich könnte auch eine Kleinigkeit zwischen den Zähnen vertragen.“

Hiob und Naldo machten sich auf den Weg, wobei vor allem der Advokat es tunlichst vermied, in den Schacht hinabzusehen. Schon der Gedanke an über einen Kilometer freien Fall in die Tiefe jagte ihm Schauer über den Rücken. Sie waren noch keine hundert Meter gegangen, als aus einem Seitengang überraschend Kardinal von Freyung trat.

„Ah, welch glücklicher Zufall“, ließ er sich vernehmen. Naldo kam es keineswegs wie ein Zufall vor, er hatte fast den Eindruck, der Mann in Purpur habe hier auf ihn gewartet. Aber er ließ sich nichts anmerken und sah von Freyung nur fragend an.

„Auf ein Wort, Meister Naldo“, sagte der Kardinal leutselig und nickte geistesabwesend auch Hiob zu. „Ihr habt Eure Sache heute wahrlich gut gemacht. Die Strategie, Eurem wortgewandten Mandanten das Reden zu überlassen, hätte von mir stammen können. Ich muß etwas mit Euch besprechen – kommt, geht ein Stück mit mir ...“

Naldo fühlte sich von den Worten von Freyungs beinahe auf den Arm genommen, wagte es aber nicht, dem mächtigen Kirchenfürsten das ins Gesicht zu sagen. Also machte er gute Miene zum bösen Spiel, als der Kardinal ihm gönnerhaft einen Arm um die Schultern legte und ihn in der Richtung zurückführte, aus der sie gerade gekommen waren. Über die Schulter rief er Hiob zu:

„Geh ruhig schon einmal vor, Calliel – ich werde gleich bei dir sein."

Achselzuckend wandte sich der Raguelit um und strebte dem Seitengang zum Refektorium entgegen. Es waren wenige Leute auf diesem Stockwerk unterwegs, Hiob begegnete auf seinem Weg allenfalls einer handvoll Monachen und Beginen. Um so mehr fiel ihm der Michaelit auf, der ihm auf halbem Wege entgegenkam. Er war hochgewachsen, seine Schwingen waren prachtvoll, und er trug die Scriptura. Ohne zunächst zuordnen zu können wo, war sich Hiob sicher, ihn schon einmal gesehen zu haben. Der Michaelit drehte den Kopf ein wenig, und alles in Hiob schrie: Gefahr! Sein Körper versteifte sich, er war hin- und hergerissen zwischen Flucht und Angriff. Er wußte nicht warum, aber er hatte panische Angst vor diesem Himmelsboten, der ihm da federnden Schrittes entgegenkam. Hiob war erfüllt von der vollkommenen Gewißheit, daß er sich in Todesgefahr befand, und wußte doch nicht, was tun. Ihm war, als verginge die Zeit plötzlich unendlich langsam, als sei jede Bewegung, jeder Gedanke wie ein Flügelschlag in geschmolzenem Blei.

Dann, ehe Hiob reagieren konnte, war der Michaelit heran – und vorbei.

Im Vorübergehen aber drehte er den Kopf zu Hiob. Die Andeutung eines Lächelns lag auf seinem Gesicht. Er sagte nur zwei Worte:

„Spring, Calliel."

„Spring schon, Calvin! Hab doch keine Angst!" Die Stimme seiner Mutter ... Mutter ...

„Spring doch, Calliel – du wirst sehen, deine Flügel tragen dich ..." Sein Mentor im Flugunterricht, ein Urielit ...

Dann wieder seine Mutter ...

„Sie sind doch fort, Calvin. Du brauchst jetzt keine Angst mehr zu haben. Ich bin hier und fange dich auf, wenn du springst."

Keine Angst mehr.

Keine ... Angst ... mehr.

Und Hiob, der gefallene Engel, Calliel, der Raguelit, Calvin, der Knabe aus einem kleinen Dorf – sprang.

Hiob flog ein letztes Mal.

Der Schrei Naldos von Malvi, der zu spät versuchte, ihn zurückzureißen, klang seltsam verzerrt in seinen Ohren.

Dann raste er dem Erdboden entgegen. Die Flugplattformen, die er unterwegs streifte, spürte er nicht.

Kapitel zwanzig

Malloriel hockte in der Astgabel einer alten, kranken Eiche am Rande der Stadt und sah zum wolkenverhangenen Himmel hinauf. Der Baum trug zwar auf den ersten Blick noch ein volles Blätterkleid, das den Ramieliten vor den neugierigen Blicken vereinzelter Passanten bewahrte, weiter zum Stamm hin jedoch waren seine Äste bereits kahl und tot. Es war nur noch eine Frage von Monaten, bis das prächtige Gewächs endgültig brüchig und zu einer Gefahr für die Bürger werden würde. Dann kämen die Holzfäller und würden ihn fällen, ehe er von alleine zu Boden stürzte.

Malloriel fühlte sich dem Baum verwandt. Auch er wirkte nach außen wie einer der ehrfurchtgebietenden ramielitischen Himmelsboten, aber im Inneren rang sein Glaube ums Überleben. Man hatte sie nach Strich und Faden belogen. Alles, das gesamte feste, sichere Gebäude der Angelitischen Kirche, fußte auf einer Lüge. Oder vielleicht sogar aus einem ganzen Fundament aus Lügen, einem Lügengeflecht. Sein Blick wanderte zum Himmel der Michaeliten hinüber – ein Haus der Lüge.

Oder vielleicht doch nicht? Warum sollten die geweihten Väter und Mütter etwas so grausiges tun? Sicherlich doch nicht nur aus Machtgier?

Was reißt dein Herz dich fort? Was funkeln deine Augen, daß sich dein Mut wider Gott richtet und du solche Reden aus deinem Munde läßt?

\- Hiob 15, 12-13

Niemand konnte so skrupellos sein und Kinder stehlen, ihnen mittels irgendeiner vom Herrn der Fliegen geschaffenen oder aus einer anderen abgrundtief bösen Quelle stammenden Magie Flügel anhexen und ihnen erzählen, sie seien die Gesandten Gottes. Nein, das war vollkommen undenkbar.

Die Gesichter seiner Lehrer und Lehrerinnen, der Monachen und Beginen im Himmel der Ramieliten zu Prag stiegen vor seinem geistigen Auge auf. All diese kultivierten, klugen Diener der Kirche – Kindesentführer, Verbrecher und Ketzer? Nie und nimmer.

Oder doch?

Nein. Niemals.

Diese Erinnerungen halfen Malloriel, seinen unruhigen Geist ein wenig unter Kontrolle zu bringen.

Ja, es war unstrittig, daß Teile der angelitischen Doktrin nicht der Wahrheit entsprachen – Lügen waren, wie ein Teil seines Gehirns hartnäckig betonte –, aber die meisten Monachen und Beginen, die er kannte, waren ehrliche, gottesfürchtige, gute Menschen.

Und auch wenn er einmal Matteusz, eines Fischers Sohn, gewesen war – war er es noch?

War er nicht mehr geworden als ein Knabe aus Ramielsland? Ein Himmelsbote ...

Er trug die mächtigen, weißen Schwingen, er war weit herumgekommen, hatte die Wunder und die Schrecken dieser Welt gesehen ... gefühlt. Gedankenverloren strich er über eine der Narben, die er vom Angriff der Traumsaat bei Tours zurückbehalten hatte. Matteusz mochte ein kleiner Junge aus Ramielsland gewesen sein – Malloriel war ein Bote des Herrn.

Beinahe fühlte er sich schon wieder gut. Es mußte Gründe für den Betrug geben. Aber dennoch war er – wie auch immer – ein Engel und würde es für immer bleiben.

Dann aber drängte sich dem Ramieliten ein neuer Gedanke auf: Er würde nie erfahren, was aus dem Jungen Matteusz geworden wäre. Wer waren seine Eltern, wer seine Freunde? Lebten möglicherweise – Malloriel hielt unwillkürlich den Atem an – seine leiblichen Geschwister in jenem Dorf am Meer? Wenn ihn die Beutereiter nicht geholt hätten, in jener schicksalhaften Nacht, wäre er dann ein Fischer geworden wie sein Vater? Hätte er eine liebe Frau gefunden, und eine Familie gegründet? Kinder gezeugt und aufgezogen, bis ... ja, bis wiederum die Beutereiter in der Nacht ins Dorf gekommen wären und sie weggeholt hätten.

Herr im Himmel.

Welche Gründe gab es, die diese unerhörte Grausamkeit rechtfertigten?

Ein verschwommenes Bild stieg aus den Tiefen seiner Erinnerung auf, oder besser: ein Gefühl.

Harte Hände um seine Mitte, die ihn nach oben schieben, zu den anderen Kindern, auf den Wagen. Seine eigenen kleinen, weißen Hände mit den schmutzigen Fingern, die sich verzweifelt über die Schulter des Beutereiters – schwarzes Leder, Schweißgeruch, so groß, unermeßlich groß und kraftvoll – strecken, zurück zu einem Leben, das nicht mehr weitergehen wird, seinen Spielkameraden, dem Weiler, den Eltern.

Seine Eltern ... wer waren sie gewesen? Wären sie noch da, heute, wenn er den Weg zurückfände an die sturmumtoste Nordküste Ramielslands?

Malloriels Schultern sanken herab. Selbst wenn er sie fände – wer würde ihm glauben? Für sie war er, würde er immer ein Engel sein, ein geflügelter Diener des Herrn. Er trug die mächtigen weißen Schwingen, er konnte lesen und schreiben, er besaß Zugang zur Kathedrale der Gedanken, der Herr hatte ihm zusammen mit Signum, Sigil und Scriptura diese und weitere Mächte verliehen. Wie auch immer wer auch immer aus dem kleinen Matteusz den Engel Malloriel gemacht hatte – der Prozeß ließ sich nicht mehr umkehren. Nie mehr.

Wie bei Hiob.

Sogar ohne seine Schwingen und nach dem Verlust seines Ordens, sogar in Gefangenschaft der Templer war Hiob doch immer noch ein Sendbote des Herrn gewesen.

Was war wohl aus dem Ragueliten geworden?

Hatte man ihn vor ein angelitisches Gericht gestellt, wie es in den letzten Tagen gerüchteweise im Himmel herumgegangen war?

Wartete er in einer gesicherten Cella im Vatikan auf immer neue Befragungen?

Oder hatte man ihn etwa geläutert?

Vater im Himmel, die Läuterung.

Erneut weigerte sich Malloriels Geist, diesen Gedanken bis zur letzten Konsequenz zu Ende zu denken.

Die Läuterung.

Konnte es sein, daß man ahnungslosen Bauern, Fischern, kleinen Leuten nicht nur ihre Kinder stahl, sie zu Engeln erhob, sondern sie dann, wenn ihre Erinnerungen zurückkehrten, auch noch kaltblütig ermordete? Konnte das Szenario, das er vor Rahels erschrockenen Augen entworfen hatte, wirklich wahr sein?

Malloriel schloß für endlose Minuten die Augen, atmete ruhig, wie man es ihm im Himmel zu Prag beigebracht hatte.

Ein sachter Luftzug kam auf und ließ das hohle Blätterkleid der Eiche rascheln. Kein Vogel zwitscherte.

Der Ramielit beruhigte sich.

Nein.

Nein, das konnte, es durfte nicht sein.

Zu ungeheuerlich wäre die Heimtücke, die Barbarei.

Das war es – ein solches Verfahren wäre mehr als Ketzerei. Es hätte nichts Menschliches mehr an sich. Es käme geradewegs aus den verdammten Hirnwindungen des Herrn der Fliegen.

Gott, der Herr, der barmherzige Vater hätte es niemals zugelassen, daß man seinem Namen derart frevelte.

Niemals.

Er war da, er sah auf sie herab und lächelte in seiner Gnade.

Malloriel atmete die milde Luft ein, hielt sie einen Moment und ließ sie dann langsam durch seine Nase ausströmen.

Genug der Skepsis.

Es gab Prinzipien, an denen nicht zu rütteln war.

Einer davon war die Barmherzigkeit des Herrn. Höchstwahrscheinlich gab es eine andere Erklärung für das Verstummen seiner Ordensgeschwister. Die Läuterung mochte auch für etwas vollkommen anderes stehen ...

Nur wofür? Verbrachte man die Himmelsboten mit den wieder erwachenden Erinnerungen an eine spezielle Stätte, wo sie in aller Ruhe ihre Mitte wiederfinden konnten? Bekamen sie später andere Aufgaben?

Oder was geschah sonst mit ihnen?

Aber schließlich: Seine Schargeschwister hatten keine Träume wie er. Hiob und die Ramieliten, deren Erinnerungen er in der Kathedrale der Gedanken gelesen hatte, waren immer noch nur ein kleiner Teil aller Engel, die auf der Welt ihren Aufgaben nachgingen.

Eventuell ging das Mysterium also nur einen Teil der himmlischen Heerscharen an.

Warum aber sollte es?

Plötzlich übermannte Malloriel die Verzweiflung mit aller Macht. Was sollte er nur tun?

Wie sollte er mit diesen Bedenken in sich weiterleben?

Er konnte nicht zurück, das war augenscheinlich. Aber wie sollte es weitergehen?

Konnte er mucksmäuschenstill weiter in einem System existieren, ja für ein System kämpfen, das Kinderraub im großen Stil betrieb und vielleicht sogar mordete, wie die kalte Stimme seines logischen Verstandes flüsterte?

Malloriel ließ sein Haupt zwischen seine Knie sinken.

Nein. Das konnte er nicht.

Niemand würde so etwas tun.

Er machte die Augen zu, verging im Rhythmus seines Atems.

Meditation. Ruhe. Er erkannte, daß er die Stille nötig hatte.

Er konnte nicht für unbegrenzte Zeit hier draußen bleiben, er mußte irgendwann den Weg zurück in seine Schar finden. Doch um diese Entscheidung treffen zu können, nützte es nichts, von Ungewißheit zu Ungewißheit, von Schrecken zu Schrecken zu hetzen.

Wie man ihn gelehrt hatte, würde er sich in die Stille versenken und dann, wenn er innerlich kühl geworden war, das Problem durchdenken und lösen, und es war auch nur ein Problem, nicht mehr und nicht weniger als die philosophischen Denksportaufgaben zu Beginn seiner Ausbildung. Eine Verflechtung von Informationen und Umständen, die man mit Intelligenz in ihre Bestandteile zerteilen, im Kleinen analysieren und dann wieder zusammensetzen konnte – und eine Lösung finden.

Malloriel überließ sich dem vertrauten Ein und Aus seines Atems und versank in die Reglosigkeit.

Bis etwas mit ohrenbetäubendem Krachen durch die Blätterhülle seiner Eiche brach und hart auf dem großen Ast etwas oberhalb der Astgabel, in der Malloriel hockte, landete.

Voller Angst zuckte der Ramielit zusammen und geriet für einen Sekundenbruchteil aus dem Gleichgewicht. Dann gewann die Übung die Oberhand, er verlagerte sein Gewicht und fand die Balance wieder.

Vor Malloriel saß – nach Hiob – der seltsamste Engel, den er je gesehen hatte – und er war unzweifelhaft weiblich.

Sie war groß, und ihre Armmuskeln zeichneten sich deutlich unter der sonnengebräunten Haut ab. Sie trug die Scriptura und das Flammenschwert der Gabrieliten – und damit endete die Liste der bekannten Merkmale.

Sie war betagt – viel zu betagt. Wären nicht die gewaltigen Schwingen auf ihrem Rücken gewesen – er hätte sie für eine Templerin oder Beutereiterin jenseits von zwanzig Sommern gehalten. Vielleicht auch etwas weniger, denn ihr Antlitz war vom Wetter gegerbt und von Sorgenfalten gezeichnet. Um ihren Mund lag ein dominanter, gespannter Zug. Von ihrer Stirn zog sich eine Narbe gerade hinab durch ihre rechte Augenbraue, als habe jemand versucht, ihr das Auge auszuschlagen.

Ihr langes Haar war dunkelbraun und zu einem praktischen Zopf zurückgebunden. Keine Spur von der althergebrachten Wicklung der Gabrieliten. Ihr Gewand bestand aus Rindsleder und grobem Leintuch und war abgewetzt wie das einer Beutereiterin oder eines Zugvogels. Malloriel bemerkte instinktiv, daß dieser Engel mehr mit einer dieser beiden Sorten von Menschen gemeinsam hatte als mit Aadoniel, Ariel oder gar ihm selbst.

Für einen kurzen Moment starrten sie einander an – die Augen des fremden Engels waren von staubigem Braun –, dann sagte sie: „Malloriel? Wir haben nicht viel Zeit. Laß' uns verschwinden, bevor dich jemand mit mir zusammen sieht."

Ihre Stimme klang wie die eines Templergenerals – befehlsgewohnt, geheimnisvoll, glashart.

„Woher kennst du meinen Namen?" Fragte der Ramielit aufrichtig verwundert.

„Das ist jetzt nicht wichtig. Ich erkläre dir alles später." Die Fremde machte Anstalten, sich in die Luft zu schwingen.

„Wer bist du?" Fragte Malloriel fassungslos. „Wie kann es sein, daß ..."

„Hör mal zu, kleiner Bruder" – aus irgendeinem Grund klang die vertraute Anrede aus dem Mund der Fremden wie eine Beleidigung –, „meine Leute und ich haben ein großes Risiko auf uns genommen, um dich ausfindig zu machen, und du bist in Gefahr. Das hast du ja schon selbst eingesehen, sonst wärst du wohl kaum aus dem Himmel fortgegangen. Also laß' uns fliegen. Für Erklärungen haben wir später noch Zeit."

„In Gefahr?" Entfuhr es Malloriel.

Jetzt war es an der Unbekannten, erstaunt zu sein. Dann zogen sich ihre Brauen in Zorn und Unbeherrschtheit zusammen. „Was hast du denn gedacht? Daß man dich für deine Kunststückchen und klugen Fragen mit einem Zuckerstück belohnt? Man wird dich kaltmachen, und deine Schargeschwister gleich mit, wenn du nicht aufpaßt."

Malloriel fühlte sich für einen furchtbaren Moment, als hätte die kalte Stimme seines Verstandes plötzlich einen eigenen Körper entwickelt.

Dann aber begann sein Geist, die Ereignisse der letzten Minuten zu verarbeiten. Wer auch immer diese undurchschaubare Gestalt war – er würde ihr nicht blind an einen unbekannten Ort folgen. Schließlich hatte er den ganzen Tag in der Eiche gesessen, ohne Aufmerksamkeit zu erregen. Ein paar Minuten länger würden daran nichts ändern, solange die Fremde nicht wie jetzt mit ihren Schwingen schlug und das äußere Blätterkleid des Baums in Bewegung brachte.

„Ich werde nicht einfach mit dir mitfliegen", sagte Malloriel ernsthaft, „nicht, bevor du mir ein paar Antworten gegeben hast."

Die Fremde starrte den entschlossen dreinblickenden silberhaarigen Ramieliten mit offenem Mund an.

„Wer bist du, woher kennst du mich, wer sind deine Leute und wer sollte mich ‚kaltmachen' wollen, um deine Worte zu wählen? Wofür? Wieso –"

„Bist du des Wahnsinns, kleiner Bruder?" Herrschte die Fremde ihn plötzlich an. „Du weißt doch Bescheid. Ich weiß, daß du dich entsinnen kannst. Jetzt stell dich nicht so an. Wir haben jetzt wirklich keine Zeit für –"

Das war zu viel für Malloriel: „Wer hat dir das gesagt? Ich habe meine Träume niemandem außer Rahel anvertraut, und ich glaube nicht, daß du sie kennst. Da aber außer Rahel keiner etwas von meinen Träumen weiß – wer sollte ..." Jetzt dämmerte es Malloriel: „Außer – Hiob? Schickt Hiob dich zu mir? Wie macht er das, wo sie ihn doch im Vatikan festgesetzt ..."

„Wer ist Hiob? Ich kenne niemanden dieses Namens", schnauzte ihn die Fremde an. „Und ich nehme keine Befehle mehr von selbsternannten heiligen Männern der Kirche entgegen, falls du dich auf irgendeinen Vertrauten aus deinem Orden beziehen solltest. Die sind alle aus dem gleichen verfaulten Holz geschnitzt."

Malloriel starrte die Frau –den Engel – ob dieser Gotteslästerung wortlos an.

„Was ist eigentlich mit dir los? Meine Quelle war sich sicher, daß die Träume bei dir bereits eingesetzt haben, du hast sogar schon mit deiner Scharschwester darüber gesprochen – was zögerst du dann noch? Dir muß doch klar sein, daß die Aasgeier der Angelitischen Kirche nur noch auf eine Gelegenheit warten, dir den Garaus zu machen, bevor du noch mehr herausfindest. Ich hoffe bloß, deine Schwester hat sich besser unter Kontrolle als du und läßt sich nicht von jeder dahergelaufenen Sängerin anmerken, was sie weiß."

Ambra Gialla, schoß es Malloriel durch den Kopf. Was hatte die hübsche Lautistin bemerkt? „Es gibt Hilfe." Sollte die bizarre, wütende Frau diese Hilfe sein? Sie wirkte eher wie eine fanatische Ketzerin in ihrem Zorn ... wären da nicht die unübersehbaren Schwingen auf ihrem Rücken gewesen.

Malloriel sah ihr unbeirrt in die Augen und wiederholte stur: „Wer bist du?"

Die Frau holte tief Luft und ließ sie bedächtig durch die Nase wieder entweichen. Dann faltete sie die gewaltigen Flügel und ließ sich richtig auf ihrem Ast nieder. Sie zog ein längliches Messer aus einer Scheide an ihrem Gürtel und legte es griffbereit über ihre Oberschenkel. Malloriel stellte fest, daß ihre gesamte Bekleidung mit größeren und kleineren Taschen und Scheiden besetzt war, in denen Messer und andere, eindeutig als Waffen zu erkennende, rätselhafte Gegenstände steckten.

„Ich heiße Elisabeth. Ich bin eine geflügelte Kriegerin. Ich streite für die Autarkie meiner geflügelten Brüder und Schwestern, die von einem kaltblütigen Moloch namens Angelitische Kirche gefangengehalten und vergewaltigt und ermordet werden."

Malloriel nahm sich vor, den Ausdruck „Moloch" beizeiten in der Kathedrale der Gedanken nachzulesen – er klang irgendwie vorsintflutlich. Im Moment aber gab es weit brennendere Fragen: „Was meinst du damit?"

Die Fremde – Elisabeth – zuckte zusammen, als wolle er sie schlagen.

„Das kann nicht dein Ernst sein!" Stieß sie schließlich hervor.

Malloriel sah ihr schweigend ins Gesicht.

„Du bist ungeheuerlich." Wieder ein tiefer Atemzug, ein bedächtiges Ausatmen. „Also gut. Fangen wir von vorne an. Du hast die Träume geträumt, Malloriel?"

„Ja, das habe ich."

„Dann weißt du auch, daß du früher ein menschliches Kind warst."

„So ist es."

„Du hattest früher ein Leben, eine Familie, all das. Bis irgendwann die Beutereiter kamen und dich entführten. Oder besser: den 'Zehnt' der Kirche eintrieben. Die hübschesten, stärksten, vielversprechendsten Kinder des Dorfes."

Malloriel beschloß, daß es wohl keinen Sinn hatte, Elisabeths Wortwahl in Frage zu stellen. Die Fakten – wie auch immer man sie bewerten wollte – stimmten. Der Ramielit nickte.

„Anscheinend weißt du noch nicht, was dann mit dir geschehen ist: Man hat dich in eine riesengroße, vorsintflutliche Maschine gesteckt und dir Flügel angeklebt. Frag mich nicht, wie das geht, aber daß es funktioniert, wissen wir beide. Dann hat man dir so gründlich das Gehirn gewaschen, daß du vergessen hast, wer du wirklich bist und dich für einen verdammten Engel des Herrn hältst. Das du hörst und gehorchst und die Drecksarbeit für die machtbesessenen Parasiten erledigst – und bloß nicht selbst denkst."

Seine Gedankengänge mußten dem Ramieliten deutlich im Gesicht gestanden haben, den sie rümpfte verächtlich die Nase und wiederholte: „Bloß nicht selber denken. Sogar ihr Ramieliten, die „Bewahrer des Wissens" – ha! Keinem von euch ist es eingefallen, einmal in den Tiefen eures gesammelten Wissens nach den Ursprüngen der Tätowierungen zu forschen. Ihr laßt euch genauso mit Heucheleien, Halbwahrheiten und mystischem Blendwerk täuschen wie alle anderen. Die ganzen Erzählungen über den Herrn, der seine Engel zur Erde schickt, um die Traumsaat zu bekämpfen, sind das Papier nicht wert, auf dem ihr sie aufschreibt. Ich habe – mit einer Handvoll Ausnahmen – noch keinen von euch getroffen, der je etwas wirklich Bedeutendes aufgeschrieben hätte, und glaub mir – ich habe die eine oder andere Bibliothek bis zur hintersten Wand durchforstet."

Malloriel erkannte an ihrem zufriedenen, sarkastischen Grinsen ob seiner fassungslosen Verwirrung, daß sie absichtlich zugegeben hatte, lesen zu können.

„Also – ich will es kurz machen: Die angelitische Kirche ist eine Ansammlung gewissenloser Lügner und Betrüger, die sich eine Armee sogenannter Engel hält, die aber nichts weiter als veränderte Menschenkinder sind, um die Menschen zu beherrschen. Sie sind wie Zecken im Fleisch der Menschheit. Wenn jemand – sei es ein „Engel" oder ein Mensch – ihre Heuchelei durchschaut, lassen sie ihn verschwinden. Wenn einer der künstlichen Engel zu alt wird" – unbewußt fuhr sie sich über die Krähenfüße in ihren Augenwinkeln – „und man bemerken könnte, daß es sich nicht um die ewig jungen Sendboten eines nicht existenten Gottes handelt, dann lassen sie ihn ebenfalls verschwinden. Ich weiß nicht, wie du dich bisher um diese Einsicht gedrückt hast, aber die Läuterung ist ein anderes Wort für Mord. Gemeinen, bestialischen Mord an einem verblendeten Kind. Als würdest du ein stumpf gewordenes Schwert wegwerfen. Alle, die du für deine Lehrmeister, Ordensbrüder oder Befehlsgeber gehalten hast, die treu dem Herrn dienen, sind nichts als eine riesige Verschwörung von Mördern und Lügnern. Man muß sie im Kleinen aufhalten, wo man kann und im Verborgenen nach einem Weg suchen, sie ein für allemal zu vernichten – und intelligente Engel wie dich vor der Ermordung bewahren und in unsere Bewegung aufnehmen."

Gespannt sah sie ihn nach ihrer kleinen Rede an. Malloriel hatte das deutliche Gefühl, daß sie diese Ansprache schon häufiger gehalten hatte. Dennoch klangen ihre Worte hohl in seinen Ohren, wie das heisere Krächzen eines Raben an einem trüben Wintertag.

Freilich gab es einige Fakten, die nicht zu leugnen waren – er wußte schließlich, daß man ihn als Kind entführt, irgendwie in einen Engel verwandelt und für die Zwecke der Angelitischen Kirche eingesetzt hatte. Aber – und wieder rief er sich die Gesichter seiner Lehrer und Mentoren vor Augen – es war unmöglich, daß die Kirche nur eine Ansammlung von Verbrechern und letztlich Ketzern war. Er dachte an die Momente, die ihn berührt und geformt hatten – die Ausbildung, die Engelsweihe, die Erlebnisse mit seinen Schargeschwistern ... Ariel, Aadoniel, Daniel und Rahel. An die Mysterien, die er gesehen und an denen er Anteil gehabt hatte. Rahels Heilkräfte – die Schwingen mochten unecht sein, aber was war mit den Mächten? Wie sollten Menschen anderen Menschen derartige Fähigkeiten verleihen können? Oder die Kathedrale der Gedanken? Oder – und hier spürte er zum ersten Mal, seit er den Himmel verlassen hatte, wieder die zuverlässige Gewißheit seines Glaubens und Vertrauens in den Herrn – der alterslose Pontifex Maximus?

Ja, es gab einiges zu enträtseln, aber eigentlich konnte Elisabeth nicht die Wahrheit sagen.

Plötzlich bestürmte ihn die Sehnsucht nach seinen Brüdern und Schwestern und der Geborgenheit seiner Schar.

Malloriel richtete seinen Blick erneut auf die Frau mit der Scriptura der Gabrieliten und sagte: „Ich weiß nicht, was wahr ist, aber deine Version der Dinge ist es nicht. Ich muß zurück zu meiner Schar."

Sie starrte ihn zuerst fassungslos, dann zornig an.

„Anscheinend haben meine Leute sich in dir getäuscht. Du bist augenscheinlich nicht stark genug, die Wahrheit zu ertragen und gegen unsere wahren Feinde zu kämpfen. Aber laß' dir eins gesagt sein: Wenn jemand, der dich nicht kennt, so einfach erkennen kann, was mit dir los ist, dann können es die Schergen der Kirche schon lange. Die wissen schließlich Bescheid, nach welchen Anzeichen sie Ausschau halten müssen. Denk an meine Worte, wenn sie dir den Hals umdrehen – und wenn du auch nur einen Funken Ehre im Leib hast, hältst du deine Schargeschwister da raus."

Auch wenn sie nach wie vor einer Priesterin einer dunklen Kirche glich – Malloriel konnte sich der Logik dieser Worte nicht entziehen. Er durfte die anderen nicht weiter mit seinen Mutmaßungen und Überlegungen belasten, bis er nicht herausgefunden hatte, was wirklich hinter all dem steckte. Keine Dialoge, keine Fragen, keine Ausreißer mehr. Er mußte auch aufhören, seine Erkenntnisse außerhalb der Kathedrale der Gedanken aufzuzeichnen – das war viel zu riskant.

Bei diesem Eingebung fiel ihm seine letzte Konversation mit Rahel ein, und er schrak zusammen. „Mein Traumtagebuch!" entfuhr es ihm. Für einen Augenblick wirkte Elisabeths Gesicht fast mitfühlend. „Du hast deine Notizen im Himmel vergessen?"

„Nein, ich habe sie meiner Raphaelitin – Rahel – gegeben ... falls mir etwas zustößt, soll sie es einem anderen Ramieliten geben." Die Worte klangen schal in seinen Ohren.

Der Blick der geflügelten Frau brannte sich in seinen.

„Egal, ob du mir glaubst oder nicht – du kannst nicht mehr zurück. Es ist gewiß, daß man dich – und damit deine Schar – bereits in Verdacht hat. Du kannst davon ausgehen, daß zumindest der Ab lesen und schreiben kann, und bei einigen anderen hohen Dienern der Michaeliten wäre ich mir da auch nicht so sicher. Außerdem sind, soweit ich gehört habe, derzeit zwei Inquisitoren zweier verschiedener Orden im Himmel. Wenn man nur diese Aufzeichnungen bei ihr findet, kann sie sich herausreden. Wenn man dich findet oder sie dich noch einmal sieht, dann wird das den Argwohn bekräftigen, daß sie ebenfalls zu viel weiß. Dann ist sie auch verloren."

Malloriel lief ein kalter Schauer über den Rücken. Elisabeth lag mit ihrem Bild der Kirche in jedem Fall neben der Realität. Dennoch konnte er nicht riskieren, die kleine Raphaelitin einem ungerechtfertigten Verdacht oder gar einer Untersuchung auszusetzen. Es war schon falsch gewesen, sie mit seinen Folgerungen über die Träume zu belasten, bevor er sich über die Konsequenzen klar geworden war. Ob es ihm gefiel oder nicht – an dieser Stelle mußte er Elisabeth Recht geben: Er hatte sich in der letzten Zeit zu auffällig verhalten, als daß er einfach zurückkehren und davon ausgehen konnte, daß man sie ungefragt ziehen ließ. Wäre es nur um ihn gegangen, wäre er das Risiko eingegangen, um wieder bei den anderen zu sein, aber er durfte nicht riskieren, ihnen zu schaden.

Wenn man aber Rahel und seine übrigen Geschwister wider Erwarten in Ruhe ließ, würde die Raphaelitin tun, worum er sie gebeten hatte und das Tagebuch einem anderen Ramieliten geben. Dann würde es seinen ursprünglichen Zweck erfüllen und andere auf die Fährte des Rätsels setzen. Malloriel traf seine Entscheidung rational, fast ruhig:

„Ich werde mit dir gehen, Elisabeth. Zumindest für eine Weile."

Zumindest, bis ich mich an das Leben ohne meine Schar so weit gewöhnt habe, daß ich allein zurecht komme, dachte er bei sich.

„Na endlich." Die gigantischen Flügel Elisabeths entfalteten sich. Sie schlug ein paar Mal probehalber damit und stellte sich schließlich auf ihren Ast. „Ich bin überzeugt, du wirst noch vernünftig, Kleiner."

Damit erhob sich die abtrünnige Gabrielitin in die Luft und durchbrach im nächsten Moment die Baumkrone, ohne Rücksicht auf die Äste zu nehmen, die ihr ins Gesicht peitschten und auf Malloriel herunterprasselten. Der Ramielit stieß sich ab und folgte ihr.

Er zwang sich, keinen Blick zurück zum Himmel über Roma Æterna zu werfen, als sie die Ewige Stadt hinter sich ließen. Es war besser so. Für sie alle.

Kapitel einundzwanzig

Wie verworren ist das Geflecht der Macht? Wie weit kann man im Labyrinth der verschlungenen Strukturen der Angelitischen Kirche nach innen gehen und doch nicht im Zentrum anlangen? Jeder der braven Gläubigen, die jetzt dort drunten ihre Kinder ins Bett brachten oder sich darauf vorbereiteten, zur Mitternachtsmette aufzubrechen, die der Pontifex Maximus in etwas mehr als drei Stunden auf dem Campo Ottaviano zelebrieren würde, hätte ohne Zögern geantwortet, daß man dem Kern angelitischen Glaubens, dem Zugang zu seinen innersten Mysterien, nicht mehr viel näher sein konnte als ein Ab, einer der sechs geistigen Führer der Engelsorden.

Ab Vermonte Brindisi stand auf der kleinen Flugplattform, die wie eine Terrasse vor einem Patrizierhaus vor seinen Gemächern im Palas des Michaelitenhimmels lag. Er sah hinab auf die zerrissene, nächtliche Wolkendecke über Æterna, durch die vereinzelt die Lichter der Ewigen Stadt heraufblitzten wie ein Spiegelbild des Sternenhimmels über dem mächtigen Kleriker, für den dieser aber keinen Blick übrig hatte. Brindisi versah sein Amt inzwischen seit beinahe zwei Dekaden, und er hatte nicht das Gefühl, in all den Jahren – geschweige denn in der Zeit davor, als er noch Kardinal in San Marino gewesen war,

Ich gehe schwarz einher, doch nicht von der Sonne; ich stehe auf in der Gemeinde und schreie. Ich bin ein Bruder der Schakale geworden und ein Geselle der Strauße. Meine Haut ist schwarz geworden und löst sich ab von mir, und meine Gebeine sind verdorrt vor hitzigem Fieber. Mein Harfenspiel ist zur Klage geworden und mein Flötenspiel zum Trauerlied.

- Hiob 30, 28-31

wirklich zu diesem innersten Kern vorgestoßen zu sein. Der zurückliegende Tag hatte ihm wieder einmal unangenehm deutlich den Januskopf der Macht in der Angelitischen Kirche gezeigt, der die Ewige Stadt besonders betraf, aber letztlich in der gesamten bekannten Welt seine Auswirkungen hatte.

Sicher, er und die anderen Äbte waren eminent mächtig, sah man vielleicht einmal von Orpheo, dem Oberhaupt der Sarieliten, ab und beschränkte sich auf die wirklich *kämpfenden*, an der Front der Konflikte der Angelitischen Kirche mit dem Rest der Welt stehenden Orden. Susat von Nürnberg, der Urielit Guillaume, er selbst, Doron von den Heilenden Händen und der geheimnisumwitterte Arbogast in Prag – fünf Menschen, denen mit den Himmlischen Heerscharen die mächtigsten Streitkräfte zur Verfügung standen, die der Herr seinen gläubigen Dienern je an die Hand gegeben hatte. Sie alle – und da nahm Brindisi sich selbst keineswegs aus – unterlagen mehr oder weniger täglich der Versuchung, ihre schwingenbewehrten Truppen wie Figuren über das Schachbrett Europa zu ziehen und keiner von ihnen war frei davon, dabei gelegentlich nicht nur das höhere Wohl der Angelitischen Kirche und ihrer Gläubigen, sondern auch eigene Interessen im Blick zu haben.

Und dennoch lag die wahre Macht woanders. Parallel – und quer – zu den Kommandostrukturen der Orden lag die Bürokratie der Kirche, der gewaltige Verwaltungsapparat, der die inneren Abläufe aufrechterhielt und an dessen Spitze die Konsistorialkanzlei stand – und das Konsistorium selbst, jenes Gremium von zwölf Männern und Frauen, die dem Pontifex Maximus beratend zur Seite standen. In ihrem Palast auf der Nova Insula, dem Vatikan, liefen die Fäden der Macht zusammen, und hier und nirgends anders wurde über das Wohl und Wehe Europas entscheiden.

Das war Vermonte Brindisi am zurückliegenden Tag ein weiteres Mal deutlicher vor Augen geführt worden, als er es eigentlich wissen wollte. Mit Schaudern dachte er an den Prozeß gegen den flügellosen Ragueliten zurück. Daß er zu einem der beiden Beisitzer des Tribunals berufen worden war, hatte lediglich dem Zweck gedient, dem ohnehin im gesamten Himmel seit Tagen hinter vorgehaltener Hand diskutierten und mit Spannung erwarteten Prozeß noch mehr Würde und Bedeutung zu verleihen. Er war am frühen Vormittag in die Amtsräume Kardinal von Freyungs geladen worden, wo dieser ausgezeichneten Wein aus Gabrielsland mit ihm geteilt und ihm durch die Blume, aber unmißverständlich zu verstehen gegeben hatte, was in diesem Prozeß von ihm erwartet wurde: Anwesend sein, würdevoll aussehen und schweigen. Ab Brindisi hatte innerlich geschäumt vor Wut, sich aber in das Unvermeidliche geschickt – Claas von Freyung war Mitglied des Konsistoriums, und selbst ein Ordensoberhaupt widersetzte sich seinen noch so indirekt geäußerten Wünschen auf eigene Gefahr. Brindisi hatte keine Gelegenheit gefunden, im Vorfeld der Verhandlung mit dem zweiten Beisitzer, Uth von Hatten, zu sprechen, hatte aber aufgrund von dessen Verhalten während des Prozesses das deutliche Gefühl gehabt, der fischgebackene Inquisitor habe ein ähnliches Gespräch wie er selbst hinter sich. Überhaupt hatte er sich des Eindrucks nicht erwehren können, daß das Ergebnis des Prozesses schon vor dem ersten Hammerschlag des Kardinals festgestanden hatte. Von Freyung war mit einer vorgefaßten Meinung in diese Verhandlung gegangen, er hatte gewußt, wie der Richtspruch lauten würde, und hatte diesen allen theologischen und juristischen Bedenken zum Trotz durchgesetzt. Letztlich waren Heinrici als Ankläger und dieser lächerliche Hering von einem Advokaten – und ja, auch er selbst und von Hatten – bloße Staffage gewesen. Und unmittelbar nach Prozeßende war der freigesprochene Delinquent unter ungeklärten Umständen zu Tode gestürzt ...

Vermonte Brindisi sah auf den im Licht der Lampen funkelnden Kristallglaspokal in seiner Hand. Der Wein darin, den ihm Claas von Freyung zum Ende ihres Gespräches am Vormittag geschenkt hatte, schmeckte plötzlich bitter. Einem plötzlichen Impuls folgend schleuderte der Ab den Kelch über die Brüstung.

Sein Blick wanderte zum Nachthimmel. Er bemerkte einen schwarzen Schatten, der knapp über der Wolkendecke ohne Hast, aber stetig dahinzog. Der Schatten, der sich irgendwo aus der Stadt nicht allzu weit vom Himmel entfernt erhoben haben mußte, hatte die Form von Engelsflügeln, doch ohne deren strahlend weißen Glanz, der auch bei Nacht weithin sichtbar war.

Es war nicht das erste Mal, daß Brindisi einer solchen Erscheinung teilhaftig wurde. Sie und vor allem die sich um sie rankenden Gerüchte bereiteten ihm – wie alle ungeklärten Geheimnisse – große Sorgen. Der Ab hatte seine Theorien über diese schwarzen Schatten, doch die teilte er mit niemandem. Sie waren zu ungeheuerlich.

Mit angehaltenem Atem verfolgte er die Flugbahn des finsteren Schattens. Er flog zur Nova Insula.

♦ ♦ ♦

Konsistorialkardinal Velja blickte von seinem Fenster im obersten Stockwerk des Vatikan zur selben Zeit wie Vermonte Brindisi auf die Ewige Stadt hinaus. In seinen langen, schlanken Fingern lag die prunkvolle Löwenmaske, die er in einer guten Stunde zum letzten Mal anlegen würde. So also ging es zu Ende – nach so vielen Menschenaltern. Noch hatten sie nicht darüber gesprochen, aber Velja hatte keinen Zweifel, daß dies das Ergebnis ihrer Zusammenkunft später am Abend sein würde. Zu viel Aufmerksamkeit, zu viele unerwünschte Blicke, die in ihre Richtung gelenkt worden waren. Überrascht stellte

Velja, der sich schon lange jenseits so trivialer Empfindungen gewähnt hatte, fest, daß ihm wehmütig ums Herz wurde.

Der Gast, den er erwartete, kam spät; die Sänfte stand bereits drunten im Innenhof bereit. Wie anderswo der des Ab wanderte des Kardinals Blick zum Nachthimmel empor. Ein Winterwind trieb zerrissene, schwarze Wolkenfetzen über einen kohlefarbenen Himmel. Immerhin regnete es nicht mehr so stark wie am frühen Abend – die Mitternachtsmette würde gut besucht sein. Velja bedauerte fast, daß er nicht daran würde teilnehmen können, um die Früchte ihrer gemeinsamen Arbeit zu betrachten. Aber das Treffen in der Galleria Angelitica ging vor.

Wieder einmal war es ihnen gelungen, die notwendigen Schritte zur Aufrechterhaltung der öffentlichen Ordnung einzuleiten. Velja öffnete das Fenster einen Spalt breit und ließ die kühle Nachtluft ins Zimmer strömen. Auch wenn sich nach dieser Nacht vieles verändern würde – er war nicht bereit, die ihm vom Herrn selbst zugewiesene Aufgabe zu vernachlässigen. Er, Velja, würde auch weiterhin über die Angelitische Kirche wachen. Ein Satz fiel ihm ein, den vor langer, langer Zeit einer seiner Lehrer, der ihn in Latein, Dogmatik und Ethik unterrichtet hatte, in seinen Vorlesungen mahnend zu zitieren pflegte: *Quis custodiet ipsos custodes?* Wer aber wird die Wächter bewachen ...

Velja lächelte. Dieser Iuvenalis hatte auch in Roma gelebt, in der Zeit Davor, ein Redner und Dichter – und er hatte es auf den Punkt gebracht.

Der für das Militärwesen der Angelitischen Kirche zuständige Kardinal schreckte aus seinen philosophischen Gedanken auf, als auf der Terrasse vor seinem Fenster ein hochgewachsener Engel landete. Man hätte ihn für ein Musterexemplar eines Gabrieliten halten können, inklusive Scriptura und Flammenschwert, wären seine prachtvollen Schwingen nicht komplett schwarz gewesen.

Velja öffnete die Terrassentür.

„Ashkanael."

„Eminenz." Der schwarze Engel trat aus dem Nieselregen ins Zimmer und verneigte sich tief.

„Wie ist es gelaufen?"

„Nicht zu Eurer Zufriedenheit, Eminenz."

„Nicht?“ Eine Braue schoß in Veljas blassem Gesicht empor.

„Nein, Eminenz. Er ist entkommen.“

Jeder andere hätte getobt; dies war ein Fehlschlag erster Güte. Velja gestattet sich lediglich ein mißbilligendes Stirnrunzeln. „Entkommen? Wie konnte das geschehen?“

„Wir wissen es nicht, Eminenz. Ich vermute Hilfe von außen.“

„Konntest du die Kontamination eindämmen?“

„Nur unter Verlusten, Eminenz. Er hatte ... Buch geführt.“

Jetzt sah Velja äußerst angewidert aus. Seine Miene forderte den schwarzen Engel zum Weitersprechen auf.

„Ich habe das Buch verbrannt. Doch ich mußte die Raphaelitin aus der Schar des Ketzers zum Herrn schicken.“

Mit zusammengepreßten Lippen nickt Velja. „Verluste gibt es immer. Aber dieser Ramielit beginnt, mir echtes Kopfzerbrechen zu bereiten.“ Aus seinem Munde klang es beinahe anerkennend. Was ist mit der Amme?“

„Tot, wie Ihr es befahlt, Eminenz.“

Der Kardinal nickte erneut. „Gut. Gut. Ashkanael, mich ruft die Pflicht. Du hast ... unter den gegebenen Umständen deine Sache gut gemacht. Der Herr sieht wohlgefällig auf dich herab. Geh‘ jetzt.“

Der Schwarzgefiederte verneigte sich erneut und verschwand, wie er gekommen war.

♦ ♦ ♦

Als der helle, melodische Glockenschlag des Petrusdoms bald darauf die zehnte Nachtstunde verkündete, erreichten kurz nacheinander drei Sänften die Villa Coursani. Dieser Palast an der Südspitze der Nova Insula, ein vorsintflutliches Bauwerk, beherbergte die Galleria Angelitica, in der das gleichnamige heilige Buch der Angelitischen Kirche aufbewahrt wurde. Die Villa wurde seit Jahren renoviert und war daher der Öffentlichkeit nicht zugänglich, doch jeder der drei Männer hatte einen Schlüssel.

Claas von Freyung traf als erster ein, die bronzene Adlermaske beim Aussteigen aus der Sänfte überstreifend. Velja, der Löwe, erreichte die Villa als nächster, und als letzter betrat – wie meist – der Mensch das kleine Hinterzimmer, in dem sie sich diesmal ausnahmsweise trafen. Sein Gesicht war hinter einer vollkommen glatten weißen Porzellanmaske verborgen, die zwar ein menschliches Antlitz nachbildete, aber so ohne jeglichen Ausdruck war, daß sie nicht einmal ein Geschlecht zu besitzen schien. Mit der typischen geraden Haltung und dem abgezirkelten Gang eines Militärs marschierte er zum letzten freien Platz, setzte sich und fragte: „Warum hier?"

„Es war keine Zeit, zum Palazzo hinauszufahren", antwortete der Adler, der das Treffen anberaumt hatte. „Wir werden hier aber genauso ungestört sein."

„Warum die kurzfristige Zusammenkunft?" fragte der Löwe, obgleich er sicher war, die Antwort zu kennen. Er wollte dies hier hinter sich bringen.

„Es ist vieles geschehen in den letzten Tagen", schnaufte der Adler, an dem die Eile, mit der er hierher gekommen war, nicht ganz spurlos vorübergegangen war. Schweiß perlte über den oberen Rand seiner Maske. „Wir stehen mit unseren Unternehmungen plötzlich im Mittelpunkt des Interesses, und auch wenn wohl noch niemand irgendeines der verschiedenen Geschehnisse aus jüngster Zeit mit uns in Verbindung bringt, müssen wir zusammentragen, wo wir stehen. Es könnte sein, daß die hastigen Abwehrmaßnahmen, die wir alle ergreifen mußten, nicht optimal ineinander greifen. Es könnte sogar sein, daß wir nachbessern müssen." Er machte eine kurze Pause, um zu Atem zu kommen und sich aus einer bereitstehenden Karaffe eine großzügige Menge Reisweins einzugießen. Nach dem ersten, tiefen Schluck fuhr er fort:

„Ich kann Vollzug melden, was den flügellosen Ragueliten angeht. Er ist tot und wird niemandem mehr Flausen in den Kopf setzen."

„Was ist mit dem Liber Raguelitorum? Wurde das Hauptbuch seines Ordens sichergestellt?" unterbrach ihn der Löwe.

„Nein", gestand der Adler finster ein. „Mir loyale Templer haben natürlich seine wenigen Habseligkeiten durchsucht, aber es war nicht darunter."

„Dann ist die gesamte Operation tatsächlich im Kern gefährdet", stellte der Löwe nüchtern fest. „Wenn es in die falschen Hände gerät – und vor allem, wenn wir es nicht in die Hände bekommen und die erhofften Informationen extrahieren können – gerät mit ziemlicher Sicherheit alles ins Wanken, wofür wir all die Jahre gearbeitet haben. Was wird in dieser Sache unternommen?"

Das Schweigen des Adlers sprach Bände.

Die drei Männer saßen in diesem Schweigen, und jeder von ihnen spürte mit kalter Gewißheit, daß die Luft für ihr großes Werk dünner zu werden begann. Schließlich brach der Löwe das Schweigen:

„Die Amme stellt kein Problem mehr dar. Sie ist tot. Der Tausch wurde vollzogen, und ab heute um Mitternacht sollte wieder alles im Lot sein. Von dieser Seite droht keine Gefahr mehr."

„Gut", nickte der Mensch. „Was ist mit diesem Ramieliten, der uns gemeldet wurde?"

„Er heißt Malloriel", versetzte der Löwe etwas pedantisch, „und er hat sich unserem Zugriff durch Flucht entzogen."

„Ein weiteres offenes Ende – unschön", merkte der Adler an, zweifelsohne, um von seinem eigenen Versagen in Sachen Liber Raguelitorum abzulenken. „Ich habe mich darüber hinaus um diese Prozession abtrünniger Ragueliten ... abschließend gekümmert. Leider war Thariel nicht unter ihnen."

„Er ist ein Ärgernis, zählt aber nicht zu unseren vordinglichsten Problemen", ließ sich der Mensch vernehmen. „Dann ist eben ein Raguelit zur Urbanis-Liga übergelaufen – nun, und? Einer allein macht sie noch nicht zur tödlichen Bedrohung für die Heilige Mutter Kirche. Früher oder später werden wir ihn erwischen."

Der Adler nickte zustimmend. Seinen beiden Gesprächspartnern fiel auf, wie verändert er wirkte; die zahlreichen Fehlschläge und knapp vermiedenen Fallstricke der letzten Tage schienen ihm arg zugesetzt zu haben.

„Brüder", sagte er leiser als sonst, „dies waren schwere Tage und Wochen für uns. Manche Lecks konnten gestopft werden, doch wir sollten für eine Weile vorsichtig sein und getrennte Wege gehen. Segeln wir dieses Schiff weiter, doch jeder auf seinem Posten. Dieses war bis auf weiteres das letzte Treffen der Cherubim."

Der Mensch und der Löwe nickten, erhoben sich und verließen stumm die uralte Villa. So also endete es, so sang- und klanglos, nach all der Zeit, dachte Velja noch einmal halb traurig, halb verwundert, während er die Löwenmaske abstreifte und seiner Sänfte entgegenstrebte.

Ein letztes Mal dreht er sich um und betrachtete den Rücken seiner beiden wichtigsten Verbündeten, die in unterschiedliche Richtungen in der Nacht verschwanden.

Ja, dacht der Kardinal, als er seine Sänfte bestieg, es ist wahr – *quis custodiet ipsos custodes?*

♦ ♦ ♦

Zur selben Zeit ruderten drei Templer der Konsistorialgarde, darunter der Verstümmelte, der Hiob niedergeknüppelt hatte, mit einem flachen Boot in die Teverebucht hinaus. Sie ruderten in grimmigem Schweigen. Im Bug lag ein Jutesack, mit Steinen beschwert und von unverwechselbarer Form.

Man hatte die drei Männer angewiesen, den Sack so in der Bucht zu versenken, daß er nicht angeschwemmt werden würde, ehe die Fische ein Festmahl aus seinem Inhalt gemacht hatten. Die Männer kannten sich aus mit den Strömungen der Bucht; es war nicht das erste Mal, daß sie eine solche Aufgabe erledigten, und deshalb war die Wahl auf sie gefallen. Diskretion war ihre Stärke.

Man hatte ihnen gesagt, sie beseitigten hier die sterblichen Überreste der Mätresse eines hochrangigen Klerikers, die in ihren Mannaforderungen allzu unverschämt geworden war. Das war unwahrscheinlich, denn die Umrisse des Sacks paßten allenfalls zu einem Kind.

Doch sie waren Templer der Eliteeinheit des Konsistoriums und stellten keine Fragen; die Erklärung war gut genug für sie.

Achselzuckend zogen sie an einer geeigneten Stelle die Ruder hoch und ließen den Sack ins Wasser gleiten.

fegefeuer

Kapitel zweiundzwanzig

Der erste Abend des neuen Jahres, des Jahres des Herrn 2645, hatte sich über die Ewige Stadt gesenkt wie ein Leichentuch, das dem Tod sein wächsernes Gesicht nimmt und allen Schrecken zudeckt. Um Mitternacht, etwa acht Stunden, nachdem Malloriel der merkwürdigen Engelfrau in die Fremde gefolgt war, erscholl erneut ein Fanfarensignal über dem Campo Ottaviano. Ein leichter Nieselregen hatte eingesetzt, doch das hatte die Gläubigen nicht davon abgehalten, auch am zweiten der beiden Hohen Tage, mit denen die Angelitische Kirche den Jahreswechsel zelebrierte, auf dem gewaltigen Platz um den Petrusdom zusammenzuströmen. Aufgrund des Wetters waren einige zwar zuhause unter schützenden Dächern geblieben, doch gut zwölftausend Personen füllten das weite Rund.

Erneut umgaben die pompösen Banner der fünf kämpfenden Orden die Säulenhallen, und auch an diesem Abend erhoben sich die beiden gewaltigen Paramente mit dem Zeichen der Angelitischen Kirche neben der Galerie, auf der der Pontifex Maximus das Hochamt zelebrieren würde. Zwar tat er dies regelmäßig im Vatikan für einen kleinen Kreis hochrangiger kirchlicher Würdenträger, doch die beiden

Mein Antlitz ist gerötet vom Weinen, auf meinen Wimpern liegt Dunkelheit, obwohl kein Frevel in meiner Hand und mein Gebet rein ist.

- Hiob 16, 16-17

Hohen Tage waren die einzigen Anlässe, bei denen der Gottesdienst von ihm öffentlich und für alle zugänglich gehalten wurde.

Der Tag des Herrn war ein Fastentag, gewidmet der Umkehr, und den Überlieferungen der Angelitischen Kirche schrieb der Herr an diesem Tag das Schicksal jedes einzelnen Geschöpfs auf Erden für das soeben begonnene Jahr fest, je nachdem, wie sehr es sich im zurückliegenden Jahr an seine Gebote gehalten, beziehungsweise sich um eine Umkehr hin zu Ihm bemüht hatte. Ariel hatte Daniel und Aadoniel, die beiden einzigen ihr noch verbliebenen Schargeschwister, zur Mitternachtsmette geführt. Diesmal würden sie keine Banner tragen, sondern zusammen mit Tausenden anderer Gläubiger auf dem Campo stehen und den Segen des Pontifex empfangen. Keiner ihrer beiden Brüder war besonders begeistert von ihrem Plan gewesen – in beiden hatte der Wunsch gebrannt, etwas zu tun, irgend etwas; sie hatten davon gesprochen, Malloriel zu suchen oder auf eigene Faust dem feigen Mord an Rahel nachzugehen. Aber Ariel war eisern geblieben. Der Glaube war auch in höchster Not der Anker, für die Engel des Herrn wie für ihre menschlichen Brüder und Schwestern, und die Michaelitin hatte das unbestimmte Gefühl, es würde der Schar helfen, heute Nacht ihre ehrlich empfundene Bereitschaft zur Umkehr zu demonstrieren. Gerade sie selbst hatte in den letzten Tagen und Wochen gesündigt, hatte Vorschriften gedehnt, sich Befehlen widersetzt und gar bewußt gelogen – das mußte ein Ende haben.

Nach dem Prozeß gegen Hiob, der ja erfreulicherweise mit einem Freispruch des Ragueliten geendet hatte, hatte Ariel ihre beiden Brüder in die Kapelle Aller Heiligen zitiert, wo sie den Rest des Tages bis zu ihrem Aufbruch zur Mitternachtsmette traditionsgemäß mit Fasten und Beten verbracht hatten. Es war wohltuend gewesen, sich wieder einmal zu sammeln und sich im Angesicht des Herrn bewußt all der Gerüchte, des Geschwätzes und der Umtriebe des Himmels zu entziehen.

Ein Fanfarensignal kündete wie am Vortag vom Beginn des Gottesdienstes. Wieder wurde die prunkvolle Sänfte des Pontifex Maximus von acht hochgewachsenen Templern auf den Campo getragen. Diesmal aber war sie, wie es Brauch war, mit Tüchern verhüllt, und Petrus Secundus war für die Gläubigen auf seinem Wege durch die Menge nicht zu sehen, um zu signalisieren, daß auch er, ihr oberster Hirte, mit ihnen fastete und sich in Gebeten ganz in sich selbst und der Zwiesprache mit dem Herrn versenkt hatte. Atemlose Stille lag über dem Platz.

Dann erhob sich vom linken Kolonnadendach eine Engelsschar in die Luft, wie es am Vortage Ariels Schar getan hatte. Die Bannerträger. Vor wenig mehr als vierundzwanzig Stunden waren wir an ihrer Stelle, schoß es Ariel bei ihrem Anblick durch den Kopf. Da waren wir noch fünf, eine vollständige, funktionierende Schar ... und nun? Ihre Augen füllten sich mit Tränen.

Die fünf formierten sich zum Diamanten und zogen eine weite Schlangenlinie über den Campo. Die vom rechten Kolonnadendach gestartete Schar tat es ihr gleich, und in atemberaubender Anmut formte die Flugbahn der beiden Rautenformationen das uralte Zeichen der Unendlichkeit, ehe beide Scharen pfeilschnell nach vorne zum Podium schossen, den Templern genau an dessen Fuß die Sänfte aus den Händen nahmen und dem Pontifex Maximus die Ehre erwiesen, ihn gewissermaßen auf ihren Schwingen die letzten Meter zum Altar zu tragen. Statt aber wie am Vortag das Podium zu flankieren, ließen sie den Pontifex der Sänfte entsteigen – er tat es diesmal ohne jede helfende Hand – und flogen dann wieder davon.

Abgesehen von den unvermeidlichen Seraphim war der heilige Knabe diesmal allein auf dem Podium, das der Bedeutung des Tages entsprechend im Gegensatz zum Vortag karg und nüchtern wirkte und kaum Schmuck aufwies. Die zierlichen Gestalt nahm auf dem Thron Platz und hob die Hand zum Segen.

Einen Augenblick verharrte er so. Die Gläubigen wagten kaum zu atmen. Dann stand Pontifex Maximus Petrus Secundus wieder von seinem an diesem Tage gänzlich undrapierten Thron auf. Sein Blick schweifte auf die riesige Menge der Menschen und Engel, die sich versammelt hatten, um aus seinem Munde die frohe Botschaft zu empfangen. Wieder war er barfuß und in ein schlichtes weißes Büßergewand gehüllt. Sein Blick war entrückt. Und dann hallte seine Stimme, die auf wundersame Weise bis in den letzten Winkel der Kolonnaden drang, über den Campo Ottaviano.

„Brüder und Schwester, dies ist die Nacht der Umkehr zu Gott. Hört die frohe Botschaft, vernehmt die Gnadenzusage des Herrn über alle Geschöpfe: Was auch immer ihr im zurückliegenden Jahr getan habt, sei eure Seele voller Schuld oder erfüllt vom Glauben, dies ist eine Nacht des Neuanfangs. Der Herr ist bereit, euch alle als ein unbeschriebenes Blatt anzusehen. Doch er trifft diese Entscheidung nicht übereilt – er ist kein Gott der Hast und der Überstürzung. Die Pforten der Reue stehen offen von heute bis zum Tag der großen Versöhnung, bis zu dem Augenblick, da der endgültige Richtspruch ergeht, wer bestehen und wer vergehen wird, wer froh sein und wer weinen wird, wer reich und wer arm sein wird, wer bestraft und wer erhoben werden wird. So will es Gott in seiner unendlichen Gnade."

Wie stets an dieser Stelle der Gnadenzusage erhob sich ein unbeschreiblicher Jubel. Just an dieser Stelle schwebte ein Chor aus Sarieliten auf einer Flugplattform vom Campus Sarielitorum her ein und stimmte einen Hymnus an, in den sofort alle Mitglieder der unter den Kolonnaden versammelte Gemeinde einstimmten.

Ariel schwieg. Die Worte des Pontifex hatten tief in ihr eine Saite zum Klingen gebracht. Unbeschriebene Blätter, ein verheißener Neuanfang? Die Michaelitin spürte, wie ihr inmitten all des Jubels ringsum, inmitten all der Glaubenshoffnung, Tränen über die Wangen rannen. Sicher, kurz nach ihrer Ausbildung hatte sie erfahren müssen, daß Engel auf Erden doch nicht so unsterblich waren, wie man sie glauben machen wollte. Sie hatte gelernt, mit dem Verlust von Scharmitgliedern umzugehen, damit fertigzuwerden oder den Schmerz in sich einzuschließen und weiterzumachen. Engel fielen, Verluste waren unvermeidbar in dem großen Krieg gegen Ketzer und Traumsaat. Das war eine schreckliche, aber nicht zu leugnende Wahrheit. Und sie als ausgebildete Anführerin hätte darüberstehen sollen, hätte es mit einem grimmigen Nicken wegstecken und dann ihrer Schar wieder Halt geben sollen. Aber das konnte sie nicht. Ja, jeder Michaelit verlor im Laufe seines Wirkens für den Herrn Scharmitglieder ... bei Gott, Henaiel war in ihren Armen gestorben, und sie war darüber hinweggekommen ... aber es sollte nicht *so* passieren. Nicht, indem jemand Rahel mitten im Himmel der Michaeliten, im Herzen der Ewigen Stadt, das Genick brach und untertauchen konnte, während Malloriel ohne eine Nachricht zu hinterlassen spurlos verschwand.

Sicher, ganz ohne Zweifel würde Prior Emmaus ihnen nach dem heutigen Tage einen neuen Heiler und einen neuen Bewahrer des Wissens zuteilen, um ihre Schar zu komplettieren und wieder einsatzfähig zu machen. Irgendwie würde sie auch die Kraft finden, ihrer Bestimmung wieder zu folgen und die Schar mit neuem Mut zu führen. Aber eines stand fest – Ariel spürte es ganz tief in sich und las es in den Gesichtern Aadoniels und Daniels: Ohne Rahel und Malloriel würde es nie wieder so werden wie früher.

Ariel wurde aus ihren Gedanken gerissen, als um sie herum plötzlich ein heftiges Gedränge und Geschiebe entstand. Sie blickte auf und sah, daß sie in Gedanken versunken offenbar den Rest des Gottesdienstes verpaßt hatte. Pontifex Maximus Petrus Secundus wurde in diesem Augenblick von seinen Templern in einer zweiten, offenen Sänfte mitten durch die Menge getragen. Strahlend segnete der heilige Knabe die Gläubigen, die dichter herandrängten und dabei auch Ariel in unmittelbare Nähe der Sänfte bugsiert hatten.

Ihr Blick fiel auf den Pontifex, und sie bemerkte sofort die Veränderung. Von den schweren Krankheitsmalen, die ihn am Vortag noch gezeichnet hatten, war nichts mehr zu sehen. Im Gegenteil, er wirkte frisch wie das blühende Leben.

Ariel wandte sich mit einem zaghaften Lächeln zu Daniel und Aadoniel um.

Seht ihr es? Der Herr hat ihm über Nacht Gesundheit geschenkt. Das ist wahrlich ein Zeichen der Umkehr.

Brüder, es gibt Hoffnung.

Kapitel dreiundzwanzig

Die Rotte jagte in gestrecktem Galopp über die Via Pellegrina nordwärts; sie war am frühen Morgen aus einer Herberge eine halbe Tagesreise nördlich von Roma Æterna aufgebrochen und hatte ihr Tempo seither nicht wesentlich verringert. Irène ritt wortlos und den Blick stur geradeaus gerichtet neben Eliphas an der Spitze; ihr offenes Haar flatterte wild im Winterwind.

Als die neun Reiterinnen und Reiter gegen Mittag eine Schenke ansteuerten, um Rast zu machen, drückte der Komtur Padano die Zügel seines Reittiers in die Hand und wies ihn an: „Sieh nach meinem Pferd, ich will die Gunst der Stunde nutzen und noch einmal mit unseren Gästen reden." Wortlos nahm der Rottmeister das Pferd seines Vorgesetzten und führte es zum Stall, wo die anderen Reisenden bereits ihre Tiere mit Stroh abrieben und absattelten; Irène und Wittgenstein hielten sich dabei ein wenig abseits von den Beutereitern. Das Gesicht des Komturs war sorgenvoll, als er auf die beiden zustapfte.

„Auf ein Wort, ihr beiden."

Beide sahen auf. Während Irènes Blick auf Eliphas ruhen blieb, räumte Wittgenstein gleichmütig seine Satteltaschen weiter auf und

Und es kamen zu ihm alle seine Brüder und alle seine Schwestern und alle, die ihn früher gekannt hatten, und aßen mit ihm in seinem Hause und sprachen ihm zu und trösteten ihn über alles Unglück, das der Herr über ihn hatte kommen lassen.

- Hiob 42, 11

schob dabei wie nebenbei seine geliebte Pistole, eine Waffe des letzten vorsintflutlichen Jahrhunderts, in seinen Gürtel. Eliphas sah es mit Unbehagen, sagte aber nichts.

„Ich wollte euch noch einmal sagen, wie froh ich bin, daß ihr beschlossen habt, mit uns aus Æterna wegzugehen“, begann er, und es war unüberhörbar, daß dem Komtur etwas auf der Seele lag.

„Irène, du hast das vermutlich Kostbarste verloren, was ein Mensch verlieren kann“, brachte er schließlich hervor, „aber es war richtig, wegzugehen. Er ist tot, und ihm ist nicht damit geholfen, daß du irgendwelche sinnlosen Racheakte gegen wahllos ausgewählte Kirchenfürsten planst und dabei umkommst – und zudem braucht dich deine Familie jetzt dringend. Ich bin sicher, Marie und der Kleine vermissen dich schon furchtbar.“

„Er war Teil meiner Familie, Komtur“, sagte Irène und sah ihn aus rotgeweinten Augen an. Die Raphaelsländerin hatte längst keine Tränen mehr. „Aber du hast Recht. Ich werde nach Hause zurückkehren.“

„Und du?“ Der Komtur legte Wittgenstein eine Hand auf den Arm, um ihn für einen Augenblick von der Arbeit an seinem Pferd abzuhalten, in die er sich flüchtete.

„Ich erwäge derzeit zahlreiche Möglichkeiten“, erwiderte der Söldner. In Roma hatte er eine Zeit lang einen fast kameradschaftlichen Umgang mit Eliphas gepflegt, aber seit sie die Nachricht von Hiobs mysteriösem Todessturz erreicht hatte, war die alte Fremdheit wieder da. „Aber viel wichtiger ist doch: Was willst du tun, Eliphas von Bern?“

Der Schweizer seufzte. „Ich bin Templer mit zahllosen Auszeichnungen für Tapferkeit und Komtur einer Beutereiterrotte“, entgegnete er.

„Du sagst das immer noch, als seien es Ehrentitel“, bemerkte Irène verächtlich, aber auch ein wenig verwundert. Doch ihr ätzender Tonfall schien Eliphas nicht aufzufallen. Er trat einen Schritt von den beiden zurück und sagte: „Ich habe mit meiner Rotte gesprochen. Alle sechs werden mir folgen, wo auch immer ich hinzugehen beschließe. Aber fünf von ihnen – alle außer Flava – haben mir zu verstehen gegeben, daß es ihnen mehr als Recht wäre, wenn der Weg, den ich wähle, zurück in den Schoß von Mutter Kirche führt. Und was soll ich sagen – das deckt sich rein zufällig mit meinen Absichten.“

„Was?“ platzte es aus Irène heraus. „Wie kannst du das nach allem, was geschehen ist, auch nur ernsthaft in Erwägung ziehen?“

„Eine ähnliche Diskussion haben wir in Prag schon einmal geführt, erinnerst du dich? Und wie damals kann ich nur sagen: Du verstehst mich nicht. Du hast leicht reden ... du gehörst nicht zur Hierarchie der Angelitischen Kirche. Ich bin ein Komtur, ich habe geschworen, der Kirche treu zu dienen. Sie ist meine Heimat und die meiner Rotte, die wiederum die einzige Familie darstellt die ich habe. Ja, ich habe gesehen, wie Gottesmänner sündigten und sogar mordeten, aber sie sind auch nur Menschen, und ... und ich gehöre einfach zur Kirche. Das ist eine Entscheidung, die ich vor langer Zeit nach einer jahrelangen Suche gefällt habe. Dort ist mein Platz.“

Nach dieser ungewohnt langen Rede fühlte sich der Komtur erschöpft. Dennoch setzte er hinzu: „Wir werden uns irgendwo in den Alpen, vielleicht auch drüben in Gabrielsland, ein kleines Kloster suchen, wo man meinen Namen nicht kennt und in dem wir Dienst tun können, bis Gras über die Sache gewachsen ist. Em Susat braucht immer Leute, die bereit sind, zuzupacken, wo Not am Mann ist."

Er hielt inne und ging ein paar Schritte im Stall auf und ab, der sich inzwischen geleert hatte, weil die Rotte bereits bei Tee und heißem Reiswein in der Schankstube saß. Wittgenstein und Irène sahen ihn nur schweigend an. Nach einer Weile sprach der Komtur weiter:

„Wenn wir dieses Tempo beibehalten, sind wir in fünf, vielleicht sechs Tagen, je nach Witterung, wieder in der Herberge am Brenner, die die Raphaeliten unterhalten. Dort werden sich dann unsere Wege trennen. Natürlich ... werden meine Rotte und ich euch beide nie gesehen haben, sollte man uns je danach fragen."

Beide nickten stumm.

„Irène ... läßt du mich einen Augenblick mit Wittgenstein allein?"

Die Raphaelsländerin schritt kommentarlos Richtung Herberge, blieb aber dicht neben dem Schweizer noch einmal stehen und sagte:

„Eliphas von Bern, ich weiß nicht, ob ich deine Entscheidung je verstehen werde. Ganz bestimmt werde ich sie nie gutheißen. Aber ich akzeptiere sie. Du bist ein aufrechter Mann, und ich bin dir bis zu meinem Lebensende zu Dank verpflichtet – dir und deinen verrückten Reitern." Damit verließ sie hocherhobenen Hauptes den Stall.

Wittgenstein hatte sich auf einem Heuballen niedergelassen und stopfte andächtig seine kurze Meerschaumpfeife. Als Irène außer Hörweite war, knurrte er am Pfeifenstiel vorbei:

„Du weißt, daß das alles andere als ungefährlich ist, was du da vorhast, Komtur."

„Ich weiß." Eliphas sah jetzt deutlich niedergeschlagener aus als noch Minuten zuvor, als er Irène gegenüber Entschiedenheit hatte demonstrieren wollen.

„Es muß nicht so enden", sagte Wittgenstein und schaffte es endlich, seine Pfeife zum Brennen zu bringen und drauf los zu paffen.

„Doch", murmelte Eliphas. „Was ich eben zu Irène gesagt habe, stimmt. Ich bin ein altes Schlachtroß. Ich wüßte nicht wohin, wenn ich plötzlich Kutschen ziehen oder Äcker pflügen sollte." Dann wechselte er abrupt das Thema:

„Aber was ist mit dir? Du erwägst gar nicht zahlreiche Möglichkeiten."

„Stimmt."

„Und du wirst sie zu ihrer Familie zurück bringen."

„Stimmt auch. Du kennst mich einfach schon zu gut", grinste der Söldner.

„Ich bin froh, daß du so entschieden hast." Zum ersten Mal seit sehr langer Zeit lächelte Eliphas. „Paß' gut auf sie auf."

„Du magst sie", stellte der Einäugige fest.

„Wer täte das nicht?" Entgegnete der Komtur und schnitt eine Grimasse.

„Du hast doch noch etwas auf dem Herzen, Schweizer", sagte Wittgenstein mit gerunzelter Stirn und erhob sich.

Der Komtur haderte offenbar mit sich selbst. Der Söldner wartete. Dann straffte sich Eliphas, nachdem er offensichtlich zu einem Entschluß gekommen war.

„Wittgenstein, hör zu ... ich sage das nur einmal, und ich bin mir ganz und gar nicht sicher, ob es richtig ist, was ich tue. Wie gesagt, ich gehe zurück zur Kirche, denn dort ist meine Heimat. Aber es gibt etwas, das dort nicht hingehört, das auf gar keinen Fall in die Hände des Klerus fallen sollte. Menschen haben darum gekämpft, und Engel sind deswegen gestorben. Wenn ich es behalte, wird man es mir ganz ohne Zweifel wegnehmen. Das darf nicht geschehen."

Eliphas hielt inne, holte tief Luft und fuhr fort: „Ich vertraue dir das an, wofür Hiob gestorben ist, Wittgenstein. Sag es ihr nicht, aber sorge dafür, daß sein Tod nicht umsonst war, hörst du? Ich weiß, du wirst eine Möglichkeit dazu finden."

Dann ging er in die Hocke und öffnete seine Satteltaschen, die Padano im Stall zurückgelassen hatte. Er entnahm der linken Tasche einen schmuddeligen Beutel und reichte ihn Wittgenstein. Der öffnete den Zugriemen, mit dem der Beutel verschlossen war, und öffnete ihn ein Stück. Darin blinkte eine prächtige goldene Kassette.

„Das Liber Raguelitorum – das Ordensbuch der Ragueliten", sagte der Komtur ruhig. „Derzeit wohl der meistgesuchte Gegenstand in ganz Europa."

Dann wandte er sich brüsk ab und stapfte zur Herberge hinüber.

Wittgenstein sah ihm nachdenklich nach und zog den Beutel wieder zu.

„Gott segne dich, Eliphas von Bern."